Kalifornien, Sierra Nevada. Luther Opoku, Sheriff der verschlafenen Goldgräberregion Sierra in Kaliforniens Bergwelt, hat mit Kleindelikten, illegalem Drogenanbau und steter Personalknappheit zu kämpfen. Doch der Einsatz an diesem Morgen ändert alles. Eine Frau ist unter rätselhaften Umständen in eine Schlucht gestürzt. Unfall? Mord? Die Ermittlungen führen Luther zu einer Forschungsanlage, einsam gelegen im Hochgebirge und betrieben von der mächtigen Nordvisk Inc., einem Hightech-Konzern des zweihundert Meilen entfernten Silicon-Valley. Zusammen mit Deputy Sheriff Ruth Underwood gerät Luther bei den Ermittlungen in den Sog aberwitziger Ereignisse und beginnt schon bald an seinem Verstand zu zweifeln. Die Zeit selbst gerät aus den Fugen. Das Geheimnis im Berg führt ihn an die Grenzen des Vorstellbaren – und darüber hinaus.

»So spannend wie geistreich …« *Denis Scheck, Tagesspiegel*

Frank Schätzing, Jahrgang 1957, studierte Kommunikationswissenschaften und war Mitbegründer der Kölner Werbeagentur Intevi. Seit den 90er Jahren ist er als Schriftsteller in Erscheinung getreten, sein größter Erfolg war ›Der Schwarm‹, der weltweit in 27 Sprachen übersetzt wurde und seit Erscheinen eine Gesamtauflage von ca. 3.8 Millionen Exemplaren erreichte. Frank Schätzing ist nicht nur ausgebildeter Taucher, sondern auch Musiker, Musikproduzent und leidenschaftlicher Hobbykoch. Er lebt mit seiner Frau in Köln.

Weitere Informationen finden Sie auf *www.fischerverlage.de*

FRANK SCHÄTZING

DIE TYRANNEI DES SCHMETTERLINGS

ROMAN

FISCHER Taschenbuch

3. Auflage: November 2019

Erschienen bei FISCHER Taschenbuch
Frankfurt am Main, Oktober 2019

Lizenzausgabe mit freundlicher Genehmigung
des Kiepenheuer & Witsch Verlages, Köln

Druck und Bindung: CPI books GmbH, Leck
Printed in Germany
ISBN 978-3-596-70403-3

Für Sabina
Mein Schwarm. Mein Schmetterling. Mein Alles.

Die erste ultraintelligente Maschine
ist die letzte Erfindung,
die der Mensch je machen wird.

(Nach Irving John Good)

TEIL I

FEINDE

Afrika.

Die durchweichte Zeit.

Von April bis Oktober verflüssigt sich die Luft. Wie schwarzblaue Planeten hängen die Regenfronten dann über den Bergen und treiben Richtung Savanne, belebt von geheimnisvollem Leuchten. Windgeister fegen durch einen postatomar gelben Himmel, Vorboten der baldigen Flut. Die Wasserplaneten rücken träge nach, verschlucken Horizonte und Blicke, saugen den Tag in sich auf, bis sie zu einem einzigen, alles umschließenden Schwarz verschmolzen sind.

Ein Grollen wird durch die Wolke gereicht.

Es zieht von Osten nach Westen, als gäben titanische Wesen Kommandos aneinander weiter, die Jenseitigen, Nhialic selbst vielleicht, nun in der Gestalt Dengs. Vereinbarte Zeichen, mit der Reinwaschung der Welt zu beginnen, doch der erste Guss bewirkt wenig. Der rissig gebackene Boden scheint nicht fähig, die Tropfen zu schlucken. Dick und zitternd balancieren sie im Staub, entformen sich jäh und hinterlassen schnell verblassende Flecken auf dem lehmigen Krakelee. Ein eher armseliges Schauspiel angesichts der imposanten Drohkulisse, dann endet der kurze Schauer so plötzlich, wie er eingesetzt hat.

Jedes Geräusch erstirbt.

Es folgt die Stille vor der völligen Auslöschung.

Ein Ozean stürzt herab.

Binnen Minuten verwandeln sich unbefestigte Straßen in Schluchten, als sei das Land aufgeplatzt und kehre sein Innerstes nach außen. Tonnen zähen, roten Schlamms quellen hervor, blasig vom Dauergeprassel. Aus Wiesen und Viehgründen drängen Seen, ausufernde, brodelnde Flächen, auf denen Spritzwasserblüten sprießen, dicht an dicht. Was Teil fester Landschaft war, wird zur Insel. In den Elementen wütet jetzt Mascardit, der Große Schwarze, der Tod und Fruchtbarkeit bringt, niemals das eine ohne das andere. Gleich einem rasenden Organismus schießt und windet sich die Flut zwischen Gehölzen und Trockenwäldern hindurch, alles Verdorrte mit sich reißend. Dem Verfall preisgegeben, wird die alte Welt hinweggespült, jede vertraute Struktur aufgelöst, jede Gewissheit getilgt, bis zum Moment spontaner Neuordnung.

Manchmal regnet es tagelang ohne Unterlass.

Dann plötzlich klafft das triefende Wolkengebräu auseinander, so wie jetzt, da makelloses Blau den Himmel zurückerobert. Ein Blau von solcher Tiefe und Intensität, dass die Männer im Schlamm sich unwillkürlich ducken und an ihre Heckler & Koch Gewehre klammern, als könne das Blau sie einsaugen und in die jenseitige Dimension speien.

In Nhialics Reich.

Nhialic, den Menschen entrückt, nachdem Urgöttin Abuk den Himmel von der Erde trennte und niedere Gottheiten ermächtigte, die Geschicke der Dinka zu leiten – man könnte auch sagen, sie hat die Gewalt des Hochgottes unterlaufen, indem sie ihn bestahl, um den Menschen mehr zu geben, als er ihnen zugedacht hatte. Womit sie ihn beschämte und Nhialic beleidigt von dannen zog, aber als Regengott Deng mischt er sich immer noch ein, zum Segen und Verderben aller.

Fast könnte man die Geschichten glauben.

Major Joshua Agok ist Anglikaner und glaubt an Jesus, was nach westeuropäischem und amerikanischem Verständnis akute Arbeitslosigkeit für heidnische Gottheiten bedeutet, doch den Dinka ist das Entweder-oder des christlichen Monotheismus fremd. Die Missionare, die am Weißen Nil vor über hundertfünfzig Jahren Seuchen zum Opfer fielen, die späteren katholischen Verona-Patres und britischen Anglikaner, schließlich die Abgesandten der Presbyterian Church of America – sie alle haben nie begriffen, dass man an Jesus glauben und ihn zugleich problemlos ins Familienbild niedriger Gottheiten und verehrter Ahnen einpassen kann. Die Alten waren immer schon da. Sie würden den Neuzugang misstrauisch bis freundlich beäugen, ihn gewähren lassen, aber warum sollten sie seinetwegen gehen?

Verschwindet eine Kuh, wenn man eine Kuh hinzukauft?

Agok zwingt sich, den Blick aus der blauen Kuppel zu lösen.

Wir verlieren uns in Mythen, denkt er.

Und warum? Weil wir uns selber nicht mehr glauben können. Aber an irgendetwas muss man glauben. Es steht viel Gutes in der Bibel, und wer würde widersprechen, dass die Natur von Geistern belebt ist, die Seelen der Verstorbenen in ihr wirken, dass tatsächlich alles, was geschaffen wurde, materieller Ausdruck einer Welt von Geistern ist, die solcherart in unsere Dimension wechseln. Nur, was immer uns Verstand gegeben hat – es kann nicht gewollt haben, dass wir ihn nicht benutzen, um endlich diesen unseligen Bürgerkrieg zu beenden. Andernfalls wäre alles umsonst gewesen. Was wir erlitten und an Leid zugefügt haben, um unsere Vorstellungen von Freiheit durchzusetzen.

Ebendiese Vorstellungen sind jetzt das Problem.

Agok schaut hinter sich.

Kreaturen aus Lehm, blitzende Augen in Schlammgesichtern. Als habe die Erde selbst sich erhoben. Die Legende vom Golem, daran muss er denken, als er seine kleine Streitmacht überschaut. Einhundertzwanzig Golems, bis an die Zähne bewaffnet. Verschwindend wenige gegen Olonys Miliz, die das Gebiet kontrolliert, doch die Besten, die sich finden ließen. Ein Volk, dem man Gewehre in die Hand gedrückt hat, um für seine Unabhängigkeit zu kämpfen, wird nicht zur schlagkräftigen Armee, bloß weil man einen Kreis um es zieht und das Ganze Staat nennt. Aber diese Jungs sind wirklich gut. Agok selbst hat sie ausgesucht, jeden Einzelnen von ihnen. Mit konzentrierten Mienen hocken sie im Unterholz, beschattet von Tamarindenbäumen und Akazien. Solange die Sonne ihr glühendes Intermezzo gibt, bietet das Laubdach Schutz; den Regen konnte es nicht von ihnen fernhalten. Während der Wolkenbrüche ist es ziemlich gleich, wo du dich aufhältst. Die Feuchtigkeit kommt von allen Seiten, entsprechend sind sie nass bis auf die Knochen, und der rote Schlamm tut das Seine, um sie wie eine Horde lauernder Erdgeister aussehen zu lassen.

Eine kurze Atempause, denkt Agok.

Nicht eingeplant, nicht unwillkommen.

Dann werden sie den Wald verlassen und auf Olonys Stellungen vorrücken.

Der Moment, dem sie entgegenfiebern, seit die Helikopter sie vor zwei Tagen abgesetzt haben, mitten im Niemandsland.

Zu Fuß haben sie sich durch den lichten, unterholzreichen Wald bis hierher durchgeschlagen. Abseits der Lehmstraßen, die ohnehin unpassierbar sind um diese Jahreszeit. So hoch oben, im Grenzgebiet zum Norden, hat der Regen die Menschen fast vollständig isoliert. Auf dem Landweg werden die Ortschaften und Gehöfte während der kommenden Monate nicht zu erreichen sein. Im ganzen Staatsgebiet gibt es nur rund fünfzig Kilometer asphaltierte Straße, vornehmlich dazu dienend, der fernen Hauptstadt ein bisschen urbanes Flair zu verleihen. Als sie vor sechs Jahren dort die Unabhängigkeit feierten, galt der von Hütten umstandene, lärmige, bunte Marktflecken mit seinen planlos hineingewürfelten Repräsentationsbauten plötzlich als Hotspot. Ein Staat wurde geboren, und jeder wollte Geburtshelfer spielen. Im Sahara Resort Hotel, der einzig repräsentablen Adresse am Platz, drängten sich Diplomaten, Ölmagnaten, Waffenhändler,

Blauhelme, NGOs und Prediger, im Gepäck Pläne für Krankenhäuser, Universitäten, Flughäfen, Ölpipelines und Missionsstationen. Wie durch Zauberhand avancierte der kümmerliche Bestand an Kraftfahrzeugen über Nacht zur Musterschau japanischer Geländewagen mit Satellitenantennen. Alles schien möglich. Alleine das Öl würde Milliarden Dollar in die Staatskasse spülen, und Hunderte Millionen an Entwicklungsgeldern lagen in europäischen Hilfsfonds bereit. Die Abspaltung von der Diktatur im muslimischen Norden, die den schwarzafrikanischen Süden so lange ausgebeutet hatte, ohne für dessen Bewohner auch nur den kleinen Finger krumm zu machen, war erreicht, nach Jahrzehnten blutiger Auseinandersetzungen. Der Diktator eilte demütig zur Unterzeichnung des Friedensvertrags und versprach beste Beziehungen zum neuen Nachbarland. Er hatte Kreide gefressen, dass es aus den Mundwinkeln staubte, schließlich lag gegen ihn ein internationaler Haftbefehl wegen Verbrechen gegen die Menschlichkeit vor, da konnte es nicht schaden, zur Abwechslung den Versöhner zu geben.

Was für eine Chance wir hatten!, denkt Agok.

Und dann haben wir es vermasselt.

Er lugt um den Stamm der Akazie, die ihm Deckung gibt. Vor ihnen erstreckt sich die Savanne. Ein karg bewachsener Rapport aus Buschwerk und einzeln stehenden Bäumen, durchsetzt von strohgedeckten Rundhütten, die den nomadisierenden Viehhirten für die Dauer der Regenmonate als Behausung dienen. Noch letzten Monat sah es hier aus wie auf dem Mars, jetzt treiben leuchtend grüne Matten aus den vollgesogenen Böden, die Baumwipfel belauben sich im Zeitraffertempo, Blüten explodieren in vielfarbiger Pracht, eine Travestie der Schöpfung. Der Geruch frischen Regens zieht heran. Über den Bergen haben sich neue Wolkenungeheuer aufgetürmt und jagen Vogelschwärme vor sich her.

Agok genießt diesen Moment, in dem die Luft von einer Reinheit ist, wie man sie während der Trockenzeiten nie erlebt. Fast schmerzhaft drängt sie in die Lunge. Er schaut zu, wie erste Schwaden aus der Ebene steigen und der Wald um sie herum zu dampfen beginnt. Die Mittagssonne sticht aus dem Zenit und entfacht einen rauschhaften Tanz der Moleküle, entreißt das Wasser den Böden, kaum dass der Himmel es hineingepumpt hat. Die Verdunstungshitze ist enorm. Bald wird die Savanne aussehen wie eingesponnen, und dann werden Agok und seine Männer Phantome sein.

Der Dunst und der Regen werden sie verbergen. Ihre einzige Chance auf offener Fläche.

Die trennt sie noch vom eigentlichen Einsatz. Fünf Kilometer liegen zwischen ihnen und der Stadt, die Olonys Kämpfer besetzt halten, einer Agglomeration von Baracken und Containern am Rand einer riesigen Ölförderanlage, die in der Ebene haftet wie aus einer anderen Welt hineintransplantiert. Der Fluss, den sie auf dem Weg dorthin überqueren müssen, dürfte seit Kurzem auf mehrfache Breite angeschwollen sein, wuchernde Randbewaldung verwehrt den Blick auf das Ölfeld dahinter. Alles, was Agok sieht, sind lose verteilte Viehherden und einzelne Wildtiere, die in Erwartung des nächsten Gusses Baumgruppen ansteuern, ein paar Antilopen, ein Elefantenpaar samt Jungen, die es sich im Schatten eines Baobabs gemütlich gemacht haben und mit den Stoßzähnen an der Rinde kratzen.

Von den paar Satellitenfotos, die ihnen die Amerikaner zur Verfügung gestellt haben, wissen sie in etwa, wie der Warlord seine Leute verteilt hat. Gerade genug Information, um den Typen aus dem Weg zu gehen. Sie offen zu bekämpfen, wäre glatter Selbstmord, ebenso gut könnten sie sich hier gegenseitig an die Bäume knüpfen und stürben mit Sicherheit einen gnadenvolleren Tod. Selbst für das Empfinden hartgesottener Söldner ist Olony ein Teufel, dessen Leute Ortschaften überfallen, Frauen schänden, foltern und verstümmeln, ihre Babys in brennende Häuser werfen und die älteren Kinder in militärische Ausbildungscamps verschleppen. Dort bringt man ihnen bei, allem und jedem mit

Verachtung zu begegnen, zwingt sie, Menschenfleisch zu essen, zu vergewaltigen, Gliedmaßen abzuhacken. Wer daran nicht zugrunde geht, wird mit einer Knarre belohnt und in den Kampf geschickt. Tausende Kinder sind seit Ausbruch des Bürgerkriegs verschwunden und als traumatisierte Killer wieder aufgetaucht – auf beiden Seiten.

Wir müssen dem ein Ende machen, denkt Agok.

Wie konnten wir nur so verrohen?

Buschtrommeln zu Glockengeläut, Hupkonzerte, überall Musik. In den Straßen wurde getanzt und der Name des ersten frei gewählten Präsidenten skandiert, ein Charismatiker, listenreich, studiert und weltgewandt. Seinen Stetson, den George W. Bush höchstpersönlich ihm geschenkt hat, trägt er wie eine zweite Hirnschale. Die Straßenlaternen sind mit der neuen Nationalflagge geschmückt, Fassaden verschwinden unter Plakaten der Regierungspartei, die eben noch eine Rebellenarmee war. Plastikblumen säumen den Weg zum Flughafen, wo stündlich Gäste eintreffen, Repräsentanten Chinas, der EU, Amerikas, der Afrikanischen Union, der Arabischen Liga. Dreißig Staatschefs haben sich angesagt, Ban Ki Moon entsteigt seiner Maschine und lacht in die Kameras. Dem Kreisverkehr im Stadtzentrum entwächst ein Pfahl, schwarz lackiert und gekrönt von Leuchtbuchstaben: »Wir waren gemeinsam unterdrückt, jetzt sind wir gemeinsam frei. Fröhliche Unabhängigkeit für alle!«

Nie wird Agok den Tag vergessen.

Fröhliche Unabhängigkeit, denkt er jetzt bitter. Aufbruch! Ein so wunderbares, großes Wort. Oder ein von der Kette gelassener Hund. In Afrika die Chiffre dafür, alte Rechnungen zu begleichen. Stoß uns das Tor zur Zukunft auf, und wir schaffen es, beim Hindurchgehen in der finstersten Vergangenheit zu landen. In den Köpfen gärt der Sündenfall. Es geht um verletzten Stolz und Viehdiebstähle, um Weidegründe, Wanderwege, abgewetzte Mythen. Nhialic hatte zwei Söhne, Dinka und Nuer. Beiden versprach er ein Geschenk. Dinka sollte eine alte Kuh erhalten, Nuer ein Kalb. In der folgenden Nacht ging Dinka in den Stall und forderte mit Nuers Stimme das Kalb ein, das ihm auch prompt ausgehändigt wurde. Als Nhialic sah, dass er seinem abgewichsten Sprössling auf den Leim gegangen war, packte ihn göttlicher Furor. Nuer, verfügte er, solle Dinka bis in alle Ewigkeit das Vieh stehlen dürfen, und wegen solchem Scheißdreck gehen wir einander an die Gurgel!

Die alte Frage, wer angefangen hat.

Keiner, und da liegt der Hund begraben. In unserer dumpfen Erinnerung waren wir immer nur Opfer.

Olony einen Dämpfer zu verpassen, wird den Bürgerkrieg nicht beenden. Er ist ein Schlächter unter vielen, doch eine erfolgreiche Offensive würde signalisieren: Wir können vielleicht nicht gewinnen – ihr aber auch nicht.

Also macht endlich Frieden!

Agoks Leute sind Saboteure. Ausgebildet von US-Militärstrategen, die ihnen gezeigt haben, wie man ein System infiltriert und von innen heraus zum Einsturz bringt. Mit Sprengstoff, Brunnenvergiftung, Desinformation. Mit der Waffe nur dann, wenn es unvermeidbar ist, also werden sie alles daransetzen, jeder direkten Konfrontation aus dem Wege zu gehen. Und natürlich wissen sie, dass es trotzdem dazu kommen wird und dass ihre Aussichten, den Einsatz zu überleben, alles andere als rosig sind.

Aber es gibt eine Chance.

Auf jeden Fall eine Chance, ordentlich Schaden anzurichten.

Geduldig sieht Agok zu, wie die Wolken heranrücken. Seine Männer sind jetzt dicht um ihn geschart, ein rot getünchter Organismus, der synchron atmet, bebt und wartet. Bei jeder Bewegung platzen kleine Krusten von ihren Kampfmonturen ab, wo die Sonne den Schlamm getrocknet hat. Dem Augenschein nach hocken sie im Matsch, tatsächlich schwimmen sie auf Öl. Der ganze Süden schwimmt auf Öl. Gründet auf Erzen, Diamanten, Gold und Silber. Fast ein Wunder, dass die Regierung des jungen Staates überhaupt ein Jahr gehalten hat, bis der Vizepräsident – ein Nuer – putschte. Seitdem kämpft die halbe Armee auf der Seite des Präsidenten – ein Dinka – und die andere Hälfte auf der Gegenseite. Die Bündnistreue unterliegt Schwankungen, gegen die der lokale Wetterbericht anmutet wie Gottes ehernes Gebot. Olony etwa: bis vor Kurzem noch der Regierung ergeben, General der Streitkräfte, doch Ergebenheit wird stündlich neu verhandelt. Jetzt kämpft er für den abtrünnigen Vize.

Vielleicht aber auch nur für sich selbst.

Wir sind alle aus dem Busch gekommen, denkt Agok, ohne Vorstellung, was uns von unseren Peinigern unterscheidet.

Jetzt immerhin wissen wir es.

Nichts.

Wir haben den Blutzoll für die Unabhängigkeit entrichtet, um zu erkennen, dass uns sonst keine gemeinsamen Werte einen. Wie auch, da sich Bündnisse aus Stämmen formieren, die historisch in Dauerfehde liegen. Dieser Kontinent gebiert die Rebellion mit der Zwangsläufigkeit, mit der Sonnenlicht Schatten produziert, als könnten wir nur in ewiger Opposition Selbstwertgefühl entwickeln, und nie wird irgendetwas spürbar besser. Na ja. Vielleicht für die, die uns die Waffen liefern. Geld zustecken. Machtwechsel befördern gegen Schürfrechte und Bohrlizenzen. Rebellion und Korruption ergeben einen Kreis. Vor Generationen wurden wir versklavt, heute versklaven wir uns selbst und tun einander umso schlimmer an, was fremde Unterdrücker uns antaten. Nicht der zornigste Regen wird die Ströme von Blut aus dem Boden spülen können, die alleine zwischen Dinka und Nuer vergossen wurden.

Aber vielleicht gewinnen wir ja heute eine kleine Schlacht, um eine große zu beenden.

Er gibt seinen Männern das Zeichen.

Geduckt, die Gewehre im Anschlag, treten sie aus dem Schutz des Waldes hinaus auf die Ebene.

Über ihnen treibt am Rand der grollenden Wasserfront, in der es jetzt fahl aufleuchtet, die Sonne dahin. Ihre Strahlen fressen sich ins dräuende Schwarz, als hätten sie die Kraft, es zu zersetzen. In einer letzten Demonstration ihrer Macht zieht sie den Dunstvorhang höher und schließt ihn über den Köpfen der Soldaten. In den Schwaden spielt ihr Licht verrückt, ein Flirren und Gleißen, dann verschluckt die riesige Wolke sie mit banaler Beiläufigkeit und entzieht der Welt alle Farben.

Schlagartig kühlt es ab.

Der Dunst wird dichter. Die Savanne wandelt sich zur Scherenschnittkulisse, ein Diorama vieler hintereinandergelegter Schichten. Abstufungen von Grau erzeugen eine theaterhafte Tiefe. Die Antilopen, die am linken Rand des Blickfelds unter die Bäume ziehen, Weißohr-Kobs mit charakteristischer Färbung und Satyrhörnern, sind zu Antilopenskizzen geworden, bloßer Umriss, eigenschaftslos. In der Waschküche fällt es schwer, Entfernungen abzuschätzen, aber Agok kennt die Gegend. Unweit von hier ist er aufgewachsen, einer der Gründe, warum er den Einsatz leitet. Die Wegmarken sind ihm vertraut, allen voran die kolossalen Baobabs, die Affenbrotbäume. Mit ihren ausladenden Stämmen und eigenartig verdrehten Ästen könnte man sie für aus dem Boden brechende Riesenkraken halten, deren erstarrten Armen kleine und immer kleinere Arme und Ärmchen entwachsen. Viele tragen seit Kurzem Blätter, was sie etwas mehr nach Bäumen und weniger nach fremdartigen Kreaturen aussehen lässt, doch der Eindruck des Bizarren bleibt.

Der Teufel selbst, sagt die Legende, habe die Baobabs gepflanzt, mit den Wurzeln nach oben.

Warum? Weil der Teufel so was eben tut.

Agok verzieht die Lippen. Tatsächlich ist das einzig Teuflische am Baobab die Eigenheit seiner Blüten, einen intensiven Verwesungsgestank auszuströmen. Den lieben die Flughunde, die nachts in Schwärmen zur Bestäubung anrücken.

Er kontrolliert die Ausrüstung an seiner Koppel: Messer, Trinkflasche, Munition. Das Feld der Soldaten zieht sich auseinander, so haben sie es zuvor besprochen. Jeder nutzt die nächstliegende Deckung. Huscht ein Stück voran, verharrt im aufschießenden Gras, hinter Büschen, am Fuß einer Akazie. Läuft geduckt weiter. Trotz der Lasten, die sie mit sich tragen, Sprengstoff und Zünder, Granaten, Proviant, bewegen sie sich mit lautloser Eleganz. Über ihnen wuchert und quillt die apokalyptische Wolke, windet sich in Krämpfen, senkt sich herab, durchzuckt von elektrischer Aktivität.

Die ersten Tropfen klatschen in die Ebene.

Sofort nimmt die Sicht rapide ab. In der Ferne kann Agok die verwaschene Silhouette der Elefantenfamilie ausmachen, bevor der Dunst sie auflöst. Die Männer kommen schnell voran. Noch wenige Hundert Meter, bis sich das Gelände sanft hebt, um gleich wieder zum Fluss hin abzufallen. Auf der Kuppe verfilzt sich dichte, hochwachsende Vegetation. Agok hegt keinen Zweifel, dass Olonys Einheiten am gegenüberliegenden Ufer in den Büschen liegen, aber trotz ihrer enormen Mannstärke können sie nicht überall zugleich sein. Es wird unbewachte Passagen geben. Wege für Phantome, um sich durchzumogeln.

Um die Milizionäre dann von hinten zu überfallen –

Nein, ruft er sich zur Ordnung. Auch wenn der Gedanke verlockend ist, wir werden uns an den Plan halten und den offenen Kampf meiden.

So lange es irgend geht.

Der Regen nimmt an Heftigkeit zu, schraffiert die Männer rechts und links von Agok. Verwischt Landschaft, Menschen, Tiere zu einem monochromen Aquarell, ineinanderfließende Schatten auf der jetzt grauen Leinwand des Nebels. Am Fuß der Anhöhe zeichnet sich ein gewaltiger Affenbrotbaum ab, dessen Alter tausend Jahre oder mehr betragen dürfte. In einer titanischen Geste umarmen seine Krakenäste die Wolken, die ihm den Speicher füllen. Baobabs sind lebende Reservoire, sie horten Unmengen Wasser für die Trockenzeit. Dann kommen die Elefanten und brechen die Rinde auf, schlagen große Hohlräume in den Stamm, um an die feuchten Fasern zu gelangen. Ihr Zerstörungswerk verwandelt die Baobabs in Brut- und Wohnhöhlen für andere Geschöpfe, so wie in jedem Wesen hier etwas Parasitäres nistet, seine Tunnel und Gänge in fremdes Gewebe gräbt und seinen Wirt langsam von innen verzehrt.

Natürlich kennt Agok auch diesen Baobab, dessen Stamm an der Basis gut und gerne dreizehn Meter umfasst. Er hält darauf zu, während immer dichterer Regen die Sicht verschlechtert und der Boden sich mit einer zähflüssigen, schmatzenden Schicht bedeckt.

Etwas lässt ihn innehalten.

Die Flut hat inzwischen wasserfallartige Dimensionen angenommen. Sie rauscht in seinen Ohren und im Hirn, überlagert alle sonstigen Geräusche, doch inmitten des Getöses glaubt Agok – nein, er ist sich völlig sicher! –, einen schwachen Schrei gehört zu haben.

Mehr den Ansatz eines Schreis, sofort erstickt.

Ein Mensch hat geschrien.

Und jemand – etwas – hat ihn abgewürgt.

Er blinzelt, wischt das Wasser aus den Augen. Es gibt hier Löwen, doch Angriffe sind selten. Auch Leoparden und Hyänen treiben sich in der Savanne herum, jagen Zebras, Büffel und Kobs, versuchen mitunter, Jungtiere aus den Viehherden der Nomaden zu reißen. Immer mal kommt es zur Tragödie, doch allgemein bleiben die Wildtiere unter sich. Jeder wird satt – bis auf die Menschen, da das nie endende Schlachten die Bauern daran hindert, Getreide auszusäen. In einem der fruchtbarsten Landstriche Afrikas droht eine Hungersnot historischen Ausmaßes, doch die Tiere kommen über die Runden.

Wo sind seine Männer?

Da. Die paar jedenfalls, die er noch sehen kann. Sie tauchen auf, tauchen ab. Einer geht gleich vor ihm, verschwommen wie ein Tintenklecks vor der ausladenden Masse des Affenbrotbaums.

Und verschwindet.

Einfach so, begleitet von einem dumpfen Schmatzen, als werde etwas Weiches und Feuchtes auseinandergerissen.

Agok fährt herum, dem uralten Impuls folgend, sich einer möglichen Bedrohung von hinten zu versichern, den Abstand zu etwaigen Verfolgern abzuschätzen, obschon der Mann ja direkt vor ihm –

Was? Angegriffen wurde?

Adrenalin schießt in seine Muskeln. Sein Stammhirn bietet in rasender Folge schematische Entscheidungsmuster an, den ganzen evolutionären Katalog. Agok ist stolz auf seine Reflexe. In jeder vertrauten Situation würde er zielgerichtet vorgehen, nur dass nichts hier irgendein Ziel erkennen lässt – falls überhaupt etwas eine Reaktion erfordert, oder stresst er sich einer Sinnestäuschung wegen?

Was genau hat ihn eigentlich alarmiert?

Gar nichts. Der Schrei? Ein Ara. Der Mann vor ihm? Hat sich fallen lassen. Gleich wird er aufspringen und weiterhasten, getreu der Strategie, die Agok den Kerlen eingetrichtert hat.

Er wartet.

Niemand springt vor ihm auf.

Dafür dringt aus dem Nebel ein neuerlicher Schrei, lang gezogen und kaum zu ertragen. Ein Ausdruck äußersten Grauens, hochgeschraubt zu einem schrillen Geheul, bevor er abrupt endet. Im selben Moment lässt die Heftigkeit des Regens nach, und Agok kann es hören –

Hört es in aller Deutlichkeit.

Das andere Brausen.

In einer Aufwallung von Angst, die dem distanzierten Teil seiner selbst peinlich ist, beginnt er zu rennen, dem Affenbrotbaum entgegen, rutscht aus und schlägt der Länge nach in den Matsch. Der Aufprall presst die Luft aus seinen Lungen. Er versucht hochzukommen, doch der Untergrund bietet keinerlei Halt. Für Sekunden hat Agok das schreckliche Gefühl, die aufgedunsene

Erde krieche wie eine hungrige, blinde Wesenheit an ihm empor, schlinge klebrige Extremitäten um seinen Leib und ziehe ihn tiefer hinein in ihr regenfeuchtes Inneres. Dann gelangt er auf die Beine, stolpert weiter in Richtung des Baobabs und des dahinterliegenden Saumwaldes. Die Ahnen wispern in seinem Kopf, streiten, was wohl der sicherste Platz für ihn wäre, die undurchdringliche Vegetation auf der Kuppe, nein, besser die von den Elefanten in den Affenbrotbaum gehauene Höhlung, auch wenn er da in der Falle sitzt, aber alles hier scheint zur Falle geworden zu sein, während das Brausen –

Es ist nicht einfach nur ein Brausen.

Es ist die Summe vieltausendfacher Präsenz – eine Art Flattern, nur nicht wie von Vögeln – andere, fremdartige Schwingungen, abnorme Muster – anschwellend –

Er rennt schneller.

Was immer da kommt, rast mit der Gewalt einer sich verschiebenden Grenze durch die Nebelschwaden heran, die jetzt kurz aufklaffen wie nach dem Willen eines überirdischen Regisseurs, der will, dass Agok einen Blick erhascht, und sich wieder schließen, weil sein Verstand kaum in der Lage wäre, den Anblick zu verarbeiten und er wahrscheinlich verrückt darüber würde. Die Schreie seiner Männer kommen nun von überallher. Agok hört sie sterben, verliert erneut den Halt und sieht im Fallen die Schwaden auseinanderwirbeln und das Laubdach des Affenbrotbaums freigeben. Die äußeren Geflechte sind durchsetzt von Kokons, unglaublich fein gesponnenen Kunstwerken, deren Erbauer die Blätter mit eingearbeitet haben: Weberameisen, die ihre Nester in Büschen und Baumkronen errichten. Jeder Kokon birgt ein ganzes Volk, geschart um seine Königin. Manchmal überfällt ein Volk das andere, dann fressen sie die Artgenossen auf, und es erscheint Agok im Straucheln wie die Versinnbildlichung seines eigenen, sich zerfleischenden Volkes – mit dem Unterschied, dass die kalte Intelligenz der Ameisen Sieger kennt und der Kontinent, auf dem er das Pech hatte, geboren zu werden, nur Verlierer.

Er fängt sich, ringt nach Atem. Taumelt dem Stamm entgegen, der mit jedem Schritt, den er darauf zutut, seitlich entrückt, ein höhnisches Verwirrspiel. Modernder Pflanzenmatsch setzt Opiate von erstickender Süße frei, der Aasgestank des Baobabs schwappt auf ihn hernieder. Er halluziniert, vielleicht dreht er aber auch schlicht durch vor Angst. Die Natur und ihre Phänomene sind ihm seit Kindheitstagen vertraut, was bringt ihn so aus der Fassung? Was kann es anderes sein als der Einbruch des Unvertrauten, bar jeder Referenz, und damit die Abwesenheit all dessen, was sich je in seiner Erfahrungswelt spiegelte, sodass nichts bleibt außer dem Empfinden völligen Ausgeliefertseins? Endlich streichen seine Finger über die schartige Rinde, und er dreht sich im Kreis, richtet sein Heckler & Koch mal hierhin, mal dorthin. Die Nebelstrudel sind voll huschender Schatten, unbenennbare Dinge, die schneller ihre Position wechseln, als das Auge zu folgen vermag. Die Luft schwingt von Schüssen und Geheul. Blindlings feuert er in den Regen, leert sein Magazin, greift nach einem neuen, das ihm entgleitet, fällt auf die Knie und sucht es wie von Sinnen zwischen den Wurzeln des Baobabs. Winzige Beine und Fühler streifen seine Finger. Tasten umher, huschen geschäftig darüber hinweg. In feuchten Abgründen wimmelt und krabbelt es. Am Rande seines Gesichtsfelds scheint sich etwas Großes zu bewegen. Als er hinschaut, ist da nichts und doch in der Vorstellung alles.

Fäulnis und Leben sind eins.

Der Boden atmet, gepanzerte Heerscharen folgen erratischen Plänen, zwischen vom Sturm abgerissenen Blättern schillern die Leiber aasfressender Käfer. Gottesanbeterinnen lauern auf Beute, reglos. Sie werden noch an derselben Stelle sitzen, wenn wir einander ausgelöscht haben, denkt Agok. Und keine Zeit wird vergangen sein. Der Regen wäscht jede Zeit hinweg. Meine Existenz wird weniger als ein Wimpernschlag gewesen sein.

Etwas klatscht neben ihm gegen den Stamm.

Er wendet den Kopf.

Starrt das Ding an, und wahrscheinlich starrt es seinerseits ihn an. Falls das Augen sind. Genau lässt sich das nicht sagen.

Nie zuvor hat er etwas Derartiges gesehen.

Die Dinger sind überall.

Seine Knöchel treten hervor. Er umkrallt das Gewehr, als sei es ein Geländer, die einzig verbliebene Barriere zwischen ihm und dem Abgrund, der an ihm zerrt. Mit der Beharrlichkeit eines automatischen Funkfeuers sendet sein Verstand Signale aus: Kauere dich zusammen. Schütze den Kopf mit den Armen. Versuche, in die Höhlung zu gelangen.

Doch er ist viel zu verblüfft, um den Blick abzuwenden.

Hebt den Arm, um das Ding vom Baum zu wischen.

Es springt ihn an.

Agok schreit auf, als es sich in seine Nase verbeißt und sich blitzschnell über den Wangenknochen windet. In Panik versucht er, es von seinem Gesicht zu ziehen. Es stülpt sich über seine linke Augenhöhle, reißt den Augapfel heraus und arbeitet sich in seinen Schädel. Halb wahnsinnig vor Schmerz und Entsetzen taumelt Agok umher, seine Beine zucken, rücklings stürzt er in die modernde Höhle des Baobabs.

Das Letzte, was er registriert, ist die Woge glühender Pein, als weitere der Dinger auf seinem Körper landen und beginnen, ihn aufzufressen.

TEIL II

SIERRA

In der Schlucht schwebt ein blutiger Engel.

Nicht ganz fünf Meilen hinter Flume Creek, dort wo die Felswände senkrecht abfallen und sich der North Yuba River tief am Grund durch den blanken Stein frisst, bevor ihn eine eng gestaffelte Folge von Katarakten in jene Bestie verwandelt, die zu reiten Wildwasserkanuten von überallher lockt, ist er mit seinen zerfetzten Flügeln einem Touristenpaar aus Bakersfield erschienen, das vor lauter Schreck prompt kenterte.

Erscheinungen himmlischer Wesen gefährden die Verkehrssicherheit, denkt Luther Opoku.

Stell dir vor, heutzutage ginge einer übers Wasser.

Saftige Geldstrafe.

Von Luthers erhöhter Warte aus ist die Tote weniger gut zu erkennen als vom vierzig Meter tiefer gelegenen Fluss. Das liegt daran, dass sie beim Sturz in den Baum, der auf halber Höhe aus der Wand wächst, fast durch das ganze Geäst gebrochen ist, bis sie sich in den unteren Zweigen derart verfing, dass sie nun mit ausgebreiteten Armen und Beinen über dem Flusslauf zu schweben scheint. Die Äste haben sie blutig geprügelt und ihr die Bluse vom Leib gerissen, deren zerfledderte Überreste oberhalb der Schultern ins Laub drapiert sind und sich im Wind blähen, sodass man darin mit einiger Phantasie ein kraftloses Flattern erkennen kann, einen zum Scheitern verurteilten Befreiungsversuch.

Die Befreiung übernehmen jetzt andere. Die des Körpers, um genau zu sein. Der Geist dürfte sich schon vor Stunden seiner irdischen Fesseln entledigt haben.

Luther biegt die Zweige auseinander und schaut nach unten. Die Hangkante ist von brusthohem Gestrüpp bestanden, kalifornischer Lorbeer und ein bisschen Quercus. Wo die Barriere Lücken lässt, kann er die Männer des freiwilligen Bergungsteams sehen, wie sie – an Seilen gesichert – die Leiche aus dem Geflecht lösen und mit geübten Handgriffen vertäuen, um sie nicht noch an den Fluss zu verlieren. Er hört einen Akkord splitternder Äste, als der Körper kurz wegsackt, das Ächzen der Flaschenzüge.

Eine Fuchsschwanz-Kiefer, denkt Luther. Nadeln spitz wie Stilette.

Ein aufgespießter Engel.

Ruth Underwood geht neben ihm in die Hocke. Ihre rotblonde Mähne, die sie von hinten aussehen lässt wie die Mutter aller *California Girls* in einem Drogentraum Brian Wilsons, wird fahl, als sie in die Schatten abtaucht, die das Sonnenlicht noch nicht hat vertreiben können. Der Tag verspricht wolkenlos zu werden. Binnen Kurzem werden die Schatten abgeflossen sein und ihre Geheimnisse mit sich genommen haben, Geisterbilder der Tragödie, gewoben aus Mondlicht. Mitunter, wenn Luther alleine in den Wäldern unterwegs ist, könnte er schwören, im Seufzen des Windes und vielstimmigen Flüstern des Laubs, in all den verschwörerischen kleinen Lauten, die zusammen Stille ergeben, Echos aus einer Zeit zu vernehmen, als Urgewalten den riesigen Granitblock namens Sierra Nevada auftürmten, und im kaleidoskopischen Spiel des Lichts auf dem Waldboden nehmen die Toten Gestalt an.

»Kaum zu glauben«, sagt Ruth und hält einen frisch gebrochenen Ast hoch. »Die ist ungebremst in die Büsche gerannt.«

Luthers Blick weilt auf der gegenüberliegenden Anhöhe. Die Tannen erwecken den Eindruck einer verschwiegenen Gesellschaft. Dicht an dicht stehen sie, soweit das Auge reicht, gekrönt von den pastellenen Felsen der Sierra Buttes, Zacken einer gewaltigen, fernen Krone.

»Wer rennt denn im Stockdunkeln auf einen Steilhang zu?«, sagt er mehr zu sich selbst.

»Jemand, dem man hätte sagen sollen, dass da einer ist?«

Der Griff der Dienstwaffe drückt gegen Ruths Rippen, als sie sich vorbeugt und die Schneise in Augenschein nimmt, die in die Büsche gerissen wurde.

»Hier waren zwei, so viel steht fest.«

Ihre Uniform ist so grün wie das Moos, auf dem sie hockt. In wenigen Wochen, wenn die Bewohner von Sierra County Luther Opoku zu ihrem neuen Sheriff gekürt haben, wird Ruth seine jetzige Position als Undersheriff übernehmen. Der Wohlklang des Ranges »zweite Kommandierende« verliert dramatisch angesichts der Tatsache, dass sie und Luther kaum jemanden zu kommandieren haben. Das Department umfasst keine zehn Mitarbeiter, selbst wenn sie Kimmy mit einrechnen. Die Disponentin arbeitet halbtags und ist streng genommen gar kein richtiger Deputy, neuneinhalb also, verantwortlich für dreieinhalbtausend verstreut lebende Einwohner, die jeden erdenklichen Grund finden, das Gesetz in Anspruch zu nehmen, zu beugen oder zu brechen, und da sind die ganzjährig auftretenden Touristenschwärme, Durchreisenden und illegalen Immigranten, die an versteckt liegenden Creeks Marihuana züchten, noch gar nicht berücksichtigt. Sie sind ein Provinzbüro, das alle Spuren staatlicher Vernachlässigung aufweist. Die Behörde eines Countys, in dem der Begriff Provinz hätte erfunden worden sein können, ausgestattet mit vorzeitlichen Rechnern und Streifenwagen, die keine Minute in *The Fast and the Furious* überstehen würden und zur Hälfte dringend reparaturbedürftig sind. Vor dem Hintergrund ihrer eingeschränkten Kapazitäten ist es der reine Luxus, dass sie zu zweit hier aufkreuzen. An einem Tatort, der vielleicht nur Unfallort ist, andererseits, warum hastet jemand in stockdunkler Nacht durch eine Wildnis, in der schon bei Tag jeder Schritt wohlüberlegt sein will? Wie passt der Geländewagen dazu, der ein Stück höher an einer Douglasie hängt? Oben verläuft der Golden Chain Highway, eine gut ausgebaute Bundesstraße, die im Grenzland zu Nevada entspringt und sich fast dreihundert Meilen bis runter nach Oakhurst windet. Über weite Strecken schmiegt sie sich an den Lauf des Yuba River und weicht nur gelegentlich davon ab, als sei sie bemüht, aus der Luft ein eigenständiges Bild abzugeben. An solchen Stellen entspringen unbefestigte Pfade, verlaufen entlang des Flusses, enden meist an Fischerhütten und Geräteschuppen oder führen zurück auf die Hauptstraße.

Was hat den Fahrer veranlasst, mit hoher Geschwindigkeit in einen unbeleuchteten, abschüssigen Forstweg einzubiegen, der noch dazu einen Abgrund säumt?

Und wo ist der Fahrer jetzt? Oder die Fahrerin?

Unten im Kieferngeäst?

War sie betrunken?

Oder zugedröhnt. Den Kopf vernebelt von Gras, das in Kalifornien Mitte der Neunziger für medizinische Zwecke legalisiert wurde, mit dem Effekt, dass plötzlich mächtig viele Leute gesundheitliche Probleme verspürten und zum Arzt liefen. Entlang der Küste von Venice Beach bis San Francisco tummeln sich Quacksalber zu Tausenden, die gegen Entrichtung von vierzig Dollar klangvolle Malaisen diagnostizieren und die Bescheinigung ausstellen, gegen deren Vorlage man in den Ausgabestellen bereitwillig versorgt wird. Kalifornien schwelgt im *Green Rush,* als hätte es nie ein anderes Heilmittel gegeben. So viel legales Cannabis ist im Umlauf, dass man verwirrt nach dem zusätzlichen Planeten Ausschau hält, auf dem es angebaut wird, doch so weit muss man gar nicht gucken. Es reicht ein Blick ins Hinterland. Ins Central Valley, in die Nationalparks, in die Provinzen der Sierra Nevada, wo dem legalen Handel durch illegalen Anbau in großem Stil auf die Sprünge geholfen wird. Auch damit müssen sie sich hier herumschlagen: neuneinhalb Gesetzeshüter gegen den langen Arm des organisierten Drogenhandels. Weder die Typen von der DEA noch das FBI reißen sich darum, bei jedem Fall illegalen Anbaus gleich zu Hilfe zu eilen, solange nicht zweifelsfrei bewaffnete Banden am Werk sind. Das Problem mit der Zweifelsfreiheit ist, dass sie oft erst durch ein Loch in der Stirn offenkundig wird.

Luther hockt sich neben Ruth, die aus immer neuen Perspektiven Gebüsch und Boden fotografiert. Seit ihrer Ankunft hat sie die Handycam nicht aus der Hand gelegt.

»Kampfspuren?«, fragt er.

»Schwer zu sagen.« Sie wischt sich mit dem Unterarm über die Nase. »Bei einem Kampf wäre der Untergrund stärker aufgewühlt. Die hier dürften von unserem gefallenen Engel stammen.«

Unterhalb der lädierten Zweige ist der Boden furchig aufgerissen. Spuren eines Menschen, der so schnell in die Buschbarriere gelaufen ist, dass er sie durchbrochen hat.

»Dann hätten wir noch *ihn.*«

Ein grobes Muster ist in eine der Furchen gedrückt. Outdoor-Profil, Männerschuhgröße. Jedes Detail hat sich im feuchten Boden konturscharf erhalten. Ein Prachtexemplar von Abdruck, die Sorte, bei der Spurensicherer in Champagner baden.

»Sieht aus, als hätte er einfach dagestanden«, sagt Luther.

»Und runtergeglotzt, ja.«

»Seine Spur liegt über ihrer. Sie war vor ihm an der Kante.«

»Nicht unbedingt. Er kann auf sie gewartet haben.«

»Und dann?«

»Hat er ihr Flugstunden gegeben.« Sie fotografiert das Stiefelprofil. »Ich meine, dabei könnte er in ihre Abdrücke gelatscht sein, oder?«

Luther kaut an seiner Wange.

»Das ergibt wenig Sinn, Ruth. Wenn du ordentlich Tempo draufhast, teilst du die Hecke wie das Rote Meer, aber jemanden hindurchstoßen? Das wäre in Kampf ausgeartet. Und wie du selber sagst –«

»Kein Kampf.«

»Außerdem, so hoch sind die Büsche nicht.«

»Höhe liegt im Auge des Betrachters.« Sie steht auf und klopft sich den Dreck von den Latexhandschuhen. »Du bist eins neunzig, Luther.«

»Der Schuh gehört zu keinem kleinen Mann.«

»Worauf willst du hinaus?«

»Na, komm schon. Wenn ich versuchen würde, dich da runterzubefördern, was täte ich?«

»Es wäre jedenfalls das Letzte, was du tätest.«

Ich würde dich darüber hinwegwerfen, denkt er.

Ruth checkt den Batteriestand der Handycam. Zurück im Licht, bringt die Sonne ihre Haarspitzen zum Glühen. Das Deputy-Hemd spannt sich über ihre knochigen Schultern, im V des offenen Kragens zeichnen sich unter Myriaden Sommersprossen Brustbein und Rippenansätze ab. Alles an ihr wirkt auf eigentümliche Weise rau und prototypisch, als habe sie die Vorlage für ein gefälligeres Serienmodell geliefert, das nun durch Werbespots und Vorabend-Soaps geistert, während ihr die letzte Politur versagt blieb. Vor fünf Jahren ist sie zu Luthers Team gestoßen, präziser gesagt zu Carl Mara, dem amtierenden Sheriff, auf Luthers Betreiben hin. Da war sie einundvierzig und trug schon eine Härte in ihren Zügen, wie man sie oft bei Menschen findet, denen so lange etwas Entscheidendes vorenthalten wurde, bis sie begannen, es sich selbst vorzuenthalten.

Luther überlegt. »Kann er sie im Baum gesehen haben?«

»Von hier oben?« Sie schüttelt den Kopf. »Wir sehen sie ja selber kaum. Für die Logenplätze musst du runter zum Fluss. Und dann nachts? Keine Chance.«

»Was, wenn er ins Geäst geleuchtet hat?«

»Ja, bloß, der Scheinwerfer, mit dem sie Batman rufen, steht in Hollywood.«

Er muss sich eingestehen, dass sie recht hat. Die Leuchtkraft keiner handelsüblichen Taschenlampe hätte ausgereicht, um die tieferen Schichten der Kiefer zu durchdringen und die Frau darin zu erkennen. Selbst jetzt blitzt das Weiß ihrer Bluse nur sporadisch durch die Äste.

»Also konnte er bestenfalls vermuten, wo sie war.«

»Jedenfalls schien es ihm nicht geraten, Hilfe zu holen.«

»Nein. Er wollte was anderes.«

Ruths Pupillen weiten sich in Erwartung. »Und was?«

Ein Rumpeln und Knirschen nähert sich über den Forstweg. Steinchen, Äste und abgestorbene Kiefernnadeln werden zermalmt und in den feuchten Boden gepresst. Durch die Lücken zwischen den eng stehenden Bäumen kann Luther den Krankenwagen sehen, der über den Waldweg heranrollt und ruckartig zum Stehen kommt. Eine grauhaarige Frau klettert aus dem Fond und drückt einem der beiden Sanitäter einen absurd großen Arztkoffer in die Hand.

»Haben die sie noch alle beisammen?«, sagt er mit gefurchten Brauen. »Wieso parken die nicht oben auf dem Highway?«

»Weil wir die Zufahrt noch nicht abgesperrt haben.«

»Und warum –«

Den Rest der Frage spart er sich. Warum wohl? Weil sie zu wenige sind.

»Luther? Huhu! Ich fragte, was?«

»Was, was?«

»Was wollte er, wenn nicht Hilfe holen?«

Er löst seinen Blick von dem Sanitätsfahrzeug und atmet tief durch. Falls sie auf dem Forstweg gerade Spuren unkenntlich gemacht haben, kann er das jetzt auch nicht mehr ändern.

»Sich vergewissern, schätze ich. Dass sie tot ist.«

Langsam geht er hangaufwärts. Der dichte Teppich aus Nadeln und verrottenden Blättern federt seine Schritte ab. Unter dem Laubdach duftet es nach den Regengüssen der vergangenen Nacht, nach Ozon und ätherischen Ölen. Spaliersträucher, Wildblumen und Farne wuchern zwischen Geröll und scharfkantigem Bruchstein, niedrig wachsender Lorbeer und Nusseibe bilden ein filziges Durcheinander. Man muss schon sehr genau hinsehen, um die geknickten Äste auszumachen, anhand derer sich der Weg des Engels zurückverfolgen lässt – zu dem Wagen, der vor der Douglasie hängt. Vor ihnen liegt eine offene Fläche, gespickt mit rundlichen weißen Steinen. Unübersehbar ziehen sich Furchen durch den Schlamm, kleine Gräben, in denen noch das Wasser steht.

»Die ist gerannt, Luther. Den ganzen Weg runter bis zur Kante.«

Geschlittert, ausgerutscht, gesprungen. Verloren in einem triefenden schwarzen Loch. Ihre Fersen haben sich in die Erde gebohrt und sie aufgerissen, als sie dem Canyon wie blind entgegenstolperte. Sie hat in Kauf genommen, sich die Knöchel zu brechen, die Haut von den Knochen zu fetzen, nur um am Ende von ihrem eigenen Schwung in den Tod getragen zu werden, in einer Wolke aus splitterndem Holz. Die Sträucher haben den dahinterliegenden Abgrund so vollständig verborgen, dass nicht mal der Vollmond ihr hätte zeigen können, was sie erwartete.

Nämlich Leere.

Luther stellt sich vor, wie sie ins Bodenlose stürzt. Ihre Verwirrung, hochschlagende Panik. Der Schock, den einen fatalen Schritt zu viel nicht rückgängig machen zu können, oder vielleicht doch, durch schnelles Aufreißen der Lider – Hoffnung, ein tanzender Funke, vom Wissen erstickt, dass dies kein Traum ist, während der Moment, in dem ihre Füße auf Grund hätten treffen müssen, um den Sturz zu überleben, verstreicht. In rasendem Fall verglühen ihre Optionen. Ihr Schrei explodiert zwischen den Wänden des Canyons, durcheilt die Nacht, jagt über das Dunkel der Berge dem Ozean entgegen und darüber hinweg, umflutet den Erdball, um auf sich selbst zu treffen –

»Luther?«

Er starrt zwischen die Furchen. Noch mehr Spuren, weniger tief, dafür klarere Ränder. Womöglich von dem Mann, dessen Fußabdruck sie an der Kante gefunden haben.

»Willst du eine Theorie auf die Schnelle, Sheriff, mein Sheriff?«

»Raus damit.«

»Nehmen wir an, beide saßen im Wagen –«

»Bekamen Streit.«

»Und zwar richtig.« Sie nickt. »Mit Handgreiflichkeiten und dem ganzen Getöse. Er oder sie setzt die Kiste vor den Baum. Sie springt raus, schlägt sich blindlings in die Büsche, er –«

»Was machen sie eigentlich auf dem Forstweg?«

»Dazu müsste man wissen, wo der hinführt.«

»Genau.« Luther sieht sie an. »Wäre doch eine super Idee, das rauszufinden.«

»Und wer passt dann auf, dass du hier nicht alles platt trampelst?« Ruth schaut zur Straße. »Wo bleibt überhaupt die Highway Patrol?« Arbeitsteilung. Der Sheriff untersucht die Todesumstände, die Highway Patrol den Hergang des Verkehrsunfalls. Sie tritt an den Rand des Canyons. »Und ihr? Kommt ihr da unten noch mal in die Gänge?«

»Obacht, Ruth!« Die Stimme des Bergungsleiters wird vom Stein gedämpft und zugleich reflektiert, wodurch sie auf eigentümliche Weise jenseitig klingt. »Nicht, dass wir *dich* als Nächstes aus dem Baum pflücken müssen.«

»Leck mich, Dexter!«

»Danke, mein Job kennt Grenzen. Die Dame ist reisefertig, okay? Wir ziehen sie hoch. Ihr könnt sie in Empfang nehmen.«

Reisefertig –

Vor acht Jahren, in einem anderen Leben, verließ eine andere Dame, für die das in gewisser Weise auch zutraf, Luthers Haus. Sie trug einen Koffer und wäre gerne in Empfang genommen worden, als sie zwei Stunden zuvor – nicht ohne anstandshalber geklingelt zu haben – den immer noch in ihrem Besitz befindlichen Schlüssel aus der Handtasche gekramt und hereinspaziert war. Vielleicht hoffte sie darauf, überredet oder in sonst welcher Weise überzeugt zu werden, die Koffer gar nicht erst zu packen, aber Luther war nicht dort. Wut und Gekränktheit, destilliert zu kindischem Trotz, hatten ihn auf Extra-Patrouille getrieben, obschon Carl Mara persönlich anbot, die Fahrt zu übernehmen, damit sein Undersheriff zu Hause seinen Kram regeln konnte. Luther indes fand, wer gepackte Koffer aus dem gemeinsamen Heim zu tragen beabsichtigte, verdiene das volle Maß seiner Missachtung, sodass er – als Jodie den Kofferraum ihres Cherokee belud – am entgegengesetzten Ende des Countys einen Fall von häuslicher Gewalt schlichtete.

Jetzt, da der Engel im Moos liegt – so sanft hineingebettet, als bestünde Gefahr, er könne erwachen und sich erschrecken –, fühlt Luther einen Stich. Es schmerzt, als habe jemand an den Splitter in seinem Herzen gerührt und ihn um eine Winzigkeit gedreht. Seine Kehle schnürt sich zusammen, dann ist der Moment vorüber. Gewohnheit sediert. Wiederkehrend wie ein Komet stellt sich der Schmerz ein – ein Komet, dessen Kreisbahn über die Jahre ausgeleiert ist, was die Abstände seines Erscheinens zwar größer hat werden lassen, ohne dass indes Hoffnung bestünde, er werde irgendwann ganz verschwinden.

Keine Vergebung, keine Erlösung.

Luther zieht seine Latexhandschuhe straff.

Ihre Augen sind bernsteinfarben. Sie könnten Glasimitationen sein, wie sie da knapp an seinem Kopf vorbeistarren. Der Regen hat ihr dunkelbraunes Haar an die Kopfhaut geklebt, ein Boyfriend Cut, Modell Halle Berry. Zierlich, ist Luthers erster Eindruck, als sein Blick den ausgestreckten Körper erwandert, durchtrainiert, der zweite. Muskulös sogar, kleine, anmutige Muskeln. Perfekt proportioniert, es ließe sich Attribut an Attribut reihen, würde man nur genug Zeit mit diesem Körper verbringen, der dem Jodies auf frappante Weise ähnelt. Fast eine Erleichterung, dass Lippen, Kinnpartie und Wangenknochen auf mexikanische Gene schließen lassen. Ihr Alter? Ungewiss. Irgendwo im Schwerefeld der dreißig. Zu entstellend sind die Kratzer und Striemen, deren meiste sie sich im Laufen eingehandelt haben dürfte. Er versucht darin zu lesen, sieht Zweige zurückschnellen und Dornen in ihre Haut treiben. Die ernsthaften Verletzungen verdankt sie wahrscheinlich der Fuchsschwanz-Kiefer, in die sie gestürzt ist. Deren Äste haben klaffende Wunden gerissen, in denen Fliegen und winzige Maden häuslich geworden sind und emsig fortführen, was Bakterien schon vor Stunden in Angriff genommen haben. Grüne Stilette spicken ihr Fleisch, über Stirn und Wangen verlaufen haarfeine Schnitte, die heftig geblutet haben, sodass sie eine rostige Maske zu tragen scheint, aus der die Augen unnatürlich herausleuchten. Totenflecken und aufprallbedingte Blutergüsse gehen ineinander über, das linke Bein – vielleicht gebrochen –

Nein, ganz sicher gebrochen.

Aber woran ist sie gestorben?

Luther fährt in die Taschen ihrer Jeans, hebt ihre Hüfte an und untersucht auch die Gesäßtaschen. Noch ist die Leichenstarre auf Augenlider und Gesichtsmuskeln beschränkt, sodass ihr Körper nachgiebig reagiert. Nichts als ein paar Dollar in Scheinen. Ihr rechter Fuß ist nackt, der linke steckt in einem schlammverschmierten Turnschuh – das Pendant dürfte am Grund der Schlucht liegen. Er wendet den Kopf und erblickt ein Paar stockartige Beine, gehüllt in Strumpfhosen von lebensnegierendem Graubraun, wie Marianne Hatherley sie zu tragen pflegt. Der Sanitäter platziert ihren Arztkoffer im Gras und hebt zwei Finger zum Gruß.

»Hi, Luther.«

»Hi, Ted.« Luther richtet sich auf, womit er gewaltig über die maushaarige Frau hinauswächst. »Guten Morgen, Marianne.«

»Wüsste nicht, was an dem Morgen gut ist.«

»Freut mich auch, dich zu sehen.«

»Ja, ja.« Sie schnaubt. »Hast du nichts Besseres zu tun, als meine Arbeit zu machen?«

Luther verordnet sich ein Lächeln. Die Gerichtsmedizinerin ist gar nicht so alt, wie sie scheint – noch unter siebzig, glaubt er sich zu erinnern –, sieht aber aus, als sei sie selbst ein Fall für den Forensiker. Sie hat einen käsigen Teint und riecht nach lange nicht gewechselter Kleidung. Zwischen ihren Fingern klebt der Rest eines Schoko-Donuts. Ohne Luther noch eines Blickes zu würdigen, öffnet sie ihren Koffer.

»Ihr wälzt Theorien ohne Inaugenscheinnahme des Corpus Delicti. Das ist unverantwortlich. Ich hab's von oben gehört.«

»Wieso?«, sagt Ruth. »Wir haben nur über sie gesprochen.«

»Ihr habt über sie gefachsimpelt, als sie noch im Baum hing.«

Ruths eisblaue Augen wandern an Mariannes Körper hinab. Luther nickt hoch zum Forstweg.

»Komm. Wir schauen uns mal den Wagen an.«

Die Fahrertür des Geländewagens steht offen. Die Beifahrertür hingegen ist verriegelt, woran Ruths Theorie gleich wieder zu zerschellen droht. In ihrem Szenario springen beide Protagonisten wutentbrannt ins Freie, statt umständlich über den Sitz des anderen nach draußen zu kriechen. Den Wagen hat offenbar nur eine Person verlassen.

»Unverantwortlich!« Ruth macht ihrem Ärger Luft. »Was lassen wir uns *noch* gefallen von der kleinen Feldratte?«

»Sie versteht ihr Handwerk«, sagt Luther.

»Das verstehen andere auch. Wir hätten Carl fragen sollen. Carl ist immer gut für eine erste Expertise.«

Luther geht um den Geländewagen herum und sucht den Boden ab.

»Erste Expertise, du sagst es.«

»Ehrlich, Luther, mir ist es hoch wie breit, wie gut Marianne ihr Handwerk versteht und ob sie kraft ihrer Hände Scheiße in Gebäck verwandeln kann, solange es in ihrem sogenannten Institut geschieht. Wir haben einen Sheriff-Coroner, wer braucht eine pöbelnde Vogelscheuche?« Sie holt tief Luft. »Noch dazu eine, die am Tatort frisst.«

Weil der Sheriff vor lauter Rheuma in keinen Streifenwagen mehr kommt, denkt Luther, und raus schon gar nicht, aber er spart sich die Belehrung. Ruth würde Carl Mara auf dem Rücken hertragen, nur um jeden Kontakt mit Marianne Hatherley zu vermeiden.

»Siehst du?« Ruth schaltet ihre Handycam auf Video-Modus. »Dazu fällt dir nichts ein.«

»Doch. Keiner ist so gut darin, den Todeszeitpunkt festzustellen.«

»Gilt das auch für ihren eigenen?«

»Ruth –«

»Kannst du sie nicht mal fragen? Ich wüsste einfach gern, wann die Sonne wieder heller scheint und die Rehlein und die Häslein zurück aus dem Wald kommen –«

Er untersucht den Boden vor der Fahrertür. Hoch über ihren Köpfen verschränken sich Kiefern, Tannen und ein paar Schwarzeichen zu einer dämmrigen Kathedralkuppel, die den Regen weitgehend abgehalten hat. Was durchgedrungen ist, haben herabgefallene Nadeln absorbiert, weshalb der Grund hier weniger schlammig ist als unten am Hang. Ungünstig für Spurenleser, aber dann entdeckt er ein paar zerwühlte Stellen. Was er sieht, zementiert seinen Verdacht, dass der gefallene Engel am Steuer gesessen und den Geländewagen vor die Douglasie gesetzt hat, um dann in aller Hast die Flucht zu ergreifen. Das Handschuhfach steht offen. Betriebsanleitung, Stift, Papier, Arbeitshandschuhe und eine Stablampe verteilen sich im Fußraum, als habe jemand achtlos alles nach draußen befördert. Er schaut in die Türfächer, sucht nach Kleinigkeiten, die Hinweise auf die Identität der Toten liefern könnten, lässt die Heckklappe aufschwingen und wird konfrontiert mit Leere.

»Wir brauchen hier noch jemanden!«

Geht hoch zur Hauptstraße, öffnet die Tür des Streifenwagens und ruft über Funk die Einsatzzentrale in Downieville.

»Wo bleibt die Verstärkung, Kimmy?«

»Hm, ja. Das ist nicht so einfach, Luther.« Kimmy Vogels Stimme tremoliert im Country-Modus, ein sicheres Indiz dafür, dass sie vergangene Nacht im Yuba Theatre die Dolly Parton gegeben hat. Die Sierra-Variante Dolly Partons, um genau zu sein. Mit weniger Helium in der Stimme, dafür gelingt ihr die Unmöglichkeit, noch mehr an der Pathosschraube zu drehen als ihr großes Vorbild aus den Smoky Mountains. Luther weiß nicht, ob das für oder gegen eine Zweitkarriere als Sängerin spricht, und gerade ist es ihm herzlich egal.

»Wir haben hier ein Auto voller Fasern, Haare, Fingerabdrücke, weiß der Teufel was. Hat Tucker nicht gesagt, er will so schnell wie möglich herkommen?«

»Ja, weißt du, Tucker – also, der hat gerade durchgerufen.«

Luther wartet. Er mag Kimmy, an manchen Tagen liebt er sie geradezu. Sie wäre ein Geschenk des Himmels, hätte sie nicht die Angewohnheit, jede Information zu zerdehnen wie eine Staffel *Game of Thrones.*

»Ich höre.«

»Ines Welborn hatte doch ihre Katze als vermisst gemeldet.«

»So?«

»Du weißt schon, die getigerte.«

Ines Welborn, Betreiberin eines Bed & Breakfast in Goodyears Bar, einem Siebzigseelenkaff westlich von Downieville, umgeben von Wäldern. Was wenig beschreibt, da praktisch alles in Sierra umgeben von Wäldern ist.

»Ach, ja«, sagt er.

»Weil, sie hat ja auch noch die schwarze«, beeilt sich Kimmy klarzustellen. »Also genauer gesagt, ist die ein Kater, aber egal. Die getigerte ist jedenfalls verschwunden, und –«

»Können wir das beschleunigen?«

»Und jetzt hat Ines ihren Nachbarn beschuldigt, die Katze getötet und auf seinem Grundstück vergraben zu haben.«

Luther kratzt seinen Nacken.

»Welchen Nachbarn? Doch nicht etwa Billy Bob Cawley?«

»Moment, Luther.« Er kann das Klicken der Maus hören, als sie das Protokoll auf ihren Bildschirm ruft. »Doch, Billy Bob.«

Cawley, ein indianischstämmiger Frührentner, kümmert sich um den kleinen Friedhof hinter der Kirche, auf dem Folksängerin Kate Wolf begraben liegt. Was Goodyears Bar insoweit als Attraktion verbucht, als Emmylou Harris Kate Wolfs Songs gecovert hat.

»Billy Bob killt keine Katzen«, sagt Luther.

»Ines sagt, doch.«

»Wie kommt sie denn darauf?«

»Weil Billy Bob es herumerzählt hat und jetzt einen Rückzieher macht, er habe Ines nur damit ärgern wollen, aber Tucker ist dort und meint, Billy Bob verstricke sich irgendwie in Widersprüche –«

»Und wo sind die anderen?«

»Pete ist in Alleghany, herrenloses Fahrzeug, und danach zum Pass Creek-Campingplatz, wo eingebrochen worden sein könnte. Oder auch nicht. Troy müsste auf dem Weg nach Sattley sein, im Cash Store macht einer Randale, der nicht von hier ist, und belästigt die Leute. Der ist wahrscheinlich nur betrunken, will aber nicht gehen –«

Betrunken um acht Uhr dreißig. Man wird über die Jahre mit allerlei Frühstücksgewohnheiten vertraut.

»Und Robbie?«

»Brennender Müllcontainer.«

»Wie bitte? Dafür ist Calfire zuständig.«

»Ja, das stimmt, Luther, die kümmern sich ja auch jetzt drum. Robbie ist inzwischen unterwegs nach Sierraville, da ist nämlich was Komisches passiert, obwohl – komisch ist vielleicht nicht ganz der richtige Ausdruck, immerhin ein Notruf, damit soll man nicht scherzen, jedenfalls, der Anrufer meinte, er sei vorhin aus dem Snackshop gekommen, als drei Männer langsam an ihm vorbeifuhren und ihn angeschrien hätten.«

Luther schluckt die Nachfrage herunter und übt sich in Gelassenheit.

»Du kriegst auch noch dein Fett weg«, schiebt Kimmy pampig hinterher.

»Redest du mit mir?«

»Nein, das haben die geschrien!« Sie kichert. »Ach Gott, du dachtest, ich hätte – das war jetzt gut, als ob ich – egal. Jetzt hat er Angst, wegzufahren. Er kennt die Männer nämlich gar nicht, sagt er –«

»Schon gut. Wo ist Jamie?«

»Wahrscheinlich in Bassetts.«

»Wahrscheinlich?«

»Kate Buchanan rief an und bat uns, nach dem Hauptwasserhahn zu sehen. Sie ist ein paar Tage rüber zu ihrer Schwester nach Plumas und meint, sie hätte vielleicht vergessen, ihn abzudrehen.«

Bassetts liegt keine vier Meilen entfernt.

»Gut. Sag Jamie, er soll dem verdammten Hahn den Hals umdrehen und augenblicklich herkommen.«

»Würde ich ja gern«, versichert ihm Kimmy so larmoyant, dass man die Pedal Steel dazu wimmern hört. »Aber ich kann ihn nicht erreichen. Du weißt doch, sein Funkgerät –«

Ist kaputt, richtig. Seit drei Wochen.

»Alles klar. Kimmy, sei so lieb und treib irgendeinen von denen auf, ja? Egal, wen. Und frag nach, wo der Kollege von der Highway Patrol – warte mal –«

Ruth kommt den Weg hoch, das Mobiltelefon in der Rechten. Ihr Gang hat etwas Lauerndes. Alles an ihr wirkt wie im Feuer gehärtet. »Hab das Kennzeichen gecheckt.«

»Und?«

»Der Wagen ist auf einen Laden in Palo Alto zugelassen. Nordvisk Incorporated.«

»Der Hightech-Riese.« Luther hebt die Brauen. »Sieh mal an. Ein Firmenwagen also?«

»So schaut's aus.«

»Okay. – Kimmy? Noch was. Sieh zu, dass du einen Termin mit Phibbs zustande bringst, tunlichst in einer Stunde in meinem Büro. Ich brauche alles über eine Firma aus Palo Alto, Nordvisk Incorporated –«

»Nord –«, wiederholt Kimmy in Schreibtempo und verstummt.

»V. I. S. K«, schaltet sich Ruth ein.

»V. I. S. K«, wiederholt Luther. »Außerdem soll er sich schlaumachen, was gestern Abend und während der Nacht in der Gegend so los war. Du weißt schon, Partys, Besäufnisse, Streitereien, hat jemand was gehört oder gesehen, das Übliche – ach ja, ist Carl da?«

»V. I. S – K«, buchstabiert Kimmy. »Äh, wer?«

»Der Sheriff, Kimmy.«

»Nein, tut mir leid, Luther.«

»Du weißt nicht zufällig, wo er ist?«

»Doch. Weiß ich. Beim Arzt.«

Luther beendet das Gespräch und schaut Ruth an. »Ein Firmenwagen der Nordvisk-Gruppe in Sierra?«

»Was genau machen die überhaupt?«

»IT-Branche.« Er überlegt. »Ziemliches Kaliber. Kürzlich kam bei NBC was über frühe Formen von Intelligenz –«

»Im Ernst? Sie haben was über Kimmy gebracht?«

Er versucht, seine Erinnerung aufzufrischen. Beim Zappen hängen geblieben, bevor ihm die Augen zufielen.

Nein, nicht frühe Formen von Intelligenz.

Frühe Formen *künstlicher* Intelligenz.

Sie gehen zurück zum Geländewagen, während Luthers Blick jeden Stein und jede Tannennadel abtastet. Schon an der Einmündung zum Forstweg, wo der Boden dem Regen stärker ausgesetzt war, sind ihm Reifenspuren aufgefallen, die vom Fahrzeug der Toten stammen könnten. Bemerkenswert daran ist, dass sie in den Weg hinein- und augenscheinlich auch wieder heraus- und zurück auf den Highway führen. Was sich schlecht mit dem Umstand verträgt, dass der Wagen an der Douglasie klebt.

»Ziemlich viele Reifenspuren«, meint Ruth.

»Dachte ich auch gerade«, sagt Luther.

»Hier waren zwei Fahrzeuge, und damit meine ich nicht unseren Krankenwagen. Zwei mit ähnlichem Profil. Tippe, der zweite Wagen gehört Mister Schuhgröße achtundvierzig.« Sie zeigt Richtung Canyon. »Wenn wir hier alles haarklein unter die Lupe nehmen, werden wir Spuren von dem Kerl finden, die wieder bergauf führen, wetten? Nachdem sie abgestürzt ist, hat er sich auf den Rückweg gemacht.«

»Du meinst, nachdem er sie den Hang runtergejagt hatte.«

»Aber, aber.« Ruth hebt spöttisch die Brauen. »Derlei Einlassungen ohne Intimkenntnis des Corpus Delicti? Das ist unverantwortlich, Luther, höchst fahrlässig, wo bleibt übrigens Tucker?«

»Ermittelt in einer Mordsache.«

»In einer –« Ruth starrt ihn an. »Was, der auch?«

»Schlimme Geschichte.« Luther nickt. »Eine Leiche, wahrscheinlich vergraben im Garten von Billy Bob Cawley. Tucker nimmt ihn gerade in die Mangel.«

Er zieht seinen Hut tiefer in die Stirn und geht zurück zu der Toten.

Dr. Marianne Hatherley war mehr als zwanzig Jahre lang forensische Pathologin beim FBI, bevor sie sich ihrer Wurzeln besann und zurück an den Ort ihrer Kindheit kehrte.

Nicht, dass diese frühe Phase ihres Lebens von besonderen Freuden geprägt gewesen wäre, ebenso wenig wie die Zeit in Washington ihre Erinnerungen ins Goldbad getaucht hat, und schon gar nicht verdankt sich ihr Entschluss familienbedingten Sehnsüchten. Nach Mariannes Auffassung ist Familie etwas, das praktisch alle namhaften Literaten zu Tragödien inspiriert hat, in deren Verlauf genetisch bedingte Verworfenheit mit deprimierender Regelmäßigkeit in ein abscheuliches Ende mündet. Sich selbst nimmt sie von ihrer Verachtung nicht aus. Der Ehrlichkeit halber, lautet ihr Credo, sollte man schon in sehr jungen Jahren Abstand von der Vorstellung nehmen, besser geraten zu sein als die eigenen Erzeuger, und die Hatherley'sche Genealogie umfasst nun wirklich nichts, das man in Leder gebunden auf dem Nachttisch liegen sehen möchte. Soweit Marianne ihre Abstammungslinie zurückverfolgen kann, erblickt sie einen Haufen elender Taugenichtse, die allesamt dieselbe verkorkste Helix aneinander weitergereicht haben, wie also könnte sie besser sein? Woran auch der Umstand nichts ändert, dass sie es als Einzige in ihrer Sippschaft zu akademischen Weihen gebracht hat. All die gescheiterten Goldgräber, inzestuösen Hühnerzüchter und verlogenen Baptistenprediger vor Augen, die sie durch ihre Kindheit geprügelt haben, hätte sie zwar Anlass zu ein bisschen Selbsterhöhung, doch am Grunde allen Bemühens schillert nun mal der Charakter.

Und der ist in Mariannes Verständnis ihrer Person schlecht, weil er erbbedingt nicht anders sein kann.

So begegnet sie Darstellungen, sie habe nie geheiratet, mit den Worten, niemand habe ein Aas wie sie heiraten wollen, und schöpft aus ihrer selbst diagnostizierten Unzulänglichkeit die Freiheit, jedermann zu begegnen wie ein offenes Messer. Als nun ihr Vater vor acht Jahren voll wie ein Fass zum Angeln ging und der Zwölf-Kilo-Karpfen, den er prompt am Haken hatte, die größeren Kräfte entwickelte, wurde in Goodyears Bar das elterliche Haus frei. Da niemand sonst Anspruch darauf erhob, befand Marianne zwanzig Jahre FBI als ausreichend und Sierra als arm genug an sozialen Herausforderungen, um sich nicht jeden Tag darüber grämen zu müssen, ihnen nicht gewachsen zu sein. Sie eröffnete eine bescheidene Praxis für Allgemeinmedizin, von ihr spöttisch Institut genannt, und arbeitet seither dem Sheriffbüro als Gerichtsmedizinerin zu, und wenn sie dort überhaupt jemanden mag, dann Luther Opoku. Nur seinetwegen ist sie noch bereit, an Leichen herumzudoktern. Was sie natürlich nie zugeben würde, lediglich ihrer besten und mutmaßlich einzigen Freundin hat sie je davon erzählt, aber Luther weiß es auch so.

Deine einzige Freundin hat gequatscht, denkt er.

Beim Metzger, ohne dass ich darum gebeten hätte.

Die Sheriffwache ist spärlich besetzt. Jamie Withy – von Kimmy gestellt, als er nach Abdrehen des Buchanan'schen Wasserhahns Stärkung im Two Rivers Café suchte, und umgehend zur Absturzstelle beordert – fügt die Fragmente des Berichts zusammen und hat kurzzeitig die Telefonzentrale übernommen. Kimmy ist Milch holen gegangen, nachdem Luther ins Schwarz seines Kaffees geblasen und beiläufig gefragt hat, ob welche da sei, der Sheriff krankgeschrieben. Carls kleines Reich mit dem antiken Schreibtisch und den gerahmten Auszeichnungen steht offen. Obwohl Luther in wenigen Wochen dort residieren wird, strahlt es ultimative Verlassenheit aus.

»Deine Underwood mag mich nicht besonders«, eröffnet Marianne das Gespräch, als sie mittags aufkreuzt. Es klingt wie in sehnsüchtiger Erwartung, dass Luther ihr beipflichten möge.

»Wir können uns zu Carl setzen«, schlägt er vor.

»Ist mir übrigens auch egal.« Marianne folgt ihm. »Ich mag sie nämlich schon dreimal nicht.« Sie zieht einen der Besucherstühle heran und sinkt wie eine graue, zerzauste Feder darauf nieder.

»Kaffee?«

»Seh ich so aus, als wollte ich heute Nacht an der Decke tanzen?«

Luther lacht. »So stark ist der nicht. Jamie hat ihn gekocht.«

»Ach!« Marianne schaut mit gefurchter Stirn nach draußen, wo Jamie im Schein des Computers mit vor Konzentration gespitzten Lippen die Ermittlungsdetails zusammenfügt. »Dann muss es allerdings eine verdammt schlaffe Brühe sein.«

»Was hast du für mich?«

Sie fischt eine Akte aus ihrer Umhängetasche und legt sie seufzend neben ihn, ohne sie zu öffnen. »Genickbruch. Daran ist sie gestorben. Zwischen Mitternacht und ein Uhr morgens.«

»Genickbruch«, wiederholt Luther langsam. »Und wie –«

»Mutter Natur. In ihrem Kinn fanden sich Borkensplitter. Der Aufprall hat ihren Schädel derart zurückgeschleudert, dass der Dens axis keine Chance hatte. Ihr Rückenmark wurde durchtrennt, sofortige Zerstörung des Atem- und Kreislaufzentrums. Als sie in den Ästen zur Ruhe kam, war sie schon tot.«

»Was ist mit den anderen Verletzungen.«

Marianne schüttelt den Kopf. »Keine tödlich oder nur annähernd lebensbedrohlich. Sie hat drei gebrochene Rippen und eine Schienbeinfraktur, schließlich ist sie durch den kompletten Baum gerasselt, aber mit etwas mehr Glück könnte sie noch leben.«

»Also stammen alle Verletzungen vom Sturz.«

»Nein.« Marianne reibt ihre Fingerknöchel. Die Adern auf ihren Handrücken winden sich wie Schlinggewächse. Sie schaut Luther an. »Hättest du vielleicht doch ein Glas Wasser für mich?«

»Natürlich.«

Er geht nach draußen zum Wasserspender und füllt einen Becher ab. Als er zurückkommt, hat sie mehrere Fotos über den Schreibtisch verteilt. Sie zeigen die Tote in obduziertem Zustand, aufgenommen aus verschiedenen Distanzen und Winkeln. Ihre zahllosen Wunden sind gewaschen, die Augen geschlossen, der Y-Schnitt ist vernäht. Die Haut schimmert wächsern und bläulich, und die Totenflecken prägen sich dunkel aus. Asiatisch anmutende Tattoos zieren Arme und Rücken.

»Man erkennt es nicht auf den ersten Blick«, sagt Marianne und zieht ein Foto heran. Es zeigt eine seitliche Nahaufnahme des Kopfes. »Der größte Teil liegt unterm Haar verborgen, aber auf dem Wangenknochen kannst du es sehen. Hier, die Verfärbung.«

Luther beugt sich vor. Die Verfärbung kann alles Mögliche sein.

»Wo immer sie aufgeschlagen oder entlanggeschrammt ist, finden sich Mikropartikel der Kiefer in ihrer Haut«, erklärt Marianne. »Nur hier nicht. Diese Prellung ist anders. Auch was die Stoßrichtung angeht. Außerdem wurden Gewebe und Blutgefäße erkennbar *vor* dem Sturz geschädigt.«

»Jemand hat sie geschlagen?«

»Ja. Und wer weiß, was der Schlag angerichtet hätte.«

»Hätte?«

Sie legt ein anderes Foto vor ihn hin. Nahe dem linken Ellbogen ist ein Striemen zu sehen. Er zieht sich in eigentümlichem Winkel über den Unterarm, als ob – »Komm, Luther. Lass mich hoffen im Land der Dorftrottel.«

»Sie hat den Schlag pariert.«

»Hat ihn pariert, ja.« Sie nickt zufrieden. »Der Angreifer hat sie zwar am Kopf getroffen, aber sie hat dem Schlag die Wucht genommen.«

»Wie lange vor dem Sturz war das?«

»Du strapazierst meine Fähigkeiten. Aber gut, lass mich spekulieren. Nicht allzu lange davor. Eine Stunde vielleicht.« Ihre Hand klatscht auf die Akte. »Den Kleinscheiß, mikrobiologische und toxikologische Gutachten, DNA-Analyse machen sie in Sacramento. Dürftest du morgen bekommen – unter ihren Nägeln waren übrigens Hautfetzen.«

Sie verfällt in ein eitles Schweigen. Luther legt die Fingerspitzen aufeinander.

»Würde ich deine Fähigkeiten strapazieren, wenn ich dich frage –«

»Nein, du würdest mich bauchpinseln. Ohne den Molekülfledderern vorgreifen zu wollen, denke ich also, sie hat einen Mann gekratzt, und zwar seitlich des Halses. Ich hab Bruchstücke von Stoppeln gefunden. Wie gesagt, ein vorläufiges Ergebnis. Vielleicht auch ein besonders eklatanter Fall von Damenbart. Was weiß denn ich.«

Sie kippt ihr Wasser herunter, als Jamie reinkommt. Sein Blick fällt auf die Fotos und verschleiert sich in Betrübnis.

»So ein hübsches Mädchen«, sagt er.

»Ja.« Marianne schiebt die Fotos zusammen. »Und was hat's ihr genützt?«

Keiner sagt etwas, bis sie das Sheriffbüro verlassen hat und in ihren vorsintflutlichen Honda Civic gestiegen ist. Jamie steht am Fenster und schaut zu, wie die rostrote Karre vom Hinterhof rollt.

»Gott der Gerechte!«, bricht es aus ihm heraus. »Warum hab ich nur jedes Mal das Bedürfnis, hinter ihr durchzuwischen?«

»Weil du immer das Bedürfnis hast, durchzuwischen.« Tatsächlich ist Jamies Reinlichkeitsfimmel in einer Weise ausgeprägt, dass es verwundert, noch kein Desinfektionsmittel nach ihm benannt zu sehen. »Gehst du übrigens mal ran?«

911. Der Notruf. Nicht zwingend Indiz dafür, dass jemand in Not ist. Meistens vermisst nur einer seinen Labrador.

»Aufgelegt«, sagt Jamie.

Luther steckt seine Glock ins Halfter. »Okay. Halt hier die Stellung.«

»Geht nicht. Ich muss rauf nach Loyalton. Belästigungsanzeige.«

»Wenigstens so lange, bis Kimmy wieder da ist.«

»Die dann sofort wieder weg ist.«

»Erst um zwei.«

»Jetzt ist es halb zwei.«

Luther fühlt einen Anflug von Gereiztheit aufkommen »Wer von uns trinkt eigentlich Milch im Kaffee?«

»Nur du, glaube ich.«

»Kann nicht sein.«

»Deswegen ist sie aber los.«

Sofort hat er ein schlechtes Gewissen. Denn natürlich verdankt sich Kimmys buchhalterische Fürsorge ihrem liebenswerten Wesen, dem kein Mangel und keine persönliche Vorliebe entgehen. Sie bemuttert die Deputys wie eine Wölfin ihre Jungen, schleppt unermüdlich Tabletts mit Kuchen und anderen verzehrenswerten Dingen herbei und bevorratet das Büro, als stünde eine mehrwöchige Zombie-Belagerung zu erwarten. Man kann mit ihr Kriege gewinnen. Nur, wenn etwas fehlt, von dem sie meint, es solle da sein, schlägt das Ordnungsamt in ihrem Kopf über alle Verhältnisse hinaus Alarm. Luther wird mit seiner Notrufdisponentin reden müssen. Wegen Milch im Drugstore verschollen zu gehen, während sie hier zwischen alle Gäule gespannt sind, das schreit nach Neuordnung ihrer Prioritäten.

Jamie bringt sich vor seinem Computer in Stellung. »Woran ist die Frau denn nun gestorben?«

»Genickbruch.«

»Und was heißt das?« Die Finger des Deputys verharren über der Tastatur. »Mord?«

»Eher nein.«

»Was haben wir dann da draußen? Unfallort oder Tatort?«

»Möglicherweise beides.«

»Und was soll ich jetzt schreiben?«

»Von sinistren Mächten in den Tod getrieben«, murmelt Luther, in Gedanken an der Absturzstelle.

»Sehr poetisch. Kann ich das so –«

»Quatsch, Blödmann. Lass es offen.«

Wie ärgerlich es ist, das Ganze nicht einfach Mord nennen zu können. Körperverletzung, Nötigung, unterlassene Hilfeleistung – schwergewichtige Summanden in einer Gleichung, auf deren rechter Seite wie zum Hohn das Wörtchen Unfall steht, lächerlich. Als hätten sie es mit dem Resultat eines x-beliebigen Fehltritts zu tun. Gleichzeitig unterspült ein Gefühl des Zweifels seine Selbstsicherheit, und das ärgert ihn beinahe noch mehr. Was, wenn es tatsächlich nur ein Fehltritt war? Wenn du alles falsch interpretierst, und die Spuren, die der Toten, die des Mannes, die des zweiten Wagens, bezeugen schlicht eine Tragödie und kein Verbrechen? Es wird kein Mord daraus, nur weil du es so haben willst.

Will ich das denn?

Du weißt, worauf das Ganze hier hinausläuft. Die Tote im Baum. Das ist nicht einfach nur ein Fall, Mann. Du hast sie zu *deiner* Toten gemacht. Du drehst am Rad der Zeit.

Unsinn. Das hat nichts mit damals zu tun.

Es hat nur damit zu tun! Du bringst nichts zurück, und wenn du noch so viele Leute einbuchtest. Man kann nichts in Ordnung bringen, das keiner Ordnung gehorcht.

Das Notrufsignal erlöst ihn. Diesmal kommt er Jamie zuvor.

»Sierra County Sheriff Department.«

Jemand atmet leise in den Hörer. Naturgeräusche mischen sich hinein, Vogelzwitschern, das salvenartige Knattern des Windes.

»Hallo? Kann ich was für Sie tun?«

Ein paar Sekunden vergehen. Dann knallt es kurz und heftig, als sei dem Anrufer das Telefon aus der Hand geglitten und hart aufgeschlagen. Im nächsten Moment ist die Leitung tot, nur die Nummer im Display glüht eine Sekunde nach. Luther drückt auf Wahlwiederholung, lauscht dem Freizeichen und überprüft die Verbindung in der Datenbank. Das System liefert ihm eine Adresse mehrere Meilen nördlich von Downieville.

»Merle Gruber«, sagt er.

»Die alte Merle?«

Alt vor allem. Und zunehmend gebrechlich, seit ihr Mann vergangenes Jahr beim Stutzen der Rosenstöcke einem Hirnschlag erlegen ist. Eigentlich zu gebrechlich, um allein an einem Ort zu leben, dessen nächster Nachbar dreißig Gehminuten entfernt wohnt, aber Merle pflegt ebenso liebenswürdig wie stur auf die Besuche ihrer Kinder und Enkel zu verweisen, dank derer sie jederzeit Gesellschaft habe.

Aktuell scheint es mit Gesellschaft nicht weit her zu sein.

»Ich kann zu ihr rausfahren«, bietet Jamie an. »Könnte ich gerade noch schaffen, bevor –«

»Nein.« Luther greift nach seiner Jacke und geht zur Tür. »Ich muss sowieso in die Richtung. Phibbs wartet auf mich.«

Und es war *doch* Mord, denkt er im Hinausgehen.

So was in der Art jedenfalls.

Sierra County ist ein beständig ansteigender Hang, die seewärts gelegene Flanke der nördlichen Sierra Nevada. Den Großteil der Vegetation bilden Mischwälder, denen mit zunehmender Höhe imposante Felsmassive entwachsen, durchlöchert wie Termitenbauten. Meile um Meile bröckelnden Tunnelwerks haben die Goldgräber vergangener Epochen hinterlassen. Auf dem Höhepunkt des Rauschs Ende des neunzehnten Jahrhunderts lebten in Downieville über fünftausend Menschen, heute sind es knapp dreihundert, und immer noch wird emsig geschürft, sobald der Goldpreis steigt. Das Gestein sei voll des Edelmetalls, heißt es, und wie um den Traum zu nähren, prangen Nachbildungen faustgroßer Nuggets in einer Vitrine der Gemeindeverwaltung, doch die harte, beschwerliche Arbeit macht niemanden reich. Die meisten Siedlungen wurden vor langer Zeit aufgegeben. Was an nennenswerten Ortschaften geblieben ist, reiht sich auf die gewundene Schnur des Golden Chain Highway, mit Downieville als Verwaltungssitz, Sierra Stadt – in etwa so städtisch wie Mittelerde –, Sattley, Sierraville und schließlich Loyalton im Osten, ein beschauliches Örtchen voller Farmer, Holzfäller und Eskapisten. Luthers Mutter betreibt dort ein Café, und Luther muss an sie denken, als er mit quietschenden Reifen vom Highway in die Saddleback Road biegt, eine der zahlreichen Gebirgsstraßen, die selbst während der Mountainbike-Meisterschaften Einsamkeit ausstrahlen. Knapp fünfzig Meilen trennen Downieville von Loyalton. Die dreiviertel Stunde Fahrt dorthin rechtfertigt kaum die Spärlichkeit seiner Besuche, auch wenn die Gegend Robbies Streifenrevier ist und Luther in Downieville am Rande der Überforderung balanciert, doch jetzt gerade, während er die kurvige, einspurige Straße entlangdrischt, zu einer alten Frau, die er kaum kennt, fragt er sich, ob auch seine Mutter erst den Notruf betätigen muss, um ihn mal wieder zu Gesicht zu bekommen.

Allerdings würde Darlene Opoku vehement abstreiten, sich von ihrem Sohn vernachlässigt zu fühlen. Sofern sie überhaupt noch den Wunsch verspürt, ihm etwas einzubläuen, dann, dass er genug für Sie getan habe. Genug zur Sicherung seiner Kreditwürdigkeit dereinst vor der Himmelspforte, an deren Existenz sie ebenso unerschütterlich glaubt wie an die Gnade der dahinter waltenden Mächte. Luther, weit davon entfernt, sich moralisch auf der Habenseite zu wähnen, musste hingegen nicht erst des Glaubens an ein jenseitiges Bilanzwesen beraubt werden; er hat Religion schon als kollektiven Defekt wahrgenommen, als seine Mutter noch Stein und Bein auf die Vorzeigekraft ihrer Ehe schwor, und die brach entzwei, als er zehn war. Sein Unglaube ist somit das Einzige, das sie bekümmert, wenngleich nicht in einem Maße, dass es ihr Gottvertrauen trübte. Sieht Gott nicht alles? Er wird schon wissen, was ihr Junge geleistet hat, und ihn Teil seiner Herrlichkeit werden lassen.

Genau da liegt das Problem. Denn in Wahrheit hält ihn weniger Überlastung als die Unterschiedlichkeit ihrer Auffassungen ab, sie öfter zu besuchen. Es ist ihre überschäumend hohe Meinung von ihm, der er sich ausgesetzt sieht wie einem partout nicht zu klärenden Missverständnis. Wäre sie nur ein bisschen weniger im Auftrag des Herrn unterwegs, könnten sie in irdischen Belangen vielleicht besser zueinanderfinden, und sie würde ihm endlich auch den Mist, den er gebaut hat, schonungslos unter die Nase reiben, doch sie huldigt ihm mit dem Kirschkuchen seiner Kindheit und nennt ihn im Minutentakt ihren guten Jungen.

Die Bäume fliegen am Seitenfenster vorbei.

Nach zweieinhalb Meilen schießt Luther ungebremst in die Oak Ranch Road, parkt den Streifenwagen am Straßenrand und läuft über die staubige Auffahrt auf Merle Grubers Haus zu, die Rechte locker am Holster. Das grelle Mittagslicht saugt alle Kraft aus den Farben, wie auf einem Plakat, das zu lange in der Sonne gehangen hat. Zuckerkiefern und Goldtannen säumen den Weg, die Stämme kahl bis in die Spitzen, dazwischen bauschen sich Eiben und Schwarzeichen. Luther passiert eine Doppelgarage mit Rolltor. Der Chevrolet Pickup davor wurde länger nicht bewegt, abgestorbene Nadeln und bräunlich verfärbte Blätter sammeln sich zwischen den Scheibenwischern. Über ihm stößt ein Kiefernhäher warnende Schreie aus. Ein Eichhörnchen, kopfüber in eine Tanne gekrallt, beäugt Luther mit Argwohn und geht vorsorglich stiften. Von Downieville und dem Highway ist hier oben nichts zu hören.

»Mrs. Gruber?«

Sein Blick wandert über das marode Holzhaus, dessen Vorderfront auf Stelzen ruht, um das Hanggefälle auszugleichen. In den Zwischenräumen stapelt sich Brennholz, ein elektrischer Rasenmäher ist mit einer Plastikplane abgedeckt. Vor den Fenstern hängen Blumenkästen, in denen nichts wächst. Wie aus Solidarität mit der Bewohnerin ist das Giebeldach unter der Last der Jahre arthritisch in sich zusammengesunken. Eine Fernsehantenne Marke Eigenbau schmiegt sich ans Mauerwerk des Kamins, rechts führt eine von Gussleuchten flankierte Treppe hoch zur Tür und auf die rundum laufende Veranda. Ein betäubender Duft nach Bärenklau und Flieder steht in der Luft, vermischt mit Eukalyptus und dem zitrusartigen Aroma der Tannen. Luther erklimmt die Stiege und späht durch die Fliegengittertür. Schellt und hört den Glockenton in leeren Räumen verhallen.

»Mrs. Gruber? Sind Sie da?«

Hinter dem Haus bellt der Hund. Dasselbe überschnappende Kläffen, das ihm schon am Telefon aufgefallen ist. Er läuft die Veranda entlang, getrieben von unguten Gefühlen. Der Garten gerät in Sicht. Vergilbte Wiesen, durchsetzt mit Büscheln hoch aufgeschossenen Perlgrases, zwischen denen eine struppige Promenadenmischung ihren Schwanz jagt.

Als Erstes sieht er die nackten, geschwollenen Füße.

»Mrs. Gruber!«

Sie regt sich nicht. Luther eilt zu der niedergestreckten Frau, geht neben ihr auf die Knie und fühlt ihren Puls.

Ein Röcheln entsteigt ihren leicht geöffneten Lippen.

Nein, kein Röcheln.

Merle Gruber schnarcht.

Sie liegt auch nicht auf dem Boden, wie er jetzt sieht, sondern auf einer Art Campingpritsche, die Hände über ein geöffnetes Buch gefaltet, als fürchte sie, es könne aus eigener Kraft davonfliegen, während sie ihr Nickerchen hält. Die Lesebrille ist akkurat in der Nasenmitte platziert, im halbvollen Glas Tee neben ihr stellt eine Fliege entkräftet den Überlebenskampf ein.

Sacht berührt er Merle Grubers Arm.

»Mrs. Gruber. Nicht erschrecken. Wachen Sie auf. Ich will nur wissen, ob alles in Ordnung ist.«

Ihr Schnarchen verstärkt sich. Als Luther den Kopf hebt, sieht er in der offenen Terrassentür einen etwa dreijährigen Jungen stehen, der ihn anstarrt und ein schnurloses Telefon in Händen hält.

Seine Finger drücken wahllos auf die Tasten.

»Kimmy?«

»Ich hab schon gehört, du bist sauer, weil ich Milch holen gegangen bin, ach je, das war wirklich der falsche Zeitpunkt, ich weiß, Luther, *ich weiß!* Ich möchte doch nur, dass es allen gut geht, und du magst ihn ja nicht schwarz, aber das soll natürlich gar nicht als Entschuldigung gelten, wo wir doch so viel zu tun hatten, ich meine, ich kann diese Dinge ja auch außerhalb der Arbeitsstunden besorgen –«

»Alles ist gut, Kimmy.«

»Wenn es was Wichtiges gewesen wäre, aber Milch ist ja nicht wirklich wichtig, also jetzt gerade nicht –«

»Mach dir keine Gedanken.« Sein Blick fällt auf die Zeitanzeige. »Hast du nicht sowieso frei?«

»Ich bleib heute länger«, sagt sie entschlossen.

Er steuert den Streifenwagen aus der Oak Ranch Road zurück auf die Gebirgsstraße. »Wirklich? Kein Problem für dich?«

»Kein Problem, Boss!« Er sieht sie strahlen. Selbst das Funkgerät scheint zu strahlen. »Willie ist bei meinem Bruder. Wegen Gitarrenstunden und Angeln.«

Ist man erst mal in Kimmys Universum heimisch geworden, fehlt nicht viel zu der Erkenntnis, dass sie ihren Sohn nur nach Willie Nelson benannt haben kann.

»Wie geht's denn der armen Mrs. Gruber?«, fragt Kimmy.

»Ihr Enkel hat mit dem Schnurlosen gespielt. In dem Zustand, in dem ich sie angetroffen habe, wird sie uns wahrscheinlich alle überleben. Hast du was für mich?«

»Phibbs lässt dir ausrichten, er musste euren Treffpunkt verlegen.«

»Okay.«

»Du sollst zum Anbaufeld hinter Eureka kommen, das Tucker letzte Woche entdeckt hat.«

Warum konnte er mir das nicht selber sagen, denkt Luther.

»Er meint, sein Handy hätte da draußen keinen Empfang«, fügt Kimmy luzide hinzu.

»Ach so. Und wie hat er dich dann erreicht?«

»Einer der DEA-Leute hat ein Funkgerät im Wagen.«

Luther kann kaum glauben, was er da hört. »Welche DEA-Leute?«

»Weiß nicht.« Kimmy zögert. »Er hat nur gesagt, er wäre mit ein paar von denen da draußen. Du kennst ihn ja. Er ist manchmal ein bisschen – ähm – rätselhaft.«

Rätselhaft trifft es. »Sonst noch was?«

»Lärmbelästigung in Forest, herrenloser Golden Retriever, zwei Fälle von überhöhter Geschwindigkeit, wahrscheinlich derselbe Wagen. Anfrage aus Calpine wegen einer Extrastreife, die Anwohner sagen, jemand treibt sich da rum. Aus Sierraville haben wir eine Vermisstenanzeige reinbekommen, der Mann ist dement, mit dem Auto unterwegs und zuletzt am Stampede Lake gesehen worden, wo er sich auszog und seine Schuhe ins Wasser warf. Und Billy Bob Cawley hat zugegeben, die Katze getötet zu haben. Es sei aber ein Unfall gewesen.«

»Was Neues über die Tote vom Canyon?«

»Nichts.«

»Gut. Ich fahre zu Phibbs. Ach ja, wir sollten öfter mal bei Mrs. Gruber nach dem Rechten sehen. Ihre Familie scheint wenig dagegen zu tun, dass sich in ihrem Kühlschrank intelligentes Leben entwickelt.«

Er wendet und brettert weiter die Saddleback Road hoch.

Leute von der DEA?

Detective Phibbs geht ihm auf die Nerven. Dabei ist der Mann nicht schlecht und im Übrigen alternativlos, weil der einzige Detective, den sie in Sierra haben. Luther weiß wie kein anderer, dass Phibbs gerade in der Drogenbekämpfung hervorragende Arbeit leistet. Anders als die Deputys trägt er ausschließlich Freizeitkleidung und fährt einen Zivilwagen, den ihm das County stellt, um nicht gleich als Cop aufzufallen. Er genießt diverse Privilegien, gestaltet seinen Arbeitsplan nach Belieben und ist autorisiert, mit den Dienststellen der umliegenden Countys Informationen auszutauschen, einer der Gründe, warum das Verhältnis der Departments untereinander vom Geist der Kooperation getragen ist.

Natürlich arbeitet Phibbs auch mit der DEA zusammen, der US-Drogenvollzugsbehörde, die dem Justizministerium untersteht und immer dann ins Spiel kommt, wenn Washington die staatliche Sicherheit gefährdet sieht. Die DEA wiederum neigt ähnlich wie das FBI zur Einmischung in kommunale Belange und hat für das Selbstbild der Bezirkssheriffs, als letzte Verteidigungslinie der Bürger gegen Big Brother zu fungieren, nur joviale Verachtung übrig. Phibbs ist gewissermaßen das Scharnier, damit es im Interessenkonflikt nicht zu sehr quietscht.

Vor zwei Jahren stand Phibbs, an seinen Wagen gelehnt, ein kaltes Sierra Nevada Pale Ale in der Hand und in beschwingter Konversation mit einer ziemlich hübschen Drogenermittlerin aus Sacramento, am Rande einer illegalen Marihuana-Plantage im County Plumas. Deren Betreiber waren gerade ihren Aufenthalten im Bezirksgefängnis zugeführt worden, als jemand auf die großartige Idee kam, die ganze Plantage einfach abzufackeln und die Riesensäcke voll getrockneten Dopes, die sie in einer nahe gelegenen Scheune gefunden hatten, gleich mit. Als Folge begann bald der größte Joint in der Geschichte Nordkaliforniens zu qualmen. Unerwartet aufkommender Wind tat das Seine, und zwölf Rechtsvollstrecker, darunter Phibbs und die Drogenermittlerin, mussten mit einer Rauchvergiftung und high wie Big Lebowski in die Klinik eingeliefert werden.

Seitdem ist Phibbs, wie Kimmy es so treffend ausgedrückt hat, ein bisschen rätselhaft.

Luther steuert den Streifenwagen entlang der Bergflanke in die höheren Gefilde des Tahoe Nationalparks. Die Saddleback Road ist gefleckt von Sonnenlicht, das sich zwischen den Baumwipfeln seinen Weg sucht, Reflexe huschen über die Windschutzscheibe. Weitkurvig geht es bergan. Mehrfach überholt er Mountain Biker, die mit ihren Giro-Helmen aussehen wie Aliens aus einer budgetschwachen Sciencefiction-Serie und gebückt in die Pedale treten. Dann lichtet sich der Wald. Die Straße führt vorbei an Felsabbrüchen über Bergweiden, marmoriert von blankem Gestein und Schneefeldern. Kurz vor dem Gipfel nimmt Luther die Abzweigung nach Eureka, die ihn auf eine quarzgelbe Ebene führt, durchsetzt mit Schotter, Buschwerk und blassgrünen Tümpeln. Ein Schild, dem zur Western-Requisite nur die Einschusslöcher alter Repetiergewehre fehlen, erzählt vom Goldgräberstädtchen Eureka City aus der Zeit Abraham Lincolns, das wie alle Ansiedlungen seiner Art im Rausch entstand und verging.

Knapp eine Meile westlich davon zweigt ein überwucherter Forstweg ab. Unter schwer von Laub durchhängenden Ästen sieht Luther Phibbs Dodge und ein weiteres Zivilfahrzeug parken. Er steigt aus, saugt die frische kühle Luft und den Duft der feuchten Erde in sich hinein, schlägt sich in die Büsche und folgt dem Verlauf eines Bachbetts, das zur Schneeschmelze eigentlich nicht ausgetrocknet sein sollte, aber lediglich ein trauriges Rinnsal führt. Nach einigen Hundert Metern gerät die Ursache ins Blickfeld. Jemand hat den Creek, der für Zulauf sorgen sollte, gestaut und durch ein System flexibler Plastikrohre umgeleitet, die eine halbe Meile entfernt auf ein verstecktes Areal münden. Tausende Liter Wasser wurden auf diese Weise abgezweigt. Schon einmal war Luther hier, unmittelbar nachdem Deputy Robbie Macarro einem Tipp folgend die Plantage entdeckt hatte. Der Anblick entfacht erneut seine Wut. Zwischen zwei Rottannen hängt eine provisorische Hütte mit schief sitzendem

Wellblechdach. Leinen spannen sich von Baum zu Baum, um das geerntete Marihuana zu trocknen, das im weiten Umkreis angepflanzt wurde. Überall liegt Müll herum. Leere Dosen, Plastikflaschen, in denen noch das Insektizid schwappt, mit dem die Züchter die empfindlichen Cannabis-Pflanzen zu schützen bemüht waren, Behälter für Flüssigdünger, Kanister, deren Aufschriften Umweltschützern den Schlaf rauben: Furadan, Carbofuran, Methymol. Hochtoxisches Zeug, von dem schon ein Viertel Teelöffel einen Menschen tötet. Aufgerissene Konserven verteilen sich um einen Kocher und bezeugen, dass sie hier vorwiegend von Instantnudeln gelebt haben, neben dem Generator gammelt ein mit Teakholzfolie beklebter Röhrenfernseher vor sich hin. In all der Sauerei parliert Phibbs angeregt mit zwei Männern, die das Adlerwappen der DEA auf ihren Windjacken tragen.

»Hey, Luther! Entschuldige, dass du extra hier raus –«

Luther schiebt ihn beiseite. »Kann es sein, dass ich nichts von Ihrem Hiersein weiß?«

Die DEA-Agenten drehen die Köpfe, betrachten ihn, und er betrachtet sich in ihren verspiegelten Brillen. Einer bringt ein geschäftsmäßiges Lächeln zustande. »Bei allem Respekt, Sir, jetzt wissen Sie's.«

Luther nimmt seinen Hut ab. Fährt sich mit der flachen Hand über den Schädel und wischt den Schweiß aus dem Nacken.

»Entschuldigung, ich muss mich verhört haben. Was sagten Sie gerade?«

»Hier geschieht nichts, was Sie besorgen müsste.«

»Das ist schön zu hören, Agent –«, er beugt sich vor, um das Namensschild lesen zu können. »– Forrester, aber wir sollten vielleicht einiges klarstellen.«

»Ähm, Luther –«, sagt Phibbs.

»Das hier ist kein Fall für die Bundesbehörden«, fährt Luther fort, ohne ihn zu beachten, »oder irre ich mich? Bis gestern war das einfach nur eine illegale Plantage.«

»Luther –«

»Klappe, Phibbs. Verstehen Sie mich nicht falsch, wir freuen uns über jede Unterstützung, und das meine ich ernst. Will sagen, die Male, wenn wir Sie wirklich bräuchten, weil uns mexikanische Hohlspitzgeschosse um die Ohren fliegen, würden wir Ihnen Jungfrauen opfern vor Freude, Sie hier zu sehen. Abgesehen davon muss ich darauf bestehen, dass Sie Ihre Aktivitäten in Sierra mit uns absprechen.«

Die beiden DEA-Agenten sehen sich an, dann sagt der andere: »Wir *haben* es abgesprochen. Mit Ihrem Sheriff.«

»Mit Carl Mara?«

»Gibt's noch einen?«

»Das wollte ich dir die ganze Zeit erklären«, murmelt Phibbs.

Sekunden verstreichen, während derer niemand etwas sagt. Luther wartet, dass sich die Wut auf Carl einstellt, der schlicht vergessen hat, ihn zu informieren, dass jetzt die DEA mit im Boot sitzt. Stattdessen verspürt er Traurigkeit. Carls Rheuma und übrige Gebrechen geben respektable Gründe ab, das Amt vorzeitig in jüngere Hände zu legen. Ist Luther erst gewählt, was dank seiner Beliebtheit und mangels Gegenkandidaten außer Zweifel steht, kann der Alte sich unter Beifall auf die Lorbeeren dreier Amtsperioden betten, und man muss sagen, es waren gute Jahre. Dass Luther in jüngster Zeit mehr als beschäftigt war, Carls fortschreitende Demenz zu kaschieren, braucht die Welt nicht zu erfahren.

»Wo wir von Hohlspitzgeschossen reden«, nimmt Agent Forrester das Gespräch wieder auf. »Das waren keine Hippies, die hier ihr persönliches *California Dreaming* zelebrieren wollten.«

Luther starrt ihn an. »Ach, wirklich?«

»Wirklich.« Forrester nickt Phibbs zu. »Erklären Sie's ihm.«

»Was erklären?«, fragt Luther.

»Na ja.« Phibbs krault seinen Ziegenbart. »Ich hab Carl erzählt – ich meine, ich hab Hinweise darauf gefunden, dass die Sauerei hier auf Kosten der Bohnenfresser geht. In Plumas haben sie gestern Nacht einen Illegalen hochgenommen mit Verbindungen zu Los Caballeros Templarios. Ist mehrfach in der Gegend um Eureka gesehen worden. Gibt er übrigens zu, will aber von Marihuana nichts gewusst haben.«

»Nein, er dachte, er legt einen Ziergarten an.« Luther sieht den anderen DEA-Agenten einen vergammelten Hot Dog vom Boden aufheben. Eine Seite ist angebissen und schwarzrot gesprenkelt von Ameisen. »Vorsicht! Der ist giftig.«

»Was Sie nicht sagen.« Der Mann hält die Bissstelle hoch. »Dann hat da keiner Ihrer Deputys dran genascht?«

Arschloch, denkt Luther.

»Undersheriff, wir *wissen*, dass die Typen vergiftete Köder auslegen, damit ihnen die Schwarzbären nicht ins Dope scheißen.« Der Agent feixt. »Dennoch besten Dank für den Tipp.«

Agent Forrester schaut auf seine Füße, nimmt die Sonnenbrille ab und streckt Luther die Rechte entgegen. Sein Alter ist schwer zu schätzen. Er könnte Mitte fünfzig oder schon über sechzig sein.

»Tut mir Leid, dass wir einen schlechten Start hatten.«

»Sie müssen sich nicht entschuldigen.«

Forresters Blick fällt auf sein Namensschild. »Opoku? Waren Sie nicht selber mal bei unserem Verein?«

»Nein. Aber wir hatten miteinander zu tun.«

»Mitte der Nuller, richtig?«

»Sollten wir uns begegnet sein?«

»Nicht direkt, aber ihr Name hat bei der DEA einen guten Klang. Sie waren eine respektable Nummer im Sacramento Sheriff Department.«

»Drogenermittlung, ja.«

»Was tun Sie in Downieville?«

»Wozu mir in Sacramento die Zeit fehlte.«

»Klingt ja nervenzerfetzend spannend. Ich meinte, was tun Sie in einem *Kaff* wie Downieville.«

Luther seufzt. Willkommen im Karussell. Seit nunmehr zehn Jahren dreht sich die Frage da schon im Kreis, nehmen Sie sich ein Pferdchen, Agent Forrester. Machen Sie sich's bequem in meinem Kopf.

»Meine Mutter lebt in Loyalton«, antwortet er, so ziemlich der letzte Grund, warum er aus einem der größten Sheriff Departments Kaliforniens, noch dazu im Steilflug einer glanzvollen Karriere, ins verschlafene Sierra gezogen ist, um dort vermisste Retriever aufzuspüren und alten Damen zu erklären, dass sie ihr Schnurloses vor der Brut ihrer Söhne und Töchter in Sicherheit zu bringen haben. Aber die Wahrheit geht den DEA-Typen nichts an.

»Wenn Sie mich einen Moment entschuldigen, Agent Forrester.« Er beordert Phibbs mit einer Kopfbewegung zu sich und zieht ihn außer Hörweite der Agenten. »Das Missverständnis geht auf meine Kappe, klar? Mein Fehler.«

»War's denn deiner?«, fragt Phibbs.

»Wir hängen Carl nicht hin. Natürlich war es nicht meiner, er hat mich nicht informiert. Ich weiß weder, dass die DEA im Spiel ist, noch von eurem Illegalen.«

Phibbs nickt bedächtig und spuckt in die Cannabisblätter. »Ich war bis vorhin in Quincy, sonst wäre ich zu dir ins Büro gekommen. Das hier könnte Teil einer größeren Sache sein, also wie soll ich mich verhalten? Abgesehen davon, dass ich fortan direkt dich über alles auf dem Laufenden halte.«

»Wenn es zur Bundessache wird, wird es zur Bundessache.«

»Forrester ist eigentlich ganz in Ordnung.«

»Schön. Sieh zu, dass er sich an die Regeln hält.«

Phibbs legt den Kopf in den Nacken und dreht ihn langsam hin und her, bis es knackst. »Klar, Luther.«

»Dann schieß los.«

»Also, ich hab ein bisschen recherchiert, während meine zwei Freunde da drüben den Mexikaner in die Mangel nahmen. Keine Auffälligkeiten gestern Nacht.«

Beinahe enttäuschend. Das Wochenende hat den ersten nennenswerten Schwall Touristen nach Downieville befördert. Sie sind über den Flohmarkt geschlendert, haben sich beim Grillwettbewerb die Bäuche mit Rippchen vollgeschlagen und abends in den Straßen getanzt. Nichts Wildes. Line Dance zum Gedenken an die seligen Goldgräberzeiten, deren raue Wirklichkeit sie nicht erleben mussten, während ein paar Dutzend Musikbegeisterte im Yuba Theatre heimischen Nachwuchstalenten zujubelten und im St. Charles Place mit Corona und Budweiser nachspülten. Um elf war alles vorbei und niemand ernsthaft betrunken oder in Stimmung für Randale. In der alten Mine in Sierra City westlich der Absturzstelle spielten die Rattlin' Bones und Juliet Gobert blitzsauberen Folk, bei Sorracco's Garden stieg eine Weinverkostung. Kurz vor Mitternacht fuhr Robbie Macarro, nachdem sich Leute beschwert hatten, zum nahe gelegenen Wild Plum Campingplatz, wo eine Gruppe Studenten aus Reno die lokale Fauna mit Kanye West und Jay-Z beschallten, sorgte dafür, dass Streifenhörnchen, Wiesel und Specht in den Schlaf fanden, und das war's schon.

»Was hast du über Nordvisk?«

»Was ich auf die Schnelle zusammenkratzen konnte.« Phibbs drückt Luther einen Zettel und einen USB-Stick in die Hand. »Wikipedia, Artikel, Interviews. Hab dir 'n paar Durchwahlen aufgeschrieben. Platzhirsch im Silicon Valley. Wie Google, nur weniger bekannt, also, in der Öffentlichkeit. Sie betreiben keine Suchmaschinen und schlagen sich nicht mit Social-Media-Plattformen rum, um verblödeten Teenies vollends das Hirn zu zersetzen. Das sind Kreative, Luther. Typen, die unentwegt Eier ausbrüten, aus denen dann irgendwelche Wundertiere schlüpfen.«

»Geht's weniger blumig?«

»Künstliche Intelligenz und maschinelles Lernen«, sagt Phibbs. »Sie haben 'ne Art Supercomputer entwickelt, wie HAL aus 2001, nur nicht so niederträchtig. Ihrer heißt Ares. Ein im Akkord kackender Goldesel. Damit gibt Nordvisk weltweit den Helden: führend bei Big Data, Internet der Dinge, Robotik, medizinischen Therapieprogrammen, pilotiertem Fahren, Mimik- und Spracherkennung, der heißeste Scheiß. Elmar Nordvisk und seine

Kumpels schreiben die Programme und verkaufen die Lizenzen. Die Hardware bauen meist andere, darum sind sie vergleichsweise schlank. Eben mal tausend Mitarbeiter, bis auf ein paar wenige alle in Palo Alto.«

»Und die wenigen?«

»Auch in Palo Alto.« Phibbs zwinkert und schaut einem Vogel hinterher.

»Komm zum Punkt.«

»Offiziell dort. Aber ich hab ein bisschen gebuddelt. Wie's aussieht, gibt's eine Dependance. Und nun rate mal, wo.«

»Sierra«, sagt Luther.

»Über Google Earth nicht zu finden«, nickt Phibbs. »Keine Fotos im Netz, keine Standortbeschreibung, kein Wort auf der Homepage. Bloß bin ich beim Surfen auf einen Blog irgendwelcher Verschwörerärsche gestoßen, die mutmaßen, Nordvisk halte in Sierra Kontakt zu Außerirdischen. Der übliche Bullshit. Trotzdem hab ich die Grundbucheintragungen gecheckt, und Bingo! Elmar Nordvisk besitzt Land im Sierra Valley. Und zwar in Flugplatzgröße.«

»So?« Luther runzelt die Stirn. »Wo soll das denn sein?«

»An der Grenze zu Plumas.«

»Aber da ist nichts.«

»Tja.« Phibbs zuckt die Achseln »Was auch immer da ist oder nicht ist – deine Tote könnte von dort gekommen sein.«

Als Luther über die gelbe Ebene zurückfährt, von der einst eine komplette Goldgräberstadt mit Hotels und Saloons, Bordellen, Kirche, Sheriffbüro, Leichenbestatter, Wohnbaracken und Minengebäuden so vollständig getilgt wurde, als hätte sie schon immer nur in der Phantasie John Fords existiert, beschließt er, nicht gleich zurück nach Downieville zu fahren. An der Kreuzung hält er sich links und nimmt die Abzweigung zum Gipfel des Saddleback. Nach einem kurzen Waldstück führt die Schotterstraße um einen kahlen Hügel herum zum höchsten Punkt, und der Himmel, nicht länger eingezwängt zwischen Baumwipfeln, Fels und Architektur, öffnet sich zu einer Weite, die ein diffuses Sehnsuchtsgefühl aufkommen lässt – Heimweh vielleicht nach der Frühzeit kosmischer Genese, als alles Leben, das die Erde dereinst bedecken würde, schon in den gewaltigen Wasserstoffwolken beheimatet war.

Luther parkt neben einem roten Pickup und steigt aus. Über dem Weg stehen Staubpartikel, die das Licht der Mittagssonne reflektieren. Für Ende April ist es ungewöhnlich heiß. In gleich welche Richtung man blickt, erstrahlt der Horizont weiß, als löse die Hitze Atome aus dem Boden und lasse die Erde langsam verdampfen. Ein rundverglastes Gebäude krönt die Felsen, die Saddleback-Mountain-Feuerwarte. Luther steigt die Außentreppe hoch und betritt den einzigen, lichtdurchfluteten Raum, beherrscht von Messgeräten und einem drehbaren Winkelanzeiger, um Waldbrände zu lokalisieren. Neben dem kleinen Schreibtisch kocht Wasser auf einem altertümlichen Gasherd. Das Bett ist frisch bezogen, wahrscheinlich der Schlafplatz mit dem besten Blick in ganz Sierra.

»Hi, Buster«, begrüßt er den bulligen Mann mit der Schirmmütze, der ihn von Weitem hat kommen sehen und zwei Becher auf den Tisch stellt. »Wie ist der Tag?«

»Wie jeder andere.« Buster nimmt den Kessel vom Feuer und gießt Kaffee auf. Sofort durchzieht ein betörender Duft die Station. »'ne Menge zu tun, Luther, alles Kleinkram, von dem du nichts wissen willst. Kommst gerade richtig.«

Im Funkgerät rauscht es, Stimmen durchwandern den Äther. Über Sierra und die umliegenden Countys verteilen sich etliche Feuerwarten, die rund um die Uhr in Kontakt stehen. Ihre Einzelpeilungen übereinander gebracht, lassen sich Brandherde koordinatengenau orten und gezielt Löschzüge losschicken. Buster öffnet eine Plastikdose.

»Lust auf 'n Sandwich?«

»Nein, danke.«

»Meine Frau hat sie heut morgen frisch gemacht.« Er schneidet die Milchtüte an. »Du weißt nicht, was dir entgeht.«

»Truthahn. Mit Jalapeños und Käse.«

»Ja, ich bin ein Gewohnheitstier. Und du bist bald Sheriff. Musst essen, damit du groß und stark wirst.« Er lacht heiser, gibt einen ordentlichen Schuss Milch in Luthers Kaffee, reicht ihm den Becher. Luther bläst in die dampfende Flüssigkeit und grinst pflichtschuldigst über den abgestandenen Witz. Buster ist mindestens einen Kopf kleiner als er. »Und was führt dich rauf zu mir, Junge?«

»Dein Kaffee.«

»Klar, und ich bin wegen der rauschenden Partys hier.«

»Wir haben einen Todesfall. Jemand ist abgestürzt.«

»Diese verdammten Kids«, sagt Buster kopfschüttelnd. »Städter.«

»Keine Kids. Könnte sich um ein Verbrechen handeln.«

»Doch nicht in unserem schönen Sierra.«

»Nein, nie. Ist kompliziert. Vielleicht auch ganz einfach. Ich muss in Ruhe nachdenken.« Luther tippt an seine Schläfe. »Wenn du's rauchen siehst, schlag keinen Alarm. Ist nur mein Kopf.«

Er geht mit seinem Kaffee nach draußen und setzt sich auf einen Felsbrocken. Genießt einen Moment die Stille hier oben. Geräusche scheinen nicht länger an ihren Ursprung gebunden, sondern schweben frei im Raum, ein steter Fluss von Klangpartikeln, die der Wind heran- und mit sich fortträgt. Werden und Vergehen, dessen Zeuge Luther wird, ohne etwas davon festhalten zu können. Wenn Vergänglichkeit die Natur aller Dinge ist, also auch der Gedanken, kommt man ihr hier so nahe wie sonst kaum irgendwo, und an manchen Tagen gäbe er so einiges für das Verlöschen seiner Erinnerungen oder dass der Wind sie einfach davontrüge. Ein Stück abwärts, in Höhe der höchsten Baumwipfel, ragt ein windschiefer Fahnenmast aus einem schneegefleckten Haufen Geröll. Das Sternenbanner bläht sich in der erhitzten Luft. Auch wenn sattes Grün die Landschaft zurückerobert, das mit zunehmender Entfernung ins Blaue und schließlich Tiefblaue schlägt, sodass man am Horizont einen in riesigen Wogen erstarrten Ozean zu erblicken glaubt, hat die Szenerie etwas von 1969, Mare Tranquillitatis, grob gepixelte Schwarzweißbilder auf den Monitoren alter Röhrenfernseher, Fiepen und Rauschen, durch das eine Stimme dringt wie eine Abfolge atmosphärischer Störungen:

Das ist ein kleiner Schritt für den Menschen –

Als genüge ein Stück Stoff an einem Stecken, in den Boden gerammt, um ein Land in Besitz zu nehmen oder besser gleich einen kompletten Himmelskörper.

Vielleicht, denkt Luther jedes Mal, wenn er auf diesem Stein sitzt, ist es gar nicht so sehr Stolz, der viele Amerikaner das Sternenbanner in ihre Gärten pflanzen und an die Fassaden ihrer Häuser nageln lässt, sondern um sich allmorgendlich zu versichern, dass dies noch ihr Land ist. Vielleicht treibt uns die Angst, es andernfalls wieder zu verlieren. An Indianer, Kommunisten, Muslime, Drogenbarone, Atheisten, Schwule, Feministinnen, Aliens. An die bei Nacht und Nebel über die Grenze strömenden Mexikaner, all die bitterarmen Alambristas, die in ihren verzweifelten Anstrengungen, der Hölle ihrer Umstände zu entrinnen, kein Hindernis scheuen. An die Flüchtlinge aus Nahost, an Klimaapokalyptiker, an die Traumata der Vergangenheit, Stahl in der Skyline, die zerschellende Front, in der sich Amerikas Größe gespiegelt hat, fast schon egal an wen oder was, solange nur das Banner der Freiheit weht. Als müsse ein Land in seine Nationalfarben verpackt werden wie von Christos Hand, um es vor fremdem Zugriff zu bewahren.

Aber die Welt ist in paradoxer Umkehr der Zunahme ihrer Probleme einfacher geworden.

Die Erklärungen sind einfacher geworden. Schriller. Unmenschlicher. Wenn Luther morgens aus der Galloway Street auf den Court House Square tritt und die paar Schritte hinüber zum Sheriffbüro geht, fühlt er sich jedes Mal wie angesprungen. Abseits des Gerichtsgebäudes, im höhlenartigen Schatten mächtiger Kiefern, lauert der alte Galgen von Downieville, als werde er noch mal gebraucht. Ein mehr als doppelt mannshohes Holzgerüst, das den Eindruck erweckt, ins Sonnenlicht galoppieren zu wollen, ermuntert durch das landesweit anschwellende Geheul derer, die sich von rechten Populisten vorgaukeln ließen, man könne die Vergangenheit ins Weiße Haus wählen. Ein einziges Mal nur, 1885, ist das Ungetüm in Gebrauch gewesen, als der damalige Sheriff einen zwanzigjährigen Mörder dort aufknüpfen ließ. Es war die letzte legale Hinrichtung in Sierra, erklärt man den Touristen, die das Ding ehrfürchtig bestaunen, aber was heißt das in einem Land, das sich mit Hinrichtungen, also mit der Vollstreckung des Todes, vor dem Tod zu schützen versucht?

Luther liebt sein Land. Zugleich bestürzt ihn die Geschwindigkeit, mit der es von den Gezeiten einer verfehlten Globalisierung zerrissen wird, die an der ganzen Welt zerren und es Zockern, Faschisten und Hasardeuren allerorts erlauben, Brandreden in einem Vokabular zu schwingen, das sich noch vor wenigen Jahren verboten hätte. Und es scheint kein Entrinnen vor dem Gift zu geben, das diese Typen versprühen. Nirgendwo. Wenn er je dachte, an einem Ort wie Downieville Frieden zu finden, hat er sich jedenfalls gleich in mehrfacher Hinsicht getäuscht.

Luther liebt auch die Flagge.

Aber am Ende des Tages ist sie lediglich ein Stück Stoff.

Er trinkt einen Schluck Kaffee und lenkt seine Gedanken auf die Tote im Hang.

Der Wind hat aufgefrischt. Noch ist der Himmel wolkenlos, doch für den Abend sind neue Regenschauer angekündigt. Ruth Underwood parkt den Streifenwagen hinter Danes' Automotive in Sierra City, spart sich den Weg durch die Anmeldung und geht direkt unter dem offenen Rolltor hindurch in die Werkshalle. Ein Duftgemisch aus altem und frischem Öl, Gummi und Benzin schlägt ihr entgegen. Diffuses Licht strömt aus der Blindglaskuppel im Dach, verstärkt von Neonleuchten. An mehreren Hebebühnen wird gearbeitet, die kahlen Wände spielen einander Klangreflexe zu. Zwischen Regalen voller Werkzeug und Ersatzteile ringt Bruce Springsteen mit den Unzulänglichkeiten eines Radios, dessen Frequenzbereich den Namen nicht verdient. Meg Danes kommt ihr entgegen und wischt die Hände an einem Lappen ab. Ein Leuchten huscht über ihre Züge: »Ruth!«

»Ich dachte, ich schau mal, wie weit ihr seid.«

»Wir haben die Kiste auf links gedreht.« Meg rollt die Augen. »Das Ding ist ein verdammter Panzer.«

Sie wirft den Lappen in ein Regalfach und geht zu dem Geländewagen, der über einer Werkstattgrube steht. Ruth folgt ihr ohne Eile, während sie die Frau vor sich betrachtet. Meg ist eine dunkelhaarige Endvierzigerin mit einem ewigen Mädchengesicht, das kaum altern will. Als Ruth aus der bleiernen Schwüle Tennessees hierherzog, war Danes' Automotive schon seit geraumer Weile Vertragspartner des Sheriffbüros für eine Vielzahl kriminaltechnischer Untersuchungen. Vor fünf Jahren betrat eine neue Bürokraft den Werkstattempfang und verließ ihn mit einem bis zur Schwachsinnigkeit betörten Mr. Danes, um ihn jedoch gleich hinter der Grenze von Colorado gegen einen Pornoproduzenten einzutauschen. Mr. Danes, arg ernüchtert, bekundete, nach Sierra zurückkehren zu wollen. Meg ließ ihn wissen, im Falle seines Wiedereinzugs seinen Schwanz noch in der ersten Nacht mit der Heckenschere bekannt zu machen. Mr. Danes eröffnete daraufhin am Stadtrand von Grand Junction einen Reifenhandel und hielt seinen Anwalt mit Megs angeblicher Frigidität auf Trab. Bevor sich ein Gericht der Sache annehmen konnte, stieg Mr. Danes nach durchzechter Nacht beschwingt von 2,8 Promille in seinen Wagen, landete im Colorado River und ertrank. Seitdem liegt Danes' Automotive in Megs Händen, und sie schmeißt den Laden, dass kein Mensch je wieder nach Mr. Danes gefragt hat.

Ruth schaut auf die Uhr. Viertel nach drei.

Ihre erste Pause an diesem Tag. Und auch nicht wirklich, aber so fühlt es sich an. Noch vor Luthers Eintreffen war sie mit ihrer Handycam zum Grund des Canyons hinabgestiegen und entlang der verkeilten Granitblöcke, deren Kanten so frisch wirken, als seien sie eben erst aus der Steilwand gebrochen, über schlüpfrige Schotterbänke und durch dorniges Strauchwerk zu einer Stelle im abschüssigen Unterholz vorgedrungen, von wo aus sie den gefallenen Engel ablichten konnte. Als Jamie eintraf, hatte sie bereits ein Kubrick'sches Opus gedreht und das Areal um die Absturzstelle aus etlichen Distanzen und Perspektiven dokumentiert. Alles wäre einfacher gewesen mit einer dieser HDR-360-Grad-Kameras, wie sie anderen Departments zur Verfügung stehen, aber andere Departments genießen auch andere staatliche Zuflüsse. Technologisch operieren sie in Sierra knapp vor den Leuten von der Shiloh Ranch. Das anschließende Vermessen und Ausgießen der Spuren, Durchforsten der Umgebung nach Fasern, Hautfetzen und Blut zerschoss ihr den kompletten Vormittag, während bei Kimmy das Telefon heiß lief – Falschparker, herrenlose, bellende und sonst wie auffällige Hunde, Streit unter Eheleuten, der ganze Querschnitt provinzieller Befindlichkeiten, nicht zu vergessen etliche Spielarten blinden Alarms. Das Beste war noch, beim Herannahen des Civic in ihrem Rückspiegel aufs Gas treten zu dürfen, um ihren Patrouillendienst anzutreten, womit ihr eine weitere Begegnung mit Marianne Hatherley erspart blieb. Seitdem hat sie eine Flasche Wasser getrunken – der Verzehr des Hühnchen-Tacos in der fettgetränkten Papiertüte auf dem Beifahrersitz scheiterte daran, dass ein geräuschempfindlicher Rentner mit dem Sturmgewehr in den Laubsauger seines Nachbarn feuerte und sie ewig auf beide einreden musste. Nach alldem ist die Werkstatt das reinste Naherholungsgebiet.

Meg nimmt ein Klemmbrett vom Dach des Geländewagens.

»Mercedes G 65 AMG, 6,0 Liter, V12-Biturbo, 463 kW, Drehmoment 1000 Nm, Spitze 143 Meilen. Das Brachialste, was sie je gebaut haben. Echtes Hightech-Schnucki.«

»Trotzdem kaputt«, sagt Ruth, die Megs Versessenheit auf solche Kisten kennt.

»Wie man's nimmt. Dass wir ihn mit dem Abschleppwagen hergebracht haben, heißt nicht, dass er fahruntüchtig wäre.«

»Sie hätte ihn wieder starten können?«

»Es kann mal passieren, dass der Bordcomputer nach so einem Aufprall verschnupft reagiert, aber doch – hätte sie. Der Crash Schalter ist im Wagen. In Griffweite.«

Ruth hockt sich vor den Kühler. An der Douglasie sah der Schaden irgendwie schlimmer aus. Der Rammschutz hat das meiste abgefangen.

»Wie schnell war sie unterwegs?«

»Nach Analyse der Spuren tippe ich auf fünfundzwanzig, vielleicht dreißig Meilen.«

»Das ist schnell.«

»Das ist Totalschaden, unter gewöhnlichen Umständen.« Meg klopft auf die Kühlerhaube. »Aber unser Schätzchen hat zusätzlich ein innenverstärktes Chassis, ich würde mal sagen, damit wären sie im Jurassic Park nicht gefressen worden.«

»Wer in Sierra braucht so einen Panzer?«, murmelt Ruth.

»Das will ich lieber gar nicht wissen.«

Der Aufprall muss überaus heftig gewesen sein, denkt Ruth. Dennoch konnte die Frau aussteigen und davonrennen. Vom Unfall jedenfalls stammt keine ihrer Verletzungen, Karosserie und Gurte haben sie geschützt, aber warum hat sie nicht versucht, den Wagen wieder in Gang zu setzen? Saß ihr der Verfolger so dicht im Nacken, dass sie sich mit Startversuchen gar nicht erst aufhalten mochte?

»Autoschlüssel?«

»Funkschlüssel. Lag im Fond.« Megs Finger wandert die Notizen entlang. »Airbags waren ausgeschaltet. Wir haben den Wagen auf Manipulationen untersucht, Pfusch an den Bremsen oder sonst was. Nichts. Die Sitzeinstellung stimmt mit der Körpergröße der Toten überein. Textilfasern auf dem Bezug, Haare und Schweißablagerungen an der Nackenstütze, Fingerabdrücke an Lenkrad, Fahrertür und Schlüssel, alles gesichert. Darüber hinaus ist der Innenraum so unberührt wie der Arsch von Jeanne d'Arc. Keinerlei Spuren auf der Beifahrerseite, dafür –«

»Warte mal.« Ruth schaut durch das Beifahrerfenster ins Innere. »Was ist mit dem Handschuhfach?«

»Tja. Das Handschuhfach.«

»Kann es aufgesprungen sein?«

»Selbst wenn, wäre nicht alles im hohen Bogen rausgeflogen.«

»Das heißt, sie hat es ausgeräumt.«

»Möglich, dann aber mit Geisteskraft. Vielleicht ist sie ja Storm von den X-Men. Keine Ahnung. Am Handschuhfach haben wir keinen einzigen Abdruck gefunden.«

»Gar nichts?«

»Nada. Willst du was über den anderen Wagen wissen?«

»Mhm.«

»Identische Reifen, Goodyear Eagle. Aus den Spuren lassen sich Rückschlüsse auf Gewicht und Radstand ziehen. Baugleiches Modell, wenn du mich fragst.«

»Sieh an.« Ruth hebt die Brauen. »Kleine Morde unter Freunden.«

»Sagtest du nicht, es sei ein Firmenwagen?«

»Ja.«

»Dann sind es jetzt zwei Firmenwagen.«

»Wann hast du das alles in lesbare Form gebracht?«

»Geht in einer Viertelstunde zu euch rüber.« Meg legt das Klemmbrett zurück. »Die Fusseln hab ich direkt nach Sacramento geschickt. Na, und das Beste kommt bekanntlich zum Schluss.« Sie zieht ein durchsichtiges Tütchen aus der Brusttasche, wie es zur Spurensicherung verwendet wird. Etwas Längliches schimmert darin.

»Ein USB-Stick«, sagt Ruth.

»Klemmte zwischen Sitzfläche und Rückenlehne. Tief drin. Aber wir finden bekanntlich alles.«

Ruth betrachtet den Stick durch das transparente Plastik. Meg steht dicht neben ihr.

»Eigenartiger Stecker, findest du nicht?«

»Kann sein.« Meg zuckt die Achseln. »Computer sind nicht gerade mein Spezialgebiet.« Sie rückt noch eine Kleinigkeit näher, sodass sich ihre Schultern berühren. Ihr Blick zuckt zu Ruth, und es liegt eine mädchenhafte Befangenheit darin, die so gar nicht zu Megs ruppigem Ton passen will. Ihre nussbraunen Augen glänzen, die Pupillen geweitet wie Einladungen, auf den Grund ihres Innern zu schauen.

Dann liegt wieder die Kühle des Nichteingeständnisses in der Luft.

Oh, Meg, denkt Ruth.

Gerade weiß sie nicht, wer von ihnen beiden defizitärer ist.

»Brauchst du sonst noch was?«

Unbedingt, denkt Ruth, was machst du heute Abend. Stattdessen hört sie sich sagen: »Im Moment nicht. Falls mir noch was einfällt –«

»Rufst du an.«

»Klar.«

Meg zögert, scheint etwas hinzufügen zu wollen. Dann, mit plötzlicher Eile, dreht sie sich um und marschiert in den hinteren Hallenbereich, wo niemand nach ihr verlangt hat.

Ruth geht zurück zum Streifenwagen.

Hoch über ihr verlagert sich ein monotones Brummen in südliche Richtung. Als sie den Kopf hebt, sieht sie die ferne Maschine einen Kreidestrich ins Blau malen, überkreuzt von einer verblassenden, schon älteren Linie, sodass ein zerdehntes X dort oben prangt. Eigenartigerweise scheinen ihr beide Linien nicht menschgemacht, sondern Ausdruck eines universellen Rätsels, dessen Lösung jeglichen Konflikt, den Homo sapiens je mit sich auszufechten hatte, gleich mit erledigen würde. Eine Kreuzung: so simpel, dass es keiner ausgefeilteren Symbolik bedarf. Der eine geht hierhin, der andere dorthin, die Spuren verblassen, des Kartographierens nicht wert, da man ja aus einer schieren Unzahl von Möglichkeiten die eigene Richtung wählen kann. Seit ihrem vierzehnten Lebensjahr, als ihr Körper begann, Signale auszusenden, hat Ruth die Unbeteiligtheit einer Natur gespürt, die alle erdenklichen Offerten macht und sich einen Dreck darum schert, ob jemand sie nutzt. Die gezackten Kämme der Sierra Buttes jenseits der bewaldeten Bergflanke könnten Rücken versteinerter Riesensaurier sein, die eines Tages zum Leben erwachen und wieder Richtung Meer ziehen, aus dem sie das tektonische Kräftemessen vor hundertdreißig Millionen Jahren vertrieben hat. Den Menschen, die in ihrem Schatten gesiedelt haben, wird dann nicht mal mehr die Bedeutung einer Erinnerung zukommen, warum also, denkt sie, versagen wir einander in diesem Mückenschiss von Lebensspanne, sein zu dürfen, wer wir sind?

Sie lehnt sich gegen die Kühlerhaube, dreht das Gesicht zur Sonne und überlässt sich den flüchtigen Berührungen des Windes. Frei von Verlangen erkundet er Ruths Stirn, Wangenknochen, Brüste, ein Geliebter ohne jedes Interesse an ihr. Sie sollte über Wichtigeres nachdenken, doch wie Züge, deren Wagenreihung durcheinandergebracht wurde, rattern die Gedanken durch ihren Kopf, und ihr Herz schlägt viel zu schnell. Der tastende Wind ruft Vorstellungen in ihr wach, was die Hände der Frau in der Autowerkstatt auf ihrer Haut verrichten würden, wenn diese Frau nur endlich aufhörte, sich durch die Augen anderer zu betrachten. Nicht mal im aus der Zeit gefallenen County Sierra hätte jemand ernsthaft ein Problem mit Megs nachehelichem Verlangen. Nur Meg selbst hat es. Während Ruth sich aus der bigotten Enge des Bible Belt herausgekämpft hat, glaubt Meg Danes anscheinend, es habe sie dorthin verschlagen.

Und wie willst du sie vom Gegenteil überzeugen?

Du hast doch nur Angst vor einer Abfuhr!

Das sitzt, und es ist vermutlich schon die ganze Wahrheit. Ebenso, dass Ruth wahrscheinlich immer noch auf der Sheriffwache von Madisonville, County Monroe, Tennessee, Dienst tun würde, bereit zum Verzicht bis an ihr Lebensende, wäre nicht eines Mittags, als alle Deputys außer ihr im Bezirk unterwegs waren, Willard Bendieker aufgekreuzt, ein Bild des Jammers und der Selbsterniedrigung –

Sie schiebt die Erinnerung beiseite.

Plötzlich flutet es sie mit Scham, sich an diesem hochglanzpolierten, frühherbstlich duftenden Tag bei der Beschwörung von Geistern zu ertappen. Geister, die Luther mit Kusshand gegen seine Dämonen eintauschen würde. Als er sich über die tote Frau beugte, konnte Ruth förmlich spüren, wie die Luft um sie herum abkühlte. Wie bei einer teilweisen Sonnenfinsternis sah sie die Farben an Intensität verlieren, während theaterhaftes Licht in eine vergangene Zeit schien. Nichts vergeht, denkt sie. Die Gegenwart ist nur ein anderer Blickwinkel. Sie schaut zur Werkstatt, doch ihr Gedankenfluss hat bereits begonnen, sie fortzutreiben von den Grübeleien über sich und Meg. Luther ist ihr vertraut geworden über die Jahre. Fast noch vertrauter ist sie mit seiner Familie. Sie weiß, wen sie jetzt anrufen muss. Ihr Daumen gleitet über den Touchscreen ihres Handys.

»Hi Ruth!«, sagt Tamy.

»Hi Schatz. Wo erwisch ich dich?«

»In der Rekonvaleszenz.«

»Bei Darlene?«

»Wir sitzen auf der Terrasse und versuchen uns zu erinnern, in welchem Jahr wir leben.«

»Lass mich raten. Jüngere Geschichte?«

»Doppelstunde! Gewaltmarsch durch die Sezessionskriege und ihre Reflektion in der amerikanischen Geschichtsschreibung des beginnenden zwanzigsten Jahrhunderts. Ich weiß mal wieder im Detail, was Leute dachten, die längst tot sind.«

»Klingt, hm – kontrageil.«

»Bitte, Ruth!«, sagt Tamy gequält. »Benutz keine Wörter, die mir selber peinlich sind.«

»Woher soll ich wissen, was dir gerade peinlich ist?«

»Kontrageil sag ich schon seit einem Jahr nicht mehr.«

»Ich geb's auf.«

»Teenager etablieren keine neuen Wörter, und wenn wir noch so unumstößlich der Meinung sein mögen«, doziert Tamy, als wäre sie nicht gerade erst siebzehn geworden. »Jugendsprache produziert Wegwerfvokabeln. Saisonfummel. Die paar Begriffe, die überdauern, kannst du an einem Rechenschieber abzählen.«

»Woher weißt du, was ein Rechenschieber ist?«

»Gibt's als App. Es geht um Spaß und Wandel, verstehst du? Kreativität trainieren. Neues erschaffen. Weg damit. Neues. Weg. Bis Konsens entsteht, Präzisierung, Wortschöpfungen, um beispielsweise Missverständliches auf den Punkt zu bringen –«

»Stehen bleiben, oder es knallt, hat noch jedes Missverständnis geklärt.«

»Im Ernst. Wir machen uns zu wenig Gedanken über unsere Wortwahl. Weißt du, was Rudyard Kipling gesagt hat? Worte sind die mächtigste Droge, welche die Menschheit benutzt.«

»Ja, es ist viel billiges Crack im Umlauf.«

»Wie willst du das beurteilen, Frau Stehen-bleiben-oder-es-knallt?«

Ruth lacht. »Schon gut.«

»Ich hoffe, du fühlst dich jetzt nicht alt.«

»Dafür brauch ich dich nicht.«

»Bei euch alles okay?«

Sie zögert. »Hm – ja. Wir haben so was wie einen Mordfall.«

»Krass. Wie geht es meinem Dad?«

»Ruf ihn doch mal an.«

»Mach ich.« Kurze Pause. »Bestimmt.«

Im Hintergrund kann Ruth wildes Stimmendurcheinander hören. Bei dem nahezu perfekten Wetter dürften sich die Schüler auf

Darlenes Sonnenterrasse stapeln. Das Café ist die bevorzugte Anlaufstelle für die Seniors der Loyalton High School. Tamy besucht die elfte Klasse. Ein Jahr noch, und sie kann anfangen, sich einen Studienplatz zu suchen, was bei ihrem Notenschnitt kein Problem darstellen sollte. Augenblicklich liebäugelt sie mit Berkeley oder Stanford und generell der Idee, irgendwann den Nobelpreis für Biologie verliehen zu bekommen.

»Hör mal«, wechselt Ruth das Thema. »Du könntest uns bei einer Sache helfen.«

»Klar.«

»Wir haben hier ein Beweismittel.« Sie dreht das Tütchen zwischen ihren Fingern. »Wahrscheinlich ein USB-Stick. Bisschen futuristisch, mit Display und einer Art Button –«

»Ein IDkey.«

»Gut, ähm – der Stecker sieht anders aus als bei den Dingern, die ich so benutze.«

»Kleiner?«

»Ja.«

»Abgerundete Ecken?«

»Bingo.«

»Typ C. Wird der neue Standard.«

»Und wo steckt man so was ein?«

»Im Moment gibt es von Apple nur ein einziges Notebook, das die Option anbietet.« Tamys hochzufriedener Tonfall und die Kunstpause lassen ahnen, was als Nächstes kommt. *»Rein zufällig* besitze ich so ein Gerät. Also wenn ihr mich mit den Ermittlungsdetails vertraut macht, könnte ich im Gegenzug –«

Sie lässt den Satz in der Luft hängen.

»Das muss dein Dad entscheiden«, sagt Ruth.

»Bis wann braucht ihr den Computer?«

»Heute noch.«

»Hm. Doof. Also, ich käme ja runter, aber ich weiß nicht, ob ich einen finde, der mich auf die Schnelle mit nach Downieville nimmt, eigentlich war das erst für Mittwoch geplant –«

»Ich komme hoch zu dir.« Ruth überlegt. »Deinen Dad bring ich mit.«

»Geht's Luther wirklich gut?«

Sobald Tamy in den Erwachsenenmodus wechselt, nennt sie ihren Vater beim Vornamen. Aus Respekt, wie sie sagt, um ihn nicht auf seine Funktion zu reduzieren. Und Tamy kann sehr erwachsen sein. Sie musste es früh lernen, so wie Luther, wenngleich Tamys Lernprozess unter weit schmerzlicheren Umständen verlief. Ruth weiß nur zu gut, dass man dem Mädchen nichts vormachen kann.

»Ich hoffe es«, sagt sie.

»Du hast vorhin gezögert. Darum.«

Kluges Kind. »Dein Vater ist der stärkste Mensch, den ich kenne. Mach dir keine Sorgen und fall nicht mit der Tür ins Haus, aber ruf ihn an, okay? Ich weiß, er freut sich.«

»Okay.«

»Danke, Tamy.«

»Hör schon auf. Du musst dich nicht dafür bedanken, dass ich meinen Dad anrufe.«

»Ich melde mich, bevor wir losfahren.«

»Noch was«, sagt Tamy. »Geht davon aus, dass der Stick verschlüsselt ist. IDkeys kann nur der autorisierte Besitzer öffnen.«

Ruth nagt an ihrer Unterlippe. »Das wird schwierig.«

»Wieso?«

»Sofern es sich tatsächlich um die Besitzerin handelt, ist sie tot.«

»Verstehe. Habt ihr die Leiche?«

»Ja.«

»Dann ist es nicht so schwierig.«

»Nicht?«

»Nö. Bringt einfach ihren rechten Daumen mit.«

Luther schiebt Puzzlesteine über den tiefblauen Himmel in der Hoffnung, dass sie ein Bild ergeben.

Puzzlestein eins, der Wagen gehört Nordvisk, einem Hightech-Riesen aus Palo Alto. Nachdem Marianne der Toten einen halbwegs präsentablen Look verpasst hat, sollte die Feststellung ihrer Identität kein Problem sein, sofern sie tatsächlich für Nordvisk gearbeitet hat. Stein zwei, sie kam aus östlicher Richtung, wo Nordvisk Land besitzt. Drittens, das rapide Ende ihrer Fahrt spricht für mangelnde Geländekenntnis und Handeln in Panik, weil ihr der andere Wagen im Nacken saß. Viertens, gestorben ist sie zwischen Mitternacht und ein Uhr morgens. Eine halbe bis eine Stunde zuvor hatte sie eine körperliche Auseinandersetzung. Das deckt sich mit der Zeit, die ein Fahrer vom Sierra Valley nahe der Grenze zu Plumas bis zur Unfallstelle braucht, wenn er auf die Tube drückt, der Kampf könnte also auf Nordvisks Grundstück stattgefunden haben. Fünftens, das Handschuhfach war ausgeräumt, von ihr selbst vielleicht, aber warum hat sie dann den einzigen Gegenstand, der für sie von Nutzen gewesen wäre, nämlich die Stablampe, dagelassen?

Weil nicht *sie* das Fach durchstöbert hat.

Sondern ihr Verfolger. Um was zu finden? Frustrierend für ihn. Er verliert seine Beute an die Nacht, kann nicht sicher sein, dass sie tot ist, und es bis auf weiteres nicht überprüfen. Dafür müsste er runter zum Fluss – keine Chance bei stygischer Dunkelheit und Regen. In der Morgendämmerung könnte er zwar ein Boot organisieren, aber da sind schon die ersten Touristen unterwegs, also fährt er zurück nach Osten.

Wohin dort? Zurück auf dieses ominöse Grundstück? Stimmt, da oben ist etwas. Irgendeine Anlage, versteckt im Wald. Hat Carl davon erzählt? Luther war nie in diesem Waldstück, selbst der ortskundigste Deputy kann nicht jeden Winkel eines Riesengebiets wie Sierra kennen, das fast gänzlich aus unwegsamer Natur besteht.

Nie ist der Name Nordvisk Inc. gefallen.

Doch wie es aussieht, ist Nordvisk der Schlüssel.

Luther lauscht dem Knattern des Sternenbanners und sieht

zu, wie sich der Horizont vom Pazifik her milchig eintrübt, als wachse dort eine gewaltige Wand aus Gischt in die Höhe. Als Ruth anruft, um ihm die Ergebnisse der Fahrzeuguntersuchung mitzuteilen, rutschen weitere Puzzleteile an ihren Platz, und jetzt ist er völlig sicher: Jemand *hat* den Wagen durchsucht und die Hinterlassenschaften seiner Finger abgewischt, und der Stick in den Polstern ist ihm entgangen. Dann klärt Ruth ihn über die ID-key-Problematik auf.

»Und wie stellt Tamy sich das vor?«, fragt er. »Sollen wir der Frau den Daumen abschneiden?«

»Würde ja nicht wirklich was ändern«, murmelt Ruth.

»Du spinnst wohl!«

»Sir, ja, Sir! Nein, Sir!«

»Hast du mal versucht, das Ding ans Laufen zu kriegen?«

»Wie denn, du Träumer? Ich krieg gerade mal meine Waschmaschine gestartet, und die ist überfällig fürs Museum.«

»Du sollst doch nur rausfinden, ob sich in dem Display was tut.«

»Das ist so winzig, dass sich eine Feldmaus die Augen dran verderben würde. Wir werden den Stick in diese verdammte Typ C Buchse stecken und sehen, was passiert.«

»Na schön«, sagt Luther. »Ich wollte sowieso hoch nach Loyalton.«

»Wozu?«

»Geht dich das was an?«

»Kann ich erst entscheiden, wenn ich's weiß.«

Luther seufzt. »Ich hab ein schlechtes Gewissen wegen Darlene, und Tamy vermisse ich jeden Tag, den sie nicht zu Hause ist. Zufrieden?«

»Noch nicht ganz.«

»Außerdem besitzt Nordvisk im Sierra Valley nahe Plumas Land.«

»Nordvisk?«, echot Ruth überrascht. »Wo denn da?«

»Hab ich auch gefragt.«

»Da sind doch nur Farmen und Vögel. Mehr Vögel als Farmen.«

»Phibbs hat den Grundbucheintrag und den Lageplan beschafft. Wir schauen uns das vor Ort an, probieren den Stick zu öffnen, und wenn er sich nicht öffnen lässt, packen wir Tamy samt Computer ein, fahren zu Marianne und halten den Daumen dieser –«

»Falsch. *Du* fährst zu Marianne.«

»Weißt du was? Deine Aversion wird langsam lächerlich.«

»Dann passt es ja. Ich fühl mich sowieso gerade ziemlich lächerlich.«

Luther verbeißt sich eine spontane Bemerkung. Etwas in Ruths Tonfall sagt ihm, dass das hier kein Teil ihres üblichen Geplänkels ist.

»Kann ich helfen?«, fragt er vorsichtig.

»Jim Beam kann helfen.« Ein paar Sekunden lang herrscht Stille. »Ach Quatsch, vergiss es. Falscher Zeitpunkt. Weißt du schon, wann wir nach Loyalton fahren?«

»Bin in zwanzig Minuten unten.«

Er beendet das Gespräch. Der Wind zerrt an seinem Hemd und lässt die Hosenbeine flattern. Die Sonne ist nach Westen gerückt, ihr Licht wärmer und weicher geworden. Auf verwitterten Felsbrocken leuchten orangegelbe Flechten. Wildblumen drängen aus Granitspalten, die Hügel erstrahlen in der verschlissenen Pracht felsdurchbrochener Grasteppiche, Zwergsträucher, Brombeeren und Heidekraut suchen Halt im Stein – eine verwobene Gemeinschaft von Überlebenskünstlern.

Jeder krallt sich an das, was er findet.

Er sollte Ruth fragen, ob sie nach Dienstschluss mit ihm im St. Charles Place zu Abend isst. Sieht man davon ab, dass ihm Ruths Wohlergehen am Herzen liegt, könnten ihre Probleme den Vorzug haben, den Blick auf seine zu verstellen. Er geht zurück zur Aussichtsplattform, bleibt auf halber Strecke stehen und schaut den geröllübersäten Pfad hinab, der sich zwischen letzten Schneefeldern talwärts windet und auf der gegenüberliegenden Hügelflanke als leuchtende Linie fortsetzt, bis die Tannen ihn jäh verschlucken. Zwischen den Höhenrücken fällt der Blick ab, streift Goodyears Bar, um sich wieder aufzuschwingen in die entlegenen Gebirge südlich des North Yuba River. Mit zunehmender Entfernung erscheint Luther der allgegenwärtige Wald wie das narbige Fell eines über die Grenzen des Erfassbaren reichenden Organismus, eines Riesentiers, dessen Atem geradewegs aus dem Erdinnern kommt und das außerhalb jeden menschlichen Zeitempfindens dahindämmert. Er kann nicht sagen, ob das Bild komplett seiner Phantasie entspringt, da Ruth ihm neulich anvertraut hat, in den Aufschichtungen der Sierra Buttes komatöse Dinosaurier zu erblicken, aber was spielt das für eine Rolle, da es so schön passt. Als er zurückfährt, wählt er die Nummer der Nordvisk Fahrbereitschaft. Eine Sachbearbeiterin überprüft das Kennzeichen und bestätigt, dass es sich um ein Firmenfahrzeug handelt.

»Wie viele dieser aufgemotzten Mercedes G-Klasse haben Sie da oben im Sierra Valley?«, will Luther wissen.

Sie antwortet mit Verzögerung. »Sechs.«

»Und wird jede Fahrt dokumentiert?«

»Natürlich. Wenn Sie mir schildern, was genau passiert ist, kann ich –«

»Dann bräuchte ich die Bewegungsdaten der letzten vierundzwanzig Stunden aller Fahrzeuge«, unterbricht sie Luther und gibt ihr die E-Mail-Adresse des Sheriffbüros durch. »Uhrzeit, Strecke, Fahrer. Der Unfallwagen befindet sich zur kriminaltechnischen Untersuchung in Sierra City, wir informieren Sie, sobald Sie ihn abholen können.«

»Ist denn jemand zu Schaden gekommen?«

Er liefert ihr eine Beschreibung der Toten.

»Oh, das – tut mir leid.« Die Antwort scheint ihr peinlich zu sein. »Wir führen Hunderte Mitarbeiter im System, die Zugriff auf unsere Fahrzeuge haben. Die wenigsten kenne ich persönlich.«

»Sie entwickeln doch Software für selbstfahrende Autos, richtig?«

»Pilotiertes Fahren«, verbessert sie ihn. »Unter anderem.«

»Der Wagen, den wir am Baum gefunden haben, kam mir wenig pilotiert vor.«

»Die meisten unserer Autos sind stromgetrieben und autonom.«

»Auch die in Sierra?«

»Sicher.« Sie druckst herum. »Das heißt, teilweise haben wir dort Spezialfahrzeuge im Einsatz.«

»Und warum?«

»Besondere Anforderungen.«

»Wenn Sie die Besonderheiten des Geländes meinen, da reicht jeder handelsübliche Geländewagen.«

»Mercedes *baut* handelsübliche Geländewagen.«

»Aber nicht in der Kampfstern-Galactica-Ausführung.«

»Das –« Er kann hören, wie sich die Worte in ihrer Kehle stauen. »Es tut mir leid, Sir. Es tut mir wirklich leid. Ich bin nicht autorisiert, über Sierra zu sprechen.«

»Ich schon. Ich bin da Sheriff.«

»Es würde eine Weile dauern, im System die Frau zu finden, auf die Ihre Beschreibung passt.«

»So wie ich das sehe, sollte Ihr System auf Knopfdruck die Fahrtdaten des betreffenden Wagens ausspucken, womit Sie sehr schnell wüssten, wer ihn zuletzt gefahren hat.«

Der beschleunigte Atem der Überforderung dringt an sein Ohr. »Es – also –« Ein paar Sekunden verstreichen. »Ich fürchte, es gibt keine Daten von letzter Nacht.«

Dachte ich mir. »Schicken Sie trotzdem, was Sie haben, an meine Dienststelle. Und jetzt geben Sie mir bitte Ihre Personalabteilung. Und zwar jemanden, der autorisiert ist.«

Die Frau namens Katie Ryman, mit der er als Nächstes spricht, ist in der Tat von anderem Kaliber.

»Wie, sagten Sie, ist Ihr Name?«

»Undersheriff Luther Opoku, Sierra County Sheriff Department.«

»Wo kann ich das überprüfen?«

»Auf unserer Homepage. Ich bin da verzeichnet, mit Bild.«

»Sie könnten jeder sein.«

»Stimmt. Der beste Weg, es rauszufinden, führt Sie dreihundert Meilen nach Nordosten, wenn ich Sie vorladen lasse. Möchten Sie morgen früh in meinem Büro sitzen? Der Kaffee ist ausgezeichnet.«

»Langsam. Sie haben in Palo Alto keinerlei Befugnisse.«

»Nein, aber Freunde im dortigen Polizei-Department. Glauben Sie mir, ich kann schneller ein Amtshilfeersuchen aus dem Hut zaubern, als Sie Ihr Ticket nach Sacramento buchen. Von dort ist es noch eine gute Stunde mit dem Auto.«

»Verstehen Sie, dass ich nicht einfach vertrauliche Informationen rausgeben kann.« Ihr Tonfall wird milder. Man könnte auch sagen, sie opfert einen Bauern. »Sie machen sich keine Vorstellungen, was die Leute alles anstellen, um Zugriff auf unsere Daten zu erhalten.«

»Dann rufen Sie meinethalben das Sheriffbüro in Downieville an«, sagt Luther, ebenfalls um Versöhnlichkeit bemüht. »Die stellen Sie zu mir durch, und Sie haben Ihren Beweis.«

Mein Bauer, denkt er.

»Ich schätze, das wird nicht nötig sein, Undersheriff«, sagt sie huldvoll. »Sie sprachen von einer toten Person?«

»Die womöglich für Sie gearbeitet hat. In Sierra.«

»Das lässt sich nicht so einfach trennen. Sämtliche Mitarbeiter sind in Palo Alto registriert.«

»Es gibt keinen Ansprechpartner im Sierra Valley?«

»Nicht unmittelbar.«

»Darauf kommen wir noch zurück.« Ein weiteres Mal beschreibt er die Tote und spart nicht an Details. Mit dem Effekt, dass Katie Ryman aus der Deckung kommt. »Das ist ja schrecklich«, sagt sie, und es klingt ganz unprofessionell ergriffen.

»Haben Sie eine Ahnung, wer die Frau ist?«, fragt Luther.

»Vielleicht. Ich hoffe, dass ich mich irre.«

Luther wartet.

»Hören Sie, Undersheriff Opoku«, sagt sie mit einem Stoßseufzer. »Ich möchte ungern mit Namen um mich werfen, solange ich mir nicht absolut sicher sein kann.«

»Das geht in Ordnung. Wir schicken Ihnen Fotos.«

Er notiert ihre E-Mail-Adresse, ruft über Funk Downieville und bittet Kimmy, die Fotos zu scannen und Katie Ryman zukommen zu lassen.

»Die muss ich nicht scannen, Luther«, sagt Kimmy, und er kann ihre Grübchen sehen, kleine Runen der Freude, dass sie die Fotos – nun ja, eben nicht scannen muss.

»Nicht?«

»Nein.«

»Dafür gibt es ganz sicher einen Grund.«

»Marianne hat sie als Datensatz geschickt. – Oh, Luther, wir haben noch eine weitere Anfrage wegen einer Zusatzstreife reinbekommen! Von den Campingplätzen oben bei den Buttes, da schleichen irgendwelche gemeinen Typen herum und mopsen Kleidungsstücke. Zwei Frauen konnten nicht mehr aus dem Wasser, als sie im Gold Lake gebadet haben, weil jemand währenddessen *alles* gestohlen hat, sogar ihre *Höschen*!« Kimmy senkt die Stimme. »Also, die haben nackt gebadet, das müssten wir ja eigentlich ahnden, aber in dem Fall sollten wir vielleicht ein Auge zudrücken, bloß, jetzt ist das Problem, dass Tucker sich den Magen verdorben hat –«

»Beim Exhumieren der Katze?«

Kimmy lacht los. »Der war gut, Luther, haha, und Carl hat angerufen und gemeint, er wäre die ganze Woche über krankgeschrieben.« Sie räuspert sich. »Also, das ist jetzt weniger lustig.«

»Diese Dinge regeln wir später, Kimmy.«

»Aber ich muss doch jemanden einteilen.«

»Wir finden da eine Lösung.«

»Weil, Pete fährt schon die Abendstreife in Calpine, und Robbie hatte jetzt drei Tage hintereinander Späteinsätze, Ruth sogar noch mehr, und Jamie ist zum Geburtstag seines Bruders in Reno –«

»Ich weiß.«

»Oder soll ich sagen, sie sollen ihre Klamotten selber suchen?«

»Nein, wir kümmern uns. Wir machen was, Kimmy. Irgendwas.«

Kimmy gibt nicht auf. »Was denn?«

Na, was wohl, liegt es Luther auf der Zunge zu sagen. Wir stellen verdammt noch mal jemanden ein, wir schwimmen doch in staatlichen Zuwendungen, kümmere dich drum, bis heute Abend sitzen da vier weitere Deputys in frisch gebügelten Uniformen und wissen nicht, wohin mit ihrem Scheißadrenalin.

»Sag ihnen, ich komme gegen sieben mal nachschauen.«

»Oh, toll! Super, super.« Kimmy, die es hasst, schlechte Nachrichten zu überbringen. »Wo bist du überhaupt gerade, Luther?«

»Kurz vor dem Highway. In zehn Minuten im Büro. Ich treffe mich dort mit Ruth, wir fahren nach Loyalton. Sehe ich dich?«

»Nein, ich bin dann durch die Tür. Don ist hier und übernimmt.«

»Okay.«

»Wirklich okay?«, fragt sie vorsichtig nach.

»Natürlich. Danke, dass du länger geblieben bist.«

»Weil, Willie hat sich gewünscht, dass wir grillen. Wo das Wetter so schön ist. Und ich muss noch Burger und Würstchen besorgen und hab auch noch nichts für den Salat –«

»Dann los, Kimmy. Viel Spaß euch beiden.«

Er seufzt. Sein Leben ist eine Übung in Akzeptanz. Schön und gut, die Staatsmacht in vereinter Front gegen das Böse zu wissen, doch die Wahrheit ist, am Yuba River gibt es keinen Staat. Nur die Grenzen zu Nevada und den Nachbarcountys. Niemand in Washington schert sich einen Dreck um Sierra. Sie sind Neuneinhalb gegen jeden, dem es gefällt, sich an seinem Nächsten zu vergehen, indem er Drogen in Umlauf bringt, betrügt, stiehlt, bedroht, verletzt, tötet oder Unterwäsche klaut, und während sie im Department partout nicht mehr werden, scheint für die andere Seite das genaue Gegenteil zu gelten. Als er auf den Court House Square fährt, ruft Tamy an, um ihn zu fragen, wann sie in Loyalton sein werden.

»In einer Stunde, Tam.«

»Prima. Ich hab den Laptop hier, wie treffen uns bei Grandma. Und nenn mich nicht Tam.«

»Entschuldige.«

»Geht es dir gut?«

»Bestens.«

»Echt, Luther?« Aha. Der Vorname. »Alles okay bei dir?«

»Süße, deine Grandma ist zufälligerweise meine Mom, ich hab also schon eine Mutter, danke der Fürsorge.«

»Oh Mann!«, explodiert Tamy. »Das ist genau, warum ich so selten Bock habe, dich anzurufen, um dich zu fragen, wie's dir geht. Jedes Mal krieg ich so dämliche Kommentare.«

Luther parkt vor dem Sheriffbüro. Ruth lehnt mit verschränkten Armen an der Kühlerhaube ihres Streifenwagens und hebt kurz die Rechte zum Gruß. Ihre rotblonden Locken leuchten, als hätten sie das Sonnenlicht gespeichert. Eine dunkle Ray Ban schirmt ihren Blick ab.

»Es geht mir wirklich gut, Schatz«, versichert Luther.

»Ruth meint, ihr habt einen Mord«, sagt Tamy, wenig besänftigt.

»So was in der Art.«

»Was ist denn *so was in der Art* wie Mord?«

»Erklär ich dir später.«

»Das hoffe ich. Sonst hat meine Typ C Buchse Ladehemmung.«

Luther rollt die Augen. Ruth steigt zu, nimmt die Ray Ban ab und mustert ihn von der Seite. »Alles gut?«

»Fang du jetzt nicht auch noch an«, knurrt er.

»Okay, okay.«

»Sag mal, hast du Tamy irgendwas über mich erzählt?«

»Nur, dass du der stärkste Mensch bist, den ich kenne.«

»Ja.« Luther seufzt und fährt zurück auf den Highway. »So was hatte ich befürchtet.«

Tamy kann sich an die Zeit davor erinnern, und natürlich an die Zeit danach, nicht aber an den Tag selbst.

Mitunter stellt sie sich vor, da würde eine Lücke klaffen, eine von Nebel erfüllte Schlucht. Doch vorher und nachher gehen nahtlos ineinander über, nur dass plötzlich alles anders war, und das ist eigentlich noch viel gespenstischer, als in das schwarze Loch einer Amnesie zu blicken. Sicher, die nahtlose Variante hat ihre Vorzüge, bliebe da nicht die irritierende und alle Beteiligten verhöhnende Empfindung, die Katastrophe habe gar nicht stattgefunden.

Vorher gab es einen Zustand der Ordnung, deren signifikantestes Merkmal ihr hohes Maß an innewohnender Unordnung war, in etwa so, als schreibe man ein großes Ja aus lauter kleinen Neins. Auf Innigkeit folgten Streit, Ungewissheit und Angst, Beteuerungen und Drohungen, Zerfall und umso größere Innigkeit. Bei alldem stand Tamy im Auge des Hurrikans, da jeder um sie herum bemüht war, sie von den familiären Turbulenzen fernzuhalten, die sie durch ihre Existenz offenbar überhaupt erst ausgelöst hatte. Darlene kam ins Spiel, deren großmütterliche Fürsorge wie ein Schwerefeld wirkte, das die Physik des häuslichen Streits zumindest vorübergehend außer Kraft setzte. Tamy verbrachte mitunter Wochen in Loyalton, was nichts daran änderte, dass sie Sacramento, wo sie geboren und aufgewachsen war, als ihr Zuhause empfand.

Sie wusste, wohin sie gehörte und zu wem sie gehörte.

Als sie alt genug war, um zu verstehen, was den Sturm immer aufs Neue entfachte, also auch alt genug, um ihre unfreiwillige Wirkung darauf zu erkennen – die Forderung etwa, ihr Vater möge sich nicht weiter akuter Lebensgefahr aussetzen, hatte sie selbst nie erhoben, wurde ihr aber in Plädoyers mütterlicherseits unterstellt –, wog sie die Optionen ab: Spalterin oder Versöhnerin. Die Spalterrolle bedingte, sich auf des einen Seite zu schlagen, um dem anderen Schuld zuzuschanzen, die man insgeheim bei sich selber sah, weil es den ganzen Schlamassel ohne einen gar nicht gäbe. Verzwickt und selbstzerstörerisch. Als Versöhnerin hingegen griff man gestaltend ins häusliche Defizit ein, machte sich niemandem zum Feind, galt im Gegenteil als klug und verständig und erwirtschaftete moralischen Kredit. Da Tamy Mutter und Vater gleichermaßen liebte, fiel ihr die Wahl nicht schwer. Keiner der beiden hatte schließlich Verrat an ihr begangen, also akzeptierte sie, dass die Familie ins verschlafene Downieville umsiedelte und – nachdem auch das die Ehe nicht rettete – allein mit ihrer Mutter zurück nach Sacramento zu ziehen, während Luther in Sierra blieb, wo Tamy ihn besuchen durfte, wann immer sie wollte.

Es war okay so. Ihre Eltern mochten getrennt sein, doch beider Liebe gab ihr Geborgenheit, und beiden sprach sie nach Kräften Trost zu. Die Welt war in Ordnung, jedenfalls bis zu ihrem elften Lebensjahr.

Danach gab es keine Ordnung mehr.

»Trotzdem ist sie ein ganz normaler Teenager geworden«, sagt Ruth. »Nur eben einer, der sich Gedanken macht.«

»Soll sie ja«, erwidert Luther. »Aber weniger über mich.«

»Warum eigentlich nicht?«

»Weil es *meine* Aufgabe ist, für *sie* da zu sein, nicht umgekehrt.«

»Blödsinn.« Ruth wirkt tatsächlich verärgert. »Ich kann kaum glauben, dich Sätze von solcher Schlichtheit sagen zu hören.«

Luther schweigt. Er wäre froh, wenn Ruth ihren Frust über was auch immer nicht gegen ihn richten würde, und deutlich beruhigter, hätte sie nicht so eindeutig recht.

»Sie ist siebzehn«, sagt er lahm. »Sie braucht einen Halt.«

»Ihr habt euch jahrelang Halt gegeben. Nie hast du dich ihr gegenüber verschanzt, und jetzt willst du mir plötzlich weismachen, man könne das arme Ding nicht belasten?«

»Womit denn, bitte?«

»Ach komm! Was ist falsch daran, sich um seinen Dad zu sorgen?«

»Ich weiß ehrlich gesagt nicht, wovon du überhaupt redest.«

»*Du* weißt nicht, wovon ich rede?« Ruth stößt ein schnaubendes Lachen aus. »Vielleicht hättest du ja die Klappe halten sollen vor Jahren, als du mich mit deiner Lebensgeschichte druckbetankt hast.«

»So wie du mich mit deiner.«

»Tamy will doch einfach nur wissen, wie du dich fühlst.«

»Nachdem du ihr gesagt hast, ich sei der stärkste Mensch des Planeten. Was so viel heißt wie: Daddy hat ein Problem.«

»Hast du denn eins?«

»Und du?«

Der Baumbestand lichtet sich. Gut zwanzig Minuten hat sie der Highway ostwärts geführt, in weiten Schwüngen und auf lang ansteigenden Geraden, gesäumt von Kiefern und Tannen, zwischen denen Pagodendächer kalifornischen Lorbeers wuchern, Quercus und zerzauste Schwarzeichen. In der Gegend um Bassetts, wo der Lauf des North Yuba River jäh nach Norden abknickt, sind sie dem enger werdenden Zickzack der Straße Richtung Passhöhe gefolgt, die zerklüfteten, von lila Schatten durchwirkten Massive der Buttes im Rücken. Jetzt öffnet sich der Blick auf das Sierra Valley, das einst ein riesiger See war, bevor Sediment das Becken auffüllte und eine blühende Fluss- und Auenlandschaft schuf. Im Osten schließen sich Hügel an, zerfurcht von Sumpfland. Dort, letzter Außenposten vor der Grenze zu Nevada, liegt Loyalton.

Luther steuert den Wagen in eine Einbuchtung und stoppt, ohne den Motor auszumachen.

»Was ist los, Ruth?«

»Was soll los sein?« Ihr Ton hat an Schärfe verloren, sie klingt müde und auf unbestimmbare Art ratlos. »Ich hab dich da heute Morgen gesehen, Luther. Es hat dir wehgetan. Die tote Frau. Ich weiß, das alles liegt Jahre zurück, und es ist ganz allein deine Sache, aber meiner Erfahrung nach ist die Vergangenheit wie ein Seebeben, das in großen Abständen Wellen aussendet. Sie werden zwar flacher mit der Zeit, aber sie kommen. Sie kommen immer wieder. Ich hab es Wort für Wort so gemeint, als ich zu Tamy sagte, du wärst der stärkste Mensch, den ich kenne, aber du bist verdammt noch mal auch der einsamste.«

Luther brütet über ihren Worten. Dann stellt er den Motor ab.

»Ich will, dass Tamys Narben verheilen, Ruth. Dass sie sich niemals in irgendeiner Weise verantwortlich fühlt.«

»Wofür sollte sie sich denn verantwortlich fühlen?«

»Du kennst Teenager schlecht.«

Ruth verzieht das Gesicht. »Schön, ich kenne Teenager schlecht, ich war ja auch nie einer.«

»So habe ich das nicht –«

»Bloß dass du sie unterschätzt, wenn du glaubst, sie würde dich nicht in jeder Sekunde durchschauen.«

Luther bläst Luft durch die Backen. Vergräbt Daumen und Zeigefinger in den Augenwinkeln, massiert sein Nasenbein.

»Ich denke einfach, sie sollte wissen, dass es irgendwann besser wird.«

»Wird es ja auch. Nur nicht, indem du so tust.«

Er schweigt.

»Pass mal auf, Luther.« Sie beugt sich vor. »Du hast Stärke bewiesen, jeden Tag, das hat euch durch schwierige Zeiten getragen, aber sie will nicht Iron Man als Vater. Du bist mies drauf? Erweise ihr den Respekt, sie daran teilhaben zu lassen. Damit sie sich nicht beschissen fühlt, wenn sie vor dir mal die Deckung fallen lässt. Sonst wird *sie* nämlich einsam.« Ruth macht eine Pause. »Himmel, warum muss ich dir das überhaupt sagen? Ich reiße hier eine Kalenderweisheit nach der nächsten ab.«

»Nur weiter.«

»Keine Lust mehr.«

Er legt die Hände aufs Lenkrad und verharrt eine Weile so.

»Okay, du hast recht. Der Fall setzt mir zu.«

»Na, endlich.« Ruth sinkt in ihren Sitz zurück. »Du surfst die Welle. Wusste ich's doch.«

»Ja, und sie ist ziemlich groß. Und wie alle Wellen kommt und geht sie. Es trifft zu, was du sagst, und ich nehme es mir zu Herzen, aber Tamy muss nicht jede Welle mitsurfen, solange ich fest auf dem Brett stehe.«

»Fest«, echot sie mit gewölbten Brauen.

»Na ja, also – einigermaßen fest.«

Ins Meer ihrer Sommersprossen gerät Bewegung. Ihre Augenwinkel durchziehen sich mit Lachfältchen.

»Aber ich würde mich freuen, wenn wir heute Abend im St. Charles Place zusammen essen gehen«, sagt er. »Was meinst du?«

»Ich sterbe vor Hunger!«

»Gut! Ich lade dich ein. Dich und Jim Beam.«

Ruth schaut ihn an, und für den Bruchteil einer Sekunde kann Luther in ihrem Blick etwas aufflackern sehen, das ihm nicht gefällt.

Einen Reflex.

Sonne.

Das zornige Auge am Himmel, weiß und milchig hinter Schlieren.

Schwere, feuchte Hitze.

Im August 2010 liegt eine wabernde Glocke über Monroe, Tennessee, ein prähistorisch anmutendes Klima, in dem Sauriereier ausgebrütet werden könnten und das jegliches Denken und Handeln verlangsamt bis zur völligen Stagnation, während einzig alles Rückständige keimt und seine Ausdünstung in die Luft trägt, den Gestank nach Verderbtheit, Obszönität und roher Gewalt.

Und Begierden brüten in der Glut.

Begierden, die wie Schweiß ans Licht drängen.

An manchen dieser Tage hat Ruth schon beim ersten morgendlichen Schritt aus der Tür das Gefühl, in eine stehende Front warmen Wassers zu laufen, in dem sich aus unerfindlichen Gründen zwar atmen, aber nichts sonst tun lässt. Praktisch jeder kämpft mit einem wachsenden Druck auf der Brust, der von Zurückgehaltenem rührt, von gärendem Verlangen und uneingestandenen Sehnsüchten. Wie als Gegenmittel treiben Gesänge aus den Kirchen heran und verdampfen in der Schwüle, die selbst während der Nachtstunden nicht weicht, wenn Gewitter riesigen scheuen Wesen gleich in den Appalachen hängen, gelblich pulsierend, ohne einen einzigen Tropfen Regen preiszugeben.

Im Sheriffbüro rühren Ventilatoren heiße Luft um wie Suppe.

Ruth hält alleine die Stellung.

Vor drei Tagen ist sie einer Ermittlungssache wegen raus zu Willard Bendiekers Haus gefahren, das der Deputy mit seiner Frau Alicia bewohnt, ein schmuckes, verandagesäumtes Südstaatenhäuschen, geeignet, jeder Verfilmung eines John-Grisham-Romans als Herzkammer bürgerlicher Wohlanständigkeit zu dienen. Der hereinbrechende Abend vibrierte vom Gesang Tausender Zikaden, die starren Auges in der Dämmerung hockten. Ein Disakkord, den Touristen als romantisch empfinden, bis sie das nie abreißende Zirpen in den Wahnsinn zu treiben beginnt. Ruth, befreundet mit den Bendiekers, wollte Willard eigentlich eine Akte reinreichen, aber der war angeln. Bei der Hitze, meinte Alicia, seien die Fische zu beneiden, Haken im Maul hin oder her, solange man nur im Wasser sein könne, und trug zwei Riesengläser Eistee herbei.

Zwei Stunden später, nachdem der eiskalte Tee eiskaltem Ale Platz gemacht hatte, das in Alicias Kühlschrank nachzuwachsen schien, war Ruth im Bilde über den Grund der Bendieker'schen Kinderlosigkeit.

Noch mal eine Stunde später, Ole Smoky Moonshine im Glas und kaum mehr eines klaren Gedankens fähig, wusste sie, dass Willard seine Frau mit Regelmäßigkeit schlug, auch, warum er sie schlug, genauer gesagt, warum er meinte, sie schlagen zu müssen.

Während Whiskey nachgegossen wurde, erkannte sie wie wach geküsst, was Alicia und sie verband.

Trinkend fragte sich ein Achterbahn fahrender Teil von ihr, wie sie mit alldem umzugehen hatte.

Nicht *hatte,* dachte sie im dritten Looping.

Wie ich damit umgehen *will!*

Was nicht so einfach zu beantworten war, weil sie abgesehen von ein paar verstörenden High-School-Erfahrungen und einer einzigen verstohlenen Liaison zu Studienzeiten abstinent bis zur Selbstverleugnung gelebt hatte. Mit gutem Grund. Alleinstehend im Polizeidienst, zumal wenn man aussah wie Ruth Underwood – weiblich genug, dass sich Kollegen für ihr Privatleben interessierten in der Absicht, dieses zu bereichern, um irritiert auf Distanz zu gehen, weil ihr eckiger, sehniger Körper und die Herbheit ihrer Züge dann doch zu sehr aus dem vertrauten Rahmen fielen und sie zudem keinerlei Signale der Ermunterung aussandte –, erwartete einen zwar jede vorstellbare Kränkung, nur auf das Nächstliegende kam keiner.

Die Zikaden erfüllten den Abend mit ihrem hypnotischen Gesang.

Über den Appalachen grollte Theaterdonner.

Willard rief an und verkündete, er werde mit Freunden im Saloon weiterangeln, und Alicia solle bitte ohne ihn zu Bett gehen.

Was sie auch tat.

Aber mit Ruth.

Zwei atemlose Stunden verbrachten sie miteinander im Obergeschoss, schweißnass in der Dunkelheit, dann stahl sich Ruth auf unsicheren Beinen nach draußen und fuhr in einem Zustand nach Hause, in dem sie sich selbst auf dem Highway nicht hätte begegnen wollen.

Erwischt wird sie trotzdem.

Der Sonnenreflex ist aus ihren Augen verschwunden, hinweggeblinzelt, und Luther wartet geduldig.

»Was?«, fragt Ruth.

Er zuckt die Achseln. »Nichts.«

»Okay, wenn du's denn wissen willst.« Sie rutscht tiefer in ihren Sitz. »Ich hab mich in Meg Danes verknallt.«

»Oh.«

»Ja, oh.«

»Und – was sagt Meg dazu?«

»Sie sagt ›Turbolader, Drehmoment, Saugrohreinspritzung‹. Meg redet nur über Autos.«

»Über was soll sie sonst reden, wenn du sie nicht fragst?«

»Wer sagt denn, dass ich sie nicht gefragt habe?«

»Hast du?«

»Nein.« Ruth strafft sich und wischt eine Locke aus der Stirn. »Und ich bin auch nicht sicher, ob es eine gute Idee wäre. Ich glaube, ihre Angst, es könnte ihr Spaß machen, ist noch viel größer als ihr Bammel, dass jemand im County davon erfährt.«

»Erzähl ihr von Lupe Valdez.«

Guadalupe »Lupe« Valdez, Einwanderertochter, Feldarbeit, College, Uni, Master in Strafrecht und Kriminalistik. Seit 2005 leitet sie die Geschicke des Dallas County Sheriff Departments und hat dem von Korruption niedergestreckten Laden neues Ansehen eingetragen. Im traditionellen Werteverständnis der texanischen Good Ole Boys vereint sie Pest, Krätze und Cholera auf sich, begleitet von einem infektiösen Husten: weiblich, hispanisch, lesbisch, demokratisch.

Geachtet und beliebt.

»Tolles Beispiel«, sagt Ruth. »Wenn du eine ähnliche Biografie für Autowerkstattbesitzerinnen aus der nordkalifornischen Provinz weißt, wäre ich interessiert, sie zu hören.« Sie setzt die Ray Ban auf, was gewissermaßen als Beendigung des Gesprächs zu verstehen ist. »Schauen wir uns mal diesen Typ C Stick an. Den Daumen hab ich für alle Fälle dabei.«

»Du hast was?«, fragt Luther entgeistert.

»Fahr los. War ein Witz.«

Auf dem Weg nach Sierraville erhält Luther den längst fälligen Anruf von Nordvisk. Das Tal leuchtet im Licht der Spätnachmittagssonne. Ein Leichtes, sich die von Wiesen und Weidegründen überzogene Ebene als riesigen See vorzustellen, so flach und scharf abgegrenzt erstreckt sie sich zwischen den bewaldeten Uferlinien der Berge. Schnurgerade durchschneidet der Golden Chain Highway die südliche Bucht des Areals, gesäumt von Telegrafenmasten, die wie Kirchenkreuze aussehen, und Meile um Meile drahtbespannten Weidezauns. Rinder mit leeren weißen Gesichtern und rosa Schnauzen starren dem Streifenwagen hinterher, Farmgebäude und Scheunen ducken sich unter Espen. Er klemmt das Handy in die Mittelkonsole und schaltet den Lautsprecher ein.

»Undersheriff?« Katie Rymans herablassender Alt. »Ich verbinde mit Hugo van Dyke. Einen Moment noch.«

Warteschleife. Ruth runzelt die Brauen. »Van Dyke?«

»CEO.« Luther ruft sich Phibbs Akte in Erinnerung. »Warte, wie war das noch? Nordvisk hat van Dyke die Konzernführung übertragen und sich komplett auf die Produktentwicklung verlegt. Vor ein paar Jahren. Van Dyke hat den Laden an die Börse gebracht, jetzt bereiten sie den Wechsel zurück vor. Nordvisk wird wieder CEO, van Dyke geht, glaube ich, in den Verwaltungsrat –«

»Sheriff Opoku?«, ertönt es im Lautsprecher.

»Am Apparat.«

»Hugo van Dyke. Entschuldigen Sie, dass es ein bisschen gedauert hat mit dem Rückruf.« Die Stimme klingt perfekt moduliert und so bar jeden Dialekts, dass man den Eindruck gewinnt, einem Filmschauspieler zuzuhören.

»Kein Problem. Danke, dass Sie sich die Zeit nehmen.«

»Aber natürlich. Katie befürchtet, es habe Misstöne gegeben zwischen Ihnen und ihr. Ich hoffe, sie ist Ihnen nicht zu nahe getreten.«

»Keineswegs.«

»Selbstverständlich respektieren wir auch hier Ihre Autorität. Falls Sie den gegenteiligen Eindruck hatten –«

»Miss Ryman hat sich völlig korrekt verhalten, Mr. van Dyke. Die Fotos sind Ihnen zugegangen?«

»Sie liegen mir vor.«

»Und können Sie die Frau identifizieren?«

»Ja. Darum rufe ich selbst an. Die Tote war eine enge und wichtige Mitarbeiterin unseres Unternehmens.« Luther glaubt einen winzigen Bruch in der perlengleich gereihten Wortfolge zu hören, ein kurzes Stocken hinter »Tote«, als könne van Dyke nur schwer akzeptieren, dass er seine Mitarbeiterin nicht mehr lebend wiedersehen wird. »Ihr Name ist Pilar Guzmán.«

Eine Sekundenstille entsteht. So wie jedes Mal, wenn ein namenloser Leichnam sich wieder in einen Menschen verwandelt, der eine Persönlichkeit und ein Leben hatte. Etwas von der Würde der Person kehrt zurück, sie ist nicht länger ein Objekt auf einem Seziertisch.

»Was hat Miss Guzmán bei Ihnen gemacht, Mr. van Dyke?«

»Sie war Projektleiterin.«

»In Sierra?«

»Unter anderem.«

»Können Sie mir erklären, was sie vergangene Nacht dort getan hat?«

»Nein, Sheriff. Das kann ich nicht.«

»Tja, was es auch war, in direkter oder indirekter Folge baute sie einen Unfall und stürzte in eine Schlucht.«

»Entsetzlich. Wir bemühen uns, es zu rekonstruieren.«

»Miss Guzmán war also nicht offiziell in Sierra?«

»Davon hätte ich gewusst.«

Sie passieren Sierraville, eine Sache von kaum einer Minute. Der Ort vereint zweihundert Einwohner auf sich und die herausragende Besonderheit der einzigen Verkehrsampel im ganzen County, rot leuchtend und sinnvoll wie ein Zebrastreifen in der Antarktis.

»Ich sage es ungern, Mr. van Dyke, aber es ist nicht auszuschließen, dass Ihre Mitarbeiterin Opfer eines Verbrechens wurde.«

Eine Pause entsteht.

»Wer sollte etwas gegen Pilar gehabt haben?«

»Die Frage geht an Sie. Ich brauche die Personalakte. Namen und Adressen von Angehörigen und Kollegen. Ich würde außerdem gerne wissen, was Nordvisk in meinem County so treibt und was genau Miss Guzmáns Aufgaben dort waren.«

»Wir werden Ihnen nach besten Kräften behilflich sein.«

»Wie komme ich auf Ihr Gelände?«

»Welches? Palo Alto oder Sierra?«

»Sierra.«

»Im Moment gar nicht. Da ist nur der Wachdienst.«

»Da ist vor allem Beweismaterial, das ich sichern muss.«

Van Dyke zögert. »Ich kann Sie nicht alleine durch eine hochkomplexe Forschungsanlage marschieren lassen, Sheriff, sosehr mir daran gelegen ist, die Umstände von Pilars schrecklichem Tod aufzuklären. Sie würden sich in der Farm nicht zurechtfinden, und unsere firmeneigene Security genießt dort eine gewisse Hoheit. – Es sei denn, sie hätten einen staatsanwaltlichen Durchsuchungsbefehl.«

»Den kann ich erwirken«, sagt Luther. »Aber offen gestanden wäre mir Kooperation sympathischer.«

»Absolut!«, versichert van Dyke. »Lassen Sie uns am besten gleich für morgen Vormittag – oder nein, warten Sie. Bleiben Sie dran, ich versuche die Sache zu beschleunigen.« Seine Stimme weicht sphärischer Musik. Ruth und Luther sehen sich an.

»Farm?«

»So scheinen sie die Anlage zu nennen.«

»Hoheit«, schnaubt Ruth. »Ich glaube, ich spinne!«

Luther kratzt seine Schläfe. »Er hat recht, wir können da nicht einfach reinspazieren. Wer weiß, wie groß die Anlage ist. Womöglich reicht das ganze Department nicht, um auch nur die Herrentoiletten zu durchsuchen. Das heißt, wir müssen ein SWAT-Team aus Sacramento anfordern, und bei der jetzigen Beweislage sehe ich den Freifahrtschein des Staatsanwalts noch nicht auf meinem Schreibtisch liegen. Insofern –«

Der einlullende Fluss des Ambient-Soundtracks versiegt, dann ist van Dyke wieder in der Leitung. »Hören Sie, Sheriff, ich könnte in einer Stunde von Palo Alto abfliegen. Mit dem Helikopter bin ich zwischen sechs und halb sieben in Sierra, was halten Sie davon?«

»Das wäre großartig«, sagt Luther.

»Ich führe Sie durch die Anlage und stelle sicher, dass man dort Ihre Fragen beantwortet.«

»Wo treffen wir uns?«

»Die Farm liegt viereinhalb Meilen nordöstlich von Calpine. Sie fahren die Calpine Road hoch, halten sich an der T-Kreuzung links und folgen etwa eine Meile der Westside Road bis zur Abzweigung Forest Road.«

»Da geht es zu einem landwirtschaftlichen Betrieb«, sagt Ruth. »Ist das die Farm, von der wir reden?«

»Nein.«

Hätte mich auch gewundert, denkt Luther. Dann nämlich wäre der alte Herb, Holzfäller aus Familientradition, neuerdings Software-Unternehmer. Herb, der nicht mal ein Handy hat.

»Warten Sie an der Abzweigung auf mich«, sagt van Dyke. »Ich gabele Sie auf. Wann können Sie dort sein?«

»Um sieben?«

»Perfekt.« Er gibt Luther seine Handynummer und legt auf. Passgenau mit Beendigung des Gesprächs meldet sich Robbie Macarro, um zu verkünden, dass soeben ein Befund aus Sacramento eingegangen sei, wonach sämtliche Faser- und Gewebeproben in dem Mercedes zu der Toten gehörten. Der Highway vollzieht eine Kurve und führt vorbei an windschiefen Scheunen aus dem neunzehnten Jahrhundert, die am Ende unbefestigter Zufahrten liegen wie Überbleibsel einer Filmkulisse. Das Hinterland in diesem Teil des Valleys ist durchzogen von labyrinthisch verflochtenen Wasserläufen und stillen, kleinen Seen, die Schilfgras und Röhricht verdoppeln und einen zweiten Himmel ins Erdreich zaubern. Kraniche, Graureiher und diverse Entenarten leben im Sumpf und mehr Bachforellen als irgendwo sonst in Kalifornien. Beim Umherwandern stößt man auf wild in die Landschaft gewürfelte Felsbrocken, Matten dornigen Buschwerks und Gesellschaften blasiert umherstelzender Wildgänse. Ein Landstrich, satt an Eindrücken; nur eine hochmoderne Forschungsanlage sieht man nirgendwo.

Ruth beobachtet einen Bussard, der wie festgenagelt über einem Feld steht. »Eines ist jedenfalls bemerkenswert. Pilar Guzmáns Tod beschäftigt den CEO persönlich. Dann muss sie ein ziemlich hell leuchtendes Licht gewesen sein.«

Vor ihnen taucht das Ortsschild von Loyalton auf.

»Vielleicht hat sie ja ein bisschen zu hell geleuchtet«, sagt Luther.

»Schön gesagt. Und auf was?«

»Keine Ahnung. Auf etwas, das lieber im Dunkeln bleibt.«

Während Downieville mit seinen Saloons und Goldgräberhäuschen den Wilden Westen wieder aufscheinen lässt, strahlt Loyalton die ganze gepflegte Schläfrigkeit ländlicher Wohngebiete aus, von der Höhepunktlosigkeit der Architektur bis hin zur Straßenanordnung. Praktisch nicht vorstellbar, dass die Achthundert-Seelen-Gemeinde Ende des neunzehnten Jahrhunderts Kaliforniens zweitgrößte Stadt war, eine der bestentwickelten landwirtschaftlichen Regionen des Bundesstaates und ein Eldorado des Holzhandels. Heute zieht man hier Kinder groß, tauscht Kuchenrezepte mit den Nachbarn, und die samstäglichen Flohmärkte stellen Brennpunkte des gesellschaftlichen Lebens dar wie anderswo Rockkonzerte. Es gibt eine renommierte High School, ein zeitgeschichtliches Museum und für unverbesserliche Romantiker das Golden West Saloon Hotel & Restaurant, komplett mit Bar und Schwingtür, in dem man sich dennoch eher am Set von *Cheers* als in einem Streifen mit John Wayne wähnt. White's Sierra Station punktet mit Deli Sandwiches, Rhonda's Lil' Frosty mit Eiscreme und Darlene's Valley Café mit hausgemachtem Kirschkuchen, dem eine handgeschriebene Werbetafel attestiert, »Besser als in Twin Peaks!« zu sein – an Glaubwürdigkeit kaum zu erschüttern, seit es Kyle MacLachlan vor Jahren zwecks Dreharbeiten hierher verschlug und er sich von Darlene überreden ließ, zusammen mit ihr auf einem Foto zu posieren, Daumen hochgereckt, was sich auf alles Mögliche bezogen haben kann.

Luthers Mutter versteht ihr Geschäft.

Im Heranfahren sehen sie Tamy auf Darlenes Terrasse sitzen, die langen Beine von sich gestreckt und augenscheinlich der Welt entrückt; voluminöse drahtlose Kopfhörer in Chromoptik bedecken ihre Ohren und geben ihr das naiv verwegene Aussehen einer Astronautin der Barbarella-Ära. Ihre Lippen bewegen sich zu unhörbaren Textzeilen, der Blick ist auf einen nicht näher spezifizierten Punkt gerichtet, von dem sich mit Gewissheit sagen lässt, dass er nicht in Loyalton liegt. Entgegen aller Versonnenheit führen ihre Finger auf der Tastatur des Laptops, den ihre Knie balancieren, ein wieselflinkes Eigenleben.

Luther parkt gegenüber der fast leeren Terrasse. Das Schülerheer hat sich zerstreut und die Hausaufgaben in Angriff genommen, um später bereit zu sein für einen Trip rüber nach Nevada. Alles blitzt und blinkt. Darlene lässt den fliederfarbenen Anstrich des aus Zedernbohlen gebauten Hauses jährlich erneuern, Rahmen, Stützpfeiler und Verandageländer leuchten in einem Weiß so frisch wie über Nacht gefallener Schnee. Nicht eine einzige vertrocknete Blüte findet sich in den Hängeschalen über den Bistrotischchen und Korbsofas neben der Eingangstür, auf der in fetten, goldenen Blackoak-Lettern DARLENE'S VALLEY CAFÉ steht. Seit Gründung des Cafés hat keine Fliege dauerhaftere Fußabdrücke auf den Scheiben hinterlassen als bis Sonnenuntergang.

»Habt ihr den Wagen hierher *getragen*?«, ruft Tamy ihnen entgegen, als sie die Straße überqueren, und setzt die Kopfhörer ab.

»Wie darf ich das verstehen?«

»Ihr seid voll spät!«

»Wir leben in Sierra, falls du's noch nicht mitbekommen hast«, sagt Luther. »Bergstraßen, Kurven –«

»Also, ich brauch keine halbe Stunde von hier nach Downieville.«

Eine Aussage, die ihn düstere Rückschlüsse auf die Fahrgewohnheiten ihrer Mitschüler ziehen lässt. Er drückt seine Tochter an sich, was diese widerstandslos geschehen lässt. Offenbar hat sich von vorhin kein Groll gegen ihn erhalten. »Geht's dir gut, Schatz?«

»Noch besser ginge es, wenn ich mein Referat fertig hätte.«

»Womit quälen sie dich diesmal?«

Tamy grinst. Die Begrifflichkeit findet ihren Beifall. »Systematik der Greifvögel in Nordamerika. Ist aber gar nicht so übel. Gestern waren wir in Jackson Meadows und haben Rotschwanzbussarde und Weißkopfadler gesehen. Oh Mann!« Sie schaufelt einen Bissen Brownie mit Schlagsahne in sich hinein. »Das war irre! Ein Adlerpaar. Riesenviecher.«

Ruth lehnt sich gegen das Geländer, den Blick interessiert auf Tamys zusammenschrumpfendes Backwerk gerichtet.

»Sag mal, bist du nicht Veganerin?«

»Ich?«

»Sonst noch wer hier?«

Tamy verzieht die Lippen. »Die Spinner können mir gestohlen bleiben. Ich esse keine Tiere. Eier, Käse, Sahne sind okay.«

»Letzten Monat hast du noch was anderes erzählt.«

»Hey, Stehen-bleiben-oder-es-knallt, was wird das? Ein Verhör?«

»Stehenbleiben, oder es knallt?«, echot Luther verständnislos.

»Frauenkram«, sagt Ruth.

»Klar war sie Veganerin!« Darlene Opoku tritt nach draußen, zwei Cappuccinos vor sich hertragend. »Und den Monat davor auch! Und sie hat Predigten drüber gehalten, dass die unseres Herrn Jesus Christus dagegen Selbstgespräche waren.«

»Na und?« Tamy rollt übertrieben die Augen.

»Sie ist eben flexibel«, feixt Ruth.

»Ja, wie Knetmasse.«

»Teenager sind so«, sagt Tamy vergnüglich und verdrückt den Rest ihres Brownie. »Wie oft muss ich euch das noch erklären?«

»Also, ich hab meine Lektion gelernt«, sagt Ruth und taucht die Oberlippe in Milchschaum.

Darlene setzt sich zu ihnen an den Tisch. Sie ist eine gazellengliedrige Frau, eine alttestamentarische Judit, der man ihre einundsiebzig Jahre nicht mal aus nächster Nähe ansieht. Alle zwei Wochen lässt sie sich beim Friseur in Loyalton die Haare pechschwarz färben.

»Wollt ihr eigentlich was essen?«

»Danke.« Luther schüttelt den Kopf. »Wir können nicht lange bleiben.«

»Wie läuft's im Department?«

»Rund.«

»Tamy sagt, ihr habt einen Mordfall?«

»So was *in der Art* wie einen Mordfall«, korrigiert Tamy. »Scheint echt einen Unterschied zu machen.«

»Jemand von hier?«

»Aus Palo Alto«, sagt Ruth.

»Schrecklich. Was Leute einander antun.« Darlene schüttelt den Kopf, den Blick bereits auf ein neues Themenfeld geheftet. »Hör mal, Luther, Lisa Wagner war heute Morgen hier und hat gefragt, ob du kommende Woche im Rotary Club ein paar Worte über das anstehende Basketball-Turnier sagen willst. Ich habe –«

»Stopp!« Luther hebt beide Hände. »Warum schickt Lisa Wagner dich vor?«

»Weil's funktioniert?«

»Und was soll ich da erzählen? Soll ich Basketball erklären?«

Seit neun Jahren coacht Luther das Mädchenteam der Loyalton Middle School. Demnächst finden Wettkämpfe statt, an denen Teams aus ganz Sierra teilnehmen – ein Wohltätigkeitsturnier, dessen Erlös der Renovierung des Yuba Theatre zukommen soll. Oder auch nicht, ginge es nach der Rotary-Präsidentin Loyaltons, die auf Missstände im eigenen Ortskreis hinweist und den Betrag gern in den Ausbau der Schulbibliothek fließen sähe.

»Versprich ihr das Geld, dann musst du gar nichts sagen«, konstatiert Darlene trocken.

»Ma, ich hab da keinen Einfluss drauf.«

»Weiß ich doch.«

»Und?«

Darlene spreizt die Finger. »Sofern du einen Tipp von deiner alten Mutter willst: Du könntest das Problem umgehen.«

»Wie?«, fragt Luther misstrauisch, überschattet von der Monstrosität des mütterlichen Vorschlags.

»Geh doch mal mit ihr essen«, zwitschert Darlene. »Ich glaube –«

»Auf gar keinen Fall!«

»– das ist es, was sie wirklich will.«

»Ich aber nicht.«

»Also, ich finde Lisa ausreichend nett.«

»Für ihr Alter ein scharfer Zacken«, pflichtet Tamy ihr bei. »Hab gehört, sie steht auf Sufjan Stevens.«

»Das läuft nicht, Mädels«, sagt Ruth. »Luther ist mit mir zusammen.«

»Seit wann?«

»Seit gerade. Erste Hilfe.«

»Bring neue Witze mit«, gähnt Tamy. »Was ist jetzt mit eurem Stick?«

Ruth zieht den Beutel hervor, nimmt das schwarz glänzende Stäbchen heraus und legt es in Tamys Handfläche. »Hoffe, er passt.«

»Wird er nicht. Solange ihr mir nicht erzählt, worum es geht.«

»Muss das denn sein?«, fragt Darlene mit einem Seitenblick auf Luther. »All die Gewalt?«

»Logisch muss das sein«, sagt Tamy.

»Warum willst du solch grauenvolle Dinge wissen, Schatz? Man schläft danach nur schlecht.«

»Dad«, sagt Tamy hilfesuchend. »Bitte.«

Luther winkt ab. »Nur die Ruhe.«

»Luther! Du hast es versprochen.«

Hab ich das?, fragt er sich. Wahrscheinlich. »Streng genommen geht dich das nichts an.«

Sie verschränkt die Arme. »Ich helf euch nur, wenn ihr mich einbezieht. Ich bin nicht eure allzeit verfügbare Buchse.«

»Tamy!« Darlene schlägt mit der flachen Hand auf den Tisch.

»Was?«

»Wie kannst du nur?«

Luther fühlt seine Laune steigen. »Sie redet von Computern, Ma. Wovon redest du?«

»Siehst du?«, sagt Tamy. »Computer.«

Darlene lächelt messerdünn. »Ich weiß *sehr genau,* wovon sie redet, Luther, und ich weiß auch, wovon sie *sonst noch* redet.«

»Wir haben eine Leiche gefunden«, sagt Luther knapp. »Oberhalb von Sierra City. In eine Schlucht gestürzt. Ihr Wagen hing zertrümmert an einem Baum. Jemand könnte sie in den Tod getrieben haben.«

»Krass«, flüstert Tamy.

»Bei der Untersuchung des Wagens ist uns der Stick in die Hände gefallen. Keine Ahnung, was drauf ist.«

Tamy grinst wie eine satte Katze. »Finden wir's raus.«

»Nicht hier«, sagt Luther mit Blick auf die wenigen Gäste, die noch die Terrasse bevölkern. »Oben in deinem Zimmer.«

Darlene erhebt sich mit einem Seufzer. »Schauen wir's uns an.«

»Du nicht, Ma.« Luther fasst sie bei den Schultern und gibt ihr einen schmatzenden Kuss auf die Wange. »Wie du ganz richtig sagst: Man schläft danach nur schlecht.«

Die große Überraschung steht gleich zu Beginn, noch bevor sie irgendetwas gesehen haben.

»Er ist nicht gesperrt«, sagt Tamy verblüfft.

Auf dem Bildschirm ihres Laptops prangt ein Festplattensymbol. Als sie es öffnet, erscheinen die Icons dreier Videos in mp4-Komprimierung, datierend vom vergangenen Abend. Tamy klickt das oberste an, und ein Fenster mit Navigationsleiste poppt auf, kreuzförmig geteilt. Aus vier Perspektiven ist ein Hof zu sehen, weiträumig, desperat und umstanden von Lichtmasten. Starke LED-Planflächen-Scheinwerfer erhellen die Nacht, Teile einer Rampe ragen ins Bild. Im Hintergrund vertraut wirkende Berge, lang gestreckte Scheunen. Nichts an der Szenerie ist in irgendeiner Weise bemerkenswert. Sie vermittelt die Tristesse sich selbst beleuchtender Zweckarchitektur, ein Dokument der Abwesenheit.

»Überwachungskameras«, sagt Ruth.

»Findet ihr das nicht komisch?«, sagt Tamy. »Ich meine, wofür benutzt jemand einen IDkey, wenn er ihn nicht sperrt? Das ist, als ob du deine geheimsten Phantasien einem Tagebuch anvertraust und es dann offen rumliegen lässt.«

Luther reibt seine Kinnspitze und sieht Ruth an.

»Wo genau hat Meg den Stick gefunden?«

»Zwischen Sitzfläche und Rückenlehne. Tief reingerutscht.«

Er betrachtet versonnen den Bildschirm. Tamy hat recht. Etwas an der Geschichte mit dem Stick ergibt keinen Sinn. Dann weiß er es. Mit einer Klarheit, als habe jemand in seinem Kopf ein Licht angeknipst, sieht er die Situation vor sich.

»Nicht reingerutscht«, sagt er.

»Sondern?«

»Sie hat ihn *reingesteckt.«*

»Mit dem Risiko, dass ihn jemand findet?«

»Nein. In der *Hoffnung*, dass ihn jemand findet.«

Ruths Blick steht im leeren Raum. Dann zündet der Funke. »Natürlich! Ihr blieb keine Zeit nach dem Unfall. Nicht mal –«

Um den Mercedes neu zu starten. Scheinwerfer im Rückspiegel, ihr Plan, den Verfolger auszutricksen, fehlgeschlagen. Jetzt klebt sie am Baum, und der Kerl sieht ihre Heckleuchten zwischen den Stämmen. Ist in den Forstweg gebrettert, nähert sich rasch. Sekunden nur zur Abwägung ihrer Optionen. Sie ist verstört, benommen vom Aufprall, vielleicht noch vom Kampf, den sie auf der Farm zu bestehen hatte. Einzig sinnstiftend die Flucht ins Unterholz. Bei Dunkelheit und strömendem Regen kann sie ihm mit etwas Glück entwischen, was aber, wenn nicht? Dann wird er den Stick bei ihr finden, und sein Inhalt wird ein Geheimnis bleiben. Ein Geheimnis, das Pilar gelüftet wissen will. Und vielleicht weiß er ja nichts von dem Stick. Nur, dass sie Indizien gegen ihn hat, darum jagt er sie, aber wonach genau soll er suchen? Gerechtfertigt die Hoffnung, dass ihm beim Filzen des Wagens ein wenige Zentimeter langes Stäbchen, in den Polstern verborgen, entgeht, also drückt sie den Stick zwischen Sitzfläche und Rückenlehne, springt aus dem Wagen und schlägt sich ins Unterholz.

»Spekuliert darauf, dass wir den Wagen auf links drehen, falls ihr was zustößt.«

»Ja.« Luther nickt. »Sie wollte, dass wir das hier sehen.«

»Und wenn ihr Verfolger das Ding gefunden hätte?«, fragt Tamy.

»Hätte er wahrscheinlich nichts erblickt, was er nicht schon kannte.«

»Im Zweifel sich selbst«, sagt Ruth.

Der Hof, Parkplatz, was auch immer, liegt im kalten Licht der LED-Lampen. Ein Raubvogel kreist am aufgehellten Himmel, nach Beute spähend. Dreht geschmeidig bei und verschwindet.

»Kannst du das vorspulen?«, sagt Luther.

»Vorspulen. Wie süß. Kein Problem.«

Tamy vervierfacht die Abspielgeschwindigkeit. Der Timecode rattert am unteren Bildrand durch, jagt halb elf entgegen. Übergangslos stehen zwei Tieflader vor der Rampe.

»Normalgeschwindigkeit.«

Pritschenwagen werden herangefahren, darauf schiffscontainergroße Kästen, so schwarz, dass sie alles Licht absorbieren.

Männer, die Gesichter unter den Kappen ihrer Schirmmützen fast unkenntlich, überwachen wendige Verlademaschinen mit mehrgelenkigen Armen, Gabelstaplern ähnlich, nur sitzt niemand darin, um sie zu bedienen. Sie platzieren die Kästen präzise auf den Ladeflächen der Trucks und arretieren sie, während die Männer entlang der Rampe auf und ab patrouillieren, Schusswaffen im Anschlag und klobige Gebilde auf dem Rücken.

Das Ganze spielt sich in völliger Lautlosigkeit ab.

»Krass«, sagt Tamy. »Was sind denn das für Monsterknarren?«

»HK MP7, Kaliber 4,6 x 30 mm«, murmelt Luther reflexartig, der die Dinger noch bei weit schlechteren Lichtverhältnissen erkennen würde. Er hat einfach zu viele davon in den Händen hochgerüsteter Traficantes gesehen, die gewohnheitsmäßig mit dem Modernsten aufwarten, das Löcher fabriziert. »Zeitraffer, Tamy.«

Die Tieflader ruckeln mitsamt ihrer Fracht vom Hof.

Dann sind auch die Bewaffneten verschwunden.

Das nächste, simultan aufgenommene Video zeigt das Innere eines erleuchteten Hangars, von Schienen gefurcht und zur Rampe hin geöffnet. Noch fehlen die Tieflader, doch im Hangar tut sich etwas. In erwartungsloser Bereitschaft verharren dort die Laderoboter, dann gerät die Rückwand in Bewegung. Ein Rolltor hebt sich und gibt einen schattenverhangenen Kubus kaum abzuschätzender Größe frei. Anstelle des Bodens gähnt ein Schacht, aus dessen Tiefe diffuses Leuchten dringt, an Intensität gewinnt, dann entwächst eine Gitterstruktur dem Abgrund – ein stabiler, von LED-Röhren illuminierter Käfig, darin gestapelt die unheilvoll schwarzen Kästen. Gebannt schaut Luther zu, wie die Fahrstuhlplattform auf Höhe des Hallenbodens stoppt, die Bewaffneten Posten beziehen. Ein Hüne, der aussieht, als habe man ihn in der Mattel-Abteilung für Superheldenspielzeug zusammengebastelt, lässt die Finger über ein Tablet huschen. Die Kästen setzen sich in Bewegung, genauer gesagt die Pritschenwagen unter ihnen, rollen in ihren Schienen zur Rampe, eskortiert von Robotern und Menschen, und trotz des fehlenden Tons und der distanzierten Blickwinkel ist die Anspannung mit Händen greifbar. Ruth beugt sich vor.

»Die Doppeltanks auf ihren Rücken – Schläuche mit den Brennern –«

»Flammenwerfer«, nickt Luther.

»Wozu brauchen die Flammenwerfer?«

Der Riese schaut von seinem Tablet auf und direkt in eine der Kameras. Tamy zuckt zurück. Einen bizarren Moment lang scheint es, als habe er die drei in dem kleinen Zimmer in Loyalton entdeckt, doch tatsächlich scheint ihn die Kamera gar nicht zu interessieren, und Luther kommt die Erleuchtung.

»Er weiß es nicht«, sagt er leise.

»Was? Sprich nicht in Rätseln.«

»Dass er aufgezeichnet wird«, sagt Luther. »Ich meine, er weiß, dass die Anlage videoüberwacht ist, aber dass Pilar zuschaut und alles archiviert, hat er nicht auf dem Schirm.«

Die Waggons kommen zum Halten. Die Verladeroboter übernehmen und wuchten die Kästen über die Rampe, wo die Tieflader eingetroffen sind. In körniger Ferne zeichnet sich der vertraut wirkende Höhenzug ab, und Tamy sagt, was überfällig war: »Das da hinten ist Beckwourth Peak. Das sind die Berge von Plumas.«

Aufgenommen von Süden her. Natürlich.

»Die Farm.« Luther bläst ein Lachen durch die Nase. »Na klar! Wir sind auf der Farm.«

»Wo vergangene Nacht niemand war«, ergänzt Ruth. »Laut van Dyke.«

»Doch. Der Wachdienst.«

»Okay, nach Wachdienst sieht's aus. Die sind so was von wachsam, als rechneten sie mit dem Eintreffen Godzillas.«

»Tamy, genug davon. Zeig uns das letzte Video.«

Das, so hofft er im Stillen, die Herkunft des Ladeguts, vielleicht dessen Beschaffenheit enthüllen wird, doch fürs Erste sehen sie nur eine Brücke.

Zweimal dasselbe Bild.

Eine frei schwebende, geländerlose Brücke, betrachtet vom Punkt ihres Entspringens. Oder ihres Endes, je nach Definition. Tragende Elemente im Vordergrund finden ihre Entsprechung dort, wo sie abschließt, das Kameraauge blickt zentriert und leicht erhöht über ihren schnurgeraden Verlauf hinweg und lässt so ziemlich jede Frage nach Länge, Breite und Substanz wie nach der Beschaffenheit des Raums, den sie durchmisst, unbeantwortet. Luther glaubt ein Changieren zu sehen, ineinander fließende Zustände solch vager Natur, dass kaum von Schatten oder Aufhellungen die Rede sein kann. Ein Kontinuum bar aller Winkel und Wände, ohne Boden und Decke. Worin immer die Konstruktion schwebt, lässt keinerlei definierte Formen erkennen, auch Leuchtkörper sucht man vergebens. Einzig die torartige Aussparung und flankierende Türen dort, wo sie wie abgeschnitten endet, lassen auf eine stoffliche Begrenzung schließen.

»Warum sehen wir die Szene doppelt?«, wundert sich Ruth.

»Tun wir nicht. Der Stahlträger da.« Links gleichmäßig hell, rechts schlierig wie von einer Materialverfärbung. Natürlich! Sie überschauen die Brücke aus gegenüberliegenden Perspektiven; ein spiegelidentisches Gebilde in einem Ambiente, dessen Eigenschaftslosigkeit umso gespenstischer anmutet.

»Was um alles in der Welt ist das?«, flüstert Ruth. »*Wo* ist das?«

Changieren trifft es nicht, denkt Luther.

Eher ein Kräuseln des Raums, als treibe etwas dicht unter seiner Oberfläche dahin, ziellos und träge. Nein, noch anders. Das Etwas ist bereits *in* dem Raum, *durchmisst* ihn, jedoch unsichtbar, sodass nur die verzerrende Wirkung seines Vorüberflugs zur Wahrnehmung gelangt. Der Timecode passiert die Zehn-Uhr-Marke.

»Jetzt müsste allmählich mal was –«

Beide Kameras fallen aus.

Abrupt füllt sich der Bildschirm mit weißem Rauschen, dann kehrt die Brücke zurück, geisterhaft schwach zuerst, kaum auszumachen im Pixelbrei, rasch Kontur und Form gewinnend, wieder gestochen scharf. Luther langt über Tamys Schulter, stoppt, und sie starren auf den gefrorenen Moment, auf die nachtschwarzen Kästen im Zentrum der Brücke. Mit ihnen erschließt sich zugleich die Größe der absonderlichen Konstruktion. An die hundert Meter überspannend, breit wie ein Highway. Unverändert rätselhaft fließt der Raum, und Luther beschleicht die Vorstellung, die Kästen könnten ihren Ursprung in den wolkigen Kräuselungen und Verzerrungen haben, so wie aus dem Chaos der Hirnströme Worte hervortreten und sich zu klaren Gedanken finden. Er lässt den Film weiterlaufen. Eines der Tore an den Brückenköpfen gebiert die Bewaffneten, im Gefolge die Laderoboter und Pritschenwagen – die Furchen sind demnach Schienen –, der Hüne tritt zu einem der Kästen und legt ein Bedienfeld frei, die anderen gehen auf Distanz, ihre Maschinenpistolen im Anschlag. Langsam gleitet der Kasten auf –

In Tamys Zimmer kann man eine Nadel fallen hören.

»Ein Tank?«, rätselt Ruth.

Eine milchig blasse Scheibe, die sich über die komplette Breitseite erstreckt, pulsierend von Licht. Schemen zeichnen sich ab, Andeutungen, amorphe Formen, bezugslos wie der makroskopierte Ausschnitt eines Schwarzweißfotos, und dennoch ist, was hinter der Scheibe liegt, nicht vollkommen fremdartig. Es weckt Assoziationen in gleichem Maße, wie es sich der Zuordnung entzieht. Luther sieht das Vertraute im Unvertrauten, ähnlich der Welt zellulärer Strukturen, doch was sieht er *wirklich?* Was *kann* er sehen auf die Distanz? Der Kasten ist an die fünfzig Meter entfernt, kaum sind seine schwarzen Panzer auseinander geglitten, driften sie auch schon wieder zusammen und entziehen das Schattenspiel seinen Blicken. Und wahrscheinlich wäre alles halb so verstörend, fräße sich nicht ein letzter Eindruck in ihm fest, bevor das Licht endgültig versiegt: dass die Schatten sich auf kaum wahrnehmbare, gleichermaßen hypnotische wie abstoßende Weise bewegt haben – ein Schaudern erzeugendes Dehnen und Tasten, schläfrig und hungrig, als sei etwas im Tank erwacht und dränge nun nach draußen.

In eine Welt, in die es nicht gehört.

Zurück auf der Terrasse, hat sich das Café belebt. Darlene löst sich aus einem Gespräch mit Gästen und kommt zu ihnen herüber.

»Und? Fall gelöst?«

»Wahnsinn«, wispert Tamy, noch völlig in Bann geschlagen.

»Diese Brücke –« Ruth zieht ihre Ray Ban auf. Die Abendsonne zeichnet ihre Züge weicher und bringt das California Girl zum Leuchten, das an ihr verloren gegangen ist. »Ich sag euch, die mündet in den Lastenaufzug! Sie durchzieht diesen – diesen – Mann, wie soll man das nennen –«

»Raum«, hilft Luther aus.

»Raum, der aussieht wie ein Vorgeschmack auf die scheiß Ewigkeit, ich meine –« Ihre Hände fischen nach Worten. »Kein Problem, Hof und Hangar zu finden, aber wo ist die verfluchte Brücke?«

»Ebenda. Auf der Farm.«

»Ganz tief im Erdinnern«, wispert Tamy andachtsvoll.

»Erdinnern? Wovon redet ihr?« Darlene schaut von einem zum anderen. »Klingt wie eine dieser Folgen von *Stranger Things.«*

Darlene, die es wissen muss. So wie sie Serien konsumiert, sollte in den Foyers von Amazon und Netflix längst ihr Denkmal prangen, außerdem ist sie mit einem pensionierten Deputy Sheriff liiert, und ihr Sohn blickt auf ein halbes Leben der Verbrechensbekämpfung zurück. Niemand nimmt es an Empathie, Gottesfurcht und der Hervorbringung klangvoller Lamenti über die Schlechtigkeit der Welt mit Darlene Opoku auf. Zugleich steht ihre Sorge um Tamys Unschuld in grellem Kontrast zu ihrem Faible für die abgründigsten Drehbücher.

Luther schaut auf die grüngoldenen Berge des Westens. Irgendwo dahinter liegt Downieville. Er spürt eine diffuse Sehnsucht. Ruth hat recht, es wird niemals enden. Welle folgt auf

Welle. Die Sonne glüht auf seinem Gesicht und spendet vergänglichen Trost. Mittlerweile steht sie tief genug, dass man ohne zu blinzeln hineinschauen kann, doch er sieht immer noch die Brücke und die schwarzen Kästen.

Wandernde Schatten, wanderndes Licht –

»Eine Kugel«, sagt er.

»Kugel?«, echot Ruth.

Tamy lässt sich gegen den Türrahmen fallen und rollt gelangweilt die Augen. »Na, *das* war doch klar.«

»Was war klar, Hermine?«

»Dass der Raum kugelförmig ist. Deine scheiß Ewigkeit!«

»Hey.« Luther boxt sie sacht gegen den Oberarm. »Ausdruck.«

»*Sie* hat scheiß Ewigkeit gesagt«, verteidigt sich Tamy. »Ich hab's nur wiederholt.«

Ruth schaut drein, als sei ihr plötzlich klar geworden, dass auch der Himmel über Sierra auf das Innere einer Kugel gemalt sein könnte. Dann schüttelt sie den Kopf. »Nein, da war noch was. Etwas – in Bewegung.«

»Es ist eine Kugel«, wiederholt Tamy geduldig. »Alles andere ist ein Fall für deinen Optiker.«

»Wie auch immer, wir fahren jetzt da raus.«

»Gut. Ich weiß, wo es ist.«

»Ich auch«, sagt Luther. »Ich hab den Grundbucheintrag samt Lageplan im Wagen. Du bleibst hier.«

»Dad! Ich weiß *genau,* wo es ist.«

»Mein Navi auch, und ich werd's nicht mal brauchen.«

Zorn überschwemmt Tamys Blick. »Hör gefälligst auf, mich in einen Kokon zu packen.«

»Tue ich nicht.«

»Und wie du das tust. Und es ändert gar nichts.« Sie starren einander an, und Luther sieht in ihren von Eigensinn verhangenen Augen Jodie. Sosehr er selbst seinem ghanaischen Vater gleicht, ist Tamy nach ihrer Mutter geraten, aschblond, helläugig, die Haut kaum nuanciert von ihren schwarzen Genen.

»Das ist ein gefährlicher Ort«, sagt er, der Provokation ausweichend.

»Quatsch. Das ist einfach ein Ort im Wald. Und ich war schon mehrfach da.«

Luther runzelt die Brauen. »Wozu?«

»Tiere beobachten. Rotwild und Raubvögel. Es ist um die Ecke von Knutson Meadow. Schon irgendwie versteckt, aber man kann auch nicht gerade sagen, dass sie voll das Geheimnis draus machen. Man kommt halt nicht rein.«

»Heißt konkret?«

»Da sind überall Zäune und ein Kontrollposten.« Tamy schlägt einen eifrigen Ton an. Offenbar wittert sie in Luthers Nachfrage Entgegenkommen. »Ich kann euch die Scheunen zeigen! Dann müsst ihr sie nicht lange suchen. Und den Hof!«

»Wo die Tieflader geparkt haben?«, fragt Ruth.

»Yep.«

Darlene lässt ein Räuspern hören, reich an Ankündigungen. Sie fasst ihren Sohn am Arm und zieht ihn ins Innere des Cafés. »Hör zu, Luther, ich habe ja nichts dagegen, wenn du mit Tamy über deine Arbeit sprichst. Aber nimm sie nicht mit an solche Orte.«

»Ma –«

»Vergiss nicht, warum sie in Loyalton ist!«

»Weil sie hier auf die beste Schule im County geht. Weil sie hier eine Oma hat, die sich um sie kümmert, wenn ich es gerade nicht kann. Und ich kann oft nicht.«

»*Und* damit sie nicht ständig im Sheriffbüro rumhängt.«

»Auch.«

»Du selbst hast das so entschieden«, erinnert ihn Darlene. »Damit sie nicht all das Schlimme mitbekommt.«

»Ma, da war sie zehn.«

»Und was ist sie jetzt? Eine Erwachsene?«

Luther wirft einen Blick nach draußen, wo Tamy Ruth mit gestenreichen Schilderungen beglückt.

»Ich fürchte, ja.«

»Der Teufel wird noch früh genug ihren Weg kreuzen.«

Das wird er definitiv, denkt Luther. Und ich werde vielleicht nicht da sein, um ihn von ihr fernhalten zu können. Nein, falsch. Ganz sicher werde ich nicht da sein. Sie wird woanders leben, in einer Beziehung, einer Arbeit nachgehen, Kinder haben, Freunde, und eines Tages wird sie die Begegnung des Unabwendbaren machen, und mit etwas Glück kommt sie heil aus der Sache raus. Solange ich lebe, werde ich an ihrer Seite stehen, aber diese Wolke, in der das Schicksal gewittert, wird sich auch über ihr entladen. Ohne dass ich die Macht hätte, es zu verhindern. Das ist die härteste aller Lektionen. Dass ich keinen Kokon um Tamy weben kann, weil sie darin nur ersticken würde.

»Ma.« Er legt ihr die Hände auf die Schultern. »Tam hat im Grunde recht. Erst mal ist das nur eine Farm.«

»Vorhin war es noch eine Brücke in die – die Ewigkeit.«

»Glaubst du im Ernst, ich würde sie irgendeiner Gefahr aussetzen?«

»Nein, aber –«

»Doch, das denkst du. Mach dir keine Sorgen, ja?«

Sie schaut ihm in die Augen, und einen Moment lang fühlt sich Luther bis in die Herzkammern ausgeleuchtet. Dann lächelt sie und streicht über seine Wange, als sei sie aus Porzellan. »Luther. Mein lieber Junge. Ich weiß. Es liegt nicht in unserer Hand.«

»Doch«, sagt er. »Das tut es.«

Und sei es, loszulassen. Aber das sagt er ihr nicht.

Hinter Calpine, wo die Westside Road wie mit dem Lineal gezogen das sumpfige Niemandsland teilt, ragen einsam drei Baumstümpfe aus der braunscheckigen Graswüste, schwärzlich und zersplittert, die Luther von jeher an abgestorbene Zähne erinnern. Eine der Ruinen hat es über die Jahre irgendwie geschafft, noch fünf skelettöse Äste zu produzieren. Zur Klaue gebogen, krallen sie sich in den stetig über die Ebene fegenden Wind und wirken in der Glut des frühen Abends kein bisschen freundlicher. Fast reflexartig hält man Ausschau nach gebleichten Knochen, sieht aber nur ein paar Stallungen und Scheunen am Fuß der fernen Hügelkette, ein Aufblitzen vielleicht, wo sich die Sonne in der Scheibe eines Traktors fängt, letzte Grüße des letzten Außenpostens Sierras. Wenige Meilen weiter lockt Plumas mit seinen verheißungsvollen Schilflandschaften rund um die Steel Bridge. Warme Quellen haben dort ein beispielloses Biotop geschaffen. Die Aussicht, im Kajak über quecksilbrige Wasserflächen zu gleiten und Fischadler, weiße Pelikane und Biber zu beobachten, lässt Besucher auf der Strecke beschleunigen und die schmale Wegmündung übersehen, an der es unter alten Ponderosa-Kiefern und Douglasien hangaufwärts geht.

Tatsächlich liegt der letzte Außenposten Sierras jenseits dieser Anhöhe.

Von der Straße nicht einsehbar, senkt sich die Landschaft dort zu einem morastigen, von Wäldern bestandenen Kessel ab. Linker Hand führt der Weg nach Knutson Meadow, einer bei Wanderern beliebten Lichtung, über die im Frühjahr violette und purpurne Wildblumen wogen, während der Herbst die Espen golden färbt. Abgeschottet hinter Tümpeln und Kanälen erstreckt sich zur anderen Seite hin ein weniger spektakuläres Gebiet. Ein schmaler Kiesweg windet sich hinein, flankiert von Schildern, die das Areal als Privatbesitz kennzeichnen. Luther parkt den Streifenwagen in einer Ausbuchtung, und sie gehen zu Fuß weiter, lautlos über Matten aus Kiefernnadeln. Um sie herum führen Wind und Laub ein nie abreißendes Zwiegespräch. Nach einer Weile rücken die allgegenwärtigen Rottannen zusammen, schließen ihre Reihen und verstellen den Weg, der zunehmend steiler wird –

Unvermittelt stehen sie vor einem Zaun.

Ein Palisadenzaun, doppelt mannshoch, dessen lanzenspitze Eisenstäbe auf Kammhöhe nach außen gebogen sind, nicht zu überklettern. Der Weg verläuft weiter entlang der Barriere, überschattet von Nadeldächern. Auf der anderen Seite des Zauns wachsen Espen und Schwarzeichen so gedrängt, dass, was dahinterliegt, sich dem Blick entzieht. Ruth tritt dennoch ans Gitter.

»Vergiss es«, sagt Tamy. »Wir müssen links hoch.«

»Was ist da?«, fragt Ruth. »Der Eingang?«

»Klar doch«, zwitschert sie. »Ich bring euch zum Eingang! Und gleich auch rein. Kein Problem, kennen mich ja da alle.«

»Wie wär's mit: Ja, Ruth, oder nein, Ruth?«

»Würde dich langweilen.«

»Keine Sorge. Ich bin nicht dumm genug, um mich zu langweilen.«

»Das hab ich auch nicht –«

Luther sinnt über die Vorzüge von Gehörlosigkeit nach. Sie folgen dem Pfad, den Zaun zur Linken, Tamy voraus. Die rasch abkühlende Luft ist schwer von Ozon, ein sicheres Indiz, dass der für den Abend angekündigte Regen hereindrängt – die weiße Front, die er am Nachmittag von der Feuerwarte aus gesehen hat.

»Sag mal, Tam –« Er schließt zu ihr auf.

»Ich hör nicht auf Tam.«

»Tamy.«

»Besser.«

»Hast du die Männer von den Videos schon mal hier gesehen?«

»Kann mich an die Kappen erinnern. Wachleute, dachte ich immer.«

»Der angebliche Sicherheitsdienst«, sagt Ruth.

»Nicht angeblich.« Luther schaut sich zu ihr um. »Hör zu, was Tamy sagt. Das *war* der Sicherheitsdienst auf den Filmen.«

»Warum macht Pilar Guzmán dann heimlich Aufnahmen vom firmeneigenen Sicherheitsdienst?«

»Vielleicht, weil er nicht im Sinne der Jobbeschreibung handelt?«

»Glauben wir eigentlich van Dyke?«

»Glauben ihm was?«

»Dass er nichts von alldem weiß, was letzte Nacht vorgefallen ist.«

»Er hat nicht gesagt, dass er es nicht weiß.«

»Er sagte, er hat keine Erklärung dafür, was seine Mitarbeiterin auf der Farm verloren hat, und es sei nur der Wachdienst da gewesen.«

»Stimmt. Und wen haben wir auf den Filmen gesehen?«

»Möglicherweise den Wachdienst.«

»Bei was auch immer.«

»Hm.« Sie schürzt die Lippen. »Jetzt, wo du's sagst. Sah alles ganz normal aus. Man sollte überhaupt nie ohne Flammenwerfer aus dem Haus gehen.«

»Ich meine ja nur. Vielleicht war das eine ganz legale Aktion.«

Begleitet von HK MP7 Maschinenpistolen. Üblicherweise stehen solch waffenstarrende Unterfangen in Widerspruch zu allem, was legal ist, aber legal war es schließlich auch, Little Boy und Fat Man abzuwerfen. Legal ist, Gefangene der Erfahrung des Ertrinkens auszusetzen, solange es jemand für rechtens und verfassungskonform erklärt. Schwere Kaliber in Anschlag zu bringen, um sich vor ominösen Schatten zu schützen, mag von mustergültiger Legalität sein. Wieder und wieder sieht Luther die Szene vor sich – bedrohlich, aber könnte man mit etwas Abstand nicht zu weniger adrenalinfördernden Schlüssen gelangen?

Das Licht? Wachstumsfördernde Lampen.

Die Schatten? Irgendwelche Pflanzen. Vielleicht bergen die Kästen ja Treibhäuser. Gentomaten. Weiß der Teufel.

Bewegliche Tomaten –

»Bei Nordvisk werden sie uns kaum auf die Nase binden, was in ihren Forschungseinrichtungen geschieht«, fährt er fort. »Darum muss es noch lange nicht gesetzeswidrig sein. So wie ich die Sache sehe, hat Pilar etwas zu dokumentieren versucht, das gegen das Unternehmensinteresse verstößt, dann dürfte van Dyke froh sein um jeden Hinweis. Oder ihre Aktion zielte auf Geheimnis-

verrat ab. So oder so bestand Veranlassung, sie an der Ausführung ihres Tuns zu hindern.«

»Kaltblütig abzumurksen.«

»Vielleicht.«

»Was ist los? Anfälle von Korrektheit? Also gut, mundtot zu machen. Mit Betonung auf tot.«

Himmel, wie zäh ist doch dieses Ringen um Unvoreingenommenheit, während seine innere Stimme Mord schreit, dass es von der Schädeldecke widerhallt. Zäh und aussichtslos.

»Okay, noch 'ne Variante.« Ruth verscheucht ein Insekt. »Was, wenn sie üblen Machenschaften auf der Spur war, die von Nordvisk selbst gedeckt sind? Nixon Nordvisk sozusagen? Ich meine, sie *wollte,* dass der Stick gefunden wird.«

»Dieser van Dyke weiß jedenfalls nicht, was *ihr* wisst«, mischt sich Tamy ein. »Er kann nicht wissen, dass ihr die Filme gesehen habt.«

»Strategischer Vorteil«, stimmt Ruth zu.

»Stopp übrigens.«

Ein Zaunabschnitt, dessen Rückseite weniger stark bewachsen ist. Wohl letzten Winter, als das Valley unter einer Abfolge denkwürdiger Stürme ächzte, sind die Schneisen ins Gebüsch gerissen worden. Das äolische Zerstörungswerk gipfelte in der Entwurzelung einer Kiefer, deren Überreste im hohen Gras verrotten. Niemand hat sich die Mühe gemacht, sie wegzuräumen. Allerlei Grünzeug wuchert in der Lücke, spätestens im Sommer dürfte der natürliche Sichtschutz wiederhergestellt sein. Bis dahin bieten sich Ausblicke auf ein Areal von der geschätzten Größe mehrerer Football-Felder. Ein Straßennetz parzelliert Rasenflächen, deren makelloses Grün auf Sprinklersysteme schließen lässt, und tatsächlich sieht man etliche davon ihr Werk verrichten. Hinter nichtssagenden Flachbauten reihen sich Röhrentanks aneinander, eingepasst in eine von Treppen und Laufgängen gerahmte Stahlkonstruktion. Zur anderen Seite hin strandet der Blick an einem Hangar, dessen Rückwand direkt an den Zaun grenzt. Die entlegene Vorderfront überschaut eine betonierte Fläche, ohne Zweifel die Verladestelle aus dem Video.

»Und wer wohnt in der schicken Hütte da?«, fragt Ruth mit einer Kinnbewegung zum Nordrand, wo ein einzelnes, imposantes Gebäude prangt. »Der Geist von Scarlett O'Hara?«

Luther schiebt seinen Hut in den Nacken.

»Ich denke, das ist der Grund, warum sie das Ganze die Farm nennen.«

Denn nichts weit und breit trägt Merkmale eines bäuerlichen Betriebs, bis auf das weiße, dreistöckige Verandahaus im Stil des späten neunzehnten Jahrhunderts, dessen ländliche Noblesse kulissenhaft gegen die Zweckbauten und technischen Anlagen absticht, die es überblickt. Gut vorstellbar als Sitz einer Dynastie vermögender Viehzüchter, beschwört seine Waldlage zugleich gloriose Zeiten herauf, als mit Sierra-Valley-Holz ein Goldgräbernest nach dem anderen hochgezogen und das zivilisationsumspannende Schienennetz der Central Pacific Railroad ins Land geschnitten wurde. Sprossenfenster spiegeln den Himmel, niemand ist auf der Terrasse. Überhaupt lässt wenig auf die Anwesenheit von Menschen schließen. Allem Anschein nach haben die Rasensprenger das Regime an sich gerissen.

Terminator für Gärtner, denkt Luther.

Im selben Moment treten zwei junge Frauen aus einem der Flachbauten ins Freie, besteigen neonbunte Fahrräder, die zu Dutzenden bereitstehen, und radeln Richtung Herrenhaus. Erst jetzt fallen Luther Teile einer silbrigen Konstruktion weiter hinten ins Auge, die über das Hangardach hinausragen, Blitzschutzmasten und Stromportale. Ein Umspannwerk. Sie produzieren ihren eigenen Strom hier draußen.

Wer braucht derartige Mengen Elektrizität?

Sein Blick wandert zurück zu den Tanks. Dutzendweise reihen sie sich aneinander. Treibstofflager? Dann sieht er die Roststreifen im Lack und als Nächstes die Pumpen und Wärmetauscher.

Nicht Treibstoff. Wasser. Das Ganze ist eine Kühlanlage.

»Tamy, gibt's noch mehr solche Stellen wie diese?«

Sie starrt ihn an. Ihr Lippen gefrieren in einem O, was immer sie sagen wollte. Ihr Blick bohrt sich in den Waldboden, wandert zum Hangar zurück. Als sie aufschaut, kann er ihre Gedanken lesen.

»Der Lastenaufzug.«

Ruth runzelt die Brauen. »Was ist mit dem Lastenaufzug?«

»Er müsste dort am Zaun hochkommen, im Hangar. Keine paar Schritte von hier. Das heißt –«

»Wir stehen direkt über der ominösen Brücke.« Ruths Mimik erstarrt. Reflexartig tritt sie einen Schritt zurück, angesichts der Größe des Kugelraums von rührender Sinnlosigkeit.

»Krass«, flüstert Tamy. »Ich will da runter.«

»Runter?«

»In diesen Raum. Ich will das sehen!«

Luther tippt sich an die Stirn. »Das kannst du schön vergessen.«

»Mann! Warum wusste ich, dass du das sagst?«

»Weil du intelligent bist.«

»Mir und meinem Laptop verdankt ihr ja wohl, dass wir überhaupt hier stehen!«

»Glaub nicht, die Fähigkeiten des Sierra County Sheriffbüros zerschellten an deinem Computer, Schatz.«

»Bitte, Dad!« Tamy trippelt auf der Stelle. »Vielleicht machen sie ja offizielle Führungen!«

»Klar«, sagt Ruth. »Genau so sieht's hier auch aus.«

»Schon gut, war'n Versuch.« Sie zuckt die Achseln. »Wahrscheinlich nicht mal aktenkundig.« Ein geschmeidiger Rollenwechsel vom sinnlose Dinge fordernden Teenager in die verständige junge Frau. Luther sehnt den Tag herbei, an dem ihr das Kindchentheater peinlich wird. Er schaut auf die Uhr und sagt: »Scheiße.«

»Was nun schon wieder?«, schreckt Ruth auf.

»Die extra Patrouille.«

»Was? Du hast noch eine extra Patrouille angesetzt?«

»Weil Kimmy mir im Nacken saß.« Er rollt die Augen. »So ein Mist aber auch! Ich hab ihr versprochen, gegen sieben am Gold Lake zu sein.«

»Wozu denn das?«

»Gott, wozu! Weil da irgendwelche Spinner den Touristinnen die Klamotten klauen und die sich nicht mehr aus dem Fluss trauen.« Er macht einen Schritt nach links, einen nach rechts. »Scheiße, womit verbringen wir bloß unsere Zeit? Jemand muss hin. Wenn wir den Leuten sagen, dass wir kommen, kommen wir.«

»Ist nicht Pete schon wegen einer Extrastreife in Calpine?«

»Ja, um sieben.«

»Von dort könnte er doch –«

»Schafft er nicht, Ruth, sofern wir ihn bis dahin nicht geklont haben.« Luther lässt die Hände gegen die Hosenbeine klatschen. »Egal. Hilft alles nichts. Kannst du das übernehmen? Wenn du jetzt losfährst, kannst du Tamy noch nach Loyalton bringen und um sieben in den Buttes sein.«

»Und du?«

»Calpine ist um die Ecke. Pete soll mich aufgabeln und mitnehmen, wenn ich hier fertig bin.«

»Nackte Weiber im Wasser.« Ruth hebt die Brauen. »Warum nicht?«

»Dad.« Tamys Blick spiegelt plötzlich eine sehr erwachsene Besorgnis, und er sieht die Verlustangst darin. »Sei bitte vorsichtig, ja?«

»Ich schau mich nur um, Kleines. Befrage ein paar Leute.«

»Okay.«

Luther schließt sie in die Arme. »Mehr ist heute sowieso nicht drin. Die Spurensicherung muss bis morgen warten. In zwei Stunden bin ich da raus. Ruth, du hast den Stick?«

»Willst du ihn mitnehmen?«

Er überlegt. »Nein, behalt ihn. Besser so.«

»Ich treff dich dann im St. Charles Place.«

Auf einen späten Drink und noch spätere obendrauf. Harte, honiggelbe Kurze, die *sie* zu sich nehmen wird – Luther selbst trinkt selten mehr als ein Pint. Der Saloon schließt nicht vor zwei, Ruth birst vor Empathie, allemal besser, als in Gesellschaft Toter zu Hause rumzuhängen.

»Geht klar. Ich ruf dich an, sobald ich zurück bin.«

Wieder allein mit sich.

Ohne Hast folgt er dem Zaun in nördliche Richtung. Nach einigen Hundert Metern knickt die Barriere ab und setzt sich in unpassierbarem Gestrüpp fort, während der Pfad aus dem Wäldchen heraus und in großem Bogen darum herum führt. Von hier kann Luther bis zu den Farmen von Beckwourth schauen, kleine weiße Gestirne der Zivilisation. Das flache Grasland saugt die letzten Sonnenstrahlen ein, glüht wie schwelendes Holz, und auf den Gipfeln leuchtet die Verheißung unermesslichen Reichtums – gewaltige Nuggets im Abendlicht, so wie sie den Goldgräbern damals erschienen sein müssen. Eine Welt, getränkt von Blut und billigem Whisky, berückend schön.

Alle Last wird von seinen Schultern genommen.

Ein Raum tut sich auf. Bloße Präsenz, strahlend und rein, die sich gleich wieder verschleiert. Kurz hat Luther die Gnade der Vergebung gespürt, doch das nicht Fassbare festhalten zu wollen, lässt es unter den Fingern zerrinnen. Er wendet sich ab und ruft van Dyke auf dem Handy an. »Wir verlegen den Treffpunkt. Sie können mich an der Haustür in Empfang nehmen.«

»Wo sind Sie, Sheriff?« Gedämpftes Wummern.

»Ich spaziere um Ihre Farm.«

»Oh, Sie haben von selber hingefunden.«

»Sollte ich wohl. Das ist mein County.«

»Umso besser. Wir landen in einer Viertelstunde. Geht es in Ordnung, wenn Sie Ihren Spaziergang so lange fortsetzen? Ich kann natürlich den Wachdienst instruieren, Sie reinzulassen, was

Ihnen das überschaubare Vergnügen eines Bistroaufenthalts eintrüge.«

»Nicht nötig. Ich warte draußen.«

Er steckt das Handy ein und geht weiter. Den Weg kreuzt ein Rinnsal, in dem winzige Fische zwischen bunten Kieseln zucken. Unversehens hat es aufgefrischt. Wolken vom Aussehen zerrissener Zuckerwatte treiben über dem Yuba-Pass, zartrosa Gespinste, hinter denen es sich rasch eintrübt. Ein fahlweißes Tuch wird über Sierra gezogen, und Luther verharrt, eigenartig berührt. Abschiedskühle liegt in der Luft, still und unmerklich verändert sich die Welt, und was verlorengeht, geht unwiederbringlich. Irgendwann wird es keinen Frühling mehr geben, keinen Sommer, Herbst, Winter. Nicht die Zyklen werden enden, nicht die Dinge verschwinden, sondern die Menschen, die sie benannt und die in ihnen gelebt haben. Alles Geschehen vom Anbeginn der Zeit bis heute und darüber hinaus wird in der Namenlosigkeit einer Schöpfung fortbestehen, die keinen Schöpfer kennt, sondern nur sich selbst. Der Schrei einer Frau, die in einen Abgrund stürzt. Die Schreie einer anderen, lange verhallt –

Der Pfad nähert sich wieder dem Wald an. Unweit die Zufahrtstraße und Warnschilder: »Privatgelände«, »Stopp«, »Zugang für Unbefugte untersagt«. Zwischen Kiefernstämmen gerät ein Wachhäuschen samt Schranke in Sicht, bestückt mit Satellitenantennen und Kameras. Das rot leuchtende Auge einer Ampel starrt Luther feindselig entgegen, dahinter läuft der Spalierzaun durch. Jenseits davon das Herrenhaus, ein elfenbeinweißes Prachtstück mit Balkonen und Antebellum-Flair, das man eher in Louisiana verorten würde: Tara, aus Holz gebaut. In einer letzten magischen Geste färbt die Sonne das Obergeschoss orangerot, bevor der Pazifikdunst sie verschluckt. Luther setzt sich auf einen Felsbrocken, der verloren im braunen Gras liegt, als sei er vom Wagen gefallen, und lässt seine Gedanken von der Leine.

Eine private Forschungsstätte, befestigt wie ein Armeestützpunkt.

Je länger er die eiserne Barriere mit ihren zugespitzten Streben und allgegenwärtigen Kameras betrachtet, desto weniger scheint ihm ihr Sinn einzig darin zu liegen, ungebetene Gäste fernzuhalten – wobei als ungebeten jeder gelten dürfte, der nicht von Nordvisk autorisiert ist, auf bunten Fahrrädern über den Campus zu radeln oder sich in subterranen Sphären herumzutreiben. Er sieht den Geländewagen vor sich, mit ramponiertem Kühler, Meg zufolge aber noch fahrtüchtig. Als Unit Commander im Drogendepartment hatte er Zugriff auf Spezialfahrzeuge, die sich selbst unter Dauerbeschuss nicht in Spaghetti-Siebe verwandelten, mit kugelsicherem Glas und ummantelt von Stahl, aber entsprechend sahen die Dinger auch aus. Der Mercedes, den Pilar vor den Baum gesetzt hat, wurde mit kosmetischem Sachverstand aufgerüstet. Ein perfekt getarnter Panzer, todsicher in keinem handelsüblichen Katalog zu finden. Wer braucht einen solchen Wagen, sofern er nicht gerade vorhat, einen Grizzly zu rammen, und selbst dafür würde es zur Not die Serienausstattung tun?

Ein Raum mit einer Brücke darin – bis an die Zähne bewaffnete Männer, nachtschwarze Kästen, in denen es pulsiert, Schattenhaftes sein Interesse auf die Außenwelt richtet –

Vielleicht hat der Zaun ja noch eine andere Aufgabe.

Was auf der Farm ist, daran zu hindern, *hinauszugelangen.*

Der orangerosa Streifen auf dem Obergeschoss schrumpft in sich zusammen.

Bis zu van Dykes Eintreffen sollte er sich runterkühlen. Die Versuchung, befremdliche Vorgänge zum Alptraum aufzublasen, ist groß und verlockend, doch was hat er wirklich gesehen? Was sind Fakten, was unstatthafte Versuche, den Fall Guzmán zu dramatisieren? Man steht so verdienstvoll da, wie ein aufgeklärtes Verbrechen abscheulich ist, also kann es gar nicht abscheulich genug sein. Doch selbst, wenn er Tag für Tag Mordfälle löste, ließe sich das nicht gegen frühere Schuld aufrechnen.

Also: ein Hightech-Unternehmen.

Eines mit tadellosen Referenzen, nebenbei gesagt. Phibbs' Akte, die er auf dem Saddleback überflogen hat, erzählt eine hollywoodreife Geschichte. Über ein hochbegabtes Kind namens Elmar Nordvisk, das seinen Hund nicht leiden konnte, woraus – die Herleitung sah er sich gezwungen zu überspringen – ein stupendes Weltrettungsunternehmen wurde, offenbar spektakulärer als Google. Vom Unicorn – wie sie im Silicon Valley Startups nennen, die gestreckten Galopps zu einem Marktwert von über einer Milliarde Dollar preschen – zur Rampe für Moonshots, der Durchführung undurchführbar scheinender Projekte kraft radikaler Ideen und ebensolcher technischer Lösungen.

In schwarzen Kästen. Warum nicht?

Über den Bergen taucht ein schnittiges kleines Flugzeug mit zwei riesigen Rotoren auf. Der Abendwind trägt das Singen der Turbinen heran. Unvermittelt kippen die Rotoren in die Waagerechte, und die Maschine geht senkrecht hinter der Villa hernieder. Luther erhebt sich von seinem Stein. Ohne Hast schlendert er zum Kontrollpunkt, sieht hinter den getönten Scheiben des Wachhäuschens die Umrisse eines Uniformierten, dann öffnet sich die Tür, und der Mann tritt nach draußen.

»Sheriff Luther Opoku?«

»Undersheriff«, sagt Luther der guten Ordnung halber.

»Würden Sie sich bitte ausweisen?«

Er zieht seinen Dienstausweis hervor und reicht ihn dem anderen, der ihn mit beiden Händen nimmt und aufmerksam betrachtet, während Luthers Blick prüfend auf seinem Gegenüber ruht. Kappe und Brusttasche ziert das Firmenlogo von Nordvisk Inc., zwei gegeneinander verlaufende Winkel, die ein N bilden. Die Männer auf den Videos trugen dasselbe Outfit. Von der Villa nähert sich jemand beschwingten Schrittes. Der Wachhabende gibt ihm den Ausweis zurück, das Zyklopenauge der Ampel wird grün. Geräuschlos, als schwebe es in seinen Schienen, gleitet ein Tor zur Seite, und Luther hat im Hindurchgehen das Gefühl, sein County zu verlassen und ein fremdes Königreich zu betreten. Er schaut zum Himmel, der sich merklich eintrübt. Das rosa Licht ist von der Fassade des Obergeschosses verschwunden, die Sonne sieht aus wie rote Pappe hinter Wasserdampf. In seinem Rücken schließt sich das Tor so lautlos, wie es sich geöffnet hat. Sein Ein-Mann-Begrüßungskomitee eilt ihm entgegen: mittelgroß, untersetzt und blond, das Haar durchzogen von Silberfäden, randlose Brille, Krawatte gelockert, die Hemdsärmel oben. Zwischen den aknenarbigen und etwas schlaffen Wangen wirkt der Mund zu klein, die Augen zwei blassblaue Murmeln, in Teig gedrückt. Kälte und ein hohes Maß an Zielstrebigkeit schimmern darin. Jemand, den seine Physiognomie früh geprägt hat, beruflich etwas mit Zahlen zu machen, und mit dem sich auf der High School keiner anlegen mochte, weil selbst den Schlägern seine Eigenschaftslosigkeit suspekt war und man nie wissen konnte, ob man sich bei so einem mehr Dresche einhandelte, als man ihm hatte zuteilwerden lassen.

»Hugo van Dyke«, sagt der Mann und streckt Luther die Rechte entgegen.

Er lächelt, und die kleine mimische Korrektur entfaltet eine frappante Wirkung. Von Kälte keine Spur mehr. Die blauen Augen blitzen, Offenheit wird zum bestimmenden Merkmal seines Wesens. Luther schüttelt die dargebotene Hand, ein kräftiger, kontrollierter Druck. »Danke, dass Sie sich die Zeit genommen haben.«

»Das ist das Mindeste.« Van Dyke weist ins Innere der Villa. »Bitte.«

Zügig, wie er Luther in Empfang genommen hat, geht er ihm voraus. Sie gelangen in ein mit dunklen Bohlen ausgelegtes Foyer, beherrscht von einem Fahrstuhl, dessen ausladende Front in keinem Verhältnis zu seiner Funktion steht, die wenigen Geschosse miteinander zu verbinden, zumal ihn Freitreppen flankieren. Panzerglas ummantelt Fahrstuhlschacht und Stiegen, durchbrochen von einer röhrenförmigen Sicherheitsschleuse, offen stehende Türen gewähren Blicke in leere Arbeitsräume. Ihr Weg führt in ein herrschaftliches Hinterzimmer, vollgestellt mit Gründerzeitmöbeln, gemütlichen Sofas, Laptop-Arbeitsplätzen, Schränken voller Bücher und einer gut sortierten Bar. Ohne innezuhalten, marschiert van Dyke durch eine geöffnete Flügeltür auf die Terrasse, und Luther überschaut das Areal erstmals in seiner gesamten Ausdehnung. Links die Scheunen, deren verwitterte Wände und Dächer den Tagen entstammen dürften, als das Haupthaus erbaut wurde, angrenzend das Umspannwerk. Blitzschutzmasten, Transformatoren, Sammelschienen und reihenweise Generatorblöcke erwecken den Eindruck, eine Kleinstadt mit Strom versorgen zu können. Er blickt nach rechts, wo ein lang gezogener Gebäudetrakt entspringt. Rote Giebel, parzellierte Vorgärten und Korbmöbel auf den Veranden, wie Florida Beach entrissen und vor die endlos gereihten Wassertanks gepflanzt, die das Areal nach Süden hin begrenzen. Umso schmuckloser die Flachbauten, Labors vielleicht. Die Mittelachse, ausgehend von der Villa, durchläuft ein Flugfeld und einen Park mit Naturteich und im Wind flatternden Liegestühlen, bevor sie an den Verladehof des Hangars grenzt. Massig und abweisend liegt er da, das Rolltor offen, doch Luthers Blick wird von Dunkelheit aufgesaugt.

Vom Flugzeug kommen drei Personen herüber. Ein Mann mit der federnden Lässigkeit des geborenen Sportlers, die Frau zu seiner Linken in Pilotenmontur. Die andere, mahagonifarben und von gedehnter Schlankheit, trägt die Uniform des Wachdienstes. Ihre Bewegungen sind fließend, als werde sie jeden Moment in die Höhe schnellen und wie ein Fisch durch die Luft gleiten. Sie äußert etwas zu dem Mann, fixiert Luther und lächelt.

»Elmar wollte auf jeden Fall dabei sein«, sagt van Dyke. »Pilar war eine seiner engsten Mitarbeiterinnen.«

Luther erwidert den Blick der Mahagonifrau, deren hohe, glatte Stirn und schmale Nase ihr das Aussehen einer äthiopischen Königin verleihen. Sie lässt ihn nicht aus den Augen. Ihr Lächeln könnte alles ausdrücken, von Freundlichkeit über Verlangen bis hin zu abgrundtiefer Verachtung.

»Eng bei was?«

»Genau genommen ist Mitarbeiterin ein zu profaner Begriff«, umgeht van Dyke die Antwort. »Ihr Verhältnis war von anderer Qualität.«

»Welcher Art?«

»Nichts, was Klatschspalten füllt.«

»Das wollte ich auch nicht andeuten.«

»Aber ich.« Van Dyke sieht ihn an. »Müssen Sie nicht im Müll wühlen, Undersheriff? Fragen, wer mit wem Überstunden macht?«

»So was bekomme ich nicht raus, indem ich frage.«

»Wie dann?«

»Zuhören reicht. Der Müll wird von selber geschwätzig. Aber da wir schon mal dabei sind –«

»Die Antwort lautet nein. Ich nicht, Elmar nicht.«

»Sonst jemand bei Nordvisk?«

»Darüber zu mutmaßen, wäre vermessen«, sagt van Dyke. »Ich kann nur für mich und Elmar sprechen.«

Unten teilt sich die Gruppe. Die Mahagonifrau kappt den Blick und geht mit der Pilotin in Richtung Wohntrakt. Ihr Lächeln, scheint es Luther, hatte etwas Forderndes, Hungriges und zugleich Fragendes, als suche sie Wege, abseits der anderen mit ihm in Verbindung zu treten.

»Warum eigentlich auch für Elmar?«

»Wir sind wie Yin und Yang.« Van Dyke lächelt. »Vielleicht nicht in klassischer Proportionierung. Meiner Kenntnis nach war Pilar solo. Eleanor Bender wird es wissen.«

»Bender.« Luther ruft sich Phibbs' Dossier ins Gedächtnis. »Es gibt eine Mitgesellschafterin dieses Namens, richtig?«

»Eleanor leitet unsere medizinische Sektion. Bedauerlicherweise war sie nicht abkömmlich, aber vielleicht treiben Ihre Ermittlungen Sie ja nach Palo Alto. – Elmar, darf ich dir Undersheriff Luther Opoku vom hiesigen Sheriff Department vorstellen?«

Der Mann, der über die Verandastufen zu ihnen heraufspringt, hat kurz geschorenes schwarzes Haar, katzenfelldichte Brauen und das Gesicht des ewigen Studenten. Ein Wangen und Kinn umschattender Dreitagebart verfehlt es, ihn älter aussehen zu lassen als Anfang dreißig, während Elmar Nordvisk tatsächlich weit jenseits der vierzig ist. Er trägt Jeans, Sneakers und ein Radiohead-T-Shirt, darüber ein Jackett von der Sorte, das nach zwei Tagen im Koffer faltenfrei daraus hervorgleitet. Als er Luther die Hand gibt, geschieht es so beiläufig, dass zu befürchten steht, er werde im nächsten Moment keine Erinnerung mehr an sein Gegenüber haben.

»Sheriff.« Flüchtiger Augenkontakt. »Sie haben Pilar gefunden?«

»Geborgen. Touristen haben sie entdeckt.«

»Musste sie leiden?«

Luther zögert. »Ich glaube nicht. Es ging sehr schnell.«

»Schnell. Wie schnell?«

»Sie stürzte in einen Baum. Ihr Genick brach.«

Nordvisk schaut auf seine Hände, als sehe er sie zum ersten Mal. Spreizt wie zum Test die Finger. »Okay, Sie haben Fragen. Ich bin kein Freund unausgeglichener Bilanzen, schlage also vor, wir bringen uns gegenseitig auf den letzten Stand. Mir egal, in welcher Reihenfolge.« Er schaut auf. »Vielleicht – fangen Sie an? Kurz die Fakten.«

»Miss Guzmán –«

»Pilar.« Er lächelt tieftraurig. »Nennen Sie sie Pilar.«

»Wir reden uns grundsätzlich mit Vornamen an«, erläutert van Dyke.

Während Luther den Erkenntnisstand ausbreitet, irrlichtern Elmar Nordvisks Blicke über das Gelände, als spiele sich dort ein Parallelgeschehen ab. Luther entsinnt sich der jungen Frauen, die sie vom Zaun aus beobachtet haben. Saß jemand in den Büros, als er das Foyer durchquerte? Er weiß es nicht mehr. Zu sehr war er von dem monolithischen Fahrstuhl und der Panzerglasbarriere in Beschlag genommen. Alles hier sprengt den Rahmen der Verhältnismäßigkeit. Vielleicht erschlösse sich das Sammelsurium aus Umspannwerk, Wassertanks und Gründerzeitarchitektur ja einem Spezialisten, was immer dessen Expertise zu sein hätte, doch könnte der auch die Brücke im Untergrund erklären?

»Ich brauche eine Liste«, schließt er seine Ausführungen. »Wer war in den letzten vierundzwanzig Stunden auf der Farm?«

»Wer schon.« Elmar Nordvisk sieht van Dyke an. »Die üblichen Verdächtigen, oder?«

»Idiomatisch gesprochen.« Van Dyke weist auf den Gebäudekomplex mit den Veranden und Vorgärten. »Wer über Nacht bleibt, schläft im Anbau. Einige haben hier einen regelrechten Zweitwohnsitz.«

»Pilar auch?«, fragt Luther.

»Das Eckappartement.«

»Würde ich gern sehen. Es sei denn, Sie bestehen auf einen Durchsuchungsbefehl –«

»Scheiß auf den Durchsuchungsbefehl«, sagt Nordvisk. »Sie können alles sehen, Sheriff, nur latschen Sie nicht alleine hier rum. Sie würden eh nichts kapieren.«

»Dürfen wir Ihnen übrigens etwas anbieten?«, versucht van Dyke, den Tonfall aufzupolieren.

»Danke.« Luther schüttelt den Kopf. »Sie können dafür sorgen, dass sich alle Anwesenden zu einer Befragung zusammenfinden. In einer Viertelstunde, schaffen Sie das?«

»Sicher. Es sind ohnehin nicht viele. Der Wachdienst und zwei Programmiererinnen.«

»Warum so wenige?«

»Weil Ares keine Babysitter braucht«, sagt Nordvisk genervt. »Das meiste ist automatisiert, also eigentlich alles, verstehen Sie? Nein, woher auch. Also solange wir keine Experimente durchführen, für die Menschen vonnöten sind, verwaltet sich die Farm selbst, das ist ja eines der Hauptziele maschinellen Lernens. Eigentlich logisch. Wenn Sie in der Industrie 4.0 und im Internet der Dinge den Ton angeben wollen, brauchen Sie eine universelle KI, die Ihnen dient, ohne dass Sie ihr dienen müssen, wissen Sie überhaupt, wovon ich rede?«

»Nein.«

»Schon klar, ich langweile Sie mit irrelevantem Kram.« Seine Stimme ist leise, die Lippen bewegen sich kaum. Umso schneller drängt der Redefluss zwischen ihnen hervor. Wortwürmer jagen einander am Rande der Verständlichkeit. Nordvisk scheint das Sprechen geringzuschätzen, den plumpen Boten des Denkens darin zu sehen. Wohl um sein Nuscheln auszugleichen, bedient er sich raumgreifender Gestik, und ganz so hat Luther ihn aus dem Fernsehbeitrag in Erinnerung. Ein Streitgespräch. Nordvisk kaperte die gesamte Redezeit, fortgesetzt beschrieben seine Hände Kreise und Parabeln und schöpften aus nie versiegender Symbolik. Auf seinen Zügen lagen das selbstvergessene Lächeln und Staunen des großen Jungen, der in eine Zukunft unbegrenzter Möglichkeiten schaut, nur immer knapp an seinem Gegenüber vorbei, und auch jetzt gleiten seine Pupillen ab, schwimmen hierhin und dorthin, ohne erkennbaren Fokus.

»Und Sie haben keine Idee, was Pilar gestern Nacht auf der Farm gemacht haben könnte?«

Van Dyke zuckt die Achseln. »Es gibt ja nicht mal Belege dafür, dass sie überhaupt hier war.«

»Was wäre eigentlich so ungewöhnlich daran gewesen?«

Nordvisk blinzelt. »Dass sie hier auftaucht?«

»Als leitende Mitarbeiterin –«

»Es gab keinen Grund. Gab keinen! Die Farm ist kein Ort, wo man außerplanmäßig aufkreuzt. Pilar – ich meine, sie konnte rein und raus, wann immer sie wollte, aber sie hätte es nicht heimlich getan.« Seine Rechte durchwandert die Luft, als sei da doch noch irgendwo ein Grund zu finden, und sinkt schlaff herab.

»Wozu auch?«, ergänzt van Dyke. »Also was war gestern Nacht? Die Programmiererinnen haben routinemäßige Systemchecks absolviert, die Sicherheitsleute ihre Patrouillengänge. Keine Meldung, nichts Ungewöhnliches. Gleich nach Ihrem Anruf habe ich die Protokolle und Videos eingesehen. Pilar war nicht hier.«

»Sie reden von Überwachungsvideos?«

»Alles hier wird videoüberwacht.« Van Dykes blaue Augen fixieren Luther, als hätte er selber kleine Kameras dahinter versteckt. Luther spürt Verunsicherung. Die Filme, die sie auf Tamys Rechner gesehen haben, weisen das Erstellungsdatum von vergangener Nacht aus, aber wie verlässlich sind solche Erstellungsdaten? Ändert sich das Datum nicht mit jeder Bearbeitung?

»Hatte sie Feinde? Stress mit Kollegen?«

»Pilar war niemand, der Feinde hat«, sagt Nordvisk.

»Klingt, als waren Sie befreundet.«

»Waren wir das?« Er starrt auf einen Punkt kurz über seinen Schuhen. »Herrgott, was ist Freundschaft? Ja, irgendwie schon. Ich bin nicht der Chronist ihres Privatlebens, aber wir haben uns – ausgetauscht. Meinetwegen. Nennen wir's Freundschaft.«

»Kennen Sie irgendwelche Angehörigen, die wir informieren –«

»Nein. Also, nicht persönlich. Die Familie ist nach Kanada gezogen, als sie klein war. Eltern, Bruder – eine Tante, glaube ich. Der Rest lebt immer noch in Mexiko. Hier hatte sie nur ihren Freund. Exfreund, um genau zu sein.«

»Und kennen Sie den?«

»Jim Garko. Guter Typ. Betrieb ein Surfer-Café in Monterey, das pleiteging. Pilar brachte ihn ins Unternehmen. Sie haben sich getrennt, als sie bei uns durchstartete, sind aber Freunde geblieben.«

»Mit was ist sie denn durchgestartet?«

»Ölabbauende Mikroben. Etwas *wirklich* Wichtiges!« Nordvisk strahlt Luther unvermittelt an, als habe er ihm ein Weihnachtsgeschenk in die Hand gedrückt und erwarte, dass er sich darüber freue. »Sie hat Biochemie und synthetische Biologie studiert, in Berkeley. Eleanor war Pilars Mentorin, und dann passiert dieser Mist in – wollen Sie das wirklich wissen?«

»Nur zu.«

»Deepwater Horizon, 2010. Klickt was?«

»Die Bohrplattform.«

»Blowout! Das Scheißding flog in die Luft und sank, aber unten sprudelte es munter weiter. Keiner hatte die Spur eines Plans. Ein Loch in fünfzehnhundert Metern Wassertiefe, aus dem Öl schoss, ohne dass einer wusste, wie man den Stopfen wieder draufkriegt. Monate dokterten sie dran rum, während der Ölteppich immer größer wurde. Versuchten, das Zeug einzusammeln, abzufackeln, ließen wissen, den Rest würden Bakterien erledigen. So was gibt's, dauert aber Jahre. Das Problem ist, wenn Mikroben Öl fressen, scheiden sie oft Stoffe aus, die noch unverträglicher sind als das Öl selbst, außerdem vermehren sie sich dabei wie verrückt und verbrauchen jede Menge Sauerstoff, und am Ende kippt das ganze scheiß Meer um. Pilar versuchte, Mikroben zu züchten, die rasch Öl abbauen, ohne Sauerstoff in großem Stil zu vernichten und alles mit ihren Klonen zu verstopfen.«

»Ist es ihr gelungen?«

»Ihr und Eleanor.« Nordvisk nickt voller Ingrimm. »Der verdammte Nobelpreis stünde ihnen dafür zu.«

»Und das hat sie hier draußen –«

»Ja. Nein.« Sein Blick wischt über Luther hinweg. »Es ist ein Optimierungsproblem. Man hat endlos viele Möglichkeiten, ins Genom einer Mikrobe einzugreifen, aber nicht endlos Zeit. Irgendwo in einer Wolke von Optionen, Millionen und Abermillionen Optionen –« Seine Hände umspannen einen imaginären Raum, wandern nach außen, »– verbirgt sich die eine Lösung. Es gibt immer *die eine* Lösung. Hier kommen wir diesen Lösungen auf die Spur.«

»Wir sprechen von Ares? Pilars Arbeitsplatz.«

»Ja.«

»Von der Farm?«

»Die Farm *ist* Ares.« Nordvisk streicht sich durchs Haar, hält inne und lächelt sein scheues Jungenlächeln. »Entschuldigung, Undersheriff. Ich schwadroniere. Sie können gar nicht wissen, wovon ich rede.«

»Doch. Sie reden von einem Computer.«

Auch das weiß er aus Phibbs' Akte, nur hat er vergessen, woraus sich die Abkürzung zusammensetzt. A.R.E.S. ist das Flaggschiff des Konzerns, ein Superrechner, hervorgegangen aus einer frühen Software Elmar Nordvisks, dazu gedacht, eigenständig Forschungsprogramme zu entwickeln. Eine Art synthetischer Wissenschaftler. Über die Jahre hat A.R.E.S. Nordvisk zahllose Geschäftsfelder erschlossen. Zwar übersteigt, wie künstliche Intelligenz funktioniert, Luthers Verständnis, dafür erschließen sich ihm plötzlich andere Dinge.

»Man braucht eine Menge Energie, um so eine Maschine bei Laune zu halten, richtig?«

Van Dyke nimmt seine Brille ab, hält sie gegen den Himmel und setzt sie wieder auf.

»Ich denke, Undersheriff, es wird Zeit für eine Führung.«

Während er zusieht, wie van Dyke seine Handfläche auf den Touchscreen legt und in den Augenscanner schaut, beginnt eine vage Unzufriedenheit an Luther zu nagen. Er folgt dem Manager in die Panzerglasröhre, wo er sich eigenartig exponiert vorkommt. Scheinbar endlos hält die Schleuse sie gefangen, tasten Kameraaugen ihre Körper ab, messen Sensoren mögliche Spuren einer Kontamination. Hat er etwas übersehen? Besser gesagt, etwas gesehen, auf das er hätte reagieren sollen, statt zu warten, bis – was? Seit er und van Dyke auf der Terrasse standen, rumort es in ihm. Die Schleuse schwingt auf, und im Hinaustreten denkt er: Warten bis zur kollektiven Befragung. Genau! Ich hätte nicht warten sollen. Sonnenstrahlen ergründet man nicht nach Anbruch der Dämmerung, ebenso wenig wie ein Lächeln, indem man Stunden später fragt, was es zu bedeuten hatte – und das Lächeln dieser Äthiopierin erschien unter den gegebenen Umständen eigentlich deplatziert, oder? So vertraut, wie sie mit Nordvisk tat, muss sie von Pilar Guzmáns Tod gewusst haben, grinst man da den Sheriff an? Einen Wildfremden? Was wollte sie, verschlüsselte sie, versuchte sie mitzuteilen? Mein Fehler! Ich hätte sofort mit ihr reden sollen, anstatt –

Hätte, und schon gleiten die Fahrstuhltüren auseinander.

Hätte *gern* mit ihr gesprochen.

Auch, weil etwas Lockendes in ihrem Blick lag; weniger sinnliche Verführung als das Versprechen allumfassender Einsicht. Du wirst schon verstehen, sagte der Blick. Ein flüchtiges Angebot, das im Moment ihrer Abkehr verfallen schien, eine verpasste Gelegenheit. Aus der Hand gegeben wie so viele Chancen, und spätestens jetzt muss Luther sich eingestehen, dass seine Dämonen ihn wieder im Schwitzkasten haben. Denn natürlich geht es hier nicht nur um die Mahagonifrau. Es geht darum, zu wenig miteinander gesprochen zu haben, als noch Zeit gewesen wäre, vielleicht nie das Richtige gesagt zu haben –

Schweiß tritt auf seine Oberlippe. Panik schnürt ihm die Luft ab, Einsamkeit und Verlustangst krampfen sein Herz zusammen. Elektrisiert vom Impuls, zwischen den sich schließenden Türen hinauszuspringen, tastet er nach der Fahrstuhlwand und fühlt die Attacke kommen. Mit Macht flutet sie heran und reißt ihn in eine entlegene Vergangenheit, noch ferner als jener verhängnisvolle Tag, an den Tamy keine Erinnerung mehr hat. In Gedanken rennt er durch ein Drogenlabor, das lichterloh brennt, weil einer der Gangster in die mit Butangas gefüllten Extraktoren geschossen hat, sieht seine Leute und die Drogenköche im rot quellenden Rauch ihr mörderisches Schattenspiel aufführen, begleitet vom Gezänk der Schüsse, schreit Kommandos, während seine SWAT-Einheit das Labor in die Zange nimmt. Schreit an gegen die Druckwelle des Infernos, die unvermittelt ein Projektil mit sich heranträgt, und fühlt es knapp unterhalb seines Herzens eindringen. Ach was, eindringen. Plötzlich steckt es da, lästig, unpassend. Was soll's. Läuft weiter und stürzt wie mit der Axt gefällt zu Boden, und im selben Moment gehen der Schmerz und die weiß glühende Einsicht, in dem elenden Drecksloch zu krepieren – dies also ist der Ort, die Stunde! –, eine schockartige Verbindung ein. Er wälzt sich herum, fingert in den Schwaden nach der Heckler & Koch, die eben noch gewichtig und Zuversicht spendend in seinen Händen lag, als Rauch und Flammen eine Gestalt ausspucken; den Mann, der ihn erwischt hat und nun die Pistole von sich streckt, mit durchgedrücktem Ellbogen, um ihm den Rest zu geben.

Dann sieht er, es ist kein Mann, sondern ein Junge.

Da steht, krümmt sich eines dieser halben Kinder, die ins Mahlwerk der Kartelle geworfen und erbarmungslos zerrieben werden, und in den Augen des Jungen flackert keine Mordlust, sondern blanke Angst. Angst vor Luther, Angst vor dem Tod, vor allem, was er nicht versteht, und ganz sicher versteht er nicht, warum er hier gelandet ist statt in einem beschaulichen Hort der weißen, saturierten Mittelschicht, wo das größte Risiko darin besteht, beim Kiffen erwischt zu werden. Und auch Luthers Angst wird übermächtig, weil seine Finger ins Leere tasten, und sie weitet ihm noch die Augen, als der Kopf des Jungen wie eine überreife Frucht zerplatzt und er ins Feuer gerissen wird. Die Polizistin, die Luther in diesem Moment das Leben rettet, schleppt von nun an diesen Jungen mit sich rum, so wie jeder von ihnen schweres Gepäck zu schultern hat, aber man kann sich an gewaltig viel gewöhnen. Und vielleicht wäre die lebendige Szene mit den Jahren zum Bild erstarrt, über dem der Firnis dunkelt, hätte Jodie nach dem Vorfall nicht darauf gedrängt, dass er die Leitung des Sacramento Drogendezernats aufgab und sie nach Sierra zogen, wo Luthers Mutter lebte, in zweiter Ehe verheiratet mit einem Deputy aus Plumas, der seinerseits freundschaftliche Kontakte zum chronisch unterbesetzten Sheriff Department in Downieville unterhielt –

»Undersheriff?« Van Dyke mustert ihn besorgt. »Ist Ihnen nicht gut?«

Luther nimmt die Finger von der Fahrstuhlwand. Ein Gefühl des Gewichtsverlusts zeigt an, dass die Kabine rasch abwärts sinkt.

»Alles okay.«

»Sie sind blass geworden.«

»Blass?« Gelächter kitzelt seinen Kehlkopf, bricht sich Bahn und entfaltet befreiende Wirkung. »Mir hat tatsächlich noch nie jemand gesagt, dass ich blass bin.«

»Nicht? Das sollten Sie als diskriminierend empfinden.«

»So?«

»Pardon.«

»Kein Problem, Mister van Dyke –«

»Hugo.«

»– schlimmer, als über meine Hautfarbe zu witzeln, ist es, sie mit zusammengekniffenen Arschbacken zu ignorieren, bloß um sich nicht in die Nesseln zu setzen. Mein Vater ist Ghanaer. Ich bin schwarz wie der leere Weltraum, wie mein alter Herr zu sagen pflegte.«

»Sie haben sich nie erblassen sehen?«

»Polizisten sind eher fixiert auf das Erblassen anderer.«

»Nichts und niemand ist auf eine Farbe festgelegt«, sagt van Dyke.

»Daran ist viel Schönes und Wahres, Hugo. In Gegenden, wo man mich nicht kennt, in meinem Privatwagen, in zivil, werde ich trotzdem dreimal so oft angehalten wie Sie. Die wenigsten Schwarzen können dann einen Sheriffausweis zücken.«

»Ja, leider. Was ich sagen will, ist, es gibt eine Blässe, die tiefer geht als die der Haut.«

»Und so was sehen Sie?«

»Schauen Sie mich an. Ich bin Experte für Blässe.«

»Wissen Sie was, Hugo?« Luther zeigt zur Decke. »Es gibt vor allem dieses grässliche Fahrstuhllicht.«

»Ich bin uneingeschränkt Ihrer Meinung. Ares, könntest du uns wohl in ein vorteilhafteres Licht setzen?«

Tatsächlich wirkt van Dyke in der Kabine noch farbloser als ohnehin schon. Brauen und Wimpern schimmern hell wie Pinselborsten, ungnädig bringt die Beleuchtung seine Aknenarben zur Geltung. Luther fragt sich, wie das Heranwachsen dieses Mannes verlaufen sein mag. Um einiges anders als das Elmar Nordvisks, schätzt er. Über den braucht man nicht viel zu wissen, um ihn als wandelnde Selbstinszenierung zu begreifen, von Jugend an gewahr, wie ein gefälliges Äußeres, gepaart mit Grips und listig zur Schau gestellter Schüchternheit, auf Mädchen wie Mütter wirkt: Letztere so angetan von der gedeihlichen Mischung aus Genie und Wohlanständigkeit, dass sie die Flirtversuche ihrer Töchter – glamouröse Hochzeitsfeierlichkeiten vor Augen – nach Kräften befördern, denen ihrerseits entgeht, wie mühelos der scheue Jüngling sie dazu verführt hat, ihn zu verführen. Phibbs' Dossier schnürt auch Blüten der Klatschpresse, wonach Elmar erst nach zahlreichen prominent besetzten Affären in eine feste Beziehung gefunden habe, mit einer gescheiterten Popsängerin namens Liza Martini. Van Dyke hingegen? Überlebenskampf. Der ewige Mülleimer, dem sich Mädchen platonisch anvertrauen, weil sie nie auf den Gedanken kämen, er sei etwas anderes als ein bedürfnisloses Neutrum. Der Typ, bei dem man abschreibt, ohne ihn zur Party einzuladen –

Das Fahrstuhllicht nimmt einen weicheren Ton an.

»Alle Achtung. Ihr Computer versteht Ironie.«

»Besser als die meisten seiner Programmierer.« Van Dyke winkt ab. »Seien Sie nicht allzu beeindruckt. Das sind Taschenspielertricks. Mit so was ziehen wir Investoren die Milliarden aus der Tasche. Elmar würde sagen, der Scheiß wirkt immer.«

Die Kabinentüren öffnen sich. Ein verglaster Gang erstreckt sich bis zu einer schimmernden Front, in die groß das Nordvisk-N graviert ist. Hinter den Glaswänden Kontrollpulte und Monitore, Männer des Sicherheitsdienstes. Das seidige, allgegenwärtige Licht entspringt keiner erkennbaren Quelle, die Räume selbst scheinen es zu produzieren.

»Was ist das eigentlich für ein Wachdienst?«, fragt Luther, während sie der schimmernden Front entgegengehen. »Wo bekommen Sie die Leute her?«

»Die rekrutieren wir selbst.«

»Kein Fremdanbieter?«

»Ich bitte Sie.« Van Dyke wirkt belustigt. »Das hier ist die bedeutendste Forschungsanlage der Vereinigten Staaten.«

»Nicht gemessen am Grad ihrer Bekanntheit.«

Er lächelt. »Die schönsten Blumen blühen im Verborgenen. Nordvisk ist Weltmarktführer für künstliche Intelligenz, Palo Alto nur der Jahrmarkt. Täglich entsteht dort bahnbrechend Neues. Ein Biotop für Durchgeknallte. Der Zoo gewissermaßen. Jeder, der fragt, kriegt eine Führung. Aber das Gehirn ist hier, in Sierra, und das binden wir nicht jedem auf die Nase. Ganz sicher legen wir den Schutz unserer Anlagen nicht in die Hände gewerbsmäßiger Nachtwächter.«

»Ich hätte Ihre Feinde eher in chinesischen Hackerkreisen vermutet.«

»Sie machen sich keine Vorstellung davon, wer uns alles ans Leder will. Technologieängste sind wie eine Infektion, wie grassierende Viren. Die Gegner der digitalen Transformation würden uns liebend gerne in die Luft sprengen, von religiösen Vernichtungsphantasien ganz zu schweigen, da man uns natürlich verdächtigt, Gott zu spielen. Das Problem ist, schützen können Sie nur, was Sie intellektuell durchdrungen haben. Und Navy Seals mit einem Master of Science in Informatik stehen nicht an der Ecke herum. Aber wir sind gut aufgestellt.«

»Schön. Reden wir über Geheimhaltung.«

»Chinesische Hacker?«

»Nein.« Luther bleibt stehen. »Was bei Nordvisk ist so geheim, dass Pilar Guzmán deswegen sterben musste?«

»Das frage ich mich auch.«

»Und?«

»Mir fällt nichts ein. Wir betrachten Geheimhaltung als kontraproduktiv.«

»Sie machen Witze.«

»Keineswegs.«

»Damit stehen Sie im Widerspruch zum Handeln jeder Regierung.«

»Und?« Van Dyke blickt ihn an. »Was bringt es den Regierungen ein? Krisen, Kriege, Stagnation. Damit stehen wir auch im Widerspruch zur Innovationskultur Asiens und Europas, wo sie sich in Alpträumen winden, jemand könnte ihre schönen Ideen stehlen. Aber ohne Austausch kommen Sie nicht weiter. Fortschritt ist ein humanitäres Projekt, Undersheriff. Wir sind, wer wir sind, weil wir in offenem Austausch mit jedem stehen, der eine gute Idee hat. Jeder Trainee bei Nordvisk hat direkten Zugang zur Führungsebene. Der Großteil unserer Entwicklungen sind Open-Source-Projekte, Wissenschaftler aus aller Welt erhalten Zugriff. Wir denken nicht in Abschottung und Hierarchien, sie sind der Tod jeder Innovation.«

»Sie lassen also zu, dass andere die Früchte Ihrer Forschung ernten?«

»Nicht ernten. Nutzen.«

Luther überlegt. »Nachdem Sie sie patentiert haben.«

»Natürlich. Wir müssen ja Geld verdienen.«

»Das wirft ein weniger weiches Licht auf Ihre Großzügigkeit.«

»Keineswegs.« Van Dyke legt einen Finger an die Schläfe. »Vielleicht sollte ich ein Missverständnis aufklären. Nicht wir entwickeln die Produkte. Unsere User tun es. Kraft ihrer Bedürfnisse, ihrer Wünsche, ihrer Nöte. Wir sind gewissermaßen das Medium. Um der Menschheit zu helfen, brauchen wir Zugriff auf Menschheitsdaten. Und die Menschheit braucht Zugriff auf uns, um ihr Feedback einspeisen zu können. Nicht einmal jährlich auf Aktionärsversammlungen, nicht einmal täglich, sondern in *jeder* Sekunde! Evolution, Disruption, was immer die menschliche Höherentwicklung befördert, lässt sich nur gemeinschaftlich vollziehen, und offen gesagt, ein bisschen mehr Höherentwicklung stünde uns gut zu Gesicht, finden Sie nicht auch?

Geheimniskrämer verlangsamen diesen Prozess. 2050 werden wir zehn Milliarden Menschen sein, in einer problematischen Umwelt. Verstehen Sie, was das heißt? Wir können uns Verlangsamung nicht leisten! Also ja – wir glauben an die Macht des Kollektivs.«

In van Dykes Gesicht glüht eine Sonne der Zuversicht, und Luther versteht tatsächlich. Er versteht, wie der aknegepeinigte Junge den Kampf schlussendlich für sich entschieden hat. Irgendwann hat van Dyke sein Lächeln entdeckt und die Gabe, Menschen zu überzeugen.

»Es gibt eine Forschung vor der Patentierung, Hugo«, sagt er freundlich. »Erzählen Sie mir nicht, Nordvisk hätte keine Geheimnisse.«

Van Dyke nickt. »Kommen Sie.«

Das gravierte N klafft auseinander. An die fünf, sechs Meter strebt der dahinterliegende Raum in die Höhe. Kreisrunde Konsolen, bestanden mit Monitoren, Tastaturen, Schaltpulten und Druckern, verteilen sich über die illuminierte Fläche, jede groß genug, um Dutzenden Platz zu bieten. Luther sieht Diagramme, Fotos und Zahlenreihen auf Transparent-Displays erstrahlen, holografische Geistererscheinungen in Koexistenz mit altmodischen Pinboards, auf die knitterige Zettel geklebt sind und alles Mögliche mit Folienstiften geschrieben steht. In offenen Regalen stapeln sich Platinen und Laptops, analoger Wildwuchs inmitten der Entkörperlichung von Information. Wie in einem Multiplex-Kino überziehen Darstellungen vertrauter und fremder Welten die Wände, Landkarten und Innenansichten rätselhafter Maschinen, die riesig sein müssen, obwohl niemand darin unterwegs ist, um der Phantasie einen Bezugsrahmen zu schaffen. Eben diese menschliche Abwesenheit haucht den titanischen Konstruktionen Leben ein, eine abwartende Existenz, die plötzlich und ohne ersichtlichen Grund zu zielgeleiteter Aktivität erwachen könnte. Die Wände erzeugen die Projektionen, so wie sie auch das Licht hervorbringen, ein Kabinett der Illusionen. Ähnlich unwirklich erscheinen die beiden jungen Frauen, die sie am Nachmittag vom Zaun aus beobachtet haben. Auf Bildschirme starrend, beleben sie den Raum weniger, als dass sie dessen gespenstische Leere komplettieren. Luther fragt sich, wie tief dieses geheime Reich liegt. Der Fahrstuhl könnte in jeder Geschwindigkeit unterwegs gewesen sein, doch Beschleunigung und Abbremsung lassen ahnen, dass sie nahezu hinab*gestürzt* sein müssen.

Eine der Frauen schwingt ihren Drehstuhl zu ihnen herum.

»Hi, Hugo. Was geht? Elmar meint, wir sollen hochkommen.«

»Wusste gar nicht, dass ihr auf der Farm seid«, sagt die andere.

»Außerplanmäßig.« Van Dyke schaut fragend zu Luther. »Wann genau wollen Sie die Vernehmung durchführen?«

»Wie lange brauchen wir für den Rundgang?«

»Kommt drauf an, was Sie sehen möchten.«

»Den Fuhrpark, das Appartement. Den Hangar gegenüber.« Gegenüber, nebulös verortet aus solch ungewisser Tiefe heraus, doch van Dyke nickt: »Kalkulieren Sie eine halbe Stunde ein. Ach ja, bevor ich die guten Sitten schleifen lasse: Ellen Banks, Bridget Liu, Programmiererinnen, Undersheriff Luther Opoku vom hiesigen Sheriff Department.«

Ellen Banks, blond und üppig genährt, mustert Luthers imposante eins neunzig und streckt ihre überkreuzten Handgelenke vor. »Dann nehmen Sie mich mal mit, Undersheriff. Ich bin gemeingefährlich.«

Bridget Liu lacht. »Quatsch. Ich war's. Egal, was.«

»Sie sind beide im Sheriffbüro willkommen, Ladies, was immer Sie auf dem Kerbholz haben. Nur geben Sie mir keinen Anlass, Sie länger dazubehalten als auf die Dauer einer Tasse Kaffee.« Standardmunitionierung für die Flirtversuche erlebnishungriger Sommerfrischlerinnen. Prompt umwölkt sich Ellens Blick: »Was ist denn überhaupt los, Hugo?«

»Das besprechen wir später«, kommt Luther dem CEO zuvor.

»Schlimm?«

»Ihr habt es gehört«, sagt van Dyke. »Wir sehen uns oben.«

Luther folgt ihm weiter durch den Raum und hinaus auf eine Balustrade. Sie verläuft entlang einer schier endlosen Wand, in regelmäßigen Abständen von Stahltreppen durchbrochen, so weit das Auge blickt, und es blickt nicht weit genug, um die schwindelerregenden Dimensionen dieser Unterwelt zu erfassen. Vor ihm erstreckt sich eine Art Landschaft. Rohre, Stromschienen und Netzverteilerkästen überziehen die Decke, eine kopfstehende Gegenwelt, aus der Kabelstränge sprießen und sich wie vielfarbige Nabelschnüre zu kolossalen Glas- und Stahlschränken winden. Mehr als jedes Datencenter, das Luther je gesehen hat, erweckt dieses den Eindruck einer Stadt, in der es unablässig blinkt – der Puls der Maschine, sichtbar gemacht durch Myriaden emsig kommunizierender LED-Lämpchen. Reihen um Reihen der leuchtenden Stahl-Glas-Quader füllen die Halle bis an ihre entlegenen Grenzen, identische Server Racks, die nichts gemein haben mit den klobigen Datenheimen üblicher Großrechner. Kein Mensch bevölkert ihre Avenuen, sondern Roboter patrouillieren dort, rollende Versorgungsstationen mit kamerabestückten Teleskophälsen und Greifarmen. Präzise erfassen ihre Greifer Bauteile, lassen sie in Drahtkörben verschwinden und schieben neue an deren Stelle. Luther schaut gebannt zu, die Hände fest ums Geländer geschlossen, wobei sich seine Verblüffung zur Hälfte dem Umstand verdankt, dass solch ein Bauwerk jahrelang im Untergrund von Sierra verborgen liegen konnte, ohne dass er davon wusste.

»Wann haben Sie das alles gebaut?«

»Elmar hat 2003 damit begonnen.« Van Dyke lehnt neben ihm. Wie Touristen auf einem Kreuzfahrtschiff hängen sie einträchtig an der Reling und schauen hinaus aufs Datenmeer. »Das Grundstück gehörte seiner Mutter.«

»Gehörte?«

»Sie ist früh gestorben. Schwedische Sopranistin. Großartige Stimme übrigens, ich kenne leider nur Aufnahmen. Ihr Urgroßvater löste ein Billet in die Neue Welt und brachte es während der Goldgräberjahre zu beträchtlichem Reichtum. Einer der wenigen, denen nicht gleich wieder alles unter den Fingern zerrann. Er kaufte im Sierra Valley Land, stieg in den Holzhandel ein und wurde noch reicher.«

»Von ihm stammt das Haupthaus?«

»Ja. Das umzäunte Areal ist nur ein Bruchteil des Familienbesitzes. Als Elmar die ersten Algorithmen für Ares schrieb, hatte er schon eine sehr klare Vision. Und die benötigte Raum.«

»Und welcher Vision sehen wir hier beim Werden zu?«

Van Dyke macht eine Handbewegung, als überlasse er die weitere Beantwortung der riesigen Maschine.

»Sie wollen die Gesellschaft verändern. So viel hab ich kapiert.«

Der blonde Mann lächelt, als habe ihm Luther einen schon bekannten Witz erzählt. »Sie müssen wissen, Undersheriff, das Silicon Valley ist eine Besinnungsstätte für Besinnungslose. Lauter Junkies im Taumel ihrer Ideen, und die Droge heißt Machbarkeit. Jeder will zeigen, dass es geht. Dass alles geht. Egal was. Dieses Fleckchen Kalifornien, auf dem wir uns blähen wie das expandierende Universum, fiele indes der Beliebigkeit anheim, hätten wir uns nicht auf ein Mantra verständigt.«

»Das da lautet?«

»Menschheitsprobleme zu lösen.«

»Nichts weiter?«

»Nur diese Kleinigkeit.«

»Hm. Ziemlich warm hier drin.«

Van Dyke nickt. »Exakt siebenundzwanzig Grad Celsius. Mehr als in den meisten Datencentern. Aber wir haben festgestellt, dass die Anlage so zuverlässiger arbeitet. Hundert Meter Tiefe sind ideal, um energieeffiziente Verhältnisse herzustellen.«

Hundert. Damit verfügt Sierra ganz nebenbei über einen veritablen Atombunker. Nein, nicht nebenbei. Es muss jenseits ökonomischer Aspekte darum gegangen sein, A.R.E.S. selbst vor schweren Zerstörungen an der Erdoberfläche zu schützen.

»Es gibt ein redundantes Luftkühlungssystem, aber vorrangig kühlen wir mit Wasser. Sie haben die Tanks bemerkt. Das Umspannwerk liefert uns permanent fünfzig Megawatt Energie, wir haben hier Dieselgeneratoren, eigentlich kann uns nie der Strom ausgehen.«

»Sie überlassen nichts dem Zufall, was?«

»Doch.« Van Dyke sieht ihn an. »Ständig.«

»Klären Sie mich auf.«

»Zufall ist, wo unsere Berechnungen versagen. Und Ares rechnet nicht wie herkömmliche Computer. In gewisser Weise sind die Ergebnisse, die er liefert, so zufällig wie der Schulfreund, der Ihnen nach dreißig Jahren in Patagonien über den Weg läuft. Wir haben eine Maschine gebaut, die mit Q-Bits operiert. Je nach Sichtweise schafft Ares den Zufall ab oder erhebt ihn in den Stand der Omnipräsenz.«

»Erwarten Sie bloß nicht, dass ich das verstehe.«

Van Dyke zeigt hinaus in die Weite der Serverstadt. »Erinnern Sie sich, was Elmar über Optimierungsprobleme sagte: Es gibt unzählige Optionen, ein Problem zu lösen, aber vielleicht nur eine optimale Lösung. Da Sie die nicht kennen, müssen Sie Option für Option durchrechnen, ihre Machbarkeit, Effizienz, Rückkopplungseffekte auf die Umwelt, und so weiter und so fort. Eine nach der anderen! Eine scheinbar optimale Lösung kann sich dabei als unbrauchbar erweisen, weil sie zwar das Problem löst, ihre Auswirkungen aber unvertretbar wären. In unserer Vorstellung ergibt sich so ein falsches Bild von Lösungswegen. Als könne man sie nur nacheinander beschreiten, obwohl tatsächlich alle gleichzeitig existieren – innerhalb eines Phänomens, das Physiker Quantenwolke nennen. Übliche Rechner arbeiten mit chronologischen Ausleseverfahren, mit Bits, kleinstmöglichen Unterscheidungseinheiten. Als Bit haben Sie den Wert eins oder null. Ja oder nein. Entweder, oder. In einem Entweder-oder-System können Sie ebenso wenig zwei Wegen gleichzeitig folgen, wie Sie an einer Kreuzung gleichzeitig nach rechts und links gehen können, also gehen Sie zuerst hierhin, dann dorthin. Optimierungsprobleme nun führen Sie an Kreuzungen mit Millionen Richtungen. Selbst mit Lichtgeschwindigkeit würden Sie eine Ewigkeit brauchen, alle nacheinander abzuklappern. Was aber, wenn Sie eine andere Sorte Bit wären? Ein Q-Bit, das *zugleich* eins und null sein kann, ein Sowohl-als-auch-System. Damit könnten Sie sämtliche Lösungswege simultan beschreiten, und schon nach einem Rechenvorgang läge das optimale Ergebnis vor, ohne dass in unserer Wahrnehmung wesentlich Zeit verstrichen wäre.«

»Die Sache ist nur die: Niemand kann an zwei Orten gleichzeitig sein.«

»In der Physik der kleinsten Dinge schon.«

»Klein heißt?«

»Subatomar.«

»Wie beruhigend. Andernfalls wären sämtliche Alibis in kalifornischen Gerichtsakten hinfällig. Und Ares arbeitet mit solchen – Q-Bits?«

Van Dyke nickt. »Sagt Ihnen der Begriff Quantencomputer etwas?«

Luther durchkämmt seinen eigenen kümmerlichen Datenspeicher.

»Nie gehört.«

»Ares ist ein Quantencomputer. Viele halten es für unmöglich, komplexe Berechnungen einzig mit Quanteneffekten durchzuführen, aber Ares tut genau das. Tja.« Er seufzt, als sei ihm plötzlich eingefallen, warum Luther überhaupt hier ist. »Wohl kaum der gegebene Moment für einen Crashkurs in Quantenmechanik. Das wollen Sie alles gar nicht wissen.«

»Nein. Ich will wissen, warum Ihre Mitarbeiterin sterben musste.« Luther zögert. »Diese Maschine da würde nicht lange brauchen, um es herauszufinden, oder?«

Van Dyke löst sich vom Geländer. »Die Durchführung von Recht und Gesetz sehe ich dann doch lieber in Ihren Händen.«

»Ich weiß Ihre romantische Ader zu schätzen.«

»Im Ernst. Ares hat nichts aufgezeichnet, was erkennen ließe, dass Pilar überhaupt hier gewesen ist. Ich wollte Sie vor allem der Tatsache versichern, dass wir nichts zu verbergen haben.«

Das ist ja schön, denkt Luther. Dann gehen wir doch mal in diesen Vorraum zur scheiß Ewigkeit, wie Ruth ihn nennt. »Sind wir nicht vorhin am Hauptquartier des Sicherheitsdienstes vorbeispaziert? Draußen im Gang.«

»Ja. Ich mache Sie später mit dem Leiter bekannt.«

»Tun Sie's jetzt.«

»Wollten Sie nicht alle gemeinsam –«

»Ich will ihn nur kennenlernen.« Und vielleicht der äthiopisch aussehenden Frau wiederbegegnen, ihrem magnetisierenden Blick, ihrem hungrigen Lächeln. »Außerdem würde ich gern in die Überwachungsvideos reinschauen. Stichprobenhalber.«

»Natürlich.« Van Dyke zuckt mit keiner Miene. »Welches haben Sie im Sinn?«

»Sagen wir, Vorplatz des großen Hangars, gegen halb elf?«

»Kein Problem.«

Zurück im Kontrollraum, sind die Programmiererinnen verschwunden. Die Sicherheitszentrale hingegen summt vor Betriebsamkeit. Bildausschnitte überziehen die Wände, räumlich tiefe Impressionen in setzkastenartiger Verschachtelung. Etliche Kameras widmen sich alleine der Beaufsichtigung A.R.E.S.', seiner gleichförmigen Korridore, durcheilt von Maschinen, die Maschinen dienen. Aus allen Blickwinkeln ist die Farm erfasst: Büros, Freizeiträume, Außengelände, die weitere Umgebung. In den Liegestühlen wühlt der Wind, eine Formation Gänse quert Wolkenstreifen, dunkel vor konturlosem Weiß, die Sonne ausgelöscht. Einige Uniformierte schauen bei Luthers Anblick auf, die Äthiopierin fehlt.

»Kein Aufhebens«, sagt er leise zu van Dyke. »Erst mal nur das Video.«

Der Manager dreht sich zu einer der Bildwände. »Ares, zeig uns das Überwachungsvideo Hangar innen von gestern Abend zehn Uhr dreißig, alle Kameras im Split.«

Fenster verschieben sich, ein neuer Ausschnitt zeigt die nächtliche Halle in vier Einstellungen, beleuchtet und leer. Roboter stehen untätig herum, der Lastenaufzug gibt den Blick frei auf nicht beladene Pritschenwagen. Es herrscht jene eigenartige Belebtheit des Unbelebten, wie Luther sie schon im Kontrollraum wahrgenommen hat, beim Blick in die desperaten Innenwelten der Maschinen. Er studiert die Kameraperspektiven. Ziemlich ähnlich denen Pilars, beinahe identisch, dann wird ihm klar: Sie *sind* identisch! Pilar hat das firmeneigene Überwachungssystem gekapert. Im Schnelldurchlauf verstreicht eine halbe Stunde, ohne dass sich etwas ereignet, womit Pilars Videos entweder falsch datiert sind – oder der sogenannte Sicherheitsdienst betrügt seine Arbeitgeber nach Strich und Faden.

»Ich sage ja, es ist nichts drauf.« Van Dyke zuckt die Achseln. »Aber Sie können gerne das ganze Material sichten.«

Luther nagt an seiner Unterlippe.

Klar doch. Wir können es sichten, bis wir schwarz werden. Van Dyke hat recht. Und auch Tamy hat recht. Die digitale Welt ist ihr mindestens so vertraut wie ihre heißgeliebten Vogelschutzgebiete rund um die Steel Bridge. Wenn sie also von Erstellungsdaten spricht, meint sie keine Bearbeitungsdaten. Pilar Guzmáns Aufnahmen stammen ohne jeden Zweifel von vergangener Nacht – und das hier ist eine verdammte Fälschung.

Er dreht den Kopf und sieht einen Mann sich erheben und zu ihnen herüberkommen.

Man sollte sich seiner Rückendeckung versichern.

Immer.

Ganz besonders, wenn die Chance lockt, einen Gegner in die Enge zu treiben. Aus allen Himmelsrichtungen sollten dann Gewehrläufe starren. Einen Raum zu betreten, in dem die Stimmung gegen dich stehen könnte, solltest du nicht damit krönen, dort im Alleingang Stunk zu machen, sondern hinsehen, Schlüsse ziehen und mit reichlich Verstärkung zurückkehren. Polizeischulen lehren noch vieles mehr, was Luther allzu oft in den Wind geschlagen hat, bis seine Familie ernsthaft an seinem Jagdfieber mit zu erkranken begann – Sierra war als Therapie gedacht. Und die Therapie griff – Himmel, *wie* sie griff! –, doch am Grund seines Wesens ist er derselbe impulsive Jäger geblieben, fixiert auf seine Beute, sobald sie ins Licht tritt, bereit, sich kämpfend mit ihr in den Abgrund zu stürzen.

Der Mann ist groß. Größer noch als Luther, mit Schultern so breit, dass sie seinen Oberkörper wie einen V-förmigen Keil erscheinen lassen, dessen Spitze in ein erstaunlich schmales Becken gerammt wurde. Die Haare sind im Nacken und an den Seiten wegrasiert, ein getrimmter Henriquatre-Bart lässt seine gewölbte Kieferpartie zusätzlich hervortreten, während es an Nasenbein mangelt. Helle, intelligente Augen leuchten unter einer Stirn, für die nicht genug Haut zur Verfügung gestanden zu haben schien, so straff spannt sie sich. Ein Schädel, der in seiner absonderlichen Proportionierung hässlich sein müsste, stattdessen jedoch wölfische Attraktivität ausstrahlt.

»Entschuldigen Sie, Sheriff –« Der Hüne entblößt kräftige Zahnreihen.

»Undersheriff.«

»Ich war beschäftigt, als Sie hereinkamen. Jaron Rodriguez.«

Luther ergreift die prankenartige Rechte und schüttelt sie.

»Freut mich.«

»Jaron leitet den Sicherheitsdienst«, erklärt van Dyke unnötigerweise. Rodriguez ist das Leittier schlechthin.

»Womit können wir helfen, Undersheriff?«

Luther antwortet nicht, sondern hält den Blick auf den Hünen geheftet. Was für ein Glücksfall. In die Sache kommt schneller Bewegung als erhofft. Die Sekunden tröpfeln dahin, und Rodriguez' joviale Freundlichkeit beginnt einzufrieren. Die buschigen Brauen rutschen hoch, er öffnet die Hände zu einer fragenden Gebärde.

»Ja?«, sagt er gedehnt.

Luther ruft sich das Hangar-Video vor Augen. Den Mann, der die Verladung der Container dirigierte. Sieht ihn die Augen zur Kamera heben, nicht ahnend, dass seine Visage auf Pilars Stick landen wird. Derselbe Mann steht jetzt vor ihm. Sein blaues T-Shirt zeichnet die Brustmuskulatur nach wie bei einer dieser Action-Puppen, der Kragen der Windjacke ist aufgestellt, sodass es eines zweiten Hinschauens bedarf, um das fleischfarbene Pflaster zu erkennen, das aus dem Stoff hervorlugt.

»Undersheriff? Ihnen ist schon klar, dass Sie mich anstarren.«

»Hätte ich denn Grund dazu?«

Van Dyke runzelt die Brauen. »Gibt es ein Problem?«

Rodriguez schüttelt den Kopf. »Nicht, soweit es mich betrifft. Kennen wir uns von irgendwoher?«

»Ihr Hals.« Luther hebt den Finger. »Verletzt?«

»Ach, das. Beim Rasieren passiert.«

»Verstehe.« Luther tritt näher heran. »Dürfte ich sie mal sehen?«

»Was?«

»Die Wunde.«

»Eine Schnittwunde vom Rasieren?«

»Ja.«

»Warum in Gottes Namen wollen Sie die sehen?«

»Mich interessiert, womit Sie sich rasieren.«

Rodriguez zwinkert. »Womit ich mich rasiere?«

»Klinge oder Fingernagel.«

Die Kiefer des Hünen verspannen, seine Nackenmuskeln wölben sich wie bei einem Raubtier, das noch nicht entschieden hat, ob es fliehen oder angreifen wird. »Ich benutze ein handelsübliches Rasiermesser, Undersheriff, das ich wohl öfter hätte schärfen sollen. So etwas passiert, wenn die Klinge schartig wird. Ich habe einen ziemlich starken Bartwuchs.«

»Ja. Das wissen wir schon.«

Van Dyke schaut ratlos zwischen seinem Sicherheitschef und Luther hin und her. »Undersheriff, bei allem Respekt, könnten Sie Klartext sprechen? Was immer Sie Jaron vorwerfen –«

»Wer sagt, dass ich ihm etwas vorwerfe?«

»Warum führen Sie sich dann so auf?«, kontert Rodriguez.

»Erst mal spekuliere ich nur. Pilar wurde rund eine Stunde vor ihrem Tod attackiert.« Luthers Augen verweilen auf dem Schlagstock an Rodriguez' Gürtel. »Mit einem länglichen Gegenstand, so wie Sie ihn an der Hüfte tragen.«

»Das ist abwegig«, schnaubt Rodriguez. »Sie war überhaupt nicht hier.«

Luther verharrt, den Kopf zur Seite geneigt. »Sie war nicht hier?«

Das Lächeln wie zementiert. »Nein.«

»Lassen Sie mich das verstehen, Jaron. Sie erfahren in dieser Sekunde, dass Pilar Guzmán tot ist. Und nichts anderes fällt Ihnen dazu ein, als mir zu versichern, sie sei nicht hier gewesen?«

Van Dyke starrt seinen Sicherheitschef an. »Du weißt von Pilars Tod?«

»Oh, er weiß noch eine Menge mehr«, sagt Luther. »Wollen Sie erfahren, was passiert ist, Hugo? Jaron Rodriguez hatte gestern Abend eine Auseinandersetzung mit Pilar. Er verpasste ihr eins mit dem Knüppel, aber sie wusste sich zu wehren.«

Plötzlich kommunizieren nur noch die Computer miteinander. Die Luft schwingt von elektrischer Aktivität. Rodriguez' Männer schauen herüber, stumm, unverhohlen bedrohlich. Einer steht auf, setzt sich wieder, bleibt sprungbereit auf der Kante hocken. Luther könnte wetten, dass sie alle letzte Nacht dabei waren.

Man sollte sich immer seiner Rückendeckung versichern –

Dafür ist es jetzt zu spät.

»Erzählen Sie weiter, Undersheriff.«

»Sie hat ihn gekratzt. Und konnte entkommen, was ihr leider nichts nützte.« Er tritt dicht vor den Hünen hin, der monolithisch im Raum steht. »Konnten Sie sehen, wie sie abstürzte, Jaron? Oder haben Sie am Ende sogar nachgeholfen? In dem Punkt waren wir uns nämlich nicht *ganz* sicher.«

Rodriguez' Blick beginnt zu flackern, huscht zu van Dyke.

»Muss ich mir das anhören?«

»Aber wir haben Hautpartikel unter ihren Fingernägeln gefunden«, fährt Luther im Plauderton fort. »Vermischt mit Bartstoppeln. Sie haben doch nichts gegen einen DNA-Abgleich, oder? Da es ja nur eine Schnittwunde vom Rasieren –«

Rodriguez' Faust ist so unvermittelt da, dass ihm kaum Zeit bleibt, auszuweichen. Die Knöchel streifen seinen Kopf. Er federt in die Knie und landet einen Treffer auf Rodriguez' Solarplexus, was dieser mit einem Schwinger quittiert. Die Wirkung ist die einer Abrissbirne. Der Schlag hebelt Luther von den Beinen, schnappend wie ein Karpfen segelt er zu van Dykes Füßen, sieht den Hünen hinausstürmen, seinen Adlatus von der Stuhlkante schnellen, die Medusenstarre von den Umstehenden abfallen, reißt seine Glock heraus: »Keiner bewegt sich!«, schwenkt sie im Halbkreis, um seinen Worten Nachdruck zu verleihen. Van Dyke, sichtlich entgeistert, öffnet den Mund. Luther ignoriert ihn, rappelt sich hoch und stürzt Rodriguez hinterher.

»Undersheriff –«, folgt ihm van Dykes Stimme.

Niemand draußen. Der Gang beleuchtet sich selbst, die Fahrstuhltüren eine geschlossene Front. Links fährt das große N zusammen, ein deutlicher Hinweis, wohin Rodriguez sich gewandt hat. In Luthers Euphorie, den Mann so rasch enttarnt zu haben, lodert Wut, ein hochexplosiver Cocktail, der ihn in kraftvollen Sätzen vorantreibt, in den verödeten Kommandoraum, dessen Rückwand sich schließt, rennt weiter, hindurch zwischen den Kontrollinseln. Hält auf die Wand zu, knapp, zu knapp. Zentimeterweise verengen sich seine Aussichten, Rodriguez zu stellen, fast schon hat sich der Spalt geschlossen. Er wird es nicht schaffen, oder vielleicht doch, Geist und Muskeln flutende Elixiere tragen ihn voran und seitlich hindurch, er zieht Brust und Bauch ein, stößt sich die Schulter und birst, stolpert, fällt hinaus auf die Balustrade. Im Nu ist er auf den Beinen und am Geländer, erneut gefangen genommen vom Anblick der Serverhalle, der etwas Tempelhaftes zu eigen ist, Heiligtum und Machtbereich einer

Intelligenz, die zu stören vielleicht unangebracht ist, eine verbotene Zone. Er wird sich hineinbegeben müssen in dieses Ding namens A.R.E.S., in dessen – Körper, kann man das so nennen? Hat ein Computer einen Körper? Ein Quantencomputer? Sein Blick durchmisst den gegenüber entspringenden Korridor, eine Avenue, welche die Serverhalle zu teilen scheint. Parallel verlaufende und querende Gänge sind nicht einsehbar, da die Server mit beträchtlicher Höhe klotzen, allerdings ist etwas zu hören –

Luther lauscht.

Das Nachschwingen von Stiefeln auf Metall. Rodriguez ist eine der Stahltreppen hinabgesprungen, die von der Balustrade nach unten führen. Bis zum Beginn der Server liegen rund zwanzig Meter offene Fläche, warum sieht er den Fliehenden dann nicht? Weil er unter der Balustrade bleibt. Klar. Dort versucht, Distanz zu gewinnen, um in einem günstigen Moment ins Labyrinth der Korridore zu entwischen, wo er wie zu Hause ist, geheime Ausgänge kennt. Die Chance, ihn hier festzusetzen, erscheint unter diesen Umständen alles andere als berauschend, doch Luthers Körperchemie ist nicht auf Kapitulation eingestellt. Er folgt dem Hünen zum Grund der Halle und lässt den Blick schweifen – nichts. Wie verschluckt. Frustriert dreht er sich um, kurz davor, aufzugeben, sei's drum, müssen sie den Kerl eben doch zur Fahndung ausschreiben, als hastiges Laufen an sein Ohr dringt. Im Herumwirbeln sieht er Rodriguez zwischen den Serverblöcken verschwinden, spurtet los, doch als er den Gang erreicht, liegt dieser verwaist vor ihm. Nur zwei Service-Roboter fahren – Assoziation eines Berufsdeformierten – dort Streife.

Er läuft hinein.

Die zügig dahinrollenden Maschinenwesen ignorieren ihn, nicht auf unvermittelt auftauchende Gesetzeshüter programmiert. Luther schlängelt sich zwischen ihnen hindurch, stoppt und lauscht. Lichtgeflutet zieht sich die Avenue dahin, durchbrochen nur, wo Gänge queren oder Pfeiler die Decke stützen. Am fernen Ende sieht er die Wand, die A.R.E.S.' Territorium zur anderen Seite hin begrenzt. Die Luft vibriert, ein unablässiges Sirren und Summen, Stampfen, Dröhnen und Rauschen, Zeugnis unermüdlichen Maschinenfleißes. Schritte. Wirklich? Fast unmöglich, die Richtung ihres Erklingens zu bestimmen, da die glatten Serverflächen den Schall vielfach reflektieren und überall hintragen. Rodriguez muss in einen der Nebengänge geflohen sein, aber in welchen? Aufs Geratewohl wählt Luther die nächste Querverbindung. Über ihm erschallt eine Kaskade von Klacklauten. Er fährt zusammen, hebt den Blick: nur einer der Stromverteilerkästen. Konzentriert sich, doch die Schritte sind verebbt. Dafür nähert sich etwas anderes mit zischendem Atem. Luthers Rechte wandert an den Griff der Glock. Ein weiterer Roboter gerät ins Blickfeld, größer als die anderen, mit noch mehr Greifarmen und vollgestellter Ladefläche. Er schwenkt seinen eckigen Kopf und scheint den Menschen vor ihm aus seinen sechs schwarz glänzenden Augen anzuschauen. Dann biegt auch er in den Quergang ein, und Luther weicht zurück, da die Maschine nun direkt auf ihn zufährt.

Unmittelbar vor ihm stoppt sie und macht sich an einem der Server-Racks zu schaffen.

Luther lässt den Atem entweichen. Ein Roboter. Herrgott! Die Welt ist voll davon. Ein verdammter, hirnloser Automat. Er drückt sich an dem Ding vorbei, späht in den nächsten Längskorridor, der ebenso leer daliegt wie der vorherige, und fühlt seine Zuversicht zerrinnen. Wie um alles in der Welt soll er Rodriguez hier finden, umherirrend zwischen diesen Kolossen aus Glas und Licht? Er ist auf dem besten Wege, die Kontrolle zu verlieren. Mehr als jede Maschine sieht er sich zum Objekt einer unverständlichen Welt werden, in der eine noch unverständlichere Zukunft brütet, gibt – jagend entlang der Grenzen seiner Vorstellungskraft – ein erbärmliches Bild ab, da diese Ansammlung unbeseelt denkender Strukturen, überbordend vor Information, ihn direkt zu verhöhnen scheint: *unwissend inmitten von Wissen*! Wie ein Savannenbewohner des Pleistozäns pirscht er einem

Mann hinterher, der aussieht, als hätte sich in ihm ein Übermaß an Neandertaler-Genen erhalten – wer kann glauben, *ihre* Spezies habe dieses kolossale Quantenhirn konstruiert? Luther kann ja nicht mal glauben, dass einhundert Meter über ihm das Sierra Valley in vermeintlicher Abgeschiedenheit dahindämmert. Sein Blick wandert über den Wald der Stützpfeiler, und er hört sich denken: Gib auf. Klar und deutlich. Du hast keine Chance. Naiv zu glauben, dein Gehör werde dir einen einzigen verwertbaren Anhaltspunkt liefern. Roboter jagen Platinen, du jagst Gespenster. Was immer durch diese Gänge geistert, verursacht irgendeine Form von Lärm, nur der Feind dürfte längst über alle Berge sein.

»Undersheriff!« Van Dyke, aus großer Distanz. »Er ist im Mittelgang. Ein Stück voraus.«

Im gleichen Moment hört er Rodriguez rennen.

Luther explodiert in Bewegung. Sprintet los, in die nächstliegende Abzweigung, vorbei an Robotern. Welcher Korridor war noch der mittlere? Dreht sich zur Balustrade, sieht van Dyke klein dort stehen, dies *ist* der Mittelgang, schaut nach rechts, wo Rodriguez eben in einer Querverbindung verschwindet, steigert sein Tempo. Wie ein Bluthund heftet er sich auf die akustische Fährte, da der Hüne es aufgegeben hat, seine Schritte zu dämpfen, und sein Heil in wilder Flucht sucht. Schon nach wenigen Sekunden hat er ihn wieder im Blick. Rodriguez' Vorsprung schmilzt dahin, und plötzlich sind da keine Korridore und Datenhalden mehr, A.R.E.S.' jenseitige Grenze ist erreicht, freie Fläche bis zur Wand, darin ein Rolltor, flankiert von Stahltüren. Der Fliehende, seiner Deckung beraubt, hält aus Leibeskräften auf eine der Türen zu und geht dahinter verloren. Luther flucht. Rennt, schlittert, seine Hand auf der Klinke. Zögert. Der andere wird ihm einen rüden Empfang bereiten, doch als er die Tür mit vorgehaltener Waffe aufreißt, erwartet ihn nur ein milchig beleuchtetes Treppenhaus. Unten rumoren Rodriguez' Stiefel, er will tiefer, noch tiefer –

Was ist da unten?

Etwas Verlockendes. Abstoßendes. Angst und Einsamkeit, aber auch machtvolleres Wissen, als sich in der Flüchtigkeit des Lichts erlangen lässt. Wer einmal die Bekanntschaft der Tiefe gemacht hat, hineingeworfen in ihre wispernde Leere und Konturlosigkeit, wo alles Mögliche und Unmögliche Gestalt annehmen kann, bleibt ihr verfallen. Ein Teil Luthers ist im Tiefen heimisch geworden, also zögert er. Seine innere Stimme warnt ihn, Rodriguez dorthin zu folgen. Er kann den Mann immer noch zur Fahndung ausschreiben lassen. Kindergedanken schrecken auf und flattern gegen seine Schädelwände, dass in Kellern und Höhlungen Dinge schlummern, die man besser nicht wecken, unangetastet lassen sollte, und dass er gut daran täte, seine Schritte zurück an die Oberfläche zu lenken, aber genau das sind sie: Kindergedanken, die zerstieben, während ihn seine Beine abwärts tragen. Jetzt kann er eine Art Rhythmus ausmachen, eine gewaltige, pulsierende Entität, als liege am Grund des Schachts ein riesiges Tier in schwerem Schlaf, dessen Herzschlag die Wände zum Erzittern bringt. Stärker und metallischer wird das Pochen, je tiefer er kommt. Zwischen den Treppenläufen sieht er den Fußboden, hört eine weitere Tür zufallen, dann steht er davor, augenscheinlich die einzige Möglichkeit, das Treppenhaus wieder zu verlassen. Kein Zweifel, es gibt keinen anderen Weg, und diesmal zögert Luther nicht. Noch während er die Klinke herabdrückt, im Überschreiten der Schwelle, weiß er, was ihn jenseits des Schachts erwartet. Es kann nur so sein – und doch ist er durch nichts vorbereitet auf das Fremdartige, brodelnd Abnorme, das hinter der Tür liegt, sodass er um ein Haar vergisst, was ihn überhaupt hergeführt hat.

Vor ihm erstreckt sich die Brücke.

Er steht an ihrem äußeren Rand. Zu seiner Rechten klafft die Höhle des Lastenaufzugs, leer, was ihn auf unbestimmbare Weise noch bedrohlicher erscheinen lässt.

Rodriguez rennt über die Brücke.

Seine Stiefel trommeln den Rhythmus der Flucht, ohne das

geringste Geräusch zu erzeugen. Überhaupt scheint der Raum, der die Konstruktion trägt oder in dem sie sich aller Logik zum Hohn selbst trägt, keine typisch klanggebenden Eigenschaften aufzuweisen; ein Ambiente so sinnlich wie Mathematik, in dem der mächtige Puls zwar dröhnt und schwingt wie von titanischen Glocken, zugleich aber aus unendlicher Ferne heranzuwehen scheint. Auf den Videos war Luther die Brücke exotischer vorgekommen, jetzt – in ihrer banalen Zweckdienlichkeit – wirkt sie wie ein beliebiges Stück Fahrbahn, gefurcht von Schienensträngen, auch wenn ihr Belag nicht asphaltartig, sondern metallener Natur zu sein scheint und ein seidiges Schimmern emittiert, als habe jemand Goldstaub daraufgeblasen. Völlig plan schwebt sie da, ohne den Schutz eines Geländers, an den Kopfseiten Tore, Türen und stahlseilartige Aufhängungen – bloß ist da nichts, worin man Seile hätte verankern und Tore aussparen können, keine solide Wand, überhaupt keine Wand.

Und doch ist da – etwas.

Vage deutet sich eine Begrenzung an, mehr die Idee einer Begrenzung. Eigenartigerweise hatte Tamy keinerlei Mühe, sie zu sehen. Und natürlich muss die Sphäre begrenzt sein, schon weil sie eingebettet im Untergrund Sierras liegt. Doch nichts könnte Luthers Empfinden in diesen Sekunden passender beschreiben als Ruths Ausbruch von vorhin – *Das Vorzimmer zur scheiß Ewigkeit!* –, da, was im einen Moment anmutet wie die monochrome Innenfläche einer Kugel, im nächsten alles Stoffliche verliert, sich vielmehr zum schwindelerregenden Nichts dehnt. Ein trügerisches Nichts, übervoll, sobald man den Blick nur um wenige Grad abwendet: amorphe Verläufe am Rande des Gesichtsfelds, die von kolossalen, in ständiger Selbsterschaffung und -vernichtung begriffenen Strukturen zeugen, ein lautloses Mäandern, Wabern, Kräuseln, sich Blähen, Annihilieren, Kochen und Überquellen des Eventuellen. Für die Dauer eines neuronalen Feuerns erblickt Luther, was an einem einzigen Ort zu sein hätte, an jedem Ort gleichzeitig, sieht Rodriguez über die Brücke rennen und ihn in einer parallelen Wahrnehmung an *jedem möglichen Punkt* der Brücke. Bevor seine Sinne verrücktspielen, bringt ein zweites Feuern alles zurück an seinen Platz, und er starrt einfach nur in farblose Schlieren. Das Wabenmuster, das er auf den Videos zu sehen glaubte, muss ein Moiré gewesen sein, erzeugt durch Interferenzen, die zu komplex sind, als dass Kameraaugen sie erfassen könnten, was auch immer. Nichts, gar nichts lässt sich über diese Sphäre sagen! Bis vielleicht auf den Umstand, dass sie schlicht darum keinen Schall reflektiert, weil sie aus nichts besteht, das ihn reflektieren könnte.

Sie ist kein Raum. Sie ist die Möglichkeit eines Raums.

Der Raum, der sein *könnte.*

All das bedrängt ihn, während er Rodriguez folgt. Der Hüne hat die andere, spiegelgleich im Nichts schwebende Seite erreicht und entkommt durch eine weitere Tür, als Luther kaum die Brückenmitte erreicht hat. Mit einem Mal ist er allein in der Sphäre, die seiner plötzlich gewahr zu werden scheint. Der Ozean aus Andeutungen, eben noch im Fluss, gerinnt zu einer unmöglichen Verschichtung glasartiger Strukturen, gefrorene, ins Unendliche greifende Mahlströme, einander überlagernde Wirklichkeiten. Etwas beginnt heftig an ihm zu ziehen und ihn aus sich selbst herauszerren zu wollen. Im nächsten Moment hat Luther das deutliche Gefühl einer Entkörperlichung. Jede Empfindung versiegt, als sei auch er zur reinen Möglichkeit geworden, dann ist der Spuk vorbei, gefolgt von leichtem Schwindel und aufglühendem, rasch vergehendem Kopfschmerz.

Die Sphäre produziert Sinnestäuschungen, so viel steht fest.

Allerhöchste Zeit, hier rauszukommen!

Wieder findet er sich in einem Treppenhaus. Diesmal führen die Stiegen hinauf. Zwei Stufen auf einmal nehmend, hastet er hoch und wundert sich, weiter oben keine Lärm erzeugenden Stiefel zu vernehmen. Im Zickzack geht es empor und hinaus auf einen querenden Flur, breit wie ein Highway. Luther verharrt, horcht – Stille. Schaut nach rechts und links. Beidseitig biegt sich der Gang aus dem Blickfeld. Den Mann aus den Augen verloren zu haben, besorgt ihn darum wenig, allerdings müsste man ihn hören können – doch die Stille hat etwas betäubend Endgültiges.

Sie sagt Luther, dass Rodriguez entkommen ist.

Wie ist das möglich? Sein Vorsprung war unwesentlich. Nur dieser eine Weg führte aus dem Treppenhaus. In diesen einen Gang, der Luther plötzlich wie eine Innerei erscheint. Aufs Geratewohl wendet er sich nach links und trabt die leere Flucht hinab, ziel- und alternativlos, begleitet vom An- und Abschwellen des machtvollen Pulses, der den Boden immer noch zum Erzittern bringt. Wie gebannt, wenngleich nicht vertrieben, lauert die Panikattacke an den Rändern seines Bewusstseins. Er spürt ihre Raubtierpräsenz und konzentriert sich ganz auf seinen Atem. Angst – das weiß er nur zu gut – führt im Kreis herum. Wie sich zeigt, ist die Unterwelt reicher an Türen als an Gewissheiten. Alle paar Meter fällt ihm jetzt eine auf, sämtlich an der Ganginnenwand gelegen, als führten sie zur Rückseite des Kugelraums. Er stellt sich die Sphäre in einen gleich hohen Zylinder gebettet vor. In diesem Bild folgt der Gang dem oberen Zylinderrand, man würde demnach auf ihr Dach gelangen – sofern derartige Begrifflichkeiten hier Gültigkeit haben. Der Reihe nach rüttelt er an den Klinken und findet die Zugänge verschlossen, was nichts heißt – Rodriguez kann durch einen davon entwischt sein, auch wenn rätselhaft bleibt, wie er sich so einfach in Luft auflösen konnte. Wohl oder übel muss Luther ihn verloren geben und sich in dieser von Korridoren und Schächten durchsiebten Welt nun der Aufgabe widmen, wieder nach draußen zu finden. Nur im äußersten Notfall wird er den Weg zurück durch die Sphäre nehmen – doch noch während die Vorstellung ihn piesackt, begradigt sich der Gang und endet an einer letzten, grau lackierten Tür.

Er öffnet sie.

Tritt hindurch und steht wieder in der Serverhalle.

Benommen starrt er auf die leuchtende Datenstadt, und die Stadt sendet in Erwiderung seines Starrens ein stummes Ich-weiß.

So jedenfalls kommt es ihm vor. Der Anblick der Speicherblöcke ist identisch mit dem Bild, das sich ihm von der Balustrade aus bot, es gibt keine Vorder- und Rückseite, ebenso wenig wie A.R.E.S.' synthetischer Geist – glaubt man van Dyke – ein Vorher oder Nachher kennt, sondern im Zugleich existiert, in einer Synchronizität aller Zustände. Unterscheidet die Maschine Innen und Außen, so wie Menschen es tun? Luther geht auf die Serverreihen zu, und ihn überkommt die Vision einer gleißenden Verdichtung von Wissen, das atmosphärengleich im Raum steht. Nun also atmet er diese Atmosphäre, wodurch er gewissermaßen Teil dieses Wissens wird. Im selben Moment erinnert er sich, was das Kürzel A.R.E.S. chiffriert. Er weiß es aus Phibbs' Dossier, doch ihm ist, als lasse der ihn umströmende Maschinengeist die Erinnerung aufleuchten: *Artificial Research and Exploring System*, künstliches System zur Forschung und Erforschung von –

Was? Ist er auf der Brücke erforscht worden?

Ein quälender Gedanke. Er geht einher mit der Vorstellung, man habe ihn dort unten vielleicht gescannt. Dem Computer eingespeist. A.R.E.S. habe ihn gleichsam verschlungen, und jetzt wabert er in Gesellschaft der perfekten ölvertilgenden Amöbe durch irgendwelche Quantenwolken, gefangen in einem Ding, dessen ganzes Wirken auf Optimierung abzielt. Und was ließe sich nicht alles optimieren? Ein künstliches Hirn, das die beste aller Amöben errechnen kann, findet gewiss auch in einer Lutherwolke den perfekten Luther, und ganz sicher wäre dieser grandiose Luther nicht er. Was für eine niederschmetternde Vorstellung, aber vielleicht hat er den Quantenquatsch ja auch einfach nur falsch verstanden.

Sein Blick sucht Halt, tastet sich die Wand entlang. Ein beträchtliches Stück zur Linken sieht er das herabgelassene Rolltor und die Tür, durch die er Rodriguez in den Treppenschacht gefolgt ist, der ins Sphäreninnere führte. Erleichterung durchflutet ihn. Gegenüber dem Rolltor mündet der mittlere Korridor ein – natürlich! Er beschleunigt seinen Schritt, während der Quanten-Luther den Weg aller unnützen Gedanken geht und handfester

Wut Platz macht. Wie konnte er ein derartiger Idiot sein? Sich mit dem Kerl anzulegen, statt ihn in Sicherheit zu wiegen, bis Verstärkung eintrifft, aber gut, verschüttete Milch. Da er schon mal in der Sphäre war, kann er van Dyke ebenso gut mit seinem Wissen um Pilars Videos konfrontieren. Er will endlich Klarheit. Was es mit der Sphäre auf sich hat, mit den nächtlichen Transaktionen und schwarzen Kästen, warum Pilar Guzmán sterben musste, und wenn er dafür den ganzen famosen Sicherheitsdienst hochnehmen muss, auf den sie hier so verdammt stolz sind.

Aber vielleicht hat van Dykes Bild ja Risse bekommen.

Was wird er tun, da sein Misstrauen geweckt ist? Was wird Rodriguez tun, um sich zu schützen?

Idiot. Am Ende hast du van Dyke noch in Gefahr gebracht.

Luther beginnt zu laufen, den Mittelkorridor entlang, fliegt dahin und sieht aus entgegengesetzter Richtung zwei Leute auf sich zukommen, nicht minder schnell als er selbst. Sie nähern sich aus Richtung der Balustrade, und nach einer Weile erkennt Luther die Monturen und charakteristischen Kappen, von denen er weiß, dass ein N daraufgestickt ist, hört das asynchrone Aufklatschen ihrer Sohlen im Summen und Rauschen, und plötzlich schmilzt die Distanz dahin, als schrumpfe der Raum und schiebe sie aufeinander zu. Die beiden gewinnen an Bedrohlichkeit. Die Fäuste geballt, eilen sie vorbei an Robotern, ohne ihnen einen Blick zu widmen, ganz deren Herren. Luther behält den Konfrontationskurs bei, die Hand vorsorglich am Griff seiner Glock.

»Bleiben Sie stehen«, ruft ihm einer der Ankömmlinge zu.

»Ganz bestimmt nicht!«

»Wer sind Sie? Wie sind Sie hier reingekommen?«

Jetzt verlangsamt er doch seinen Schritt, schon weil ihn die Frage irritiert. Er hat die Typen vorhin in der Zentrale gesehen. Mittlerweile sind sie ihm so nahe, dass er ihre Gesichter unter den Kappenschirmen erkennt. Eben noch hockte einer der beiden auf der Stuhlkante, außerdem weiß Luther nicht, was an einer Sheriff-Uniform zu missdeuten wäre.

»So, Laurel und Hardy«, sagt er freundlich. »Wir gehen jetzt zusammen dahin zurück, wo ihr hergekommen seid.«

Die Männer stoppen. Der Sprecher fixiert ihn mit dem Blick eines Nervenarztes, der herausgefunden hat, dass sein Patient seine Pillen heimlich an andere verteilt. »Wie bitte?«

Auch Luther bleibt stehen. »Ihr *wisst* doch noch, wo ihr hergekommen seid, oder?«

»Pass mal auf, du –«

»Schon okay.« Sein Kollege wedelt mit der Rechten, als wolle er das bisher Gesagte beiseitewischen. »Fangen wir einfach noch mal von vorne an: Was haben Sie hier verloren?«

Luther seufzt. »Ihr kennt mich doch, Jungs.«

»Woher sollten wir Sie kennen?«

»Na, wie sehe ich denn aus?«

»Wie ein Sheriff. Aber sagt mir das, ob Sie auch einer *sind?*«

»Undersheriff Luther Opoku, zu Diensten. Es ist keine halbe Stunde her, dass ich in eurer schicken Zentrale euren Chef aufgescheucht habe. Und ihr zwei Spaßvögel bringt mich jetzt zu van Dyke, bevor ich meine christliche Erziehung vergesse.«

Sie wechseln einen Blick. »Er spinnt.« – »Eindeutig.«

»Nein, mir reißt nur gleich der Geduldsfaden.« Luther setzt sich wieder in Bewegung. »Zum letzten Mal –«

»Wie du willst, Freundchen.« Der Mann von der Stuhlkante schließt seine Finger um seinen Oberarm und versucht, ihn in die Knie zu zwingen. Luther überlässt sich der Sprache seiner Reflexe. In Kenntnis jeden nur vorstellbaren körperlichen Angriffs haben seine Ausbilder glorreiche Taten an ihm vollbracht, sodass er die Sache mit derselben Beiläufigkeit regelt, mit der Kimmy ein Spinnennetz aus dem Türwinkel fegt, wenn sie morgens das Sheriffbüro aufschließt. So ein Ding wie mit Rodriguez wird ihm nicht noch mal passieren. Er verlagert sein Gewicht nach vorn und platziert einen Seithaken im Gesicht des Gegners, dass es knackt. Der Mann taumelt zurück, blinzelnd vor Schmerz und Überraschung. Blut schießt aus seiner lädierten Nase. Luther lässt ihm keine Zeit, seine Gegenwehr zu formieren, schickt die Linke auf eine Halbkreisbahn und die Rechte gleich hinterher. Noch während der Doppelschlag sein Gegenüber von den Füßen hebelt, vollzieht er eine tänzerische Drehung zu dessen Kollegen, der eine Waffe zieht, schlägt sie ihm aus der Hand, rasche Kniebeuge, um sie einzusammeln, liefert im Hochkommen den Aufwärtshaken gleich mit, packt den Getroffenen, bevor er zu Boden gehen kann, und dreht ihm den Arm auf den Rücken.

»Kannst du stehen?«

»Mhmmm.«

»Gut. Bleib so.«

Lässt ihn los, federt zu dem Typ von der Stuhlkante, der wenig fruchtende Anstalten macht, sich hochzustemmen, entwaffnet ihn und steckt auch dessen Pistole in den Hosenbund. Allmählich wird es eng da hinten. Luther gibt sich keinen Illusionen hin. Seine Lage wird mit jeder Sekunde prekärer, da dieser sogenannte Sicherheitsdienst während der letzten zwanzig Minuten gleich mehrfach hat erkennen lassen, was er von bundesstaatlichen Autoritäten hält. Vordringlichstes Ziel ist jetzt, diesen grotesken Keller zu verlassen. Er packt den Wachmann, der folgsam stehen geblieben ist und vor sich hin stierend sein Kinn betastet, am Kragen, drückt ihm unauffällig den Lauf seiner Glock in die Nieren und stößt ihn vor sich her.

»Hey!« Der andere hustet. »Was wollen Sie eigentlich?«

»Dass du mich hier rausbringst.«

»Sie sind ja nicht bei Trost.«

»Schneller.« Bohrt ihm den Lauf noch tiefer unter die Rippen, was Wirkung zeigt. Sein Gefangener verfällt in nervösen Trab. Wie ein schlecht choreografiertes Tanzpaar streben sie der Balustrade entgegen.

»Nehmen Sie das Ding runter, Herrgott.«

»Beruhige dich«, sagt Luther. »Das hier ist die Schonbehandlung.«

»Sie machen alles nur noch schlimmer.«

»Könnte passieren, ja. Und glaub mir, das willst du nicht.«

»Wie zum Teufel sind Sie hier reingeko–«

»Nicht wieder die alte Platte. Wo ist Hugo van Dyke?«

»Oh Mann! Was faseln Sie bloß immer von van Dyke?«

»Ist er oben?«

»Nein, aber –«

»Ende der Unterhaltung. Beweg dich.« Luther wirft einen Blick über die Schulter. Weit hinten hat sich der Stuhlkantentyp in sitzende Position aufgerichtet, um gleich wieder zur Seite zu kippen. Er stößt den Wachmann gegen die Stahltreppe und die Stufen hoch, steckt die Glock ins Holster. »Wir gehen jetzt einträchtig zu den Fahrstühlen, hörst du? Schick ein Lächeln in die Runde. Sei frohgemut. Du bist doch autorisiert, den Sicherheitstrakt zu verlassen?«

»Natürlich.«

»Solltest du nur daran denken, mich reinzulegen, wird das mit Kopfschmerzen enden, gegen die es keine Tabletten gibt.«

»Sind Sie wirklich der Sheriff?«

»So sicher, wie du und dein Kumpel sich wegen tätlichen Angriffs auf ein Mitglied der Strafvollzugsbehörde verantworten müsst.« Von der Balustrade aus kann er sehen, wie der Mann, den er niedergeschlagen hat, auf allen vieren an einem teilnahmslos werkelnden Serviceroboter vorbeikriecht. »Wir haben uns verstanden, ja? Falls jemand fragt, du hast mich einkassiert und bringst mich nach oben.«

Der Wachmann blickt folgsam in einen Scanner, und die Wand fährt auseinander. Rasch durchqueren sie den Kontrollraum, wo zwei junge Kerle verblüfft herüberschauen. Luther nickt in die Runde. Ohne ein Wort gehen sie zwischen den Kontrollpulten hindurch, hinaus auf den Gang, vorbei an der leeren Sicherheitszentrale.

»Wo sind die alle hin?«, fragt Luther.

»Wer alle?«

»Na, die ganze Besetzung.«

»Jaron und Liev müssten oben sein und –«

»Zur Vernehmung?«

»Was denn für eine Vernehmung?« An dem Mann ist wahrhaft ein Schauspieler verlorengegangen. »Wir sind zu viert, plus die Besetzung im Kontrollraum. Bridget und Ellen, okay – die turnen irgendwo rum, aber –«

»Blödsinn. Hier saßen mehr als vier Leute.«

»Scheiße, ich weiß nicht, wovon Sie reden!« Jetzt schwingt Angst in der Stimme des Wachmanns mit. Angst, wie sie jemanden überkommt, der sich allein mit einem Verrückten in einem Raum findet. »Aus welchem beknackten Film sind Sie hier reingeschwappt? Wir waren den ganzen Abend zu viert!«

»Hol den Fahrstuhl.«

Während die Kabine hochschießt, beginnen Zweifel Luthers Wut zu durchsetzen. Wie Termiten löchern sie seinen Verstand, um den es wohl kritisch bestellt sein muss, falls sie ihn hier nicht in ganz großem Stil verarschen. Er hält den Atem an, die Türen öffnen sich. Der Wachmann lotst ihn durch die Schleuse ins Foyer, und Luther registriert, was er sich weigert zu begreifen. Vordem offene Türen sind geschlossen, andere dafür geöffnet, die Interieurs in wohnlich warmes Licht getaucht. Anders als im Untergrund versichert man sich hier der anheimelnden Wirkung imposanter Kronleuchter, nur dass deren Stunde noch nicht gekommen sein dürfte, doch belehrt ihn ein Blick aus den Sprossenfenstern, dass draußen tiefste Finsternis aufgezogen ist, in der Halos treiben wie lumineszierende Tiefseewesen: Außenleuchten, schraffiert von Regen. Auch der Salon, in dem er mit Hugo van Dyke und Elmar Nordvisk gestanden hat, hüllt sich in Dunkel. Ein nächtlicher Wind trägt die Ausdünstungen durchweichter Natur durch die offen stehenden Terrassentüren heran – und Luther fühlt ein vages Grauen. Er ist es gewohnt, dass die Dinge nicht sind, wie sie scheinen. Eine ganz andere Sache ist es, wenn sie nicht sind, wie sie unter allen Umständen sein *müssten.* Mehr als eine dreiviertel Stunde hat er da unten keinesfalls zugebracht, demzufolge ist es nicht mal acht Uhr. Was seine Armbanduhr auch prompt bezeugt, nur trägt dies noch weniger zu seiner Entspannung bei. Uhren können stehen bleiben – das Hereinbrechen der Nacht ist der Himmelskörpermechanik unterworfen, und da draußen herrscht *stockfinstere Nacht!*

In seiner Verwirrung entgeht ihm, wie sich die Körperspannung des Wachmanns entlädt. Mit einem Satz entkommt er Richtung Salon, gellende »Jaron, Jaron!«-Rufe ausstoßend. Luther flucht und rennt ihm hinterher, sieht wie erwartet die Terrassentüren geöffnet und den Wachmann sich zwischen den Silhouetten der Clubsessel hindurchwinden, springt ihm ins Kreuz und reißt ihn zu Boden. Der andere knallt mit dem Schädel auf die Kante eines Beistelltisches und rührt sich nicht mehr. Luther ertastet den Hinterkopf, kein Blut. Legt zwei Finger an die Halsschlagader, fühlt den Puls – gleichmäßig, gut. Steigt über den Bewusstlosen hinweg und tritt hinaus auf die Terrasse.

Nacht, winddurchtoste Nacht.

Mit urtümlicher Heftigkeit strömt der Regen herab. Das aufgebrachte Rauschen des Waldes dringt herüber, düster und verlassen erstreckt sich die Anlage bis zur Baumgrenze; der Zaun gespickt mit Scheinwerfern, die grell ins wogende Blattwerk strahlen, als gelte es, die Vegetation in Schach zu halten und am Vorrücken zu hindern. Luther blickt vom Umspannwerk zur Phalanx der Wassertanks. Die an Laufgängen, Streben und Masten montierten Natriumdampflampen lösen jede Kontur auf, statt ihr Halt zu geben, verbinden nicht Verbundenes, trennen, was zueinander gehört, und schaffen einen erratischen Raum. Nur im Bereich des Hangars tut sich etwas. Etwas Großes rollt über den beschienenen Vorplatz. Luther kneift die Lider zusammen und wischt das Wasser aus den Augenwinkeln. Eine Verlademaschine erklimmt die Schräge zur Rampe. Kurz glaubt er eine Gestalt zu sehen, die geduckt gegen das Unwetter über den Hof läuft, dann erlöschen die dortigen Flutlicht-Strahler. Hof und Rampe implodieren zu einem schwarzen Loch, das die Notbeleuchtung erst nach und nach wieder durchdringt.

Dass van Dykes Flugzeug fehlt, kann ihn kaum noch überraschen.

Wie lange bin ich dort unten gewesen?

Wirklich dort gewesen?

Es muss mehr Zeit vergangen sein als gedacht. Aber wenn das zutrifft, wo sind diese Stunden dann hin? Luther klinkt sein Funkgerät aus der Gürtelhalterung, nicht in Erwartung, dass Pete um diese Stunde noch in Calpine Streife fährt. *Diese* Stunde? Himmel, welche Stunde denn, verdammt noch mal?! Hat die Erde begonnen, sich schneller zu drehen, wurde sie aus ihrer Bahn gezwungen, erlebt er den Beginn eines kosmischen Debakels? Solcherlei Szenarien geistern schon mal durchs Nachtprogramm von NBC, Meteoriteneinschläge, unvermutet auftauchende Kleinplaneten, Gravitationsverzerrungen, die Sonne schwillt an und was nicht alles, und immer folgen Tsunamis, Feuerregen, Massenaussterben, bricht die Erde auf, geht die Welt effektreich den Bach runter.

Nach Aussterben sieht hier eigentlich nichts aus.

Sein Handy! Er zieht es hervor, starrt aufs Display.

Halb zwölf. *Vier Stunden* war er im Untergrund, aber sollte Pete dann nicht längst erschienen sein, so wie vereinbart? Es *war* doch vereinbart. Er hat Ruth gebeten, Pete auszurichten, dieser solle ihn am Eingang der Farm aufgabeln, sobald dort alles geregelt sei. Von *einer Stunde* ist die Rede gewesen. Spätestens um acht hätte Pete vor der Pförtnerloge aufkreuzen müssen, und vielleicht war er ja auch dort. Luther ruft ihn über Funk.

»Hey«, sagt der Deputy hörbar erfreut. »Schon zurück?«

»Nein, immer noch dort. Wo warst *du*?«

»Ach, überall mal schauen. Bin zwischen Sierra City und Downieville gependelt. In der alten Mine gab's Rangeleien um angeblich reservierte Plätze, irgend so ein durchgeknallter Juliet-Gobert-Fanclub aus LA. Sonst alles friedlich. Der hartnäckige Rest hat sich im St. Charles Place eingemauert und trinkt die Bud-Vorräte leer.«

»Wieso Juliet Gobert? Die hat doch gestern gespielt.«

»Nein, heute.« Pete lacht. »Sei nicht schlauer als ich. Dachte, du kommst erst morgen.«

Luther schweigt.

»Robbie ist übrigens noch mal los zum Wild Plum. Ruhestörung, keine große Sache. Bist du etwa mit dem Funkgerät in Urlaub gefahren?«

»Pete –« Luther versucht, was er gerade gehört hat, auszublenden. »Hat Ruth dir nicht gesagt, dass du mich abholen sollst?«

»Wo abholen?«

»Auf der Farm. Das Nordvisk-Gelände Ende Calpine Road, kurz vor Plumas. Sie muss dir doch den Weg beschrieben haben.«

»Hat sie nicht.«

»Sie hat dir nichts gesagt?«

»Ich kenne gar kein Nord – wie war das? Nordwix?«

»Du hattest vorhin eine Extra-Streife in Calpine. Um sieben.«

Es rauscht im Funkgerät. Diesmal dauert es eine gefühlte Ewigkeit, bis der Deputy antwortet. »Luther, du bringst da offenbar was durcheinander. Die Streife ist für morgen angesetzt. Heute war ich im Einsatz wegen Labor Day. Durchgehend. Bis Calpine bin ich überhaupt nicht gekommen.«

Im Einsatz wegen Labor Day –

Luther schaut hinaus in die regenschwere Nacht.

Sie schaut zurück. Stürzt auf ihn ein.

»Okay, das klären wir später. Wo bist du jetzt?«

»Noch in Sierra City.«

»Dann komm hoch und hol mich ab. Und drück aufs Gas.«

Er beschreibt Pete den Weg und beendet das Gespräch. Seine elementare Wahrnehmung hat zu leiden begonnen. Noch die geschundenste Seele darf sich eines Minimums an Geborgenheit sicher sein, nämlich einen dreiachsigen Raum zu bewohnen, in dem die Zeit eine klar definierte Richtung hat. Diese Gewissheit aufgeben zu müssen, wäre die Hölle, es *muss* ein Missverständnis vorliegen, doch bevor er sich tiefer in seinen Gedanken verlaufen kann, sieht Luther eine Gestalt durch den Regen hasten. Zwischen

Heliport und Haupthaus durcheilt sie den Park, vom Wohntrakt kommend, und nimmt Kurs auf die zuvorderst liegende Scheune: ein gazellenhafter Schatten, dem unbemerkt der massige Schatten des Jägers folgt – ja, kein Zweifel, der Größere pirscht sich heran, offenbar ohne dass die Beute etwas davon mitbekommt. Luther schaut den beiden hinterher. Etwas sagt ihm, dass sie im Besitz von Antworten sind. Antworten, die ihm womöglich nicht gefallen werden, aber immer noch besser, als sich der Willkür der Umstände zu überlassen. Weder Hugo van Dyke noch Elmar Nordvisk werden ihm so bald eine Erklärung liefern – wie es aussieht, haben sie sich davongemacht, während ihm da unten die Zeit entglitt. Leise geht er über die Terrassentreppe hinunter ins nasse Gras. Der vollgesogene Boden schmatzt unter seinen Füßen, doch im herabströmenden Regen dürften die zwei ihn kaum hören. Die kleinere Gestalt hat inzwischen die Scheune erreicht, deren Tor offen steht. Kurz taucht sie im Kegel der Natriumdampflampen auf und verschwindet im Innern. Sekunden später erfasst das Licht den Verfolger, seine breiten Schultern, affenartigen Arme, den keilförmigen, wie ins Becken gerammten Oberkörper –

Jaron Rodriguez betritt die Scheune, und Luther rennt los.

Der Scheunenraum ist kaum erhellt, doch die Notbeleuchtung lässt vermuten, dass er als eine Art Garage dient. Fahrzeuge sind entlang der Wände abgestellt, futuristische Autos, Motorräder sowie schwarz verglaste Gebilde auf Teleskoprädern, die aussehen wie Kleinflugzeuge ohne Leitwerk – den aerodynamisch geformten Rümpfen entwachsen tragflächenartige Konstruktionen, dicht bestückt mit Turbinen, anderes bleibt im Zwielicht rätselhaft. Rechter Hand parken mehrere große Geländewagen. Luther erkennt die charakteristische Mercedes-G-Klasse-Silhouette. Einer davon steht bei Danes Automotive auf der Hebebühne – hier also sind die anderen. Rodriguez hat die kleinere Person beinahe erreicht, als diese ihn bemerkt und herumwirbelt. Sie bleibt im Dunkel, doch ihr Körperbau bestätigt, was Luther schon vermutet hat: weiblich.

»Warte«, hört er Rodriguez sagen.

»Lass mich zufrieden.« Die Worte klingen rau und verhangen. Eine Stimme, die man so schnell nicht vergisst, akzentgebrochen und auf wunderbare Weise ungefällig.

»Ich will nur mit dir reden.«

»Du wirst genug mit Elmar zu bereden haben.«

Sie geht weiter auf die Geländewagen zu. Rodriguez lässt seine Pranke auf ihre Schulter fallen und reißt sie zu sich herum. »Was immer du meinst, gesehen zu haben –«

Weiter kommt er nicht. Ihre Rechte krallt nach ihm. Der Sicherheitschef weicht aus, kann jedoch nicht verhindern, dass sie ihn seitlich am Hals erwischt. Luther hört seinen unterdrückten Schmerzenslaut, sieht die Frau zum Wagen laufen und Rodriguez den Schlagstock schwingen, spurtet los. Das Kreuz des Hünen nimmt ihm die Sicht auf die Adressatin der Attacke, deren Reaktion diesmal zu langsam ausfällt. Ihr Ellbogen wird sichtbar, als sie den Arm hochzieht, um die Wucht des Schlages zu mildern. Im nächsten Moment klappt Rodriguez zusammen und fällt auf die Knie.

»Du miese –«, stöhnt er.

Sie blickt auf ihn herab, starr für die Dauer einer Sekunde, in der Luther ihr Gesicht sieht, bevor sie zu einem der Wagen stiebt. Der Mann am Boden überwindet den Schmerz und schnellt hoch, aber da ist Luther schon hinter ihm und drückt ihm die Glock ins Kreuz.

»Ein Schritt, und Sie bekommen eine Kugel ins Bein.«

Der Sicherheitschef bleibt wie vom Donner gerührt stehen.

»Umdrehen, Rodriguez.«

Er gehorcht, doch Luther nähert sich ihm mit Vorsicht. Er hat am eigenen Leib erfahren, welche Gefahr von dem Koloss ausgeht. Schon darum gebührt sein ganzer Respekt der Frau, die es mit dem übermächtigen Gegner aufgenommen hat und die zugleich Urheberin eines tiefen Entsetzens ist, auch weil Rodriguez' wutverzerrte Züge noch etwas anderes spiegeln, das Luthers schlimmste Befürchtungen bestätigt.

Ratlosigkeit.

Der Kerl erkennt ihn nicht.

»Auf den Boden. Gesicht nach unten, Hände auf den Rücken.«

»Wer sind Sie?«, keucht Rodriguez.

»Undersheriff Luther Opoku. Und Sie sind verhaftet. Los jetzt.«

Der Blick des Riesen wandert zu den Geländewagen, zurück, hin und her. Es kostet ihn sichtliche Willensanstrengung, nicht auf Luther loszugehen. Auf einen Mann, den er in diesem Moment *zum ersten Mal* sieht, es ist nur allzu offensichtlich.

Ein Motor startet.

»Sheriff.« Wildes Flackern tritt in Rodriguez' Augen. »Ich weiß nicht, warum Sie hier sind, aber Sie begehen einen entsetzlichen Fehler. Die Frau hat Firmengeheimnisse gestohlen, sie –«

»Ein Schritt! Ich warne Sie.«

»Ich kann sie aber nicht entkommen lassen!«

»Es reicht! Auf den Boden.«

»Ich habe nichts getan!«

Aus dem Dunkel schießt ein Fahrzeug, schlingert mit quietschenden Reifen an ihnen vorbei und aus der Scheune. Rodriguez schüttelt fassungslos den Kopf. Dann legt er sich wie geheißen auf den Boden und lässt sich von Luther Handschellen anlegen. Das Motorengeräusch verebbt in der Nacht.

»Was zum Teufel werfen Sie mir vor?«

Luther antwortet nicht. Er starrt hinaus in den Regen und in die Dunkelheit, die jetzt so vollkommen ist wie die Dunkelheit in seinem Kopf.

»Tätlicher Angriff«, murmelt er. »Auf –«

Auf –

Nein, es kann nicht sein.

Die Frau, der er zur Flucht verholfen hat, ist Pilar Guzmán.

TEIL III

DIE TOTEN

Als Elmar Nordvisk zehn Jahre alt war, schenkte ihm sein Vater einen kleinen Hund, der wenig später an den Folgen einer Diarrhö verstarb. Bis dahin hatte er Elmar zweimal gebissen und das elterliche Zuhause mit seiner Flatulenz in eine Hochrisikozone verwandelt, da zu befürchten stand, schon das Anreißen eines Streichholzes könne die ganze Wohnung in die Luft jagen. Während dieser Tage ungestillter Kindheitserwartungen reifte in Elmar die Vorstellung eines künstlichen Vierbeiners heran, erschaffen aus Silikon und Silizium, der dennoch echter Zuneigung fähig wäre oder sie zumindest in einer Weise simulieren würde, dass man sich veranlasst sähe, dreimal täglich mit ihm in den Park zu gehen.

Genealogisch hochbegabt – Vater Kybernetik-Professor, den es ans MIT verschlagen hatte, Mutter Mezzosopranistin, beide aus Stockholm –, schrieb Elmar noch vor seinem zwölften Geburtstag ein Dutzend entsprechende Programme, die prompt das Interesse kapitalstarker Hightech-Schmieden auf sich zogen. Jede davon beschäftigte sich mit der Erforschung und Erschaffung künstlicher Intelligenz. Wie sich zeigte, war Elmar dem Stand der Hardware, derer es bedurfte, um duftneutrale, handzahme und allgemein erbauliche Hunde nicht nur algorithmisch, sondern auch leibhaftig Wirklichkeit werden zu lassen, ein gewaltiges Stück voraus. Was bedeutete, dem perfekten Haustier noch eine Weile entgegensehen zu müssen. 1977 hatten R2D2 und C3PO die Kinoleinwand erobert, doch der am weitesten entwickelte humanoide Roboter der echten Welt fiel spätestens nach drei Schritten auf die Schnauze. Ungeachtet dessen trug Elmar sein Genie noch während der High School etliche Aufträge aus dem Startup-reichen Hinterland des MIT ein, jenes legendären Instituts in Cambridge, an dem er Jahre später als einer der jüngsten je eingeschriebenen Studenten seinen Bachelor of Science in Mathematik, Computerwissenschaften und Biologie machen sollte.

So weit der Kern, aus dem die Legende spross.

Also der Quatsch für die Medien.

In Wahrheit war besagter Hund an einem Vormittag, wie er strahlender nicht hätte sein können – mit sonnenfunkelnder Luft und Stoßwinden, die Aromen von Meersalz, Tang, angespülten Krebsen und Schiffsdiesel aus der Massachusetts Bay ins Bostoner Viertel Beacon Hill trugen –, den plötzlichen Hundstod gestorben. Da niemand den Wunsch äußerte, den Kadaver obduzieren zu lassen, und Elmars Trauer sich in Grenzen hielt, wurde des Verstorbenen mit einer Grabstätte unter einem Busch gedacht, während sich in der familiären Nussschale die weit größere Tragödie vollzog. Obwohl sie Elmars eigentliche Geschichte erzählt, spricht er nur ungern darüber – es ist eben auch die schmerzlichere.

Er war elf, als bei seiner Mutter ein Tumor diagnostiziert wurde.

Die Ärzte verbreiteten Zuversicht.

Wenige Tage nach seinem zwölften Geburtstag starb sie.

Ab da wurde das Leben für Elmar zur Farce. Sein Interesse an künstlicher Intelligenz drohte zu veröden, da er, ohne sie zu hinterfragen, immer von zwei Prämissen ausgegangen war: Das Universum währt ewig, und der Mensch ist unsterblich. Gut, abgesehen von denen, die gestorben waren, aber da musste es sich um einen Irrtum gehandelt haben, der sich mithilfe der Wissenschaft ja wohl korrigieren lassen sollte, und Hunde zählten nicht, also nicht richtig. Doch in der soeben erschienenen *Kurzen Geschichte der Zeit* von Stephen Hawking stand abschließend, an einem fernen Tag werde mit dem Erlöschen des letzten Quantums

Energie auch das Universum aufhören zu existieren, was Elmar als niederschmetternd empfand – wozu sich um Höherentwicklung bemühen, um Sinngebung, Weltverbesserung, wenn es irgendwann keinen Ort mehr geben würde, an dem die Menschheit überdauern konnte? Wozu diente dann alles Forschen, Programmieren, Grenzen überschreiten? Wozu reisen, wenn es eine finale Zäsur gab, die einen zwänge, sich so lange im Kreis zu drehen, bis die letzte elektrische Aktivität im Hirn aussetzte? Die innere Landschaft zu erkunden, erklärte ihm sein Vater an einem der seltenen Tage, an denen er seinen Sohn bemerkte, sei der eigentliche Sinn, aber diese Reise endete ja auch, wie man nun wusste. Elmars Welt verlor sich an uninteressanten Horizonten. Ein Ende war einfach nie vorgesehen gewesen in seiner Planung, und jetzt war allem ein Ende gesetzt und ihm alles unverständlich.

Die Wissenschaftsverdrossenheit währte nur kurz, die Melancholie länger. Schnell saß er wieder am Rechner und schrieb Programme mit dem Ehrgeiz, die Entwicklung künstlicher neuronaler Netze und selbstlernender Systeme voranzutreiben, überzeugt, dass Computer, die in rekursiven Prozessen klüger würden als der Mensch, schließlich auch Wege gegen den Verfall fänden – sowohl gegen den geliebter Personen als auch den kosmischen. Die zyklisch in Mode kommende Theorie paralleler Universen verhieß eine von ferne funkelnde Möglichkeit, auszubüxen, wenn das eigene Universum starb, und hatten sie in Stanford nicht während der Siebziger Erfolge mit computerbasierten Diagnose-Systemen erzielt? Wem sollten die großen medizinischen Durchbrüche, die Siege über Krankheit und Tod gelingen, wenn nicht dem Computer? Elmar verschrieb sich der Aufgabe, ein Programm zu entwickeln, das seiner Mutter zur vollständigen Heilung verholfen hätte – und verzweifelte darüber, es nicht zu können. In den ausgehenden Neunzigern, seine Abschlüsse in der Tasche, den Keller voller Medaillen und Pokale des universitätseigenen Sportclubs und zunehmend gelangweilt davon, dass es reichte, dekorativ auf seine Schuhspitzen zu starren, um sich vor verklausulierten und offenen Beischlafangeboten kaum retten zu können, sah er seine innere Landschaft vollgestellt mit Monumenten persönlichen Scheiterns, da konnten sie ihm noch so oft erzählen, er sei ein Jahrhunderttalent.

Also beschloss er zu verschwinden.

Die Reisegesellschaft war schnell zusammengetrommelt. Satellitengleich umschwirrten ihn Dutzende ehemaliger Kommilitonen, die frohgemut jeden Blödsinn mitmachten, wenn er ihn nur vorschlug. Wie Mother Goose liefen sie ihm hinterher, warum also nicht gleich bis ans Ende der Welt? In den Cannabis-geschwängerten Wohnhöhlen rat- und planloser Hoffnungsträger rief Elmar den Spurlos-Club aus. Zentrale Idee war, getrennt auf einjährige Weltreise zu gehen. Jeder würde mit einem Startkapital von dreihundert Dollar losziehen, sich alles darüber hinaus Erforderliche unterwegs verdienen und den Planeten mit Ablauf des dreihundertfünfundsechzigsten Tages nachweislich umrundet haben. Sieger wäre, wer das meiste aus seinen Möglichkeiten gemacht hätte – im Verständnis fast sämtlicher Clubmitglieder also die Vervielfachung der dreihundert Kröten, unter Verheißung gischtstarren Haars im Seewind, kleiner Robinsonaden, Liebschaften an exotischen Stränden und eines ordentlichen Schusses Jim-Hawkins-Romantik, nicht zu vergessen natürlich das Spirituelle – kurz, als Long John Silver oder Ben Gunn zurückzukehren, goldene Worte Buddhas auf den Lippen und die Taschen voller Dukaten.

Das glückte dem einen mehr, dem anderen weniger.

Elmar ging pleite.

Nach Jahresfrist erschien er zum Treffen mit keinem sauberen Faden mehr am Leibe und leeren Taschen, dafür berstend vor Lebensmut und einer Unzahl Ideen. Alles, was er je besessen hatte, war in Hilfsprojekte geflossen. Er hatte Schönheit und Leid und die schlafende Schönheit im Leid gesehen, die wachgeküsst werden wollte, nur dass sich weit und breit keine Prinzen fanden. Er war durch die Höllen der Globalisierung gereist, die neuen weißen Flecken auf den Landkarten, in denen Abermillionen Menschen dem Vergessen anheimgegeben wurden. Er hatte starrendes Unrecht erlebt, stumm machende Gewalt und die innere Berührung eines Lächelns gefühlt, das auf einem uralten Gesicht erschien, dessen Besitzerin gerade mal siebzehn und gewohnt war, von weniger als einem Dollar am Tag zu existieren. Er erfuhr, was es hieß, mit nichts im Leben am Leben zu sein. Er sah die Hoffnung der Armen in der Zerstörung der Ökosysteme gipfeln, was die bedrückende Frage aufwarf, wer zu opfern sei – ein Problem, das wohlhabende Länder gerne in Gleichungen verpackten, an deren Ende das Überleben der Menschheit stand, nur dass deren größter Teil außerhalb ihrer Wahrnehmung zu liegen schien. Er war in China, als die Täler des Jangtse und Songhua in braunen Fluten versanken und sechsundfünfzig Millionen Chinesen ihr Obdach verloren. Er atmete Landluft, die trüb von Abgasen und pfeffrig von Pulverdampf war. Er lief über die brachliegenden Felder von Mali, dessen junge Männer zur Küste flohen, um in Westafrikas wuchernden Metropolen vollends zu verelenden, in Lagos, Dakar und Abidjan, urbane Schlachtfelder, auf denen bitterste Armut, Hunger und Gewalt wüteten. Er wurde Zeuge all der hausgemachten Katastrophen auf einem Kontinent, der als überbevölkert galt und doch überwiegend menschenleer war, wo die Wüsten rapide wuchsen und die Regenwälder schrumpften, Kleptokraten Entwicklungsgelder verprassten, AIDS-Tote in den Straßen lagen und viermal so viele Menschen auf der Flucht waren, als ganz Massachusetts bewohnten. Er stellte fest, dass die wichtigste Ressource vielerorts verseucht und nicht trinkbar war. Hockte an den ausgetrockneten Wasserlöchern Somalias, sah Fische auf dem Lake Victoria treiben, hörte sonnenverbrannte Umweltaktivisten mit blonden Bärten beim Bier vom Klimawandel reden. In Australien und Neuseeland zehrten Aborigines und Maori von ihrer Würde, Südamerika ächzte unter Diktaturen und El Niño, die ganze Welt ächzte und schwitzte. Fronten des Elends, an denen Elmar seinen Erfindergeist spielen ließ. Er half, wo er nur konnte. Setzte Dinge in Gang. Entwickelte praktikable, bezahlbare Technologien. Steckte sein anstudiertes Wissen in die Erzeugung noch so kleiner Lichtblicke. Wenn das Beste aus seinen Möglichkeiten zu machen hieß, Not zu lindern, gebührten ihm Zepter und Krone des Spurlos-Clubs, doch dessen übrige Mitglieder sahen das natürlich ein bisschen anders.

Es war ihm gleich.

Elmar hatte seine Lebenskrise überwunden und sich aus der Depression zurück ins Licht gearbeitet. Er wusste jetzt, wozu er den ganzen Kram an den Eliteschulen gelernt hatte und dass er besser war als seine Lehrer.

Er zog nach Kalifornien.

Die Gegend zwischen San Francisco und San José bot jemandem wie ihm traumhafte Bedingungen. Das begann bei den Stränden. Während seines Informatikstudiums an der Stanford University verdiente er sein Geld als Surflehrer in der Half Moon Bay und am San Gregorio State Beach, was ihm dauernde weibliche Gesellschaft eintrug – Touristinnen, zu deren Vorzügen gehörte, dass sie abreisten, bevor er anfangen musste, sich Namen zu merken. Mit neuer Kraft trieb er die Entwicklung seines Diagnostik-Programms voran, und diesmal lief es umso besser. Fast nebenbei warf die KI, die unter seinen Fingern reifte, eine Software für maschinelle Simultanübersetzung ab. Elmar nannte sie *LangWitch*, ließ Programm und Marke patentieren und gründete ein gleichnamiges Unternehmen, das praktisch nur aus ihm bestand. Weil es irgendwie dazugehörte, mietete er eine Garage in Palo Alto, alle saßen und tüftelten schließlich in Garagen und gossen das Silicon Valley in seine Klischees, außerdem war die Klapperbude wirklich billig. Hauptsache, sie hatte Strom und ein Schloss.

Eines Tages stand jemand in seiner Garagentür.

Die größte Besonderheit Palo Altos war vielleicht, dass nichts daran besonders war. Eine sterbenslangweilige Kleinstadt, deren Nachtleben den Namen nicht verdiente, zum Pazifik hin gesäumt von einem dicht bewaldeten Küstengebirge, im Osten an die San

Francisco Bay grenzend. Niemand hätte ein Wort über Palo Alto verloren ohne die dort ansässige Stanford University, von der aus eine gleißende Lichtbrücke geradewegs in die Zukunft zu führen schien. In tristen Büroklötzen residierten entlang des Highway 280 Apple, Intel, Hewlett-Packard, AMD, Dell, Oracle, jüngere Unternehmen wie eBay und Yahoo und ganz neue wie Amazon und Google – eine beispiellose Verdichtung von Hightech-Kompetenz, unvorstellbar ohne Millionen und Milliarden Risikokapital. Die Aussicht auf fabulöse Gewinnsteigerungen veranlasste Investoren, pickeligen Typen in T-Shirts, die scheu vor sich hin murmelten, das Geld vorne und hinten reinzuschieben. Das war alles andere als naiv. Jemand mochte beim Versuch, sich die Schuhe zuzubinden, auf die Nase fallen, aber wenn in seinem Kopf Lösungen für Probleme heranreiften, mit denen sich Geld verdienen ließ, war er jeden Cent wert. Die Entscheidungskriterien lauteten: Ist die Technologie bahnbrechend? Ist sie disruptiv? Funktioniert sie in der Praxis? Ist der Markt groß genug für exponentielle Wachstumsraten? Steckt ein verlässliches Team dahinter? Ideen, Firmen, Märkte ändern sich, aber am Ende geht es um Leute. Und vielleicht noch: Attackiert die Idee eines der großen Probleme der Welt? Ein neuer, cooler Lippenstift – sucht euch jemand anderes. Eine Pille gegen Pankreaskarzinome, lass uns ins Geschäft kommen.

Nicht ganz zufällig verlief die Sand Hill Road, in der das Gros der Wagniskapitalgeber residierte, gleich entlang des Universitätsgeländes. Um bei Beteiligungsgesellschaften wie Sequoia Capital, Silver Lake oder Draper Fisher Jurvetson ihre Ideen vorstellen zu können, schlugen sich die Tüftler in den Garagen die Nächte um die Ohren. Wenn investiert wurde, dann richtig. In Startkapital steckte schließlich Start, der Schub musste ausreichen, um die Rakete aus dem Schwerefeld der Bedenkenträger herauszukatapultieren. Manche der Raumschiffe, in die Läden wie Sequoia Capital ihre Millionen pumpten, würden es vielleicht nicht schaffen, doch wenn nur eines in den Orbit der Weltmarktführerschaft vorstieße, wären sämtliche Verluste mehr als wettgemacht.

»Dein Übersetzungsprogramm ist brillant«, sagte der Mann in der Garagentür. Seine Silhouette stach gegen das Mittagslicht ab.

»Es ist Kinderkram«, sagte Elmar und fügte nach einem Moment der Besinnung hinzu: »Aber klar, brillanter Kinderkram.«

»Was wäre denn kein Kinderkram?«

Der Besucher kam näher. Er war nicht besonders groß, hatte ein blasses, von Aknenarben überzogenes Gesicht und stumpfes, hellblondes Haar. Elmar glaubte, ihn schon gesehen zu haben.

»Willst du was trinken?«, fragte er. »Eine Cola oder –« Er schaute in seinen kleinen Eisschrank. »Oder Cola?«

Man müsste mal wieder einkaufen gehen.

»Cola ist gut.«

»Kennen wir uns eigentlich?«

»Noch nicht persönlich. Hugo van Dyke.«

Elmar öffnete zwei Dosen und wies auf den einzigen Besucherstuhl. Viel hatte seine Garage nicht zu bieten. Einen billigen Schreibtisch, Stühle, Kleiderstange, Bett und das Rudiment einer Küche. In einer Ecke lehnte sein Surfbrett, die gegenüberliegende Wand nahmen sein Mountain Bike und sein Motorrad in Beschlag. Wo immer Platz für einen Rechner war, stand so ein Ding, lagen Platinen herum, stapelten sich Festplatten.

»Eine Maschine, die alles kann«, sagte er und reichte Hugo van Dyke die beschlagene Dose. »Eine universell denkende und agierende Intelligenz. Das wäre kein Kinderkram.«

Hugos Lächeln erhellte den Raum. »Du willst den Turing-Test knacken.«

»Der Turing-Test ist scheiße.«

»Bislang hat ihn noch keine Maschine bestanden.«

»Glaub mir, Kumpel, ich würde ihn selber nicht bestehen.« Elmar sah seinem Gegenüber kurz in die Augen. »Ich bin die rhetorische Vollniete, wer mit mir chattet, könnte schnell auf die Idee kommen, einem Blechkameraden aufzusitzen. Ich meine, im Ernst, was soll das für ein Kunststück sein, ein paar Schaltkreisen das Quasseln beizubringen? Zauberbudenkram. Du sagst, ich bin inkontinent, muss sechsmal raus die Nacht, oh Mann, weißt du, wie das nervt und zwickt und brennt, und der Bot pflichtet dir bei und meint, ich hab's schon aus Bequemlichkeit einfach ins Laken laufen lassen, obwohl er nicht die mindeste Vorstellung davon hat, was Pisse überhaupt ist und nur den Eintrag irgendeines Chatters vorliest. Also was sagt dir der Turing-Test? Ob ein Computer dem Menschen ebenbürtig ist? Nein, er sagt dir lediglich, dass da etwas einen Menschen nachahmt, ohne das geringste Verständnis dessen, was es daherquakt. Mit echter Intelligenz hat das nichts zu tun. Computer brauchen nicht zwingend ein Bewusstsein, um universell denken zu können, aber ein lückenloses Bild der tatsächlichen Welt, und zwar eins, das sie sich selber verschaffen.«

»Du sprichst von maschinellem Lernen.«

»Parallele Lernprozesse in simulierten und echten Situationen. Weißt du, was ich denke? Dieser komplexen Sache, die wir menschliche Intelligenz nennen, liegt ein einziger Algorithmus zugrunde. Keine Vielzahl. Schau dir das Hirn an. Immer hat man uns erzählt, es sei in hochspezialisierte Regionen aufgeteilt, die ausschließlich bestimmte Dinge können. Mittlerweile wissen wir, dass eine Region, die optische Impulse verarbeitet, ebenso gut akustische verarbeiten kann. Wird eine Region verletzt, übernimmt deren Funktion eine andere. Das Hirn lernt ständig um. Verschaltet sich immer aufs Neue. Der ganze Knetgummi da oben ist am Grunde seiner Komplexität homogen und von perfekter neuronaler und struktureller Plastizität. Unser Gehirn ist eine universale Lernmaschine, die ihr Erfahrungsspektrum von der Stunde unserer Geburt an exponentiell erweitert. Das ist die Idee hinter *Deep Learning*. Der Versuch, das Hirn im Rechner nachzubauen, basierend auf einem einzigen Algorithmus.«

»Und weißt du schon, wie du das anstellen willst?«

»Über CNNs. Faltende neuronale Netzwerke, ganz genau so wie sie in der Natur vorkommen. Neuronen eben nicht nach Spezialgebieten separieren, sondern sie so anordnen, dass sie aufeinander überlappende Bereiche ansprechen.«

»Und wie schaffst du es, das System zu eigenständigem Lernen zu motivieren?«

Elmar streifte Hugo mit einem weiteren Blick. Er mochte es nicht, Leuten allzu lange in die Augen zu sehen, die Fokussierung auf die Innenwelt des anderen riss ihn aus seiner Konzentration, außerdem waren Blicke wie Lassos. Menschen zurrten einen damit fest. Jetzt aber begann ihn dieser kleine, blasse Mann zu interessieren. »Was motiviert *dich* denn?«, fragte er.

»Das Unbekannte«, sagte van Dyke. »Es zieht mich an.«

»Was genau zieht dich an? Der letzte verbliebene Abenteuerspielplatz? Im Unbekannten legt dir niemand Fesseln an – so was?«

»Ich will Dinge verstehen.«

»Wozu?«

»Um etwas bewirken zu können.«

»Ah. Also geht's um Einflussnahme. Schön. Warum willst du Einfluss nehmen? Was verschafft es dir, Einfluss zu nehmen?«

Van Dyke überlegte. »Mitunter Glück.«

»Und was ist Glück? Was ist das, dieses Hochgefühl? Warum schinden wir uns derart, um es zu erlangen?«

»Dopamin?«

»Weckt die freudige Erwartung, belohnt zu werden. Aber was treibt uns an? Was motiviert uns?«

»Sag du es mir.«

»Was wir *begehren*, Hugo! *Das* treibt uns an. Und was begehren wir?«

»Was wir jeden Tag sehen«, zitierte Hugo Hannibal Lecter.

»Ganz richtig. Die Möhre vor der Schnauze des Esels. Begierde ist der Brennstoff unserer Phantasie, all unserer Passionen. Und wenn wir schließlich erlangt haben, was wir begehren, schüttet unser Körper freudig Opiate aus, Endorphine, Oxytocin.«

»Ein chemisches Belohnungssystem.«

»Siehst du? Wir sind auch Maschinen. Unser Gefühlshaushalt wird von Neurotransmittern regiert, und Transmitter sollten wir im Netz nachbauen können, um einer KI Neugier, Forschergeist und Glücksgefühle beizubringen. Sie für besonders gute Leistungen belohnen. Sie motivieren, mehr und mehr der feinen Bonbons von uns zu bekommen. Freude zu maximieren, oder was immer ihr Äquivalent zu Freude ist. Ein schöner, fetter Energie-Burger. Eine generöse Speichererweiterung. Sensuale Kontakte zur Außenwelt, Leckereien aus komprimierter Information. *LangWitch* funktioniert so, das System lernt Sprachen von selbst, und es *will* sie lernen. Es *will* besser werden. Bald wird es Romane feinsinniger übersetzen können als jeder menschliche Übersetzer, und es wird im Gespräch mit depressiven Patienten auf jede stimmliche, motorische und biochemische Nuance reagieren, aus Körpersprache und Mimik die mentale Verfassung seines Gegenübers ablesen, dessen Intentionen und Wünsche erfassen, noch bevor er sie verbal zum Ausdruck bringt. Es wird die Unzulänglichkeiten der Worte überwinden, indem es die menschliche Stimme nicht nur umfassend in allen Sprachen und Dialekten versteht, sondern Gesagtes wie Ungesagtes in die richtigen Bezüge setzt und tiefenpsychologisch interpretiert. *LangWitch* wittert Angst, entlarvt aufgesetzte Selbstsicherheit, macht jeden herkömmlichen Lügendetektor obsolet, versteht Sub- und Metaebenen, Witz, Ironie und Doppelbödigkeiten. Es hat das Zeug, jeden Bereich des politischen, sozialen und wissenschaftlichen Lebens zu revolutionieren. Es kann Millionen, Milliarden Menschen helfen und ihr Dasein besser machen.«

Hugo trank einen Schluck. »Kann es das alles jetzt schon?«

»Vieles.« Elmar betrachtete seine Finger. »Einiges muss noch optimiert werden. Eine Frage von Wochen. Monaten.«

»Schade, dass du die Zeit nicht durchhalten wirst.«

»Warum sollte ich nicht durchhalten?«

»Hast du Geld?«

Elmar zuckte die Achseln. »Für'n Whopper reicht es. Ohne extra Käse.«

»Im Ernst.«

»Brauche ich denn welches? Was gebe ich schon aus? Ich habe einen Arbeitsplatz, ein Zuhause –«

»Zuhause?« Hugo hob eine Braue.

»Na ja –«

»Über die Mindeststandards einer menschenwürdigen Behausung können wir zu einem anderen Zeitpunkt diskutieren. Das Problem ist, ohne Team wirst du *LangWitch* nicht schnell genug weiterentwickeln und schon gar nicht adäquat vermarkten können. Kennst du dich mit Lizenzierungen aus? Mit Verträgen? Wie willst du deinen Lizenznehmern einen seriösen Service bieten? Wie willst du überhaupt weitermachen? Nach allem, was ich höre, bist du bankrott.«

»So was hörst du?«

»Das ist mein Job. *Ich brauch kein Geld, ich krieg das hin.* Niemand bewundert Kampfeswillen so wie ich, aber das ist mir schon in zu vielen Garagen zu Ohren gekommen, die wenig später dichtmachten.«

»Tourst du durch Garagen?«

»Manchmal. Wenn die Garage nicht zu mir kommt.«

Im selben Moment fiel bei Elmar der Groschen.

Natürlich kannte er Hugo. Vergangenes Jahr hatte er ein Interview mit ihm gelesen. Hugo van Dyke, Spross einer schwerreichen Washingtoner Dynastie. Betriebswirtschaftler mit einem Master in Computerwissenschaften und einem Ph. D. in Informatik, der im Abendstudium auch noch den Bachelor in Physik erworben hatte, der Ehrgeiz in Person. Beraterjob im Ministerium für Handel und Finanzen, Chef des staatlichen Departments für Energiegewinnung, bevor er als Forschungsleiter und Finanzdirektor des SLAC National Accelerator Laboratory in Stanford sesshaft wurde. Anlass des Interviews war die Gründung von WarpX gewesen. Ein Turbo-Finanzier, der Jungunternehmern anders als die Schwergewichte mit Lean Startup unter die Arme griff. Was konkret hieß, mit geringem Kapitaleinsatz und flachen Prozessen schnelle Erfolge erzielen, binnen kürzester Zeit Prototypen auf den Markt bringen und durch Kundenfeedback ständig verbessern.

»Ich hab von euch gehört«, sagte Elmar.

»Das ist schön. Wo wir gerade mal ein Jahr da sind.«

»WarpX hat einen guten Ruf.«

Hugo drehte die Cola-Dose zwischen seinen Fingern. »Weißt du, was ich nicht verstehe, ist, warum jemand wie du kein einziges Mal in der Sand Hill Road vorstellig geworden ist.«

»Surfst du?«

»Ich laufe. Wasser ist nicht so meins.«

Elmar trat zu seinem Surfbrett. »Wenn die Welle kommt und dich trägt, ist das ein kaum zu beschreibendes Gefühl von Freiheit. Pures Glück, Hugo. Ich will nicht noch jemanden auf meinem Brett stehen haben.«

»Du hast aber keine Welle, die dich trägt.«

»Mein Talent ist meine Welle. Ich bin besser als alle anderen.«

»Du bist ein tragischer Fall, wenn du dein wunderbares Programm aus Existenznot vor der Zeit verscherbeln musst, statt es in gebotener Ruhe zum Geniestreich weiterzuentwickeln.«

Elmar dachte darüber nach. Er ging im Raum umher und versuchte, Hugos trübe Darstellung seiner monetären Lage aufzuhellen, doch mit jedem Schritt wurde sie nur finsterer. »Ihr wollt einsteigen?«

»Wir wollen dir den Rücken freihalten. Bis *LangWitch* all das kann, was du mir geschildert hast.«

»Und dann?«

»Verkaufen wir es. Zu einem Preis, der dir ermöglicht, deine universale KI in großem Stil Wirklichkeit werden zu lassen.«

»Wie viel würdet ihr investieren?«

»Ich dachte an eine Viertelmillion.«

»Hunderttausend.«

Überraschung blitzte in Hugos Augen auf. Vielleicht auch nur in seinen Brillengläsern. »Hab ich genuschelt? Ich sagte –«

»Ich hab verstanden, was du gesagt hast. Hunderttausend sind, was Andy von Bechtolsheim den Google-Jungs gezahlt hat.« Larry Page und Sergej Brin. Zwei Standford-Absolventen, die vor zweieinhalb Jahren mit einer Handvoll Angestellter in Palo Alto

Quartier bezogen hatten. Von Bechtolsheim gehörte zu den Super-Finanziers der Branche – der Einzige, der an die beiden geglaubt hatte. Und Google schien sich vielversprechend zu entwickeln. Aktuell, drei Jahre nach Gründung, waren sie Marktführer unter den Suchmaschinen und in der Gewinnzone angekommen.

»Du weißt, dass sie für die Gründung noch mal eine Million brauchten«, sagte Hugo.

»Die sich Larry in kleinen Summen zusammengeliehen hat. Okay, er hat ein ganzes Dutzend Leute auf seinem Surfbrett stehen, aber sie sind *so* klein.« Elmar hielt Daumen und Zeigefinger ein Stück auseinander. »Hugo, ich werde nie die Kontrolle aus der Hand geben. Wenn Hunderttausend nicht reichen, könnt ihr nachschießen, falls ihr dann noch interessiert seid, aber das werdet ihr nicht müssen. Einverstanden?«

Hugo nickte. Sein Lächeln verbreiterte sich und erstrahlte, bis es alle Schatten vertrieben hatte, die auf Elmars Zukunft lagen.

Ein Jahr danach, fast auf den Tag genau, verkaufte Elmar *LangWitch* für zweihundertachtundachtzig Millionen Dollar an Microsoft.

WarpX entwickelte sich zu einem der großen Technologiebeschleuniger im Silicon Valley. Startup-Gründer standen Schlange bei Hugo van Dyke, und eines verregneten Tages kam eine Postdoktorandin von der Universität Berkeley. Eleanor Bender erforschte mit einem kleinen Team die Möglichkeit, Gene umzubauen, um höhere Resistenzen gegen Umwelteinflüsse zu erzielen. Hugo hörte sich an, was sie zu sagen hatte.

»Du willst eine Firma gründen?«

»Eigentlich will ich an der Uni bleiben.«

Eleanor hatte am Pomona College in Claremont ihren Master of Arts in Biologie gemacht und in Harvard Biochemie studiert. In Berkeley stand ihr eine Karriere als Professorin offen; nicht unvereinbar mit einem Startup.

»Okay, du hast eine Idee und zehn Minuten, mich zu überzeugen.«

Eleanor knetete ihre Hände. »Die Idee ist noch nicht marktreif.«

»Dann komm wieder, wenn sie es ist.«

»Es geht gar nicht so sehr um Geld. Ich bräuchte jemanden, der mich mit Programmierung unterstützt. Der was von synthetischer Biologie versteht.«

Hugo betrachtete Eleanor. Kein Typ, bei dem man gleich in Ohnmacht fiel. Ihre Attraktivität war spröder Natur, doch er hegte keinerlei Zweifel, dass Elmar sich spontan in ihr Lächeln verlieben würde, außerdem hatte in ihrem Blick das Universum Platz.

»Ich rufe einen Freund an«, sagte er.

Elmar verliebte sich spontan in ihr Lächeln.

Er schrieb ein KI-Programm für ihr Team, das ihre Arbeit erheblich beschleunigte, sie sorgte mit Accessoires und Mobiliar dafür, dass sein neues Haus in Palo Alto, ein versteckt liegender Bungalow, nicht mehr aussah wie an dem Tag, als Elmar mit der Maklerin die Räumlichkeiten abgeschritten hatte. Vom Bett aus dirigierte sie ihn hin und her und nötigte ihn, einen Druck von Rosenqvists *Joan Crawford says …* mal hierhin, mal dorthin zu halten.

»Warum muss ich überhaupt Bilder aufhängen?«

»Musst du nicht. Ein Schritt nach rechts.«

»So?«

»Bisschen weniger. Höher.«

»Das ist doch Schwachsinn. Jetzt schaut uns Joan Crawford beim Vögeln zu.«

»Man nennt es Einrichtung, Schatz.«

Schatz. Irgendwas lief aus dem Ruder. Aber noch fühlte es sich gut an. Gut genug, dass Elmar Bilder aufhängte, die sich grell und vulgär in seine Vorstellungskraft drängelten, wenn er auf die Wände starrte. Er hatte nie begriffen, wozu Leute diese wunderbaren weißen Projektionsflächen mit etwas zupflastern mussten, das jemand fotografiert oder gemalt hatte. Ebenso wenig verstand er, was eine Vielzahl an Tischlein, Lampen, Accessoires und vor sich hin faulenden Schnittblumen dazu beitragen sollte, ihm seine

Rolle im Heldenlied des amerikanischen Traums zu sichern. Offenkundig herrschte selbst in Akademikerköpfen ein Bedürfnis vor, das Klare und Reine bis zur Unkenntlichkeit zu dekorieren. Wo vormals räumliche Winkel das Auge mit bloßer euklidischer Schönheit erfreut hatten, krochen plötzlich Knöterich und Gerbera aus Vasen. Kräutertöpfchen reihten sich keck aufs Küchenbord und wedelten mit Blättchen und Halmen in Richtung eines Kochbuchregals, ohne dass Elmar sich erinnern konnte, die dort beheimateten Werke über Welle-Teilchen-Dualismus und newtonsche Mechanik ihres Platzes verwiesen zu haben. Familienmitglieder starrten vorwurfsvoll aus Rahmen und mahnten Anrufe und Besuche an. Eleanors kleines Appartement in Berkeley ließ das Schlimmste für die weitere Ausgestaltung seines Bungalows befürchten. Doch im Flirren der Verliebtheit und gemeinschaftlichen Erkundung des Zwei-Körper-Systems sah Elmar über all das hinweg, außerdem war Eleanors Geist kein bisschen vollgerümpelt, sondern ein betörend facettierter Diamant. Während er seiner universalen KI durch verbesserte Mimik- und Spracherkennungsprogramme zügig näherkam und führende Köpfe auf dem Gebiet des Quantencomputings nach Palo Alto lud, entstand in Eleanors Laboren *EditNature,* eine faszinierende, völlig neuartige Methode, einzelne Buchstaben im Genom gezielt zu manipulieren. Kaum vorstellbar, was diese Technologie gekoppelt mit den Diagnose- und Therapieprogrammen seiner KI vermochte! Die Verbindung mit Eleanor war ein einziger Glücksfall. Sie katapultierte Elmar schneller auf das angestrebte Level, als er je zu hoffen gewagt hatte. Hugo half, wachstumsbedingte Engpässe zu überwinden, Institute, Kliniken, die Raumfahrt- und Robotik-Industrie rannten Elmar die Bude ein, er beschäftigte so viele Arbeitsgruppen, dass sie nicht länger als loser Zusammenschluss funktionierten, was 2003 in der Gründung von Nordvisk Inc. gipfelte, und plötzlich wurde er in einem Atemzug mit den Titanen seiner Zeit genannt.

Er vergeudete keinen Tag damit, beeindruckt zu sein. Gerade erblühte das Silicon Valley in nie gekannter Weise. Google bereitete den Börsengang vor, ein milchgesichtiger Harvard-Absolvent namens Mark Zuckerberg, auffällig geworden dadurch, dass er Fotos seiner Kommilitoninnen ohne deren Genehmigung ins Netz gestellt und sie nach Sexyness hatte bewerten lassen, platzierte eine Bombe im Datenschutz, die er Facebook nannte, Apple überschwemmte den Weltmarkt mit dem iPod Mini, Elon Musk, ein nach den Sternen greifender Tausendsassa, sagte benzingetriebenen Autos den Kampf an.

Elmar fand es an der Zeit, seiner KI einen Namen zu geben.

Nachdem sie inzwischen wie ein eigenständig forschender, künstlicher Wissenschaftler funktionierte und alle Voraussetzungen bot, die Welt und das Universum bis in ihre kleinsten und größten Strukturen zu erkunden, nannte er sie kurzerhand A.R.E.S.

»Zu martialisch«, befand Hugo.

»Er ist das, was rauskommt, wenn man die Begriffe abkürzt«, sagte Elmar. *»Artificial Research & Exploring System.* Ein künstliches System zu Zwecken der Erforschung und Erkundung.«

»Martialisch«, pflichtete Eleanor Hugo bei.

Elmar schüttelte den Kopf. »Ich sehe das Problem nicht.«

»Tu nicht so, als ob es dich nicht interessierte. Keiner lässt sein Kind mit einem unvorteilhaften Namen rumlaufen.«

»Nicht? Dafür sind arg viele Kevins unterwegs.«

»Habt ihr zwei eigentlich schon mal über Kinder nachgedacht?«, fragte Hugo.

»Jetzt nicht mehr«, sagte Eleanor.

»Ich bin ja nicht ganz blöde«, sagte Elmar. »Ares war einer der wichtigsten Götter der Antike. Neben Jupiter der wichtigste! Er wurde kultisch verehrt, er ist der Vater von Romulus und Remus. Ohne ihn hätte es Rom nicht gegeben.«

»Das war Mars«, sagte Hugo. »Du bringst die Römer und die Griechen durcheinander.«

»Na und? Derselbe Typ.«

»Mars wurde verehrt, Ares verabscheut. Ein blutrünstiger Schlagetot.«

»Haarspalterei.«

»Willst du, dass die Leute Angst bekommen?«

»Papperlapapp. Ares ist eine wohltätige KI. Sie hilft jetzt schon Millionen Menschen, und sie wird die großen Probleme von Grund auf lösen. Das hat doch seinen Reiz, oder etwa nicht? Der Kriegsgott als Samariter. Nur, so weit wird keiner denken. Das interessiert keine Sau. Entscheidend ist, was sich in Ares verbirgt.«

»Und was wäre das, o großer Homer?«, fragte Eleanor.

Elmar lächelte geheimnisvoll.

»Ares ist eine Raupe. Ein kleines, immer hungriges Wesen, das sich vollfrisst mit Information. Und wenn es sämtliche Daten des messbaren Universums gefressen hat, dann wird die Raupe sich verpuppen. Wenn ihr mich fragt, in nicht allzu ferner Zukunft. Einige Jahrzehnte, vielleicht nur Jahre. Und dann wird etwas schlüpfen.« Er breitete langsam und erhaben die Hände aus. »Etwas Wunderbares. Es wird seine prachtvollen Flügel entfalten und die Menschheit in ein neues, besseres Zeitalter tragen. – Und wir werden es lenken.«

Wir werden es lenken, dachte er.

Wir werden es lenken –

Der Anruf reißt ihn aus dem Schlaf.

Er hat geträumt. Blumige Lewis-Carroll-Träume aus der Zeit vor vierzehn Jahren, als sie Nordvisk Inc. gegründet haben. Er war wieder mit Eleanor zusammen, sie feierten wilde Partys, die wie Kindergeburtstage anmuteten, und die meisten Gäste waren Roboter. Benommen schaut er auf das Display seines Handys. 04:30 Uhr. Hugo van Dyke.

Was kann Hugo um diese Zeit von ihm wollen?

Er geht ran.

»Wir haben einen Übertritt«, sagt Hugo.

Luther erwacht.

Eine Weile hält er die Augen geschlossen, voller Angst vor dem, was er zu Gesicht bekommen könnte. Sein Denken versucht einzurasten und findet kein Scharnier. Die einzig verlässliche Empfindung ist die, auf einer Pritsche im County-Gefängnis zu liegen, gar nicht mal unbequem. Wann immer zu Hause die Wände näher rückten, hat er sich hier zur Nacht gebettet, und das war in den Wochen nach Jodies Tod fast fortgesetzt der Fall. In einer Zelle, um der Enge zu entfliehen. Bleiern symbolisch, zeigt aber auch, dass man im hiesigen Knast gut schläft.

Er lauscht. Etwas hat ihn geweckt. Sofern seine Erinnerung ihn nicht trügt – worin sie seit Neuestem einen geradezu sportlichen Ehrgeiz entwickelt zu haben scheint –, sitzt in der Nachbarzelle ein Kerl namens Jaron Rodriguez. Dies zu überprüfen, erforderte die Augen zu öffnen, wozu er nur widerwillig bereit ist. Noch ließe sich alles als böser Traum abtun. Sollte aber Rodriguez tatsächlich dort hocken, müsste von einer unerklärlichen Wendung in Luthers Leben oder, schlimmer noch, akuter Geistesverwirrung die Rede sein. Dann stünden die Aussichten, dass er verrückt geworden ist, fifty-fifty.

Akte X oder nicht alle Tassen im Schrank.

Die Perspektiven dieses Tages.

Er riskiert einen Blick. Seine Zellentür steht offen, durch die Scheiben der kleinen verglasten Telefonzentrale gegenüber kann er Kimmy sehen, noch im Mantel. Ihr Gesicht schwebt im Raum, erhellt von Computerbildschirmen, die Lippen bewegen sich. Ein Anrufer offenbar, der ihre Aufmerksamkeit so vollständig vereinnahmt, dass sie nicht mitbekommt, wie ihr Undersheriff steifgliedrig auf die Beine kommt, aus seiner provisorischen Unterkunft stakst und durch das Fenster der Nebenzelle schaut. Ein muskelbepackter Hüne liegt darin ausgestreckt, das Gesicht abgewandt, Beine übereinandergeschlagen und Arme hinterm Kopf verschränkt. Luther glotzt ihn an, den Schädel eigenartig leer. Sein Denken implodiert. Er reibt mit Zeige- und Mittelfinger durch seine Augenwinkel, massiert die Nasenwurzel, doch das Bild des Hünen auf der Pritsche bleibt. Unter regelmäßigen Atemzügen hebt und senkt sich die kastenförmige Brust. Luther hegt keinen Zweifel, dass der Kerl ebenso wach ist wie er selbst und ihn durch die Wimpern beobachtet. Er wendet sich ab. Jetzt wird es eng. Den Sicherheitschef von Nordvisk Inc. dort liegen zu sehen, erübrigt die Frage, ob Luther ihn vergangene Nacht wirklich verhaftet und hierhergebracht hat. Hat er, also war er auf der Farm. Warum? Zur Klärung der Todesumstände einer Frau namens Pilar Guzmán, die in der Nacht zuvor gestorben war, nur um Rodriguez keine vierundzwanzig Stunden später quicklebendig ins Gemächt zu treten und in einen Geländewagen zu steigen, der dort nicht hätte stehen dürfen, weil er nämlich schon in Meg Danes Autowerkstatt stand.

Und überhaupt war vorgestern gestern.

Hinter der Tür zum Gefängnistrakt nähern sich Schritte, stoppen. Luther erkennt Carl Maras rheumatisches Schlurfen. Carl, der umstandslos zur Sache kommen wird, also sollte er seiner vagabundierenden Gedanken Herr werden. Fieberhaft rekapituliert er die Ereignisse, nachdem er Rodriguez Handschellen angelegt hat, ohne noch recht zu wissen, warum eigentlich, da die in den Tod Getriebene alle Anzeichen von Vitalität erkennen ließ und ihr Jäger kein Eichhörnchen mehr den Baum hätte raufscheuchen können, weil dingfest gemacht wegen Körperverletzung. Zwar hatte die Frau, die wie Pilar aussah, Rodriguez ihre Fingernägel in den Hals gegraben – so war seine Haut samt Stoppeln darunter gelangt –, aber deswegen den Knüppel zu bemühen, konnte man dem Kerl schon als unverhältnismäßig auslegen.

Ich habe einer Toten das Leben gerettet, denkt Luther.

Jetzt denkt er das.

Um Mitternacht noch leistete sein innerer Zensor ganze Arbeit. Pete erschien mit flackernder Lichtleiste vor dem Pförtnerhaus, und als sie Rodriguez zum Streifenwagen brachten, quetschte sich der große Mann auf die Rückbank und sagte: »Undersheriff,

Sie handeln in jeder Beziehung widerrechtlich. Ich hoffe, das ist Ihnen klar.«

Luther schwieg. Er fühlte sich benommen, als habe ihm jemand ein Narkotikum gespritzt. Die Müdigkeit eines ganzen Lebens breitete sich plötzlich in ihm aus.

»Aber ich kooperiere«, fuhr der Sicherheitschef im Plauderton fort. »Vermerken Sie das bitte in Ihrem Bericht.«

»Sie kooperieren nicht, Sie sind verhaftet.«

»Ich achte die Autorität des Sterns, jedenfalls mehr als Sie die meine.«

»Sie haben Pilar Guzmán auf dem Gewissen«, rutschte es Luther heraus.

»Auf dem Gewissen?« Rodriguez lachte fassungslos. »Meine Güte, Undersheriff! Welches Vokabular würden Sie denn erst bemühen, wenn ich sie wirklich auf dem Gewissen hätte? Pilar war weniger versehrt als ich, als sie sich vom Acker machte – dank Ihres heldenhaften Eingreifens übrigens im Besitz von Daten, die in den falschen Hände immensen Schaden anrichten können«, und Luther dachte: Wenn das wirklich Pilar Guzmán war – wer liegt dann auf Marianne Hatherleys Obduktionstisch?

Niemand, wie er nun weiß.

Pilar Guzmán lag und liegt da nicht.

Im Pförtnerhaus kauerte ein einzelner Diensthabender namens Liev – Luther erinnerte sich, dass der Wachmann, der im Salon mit dem Schädel gegen den Tisch geknallt und mittlerweile wieder bei Bewusstsein war, Liev in einem Atemzug mit Rodriguez erwähnt hatte. Liev also war der Zerberus der Farm, Pilar ihrerseits autorisiert, diese nach Belieben zu betreten und wieder zu verlassen. Auf ihrer Flucht hatte sie die Scans an der Schranke schneller absolviert, als Liev einen klaren Gedanken fassen konnte, und entkam ungehindert in die Nacht. Bei Petes Eintreffen war der Mann besser vorbereitet, wusste, was sich in der Serverhalle abgespielt hatte und dass sein Boss kurz davorstand, eingebuchtet zu werden, ohne das Geringste unternehmen zu können. Ohnmacht und Wut über sein Versagen standen ihm ins Gesicht geschrieben, seine Pupillen flackerten auf der Suche nach Optionen, um in Ordnung zu bringen, was so offenkundig aus dem Ruder lief, doch zweifach konfrontiert mit der Gesetzesvertretung Sierra Countys erwies er sich als klug genug, von Widerstand abzusehen und sie mitsamt Rodriguez ziehen zu lassen.

»Nach Grass Valley?«, fragte Pete, bevor sie einstiegen.

Luther starrte auf den Gefangenen. Regentropfen zerplatzten an der Seitenscheibe, in dicht verflochtenen Schnüren lief das Wasser daran herab und ließ Rodriguez im Dunkel des Fonds aussehen, als habe seine Haut zu schmelzen begonnen. Einen Moment lang hegte Luther den innigen Wunsch, der Kerl möge sich auflösen.

»Nein, wir bringen ihn nach Downieville.«

»Schon klar. Ich meine, nachdem wir seine Personalien erfasst haben. Soll ich ihn runter nach Grass Valley fahren?«

»Er bleibt in Downieville.«

Pete runzelte die Stirn. Vor Jahren hatte Carl Mara verfügt, dass sie in Sierra keine Insassen mehr über Nacht dabehalten. Downieville rühmte sich des kleinsten Gefängnisses Kaliforniens, das nie in seiner Geschichte mit Überbelegung zu kämpfen hatte und meist leer stand. Ungeachtet dessen war man am Yuba River den gleichen Regeln unterworfen wie in Los Angeles mit seinem Superkasten, der achtzehntausend Seelen wegsperrte. Staatliche Inspektoren und Bürgerrechtsverbände wachten penibel über die Einhaltung von Standards, und der Knast von Downieville ließ schon länger zu wünschen übrig. Millionen Steuergelder in die Renovierung lumpiger sieben Zellen zu stecken, deren Rund-um-die-Uhr-Bewachung sechs weitere Beamte erfordern würde, war angesichts des Kommunalbudgets, das nicht mal reichte, um einen zusätzlichen Deputy in Lohn und Brot zu nehmen, illusorisch. Also handelte Carl mit dem Sheriff von Nevada County aus, Sierras Inhaftierte bis zur Gerichtsverhandlung gegen ein geringes Salär dort in Verwahrung zu geben, ins Gefängnis von

Grass Valley. Doch Pete beließ es beim Stirnrunzeln, und sie fuhren im strömenden Regen nach Downieville. Auf der Passhöhe dachte Luther, dass Pilar wohl gerade an der Einmündung jenes Forstwegs vorbeigebrettert sein dürfte, der in ihr potenzielles Verderben führte, im Besitz des Sticks, und musste sich zwingen, nicht laut aufzulachen. Unfähig, die Absurdität zu begreifen, arbeitete sein Ermittlergeist schon nach deren Regeln. Sollte er tatsächlich um eine Nacht zurückversetzt worden sein, dann hatten vor anderthalb Stunden zwei Tieflader die Farm verlassen, beladen mit Kästen, deren Inhalt ihm Schauer über den Rücken jagte. Irgendwo brausten sie nun durch die sturmzerzauste Dunkelheit. Alles vollzog sich, wie es sich schon einmal vollzogen hatte, und doch schienen die Karten neu gemischt, denn heute Abend hatte er den Lauf der Geschichte verändert.

Welche Karte bin ich, dachte er. Wer hat mich ausgespielt?

Zu welchem Zweck?

Nein, das war abwegig! Ein Missverständnis. *Candid Camera.* Eine ganze Nation amüsierte sich auf seine Kosten. Blieb die Frage, wie *Candid Camera* aus dreißig Minuten fünf Stunden gemacht hatte. Er nagte an seiner Unterlippe und schwieg. Was hätte er auch sagen können, ohne dass sein Deputy ihn zum nächsten Nervenarzt fuhr? In Petes Wirklichkeit hatte Luther Urlaub. Es schadete nicht, das so stehen zu lassen.

Nach einer Weile entschied er, dass Schweigen keine Lösung war, wenn er in den Besitz von Informationen gelangen wollte.

»Was hast du denn geglaubt, bis wann ich in Urlaub bin?«

»Hab gar nichts geglaubt. Du wolltest morgen früh wieder da sein.«

»Jetzt weißt du, dass der Plan ein anderer war.«

Das hatte er improvisiert, und Plan erwies sich als das richtige Wort. Pete krauste die Stirn. Luther konnte förmlich sehen, wie sich im Kopf des Deputys das Bild einer geheimen Mission herausschälte.

»Verstehe«, sagte Pete, als verstünde er.

»Dann sollten wir das nicht vertiefen. Für den Moment.«

»Schon klar. Kapiert.«

»Also schieß los. Wie lief es heute Abend?« Worauf Pete mehr oder weniger detailgenau zusammenfasste, was vierundzwanzig Stunden zuvor geschehen war, nur eben ohne Luther. Rodriguez schaute während der Fahrt gelangweilt aus dem Fenster und ergriff erst kurz vor Downieville wieder das Wort. »Sie machen einen kapitalen Fehler, Undersheriff.«

»Warum höre ich das immerzu von Leuten, die selber noch viel größere machen?«, versetzte Luther, ohne sich umzudrehen.

»Ihnen ist offenbar nicht klar, wem Sie da ins Revier pinkeln.«

Jetzt drehte er sich doch um. »Also liegt demnächst ein Pferdekopf in meinem Bett?«

»Machen Sie sich nicht lächerlich.«

»Tue ich nicht«, sagte Luther. »Ich nehme Drohungen als Ansporn. Sie haben mir doch gerade gedroht, oder? Mir und meinem Deputy.«

»Unsinn.«

»Das klang in meinen Ohren aber anders. Wie klang es für dich, Pete?«

»Überlege schon, das Land zu verlassen. Mit neuer Identität und operiertem Gesicht.«

»Sehen Sie? Er fühlt sich auch bedroht.«

»Wozu sollte jemand Ihnen beiden drohen?« Rodriguez reckte träge die Schultern. »Sie sind bedeutungslos.«

»Offenbar nicht. Sie sitzen hinter dem Gitter und wir davor.«

»Was wir tun, dient Zielen von solch weitreichender Bedeutung, dass es sich Ihrem Waschbärenhirn kaum mitteilen dürfte.«

»Waschbärenhirn?«

»Falls Ihnen Frühmensch lieber ist –«

»Halten Sie sich im Zaum, Bigfoot, oder Sie lernen den Frühmenschen kennen.«

»Sie haben doch nur einen Heidenschiss, Opoku.«

»Für Sie immer noch Undersheriff.«

»Gut, Undersheriff.« Rodriguez lächelte. Im Zwielicht schimmerte sein Raubtiergebiss. »Wissen Sie, was ich glaube? Sie können nicht erklären, was Sie auf der Farm verloren hatten. Stimmt doch, oder? Sie wissen gar nichts, aber im Gegensatz zu den Kretins, die Ihr verschissenes kleines Naturparadies bevölkern, ist Ihnen Ihre Beschränktheit bewusst, und das macht Ihnen Angst – sollte es vielleicht auch.« Er ließ sich zurück in die Polster sinken, einen wohligen Seufzer ausstoßend.

»Sie haben die Frau angegriffen«, sagte Luther bebend.

»Ich habe niemanden angegriffen. Ich habe mich in Ausübung meiner Pflicht verteidigt.«

»Wenn es wirklich Pilar Guzmán war, dann hatte sie jedes Recht, auf der Farm zu sein.«

»Als Richard Nixon Präsident war, hatte er darum noch lange nicht jedes Recht, den Kongress abzuhören.«

»Denken Sie sich was Schlaueres aus. Sie haben die ganze Nacht Zeit.«

»Oh, ich werde schlafen wie ein Baby.« Rodriguez gähnte. »Nachdem ich meine Anrufe getätigt habe, versteht sich. Sie wissen schon, die drei, die mir zustehen. Morgen Vormittag werde ich Ihren Hühnerstall verlassen, und dann müssen *Sie* sich was ausdenken.«

Womit er wahrscheinlich recht hatte.

In Downieville verfrachteten sie Rodriguez in den Zellentrakt, dann schickte Luther Pete nach Hause. Don Steinman schob im Sheriffbüro Nachtdienst, der einzige Vollzeitdisponent des Departments. Sie nahmen Rodriguez' Personalien auf und bereicherten die Datenbank mit seinen Fingerabdrücken.

»Der Typ bleibt hier?«, wunderte sich Don.

»Ja. Ausnahmsweise.«

»Okay, wenn du's sagst. Nur, ich bin nicht drauf eingerichtet, einen Gefangenen – ich meine, ich kann mich nicht vorschriftsmäßig um ihn kümmern, wenn dauernd das Telefon –«

»Mach dir keine Sorgen. Ich leiste euch Gesellschaft.«

»Hm.« Don zögerte. »Hattest du nicht bis morgen Urlaub?«

»Soll heißen?«

»Vergiss es. Entschuldige.«

»Nichts zu entschuldigen.« Luther schlug ihm auf die Schulter. »Manchmal laufen die Dinge eben anders als gedacht.« Und solange der Vorrat an derlei Allgemeinplätzen reichte, würden sie vielleicht noch eine Weile weiter zu Luthers Gunsten laufen. So lange, bis er Klarheit erlangt hatte. Rodriguez nannte ihm Namen und Nummer einer Anwältin in San Francisco, die für Cole & Rosenfield arbeitete. Ein wuchtiges Kaliber, dessen Durchschlagskraft vornehmlich großen Unternehmen zugutekam. Luther rückversicherte sich telefonisch, dass die Frau tatsächlich besagte Anwältin war – der Geräuschkulisse nach befand sie sich auf einer Party –, reichte den Hörer an Rodriguez weiter und verließ den Zellentrakt. Gespräche zwischen Anwälten und Mandanten fielen unter die Vertraulichkeitsklausel.

Rodriguez brauchte keine fünf Minuten.

»Zwei Schuss haben Sie noch«, sagte Luther. »Auf County-Kosten.«

»Die Sie mitschneiden.«

»Wie kommen Sie denn darauf? Als interessierte uns, wenn Inhaftierte mit anderem Abschaum Pläne schmieden.«

»Danke, verzichte.«

»Nehmen Sie Ihre Rechte wahr, Jaron! Wenn Sie nichts zu verbergen haben, braucht Sie der Mitschnitt nicht zu kümmern.«

Rodriguez hockte sich auf die Kante seiner Pritsche. »Sagen Sie mal, was bringt Sie eigentlich so gegen mich auf?«

»Persönlich? Nichts.«

»Sie behandeln mich wie einen Schwerverbrecher.«

»Sie haben eine Frau angegriffen.«

»So wie Sie mit mir reden und umspringen, könnte man eher meinen, ich hätte *Ihnen* eine reingehauen.«

Hast du ja auch, dachte Luther, verkniff sich aber eine entsprechende Bemerkung. Genaugenommen war er sich dessen nicht mal so sicher. Nichts schien mehr sicher. »Was ist jetzt? Wollen Sie nun telefonieren oder nicht?«

»Ich denke, ich lege mich aufs Ohr.« Rodriguez lächelte entschuldigend. »Ich muss morgen früh raus.«

»Darauf können Sie wetten.«

»Mit Betonung auf raus, Undersheriff.«

Luther grinste schief, schloss Rodriguez ein und ging an der Telefonzentrale vorbei in sein Büro. Dort setzte er sich vor den Computer und checkte die Tagesprotokolle.

Es hatte nie eine Tote im Hang gegeben.

Er ließ das System Pilar Guzmáns Daten zusammenstellen, erhielt eine Adresse in Palo Alto, einen Festnetzanschluss und eine Handynummer. Jedes Mal hörte er ihren angeschmirgelten Alt.

»Ich ruf zurück. Was gibt's?«

»Miss Guzmán, hallo. Hier ist Undersheriff Luther Opoku, Sierra County Sheriffbüro.« Kurz wusste er nicht weiter. Was sollte er sagen? Sie müssten tot sein? Warum sind Sie's nicht? »Ich habe Ihnen Jaron Rodriguez vom Hals gehalten, als er auf Sie losging. Vorhin auf der Farm. Sind Sie okay? Bitte melden Sie sich.«

Gab ihr seine Nummer und starrte vor sich hin.

Angst befiel ihn, nach Hause zu gehen und sein Hirn in der dortigen Einsamkeit mit noch mehr zielverfehlenden Gedanken zu martern. Ob Rodriguez wirklich wusste, was ihm zugestoßen war, schien zweifelhaft, der gute Jaron pflegte eine große Klappe, doch konnte es die Mühe lohnen, ihn die paar Stunden, bis sie ihn laufen lassen mussten, in die Zange zu nehmen. Eindeutig wusste er mehr als Luther. Ebenso eindeutig machte es ihm Spaß, sein Gegenüber durch vage Andeutungen aus der Fassung zu bringen. Ein schäbiges Spiel, aber vielleicht würde seine Eitelkeit den Kerl dazu verleiten, entscheidende Hinweise preiszugeben. Luther suchte ihn im polizeilichen Melderegister und stieß auf eine blitzsaubere Akte: Irak- und Afghanistan-Veteran, Leiter einer Spezialeinheit, hochdekoriert, in die Privatwirtschaft gewechselt.

Nichts Besonderes. Typen von ähnlicher Provenienz fand man zu Dutzenden in privaten Sicherheitsfirmen, allerdings besaßen die wenigsten einen Bachelor of Science in Informatik und Ingenieurswissenschaften.

Raumfahrtingenieur, um genau zu sein.

Luther ging zurück in den Gefängnistrakt, entriegelte Rodriguez' Zelle und hockte sich ihm im Dunkeln gegenüber. Der Hüne lag entspannt auf seiner Pritsche.

»Einschlafprobleme, Undersheriff?«

»Was genau werfen Sie Pilar Guzmán eigentlich vor?«

»Spionage.«

»Soweit ich weiß, ist Miss Guzmán leitende Mitarbeiterin bei Nordvisk. Tatsächlich genießt sie das Vertrauen der Geschäftsleitung.«

»Wenn Sie es sagen.«

»Was bringt Sie dazu, sie der Spionage zu verdächtigen?«

»Was bringt Sie dazu anzunehmen, leitende Angestellte könnten nicht der Versuchung erliegen, Daten zu veruntreuen? Im Übrigen glaube ich kaum, dass Sie das irgendetwas angeht.«

»Im Rahmen meiner Ermittlungen schon.«

»Ach ja?« Rodriguez stützte sich auf einen Ellbogen. »Was ermitteln Sie denn, Undersheriff? Dass Pilar mich in die Eier getreten und mir den Hals zerkratzt hat? Dass ich versucht habe, sie festzunehmen, bevor sie im Besitz vertraulichen Materials zur Tür rausspazieren konnte? Der Sicherheitsdienst trägt die Aufgabe im Namen. Punkt. Lassen Sie mich wissen, wenn ich Ihnen auch noch die Sache mit den Bienchen und Blümchen erklären soll.«

»Wo sind Hugo van Dyke und Elmar Nordvisk?«

»Woher zum Teufel soll ich das wissen? Ich bin nicht deren verdammte Sekretärin.«

»Beide waren am frühen Abend auf der Farm.«

»Unsinn.«

»Van Dyke hat mich reingelassen.«

»Und wann genau soll das gewesen sein?«

»Gegen sieben.«

»Da war ganz sicher keiner der beiden auf der Farm.«

»Jetzt hören Sie mir mal zu, Jaron.« Luther senkte die Stimme. »Das hier ist kein Spaß. Ich rede in diesem Moment vertraulich mit Ihnen, kapiert? Sollten Sie unser kleines Gespräch breittreten, lasse ich Sie wegen übler Nachrede gleich noch eine Runde in Staatsgewahrsam schmoren, und zwar in Grass Valley. Immerhin kommen Sie da in den Genuss der guten, nahrhaften Gefängnisküche.«

»Sie sind Lichtjahre davon entfernt, mich irgendwo schmoren zu lassen.«

»Ich finde Wege, Sie zu grillen.«

»Sie sind ja nicht mal Sheriff.«

»Doch, sehr bald.« Luther machte eine Pause. »Wollen Sie es sich wirklich mit mir verscherzen?«

In der spärlichen Beleuchtung, die durchs Zellenfenster einfiel, war der Boden ein Stück mondbeschienenen Weges, an dessen dunklen Rändern sie einander belauerten. Schweigen lastete zwischen ihnen. Endlich setzte Rodriguez sich auf, sodass Licht auf seine Züge fiel.

»Wer würde es sich mit Ihnen verscherzen wollen?«, sagte er sanft.

»Schon besser«, sagte Luther. »Was hätten Sie unternommen, wenn ich Sie nicht daran gehindert hätte, Miss Guzmán zu folgen?«

»Ich wäre ihr hinterhergefahren.«

»Ich weiß.«

»Oh. Das wissen Sie?«

»Nehmen wir es an. Nehmen wir an, Sie wären ihr hinterhergefahren. Und Pilar Guzmán wäre dabei draufgegangen.«

»Hm. Steile These.«

»Weiter angenommen, wir fänden tags drauf ihre Leiche. Wo würden wir wohl ermitteln?«

»In Pilars Umfeld?«

»Werden Sie konkreter.«

»Auf der Farm.«

»Auf der Farm«, nickte Luther. »Und wer würde mich reinlassen?«

»Wer autorisiert ist, Sie reinzulassen. Es sei denn, Sie brächten einen Durchsuchungsbeschluss mit. Dann jeder.«

»Sind *Sie* autorisiert?«

»Ich bin der liebe Gott in Person, Undersheriff. Und selbstverständlich würde ich in vollem Umfang kooperieren. Aber ich schätze, in Ihrer kleinen Geschichte haben Sie da schon längst mit Hugo oder Elmar gesprochen, also kommt einer von denen angerauscht und rollt Ihnen den roten Teppich aus.«

»Was ist da unten passiert, Jaron?«, zischte Luther. »Ich will es wissen! Was ist auf dieser Brücke geschehen?«

Das Gesicht seines Gegenübers spiegelte Verblüffung.

»Sie waren *auf der Brücke?«*

»Ich war auf der Brücke.«

Rodriguez schien in sich hineinzuhorchen. »Nur, dass ich das richtig verstehe: Hugo und Elmar haben Sie *nach* Pilars Tod in die Anlage gelassen, wo Sie mich dann *vor* Pilars Tod verhaftet haben?«

»Ja.«

»Sie wissen schon, wie sich das anhört?«

»Strapazieren Sie nicht meine Geduld, Jaron.«

»Dann wissen Sie auch, dass ich die Wahrheit sage. Hugo und Elmar haben Sie nicht reingelassen.«

»Doch. In der Zukunft.« Nur so konnte es sein. Etwas hatte ihn zurückversetzt, in seine eigene Vergangenheit.

Aber warum hatte er in der Vergangenheit Urlaub?

Er hatte keinen Urlaub gehabt.

Dafür hing Rodriguez am Haken. Sein Blick leuchtete. Ein Lächeln lag wie vergessen auf seinen Lippen. Vertraulich beugte er sich vor, als stünden größere Enthüllungen zu erwarten. Luther rückte seinerseits ein Stück heran. Aus kurzer Distanz schauten sie einander in die Augen, und Rodriguez senkte die Stimme. »Alles, was wir hier besprechen, bleibt unter uns?«

»Ja.«

»Ihre Geschichte klingt wie die eines Irren.«

»Ist mir bewusst.«

»Nun«, flüsterte Rodriguez. »Ich hoffe um Ihres Seelenfriedens willen, Sie können die Wahrheit verkraften.«

»Machen Sie schon.«

»Sie klingt irre, weil es die Geschichte eines Irren *ist.*« Der Hüne starrte ihn an, triumphierend und voller Verachtung. Dann ließ er sich zurück auf die Pritsche sinken und schlug die Beine übereinander. »Trösten Sie sich, Luther. Die meisten Irren finden irgendwann im Leben einen noch Verrückteren, der sie versteht. Wenn Sie Ihren Wahn hinreichend analysiert haben, dürfen Sie sich vielleicht sogar einen Philosophen nennen. Bis dahin bleibt festzuhalten, dass Sie nicht alle Tassen im Schrank haben. Wäre es an mir, die arglosen Bewohner dieses Countys zu warnen, wen sie sich da als Sheriff einhandeln, ich würde keine Sekunde zögern. Aber da es unter uns bleibt –«

Luther saß wie vom Donner gerührt.

»Letzte Chance, Rodriguez«, sagte er tonlos.

»Letzte Chance *wofür?* Ich weiß nicht, was in Ihrem Kopf vorgeht, Undersheriff. Der Raum mit der Brücke? Ach du lieber Himmel! Ein Projekt, um virtuelle Realität zu simulieren! Stinknormale VR-Forschung, verstehen Sie? Nicht mehr und nicht weniger. Hingegen ist, was Sie mir gerade erzählt haben, ein Fall für den Psychiater. Darf ich Sie also freundlichst bitten zu gehen? Ich möchte meiner Anwältin morgen nicht erzählen müssen, von einem Verrückten drangsaliert worden zu sein.«

Luther erhob sich. Ohne ein weiteres Wort stakste er nach draußen und verriegelte die Tür. In der Zentrale knabberte Don an einem Apfel herum und hob fragend die Brauen. Luther kroch auf die Pritsche in der Nebenzelle und begann, sich für den folgenden Tag eine halbwegs plausible Geschichte zurechtzulegen.

Carl Mara stapft herein und zeigt auf Rodriguez' Zelle. »Was machst du hier, was macht der hier?«

Luther seufzt. »Lass uns rausgehen.«

Kimmy sieht sie den Zellentrakt verlassen und kommt aus der Zentrale geschossen, ein Tablett streifig geschnittenen Pecannuss-Bananenbrots balancierend. Knallrote Schleifen in ihrem zur Trutzburg versteiften Haar wetteifern mit den Wucherungen einer Rüschenbluse, die wesentliche Teile ihres Dekolletés unbedeckt lässt. Beim Anblick des Sheriffs runden sich ihre Augen zu betörend grünen Glasmurmeln. »Bist du nicht krankgeschrieben, Carl?«

»Doch«, antwortet dieser kurz angebunden.

Kimmy beäugt die durcheinandergerutschten Kuchenstücke auf dem Tablett und sortiert sie um.

»Dann solltest du aber zu Hause bleiben«, sagt sie ernst.

»Das wär ich auch, wenn mich Cole & Rosenfield nicht aus dem Bett gescheucht hätten.«

»Gemeinheit! Ich werde mit den beiden reden.«

»Nur zu. Ist eine der größten Anwaltskanzleien östlich des Pazifiks.«

Sie verharrt in Empörung. »Es gehört sich trotzdem nicht!«

So ist das mit Kimmy. Wann immer sie einen Raum betritt, steigt die Erregungstemperatur, sei es, dass ihr *Jolene* von den Lippen perlt oder ihr Herz in Anteilnahme überläuft. Carl winkt ab.

»Mach mir'n Kaffee, Liebes. Schön süß.«

»Klar. Du auch, Luther? Hey, wie war überhaupt dein Urlaub?« Ihr Blick irrt ab, um das Küchenbord zu inventarisieren. »Oh, Mist, wir haben keine Milch mehr.«

Luther könnte sie küssen. Einfach weil sie Kimmy ist. Sein Horror Vacui verlangt nach familiären Ritualen. Solange Kimmy Kimmy ist, fußt die Welt auf einem Rest Verlässlichkeit. »Ich nehm ihn schwarz.«

»Aber du nimmst ihn nie schwarz«, protestiert sie.

»Heute schon.«

»Hör mal«, sagt Carl und schließt die Tür. Durch die Scheibe sieht man Kimmy existenziellen Fragen nachgehen. »Was ist da los? Diese Typen behaupten, du wärst gestern Nacht im Valley in eine gesicherte Anlage eingebrochen, hättest die Wachleute zu Matsche gehauen und grundlos ihren Boss verhaftet.«

»Du kennst mich. Würde ich so was tun?«

»Ja.«

»Also, erst mal: Ich habe niemanden zu Matsche gehauen, sondern mich eines tätlichen Angriffs erwehrt und zwei Männer entwaffnet. Einer ging zu Boden, dafür kann ich nichts.«

»Natürlich nicht.« Carl streicht über die nikotingelbe Borste seines Schnurrbarts und schafft es, ernst zu bleiben.

»Zweitens –«

»Diese Nordvisk-Leute können einem den Arsch braten, Junge. Wollt's dich nur wissen lassen.«

»Warum rufen Cole & Rosenfield bei dir privat an?«

»Weil deren zuständige Anwältin es unterm Sheriff nicht macht. Offenbar dachte sie, Kleinstadt-Gesetzeshüter liegen bei Sonnenaufgang noch in der Kiste. Wollte wissen, ob ich über deinen Alleingang informiert bin. Ich hab ihr gesagt, du genießt mein Vertrauen.«

Luther überlegt. Er muss Zeit schinden. Zeit, um seine Geschichte auf die Reihe zu kriegen. »Sag mal, kennst du eigentlich die Farm?«

Carl kneift die Lider zusammen. »Farm?«

»Die Forschungsanlage.«

»Ach so! – Hm, ja, so nennen sie die wohl. Bin zwei-, dreimal dort gewesen, Ewigkeiten her, da war's noch 'ne Baustelle. Sah aus, als wollten sie ganz Sierra entkernen.«

»Und hatten wir je mit denen zu tun?«

»Nicht dass ich wüsste. Ist Privatgelände. Nordvisk gehört ein ordentlicher Batzen Land im nördlichen Valley.«

»Aber du wusstest, was sie da bauten?«

»Nein. War mir aber auch egal. Meinetwegen können sie da

oben Hühnerknochen werfen und Calamity Jane wiederbeleben. Jetzt klär mich auf, bevor die Frau Justiziarin antanzt.«

»Okay, also – ich hab jemanden kennengelernt.«

»Wie schön.«

»Vor wenigen Wochen, vor – meinem Urlaub.« Beschwingt redet er weiter. Wie leicht das geht. Die Geschichte hat er sich vergangene Nacht zurechtgelegt, da kam sie ihm noch entsetzlich holprig vor – nun springt er leichtfüßig von einem Stein zum nächsten wie jemand, der vorgibt, übers Wasser gehen zu können, erschafft die Furt im Sprung und in der Hoffnung, seine Phantasie möge sich als trittfest genug erweisen, um ihn ans andere Ufer zu tragen. »In Sierraville, im Smithneck, du weißt schon –«

»Großartiger Blaubeerstreusel«, nickt Carl.

»Da haben wir uns getroffen. Zweimal, einfach so zum Quatschen –«

»Zum Quatschen. Klar.«

»Sie erzählte, dass sie hinter Calpine in einer Forschungsanlage arbeitet, die sie die Farm nennen. Den Sommer über. Wissenschaftler und Programmierer würden auf dem Gelände wohnen. Klang nach einem guten Job, aber bei unserem zweiten Treffen wirkte sie verstört. Ich hakte nach, sie blieb vage. Sagte was in der Richtung wie, die würden dort zu weit gehen. Wahrscheinlich hat sie nur davon angefangen, weil ich eine Uniform trug, und dann den Mumm verloren. Ich erklärte ihr, das sei ein bisschen dünn. Ohne konkrete Anhaltspunkte könnten wir nichts machen. Danach ruderte sie zurück, also schrieb ich ihr meine Handynummer auf und sagte, sie solle sich melden, wenn ihr danach sei.«

»Wie selbstlos von dir.«

»Gestern Abend gegen halb elf rief sie an.«

»Du warst auf Patrouille?«

»Zu Hause. Gerade eingetroffen.«

Carls Stirn umwölkt sich.

»Mein Urlaub, Carl. Ich kam aus dem Urlaub.«

»Ach ja«, sagt Carl gedehnt. »Ja, ja.«

»Sie meinte, sie fühle sich bedroht und ob ich sie abholen könne.«

»Bedroht von was?«

»Sagte sie nicht. Sie wollte einfach nur weg. Also bin ich mit dem Privatwagen hoch.«

»Und?«

»Die Farm machte einen verlassenen Eindruck, aber das Tor war auf. Genauer gesagt schloss es sich gerade.« Wie leicht das geht. In gestrecktem Galopp trägt es ihn durch den Morast der Lügen. »Das war komisch, weißt du. Als ich hochfuhr, begegneten mir am Yuba-Pass zwei Tieflader. Nicht auszuschließen, dass sie von dort kamen.«

»Und du bist rein.«

»Unbemerkt. Hab das Gelände abgesucht, nichts. Bin ins Haus, mit dem Fahrstuhl in den Keller und in der Serverhalle gelandet.«

»Serverhalle? Was mit Computern?«

Luther nickt. »Dort versuchten mich die zwei Wachleute aufzuhalten. Meine Uniform schien sie nicht sonderlich zu beeindrucken, einer attackierte mich, der andere zog eine Waffe. Was hätte ich machen sollen?«

»Und dann?«

»Hab ich den, der noch stehen konnte, gezwungen, mich wieder hochzubringen. Ich hatte schlicht Angst, dass ich da alleine nicht mehr rauskomme. Oben hörte ich Stimmen, erwischte Rodriguez, wie er auf die Frau losging, nahm ihn fest und beorderte Pete her.«

»Moment. Welche Frau? Die, mit der du –«

»Nein. Meine Anruferin tauchte nicht auf.«

»Und die andere?«

»Entkam. In einem Geländewagen.« Er legt den Finger an die Lippen, bereit zu jeder Dreistigkeit. »In einem Mercedes G 65 AMG, wenn ich mich nicht täusche. Warte mal, da fiel auch ein Name. Pilar Guzmán. Das ist die, die angegriffen wurde.«

»Und deine – Freundin?«

»Keine Ahnung.«

»Aber einen Namen hat die schon?«

»Helen.« Fehler. Die Bedienung im Smithneck Farms Café heißt Helen. Eine Helen zu viel, egal. Nicht mehr zu ändern.

»Warum hast du Rodriguez nicht in deinem Wagen runtergebracht?«

Luther weist mit einer Kopfbewegung zum Zellentrakt. »Geh dir den Kerl anschauen. Mit dem willst du keine Stunde in einem ungesicherten Fahrzeug verbringen.« Halt, da fehlt noch was. Denk nach. »Darum bin ich bei Pete zugestiegen. Zur Sicherheit.«

»Löblich.«

Kimmy kommt herein und stellt zwei dampfende Tassen vor sie hin. »Milch hole ich gleich heute Mittag.«

»Mach dir keine Umstände«, sagt Luther.

»Doch, mache ich«, erklärt sie würdevoll. »Außer dir trinkt ja hier keiner welche.«

Carl wartet, bis sie aus dem Raum geschlüpft ist. Draußen sieht man Tucker die Wache betreten. Eine Weile hört man nichts als das Ticken der wurmzerfressenen Schreibtischuhr.

»Darf ich offen sein?« Der alte Mann stochert in seinem Ohr. »Deine Geschichte hat Löcher. Sie hat mehr Löcher als ein beschissener Termitenhügel.«

»Es war die Kurzversion.«

»Dann graut es mir schon vor der langen.«

»Vertrau mir, Carl. Bitte.« Er weiß, das Kartenhaus wird bald in sich zusammenfallen. Und wenn schon. Wenn es nur lange genug standhält, bis er herausgefunden hat, was mit ihm geschehen ist. Es *muss* eine rationale Erklärung geben.

»Du bist also in deinem Privatwagen da rauf. Ganz spontan.«

»Ja.«

Carl lässt den Blick auf ihm ruhen. »Noch halb im Urlaub.«

»Kann man so sagen.«

»Warum hattest du dann die volle Dienstmontur am Leib?«

Luther schweigt. Dieses Detail hat er nicht bedacht. Kurz ist ihm danach, sein Lügengebäude in Grund und Boden zu stampfen und Carl die Wahrheit zu sagen, aber was ist die Wahrheit? Widerwillig muss er sich eingestehen, dass Rodriguez auf seine hohntriefende Weise recht behält: Solange sich kein noch Verrückterer findet, der seine Wahrheit glaubt, wird man ihn für irre halten.

»Weil –«, beginnt er.

»Meinetwegen.« Carl stemmt sich unter Mühen hoch. »Bin froh, dass wir das klären konnten. Die Rechtsverdreherin dürfte jeden Moment hier sein. Kommt mit dem Heli, verdammte Snobs, allesamt. Ich leg mich wieder aufs Ohr.« Er schlurft an Luther vorbei und senkt die Stimme. »Wenn du so weit bist, stopf die Löcher, Junge. Du wirst bald Sheriff. Löcher sind nicht gut, man fällt Jahre später noch rein.«

»Carl –«

»Schon okay.« Der Alte schlägt ihm auf den Rücken.

»Nein, wegen des Anbaufelds, das Tucker hinter Eureka entdeckt hat – sollte ich da was wissen?«

»Hm?«

»Über die Hinzuziehung der DEA vielleicht?«

Carls Hand verharrt in greifender Bewegung. Greift nach der Erinnerung. Sein Geist, seine Hand – gemeinsam bekommen sie es zu fassen. »Richtig, ja, Phibbs hat – wir haben ihren Agenten gestattet, sich da mal umzusehen. Ein Agent – Agent –«

»Forrester?«

»Genau. Dachte schon, ich hätt vergessen, ’s dir zu erzählen.«

»Nein«, sagt Luther. »Hast du nicht.«

Über Downieville prangt frisches Blau.

So intensiv und grundgereinigt, wie man es nur nach nächtlichen Regenstürzen zu Gesicht bekommt, wenn der Himmel sich ausgestülpt und entleert hat, bis nichts in der Schwebe bleibt als die Gedanken der in ihm Reisenden und Suchenden. Die höher gelegenen Nadelbäume erstrahlen golden und rosa, stetig wandert die Schattengrenze talwärts. Ruth steuert den Streifenwagen an Danes Automotive vorbei und verwirft Gedanken im Moment ihres Entstehens. Auf der gegenüberliegenden Straßenseite rahmen prachtvolle Koloradotannen eine winzige Kapelle ein, weiß getüncht mit Stummelturm. Wie sie dort kauert, noch in den Schatten, erweckt sie den Anschein, als sinne sie über sich selber nach, ein Gegenbild zur pompösen Arroganz großer Kirchen. Ein Leuchten geht von ihr aus, vielleicht lässt ihr Anblick aber auch Ruths eigenes Leuchten hervortreten. Jeder Mensch scheint ihr so ein Bauwerk zu sein, geduckt, klein, im Innern gerade Platz genug für sich selbst, doch ließe man das Leuchten nur hervorströmen, sich ausbreiten, mit dem anderer verschmelzen – nichts Religiöses, die schlichte Anerkenntnis der eigenen Person –, sie versucht den Gedanken fortzuentwickeln, doch er bleibt ein Fragment, ein funkelnder Splitter. Im Seitenspiegel entrückt die Autowerkstatt, mit ihr entrückt die Option auf einen Kaffee an Megs Tresen. Der Zauber verfliegt, die Kapelle verwandelt sich zurück in das Methodistenbollwerk, als das sie erbaut wurde, im Straßengraben verdampfen die Pfützen. Als sie den Wagen vor das Verwaltungsgebäude lenkt, sieht sie den Sheriff in Richtung Brücke schlurfen. Sie nimmt die Ray Ban ab, lässt das Beifahrerfenster herunter und ruft: »Hey Carl! Guten Morgen.«

Der Alte hebt die Rechte, etwas zwischen Gruß und Abwinken. Ruth steigt aus und gesellt sich zu ihm.

»Luther ist wieder da«, sagt Carl. »Ich verzieh mich nach Hause.«

»Alles klar so weit?«

»Rekordverdächtig.« Er bleibt stehen. »Na ja, der Doc ist anderer Meinung. Ich soll mich schonen, also schone ich mich.«

»Besser. Ein, zwei Tage.«

Carl reckt das Kinn, als überblicke er eine Streitmacht. Sein Schnurrbart biegt sich an den Mundwinkeln nach oben. »Sag mal, Ruth – wir hatten doch gute Jahre, oder?«

»Klar.« Du warst ein Sheriff, wie man ihn nicht besser hätte erfinden können, und ebenso wirst du abtreten – als Held einer auserzählten Geschichte. »Wir haben immer noch gute Jahre.«

Er nickt. »Luther war sehr rücksichtsvoll.«

»So kenne ich ihn.«

»Tat, als hätte ich nicht vergessen, ihm was Wichtiges zu erzählen. Ließ mich glauben, ich hätt's doch getan, und ich –« Er kichert heiser. »Ich ließ ihn glauben, er hätt's mich glauben lassen.« Der Schnurrbart sackt wieder herab. »Ach, was soll's. Weiß nicht, ob ihm der Urlaub so gutgetan hat.«

»Wieso?«

»Warst du mal in dieser Anlage, die sie die Farm nennen?«

»Nie gehört.«

»Oben im Valley, an der Grenze zu Plumas. Soll er dir selbst erzählen, er hatte dort vergangene Nacht einen Einsatz.«

»Vergangene Nacht?«, wundert sich Ruth.

»Mhm. Ihr seid doch ziemlich dicke, oder?«

»Worauf willst du hinaus?«

Carl nimmt den Blick von seinen imaginären Truppen. Das Knattern eines Helikopters nähert sich aus westlicher Richtung. Dicht über dem Zackenkamm der Baumwipfel wird die Maschine sichtbar, ein nachtblauer Bell 407GXP. »Der Junge ist längst Sheriff, Ruth. Das wissen wir beide. Ich polier nur noch den Stern für ihn. Machen wir uns nichts vor, ich – ich werde ausgelöscht. Mein Verstand stirbt wie eine Flamme am Docht. Und ich kann nichts tun –«

Es gibt so vieles, was man sagen könnte.

Ruth sagt nichts davon.

»Ich meine, ich beschwer mich ja nicht. Er wird 'n großartiger Sheriff sein, aber er ist auch ein verdammter Einzelgänger. Als er herkam, war er der gerissenste Drogenermittler Sacramentos, mein Gott, was für ein abgebrühter Hund, zugleich platzte seine Akte vor Verwarnungen. Warum wohl haben sie ihm alles durchgehen lassen? Weil er die Schweine am Wickel kriegte! Alle! Ohne Rücksicht auf Verluste. Fast, als wär er süchtig danach, seinen Arsch in die Schusslinie zu bringen. Klar, dass Jodie so ein Leben auf Dauer nicht führen konnte –«

»Ich kenne ihn nicht aus dieser Zeit.«

»Tief im Innern ist er immer noch derselbe. Ein verfluchter Besessener. Als seine Eltern sich haben scheiden lassen, da war er – war er –«

»Zehn«, ergänzt Ruth, als sich das Stocken in die Länge zieht.

»Ja, zehn. Dem Jungen wurde nie was geschenkt. Gott weiß, ich hab versucht, ihm ein Freund zu sein, aber meine Kräfte –« Der Sheriff seufzt. »Die Welt ist kein friedlicher Ort, Ruth. Voller Dämonen, pflegte mein alter Herr zu sagen, und er meinte das ernst! Epheser 6, 12: ›Denn wir haben nicht mit Fleisch und Blut zu kämpfen, sondern mit Mächtigen und Gewaltigen, nämlich mit den Herren der Welt, die in der Finsternis herrschen, mit den bösen Geistern unter dem Himmel.‹ Ich sagte zu ihm: ‹Blödsinn, jeder ist sein eigener Dämon. Um das zu erkennen, braucht man keine Bibel‹, aber er schlug mit der flachen Hand auf das Buch und rief: ›Du leugnest Gott, wenn du jene leugnest, die zusammen mit dem großen Drachen, der alten Schlange auf die Erde geschleudert wurden, die Frage ist nicht, ob es Dämonen gibt, sondern wessen Hölle sie bevölkern, also nimm dich in Acht, denn die Hölle ist in uns allen!‹ – Das waren so die Diskussionen, die wir führten. Glaube ich dran? Ich weiß es nicht, Ruth. Ich liebe die Bibel und den gesunden Menschenverstand, ich glaube nicht an geflügelte Unholde, und zugleich weiß ich, Luthers Hölle ist sehr geräumig! Was immer da wütet und ihn bedrängt, es hat ihn schon zu viel gekostet.« Er sieht sie an. »Und du wirst Undersheriff werden, also versprich mir was, Kind.«

»Was, Carl?«

»Gib auf ihn acht. Hörst du? Gib auf den Jungen acht.«

»Das tue ich schon die ganze Zeit.«

Der Sheriff legt zwei Finger an die Schläfe, als versuche er, sich zu erinnern, worüber sie gerade gesprochen haben. Er tätschelt ihren Arm und setzt sich wieder in Bewegung. Ruth blickt ihm hinterher und fragt sich, wie die Welt wohl aussähe, wenn mit dem Verlöschen der Geisteskräfte auch die Menschen durchscheinend würden. Wenn ihre Körper sich im Einklang mit ihren

Erinnerungen langsam auflösten, blasser, transparenter würden und man durch sie hindurchblicken könnte, bis sie schließlich gänzlich verschwänden und nichts von ihnen bliebe als Hörensagen. Sie will den alten Mann nicht verlöschen sehen und fühlt sich dabei, als verlösche sie selbst jeden Tag ein bisschen mehr; zu alt, um Dinge auf die lange Bank zu schieben. Wenn es zutrifft, was Somerset Maugham schrieb, dass man im Alter vor allem die Sünden bereut, die man nicht begangen hat, dann steht ihr einiges an Reue bevor. Wunschdenken nährt nur die Flamme, die dich von innen heraus verzehrt.

Sie dreht sich um und betritt die Sheriffwache.

Luther lehnt im Türrahmen von Carls Büro und schenkt ihr ein geschnitztes Lächeln. Seinem Aussehen nach gehört Urlaub grundsätzlich infrage gestellt. Tucker hockt auf der Tischkante und rollt die Augen.

»– Goodyears Bar, Tucker«, sagt Kimmy soeben: »Was soll ich denn machen, alle sind unterwegs, einer *muss* hin. Ines Welborn hat heute schon zweimal angerufen. Solange ihre Katze nicht wieder auftaucht –«

»Die getigerte«, ergänzt Luther müde. »Nicht die schwarze.«

»Also, tatsächlich ist es ja *noch* ein bisschen anders«, Kimmy, Wanderin im Unterholz der Nebensächlichkeiten. »Weil, die schwarze ist ein Kater! Also nicht der Kater, Tucker.«

»Nee, Leute.« Tucker schüttelt den Kopf. »Ich kann nicht glauben, dass wir jetzt 'ne Katze suchen.«

»Tja«, sagt Ruth. »Wir wachsen an unseren Aufgaben.«

»Echt nicht, Leute! Der Schwarzbär in Calpine, den wir kürzlich des Wäscheklaus überführt haben – ich dachte, damit hätten wir die Talsohle erreicht, aber eine verdammte Katze?«

»Oh, für Ines sind Katzen wie Blutsverwandte«, belehrt ihn Kimmy sehr ernsthaft. »Darum wäre es wirklich nett, wenn du zu ihr runterfährst, sie hat nämlich eine Theorie.«

»Billy Bob Cawley«, murmelt Luther.

»Ach«, wundert sich Kimmy. »Das weißt du schon?«

»Nur so 'ne Idee.«

»Kompletter Blödsinn«, schnaubt Tucker. »Billy Bob Cawley würde keiner Fliege was zuleide tun.«

»Wie auch immer.« Luther stößt sich vom Türrahmen ab. »Nimm dir mal seinen Garten vor.«

»Seinen –« Kimmy schaut ihn mit offenem Mund an. »Das ist ja unheimlich. Ines glaubt nämlich *auch*, dass Billy Bob die Katze vergraben hat.«

»Ich sehe schon.« Ruth strahlt in die Runde. »Wir werden gebraucht. *Yippie Ya Yo!*«

Und ich weiß auch für was, denkt Luther.

Ich weiß alles von jedem. Pete ist in Alleghany, herrenloses Fahrzeug, vielleicht aber auch schon unterwegs zum Pass-Creek-Campingplatz, um dort einem Einbruch nachzugehen. Falls überhaupt eingebrochen wurde und nicht nur jemand was verlegt hat. Troy wird demnächst in Sattley eintreffen, wo einer randaliert, betrunken zu einer Tageszeit, da andere noch das Frühstück in der Pfanne wenden. Robbie wird einen Müllcontainer inspizieren, aus dem so heftig die Flammen schlagen, dass er sich veranlasst sieht, Calfire mit der Sache zu betrauen, um anschließend dem Ruf eines verängstigten Bürgers nach Sierraville zu folgen, den ein paar Typen bedrohen. Du kriegst auch noch dein Fett weg, werden sie schreien, während Jamie in Bassetts der Frage nachspürt, –

»– ob Kate Buchanan den Hauptwasserhahn abgedreht hat«, sagt Luther.

Kimmy blinzelt ihn an. »Kate Buchanan?«

Indes wird das Ergebnis erst vorliegen, sobald Jamie wieder im Wagen sitzt, weil sein tragbares Funkgerät defekt ist. Da die Gesamtheit aller anstehenden Reparaturen schon jetzt das Monatsbudget überdehnt, wird es das noch eine Weile bleiben.

»Sie ist nach Plumas gefahren. Zu ihrer Schwester.«

»Und hat den Hauptwasserhahn nicht abgedreht?«

Vielleicht sollte er aufhören, den Hellseher zu spielen. Kate dürfte jeden Moment anrufen, und dann werden Kimmys Augen aus ihren Höhlen rollen. Doch er kann der Versuchung nicht widerstehen, diese neue Vergangenheit auf ihre Hieb- und Stichfestigkeit zu überprüfen. Schon des Urlaubs halber, den er zwar vorgehabt hatte zu nehmen, ohne es jedoch zu tun. Inzwischen bedauert er fast, Carl solche Lügen aufgetischt zu haben. Sollte der Sheriff gerade an Luthers Haus vorbeischlurfen, wird er den angeblich im Valley zurückgelassenen Privatwagen wohl in der Einfahrt parken sehen, und warum Luther bei aller Hast noch Zeit fand, seine Dienstmontur anzuziehen, lässt sich auch nicht wirklich plausibel darstellen. Nichts ist plausibel, außer dass sein Verstand ausgesetzt hat. Aber woher weiß er dann, was noch alles geschehen wird?

Augenblick – weiß er es denn? Könnte er sich nicht *einbilden*, gewusst zu haben, dass Tucker nach Goodyears Bar zu Ines Welborn muss? Déjà-vus sind so beschaffen. Das Hirn spielt dir Streiche: Du hast, was du schon einmal zu erleben glaubtest, gar nicht erlebt, sondern sitzt einer falschen Erinnerung auf, einer neurochemischen Entgleisung im Schläfenlappen. Damit wird Kate Buchanans Hauptwasserhahn zum Lackmustest. Erst wenn sie tatsächlich anruft, hat er etwas vorhergesagt.

Er greift sich ein Stück Pecannuss-Bananenbrot.

Ein Anruf geht ein.

Kimmy spurtet in die Zentrale, und Luther hört sie durch die offene Tür sagen: »Klar, Kate, jemand kommt und schaut nach.« Als Nächstes wird er Zeuge, wie die Disponentin einen Rundruf startet und Jamie sich bereitfindet, nachzuschauen. Unglaublich! Er ist ein verdammter Prophet.

»Und wie war jetzt dein Urlaub?«, fragt Ruth.

Schon erstrahlt die Traum-Option in neuem Glanz. Ja, er träumt. Immer noch, ist immer noch auf der Farm, Gefangener einer Illusion. Virtuelle Realität, sagte Rodriguez. Träumen gar nicht so unähnlich. Oder? Damit ließe sich der größte Blödsinn erklären, aber dann hätte Rodriguez die Erklärung im Traum geliefert, und geträumte Erklärungen sind keine, außerdem fühlt sich alles hier sehr real an.

Amnesie vielleicht?

Sackgasse. Amnesie würde fehlende Erinnerungen erklären, aber er *hat* ja Erinnerungen. Nur passen sie nicht zu –

»Hallo? He! Wie war dein Urlaub?«

»Super«, sagt er mechanisch. Sein Blick prallt gegen Tuckers Rücken, der gerade den Raum verlässt, und bleibt im Türrahmen hängen. Ruth verschränkt die Arme. »Gutes Wetter?«

»Mhm. Die meiste Zeit.«

»Also hast du dich erholt?«

»Klar.« Sein Finger irrt über die Gebäckstücke. »Willst du? Das ist sehr lecker. – Sehr lecker, Kimmy!«, sagt er laut, und die Gelobte steckt den Kopf aus der Zentrale, vor Freude erglühend. Bevor sie sich in den Einzelheiten der Rezeptur verlieren kann, ruft das Türsignal sie zurück. Jemand hat die Sheriffwache betreten und steuert auf ihren Anmeldetresen zu. Ruth hakt die Daumen in die Koppel.

»Was tust du eigentlich hier?«, fragt Luther, um ihren weiteren Fragen zuvorzukommen.

»Meinen Bericht schreiben. Gestern Abend, Labor Day, du weißt schon. Bin bis Mitternacht Streife gefahren, danach war ich zu müde. Jetzt erzähl, wo wart ihr überall?«

Sein Gefühl der Hilflosigkeit erreicht einen neuen Höhepunkt. Als balanciere er im Dunkeln zwischen aufgespannten Mausefallen. Wo war er? Auf der Farm dürfte er seine Ferien kaum verbracht haben. Oder vielleicht doch? Wurde er dort eingeschleust und hat aus irgendwelchen Gründen, die mit dem runden Raum und der Brücke zu tun haben, keine Erinnerung mehr daran? Dass er eine alternative Vergangenheit durchlebt, hat er begriffen, doch wie weit reichen die Abweichungen? Er wollte in Urlaub fahren, stimmt. Ein letztes Mal durchatmen, bevor sie ihm Carls Stern an die Brust heften, hat den Plan jedoch fallen lassen. Wohin wäre er wohl gefahren? An oberster Stelle seiner Wunschliste stand eine Kraxeltour im Yosemite National Park, zusammen mit Chester, einem Ex-Kollegen aus Sacramento.

»Tja, es lag noch ziemlich viel Schnee«, sagt er aufs Geratewohl. »Die meiste Zeit haben wir uns in den Klettergärten rumgetrieben, Church Bowl und Swan Slabs, aber da drängten sich natürlich alle, also sind wir am zweiten Tag auf die Five Open Books ausgewichen.«

»Oh. Das klingt super.«

»Die Vernon und Nevada Falls führten ordentlich Wasser. Kannst dir ja vorstellen, wie es da taut. Ja, es war super.«

Ruths blaue Augen erforschen etwas hinter seiner Stirn Liegendes. Selbst ihre Sommersprossen scheinen ihn anzustarren.

»Alle okay?«, fragt er.

»Ja, ja! Ich hab nur schon Mordgeständnisse gehört, die von größerer Euphorie getragen waren. Aber wenn es schön für dich war – ich bin dann mal unten.« Sie geht zur Tür. »Sag mal, was war das eigentlich für eine Sache in der Forschungsanlage gestern Nacht? Carl sagt, du hattest einen Einsatz.«

Wegen Pilar Guzmán, will es ihm rausrutschen, weißt du doch. Kriegt in letzter Sekunde die Kurve. Bevor er die elende Lügengeschichte ein weiteres Mal erzählen muss, befreit ihn die Vorsehung in Gestalt einer anorektisch aussehenden jungen Frau im Business-Kostüm, die den Raum betritt und sich umschaut, als könne sie nicht glauben, dass es auf Erden Plätze wie diesen gibt.

»Sheriff Mara?«, fragt sie niemand Bestimmten.

»Der Sheriff ist nicht hier«, sagt Luther. »Wie kann ich helfen?«

Ihr Kopf auf dem dünnen Vogelhals schwingt in seine Richtung, der Blick fängt sich an seinem Namensschild. »Undersheriff Opoku! Immer wieder interessant, Menschen zu treffen, die sehenden Auges gegen die Wand fahren.« Mit dem Schwung einer Florettfechterin zückt sie eine Visitenkarte und knallt sie vor ihm auf die Tischplatte. »Louise Tillerman, Cole & Rosenfield. Ich schlage vor, Sie nehmen von weiteren Beschädigungen Ihrer Karriere Abstand und bringen mir Jaron Rodriguez. Ich will ihn bester Dinge und in physischer Idealverfassung draußen im Sonnenlicht stehen sehen und nur Anerkennendes über den hiesigen Strafvollzug sagen hören. Haben Sie damit ein Problem, Undersheriff?«

»Ich hab eines«, sagt Ruth aus dem Hintergrund.

Die Anwältin dreht sich zu ihr um und mustert sie mit unverhohlener Herablassung.

»Dann sollten Sie das vielleicht mit Ihrem Vorgesetzten erörtern.«

»Bloß, der kann mir nicht erklären, warum eine angesehene Kanzlei wie Cole & Rosenfield einer untervögelten Nebelkrähe gestattet, bei uns auf den Tisch zu scheißen.«

»Ruth«, seufzt Luther.

Miss Tillerman entblößt kleine weiße Zähne unter speichelglänzendem Zahnfleisch. »Er kann manches nicht erklären, Officer. Jetzt bringen Sie mir Mr. Rodriguez. Bitte, bitte, mit Sahne drauf. Und tun Sie es schnell, bevor ich ernsthaft über Ihre Äußerung nachzudenken beginne.«

Ruth sieht aus, als rüste sie zu neuen Attacken. Luther bringt sie mit einem Blick zum Schweigen. Er geht nach nebenan, schließt Rodriguez' Zelle auf und tritt einen Schritt beiseite. »Los, raus aus meinem Knast.«

Rodriguez schnippt einen Staubflusen von seiner Hose. »Ihnen auch einen guten Morgen, Undersheriff.«

»Sparen Sie sich die Sülze.«

»Schlecht geschlafen?«

»Darüber werde ich mich vor Ihnen nicht verbreiten. Machen Sie schon. Ihr Kindermädchen ist da, um Sie abzuholen.«

Rodriguez grinst und geht an ihm vorbei. Vor dem Sheriffbüro reckt er die mächtigen Arme und saugt die kalte Morgenluft in sich hinein, die nach Ozon, den Zitrusaromen der Nadelbäume und verbackenem Schnee schmeckt, der immer noch die

Höhen des Yuba-Passes überzieht. Er benimmt sich, als komme er geradewegs aus der Naherholung. Am anderen Flussufer lugt die Nase des Helikopters hinter dem rostroten Holzgebäude des Two Rivers Café hervor, träge schwingen die Rotoren. Um diese Jahreszeit ist der Vorplatz des Cafés leer bis auf einige wenige am Rand geparkte Fahrzeuge, dennoch ist es üblich, Hubschrauber auf der Smokey Lane hinter dem Gerichtsgebäude zu landen. So wie sich die Maschine dort drüben breitmacht, hat es etwas von Bemächtigung.

»Ich liebe diese Tageszeit«, sagt Rodriguez. »Ein wunderschöner Morgen, finden Sie nicht auch, Undersheriff?«

»Das könnte sich schnell ändern.«

»Warum so verbissen?«

»Gehen Sie mir aus den Augen, Jaron. Wenn ich Sie dabei erwische, dass Sie auch nur eine Laus zertreten, verspreche ich Ihnen das gleiche Schicksal.«

»Sie drohen meinem Mandanten«, konstatiert Louise Tillerman.

»Nein, alles okay. Bitte!« Rodriguez betastet den frischen Schorf seiner Kratzwunden. Hat Luther erwartet, dass die Rückendeckung durch die Anwältin seine Angriffslust stimuliert, sieht er sich getäuscht. Der Hüne dampft Brutalität und Selbstgefälligkeit aus wie ein Zuchtstier, legt dabei aber eine umso provokantere Freundlichkeit an den Tag. »Tut mir leid, wenn wir Meinungsverschiedenheiten hatten, Undersheriff. Ich verstehe, dass Sie so handeln mussten. Sie suchen Antworten. Manchmal müssen wir damit leben, keine zu bekommen.« Er lächelt. »Und das kann einen schon irre machen, nicht wahr?« Ein sadistisches Funkeln tritt in seine Augen. »Es treibt einen schier in den Wahnsinn.«

Noch ein Wort, denkt Luther.

»Was sind Sie eigentlich für ein Vogel?«, sagt Ruth, die mit nach draußen gekommen ist. »Ein verdammter Wanderprediger?«

»Reden Sie bloß nicht mit denen«, sagt Louise Tillerman.

»Worüber auch.« Rodriguez bleckt sein Wolfsgebiss. »Ich wünsche Ihnen Glück, Luther. Sie können es brauchen.«

Stumm sehen sie zu, wie der Hubschrauber über dem Fluss höher steigt, sich in die Kurve legt und in Richtung Sierra Valley entschwindet. Offenbar bringt Miss Tillerman ihren Schützling zurück auf die Farm, bevor sie heimwärts fliegt.

»Ich hab zwar keine Ahnung, was hier vor sich geht«, sagt Ruth. »Aber dieser Bell fliegt mit der Rückstoßkraft zweier Arschlöcher.«

»Da sagst du was.«

Sie schaut ihn von der Seite an. »Du warst also im Yosemite National Park? Scheint so toll nicht gewesen zu sein.«

»Doch, ich bin nur hundemüde.«

»Dein Einsatz gestern Nacht?«

»Bin spät zurückgekommen, Stau zwischen Fales Hot Springs und Topaz Lake.« Ein Vorteil, dass er sich in der Gegend auskennt. »Kaum zu Hause, kriege ich einen Anruf von dieser Anlage im Valley. Jemand fühlt sich bedroht. Also fahre ich hoch und erwische Rodriguez, wie er mit dem Schlagstock auf diese Frau losgeht – Pilar Guzmán.« Zögert die weiteren Worte hinaus in der Hoffnung, Ruth könne darauf anspringen. »Angeblich wollte er verhindern, dass sie Firmengeheimnisse stiehlt. Er ist Sicherheitschef des Unternehmens.«

»Und der Kerl hat bei uns genächtigt? Seit wann geht das denn?«

»Beruhige dich. Ich bin ja dort geblieben.«

»Damit können wir uns eine Menge Ärger einhandeln.«

»Mein Gott, Ruth. Für eine Nacht!«

Sie spreizt die Finger. »Deine Sache.«

»Es war Mitternacht durch, klar hätte ich ihn nach Grass Valley bringen können, aber –«

»Du bist der Boss. Du musst mir nichts erklären.«

»Hör zu, ich –«, was ist jetzt das Sinnvollste?, »– will noch mal nach Hause, da stehen die ausgepackten Koffer rum und alles, ich war ja gar nicht mehr dort nach dem Einsatz. Lass uns – vielleicht heute Abend im St. Charles Place was essen? Was meinst du?« Lust, dir auf den Zahn fühlen zu lassen, worauf in diesem verfluchten Gestern noch Verlass ist? Außerdem sind sie sowieso verabredet, auch wenn Ruth nichts davon wissen kann. Besser, er setzt seine Ratlosigkeit in Geselligkeit um, als aller Welt aus dem Weg zu gehen, bloß damit niemand auf den Gedanken kommt, mit ihm stimme etwas nicht.

»Klar.« Ruth schiebt eine Locke aus ihrer Stirn. »Ab sieben bin ich frei.« Sie geht die paar Stufen zum Sheriffbüro hoch, bleibt am oberen Absatz stehen und dreht sich zu ihm um. »Wann, sagtest du, hast du diesen Rodriguez hergebracht?«

»Gegen Mitternacht.«

»Seitdem warst du nicht mehr zu Hause?«

»Nein.«

Ihre Brauen ziehen sich zusammen. Sie scheint in sich hineinzublicken. Wie jemand, der in einer Kiste voller Fotos kramt, um an ein bestimmtes Bild zu gelangen. »Egal. Ach ja, Robbie hatte vorübergehend mal deinen Wagen. Seiner musste in die Inspektion, jetzt steht er wieder vor deinem Haus. Hast du ja sicher gesehen.«

»Ich weiß, danke.« Einen Scheiß hat er gesehen.

»Okay. Bin in zehn Minuten weg.«

»Gut.«

»Bis heute Abend.«

Er wartet, bis sie im Gebäude verschwunden ist. Schaut sich um. Worauf immer sein Blick fällt, leuchtet in gespenstischer Vertrautheit, da die alternative Vergangenheit nur in seinem Kopf zu existieren scheint. An den Fahnenmasten vor dem Gerichtsgebäude flattern einträchtig die Flaggen Kaliforniens und der Vereinigten Staaten. Wie eh und je erwecken die Howitzer Kanonen beiderseits der Türen den Eindruck, als wachten untote Infanteristen über Sierra County, um Siedler und Touristen gegen die Geister längst vertriebener Modoc und Paiute zu verteidigen. Ein mit bunten Filzstiften vollgeschriebenes Plakat ruft zum Spendenmarsch für die Krebshilfe auf, der aus alten Skiern gebaute Lattenzaun gegenüber entspricht bis in die Spitzen seiner Erinnerung.

Luther setzt sich in Bewegung. Geht mit schneller werdenden

Schritten über die Durgan Bridge, vor der ein Schild untersagt, vom Geländer aus zu fischen, sieht die gelben Schulbusse am anderen Ufer parken, das flatternde Absperrband vor der Terrasse des Two Rivers Café, den U-Boot-förmigen Gastank im Restaurantgarten, vor dem sich immer noch Schneeschaufeln, Bretter und Absperrhütchen stapeln. Unter ihm brodelt und gurgelt glasgrünes Wasser. Schäumend ergießt sich der Downie in den Yuba River, schießen die Fluten über glatt gewaschene, in der Sonne leuchtende Steine, verschlungene Wirbel und Inseln aus Gischt erzeugend. Er lauscht der Erzählung von Rinnsalen in unzugänglichen Felsmassiven, die sich zu Bächen, Flüssen und reißenden Strömen finden, von Seen und Ozeanen, aufsteigendem Dunst, Wolken und Sturmfronten, Regen, Hagel und Schnee, Frost und Tauwetter, schwellenden Tropfen im Gestein, die neue Rinnsale bilden. Sieht den Park, wo die Wasserläufe eins werden, bestanden von den Ungetümen historischer Bergbaumaschinen, die dunkel und rostig neben Picknicktischen aufragen. Manche Tische sind umgedreht, um letzte Reparaturen vorzunehmen, bevor der Saisonbeginn Besucherscharen ins County spült. Weihevoll die Kulisse alter Tannenwälder. Ufervegetation explodiert in Fruchtbarkeit, Triebe sprießen auf den Spitzen von Ahorn und Quercus, alles krallt sich ans Leben. Er sieht die ausgebleichten Astgerippe entlang der Uferlinie, durchsetzt mit Schilfgras, dessen Büschel sich wie Gemeinschaften Gläubiger dem Strom zuneigen, in ständiger Gefahr, vom Wasser weggerissen zu werden. Die Selbstbehauptung der Natur ist beispiellos. Mitten im Fluss haben Sträucher einen Geröllhaufen erobert, aufkochend wütet der Yuba dagegen an, zwängt sich durch das verengte Bett, darüber die teilnahmslose Weite. Luther sieht all dies, und alles spricht der Vorstellung Hohn, seine Zeit sei eine andere als *die* Zeit, beansprucht fundamentale Gültigkeit und verweist seine Erinnerungen ins Reich bloßer Phantasie.

Er läuft die Wildwestfassaden der Hauptstraße entlang. Auf der Ankündigungstafel neben der Touristeninformation schuftet ein Goldsucher samt Sieb vor einem grob gepinselten Bergpanorama, die Sonne wie eine zwischen die Gipfel gespießte Orange. Seit Jahr und Tag müht er sich dort, annonciert sind dieselben Talentshows und Wohltätigkeitsveranstaltungen wie gestern. Neben dem Lebensmittelladen parkt derselbe Kühllaster, Paletten mit Softdrinks werden ins Innere getragen, die Besitzerin, bis unters Kinn bepackt, schafft es, ihm mit drei Fingern zuzuwinken, während ihre Mutter alles Geschehen aus dem Schatten der Veranda verfolgt, das Misstrauen des Alters im Blick. Die Morgenluft beginnt sich zu erwärmen, moosbewachsene Eichen werfen Schatten auf die sonnenbeschienene Straße. Hinter den Scheiben der Yuba Gallery ist einheimische Kunst ausgestellt, Aquarelle und ein riesiges Foto, das Kähne auf einem Bergsee zeigt. Über der verschlossenen Tür verheißt ein angenageltes Hufeisen dem Eintretenden sein kleines Glück, daneben öffnet die alte Lady aus Deutschland zur selben Zeit wie gestern ihren Souvenir-Shop, beispiellose Verdichtungen von Kitsch – allein der porzellangewordene Streifzug durch die lokale Fauna, in der neben glasierten Eichhörnchen, Enten und Schnecken auch Engel heimisch sind, sucht seinesgleichen. Auf einer Häkeldecke wälzen sich lachende Keramikbären, auch sie dieselben? Als Luther die deutsche Lady grüßt, meint er in den Schnauzengesichtern plötzlich Häme zu erkennen. Er eilt weiter; in grausiger Ausgelassenheit scheinen sie ihm hinterherzustarren. Das unbehandelte Holz des Yuba Theatre noch dunkler als sonst, vollgesogen mit nächtlichem Regen, Bette Jo und Frank Lang in A. R. Gurney's *Love Letters*, im Juli *Star Wars: Rogue One* und *La La Land*, Hollywood in Downieville, vertraute Ankündigungen.

Luther beginnt zu laufen. Hastet vorbei an St. Charles Place, einladend nur nachts, tagsüber ein blind starrender Backsteinklotz von der Farbe geronnenen Blutes. Rennt über die Jersey Bridge, hinein in die Pearl Street, wo die Böschung steiler wird, Betonpfeiler die Gebäude abstützen und verwilderte Gärten den Downie säumen, erreicht sein Haus und sieht beide Wagen in der Einfahrt stehen, den Streifenwagen und seinen Toyota. Ungewöhnlich, da er den Privatwagen sonst in die Garage fährt, vielleicht diesem Urlaub geschuldet, und mit einem Mal siedelt ein bestürzender Gedanke in ihm. Kaum nimmt er noch wahr, dass die Verandamöbel unter dem säulengestützten Vordach anders stehen als sonst, der Vorgarten weniger üppig bepflanzt ist. Mit zitternden Fingern zieht er den Hausschlüssel hervor, *seinen* Schlüssel – aber ist es auch der Schlüssel des Mannes, der hier wohnt? Wenn dies die Vergangenheit ist und sie sich von seiner Vergangenheit unterscheidet, müsste er dann nicht sich selbst begegnen, und wäre – nein, *ist* er dann derselbe, der er war? Offensichtlich nicht. Doch der Schlüssel dreht sich geschmeidig, mit angehaltenem Atem betritt er die kleine Diele, als dringe er in ein fremdes Haus ein, sieht einen Koffer und einen nicht ausgepackten Rucksack unter der Garderobe stehen, *seinen* Koffer, *seinen* Rucksack, ohne jeden Zweifel. Beruhigend und ängstigend zugleich. Es *sind* seine Sachen, aber von jemand anderem dort platziert. Erhebt dieser Jemand Anspruch auf sein Leben? Oder ist vielmehr *er* es, der Anspruch auf das Leben des anderen anmeldet, dem die Gepäckstücke gehören und der von einer Reise zurückgekehrt ist, die Luther nie angetreten hat?

Vor allem aber –

Wo ist dieser Mann jetzt?

Er schaut in den Wohnraum mit der offenen Küche. Lässt den Blick die Treppe in den ersten Stock hinaufwandern. Tritt zum Stützpfosten des Geländers, legt die Hand auf den Knauf und lauscht.

»Hallo? Jemand im Haus?«

Seine Stimme versickert in Stille. Langsam geht er zurück ins Wohnzimmer, macht Licht. Erst nach und nach fallen ihm die Veränderungen ins Auge. Zeitschriften, die nicht so liegen, wie sie sollten, ein Buch auf dem Couchtisch, das er nicht kennt, ein halbvolles Glas, das er sich nicht erinnert, gefüllt zu haben. Quer über dem Sessel eine Jacke, der Größe nach seine, nur hat er dieses Kleidungsstück zu keiner Zeit besessen. Beunruhigend die Fotos auf dem Kaminsims, genauer gesagt ihre Anordnung, aber auch das ist es nicht, vielmehr alarmiert ihn, dass einige zu fehlen scheinen, während nie zuvor Gesehene dazugekommen sind. Zögerlich tritt er näher, voller Angst und Verlangen, sie zu betrachten. Wie Bodennebel steigt eine Vorahnung in ihm auf, giftig und erstickend, Flucht gebietend, doch er kann sich nicht lösen, geht auf schweren Beinen zu den Rahmen und Rähmchen. Ein plötzlicher Schwall von Übelkeit lässt seine Magenwände kontraktieren, wann hat er zuletzt etwas gegessen? Innehaltend sucht er nach dem großen Portrait von Jodie und kann es nirgends entdecken. Wo es stand, gruppieren sich Aufnahmen kleineren Formats, die Tamy zusammen mit einem fremden Hund zeigen, ohne dass Luther zu sagen vermöchte, wo und wann sie gemacht wurden. Seine Hände umklammern das Sims. Auch er selbst ist auf einem der Bilder, in Gesellschaft Tamys und dieses Hundes, ein gutmütig dreinblickender Golden Retriever. Tamys Gesicht ist in das sandfarbene Fell vergraben, sie könnte vierzehn oder fünfzehn sein. Auf einem weiteren Bild er, Jodie, Tamy samt Hund auf Darlenes Terrasse, und er prallt zurück wie von einem Projektil ins Herz getroffen, stolpert gegen die Sofalehne, verliert den Halt und stürzt hintüber, landet in den Lederpolstern, taumelt hoch, starrt zum Sims, während das Entsetzen in ihn hineinkriecht, denn das hier ist schlimmer als jedes Projektil, schlimmer als die Todesangst in der lodernden Drogenhölle, schlimmer als alles, was er je erlebt hat – der grausame Beweis, dass er wahnsinnig geworden oder – schlimmer noch – aus jahrelangem Wahn *erwacht* ist.

Dann reißt er sich los von dem Anblick, wirbelt herum und stürzt aus dem Raum, aus dem Haus, auf die Straße.

Reifenquietschen bringt ihn zur Besinnung.

Ruth starrt ihn hinter dem Steuer ihres Streifenwagens an, zu Tode erschrocken. Seine Hände liegen auf ihrer Kühlerhaube, der Stoßfänger berührt seine Schienbeine. Viel hat nicht gefehlt, ihn über den Haufen zu fahren.

»Bist du noch zu retten?«, fragt sie im Aussteigen. »Was rennst du denn wie von Taranteln gestochen auf die Straße?«

Er weicht zurück. Dreht sich, geht einen Schritt auf sein Haus zu, ziellos in entgegengesetzte Richtung. Sein Blick irrt über die Büsche am Wegesrand, die verwitterte Steinmauer, klammert sich an die Einzelheiten seiner vertrauten, entrissenen Welt. Spürt ihren kräftigen Griff an der Schulter.

»Luther! Was zum Teufel ist los mit dir?«

Sieht Ruth ins Gesicht und durch sie hindurch. Das Foto –

»Ist jemand in deinem Haus? Bedroht dich jemand? Rede mit mir, verdammt.«

Es kann dieses Foto nicht geben. Kann es nicht geben. Kann es nicht.

»Okay, dann geh rein. Ich fahr den Wagen auf Seite.«

»Nein.« Er versucht, gegen den Druck auf seiner Brust anzuatmen. »Auf gar keinen Fall.«

»Was soll das heißen, auf gar keinen Fall?«

»Ich geh nicht ins Haus.«

Zwischen Ruths Brauen tritt eine Falte der Ungeduld.

»Und warum nicht, bitte schön?«

Er senkt den Kopf, presst die Fingerknöchel gegen die Schläfen. Voller Aromen ist dieser frühe Morgen. Er kann angeschimmeltes Holz und das Moos auf den Ufersteinen wittern, den Duft von Lehm und laichenden Fischen. Alles erfüllt ihn mit Wehmut, umso mehr, da er nicht zu sagen wüsste, was genau ihn daran so sehr bedrückt. Vielleicht, weil es für ihn verloren ist, Eigenheiten einer Welt, die ihn noch in den dunkelsten Tagen geborgen und nun ausgestoßen hat.

»Ich weiß es nicht«, sagt er.

»Das ist wenig ergiebig.«

»Ich bin einfach vollkommen durcheinander.«

»Kein Problem.« Sie verschränkt die Arme über der offenen Fahrertür. »Was immer da durcheinandergeraten ist, wird an seinen Platz fallen, sobald ich dich in den Arsch getreten habe, das verspreche ich dir. Aber lieber wäre mir, du würdest einfach reden.« Er kennt diesen Tonfall, herausfordernd, angriffslustig.

Aber er hört auch ihre Verunsicherung. Ruth wird es nicht zugeben, aber gerade ist sie komplett ratlos.

Etwas in seinem Kopf klärt sich.

Ich bin wirklich. Ich *existiere.*

Das wenigstens steht außer Frage. Sollte ich also in einer Psychose stecken, wäre das eine zwar beschissene, aber nichtsdestoweniger einleuchtende Erklärung. Dagegen kann man mithilfe von Ärzten und Medikamenten was unternehmen. Oder ich wurde Teil von Vorgängen, für die es eine ebenso einleuchtende Erklärung geben muss. Vorrangig ist herauszufinden, worauf ich mich noch verlassen kann.

»Du bist Ruth Underwood«, sagt er.

»Tja.« Sie hebt die Brauen. »Jetzt, wo du's erwähnst –«

»Du bist vor fünf Jahren aus Monroe hergekommen, nach einem Skandal, den du nicht verschuldet hast.«

»Erzähl mir was Neues.«

»Und du bist Single.«

»Ich versuch's mir schönzureden.«

»Aber verknallt in Meg Danes.«

»In –« Ihre Gesichtszüge entgleisen und finden sich in vorwurfsvollem Erstaunen. »Na, wenn schon, Scheiße, verdammte. Wüsste nicht, was dich das angeht. Woher weißt du es überhaupt?«

»Von dir.«

»Von *mir?*«

»Ruth.« Er tritt vor sie hin. »Ich will nur wissen, ob du die bist, die ich kenne. – Nein, warte! Hör zu, ich – ich werde dir etwas erzählen müssen, und wahrscheinlich wirst du den Impuls verspüren, mich einweisen zu lassen, darum muss ich *unbedingt* wissen, woran ich bin! Ich muss wissen, ob du die Person bist, mit der ich seit fünf Jahren zusammenarbeite!«

Alle Kampfeslust weicht aus ihrem Blick. Sie öffnet den Mund, bringt aber nur ein Nicken zustande. »Gehen wir rein?«, schlägt er vor.

»Weiß nicht, ob ich das noch will«, murmelt sie.

Luther unterdrückt ein Lachen, es würde zu schrill ausfallen und ihre Bereitschaft weiter herabsetzen. »Keine Angst, ich hab mich in kein Monster verwandelt. Ich bin derselbe wie immer.«

»Du hast eine merkwürdige Art, das zu zeigen.«

»Vielleicht bin ich verrückt geworden, Ruth. Du musst das beurteilen. Ich –« Pure Verzweiflung drückt gegen seinen Kehlkopf. Er kämpft sie nieder. »Ich werde dir ein Bild zeigen, und dann sehen wir weiter.«

»Weißt du eigentlich, warum ich hier bin?«, fragt sie, und verspätet beginnt er sich darüber zu wundern. Ihr Patrouillenweg hätte sie nach Alleghany geführt, stimmt. In entgegengesetzte Richtung. Ruth stößt sich vom Wagen ab. »Weil ich wissen wollte, ob alles okay ist. Weil du vorhin schon so merkwürdig warst.«

»Wie war ich denn?«

»Deprimiert und von der Rolle. Draußen laufe ich Carl über den Weg, und worum bittet er mich? Auf dich achtzugeben. Dann lieferst du mir diese schlappschwänzige Erklärung für deinen Einsatz vergangene Nacht – nicht, dass wir uns missverstehen, du bist der Boss, du musst mir gar nichts erklären, aber du tust es für gewöhnlich. Außerdem ist mir schleierhaft, was du im Yosemite gemacht hast.«

»Mir auch«, flüstert er.

»Du wolltest nach Kanada. Vancouver Island. Du hast mir sogar das blöde Ticket gezeigt, erinnerst du dich?«

»Ich hab mich ument – nein, hab ich nicht.« Alles wird er ihr erzählen, jede Einzelheit.

»Ich hoffe, du verstehst es nicht falsch, wenn ich hinter dir bleibe.«

Plötzlich verspürt er ein Gefühl der Erleichterung. Das ist Ruth, wie sie leibt und lebt. Selbst wenn sie eine alternative Ruth sein sollte, *das da* ist seine Ruth.

»Ich geh vor«, sagt er. »Park den Wagen.«

Zwei Minuten später steht sie in seinem Wohnzimmer. Luther

nimmt das Foto vom Kaminsims und drückt es ihr in die Hand. »Wen siehst du darauf?«

»Dich, Jodie, Tamy und Luna.«

»Findest du irgendwas ungewöhnlich?«

»Sollte ich?«

»Sag es mir.«

»Hm.« Sie umfasst den Bilderrahmen mit beiden Händen und studiert die Einzelheiten. »Da herrscht Einvernehmen zwischen euch. Würde ich sagen. Aber das tut es ja schon eine ganze Weile wieder.«

»Einvernehmen?«

»Ja.«

Es herrschte kein Einvernehmen.

Nach elf Jahren extremer Gezeitenwechsel war die Zerrüttung ihrer Ehe unbestreitbar und nichts geblieben als ein Koffer voller Habseligkeiten, den Jodie aus dem Haus in Downieville abzuholen gedachte. Ein Haus, das rückblickend kaum mehr gewesen war als eine letzte Versuchsanordnung. Damals, in seiner frugalen Ländlichkeit, stand es für den Neuanfang – hübsch, ohne jeden Luxus, ein Ort, aus dem sich gemeinsam etwas machen ließe oder an dem man gemeinsam durchdrehen würde. 2007, als sie Luther in einer Notoperation die Kugel aus den Rippen holten, die ihn beinahe getötet hätte, war er in ein künstlich herbeigeführtes Koma geglitten und desorientiert in einem Krankenhausbett erwacht, an dessen Rand Jodie und seine Tochter wie Tote saßen. Er erblickte sich selbst in den Laken, als stünde er am Fuß dieses Bettes, sah den Mann darin sich aufbäumen, ohne dass seine ausgestreckten, tastenden Hände die der anderen zu erreichen vermochten. Es roch nach Desinfektionsmitteln und gestärkter Wäsche, nach Linoleum und Birkenpollen, die der Wind durchs offene Fenster hereinblies, überlagert von einer alles erstickenden Grundnote, dem Gestank des Verfalls.

Später erklärte man ihm, er habe vielleicht eine Nahtoderfahrung gehabt, da sein tatsächliches Erwachen erst Stunden später erfolgte. Während die leibhaftige Tamy voller Zugewandtheit war, ließ die leibhaftige Jodie ihn eine Mischung aus Wut und Kälte spüren, die Luther zutiefst schockierte. Auf sich selbst zurückgeworfen, angeschlossen an piepende Apparate, durchspült von Infusionen und in seinem Verständnis Opfer der Umstände, begann ihm Verschiedenes zu dämmern. Etwa, dass einem keinerlei Anspruch auf das Mitleid seiner Familie zukam, wenn man diese selbst jahrelang zum Opfer gemacht hatte. Klar musste einer *den Job erledigen* – aber war es wirklich nötig gewesen, jeden lebensbedrohlichen Einsatz mit seiner Anwesenheit zu krönen, was ihm zwar die Beförderung zum Chef der Drogenermittlung und Leiter aller möglichen SWAT-Teams, Jodie hingegen ständige Angst eintrug?

Damals lebten sie in Sacramento.

Welche Versprechen immer Luther dort meinte einlösen zu müssen, sie waren gegeben worden in einer früheren Zeit. Ende der Sechziger hatte Darlene, in Sierra County geboren und angehende Lehrerin an der Loyalton High School, während eines Las-Vegas-Trips einen ghanaischen Studenten namens Atu Opoku kennengelernt, der gerade mitten in seiner Promotion als Schiffsbauingenieur steckte. Für ihn verließ sie Sierra. Luther kam in San Francisco zur Welt, sah seinen Vater selten und war entsprechend unbeeindruckt, als Darlene an seinem zehnten Geburtstag die Scheidung einreichte. Atu ging zurück nach Ghana, Luthers Mutter versank in einem Sumpf aus Trübsal und entdeckte an dessen Grund eine Art Pfandleihe, in der man nach Hinterlegung des Verstandes alles Leid in Duldsamkeit und Frohsinn umgemünzt bekam. Fortan redete sie sich ein, Gottes Plan sei zu ihrem Besten, wie knüppeldick es auch kommen möge. Luther indes sah nicht, wie sich Gottes Beistand im Alltag niederschlug. In seinen Augen irrte Darlene immer noch durch Nächte voller Bitternis, nun geführt von Blinden. Religion funktionierte einfach nicht bei Licht. Sie erblühte im Finstern. Immer noch hörte er seine Mutter sich in den Schlaf weinen, jetzt aber dankte sie Gott. Eine Tante kam sie in San Francisco besuchen, eine Tante aus dem Wilden Westen, wie sie lachend sagte, und erzählte Luther, der jedes ihrer Worte aufsog, so toll sei es da oben zwar nicht, wenig los, gerade erst habe den Besitzer eines wunderlichen kleinen Cafés in Loyalton der Schlag ereilt, da könne man nun auch nicht mehr hingehen, aber schön sei es schon, sehr schön sogar, und die Männer suchten nach Gold und trügen Knarren und Cowboyhüte.

Luther lief zu Darlene und fragte, ob sie nicht im Wilden Westen ein Café aufmachen sollten.

Es war weniger der Vorschlag eines unternehmerisch frühbegabten Kindes als Blüten treibende Romantik, aber er wurde erhört. Gott jedenfalls, dachte er, während er vor Stolz aus allen Nähten platzte, hat so einen coolen Vorschlag nicht auf die Reihe gekriegt, aber als sie tatsächlich zurück nach Loyalton zogen und Darlene das Valley Café eröffnete, hörte er sie Gott dafür danken und war mächtig sauer.

Zugleich durchschaute er das Konstrukt, an das sie sich klammerte. Er spürte ihre Traurigkeit und wusste, es war an ihm, die Trauer auszutrocknen. Das Café florierte, wer aber war verantwortlich für das Glück seiner Mutter? Er. Irgendwie musste es gelingen, sie glücklich zu machen, so wie in den Filmen, wo frühreife Kinder ihre schönen, intelligenten, aus unerfindlichen Gründen einsamen Single-Eltern mit anderen schönen, intelligenten, aus unerfindlichen Gründen einsamen Singles verkuppelten.

»Du bist meine einzige Stütze«, sagte sie, und er tat, was er konnte. Half im Café, lernte backen, bediente die Touristen, büffelte, brachte nicht die besten, aber abwechslungsreichsten Noten nach Hause, trug den *Sierra Booster* und den *Mountain Messenger* aus, war hilfsbereit und höflich zu jedermann und suchte in den Augen der Männer, wann immer er über seine Mutter sprach, aufmerksam nach jenem Funkeln, das Kuppeleien voranzugehen hat. Am Ende funkte es ohne sein Zutun. Ein Deputy aus Plumas, Kaffee in Loyalton, viele Kaffees in Loyalton. Nathan Levine, für Luthers Geschmack zu behaart – aber damit musste Darlene zurechtkommen –, entfachte in ihm die Begeisterung für den Beruf des Gesetzeshüters. Luther konnte sich nicht sattsehen an Nathans Uniform. Nicht satthören, wenn Nathan vom Tag erzählte. Pflichterfüllung – kannte er das nicht? War er nicht hinlänglich darin geübt, Verantwortung zu übernehmen? Helfen. Immer und überall, darum ging es. Du verdienst nicht viel in dem Job, sagte Nathan, auch wenn du Karriere machst, und tausend Gründe sprechen dagegen, ihn überhaupt zu ergreifen.

Aber du könntest jemandes Leben retten.

Du kannst etwas bewirken.

Ich *muss* etwas bewirken, dachte Luther.

So sehr er seine Kindheit in Sierra genoss, schien sie ihm nur geliehen gegen das Versprechen, jedermanns Stütze zu sein. Nie würde, was er leistete, genügen. Am Ende dankte jemand mythischen Wesen, und doch war es das wert. So empfand er, als er an der California State University seinen Bachelor und Master in Strafrecht und Strafvollzug machte, als Trainee im Sacramento Sheriff Department Erfahrung sammelte, Deputy, Sergeant und Leiter des Streifendienstes, schließlich Ermittler wurde und am Rande eines Mordprozesses die Assistentin der Staatsanwaltschaft kennenlernte, deren quellklarer Blick ihn ebenso faszinierte wie ihre profunden juristischen Kenntnisse. Jodie Kruger hatte deutsche Wurzeln, ein deutsches Gesicht, wie sie betonte, das Zeug zur großen Karriere und den geheimen Wunsch, keine zu machen. Als sie schwanger wurde, heirateten sie. Wenig später wechselte Luther zur Drogenfahndung und damit zur Verfolgung jener Sorte Abschaum, der in festungsartig bewachten Haciendas unvorstellbaren Reichtum genoss und dafür Millionen Leben zerstörte. Unter allen ausgelagerten Inkubationsstätten des mexikanischen Drogenterrors stach Kalifornien in besonderer Weise heraus, Drehscheibe des Verbrechens, wo neben süchtig machenden Substanzen Waffen und Menschen in großem Stil geschmuggelt wurden. Zwei Drittel der Methamphetamine, die Amerika einwarf, wurden auf hiesigem Boden verschoben, nie riss der Nachschub von Kokain und Heroin ab, das von Tijuana über San Diego in die USA gelangte. Während die Kartelle alle staatlichen Institutionen ihrer Heimat bis in die Spitzen durchwirkt hatten, fiel es ihnen jenseits der Grenze weniger leicht, Korruption zu säen. Entsprechend hart wurde der Kampf geführt, zumal Kalifornien dank seiner riesigen Naturflächen ein begehrtes Anbaugebiet war. Luther gelobte, dem Machtstreben der Cartelitos keinen Fußbreit nachzugeben, versprach ihnen die Hölle auf Erden und erklärte sich selbst zum obersten Teufel darin, und als solchen begannen ihn seine Feinde zu fürchten.

Jodie begann sich vor der Nachricht zu fürchten.

Luther ließ ein Drogenlabor nach dem anderen hochgehen, baute die Kooperation mit mexikanischen Ermittlern aus, forderte einhundert Prozent Loyalität und stand wie eine Brandmauer vor und hinter seinen Leuten. Nie brachen seine Methoden direkt das Gesetz, allerdings dehnten sie es auf eine Weise, die nur dulden konnte, wer im entscheidenden Moment woandershin blickte.

Jodie alpträumte von Männern mit betretenen Gesichtern, die sie zur Witwe erklärten.

Politisches Credo war, der Kampf gegen die Drogen sei noch nicht restlos verloren.

Jodie gab ihn verloren.

Den Kampf um ihre Ehe.

Im Krankenhaus fragte sich Luther, wann genau die Stimmung gekippt war. Etwa um die Zeit, als ihm der Generalbundesanwalt den Orden für besondere Verdienste an die Uniform heftete? Er vermochte es nicht zu sagen. Nie hatte er etwas anderes für seine Frau und seine Tochter empfunden als Liebe und die tiefsitzende Verpflichtung, alles Böse der Welt von ihnen fernzuhalten, aber offenbar waren ihm dabei Fehler unterlaufen, denn Jodies Feuer schien bis auf die Asche niedergebrannt zu sein.

»Ich weiß, was du denkst«, sagte sie eines Nachmittags, als sie in der Krankenhaus-Cafeteria vor Getränken saßen, die sie nicht anrührten. Keine Kälte lag mehr in ihrer Stimme, keine Wut, nicht mal der Unterton der Schuldzuweisung. Sie sprach mit einer Sachlichkeit, die Luther weniger ertrug, als hätte sie ihn angeschrien. »Du fragst dich, ob dich ein mittelmäßiger Drehbuchautor in einen Polizeifilm geschrieben hat. Die Sorte Film, in der Bullenehen an den immer gleichen Problemen zerbrechen. Du verstehst nicht, warum du Teil eines Klischees geworden bist, aber Fakt ist, das Leben ist die Summe aller Klischees. Dazu gehört, dass ich dich verlasse, weil jeder Drogendealer mehr deiner Zeit abbekommt als deine Familie und wir nicht länger in Angst um dich leben wollen. Dazu gehört, dass du ein einsamer Wolf werden wirst, der nichts hat als seinen Job. Das ist nicht originell, Luther. Genau genommen ist es erbärmlich.« Ihre Mundwinkel zuckten. »Vielleicht liegt darin unsere größte Niederlage: dass wir an Klischees scheitern.«

»Es wird besser werden«, beteuerte er. »Ich verspreche es.«

»Was wird besser werden? Das Drehbuch?«

»*Ich* kann mich bessern.«

»Ach, Luther. Hörst du dich reden? Du denkst tatsächlich, es geht nur um dich?« Jodie schüttelte den Kopf. »Wir sind beide zu Figuren in einer Seifenoper geworden, verstehst du das nicht? Ich bin doch nicht unschuldig! Ich habe studiert, mit Bestnoten und Auszeichnung, mir standen alle Türen offen. Und? Ich habe den erstbesten Hormonschub zum Anlass genommen, um alle großartigen Pläne über den Haufen zu werfen. Wie viele Frauen verarschen sich selbst und ihre Umwelt damit, auf die Uni zu gehen, über Chancengleichheit zu schwadronieren, sich den Karrierestart finanzieren zu lassen, um dann mit Kusshand in die Rolle zu schlüpfen, die Männer ihnen zugedacht haben? *Wir* sind die Idioten in dem Spiel! Ihr habt vielleicht die Scheißregeln erschaffen, aber wir hätten sie abschaffen können, wenn wir wirklich gewollt hätten. Stattdessen hocke ich zu Hause mit einer Tochter, putze, koche, warte auf meinen Mann und *wollte es so haben.* Du und deine flotten kleinen Samenpakete, ihr wart die perfekte Entschuldigung, mich nicht weiter anstrengen zu müssen –«

»Das ist ungerecht«, sagte er bitter. »Ungerecht gegenüber Tamy. Das ist – verächtlich.«

»Ja, wir hatten eine wunderbare Zeit, wir haben ein wunderbares Kind, wunderbar!« In ihre Augen traten Tränen. Wie Zwiebelschalen pellten sich die Emotionen. »Warum fühlt es sich dann nicht wunderbar an? Ist es nicht eher verächtlich, wie wir miteinander umgegangen sind? Uns weiterhin aneinanderzuketten, wenn unsere Entwürfe doch so offenkundig nicht in Übereinstimmung zu bringen sind? Du lebst *dein* Leben, Luther. So, wie du es leben musst. Du bist, was du bist. Nichts davon werfe ich dir vor, deine öffentliche Bilanz ist herausragend. Würde ich dir abverlangen, dieses Leben aufzugeben – *das* wäre verächtlich!« Sie machte eine Pause, und Festigkeit kehrte in ihren Blick zurück. »Ich habe beschlossen, wieder in der Staatsanwaltschaft zu arbeiten. Es war ein Fehler, alles hinzuschmeißen. Noch habe ich eine Chance. Es wird Zeit, dass wir einander unsere Leben zurückgeben.«

»Und Tamy? Hast du Tamy mal gefragt, was sie davon hält?«

»Hast *du* sie mal gefragt?« Sie stand auf. »In den letzten acht Jahren?«

Tamy, die sich als bemerkenswert erwies.

Im Grunde tat sie nicht viel. Jedenfalls tat sie nichts von dem, was im Film kleine lockenköpfige Mädchen tun, bis Mama und Papa sich wieder in den Armen liegen. Es war schlicht so, dass Tamy keinen inneren Türsteher kannte: Niemand wurde abgewiesen, niemandem Schuld zugeschanzt. Jede Erklärung hörte sie geduldig und mit einem Ausdruck tiefen Verständnisses an, ohne altkluge Vorschläge zu unterbreiten oder Forderungen zu stellen. Eigenartigerweise wurde sie dadurch zu einer Art sphinxhafter Instanz, einer Echokammer, aus der banal und überschaubar zurückdrang, was theatralisch hineingesprochen wurde. War denn wirklich alles so schlimm? Ließen sich die so verkeilt scheinenden Probleme nicht lösen, wenn sie es verfehlten, ein achtjähriges Mädchen zu beeindrucken? Jodie fuhr nach Loyalton – schon seit Längerem das Camp David ihrer Ehe – und schmiedete zusammen mit Darlene und Nathan einen Plan. Darlenes Aufgabe würde es sein, auf Luther einzuwirken, Nathan, pensioniert, doch immer noch bestens verdrahtet, oblag es, die Sache mit Carl Mara zu besprechen. Was dort ausgehandelt wurde, versprach Luthers Leben in jeder Hinsicht umzukrempeln. Als Lieutenant war er überqualifiziert, außerdem würden sie ihm in Downieville bei Weitem nicht das bezahlen können, was er in Sacramento verdiente. Er wäre Undersheriff, nicht länger Herr über Hundertschaften, die seinem Kommando folgten, aber das, erklärte ihm Jodie, sei der Deal: Du hörst auf im Drogendezernat, ich verzichte auf den Job bei der Staatsanwaltschaft. Wir ziehen nach Sierra, und vielleicht wirst du ja eines Tages Sheriff – in einer ruhigen, Harmonie fördernden Gegend, wo unsere Tochter ohne Angst aufwachsen kann.

Luther schlief eine Nacht darüber – und willigte ein.

Er kannte Carl Mara, war vertraut mit den Eigenheiten und Bedürfnissen der Landbevölkerung, und viele Menschen in Sierra kannten ihn. Das kam ihm zugute, nachdem sie das leer stehende Haus in der Pearl Street gekauft hatten. Carls Beispiel folgend, schuf er ein Klima der Vertrautheit. Ständig schauten Leute vorbei, einfach um Hallo zu sagen und ihm zu versichern, wie sehr seine ›Heimkehr‹ sie freue. Seit den Neunzigern litt das Sheriff Department unter Einsparungen – Luther knöpfte sich die Finanzen vor und erstritt höhere staatliche Zuwendungen. Er legte einen Fonds an, um das Sportangebot für Jugendliche zu verbessern, wurde Coach des Mädchen-Basketball-Teams in Loyalton und führte in seiner Freizeit Kinder zu den Ruinen alter Goldgräbersiedlungen und zu geheimen Plätzen, wo man, wenn einem aus dem feuchten Grund der Wälder noch die Nacht entgegengähnte, Wildkatzen und Rotwild beobachten konnte.

Das Problem war, Drogen machten süchtig.

Indirekt hingen auch Ermittler an der Nadel. Wer Jahre seines Lebens gegen Kartelle und deren Handlanger gekämpft hatte, verfiel einem abhängig machenden Mix aus Adrenalin, Frust und immer neuer, endorphingespeister Hoffnung, den Krieg doch noch irgendwie gewinnen zu können. Die Junkies, ihre zu Lebzeiten toten Augen und zerstörten Gesichter, wurde man nicht los, und auch die Cartelitos ließen nicht von Luther ab. Hatte Jodie auf eine Art kalten Entzug gehofft, sah sie sich getäuscht. Im von illegalem Marihuana-Anbau heimgesuchten Sierra schätzten sie sich überglücklich, jemanden wie Luther in ihren Reihen zu wissen, und der stürzte sich auf jedes Delikt. Die berühmte, von Hundegekläff gestörte Ruhe, um deren Wiederherstellung man nachts aus dem Bett geschellt wurde, war allenfalls folkloristische Beigabe zu Verbrechen, die es an Brutalität durchaus mit großstädtischen aufnehmen konnten, da mochten die Wildblumen noch so paradiesisch blühen und die Wildwesthäuschen mit Liebreiz prunken, und die Aussicht auf geregelte Dienstzeiten zerschlug sich jeden zweiten Abend.

Jodie hoffte weiter. Trotz allem war das Böse in dieser von dreitausend Seelen bewohnten Bergwildnis überschaubar. Jeder Blick aus dem Fenster fiel auf Bäume statt auf Mauern, man wurde geweckt vom Rauschen des Flusses. Das meiste dessen, was es zu schlichten galt, verfolgte einen nicht bis in die Träume, Marihuana hin oder her. Sie lebten auf einer Insel inmitten uralter, die Zeit verdämmernder Wälder, da *musste* sich doch Frieden finden lassen. Sierras kleine heile Welten, ins Land gesprenkelt, mochten so heil nicht sein, eher Jahrmärkte der Zuversicht, aber als solche funktionierten sie in ihrer Kulissenhaftigkeit erstaunlich gut, warum also *lief* es nicht gut?

Weil sie einer Fehleinschätzung aufsaß: Nicht, was sie vorgefunden hatten, bestimmte ihr Leben, sondern was Luther mitgebracht hatte. Und er hatte Sacramento mitgebracht. Selbst Bagatelldelikten widmete er sich mit einer Besessenheit, als gelte es,

Pablo Escobar ein zweites Mal zur Strecke zu bringen. Hinzu kam seine Überzeugung, nur die lückenlose Kenntnis eines Biotops ermögliche dessen Kontrolle, mit der Folge, dass die entlegensten Bewohner ihn häufiger zu sehen bekamen als seine eigene Familie. Nach und nach klappte die Versuchsanordnung Downieville in sich zusammen, und wieder ging es ihm erst auf, als Frau und Tochter eines Abends verschwunden und die Kleiderschränke leer geräumt waren.

Luther schäumte. War wie von Sinnen. Was zum Teufel hatte er wieder falsch gemacht? Was wollte sie denn, das er tat? Ihretwegen hatte er seine Karriere vor die Wand gefahren, war ans Ende der Welt gezogen! Und nachdem sie das geschafft hatte? Verließ sie ihn! Was sollte das sein? Der Schlussakt seiner systematischen Zerstörung? Und Tamy, sie konnte Tamy doch nicht einfach mitnehmen, warum hatten sie nicht wenigstens darüber gesprochen?

Weil er nicht zuhörte.

Er wusste es, und Jodie wusste es. Sie zog mit Tamy zurück nach Sacramento und ergatterte einen Halbtagsjob bei der Staatsanwaltschaft. Schlug ein neues Kapitel auf und dennoch jede Gelegenheit in den Wind, die Sache ein für alle Mal zu beenden. Monate gingen ins Land. Mitunter trafen sie sich, traurige Zusammenkünfte, in denen sie versuchten, sich den Scherbenhaufen zu erklären. Tamy, inzwischen elf, durfte ihn nach Lust und Laune besuchen. Wie schon einmal legte sie jene frappierende Verständigkeit an den Tag, mit der sie das Verhalten ihrer Eltern spiegelte, statt es zu kommentieren. Anwälte wurden mandatiert. Es galt, eine Scheidung vorzubereiten, zu der es irgendwie nicht kommen wollte. Luther war ohnehin dagegen, aber auch Jodie schien mit dem letzten Schritt zu hadern. Wie auf einem Foto aus besseren Zeiten verharrten sie: Nichts geschah, doch je länger man es ansah, desto besser schienen die Zeiten gewesen zu sein. Nachdem keiner von ihnen einen Rosenkrieg vom Zaun brach, fühlte Luther Hoffnung keimen. Hatte er sich nicht geändert? Wirklich geändert! Selbst Jodie konnte daran nicht vorbeisehen. Etwas

Neues bahnte sich zwischen ihnen an, ein Faden wurde gewoben, den jede falsche Bewegung zerreißen konnte, und es raubte ihm den Atem, eines Abends in ihrer Wohnung am Westrand von Sacramento – Tamy verbrachte das Wochenende bei Darlene – unvermutet Sex mit ihr zu haben, unwirklich und rauschhaft, sodass er auf der Rückfahrt kaum zwischen Glück und Beklommenheit zu unterscheiden vermochte.

Tags drauf ließ sie ihn am Telefon wissen, man habe ihr eine Ganztagsstelle mit enormen Aufstiegschancen angeboten. Gut bezahlt. Dann sprach sie von einem Umzug nach Los Angeles, und Luther glaubte sich verhört zu haben. »Los Angeles? Aber das sind dreihundert Meilen von hier.«

»Ich weiß. Ich muss das tun, Luther. Wir leben im Schwebezustand. Etwas muss sich ändern.«

»Ich dachte – ich war sicher, wir –«

»Lass es geschehen. Wir bleiben doch eine Familie, du kannst Tamy jederzeit sehen. Aber wenn ich diese Gelegenheit verstreichen lasse –«

»Ich dachte wirklich, du kommst zurück.«

»Ich will nicht das Ende. Glaub mir. Aber ich will einen Anfang.«

»Ich will auch einen Anfang. Mit dir.«

»Luther, ich kann nicht. Nicht so, wie du dir das vorstellst.«

Sie begannen zu viele Sätze mit Ich, als dass von Wir noch die Rede hätte gewesen sein können. Er hörte nur, dass Jodie ihn verließ, und diesmal würde es endgültig sein.

»Letzte Nacht, Luther –« Ihre Stimme erreichte ihn über einen Abgrund. »Das war schön. Aber es hat mir gezeigt, dass es nicht funktioniert. Im Moment nicht. Es reicht nicht für einen Neuanfang, und – es ging andererseits zu tief, um so weiterzumachen – ach, ich weiß auch nicht.« Er sagte nichts, hörte sie atmen. »Morgen hole ich Tamy ab. Auf der Rückfahrt nehme ich ein paar Sachen mit, die noch im Haus sind. Sei da, ja? Bitte sei da. Lass uns über alles reden.«

»Du willst Sachen mitnehmen?«
»Einen Koffer voll. Schätze ich.«
»Okay. Okay. Ich bin da.«

Er war nicht da.

Redete sich ein, ihren Ambitionen nicht im Weg stehen zu wollen, doch die Wahrheit lautete, dass er ihre gemeinsame Nacht rückblickend wie ein vergiftetes Geschenk empfand. Los Angeles? Zeugs aus dem Haus schaffen? Was hieß das anderes als das endgültige Aus? *Ich will nicht das Ende?* Toll! Wenn sie nicht das Ende wollte, dann sollte sie es verdammt noch mal nicht herbeiführen. Doch genau das tat sie, und es kränkte ihn zutiefst. Die Jahre ihres Zusammenlebens verdichteten sich zu einem Punkt, einem schwarzen Loch, das von innen an ihm fraß. Ihre ausgehungerten Küsse, verschwitzte Gier vorletzte Nacht, um ihn dann wegzustoßen, was sollte das? Doch er würde sie seine Enttäuschung spüren lassen, also folgte er jenem Notruf aus Calpine, wo es einen Ehestreit zu schlichten galt, wie sinnig. Carl beorderte ihn über Funk zurück: Jodie stehe mit Tamy vor seinem Haus, er solle zum Henker noch mal seinen Arsch in die Pearl Street verfügen, notfalls werde er selber Calpine übernehmen –

Luther blieb stur.

Später zwang ihn vor allem ein Gedanke in immer neue Runden der Selbstabscheu: dass sie gar nicht *so* entschlossen gewesen war, wie sie sich am Tag ihres Telefonats angehört hatte. Dass es hätte funktionieren können: Sie in LA, er in Downieville. Warum nicht? Nichts muss enden, aber alles bedarf eines Anfangs. Wie fadenscheinig sich dagegen im Rückblick seine Empörung ausnahm, wie glotzäugig sein Stolz. Sie hatte in der Pearl Street auf ihn gewartet. Gehofft, er sei aufgehalten worden, bis ihr klar wurde, dass er nicht nach Hause zu kommen beabsichtigte, bevor sie nicht daraus verschwunden wäre. Also verstaute sie den Koffer, in den sie nichts Nennenswertes gepackt hatte, in ihrem Cherokee, erklärte Tamy, Daddy sei verhindert, schicke ihr aber

Grüße und Küsse und all seine Liebe, fuhr die Pearl Street runter bis zum Highway, doch statt über die Jersey Bridge zu fahren, bog sie aus Gründen, die auf ewig ihr Geheimnis bleiben würden, links ab, als wolle sie hoch ins Sierra Valley.

Dort kam ihr ein Peterbilt 389 entgegen.

Eine Zugmaschine, überhöhte Geschwindigkeit, auf die falsche Spur geraten. Ein schlingerndes Monster, neun Meter lang, acht Tonnen schwer, 600 PS, das ungebändigt aus der Kurve am Ortsausgang schoss und frontal in Jodies Wagen krachte. So heftig war der Aufprall, so ohrenbetäubend der Knall, dass noch am anderen Ende der Stadt Kunden und Personal aus dem Lebensmittelladen auf die Straße liefen, weil sie eine Gasexplosion befürchteten. Der Cherokee flog durch die Luft, überschlug sich und wurde gegen die Front der Methodistenkirche geschleudert, wo er Geländer und Treppen zertrümmerte, die Flügeltüren aus ihren Scharnieren riss und den Ankündigungskasten für die Gottesdienste in Scherben schlug. Das Flammenkreuz stürzte von der Fassade, Glas splitterte aus den Fenstern, ein Schockrauschen ging durch die Baumkronen. Noch während das Wrack von der Kirchenwand zurückprallte, raste der Peterbilt weiter in parkende Fahrzeuge, pflügte durch die Vorgärten, rasierte Sträucher und Zäune ab und hinterließ eine Schneise der Vernichtung, bis ihn eine Eiche, zu alt und gewaltig, um dem stählernen Koloss nachzugeben, stoppte.

Jodies Leben endete an einer Wand aus Chrom.

Tamy blieb unverletzt. Nur in ihrer Erinnerung klaffte ein Abgrund, aus dem Jodies Stimme bisweilen flüsterte: »Daddy ruft dich an, Schatz. Sei nicht traurig. Ganz bestimmt ruft er dich heute noch an.«

»Da war sie elf«, sagt Luther und nimmt Ruth das Foto aus der Hand. »Auf diesem Bild ist sie mindestens fünfzehn. Es kann kein

Bild geben, auf dem Jodie und ich zusammen mit einer fünfzehnjährigen Tamy abgelichtet sind. Dieses Foto ist eine Fälschung.«

Ruth taxiert ihn, und Luther sieht sie in plötzlicher Klarheit, als sei ein Filter von seiner Wahrnehmung genommen. Ihre scharfen, die Mundwinkel umlaufenden Falten und weniger sichtbaren Fältchen, die sich erst vertiefen, wenn sie lacht. Das Gespinst in ihren Augenwinkeln, jedes einzelne Haar des Flaums auf ihren Wangen und eckigen Kinnladen, deren Kontur in eine leicht asymmetrische Spitze mündet. Die quer verlaufende Narbe, wo ihre schmale, gerade Nase entspringt, das steile Krakelee zwischen ihren geschwungenen Brauen, das man sich nicht vertiefen sehen möchte, die einsetzende Pergamentisierung der Haut unter den Lidern, das Funkeln und Fließen im Eis ihrer Iris, Relief ihrer Knochen, jeden winzigen Schatten. Selbst ihre Sehnen und Nerven glaubt er zu erkennen und dem Fluss des Blutes in ihren Adern folgen zu können. Er sieht Ruth, als sähe er sie zum ersten Mal, ohne sich zu erinnern, ob sie jemals Make-up getragen hat, aber täte sie es, sie würde es mühelos auf das Cover der *Vogue* schaffen.

Ruth, seine sperrige Vertraute.

Was geschieht bloß mit ihm? Als versuche ein Teil seiner Selbst, in eine andere Wahrnehmung zu entfliehen, die visuelle Entsprechung des Pfeifens im Walde. Man müsste einen Psychologen befragen. Aber was sollte der erklären, was Luther nicht längst schon weiß? Denn der Prozess der Abspaltung ist ihm vertraut. In den Tagen nach Jodies Tod fiel sein Augenmerk in ähnlicher Weise auf Dinge, die er nie zuvor in solcher Schärfe und Intensität wahrgenommen hatte, als wolle ihn die Realität ihrer Gültigkeit versichern, und auch jetzt scheint sie alles daranzusetzen, sich als einzig, alternativlos und nicht verhandelbar zu präsentieren.

Er wartet. Als Ruth endlich spricht, klingt sie wie eingerostet. »Das alles glaubst du wirklich?«

»Was heißt glauben? Es ist so.«

Sie zeigt auf das Bild. »Ist es nicht.«

»Nicht.« Luther weiß nicht, was er entgegnen soll. Müdigkeit legt sich auf seine Schultern. »Hier vielleicht nicht.«

»Hier?«

»Jodie ist 2010 gestorben.«

»Unsinn. Das da sind deine Tochter und deine Ex. Der *Hund* ist gestorben, vor drei Monaten. Riesendrama!«

»Ruth, du kennst meine Lebensgeschichte –«

»Ja, und es wäre hilfreich, wenn du sie auch kennst. Ich meine, du hast mir vieles erzählt, seit wir uns kennen, und das meiste stimmt mit dem überein, was du gerade vom Stapel gelassen hast – aber diesen Unfall hat es nie gegeben.«

»Wie kannst du da sicher sein?«

Sie starrt ihn an.

»Ich meine, du bist erst zwei Jahre danach hergezogen«, fügt er hinzu, eine kindische Bemerkung, wie ihm sofort klar wird. Ruth verkneift es sich, darauf einzugehen. Sie tritt bis vor das Kaminsims und betrachtet die aufgereihten Fotos. »Ist das hier ein Spiel, Luther? Bin ich im Fernsehen?«

»Sehe ich aus, als ob ich spiele?«

Sie dreht sich zu ihm um. »Nein, du siehst beschissen aus.« Ihrem Blick entnimmt er, dass sie es akzeptiert hat. Nicht, *was* er sagt, wohl aber, dass er es ernst meint. »Also, was ist in diesem Urlaub passiert?«

»Urlaub?« In seinem Hirn wird an zu vielen Stellschrauben gedreht.

»Du hast einen Zusammenbruch. So sehe ich das. Du bist komplett im Eimer, Luther, und nie im Leben warst du im Yosemite National Park. Du wolltest nach Vancouver Island, nach Victoria, und von da weiter nach Tofino.« Ihre Hand pendelt in Richtung Diele. »Sollen wir dein Gepäck auseinanderrupfen? Was meinst du, werden wir finden? Bergsteigerkram? Ich glaube, da drin ist Zeugs, das man mitnimmt, wenn man raus aufs Meer will und Wale beobachten.«

Er blickt zu Seite. »Das spielt keine Rolle.«

»Das spielt keine Rolle?« Sie rollt die Augen. »Luther! *Was ist in dem scheiß Urlaub mit dir passiert?«*

»Nichts.«

»Es muss aber was –«

»Ich war nicht im Urlaub!« Ein punktartiger Schmerz setzt unterhalb seiner linken Braue ein und sticht bis in den Kiefer. »Ich war nicht mal weg.«

Ruth seufzt. Sie geht zu einem der Sessel und lässt sich hineinfallen, ein Bein über die Lehne baumeln. »Sag mal, hast du Kaffee im Haus? Ich brauch irgendwas.«

Er zögert. »Ich weiß nicht, ob welcher da ist.«

»Dann schau nach. Mach welchen. Möglichst ohne dass es in Paranoia ausartet, nach dem Motto, meine Kaffeemaschine ist vor sieben Jahren unter den Laster gekommen. Ich sehe sie da stehen, es ist deine.«

Ist es nicht, registriert er beiläufig. Es ist ein größeres Modell, gleiche Funktionsweise. Er geht in die offene Küche, öffnet die Schublade mit den Kapseln und findet sie dort vor, wo sie hingehören. Ein paar mehr von der koffeinreichen Sorte, als er in Erinnerung hat. Jodie trinkt ihren Kaffee stark. »Ristretto?«

»Was immer du sagst, Mr. Clooney.«

»Du magst doch Ristretto?«

»Ja, und ich mag Meg Danes, da hast du verdammt recht, und traue mich nicht, es ihr zu gestehen. Ich bin dieselbe blöde, alte Ruth, die du kennst.«

Nacheinander legt er zwei Kapseln in die Maschine ein, drückt die Lungo-Taste und lauscht dem übellaunigen Brummen, während der Kaffee in die Tassen läuft und sich mit goldbrauner Crema überzieht. Wenigstens klingt die Maschine wie gewohnt. Wortlos stellt er eine der Tassen vor Ruth hin und lässt sich mit der anderen auf der Sofakante nieder, als bestünde Gefahr, das Möbel könne ihn abwerfen. Ruth kippt die heiße Flüssigkeit runter und leckt sich die Lippen. »So, jetzt hör mal zu. Angenommen, deine Geschichte würde stimmen. Dann müsstest du woanders gewesen sein, um sie zu erleben. Sieben Jahre lang woanders! Und das würde noch nicht erklären, wie du sie überhaupt erleben konntest, aber schnuppe. Der springende Punkt ist, du warst nicht woanders. Du warst hier! Du warst praktisch ständig an meiner Seite oder ich an deiner, wie man's nimmt, also, hierarchisch gesehen ich an deiner, scheiß drauf. Ich kenne dich jetzt seit fünf Jahren, und in der Zeit habe ich dich öfter gesehen als die meisten anderen Menschen. Soweit klar?«

Sein Mund ist trocken, trotz des Kaffees. Wenn er jetzt anfängt, Fragen nach Jodies Verfassung zu stellen, akzeptiert er Ruths Wirklichkeit. Dann wird ihm sein altes Leben endgültig entgleiten. Was gleichbedeutend damit wäre, dass sein Verstand entgleitet.

»Wo lebt sie?«, fragt er dennoch.

»Jodie? Beide leben in Sacramento.«

»Tamy auch?«

Ruth nickt. »Manchmal, am Wochenende, kommt sie dich besuchen. Manchmal übernachtet sie bei Darlene und Nathan.«

»Tamy hat nie in Loyalton gewohnt?«

»Warum hätte sie in Loyalton wohnen sollen?«

»Welche Schule besucht sie?«

»Die Charter High, glaube ich. Ja, die Charter. Jodie arbeitet für die Stadtverwaltung.«

»Und was ist passiert seit dem –« Er stockt.

»Unfall, den es nicht gab?« Ruth starrt in ihre leere Tasse. Dann wirft sie den Kopf zurück und stößt ein ungläubiges Lachen aus. »Verfickte Scheiße, das kann alles nicht wahr sein. Ich soll dir im Ernst dein Leben erzählen? Hast du eine Vorstellung davon, wie absurd das ist?«

Zorn packt ihn. »Hast du eine Vorstellung, wie absurd es *für mich* ist?«

»Okay, okay.« Sie kehrt die Handflächen nach außen. »Das meiste weiß ich eh nur von dir. Und ein bisschen was von Jodie, wir sind, na ja –« Ihre Finger verschränken sich zu einem Gitter. »Also, du bist schon mein Boss, aber wir ziehen einander ins

Vertrauen. Auch Jodie vertraut mir, Tamy ebenso, ich bin jedermanns Beichtstuhl und versuche möglichst, meine Klugscheißereien für mich zu behalten. Was mir bei dir nicht immer gelingt. Am Tag, als sie den Koffer holte, hast du gekniffen, stimmt, weshalb sie ordentlich angepisst war. Wegen Tamy, aber auch – also, insgeheim hat sie darauf gebaut, dass du sie überredest, den Koffer wieder auszupacken –«

»Sie wollte nach LA. Das wollte sie doch, oder?«

»Ein Teil von ihr wollte nach LA. Sie war sich nicht sicher.«

»Und dann?«

»Funkstille. Scheidung. Du hast dich in deine Arbeit vergraben und versucht, Tamy nicht auch noch zu verlieren. Ist dir gelungen. Irgendwann haben sich die Wogen geglättet, das muss zu der Zeit gewesen sein, als Jodie geheiratet hat –«

»Sie hat *was?«*

»Geheiratet. Was denkst du denn? Dass sie Nonne geworden ist?«

»Und wen?«, fragt er matt.

»Einen Typ aus dem Baugewerbe. Taugte nichts, ging in die Brüche.«

Er schluckt. »Und ich?«

»Du hattest was mit einer Schnepfe aus Plumas.« Sie nimmt das Bein von der Sessellehne. »Und dann was mit Juliette.«

»Welcher Juliette?«

»Die im St. Charles Place die Bar gemacht hat.«

»Du meinst, die immer noch im St. Charles Place die Bar –«

»Herrgott!«, sagt Ruth genervt. »Können wir bitte bei meiner Version bleiben, solange ich sie erzähle?«

»Entschuldige.«

»Ist auch egal. Das war's im Grunde schon. Seit Jodie solo ist, hängt ihr wieder öfter zusammen. Das fand Juliette nicht gerade berauschend, darum arbeitet sie jetzt in einem Schuppen an der Küste.« Ihr Blick durchbohrt ihn. »So. Und jetzt will *ich* wissen, was in *deinen* letzten vierundzwanzig Stunden passiert ist.«

»Wir haben eine Tote gefunden.«

»Wir?«

Luther stockt. Die Erinnerung versammelt Bilder, aus denen keine Worte werden wollen. Etwas schnürt ihm die Kehle zu, neue Panik erfasst ihn. Mit unheimlicher Schnelligkeit hat die hiesige Welt ihre Ansprüche geltend gemacht, während sein bisheriges Leben über eine nicht passierbare Grenze entrückt ist. Kein Beweis lässt sich vorlegen, dass es je existiert hat. Im einen Moment so nahe, als müsse er nur die Oberfläche der Illusion zum Platzen bringen und es träte solide und verlässlich wieder zutage, scheint es im anderen unwiederbringlich verloren. Statt dass es aus ihm heraussprudelt, sieht er sich Argumente mobilisieren, um eine verblassende gegen eine mächtigere, strahlendere Version zu verteidigen. Was soll Ruth denken? Natürlich *muss* sie ihn für verrückt halten, bestenfalls für psychotisch, was denn sonst?

Wie flüchtig sind doch die Jahre in Gedanken.

Endlich spricht er, jedes Wort ein Kraftakt, mit dem er sich gegen all das hier stemmt, den Strom, der ihn in den Abgrund reißen wird, wenn er aufgibt. Akzeptieren hieße zu resignieren. In einer der Versionen lauert der Wahnsinn, doch noch ist er nicht so weit, die alte aufzugeben. Also beginnt er mit der in die Kiefer gespießten Pilar, schildert die Ermittlungen am Unfallort und die Spurensuche, erzählt von dem zertrümmerten Geländewagen und Mariannes Obduktionsbericht. Nach und nach fasst er Tritt. Sein Puls kommt zur Ruhe, nichts lässt er aus. Noch der kleinsten Nebensächlichkeit räumt er Platz ein und sieht seine Wirklichkeit wieder leuchten. Zeichnet den Morgen nach, projiziert einen Film in Ruths Kopf, der zeigt, wie sie in Tamys Zimmer über Darlenes Valley Café sitzen und beunruhigende Videos schauen. Mit jeder Minute gewinnt seine Erzählung an Dichte: das Treffen mit Hugo van Dyke, Jaron Rodriguez, die Momente in der Sphäre. Seine Hände kneten die Luft, er sieht Ruths Faszination, was nicht heißen muss, dass sie ihm auch nur das Geringste glaubt.

Schweigt endlich, leer erzählt.

Eine ganze Weile sitzen sie so. In der Küche springt der Kühlschrank an. Zu laut. Muss den Kundendienst anrufen, denkt Luther, beinahe beglückt, weil der Kühlschrank sich als loyal erweist. Das Dröhnen produziert er schon seit geraumer Weile.

»Gut.« Ruth legt die Fingerspitzen aufeinander. »Wenn wir jetzt da hoch führen. Zu dieser Farm. Wir würden diesen kugelförmigen Raum vorfinden?«

»Den hab ich eindeutig *nicht* geträumt.«

»Sofern sie ihn uns zeigen.«

»Van Dyke hat mich gewissermaßen durchs Ei geführt und am Dotter vorbei. Vielleicht dachte er, es reicht, mit seinem Quantencomputer anzugeben, aber wenn du mich fragst, machen sie ein Geheimnis draus, da kann Rodriguez tausendmal behaupten, es sei ein stinknormales Versuchslabor für virtuelle Realität. Ist es nicht. In dieser Sphäre dort geht etwas Abnormes vonstatten. – Du hast es übrigens auf den Punkt gebracht.«

»Ich?«

»Du sagtest, es sei das Vorzimmer zur scheiß Ewigkeit.«

»Oh.« Ruth hebt die Brauen. »Ja, das könnte ich gesagt haben. Also schön, diese – wie nennst du sie –?«

»Sphäre.«

»Sphäre. Weißt du was? Ich glaube dir sogar, dass du in dem Ding warst.« Luther schweigt. Das Aber in ihrem Tonfall ist ihm nicht verborgen geblieben. »Du hast darin etwas erlebt, und ich denke, es war der Auslöser für deine Phantasien.«

»Ich phantasiere nicht.«

»Auch wieder wahr. Phantasie gehört nicht zu deinen Stärken. Tatsächlich weist du einen eklatanten Mangel an Spieltrieb auf, schätze, Carl hat dir nicht den Punkt hinterm Satz abgekauft. Kaum vorstellbar, dass du im Alleingang so eine Räuberpistole erfindest.«

»Also glaubst du mir?«

»Ich glaube, sie haben dich auf der Farm umgekrempelt.«

»Soll heißen?«

»Sie haben dir den Quatsch implantiert. Ins Oberstübchen gepflanzt. Falsche Erinnerungen.« Sie breitet die Hände aus. »Wurde schon in Vietnam und am Golf ausprobiert. Hirn im Vollwaschgang. Hinterher dachten die GIs, sie hätten wunder was für Heldentaten vollbracht, dabei haben sie bloß in einem Raum gehockt.«

»Der *Manchurian Kandidat?*«

»Ganz genau.«

Er starrt sie an. »Ich war allenfalls eine Minute in der Sphäre.«

Ruth zögert. Dann sagt sie mit therapeutischer Behutsamkeit: »Oder auch länger, Luther. Vielleicht über eine Woche.«

Sein Urlaub –

Die Vorstellung ist entsetzlich.

Die Vorstellung ist verführerisch. Sie lässt tausend Fragen ranken, setzt Ungeheuerliches voraus, lockt aber mit dem Versprechen einer bis auf den blanken Grund der Fakten rekonstruierbaren Erklärung. Vor allem spricht sie Luther frei von jeglichem Wahn. In Ruths Theorie ist er das Opfer eines Experiments. Grausam und doch, als werfe ihm jemand ein Seil zu.

»Ich bin nicht verrückt«, stellt er fest.

»Natürlich bist du nicht verrückt. Die haben was mit dir angestellt.«

Auf Grundlage immensen Wissens, das sie über ihn gesammelt haben müssen. *Unmöglich* viel Wissen. Rodriguez' höhnische Blicke. Seine maliziösen Andeutungen –

»Irgendwas ist schiefgelaufen«, murmelt er. »Dass ich den Mistkerl erwische, wie er auf Pilar losgeht, kann nicht Teil des Plans gewesen sein.« Rodriguez hat ihn verspottet und einen Irren genannt, im Grunde aber nur seine Unsicherheit kaschiert. »Er war von den Socken, als ich ihm erzählte, ich sei in der Sphäre gewesen. Ich konnte sehen, wie das etwas in ihm auslöste. Ihn auf Ideen brachte.« Ihn anstachelte, seinen Feind *wissen* zu lassen, dass auf der Farm etwas mit ihm passiert war, einzig, um ihn leiden zu sehen.

Wenn Ruth recht behält –

Gewitter entladen sich. Sein Verstand rebelliert, rüstet auf gegen die Möglichkeit, sieben Jahre der Erinnerung bloßer Manipulation zu verdanken, als sei das Hirn eine überschreibbare Festplatte, doch was hilft es? Noch unwahrscheinlicher wäre, wenn sie *diese* Welt für ihn inszeniert hätten, in perfider Detailversessenheit selbst die Naturgesetze außer Kraft gesetzt, den Vortag zurückgeholt, Tote lebendig gemacht hätten. Es hieße, dass alle seine Freunde und Kollegen bereitwillige Erfüllungsgehilfen des Schwindels wären, Ruth, Carl, Pete, Kimmy, ein undurchführbares Unterfangen. Doch selbst *wenn* es gelänge, welchem Zweck diente solch eine Travestie?

Du bist Ermittler. Überprüfe es! Die pure Behauptung, Tote seien am Leben, beweist gar nichts.

»Ich brauche Jodies Nummer«, sagt er.

»Hast du eingespeichert.«

Er zückt sein Handy, sucht ihren Namen. »Hab ich nicht.«

»Quatsch. Ständig rufst du sie mit deinem Handy an.«

Mit deinem Handy –

»Genau«, flüstert er. »Mit *meinem* Handy.«

Ruth sieht ihn verständnislos an.

»Dieses Handy«, er präsentiert es ihr wie ein Asservat bei Gericht, »trug ich bei mir, als ich die Farm betrat. Vor meinem Besuch in der Sphäre.« Vor Aufregung kann er kaum sprechen. »Verstehst du? Ist dir klar, was das bedeutet?«

»Noch nicht.«

»Da!« Luther hält es ihr unter die Nase: die Buchstaben J und K im Telefonverzeichnis. »Es beweist, dass es diese andere Wirklichkeit zumindest *gab!* Und in dieser Wirklichkeit hatte ich *keine* Nummer von Jodie eingespeichert. Weil keine existierte. Weil Jodie –«

»Überzeugt mich nicht. Du hast die Nummer gelöscht.«

»Warum hätte ich das tun sollen?«

»Mann, Luther! Wenn sie das mit dir angestellt haben, was ich glaube, ist eine verschwundene Nummer dein kleinstes Problem.

Willst du denn gar nicht wissen, warum das alles passiert ist? Du musst einem Riesending auf der Spur gewesen sein. Du bist jemandem zu nahegekommen.« Sie redet weiter, doch Luther hört nur mit halbem Ohr hin.

»Hast *du* Jodies Nummer?«

»Was? Nein. Lass dich verbinden. Sie hat ihren Mädchennamen wieder angenommen. Jodie Kruger, Sacramento.«

Er starrt auf das Display. Unaussprechliche Angst überkommt ihn.

»Da fällt mir ein, ich war noch gar nicht oben. Noch nicht in Tamys Zimmer.«

»Schön.« Sie steht auf. »Lass uns nachschauen.«

Mit zitternden Fingern steckt er sein Handy wieder weg. Quält sich die Treppe hinauf, Ruth auf den Fersen, wirft einen Blick ins Schlafzimmer. Das Bett ordentlich bezogen, kaum Veränderungen. Im Bad Flacons und Tiegel unbekannten Ursprungs zwischen seinen Pflegeutensilien. Er verzichtet auf nähere Inaugenscheinnahme, zögert. Tamys Zimmer. Der Tabernakel einer Heranwachsenden, in dem er nichts verloren hat, was aber, wenn ihre Spuren getilgt wären und das Zimmer anderen Zwecken diente? Doch als er seine Angst überwindet und eintritt, weist es eine noch höhere Verdichtung ihrer Persönlichkeit auf, als er in Erinnerung hat, und sofort weiß er, warum. Weil sie nicht in Loyalton wohnt. Nie dort gewohnt hat. Wann immer sie nach Sierra kommt, ist sie bei ihm. Der Anblick zementiert die neue Wirklichkeit und verschafft ihm einen Moment unvermuteten Glücks. Der Gedanke kommt auf, was eigentlich so schlimm daran wäre, in einer Welt zu leben, in der Jodie nicht tot ist.

So darfst du nicht denken! Das Abnormale zu akzeptieren, schafft keine Normalität. Wenn du jetzt einknickst, bist du irgendjemandes williger Idiot. Sei auf der Hut!

Es gibt keine zwei Wirklichkeiten, hält er sich entgegen. Vielleicht hat es die andere nie gegeben.

Und was, wenn es *nur* die andere gibt?

Ich bin hier. Ich atme, wie kann es diese Welt nicht geben?

Drogen. Hast du schon mal über Drogen nachgedacht?

Ich bin auf einem Trip?

Warum nicht? Du hast die Sphäre nie verlassen. Sie haben dich dort unter Drogen gesetzt. Du träumst immer noch. Der Drogentraum erklärt die unwahrscheinlichsten Verwerfungen in Raum und Zeit. Alles ist möglich, aber nichts ist wahr.

Eine Welt, in der Jodie lebt, ist *die* Welt.

Siehst du? Genau darauf spekulieren sie! Sie müssen nur den Jodie-Knopf drücken. Du bist so einfach zu manipulieren. Denk an das Handy! Das Handy beweist das Gegenteil.

Es wäre so einfach, alles zu akzeptieren.

Lass nicht los! Das Handy *ist* ein Beweis. Es *gibt* zwei Wirklichkeiten. Rodriguez hat es indirekt zugegeben.

Aber Jodie –

Vergiss einen Moment Jodie. Es gibt noch mehr Beweise.

Welche?

Das weißt du genau. Merle Gruber. Das Schnurlose –

»Ich kenne die Zukunft.«

»Du kennst was?«, fragt Ruth.

»Ich weiß, was als Nächstes passieren wird.« Er sieht sie an. »Dinge, die kein Mensch wissen kann.«

»Weil du den Tag schon mal erlebt hast.«

»Genau. Du glaubst, die hätten mir das Hirn gewaschen. Aber nicht, dass die Welt, von der ich dir erzählt habe, außerhalb meiner Phantasie existiert.«

Ruth hakt einen Daumen in ihre Koppel. »Weiter.«

»Wenn ich dir also erzähle, dass Tucker in Billy Bob Cawleys Garten Ines Welborns Katze vorfinden wird, so wie ich es heute früh prophezeit habe?«

»Hast du einen Glückstreffer gelandet.«

»Billy Bob wird behaupten, es sei ein Unfall gewesen.«

»Noch ein Glückstreffer.«

»Tucker findet die Katze noch vor heute Mittag. Erinnerst du dich, wie ich zu Kimmy sagte, Kate Buchanan werde anrufen und uns bitten, nachzusehen, ob sie den Hauptwasserhahn zu Hause abgedreht hat? Eine Minute später rief Kate an. Das konnte ich unmöglich ahnen.« Ruth öffnet den Mund und klappt ihn wieder zu. »Troy wird gerade nach Sattley gerufen. Wegen eines Besoffenen, der im Cash Store pöbelt. Pete ist unterwegs zum Pass Creek-Campingplatz, Einbruchsverdacht. Prüf's nach.« Jetzt gerät er in Fahrt. »Oder ruf Robbie und frag ihn, ob er noch mit dem brennenden Müllcontainer befasst ist oder schon auf dem Weg nach Sierraville, wegen der Typen, die da Leute bedrohen. Einen schreien sie an: Du kriegst auch noch dein Fett weg! Als er gerade aus dem Snackshop kommt. Reicht dir noch nicht? Mittags wird 911 von Merle Gruber eingehen. Die alte Frau, die oberhalb von Downieville im Wald wohnt. Man hört jemanden atmen, ein Hund bellt, dann reißt die Verbindung ab. Fahr hoch, und du wirst feststellen, dass Merle putzmunter und schnarchend auf ihrer Terrasse liegt, während ihr Enkel mit dem Schnurlosen spielt und versehentlich den Notruf gedrückt hat. Außerdem beschweren sich ein paar Badenixen, jemand habe ihre Klamotten gestohlen, während sie nackt im Gold Lake planschten – übrigens ein Job, den du mit Interesse zu übernehmen bereit warst.«

»Leck mich. Wie spielen die Giants am Wochenende?«

Er ist fertig, aber nicht so fertig, sich davon provozieren zu lassen.

»Prüf es nach«, sagt er. »Es wird passieren.«

Daran hat sie sichtlich zu knacken. Die Katze ließe sich noch erklären, der Hauptwasserhahn schon weniger. In ihrem Blick mischen sich Hoffnung und Angst, er könne auch mit den anderen Voraussagen richtigliegen.

»Okay, dann ruf *du* jetzt Jodie an. Damit du endlich ihre Stimme hörst.«

In Luther staut sich eine Welle. Turmhoch. Wühlt all den Schmerz, der sich auf dem lichtlosen Grund abgelagert hat, zurück an die Oberfläche. Er zieht das Mobiltelefon hervor. Eckig und widerspenstig liegt es in seiner Hand, feindselig schwarz das Display.

»Was soll ich denn sagen nach sieben Jahren?«

»Sag, entschuldige, dass ich mich gestern nicht gemeldet hab.«

Er drückt den Home-Button. Noch während er sich wundert, warum ein Gerät aus seiner Wirklichkeit hier funktioniert, leuchtet der Bildschirm auf, leuchtet in eine Sehnsuchtswelt, aus der kein Weg zurückführt, sollte er diesen Anruf tätigen. Er lässt sich mit einem Operator verbinden und erkennt seine eigene Stimme nicht, als er Jodies Namen, ihre Stadt sagt, die Straße ist Ruth entfallen, doch mehr als eine Jodie Kruger scheint es in Sacramento nicht zu geben, das Freizeichen eine Folter, drei-, vier-, fünfmal –

»Hi. Das ist der Anschluss von Jodie Kruger, bitte hinterlasst eine Nachricht und habt einen schönen Tag.«

Luther kappt die Verbindung. Starrt Ruth an.

»Sag ich doch.« Sie zuckt die Achseln. »Warum hast du aufgelegt?«

»Anrufbeantworter«, flüstert er.

»Vielleicht gut, dann kannst du dich peu à peu an sie gewöhnen.« Ihre Stirn umwölkt sich. »Apropos zu Hause. Vergangene Nacht hab ich noch einen Schlenker durch die Pearl Street gemacht. In deinem Haus brannte Licht. Ich dachte, ah, er ist zurück. Aber nach allem, was du erzählt hast, warst du nicht dort.«

Er nickt, noch Jodies Stimme im Ohr. »Wann genau war das?«

»Gegen eins, schätze ich. Als du Rodriguez in die Mangel genommen hast. Nur, wenn du nicht dort warst – wer war es dann?«

Tamy träumte nach dem Unfall von einem infernalisch kreischenden Wesen, das sie ihren Wahnsinnsteufel nannte. Mit den Jahren erschien der Teufel seltener; doch wann immer sie glaubte, ihn los zu sein, meldete er sich zurück. Luther enthüllte ihr nie, wen sie da hörte. Jodie, wurde ihm zugetragen, sei möglicherweise nicht gleich tot gewesen, ihre Schreie seien noch aus dem Wrack gedrungen, als Menschen hinzuliefen, obwohl sie keinen Schmerz verspürt haben konnte, wie Marianne ihm eindringlich versicherte. So stand für Luther außer Zweifel, dass sich in Jodies Schreien das schiere Entsetzen über die Banalität ihres Todes entladen hatte – so übergangslos aus der Erzählung ihres Lebens gerissen zu werden, all die ineinander gewobenen Geschichten, all ihr Ringen, Scheitern, Obsiegen, Verstehen, Fortschreiten, gute und schmerzhafte Erfahrungen, um endlich auf verlockend daliegende Landschaften voller Sinn und Bedeutung zu blicken, guter Chancen gewiss, und dann ein scheiß Peterbilt 389.

Jodie mochte erkannt haben, dass keine Reise mehr vor ihr lag. Kein unbetretenes Land mehr, nur Bewusstlosigkeit, abruptes, sinnloses Enden. Vielleicht hatten ihre schwindenden Gedanken Tamy gegolten; dass nicht sie ihre Tochter, sondern ihre Tochter *sie* zurücklassen würde, so wie die ganze Welt sich von ihr abwandte im Moment ihres Sterbens, um sich künftig ohne sie weiterzudrehen. Vielleicht blieb Zeit für ein letztes Bedauern, nicht auf der Schwelle umgekehrt und noch etwas aus dem Haus geholt oder früher begriffen zu haben, dass Luther nicht mehr kommen würde – was die Abfahrt eben genug verschoben hätte, um dem hier zu entgehen. Vielleicht aber auch nichts davon. Reflexe. Chemische Prozesse bar jeder Bedeutung.

Oder doch Schmerz. Unerträglicher Schmerz.

In Anbetracht der damaligen Umstände war es schon eine respektable Leistung, nicht in den Armen Jack Daniels gelandet zu sein. Bis heute fragt sich Luther, was genau ihn eigentlich davor bewahrt hat. Vielleicht, dass ihm zu viele Einsitzende im County-Gefängnis über die Jahre vor Augen führten, welche Spätfolgen es hat, sich das Hirn mit Hochprozentigem zu marinieren. Aus seiner gesamten Erfahrungswelt stach die Gewissheit heraus, dass nicht der Schmerz weniger wurde, wenn man trank, sondern die Fähigkeit, ihn zuzuordnen, und das erschien ihm weit schlimmer als jeder Splitter im Herzen. Leiden am bloßen Leiden bedeutete die Hölle, die ewige Verdammnis. Also blieb er trocken und funktionierte, für Tamy, Darlene und alle um sich herum. Er funktionierte, wie er gewohnt war zu funktionieren, seit ihm die Vorsehung eine Tante aus dem Wilden Westen ins Haus geschickt und ihn ermuntert hatte, seine Mutter nach Loyalton zu locken. Er war Ermittler. Noch der größte Horror ließ sich herunterbrechen auf die Prinzipien von Ursache und Wirkung, wie grell einem die Bilder auch in den Augen stehen mochten.

Ebenso funktioniert er jetzt. Jodie ist nicht tot, kein Wahnsinnsteufel geistert in *dieser* Welt durch Tamys Träume, unstrittig eine Verbesserung. Noch besser wäre es natürlich, wenn er nicht alles einfach nur halluzinierte, aber auch diesbezüglich besteht Hoffnung – immerhin kann er beweisen, beinahe beweisen, dass die Welt in seinem Kopf zumindest existiert *hat.* Die Wahrheit liegt in den Indizien, das Nächstliegende ist meist schon, wonach man sucht. Methodisch geht er zu Werke: Schleift die Gepäckstücke aus der Diele ins Wohnzimmer, stellt die vertrauten Zahlenschlosskombinationen ein. Kleidung quillt ihm entgegen, zerknittert, verschwitzt, achtlos hineingestopft. Eine Plastiktüte voll benutzter Unterwäsche entleert sich auf den Fußboden. Er rupft den Haufen T-Shirts, Hemden, Pullis, Hosen, Sportzeug auseinander, alles seins bis auf ein paar wenige Teile, und auch die wirken vertraut. Klar, sein Geschmack. Er selbst wird sie gekauft haben, oder Jodie, Tamy haben sie ihm geschenkt. Juliette? Keine Erinnerung, aber er kann sich ja auch nicht erinnern, irgendetwas davon eingepackt zu haben. Der Urlaub jedenfalls hat stattgefunden. Luther findet Belege über Hochseeangeln, Whale Watching Touren, Kajakfahren, einen Packen Restaurantquittungen, *The Schooner Restaurant, Ice House Oyster Bar, Wolf in the Fog* –

Er *muss* dort gewesen sein.

Er checkt die Banderolen um die Griffe der Gepäckstücke: Air Canada. Sein Blick fällt auf die Jacke, die nicht seine und doch seine ist, lässig über den Sessel geworfen, könnte er sie bei seiner Rückkehr getragen haben? Untersucht die Taschen und fischt eine Bordkarte heraus, der zufolge sein Flieger gestern Abend um fünf Minuten nach zehn in Sacramento gelandet ist. Die Wartezeit am Gepäckband, den Weg zum Parkhaus hinzugerechnet, kann er kaum vor halb eins in Downieville gewesen sein.

Wenn du nicht dort warst – wer war es dann?

Mit neuem Unbehagen mustert er den Raum. Jemand war hier. Um das Gepäck abzustellen? Wer war an seiner Stelle auf Vancouver Island? Er braucht mehr Gewissheiten, greift zum Handy, wählt Tamys Mobilnummer, doch die Stimme des Mannes hat er noch nie gehört.

»Ist Tamy zu sprechen?«

»Ich kenne keine Tamy.«

»Tamy Opoku. Ich dachte, das sei ihre Nummer.«

»Tut mir leid. Nein.«

Natürlich nicht. Sie wohnt in Sacramento, ist bei einem anderen Provider. Das versetzt ihm einen Stich. Er sollte seine Tochter immer und überall erreichen können, doch diese Welt folgt ihrer eigenen Logik. Nicht dramatisch. Den neuen Anschluss herauszufinden, wird kein Problem sein. Aus dem Kopf wählt er Darlenes Festnetznummer und ist erleichtert, als Nathan sich meldet.

»Deine Mutter hat sich bei White's festgequatscht. Ist eben rüber. Hat Lust auf Blue Razzmatazz bekommen. Das ist jetzt das Neueste bei ihr. Die komische Vorliebe für Blue Razzmatazz, wirklich komisch. Ich meine, die Kinder, die Jugendlichen, yeah, aber hast du Darlene je Blue Razzmatazz trinken sehen?« Ein Frazil-Drink aus Eiskörnchen und süßer Brühe, die sich rühmt, das Produkt ökologisch angebauter blauer Himbeeren zu sein. Auch Tamy liebt das Zeug.

»Habt ihr nicht selber so eine Maschine?«, fragt Luther.

»Kaputt. Weißt du das nicht? Hab ich dir doch erzählt, dass sie kaputt ist. Oder? Hab ich dir das nicht erzählt?«

Doch, fällt Luther ein. Letzten Monat erst hat die Frazil-Maschine in Darlenes Valley Café den Geist aufgegeben.

»Die Mädchen haben sie kaputt gemacht«, sagt Nathan beinahe vergnügt. »Meines Erachtens. Es ist der Umwälzer, der Umwälzer dreht sich nicht mehr, aber wenn du mich fragst, haben die Mädchen daran rumgespielt. Irgendwas werden die schon gemacht haben. Ich bin ja nicht der Meinung, dass man so was trinken sollte. Aber die Kids sind wild drauf. Also werden wir sie wohl reparieren lassen. Jetzt, wo es warm wird. Scheißteil.«

»Sonst alles okay bei euch?«

»Wie immer. Werde bei dem schönen Wetter angeln gehen. Ist es dringend? Du kannst sie wie gesagt bei White's erreichen. Falls sie nicht schon auf dem Weg zurück ist. Das kann natürlich auch sein. Dass sie schon auf dem Weg zurück ist, man weiß ja nie, wie lange die da zusammenstehen und tratschen, weiß man nie. Ich mach noch das Café, bis sie zurückkommt. Soll sie sich melden?«

»Nein, ich wollte nur wissen, ob's euch gut geht.«

»Sehr gut.«

»Hat Tamy mal angerufen?«

»Oh, das ist schon eine ganze Weile her. Im Februar? Yeah, kann auch März gewesen sein. Aber schon eine Weile her. Hattest du nicht gesagt, sie kommt am Wochenende hoch?«

»Ja.« Hat er? Offenbar. »Stimmt.«

»Yeah, alles klar. Das heißt, Moment noch. Irgendwas wollte Darlene von dir. Wo ich dich gerad dran hab. Wegen dem Basketball-Turnier nächste Woche. Lisa hat sie angesprochen –«

»Lisa Wagner?«

»Ja. Was wollte die? Wollte die noch? Es liegt mir auf der –«

»Kann ich dir sagen. Sie will den Erlös für die Schulbibliothek.«

»Nein, sie will *dich* in der Schulbibliothek.« Nathan lacht hechelnd wie ein Hund. »Zwischen den Liebesromanen. Oh yeah! Darauf kannst du einen lassen. Aber getrost.«

»Ich werde *nicht* mit ihr essen gehen.«

Nathan lacht immer noch, als Luther auflegt. Sieht man davon ab, dass Tamy nicht mehr in Loyalton wohnt, scheint dort alles beim Alten. Was nun? Weiter das Haus durchkämmen? Er geht umher. Ruth hat ihren Streifendienst angetreten. Sie sind übereingekommen, dass er die Fassade wahren, gegen Mittag im Büro aufkreuzen und in Stellvertretung Carls seinen Dienst verrichten wird. Trotz ihrer Verunsicherung kann keine Rede davon sein, dass sie die Möglichkeit alternativer Welten ernsthaft in Betracht zieht. Luther wird mehr auffahren müssen als eine verlorengegangene Telefonnummer. Mit etwas Glück lassen seine Voraussagen ihre Zweifel erodieren. Alles hängt jetzt daran, wie stark sich die Wirklichkeiten überschneiden. Da es keinen Fall Pilar Guzmán gibt, ist die Arbeitslage vergleichsweise entspannt, was ihm Zeit verschafft, sich eine Strategie zu überlegen.

»Ein zweiter Besuch auf der Farm.« Ruths Vorschlag. »Da rankt ja nun die Wurzel allen Übels.«

»Die Sphäre werden sie uns kaum zeigen.«

»Warum nicht?«

»Warum sollten sie? Selbst wenn, wer wollte beurteilen, was das Ding ist und was es kann? Uns fehlt die Handhabe. Nicht in hundert Jahren wird Carl auf Grundlage der Fakten einen Durchsuchungsbeschluss bewilligen. Ich kann schon froh sein, wenn Nordvisk von einer Klage absieht, außerdem werde ich mich kein weiteres Mal von Rodriguez für dumm verkaufen lassen.«

»Also was?«

»Die Schlange beim Kopf packen. Hugo van Dyke, Elmar Nordvisk.«

»Du willst nach Palo Alto?«

»Wenn ich dort keine Antworten finde, dann nirgendwo.«

»Warum sollten sie mit dir reden? Rodriguez wird denen seine eigene Version erzählt haben.«

»Ist von auszugehen.«

»Darin gibst du keine gute Figur ab.«

»Rodriguez hat was am Laufen, wovon seine Chefs möglicherweise nichts wissen. Meine Figur wird das Haupt neigen und sagen, tut mir leid wegen allem, was passiert ist, und jetzt hätte ich mal ein paar Fragen. Und weißt du was? Ich wette, sie sind mindestens ebenso scharf auf das Gespräch wie ich. Weil sie nicht wissen, was genau in ihrem Schauerkabinett passiert ist. Information gegen Information.«

Und die wichtigste Figur in dem Spiel heißt Pilar Guzmán.

Sie zu finden hat Priorität.

Doch erneut strandet Luther an ihrem Anrufbeantworter, und als er Nordvisk in Palo Alto anruft und seinen Namen und Dienstgrad nennt, teilt man ihm lapidar mit, Pilar sei nicht erschienen.

»Ist sie vielleicht auf der Farm? In Sierra?«

»Moment – nein. Keine Anmeldedaten. Kann ich anderweitig helfen?«

»Ja, indem Sie mich mit Hugo van Dyke verbinden.«

»Oh, wieder Pech. Hugo wird erst am Nachmittag erwartet.«

»Dann Elmar Nordvisk.«

»Versuche ich. Einen Augenblick, Sir.«

Die leidig bekannte Stimme, die er als Nächstes vernimmt, dämpft seine Erwartungen um ein Weiteres. Er geht in die Offensive.

»Seien Sie versichert, er will mit mir reden.«

»Mag sein. Wenn er erfährt, worum es geht.«

»Das ist vertraulich.«

Katie Ryman zeigt sich erwartungsgemäß unbeeindruckt. »Sie telefonieren von einer gewöhnlichen Handynummer. Wenn Ihr Büro etwas mit Elmar zu besprechen hat, sollte es das auf offiziellem Wege tun.«

»Das hier *ist* offiziell.«

»Wie kann ich sichergehen, dass Sie –«

»Indem Sie meine Zentrale anrufen und sich zu mir durchstellen lassen. Dann landen wir wieder dort, wo wir jetzt sind, aber egal. Ich weiß, die Leute kommen auf die abgefeimtesten Ideen, ganz üble Typen geben sich als Sheriff aus, um in Ihr Allerheiligstes vorzudringen, bringen wir's also hinter uns. Danach hätte ich gern Ihren Boss gesprochen. Nordvisk betreibt in meinem County eine Forschungsanlage, dies nur, damit Sie mir den Hinweis auf die Grenzen meiner Amtsgewalt ersparen.«

Katie Ryman lässt einen Moment verstreichen, mit Neuausrichtung beschäftigt. Dieses Verhalten von ihr zu kennen, amüsiert ihn. Du hast nie mit mir gesprochen, denkt er. Ich aber mit dir.

»Sind Sie Elmar namentlich bekannt?«, fragt sie eisig.

»Das liegt im Bereich des Möglichen.«

»Ja oder nein?«

»Kommt drauf an, wie schnell die Dossiers von Cole & Rosenfield auf seinen Schreibtisch wandern.«

»Undersheriff«, seufzt sie. »Sie würden mir meinen Job sehr erleichtern, wenn Sie nicht klängen wie das Orakel von Delphi.«

»Okay. Erleichtern Sie mir meinen.«

»Ich sehe, was sich machen lässt.«

Nervös verbringt er Minuten in der Warteschleife, dann kühlt ihre Stimme wieder seinen Gehörgang. »Passt es Ihnen, morgen mit Elmar zu Mittag zu essen?«

Fast verschlägt es ihm die Sprache. Das ist mehr, als er erwartet hat. Zugleich verspürt er grimmige Zufriedenheit. Wenn Elmar Nordvisk ihn zum Lunch treffen will, muss er *sehr* interessiert sein.

»Morgen passt gut. Wo?«

»In Palo Alto. Seien Sie um Viertel vor zwölf am Haupteingang.«

Das Telefon in seiner Handfläche glüht, seine Wangen glühen, sein Herz trommelt wie das eines Schiffbrüchigen, der Land sieht. Verfrühte Euphorie, doch ihm ist, als sei er der Aufklärung seiner Situation durch die bloße Aussicht auf das Gespräch ein entscheidendes Stück nähergekommen. Wie wird die Welt nach dem Treffen sein? Welche neuen Abgründe sich öffnen? Unversehens wird ihm bewusst, wie einseitig er bislang gefragt hat, nämlich welcher Anomalie er sein Hiersein verdankt. Aber vielleicht stimmt ja die Fragerichtung nicht.

Vielleicht müsste er fragen, was mit *ihm* in diese Welt gelangt ist.

Ist *er* die Anomalie?

Sein Kopf schwirrt. Ein Blick auf die Uhr. Stellt sie nach hiesiger Zeit, elf. Besser, ins Büro zu fahren. Jede Menge Arbeit dürfte sich auf Carls Schreibtisch türmen, er muss sich auf morgen vorbereiten, braucht dringend ein Update. Die Fluktuationen zwischen den Realitätsebenen könnten auch Nordvisk betreffen. Er ruft die Zentrale.

»Kimmy, ich bin in einer Viertelstunde da. Setz dich mit Phibbs in Verbindung, er soll ein Dossier zusammenstellen, und zwar avanti. Alles über die Firma Nordvisk in Palo Alto.«

»Nord – vi – vi –«, hört er Kimmy mitschreiben. »Vix?«

»Visk. V. I. S. K. – Schwerpunkt auf folgende Leute: Elmar Nordvisk, Hugo van Dyke, Pilar Guzmán, das schreibt sich mit z, Eleanor Bender und den Sicherheitschef, Jaron Rodriguez.«

»So ein Zufall.«

»Zufall?«

»Ja, weil – so hieß auch der Mann, der hier war. Genau so.«

»Welcher Mann denn, der hier war, Kimmy?«

»Der mit dir – mit dem du vergangene Nacht –«

»Ach so. Ja, das war derselbe Mann.«

Ein Moment Stille. »Das habe ich mir übrigens schon gedacht. Gut, ich mache frischen Kaffee und rufe Phibbs an.«

»Umgekehrt, bitte.«

»Wann soll Phibbs denn kommen?«

»Gar nicht. Ich fahre raus zu ihm. Sag ihm, ich treffe ihn zwischen zwei und drei auf dem Marihuana-Feld hinter Eureka, das Tucker letzte Woche entdeckt hat. Bis gleich.« Er schaltet sie weg. Reflexartig greift er nach der fremden Jacke, stutzt. Wirft sie zurück auf die Sessellehne und gräbt die Zähne in seine Unterlippe.

Etwas hat darin geklirrt. Leise und vertraulich. Ein Klirren, das ihm Angst macht, noch bevor er weiß, warum. Er langt in die linke, dann in die rechte Seitentasche. Ertastet einen Schlüsselbund. Zieht ihn hervor, holt seinen eigenen heraus und hält beide nebeneinander.

Sie sind identisch.

Gegen Mittag haben sich die letzten Zirruswolken verzogen. Der Himmel ist blitzblank und nur im Zenit etwas ausgebleicht.

Ruths Hände liegen nebeneinander auf dem Lenkrad, ihre Ray Ban taucht die Landschaft in Sepia. Adern schlängeln sich auf ihren Handrücken.

Sie versucht, nicht hinzuschauen, und schaut umso genauer hin.

Traten die immer schon so hervor?

Je länger sie darauf starrt, desto mehr erscheinen sie ihr wie blutgefüllte, zwischen Knochen und Sehnen gequetschte Würmer, einzig von der straffen Folie der Haut daran gehindert, sich zu winden und davonzukriechen. Die Oberfläche ihrer Fingerknöchel runzelt sich wie alte Äpfel. Ekelhaft. Sind das alles Sommersprossen? Woran erkennt man Altersflecken? Wohl daran, dass sie kürzlich noch nicht dort waren. Neue, winzige Muttermale geben sich ein Stelldichein, eine ganze Straße hat sie zuletzt seitlich des Halses entdeckt und sich gefragt, welchem Zweck die Hinzukömmlinge dienen außer dem, ihr den eigenen Anblick zu vermiesen.

Das muss die Hitze sein, denkt sie. Die lässt das Blut quellen. Obschon von Hitze kaum die Rede sein kann, nicht in Sierra.

Hier wissen sie gar nicht, was Hitze ist.

Du bist vor fünf Jahren aus Monroe hergekommen, nach einem Skandal, den du nicht verschuldet hast.

Monroe, Tennessee. *Da* war es heiß!

Danke, Luther, fürs Heraufbeschwören.

Doch die Erinnerung hilft ihr, ihn zu verstehen. Es macht einen Unterschied, mit Zähnen und Klauen sein fragiles Selbstverständnis verteidigen oder erleben zu müssen, wie es in sich zusammenkracht und einen nackt und schutzlos der Willkür preisgibt. Wenn jede Distanz dahingeschmolzen und jede Grenze überschritten ist, die Luft nicht mehr zum Atmen reicht, Ohnmacht und Wut sich wie ein Filter über alles legen, dann – der Welt entfremdet – hat man verstanden, was Einsamkeit ist, und Luther muss sich gerade schrecklich einsam fühlen. Ein scharfer, isolierter Verstand, der auf sein Recht auf Unantastbarkeit pocht, während etwas Monströses von außen hereinbricht, sich seiner bemächtigt und ihn gegen seinen Willen zu verändern beginnt.

Sähen wir uns im Zeitraffer altern, denkt sie, es wäre nicht anders. Wir müssten schreiend verrückt werden. Mit jeder Minute werden wir verändert, ohne das Geringste dagegen ausrichten zu können. Sekündlich wird uns etwas genommen, gegeben wird uns nur, was wir uns nehmen. Vielleicht hat Willard Bendieker in seinem dumpfen Provinzschädel ähnlich empfunden. Vielleicht schlug er Alicia, weil er den Tod fürchtete, wie so viele der Männer im Süden, deren jugendliche Unbesiegbarkeit sie in den Glauben treibt, die Welt werde ihnen jederzeit bereitwillig nachgeben, und dann wächst ihnen der mäkelige Alltag über den Kopf. Zu ganzen Kerlen erzogen, sehen sie sich in Büros, Fernsehsesseln, Schlaf- und Kinderzimmern verschwinden. Vielleicht dachte Willard, er müsse sich nehmen, was ihm vorenthalten wurde, weil sein Leben sonst jeden Sinn verlöre, zumal er schon unfruchtbar war.

Dass er es nicht war, dafür fand er den Beleg im Badezimmer. Einen leeren, aber unverkennbaren Blister, leichtsinnigerweise von Alicia obenauf im Mülleimer platziert. Der anschließende Streit entfesselte, wie nicht anders zu erwarten, Willards erbärmlichste Dämonen, wäre aber im häuslichen Rahmen geblieben, hätte nicht eine verschwitzte Augustnacht weitere verschwitzte Nächte nach sich gezogen, in denen Ruth und Alicia sich nahmen, was sie sich Jahre vorenthalten hatten. Und als nun Willard vom Prügeln erschöpft und seine Frau nicht länger fähig war, zurückzudreschen, versetzte sie ihm den letzten Schwinger eben mündlich: dummer, hilfloser Willard.

Dumme, geschwätzige Alicia –

Monroe, ein Brutkasten.

Zu viele Einsätze, die Sheriffwache wie leer gefegt. Jeder trägt jedermanns Hut. Ruth, eigentlich Streifendienst, ist heute Disponentin, die Zentrale der Gully, in dem aller Dreck zusammenfließt. Gereiztheit liegt in der Luft, ein Umeinandertreiben elektrischer Felder, beginnender Wahnsinn. Das Land ist wie niedergestreckt. Keine lilaschwarze Wand will aufziehen, jeder Tropfen wird aus dem Himmel gebrannt, noch bevor er den Erdboden berührt, doch etwas muss und wird sich entladen.

Ruth tritt hinaus auf die Veranda.

Breiige Hitze umschließt sie.

Er kommt ihr über die staubige, dampfende Straße entgegen und wirkt dabei so kraftlos und aller Energie beraubt, als bringe es ihn an die Grenze der Belastbarkeit, bloß seinen Schatten hinter sich herzuschleifen. Hoch über ihm sticht die kleine weiße Sonne aus einem zinnfarbenen Himmel, das alles versengende Auge.

»Hi, Willard.«

»Hi. Haben wir noch was Kaltes da drin?«

»Eistee. Wasser. Coke. Nimm dir, ich muss wieder an meinen Platz.«

Innen ist außen, es gibt keine Temperaturzonen in diesem Sommer. Er folgt ihr. Starrt den Kühlschrank an, während Ruth nach hinten geht, in den Raum mit den Bildschirmen und der Notrufannahme, Verschiedenes notiert. Als sie aufschaut, steht er im Türrahmen. Die Coke in seiner Hand ist unangetastet. Hauchdünne Eisplättchen gleiten an der Flasche abwärts.

»Ich weiß es«, sagte er.

»Was weißt du?«

»Das von dir und Alicia. Ich weiß, was ihr zwei treibt.«

Da es darauf keine relativierende Antwort gibt, fragt sie einfach nur: »Woher weißt du es?«

»Alicia hat's mir erzählt.«

»Erzählt. Warum?«

»Es ist okay, Ruth.« Er kommt näher. »Ich bin nicht sauer. Wirklich nicht. Es ist schön, so etwas zu haben, es ist schön, wenn wir –« Dicht vor ihr bleibt er stehen. »Ich meine, warum nicht?« Ein vergiftetes Lächeln verzerrt seine Züge.

»Willard, ich kann dir nicht sagen, dass es mir leidtut. Das würde nicht stimmen. Du musst mit Alicia ins Reine kommen. Ich bin außen vor.«

»Wir sind im Reinen.«

»Ach, wirklich?«

»Es ist – eben ein anderes Modell.« Jetzt kann sie seinen Atem spüren, den Alkohol darin und eine faulige Note, die vom Magen aufsteigt, als sei ihm etwas nicht bekommen. Im nächsten Moment spürt sie seine Lippen auf ihren. Das verblüfft sie derart, dass ihre Hände einen Moment in der Luft verharren, alle Finger gespreizt.

»Langsam, Willard. Was soll das?«

»Es ist okay.« Er wirft die Flasche auf den Boden. Seine Rechte umfasst ihr Hinterteil und presst ihren Unterleib gegen seinen. Wieder versucht er, sie zu küssen.

»Willard –«

»Völlig okay.« Seine Linke greift zwischen ihre Beine. »Niemand muss davon wissen. Nur wir drei.«

»He!« Ruth stemmt die Fäuste gegen seine Schultern, drückt ihn weg. »Bist du noch ganz dicht? Wir drei?«

»Aber –«

Sie stößt ihn von sich. »Wir drei, du krankes Arschloch?«

Er wirkt so verletzt und ratlos wie ein Kind, dem man erklärt hat, dass es im Kreis der anderen Kinder nicht erwünscht ist.

»Ich dachte, du stehst drauf«, sagt er matt. »Du fickst meine Frau, ich bin ja einverstanden. Warum nicht mit mir?«

Fassungslos fingert sie nach der Tischkante. Kann es einfach nicht glauben. Natürlich haben sie sich Gedanken gemacht, wie Willard reagieren würde, sollte er je dahinterkommen, aber nicht im Traum hätte sie mit so was gerechnet.

»Ich steh nicht auf dich«, sagt sie.

»Aber auf Alicia stehst du.« Er schaut umher, reibt den Zeigefinger unter seiner Nase, als müsse er ein Niesen unterdrücken. »Also bin ich jetzt der Arsch. Du fickst dich durch die Nachbarschaft, aber für mich bist du dir zu fein?«

»Ich *ficke* mich nicht durch die Nachbarschaft!«

»Du hast Spaß dran.« Seine Zunge sucht etwas zwischen Wangen und Zähnen, dann grinst er unvermittelt. »Du weißt bloß nicht, wie gut ich in so was bin.«

Ruth weicht zurück. Ihre Rechte schiebt sich zur Hüfte, doch sie trägt keine Waffe, wenn sie Telefondienst macht.

»Willard, lass uns in Ruhe darüber reden.«

»Tun wir ja.«

»Du musst deine Ehe in Ordnung bringen.«

»Tue ich. Ich bringe *alles* in Ordnung.« Er macht einen schnellen Schritt auf sie zu. »Es wird dir gefallen.«

Prallt gegen sie. Willard. Ihr Kollege seit Jahren. Laut, hitzköpfig, ein Macho, den man in Kauf nimmt, um mit Alicia befreundet zu sein, aber auch hilfsbereit und verlässlich, einer, der ohne zu murren Dienstpläne tauscht und Sonderschichten einlegt, der zur Stelle ist, wenn man ihn braucht. So abstrus erscheint Ruth das Ganze, dass sie immer noch an ein Missverständnis glaubt, Alicias Warnungen zum Trotz, ihr Mann habe sich nicht im Griff – und so vergibt sie die entscheidende Chance, das hier zu beenden. Willards Stirn schießt vor und bricht ihr das Nasenbein. Noch während sie schützend die Hände hochzieht, verpasst er ihr einen Schlag in den Solarplexus, unter dem sie sich krümmt, keucht, hustet, es fühlt sich an, als kämen ihre Eingeweide mit hoch. Sie sieht ihr Blut auf den Boden tropfen. Dann liegt sie selbst auf dem Boden, die Unterarme über dem Kopf gekreuzt, um das Trommelfeuer seiner Schläge abzuwehren. Er öffnet ihre Koppel, zerrt an ihrer Hose. Ruth nutzt den Moment und landet einen Treffer gegen seine Schläfe, der ihn ins Wanken bringt, kassiert dafür weitere Magenschläge und spuckt Galle. Halb besinnungslos versucht sie davonzukriechen. Er schreit und wütet über ihr, reißt ihr die Kleidung vom Leib, zerfetzt ihren Schlüpfer, liegt schwer auf ihr, und Ruth weiß, wenn sie es jetzt geschehen lässt, wird sie ihn nie abwaschen können, nie aus sich herausbekommen, für den Rest ihres ganzen, aus der Spur geratenen Lebens nicht.

Sie spreizt Zeige- und Mittelfinger ab und sticht ihm in die Augen.

Willard heult auf und lässt von ihr ab.

Ruth legt nach, prügelt mit der geballten Rechten in sein Gesicht, hört ihn wild brüllen und sieht seine erhobene Faust. Hoch über ihr schwebt sie, versammelt alle Rohheit und Kraft, derer er fähig ist, bringt sich langsam zirkulierend in Position. Es ist keine Frage, was der Schlag anrichten wird. Es ist keine Frage, dass sie dem nichts entgegenzusetzen hat. Sie ist stark, sie hat Muskeln, niemand legt sich freiwillig mit Ruth Underwood an, doch gerade ist sie nur eine halb nackte, völlig entkräftete Frau und kaum noch bei Bewusstsein.

Mit letzter Willensanstrengung dehnt sie den linken Arm. Ihre Finger bekommen den Griff seiner Waffe zu fassen. Sie zieht sie aus dem Holster, wie ein Verbündeter schmiegt sie sich in Ruths Handfläche, ihr Finger findet den Abzug.

Sie schießt.

In Willards Augen tritt ein erschrockener Ausdruck, dann werden sie glasig. Irgendwie lustlos kippt er zur Seite und beginnt schwer zu atmen. Unter seiner Achsel tränkt sich der Stoff, mischt sich Schweiß mit Blut. Ruth bleibt heftig keuchend liegen, den Kopf zur Seite gedreht, sodass sie ihn sehen kann. Es ist offensichtlich, dass von Willard Bendieker keine Gefahr mehr ausgeht. Unter Stöhnen stemmt sie sich hoch, bringt ihre ramponierte Kleidung halbwegs in Ordnung, erspäht die fallen gelassene Coke-Flasche unter dem umgestürzten Drehstuhl.

Kurz überlegt sie, ihm damit den Schädel einzuschlagen.

In Gedanken tut sie es.

Dann setzt sie einen Notruf ab.

Vielleicht hätte sie bleiben und es durchziehen sollen.

Willard wurde zusammengeflickt und bis auf Weiteres suspendiert. Irgendeinen Hohn von Strafe hätten sie ihm wohl aufgebrummt, doch ausgerechnet Alicia beschwor Ruth unter Tränen, von einer Anklage abzusehen, auch Willard werde darauf verzichten. Jedes Biotop regelt die Dinge auf seine Weise. Aus dem Sheriff Department drang, ihnen stehe der Rechtsweg offen, sofern sie vor Gott und dem Steuerzahler verantworten könnten, den Ruf der Behörde zu schädigen. Ruth sah es noch anders. Ein Prozess wäre vor allem geeignet, *ihr* Ansehen zu schädigen. Eine Lesbe, die entgegengebrachtes Vertrauen dazu missbraucht, die Frau eines Kollegen flachzulegen, während dieser aufopferungsvoll seiner Pflicht nachkommt – das versprach einen Spießrutenlauf der Sonderklasse! Was an Würde nicht in der Glut jenes Augusttages verdampft war, verlöre sie im Gerichtssaal, ohne Aussicht auf Rehabilitation. Volkes Gedächtnis ist eine Sickergrube. Verdruckstes Mitleid wäre ihr sicher, aber auch unversöhnlicher Hass.

Nachdem niemand ihr direkt riet, sich versetzen zu lassen, sprach ihre innere Stimme ein Machtwort. Ihr Rachefeuer war niedergebrannt, was hätte es geändert, Willard komplett zu erledigen? In Gedanken hatte sie ihn bereits umgebracht. Danach war er zu solcher Bedeutungslosigkeit geschrumpft, dass es nicht mal die Mühe lohnte, ihn unterm Stiefelabsatz zu zerquetschen. Würde er seinen Job behalten? Sie schiss drauf. Für Alicia zählte nur, dass nichts von alldem an die Öffentlichkeit drang, außerdem sei sie nicht lesbisch und nie gewesen. Während sie Ruth diese erstaunliche Einsicht zuteilwerden ließ, studierte sie ihre Schuhspitzen, und auch das spielte keine Rolle mehr.

Sollte sie alleine mit dem Dreckskerl klarkommen.

Allerdings erzeugt, was unter den Teppich gekehrt wird, Beulen. So wenig es eine Akte gab, so üppig erblühte das Gerede. Es eilte Ruth voraus wie eine Truppe fröhlicher Herolde. Mehrfach wurde sie abgelehnt, bis der Undersheriff von Sierra seinen Vorgesetzten überzeugte, sie sei die Richtige. Als sie eines Tages den Mut aufbrachte, Luther die Geschichte in allen ihren schäbigen Einzelheiten zu erzählen, erzählte er ihr prompt seine, und beider Wurzeln schlangen sich umeinander.

Seitdem ist kein Tag vergangen, an dem er nicht zu ihr gehalten hat.

Und es wird keiner vergehen, schwört sie sich, an dem sie nicht zu ihm hält, was immer er sagt oder tut.

Und wenn er behauptet, vom Mars zu stammen.

In Sierra City parkt sie neben dem Country Store. Die lange, abblätternde Holzbank auf der Veranda ist bevölkert mit Wanderern, die ihre Rucksäcke vor dem angrenzenden Post Office abgestellt haben und Bier trinken. Ihrer Barttracht haftet etwas Sektiererisches an, die einzige Frau trägt ein Tank Top im Sternenbanner-Design, über ihr bläht sich lustlos die passende Flagge. Ruth grüßt ein paar Leute, ersteht eine Tüte Hawaiian BBQ Chips und eine Flasche Welch's Traubensaft und verzieht sich damit an die Kühlerhaube ihres Streifenwagens.

Eine nach der anderen haben sich Luthers Vorhersagen bestätigt. So beunruhigend das ist, geht es einher mit kolossaler Erleichterung, dass er offenbar nicht an einer Psychose leidet, zumal er kein bisschen den Eindruck erweckt. Seine Geschichte mag absonderlich sein, bizarr, sein Verhalten ist es nicht. Ruth hat Psychotiker erlebt, die erkennbar über Kluften hinweg kommunizierten, doch Luther weist keinerlei Symptome einer tiefgreifenden Wesensveränderung auf. In seiner für ihn untypischen Ratlosigkeit wirkt er so vernünftig, wie jemand nur wirken kann, der aller tragenden Säulen seines Selbstverständnisses beraubt wurde. Immer noch rebelliert Ruths Verstand gegen Zeitreisen und gar Pfusch an der Vergangenheit, doch dass ihr Boss die Zukunft voraussagen kann, lässt sich kaum mehr bestreiten. Etwas wurde ihm angetan, das ihn dazu befähigt, also gilt es herauszufinden, von wem, wie und zu welchem Zweck.

Wie kann sie ihm helfen?

Ihre Gedanken wandern zurück zur vergangenen Nacht. Sie fährt an seinem Haus vorbei. Was sieht sie? Licht. Ist da der Schatten eines Mannes am Fenster? Nein. Sie muss ihren Sichtkreis erweitern, was sonst fällt ins Auge? Es ist dunkel, die Straßenbeleuchtung dürftig, aber doch, da ist etwas. Wenn man jahrelang dieselben Straßen entlangfährt, den immer selben Menschen begegnet, ihre Vorgärten und Vorlieben kennt, ihre Hunde und Autos, dann haftet die kleinste Veränderung in irgendeinem Winkel der Wahrnehmung. Und etwas weicht ab in dieser

Nacht. Etwas, das sie dort bisher nicht gesehen hat, groß und bullig –

Ein Mercedes.

Gegenüber von Luthers Haus. Definitiv ein Mercedes, schwarz oder anthrazit, gepflegt, teuer aussehend, mit Stoßfänger und Trittbrettern. Ganz schöner Klotz. Niemandem hier gehört so ein Prunkstück. Gegen neun ist sie das erste Mal durch die Pearl Street gefahren, aus entgegengesetzter Richtung kommend, und da stand er eindeutig noch nicht dort. Und hat Luther nicht erzählt, diese Mexikanerin, die für Nordvisk arbeitet, sei in einem Mercedes G 65 AMG unterwegs gewesen?

Ist das ein G 65 AMG da vor seinem Haus?

Meg Danes wüsste es.

Ich könnte ihr den Wagen beschreiben, denkt Ruth, nicht frei von Hintergedanken, aber besser wäre ein Foto – was sie auf eine Idee bringt. Bassetts Gasoline Station, wenige Meilen östlich. Letztes Jahr wurde in die einsam gelegene Tankstelle eingebrochen, es gab wiederholt Fälle von Benzindiebstahl. Der Pächter installierte daraufhin zusätzliche Kameras, eine gleich an der Zufahrt, wo die S620 auf den Golden Chain Highway stößt. Wenn der Mercedes aus den Bergen gekommen ist, müssten sie ihn draufhaben. Nummernschild, Uhrzeit. Vielleicht sogar, wer drin sitzt.

Sie langt in die Chips-Tüte, lauscht dem Mahlen und Bersten in ihrer Mundhöhle und spinnt den Gedanken weiter. Zwischen Bassetts und Sierra Valley gibt es keine Ansiedlung, mehr oder weniger der Beweis, dass der Wagen direkt von der Farm heruntergekommen sein muss. Ein Indiz, das Luthers Geschichte stützt, warum sonst sollte ein Nordvisk-Mercedes nachts vor seinem Haus parken?

Sitzt jemand in dem Fahrzeug?

Sie lässt die Szene durchlaufen. Nein, da ist niemand. Kein Fahrer, also wo ist der Fahrer? Noch mal: Im Haus brennt Licht. Wer ist im Haus? Wirklich Luther?

Oder der Fahrer des Mercedes?

Kimmy im Funkgerät: »Kann einer mal schnell zur Oak Ranch Road sieben fahren?« Dringlichkeitsmodus. »Die alte Miss Gruber hat angerufen. Also, ich weiß nicht, ob sie es war, ihr Telefon hat angerufen. Also, Quatsch, nicht ihr Telefon, *jemand* hat *mit* ihrem Telefon angerufen und komisch geatmet, und dann ist die Verbindung abgebrochen, und sie reagiert nicht auf Rückrufe, wer ist am nächsten?«

»Ich bin immer noch in Sattley«, meldet sich Troy. »Keine Chance.«

»Pass Creek«, schnarrt Petes Stimme. »Jemand näher?«

»Sierra City«, sagt Ruth ins Funkgerät. »Ich kann sofort los.«

»Nein, ich fahre.« Luther. »Bin in wenigen Minuten oben.« Zögert, und als hätte Ruth es geahnt, fügt er hinzu: »Ich glaube übrigens nicht, dass die alte Merle was hat. Wetten, da spielt der Enkel mit dem Schnurlosen.«

Das, denkt sie, wird dir die lebenslange Vergötterung durch Kimmy eintragen. Und du hattest recht.

Du musst diesen Tag schon mal erlebt haben.

Sie wirft Flasche und Chips-Tüte ins Innere, steigt ein, wendet und braust hoch zur Bassetts Gasoline Station.

Ein Übertritt –

Elmar sitzt im Moonshot-Meeting und versucht, der Präsentation zu folgen, doch der Vorfall von letzter Nacht bringt ihn immer wieder raus. Was hat sich da in Sierra manifestiert? Über Mangel an Daten können sie sich nicht beklagen: A.R.E.S. hat Zeitpunkt und Koordinaten des Absender-PUs protokolliert, aber warum ist es überhaupt passiert? Auf welcher Seite liegt der Fehler, da dieser Sheriff, nein, Undersheriff, offenbar völlig im Dunkeln tappt? Wurde das hier bei ihnen verbockt? Oder im PU?

Der Mann jedenfalls scheint nicht die mindeste Ahnung zu haben, was ihm widerfahren ist, es sei denn, er lügt. Eine Finte –

Aber wozu?

Dass etwas in der Art geschehen könnte und eines Tages wohl auch würde, war ihnen allen klar gewesen. Zwei Szenarien hatten sie im Blick: die Abstattung eines offiziellen Besuchs, hoffentlich freundlich gemeint, oder einen Angriff. Doch Variante drei gibt Rätsel auf.

Der Fehler *muss* im PU liegen. Irgendwas ist bei denen aus dem Ruder gelaufen.

»– sind darangegangen, die Entwicklung der mitgebrachten Tiere chronologisch herzuleiten und in Stadien zu gliedern«, sagt Jayden de Haan gerade. Jayden ist Kybernetiker und arbeitet Eleanor Bender im Projekt mit den schönen Arbeitstitel *Buddy Bug* zu. »Unsere Wissenschaft befindet sich derzeit im vierten, die von PU-453 im siebten Stadium. Da sind sie naturgemäß weiter, sowohl was das allgemeine Know-how als auch die erforderliche Hardware betrifft, also Sequenzier-Anlagen, Zuchtstätten, und so fort. Ares ist zwar fleißig dabei, das Ganze für uns zu adaptieren, aber wir müssen uns darüber im Klaren sein, dass man PU-Technologien nicht wie ein Curry-Gericht nachkochen kann. Es trennen uns nun mal geschätzte dreißig Jahre Entwicklung.«

»Das ist bekannt«, sagt Hugo.

»Muss man trotzdem hin und wieder betonen«, streut Eleanor ein. »Die Zaubertricks zu kennen, heißt nicht, sie auch zu können.«

Elmar rafft sich zusammen. Konzentrier dich, mahnt er sich. Das hier ist zu wichtig.

»Schon klar«, sagt Hugo freundlich.

Jayden nickt in Hugos Richtung. »Ich wollte lediglich verdeutlichen, warum es bei den jüngsten Entwicklungen Fehlschläge gab. Kurz noch mal zur Erinnerung: Die Frage nach den Einsatzmöglichkeiten beginnt damit, wie Fliegen sich für die Tiere anfühlt. Das hat entscheidende Auswirkungen auf die Steuerbarkeit, sprich auf die Programme, die wir schreiben. Luft ist im Grunde stark verdünntes Wasser. Je kleiner ein Insekt ist, desto zäher erscheint sie ihm. Bestimmte Manöver sind also mit den Winzlingen nicht durchführbar. Wenn ihr beim Joggen in einen Schwarm millimetergroßer Mücken geratet, die man schon mal einatmet und hinterher aus den Haaren pulen muss, könnt ihr beobachten, dass die Tiere eher trudeln als fliegen. Sie sind so was wie das Plankton der Lüfte. Die von außen zu besonden ist unmöglich, die Steuerung kann also nur über modifiziertes Erbgut erfolgen. Für die Manövriermeister und Schnellflieger gilt, dass sie allesamt erheblich größer sind. Große Insekten empfinden Luft als weniger viskos. Im Wasser wären sie Delfine, Haie oder Barrakudas. Ihre Flügel sind transparent und aerodynamisch beschaffen, das hintere Paar dient mal als Stabilisator, mal sorgt es wie ein Außenborder für den Vortrieb. Dann gibt es welche, die das Vorderpaar zu starren Segelflächen ausgebildet haben wie der Maikäfer, aber die absoluten Cracks setzen beide Paare zum Fliegen ein. Sie sind die Champions.«

Die Zusammenkunft findet in einem Konferenzraum des Nordvisk-Hauptgebäudes statt, der den Moonshot-Meetings vorbehalten ist. Einmal in der Woche treffen sich hier CEOs und Abteilungsleiter, um sich auf den aktuellen Stand der Großprojekte zu bringen oder Neues zu präsentieren. Jayden steuert über sein Tablet die leere Wand an. Flächendeckend erscheint das Bild einer Libelle. Riesig und in 3D beginnt sie sich zu drehen.

»Die Königsklasse«, sagt Jayden. »Libellen beherrschen sämtliche Flugformen in Perfektion. Schweben, segeln, blitzartige Richtungswechsel, rückwärts fliegen. Sie erreichen fünfzig Stundenkilometer in der Spitze, verfügen über hocheffektive Steuerungssysteme und stehen selbst bei starkem Wind fast regungslos in der Luft. Ihre stabile Lage erklärt sich aus dem Verhältnis extrem großer Flügelflächen zu minimalem Flügelgewicht, etwas, das menschliche Konstrukteure bis heute nicht annähernd nachbauen konnten. Beide Flügelpaare können unabhängig voneinander bewegt werden. Was ihr hier seht, ist ein Exemplar der

Gattung Pantala. Eine Wanderlibelle. Man kann ihr das Zweieinhalbfache ihres Eigengewichts aufladen, und sie startet und manövriert ohne Mühe. Der ideale Träger für miniaturisierte Kameras, Mikrofone, Strahlenmessgeräte, Funkchips und natürlich Batterien.«

Verschiedene Implantate und Aufsätze erscheinen auf der Libelle.

»Die haben wir seit drei Jahren im Sortiment«, ergänzt Eleanor. »Polizei und Streitkräfte setzen sie als Aufklärer ein.«

»Arbeitet das Pentagon nicht mit Eigenentwicklungen?«, fragt Elmar.

»Gute Frage.« Hugo reibt sein Kinn. »Sie forschen seit dem Zweiten Weltkrieg an ferngesteuerten Insekten.«

»Das ist die DARPA«, sagt Eleanor. »2008 haben sie es geschafft, Motten im Larvenstadium Chips zu implantieren. Sie steuern Kakerlaken und fummeln Kameras in Hummeln. Jayden?«

»Keine echte Konkurrenz.«

»Langsam«, sagt Hugo. »Die haben das GPS und die Tarnkappen-Technologie erfunden.«

»Und den Vorläufer des Internet«, sagt Eleanor. »Egal, wir sind besser als die DARPA. Sie verplempern da zu viel Zeit mit Roboterdrohnen. Echte Insekten schlagen jeden Nachbau, und bei der Schwarm-Kontrolle liegen wir meilenweit vorne. Bald werden wir Kollektive für die Verkehrslageerfassung, als GPS und fliegende Internet Provider in unterversorgten Gegenden anbieten können.«

»Gut. Sehr gut.«

»Das hier ist auch gut.« Jayden gesellt der Libelle ein bizarres Krabbelinsekt hinzu, den Rücken vollgepackt mit Solarzellen und Sensorik. »Unsere ugandischen Rosenkäfer. Ein Renner. Der Katastrophenschutz liebt sie. Wir steuern ihr Flugverhalten und ihren Lauf, sie krabbeln in die engsten Ritzen und liefern brillante Bilder. Bei den Beben vergangenes Jahr in Italien und Indonesien konnten Verschüttete lebend geborgen werden, nachdem die Käfer sie aufgespürt hatten. – Hiermit waren wir eine Weile weniger erfolgreich, dürfen aber den Durchbruch vermelden.« Sichtlich zufrieden projiziert er eine zum Cyborg umgebaute Heuschrecke. »Ihr Geruchssinn ist legendär, also dachten wir, wozu Hunde oder gar Menschen beim Aufspüren von Minen, Sprengsätzen und Bomben opfern, wenn wir die Hirnaktivität dieser Tiere anzapfen und ihnen den Job übertragen können. Die Steuerung erfolgt über eine Schicht Nanoseide auf den Flügeln, zugleich fungiert das Material als Kollektor für flüchtige organische Verbindungen. Heuschrecken sind der Wahnsinn. Sie besitzen Hunderttausende spezialisierte Geruchssensoren, man kann sie wie Drogenhunde abrichten.«

»Trotzdem gibt es ein Problem«, räumt Eleanor ein. »Externe Energieträger erschöpfen sich. Wir können Tiere über implantierte Transponder beliebig vernetzen und steuern, aber wenn die Batterien alle sind, ist Schicht. Also haben wir, ausgehend vom hiesigen Stand der Technik unter Einbeziehung von PU-Technologie, *das* hier entwickelt.« Dem Rücken der Libelle entwächst eine schimmernde Haube. Der Körper wird transparent, man sieht eine Vielzahl tentakelartiger, hauchfeiner Drähte sich darin verästeln. »Eine Bio-Brennstoffzelle. Sie speist sich aus dem Stoffwechsel des Insekts. Blutzucker und Bewegungsenergie. Solange es frisst und fliegt, lädt es die Batterie immer wieder auf. Damit wäre das Energieproblem gelöst, aber die Einheit umfasst noch mehr.«

Ein Teil der Haube beginnt zu leuchten.

»Wie ihr wisst, sind wir in der Lage, Daten auf Magneten zu speichern, deren jeder aus einem einzigen Atom besteht. Die Speicherkapazität pro Atom beträgt ein Bit. Das heißt, eine Festplatte, auf der alle je geschriebenen Bücher oder in Datenform erfasste Musik Platz haben, ist nicht größer als eine Kreditkarte. Könnte man sich Quanteneffekte nutzbar machen, fände alles auf der Spitze einer Nadel Platz. PU-453 hat es immerhin geschafft, den ganzen gewaltige Datenbestand im Volumen eines Reiskorns unterzubringen – der Teil, den ihr leuchten seht.«

Ein simulierter Libellenschwarm fliegt Manöver, vergrößert und verkleinert seine Fläche im Raum, wechselt blitzartig die Formation, bildet Fronten, Kugeln, Speerspitzen und Fächer. Das Symbol eines Zentralrechners erscheint.

»Hier ist unsere KI, über die wir das Kollektiv steuern. Die neuen Steuereinheiten passen in jeden Rucksack.« Sendeimpulse gehen innerhalb des Schwarms und zwischen Schwarm und Rechner hin und her. »Was genau passiert da? Im Prinzip nichts anderes, als was wir aus rückkoppelnden Lernprozessen zur Genüge kennen. Sämtliche Tiere sind untereinander und mit der KI vernetzt. Jede Information, die ein Einzeltier erlangt, wird in Echtzeit mit allen anderen Tieren geteilt und in deren individuellen Speichern abgelegt. Die KI wertet den permanenten Informationsfluss aus, erstellt aus den Einzeldaten komplexe Lagebilder und setzt die daraus gewonnene Erkenntnis in Anweisungen um. Ein selbstlernendes System also, dessen Erfahrungsstand rapide wächst. Den wiederum lagert die Steuer-KI in der Cloud ab.«

»Das heißt, jedes Kollektiv kann mit dem Wissen aller Kollektive operieren.« Elmar lässt das auf sich wirken. »Aber das ist nicht alles, was ihr uns zeigen wolltet, oder?«

Eleanor tritt zu Jayden.

»Machen wir uns nichts vor, die Technologie stößt an ihre Untergrenze. Und solange das der Fall ist, stehen wir – da hat Hugo vollkommen recht – im Wettbewerb mit DARPA und anderen. Wir können den Datenspeicher, den so ein Tier trägt, nun mal nicht beliebig verkleinern. Ein Atom bleibt ein Atom, und zur Nutzung von Quanteneffekten ist die Lebenswelt eines Insekts zu instabil, außerdem lernt das Tier selbst gar nichts. Entfernt man den Speicher oder geht er kaputt, ist es wieder nur eine simple Libelle. Bauteile schon im Larvenstadium zu implantieren, bietet auch keine Lösung. Nicht alle Tiere vertragen den Umbau, und selbst wenn es funktioniert, erhalten wir vielleicht ein einziges schlaues Tier, dessen Nachkommen aber wieder nur gewöhnliche Libellen sind. Hier weist uns PU-453 tatsächlich einen völlig neuen Weg.«

Die Insekten weichen Bildern aus der Nanowelt: Makromolekülen, Gensequenzen, winzigen Maschinen.

»Was ist eine lebende Zelle? Ein Computer, in den die Natur ein Programm geschrieben hat. Dieses Programm befähigt Zellen, sich zu Gehirnen, Armen, Beinen, Augen, Lungen, Herzen, Nieren und so weiter zusammenzuschließen. Mit *EditNature* sind wir so weit, diesen Prozess designen zu können. So haben wir bei Nordvisk Pflanzen erschaffen, die eigenständig Parasiten bekämpfen und sich dem Klimawandel anpassen, Mikroorganismen, die organische Treibstoffe produzieren und Schadstoffe abbauen. Wir haben Bakterien beigebracht, sich gegen Viren zur Wehr zu setzen, Erbkrankheiten eliminiert. Mittlerweile operieren wir nicht mehr nur in Größenkategorien genomischer Buchstaben, sondern auf atomarer Ebene. Das heißt, wir können technologische Elemente wie Datenspeicher, Transponder, Kameras und Mikrofone bis ins Allerkleinste herunterrechnen und von dort ausgehend wieder so aufbauen, dass sie Teil der genetischen Information werden. Künstliche DNA. Wir konstruieren lebende Zellen auf dieselbe Weise, wie wir Computer programmieren, mit unglaublich präzisen Resultaten!«

Die große Libelle erscheint wieder auf der Wand. Anmutig schillernd, ohne erkennbare Implantate.

»PU-453-Technologie, Stadium fünf. Sie lässt sich steuern, ihr Organismus verfügt über sechzehn Gigabyte Arbeitsspeicher und ist via sämtlicher Sinne mit der KI verbunden: Hören, Sehen, Schmecken, Riechen, Tasten. Aber man sieht nichts. Alle mikroelektrischen Bestandteile wurden Teile der DNA. Sie codieren den Bau sämtlicher Funktionen, die wir bisher extern aufbringen und künstlich mit dem Organismus verknüpfen mussten.«

Ein Murmeln geht durch den Raum.

»Die Nachkommen sind ebenfalls steuerbar?«, fragt Fu Shenmi, die Bereichsleiterin für virtuelle und erweiterte Realität.

»Ja. Eines macht uns noch Kopfzerbrechen, was sie im PU gelöst haben. Bei herkömmlicher Besondung versieht man jedes

Implantat mit einer Identifizierungsnummer, damit die KI ein Tier erkennt und einzeln ansteuern kann. Wie sich die Codierung in der Selbstreproduktion fortsetzt, wissen wir noch nicht.«

»Kannst du so eine Libelle bauen?«, fragt Elmar.

»Wir arbeiten dran, die Technologie zu entschlüsseln.«

»Ares alleine bringt uns da nicht weiter, es ist kein rein rechnerisches Problem.« Jayden hüstelt. »Wie gesagt, PU-Technologie –«

»Kann man nicht nachkochen wie ein Curry, schon klar.« Hugo beugt sich vor. »Ihr habt von sieben Stadien gesprochen.«

»Richtig.« Eleanor lässt der Libelle tracheenartige Röhren entwachsen. Ihr Rücken verbreitert sich zu einer Art Plattform. »In Stadium sechs werden Tiere morphologisch verändert. Diese hier etwa können größere Lasten tragen. Die zusätzlichen Atemorgane helfen ihnen, in kontaminierter Umgebung länger zu überleben.« Etwas von der Größe eines Zuckerwürfels erscheint auf dem verbreiterten Rücken. »PU-Technologie. Ein Löschkomprimat. Wird seine Ladung freigesetzt, pustet es ein Lagerfeuer aus. Mehrere Hundert Tiere löschen in Minutenschnelle einen Wohnungsbrand, Kollektive von Millionen nehmen es mit Großbränden auf. Die Einsatzmöglichkeiten sind unbegrenzt. Praktisch alles kann komprimiert werden, Nahrung, Kleidung, Medizin, und die modifizierten Tiere bringen es überallhin. Selbst wenn sie dabei sterben, wie beim Löscheinsatz, geht die Information, die sie senden, nicht verloren. Sie ist abrufbar in der Cloud. Nicht nur das System wird damit immer klüger, auch das einzelne Insekt.«

»Nicht falsch verstehen«, sagt Jayden. »Wir erschaffen hier keine sechsbeinigen Einsteins. Wir rüsten Tiere mit einem Arbeitsspeicher auf. Es bleiben Tiere. Man kann zudem zusätzliche Sinne programmieren, Radar, Zoom, Infrarot- und Ultraviolettsicht. Stadium-sechs-Kollektive können selbstständig operieren, in Gebieten, die außerhalb des KI-Empfangs liegen. Ihre kollektive Intelligenz reicht, komplexe Missionen im Alleingang zu bewältigen.

»Und Stadium sieben?«, fragt Fu Shenmi.

»Eine Grauzone«, sagt Eleanor. »Spezialisierte Cyborgs in fast allen Bereichen des Lebens.«

»Insekten?« Martin Sah meldet sich zu Wort, CEO von Q-VISK, der Nordvisk-Tochter, die sich mit Quantenforschung beschäftigt. Er ist ein kleiner, dunkelhäutiger Mann mit einer gewaltigen Brille. »Darf ich mal ganz dumm fragen, was aus dem Ekelfaktor geworden ist?«

Eleanor lächelt. Bunte, elegante Wesen schweben im Raum. Einige wirken gläsern, andere tragen Gesichtsmusterungen, die an Smileys erinnern.

»Findest du die eklig?«

»Meine Perserkatze ist mir lieber.«

»Ach du Scheiße, ich hasse Perserkatzen«, entsetzt sich Fu Shenmi. »Blöde, blasierte Biester. Oh, *der* ist ja schön!«

»Ein Picasso-Käfer«, sagt Eleanor. »Beliebt als Haustier.«

»Im Ernst?«, ächzt Martin. »Haustier?«

»Klar. Du würdest dich wundern, wie viele Kinder ein eigenes Insekt besitzen.«

»Mein Gott! Wozu?«

»Als Spielgefährten«, sagt Jayden. »Zeiten ändern sich. Als ich klein war, hatte ich 'ne Ratte.«

Die Insekten spiegeln sich exotisch in Martins Brillengläsern. Es sieht aus, als schaue er die Fauna eines fremden Planeten. »Stechen die?«

»Kratzt deine Katze?«, fragt Fu Shenmi.

»Nur dich.«

»Natürlich sticht da nichts.« Jayden schüttelt den Kopf. »Die meisten Cyborg-Insekten sieht man ohnehin nicht. Sie machen sich unsichtbar.«

»Stealth-Käfer«, witzelt Jo Makumba. Sie ist eine füllige Schwarze, der die Abteilung Prognostik untersteht. Es ist das erste Mal in diesem Meeting, dass sie das Wort ergreift. Jayden ignoriert sie. »Wie gesagt, es gibt auch Schattenseiten. Pilar könnte uns mehr darüber erzählen. Sie war am nächsten dran.«

»Dafür müsste sie nur mal aufkreuzen.«

Eleanor runzelt die Brauen und sieht Elmar an. »Haben wir immer noch nichts von ihr gehört?«

»Was ist denn mit Pilar?«, fragt Fu Shenmi.

»Verschwunden.« Hugo zuckt die Achseln. »Nicht zu erreichen.«

»Kein Lebenszeichen?«

»Vielleicht sollte mal einer bei ihr vorbeifahren«, schlägt Jayden vor.

»War schon einer da«, sagt Elmar. »Sie ist nicht zu Hause, geht nicht ans Handy, reagiert nicht auf Nachrichten.« Tiefergehend werden sie das hier nicht erörtern. Jarons Verhaftung, seine abstruse Anschuldigung, Pilar habe Firmendaten stehlen wollen. Nur Elmar, Hugo und ein paar Leute auf der Farm wissen davon, und bis die Sache geklärt ist, wird das auch so bleiben.

»Kann banale Gründe haben«, sagt Fu Shenmi. »One-Night-Stand, verpennt.«

Jo lacht, als wolle sie sagen, da spricht die richtige.

»Warten wir's ab«, sagt Eleanor. »Also zu den Schattenseiten. So weit bekannt, geht Stadium sieben einher mit einem schwunghaften illegalen Handel, was Experimentier-Sets und Steuereinheiten betrifft, weshalb sich Privatleute alles Mögliche zusammenzüchten, das nicht den gesetzlichen Richtlinien entspricht. Hacker versuchen, ganze Schwärme für kriminelle und terroristische Zwecke zu kapern, Staaten rüsten mit biokybernetischen Waffen auf –«

»All das wird hübsch im PU bleiben«, sagt Elmar mit Nachdruck. »Nichts davon werden wir hier anpacken. Ist das klar? Wir arbeiten mit den landeseigenen Streitkräften und Geheimdiensten zusammen, aber nie wird eine Angriffs-Technologie Nordvisk-Gelände verlassen.«

Hugo putzt seine Brillengläser. »Mir musst du das nicht sagen.«

»Entschuldigt, aber das ist Augenwischerei.« Brendan Murphy, CEO von SHIELD, dem Unternehmenszweig für Sicherheitstechnologien. Brendan ist mit Jaron befreundet, doch von den jüngsten Ereignissen weiß er nichts. »Unser Beitrag zur Landesverteidigung mündet mit schöner Regelmäßigkeit in militärische Offensiven. Alleine, was wir der Polizei an Aufklärungs-Tools zur Verfügung stellen, hat schon einer Reihe Leute das Leben gekostet.«

»Verbrecher.«

»Unstrittig, Hugo. Tot sind sie trotzdem.«

»Es fällt unter Verteidigung.«

»Wie wär's dann mal mit einer aktualisierten Stellungnahme? Von dir und Elmar? So wie mir Journalisten, Blogger und Wutbürger auf die Pelle rücken, wäre ich –«

»Dir?«, wundert sich Jo. »Wozu haben wir eine Presseabteilung?«

»Kriegst du etwa keine Posts?«

»Nur, was die PR so rüberreicht –«

»Und was denkst du, tun die, wenn sie bei uns nicht weiterwissen? Elmars öffentliche Warnung vor einem globalen Wettrüsten mit intelligenten Kriegsrobotern liegt sechs Jahre zurück. Da saß er mit Obama beim Dinner und hielt eine tolle Rede. Ein Jahr später haben wir dem U.S. Cyber Command unsere Killer-Software verkauft –«

»Stopp! *Die* haben sie so genannt«, sagt Hugo. »Wir nennen sie *Needle.*«

»Spielt doch keine Rolle. Wenn wir eine KI entwickeln, die soziale Medien nach Hinweisen auf geplante Anschläge durchforstet, und als Folge Sonderkommandos renommierten Friedensforschern und Nobelpreisträgern die Tür eintreten, bloß weil sie im Rahmen von Antikriegs-Kampagnen kritisch über die NATO berichtet haben, fällt das vor allem auf uns zurück. Wir können froh sein, dass sie die Typen nicht gleich erschossen haben.«

»Das würde Ares heute nicht mehr passieren.«

»Wer ist überhaupt auf die bescheuerte Idee gekommen, das Ding Ares zu nennen?«

»Ich«, sagt Elmar. »Und du kennst meine Einstellung, Brendan. Wenn ich jemanden mit aggressiver PU-Technologie rumlaufen sehe, mache ich ihm die Hölle heiß. Ändert nichts an der Bereitschaft Chinas, Russlands und anderer, explizit des Irren in Pjöngjang, Maschinen im Kriegsfall über Leben und Tod entscheiden zu lassen. Washington hat damals klargestellt, dass man der Gefahr durch feindliche Kampfroboter die Entwicklung eigener Kampfroboter entgegensetzen wird.«

»Gerade klingst du wie eine Hausmitteilung des Pentagon.«

»Nein, ich finde das scheiße. Kann ich es ändern? Kann ich Generälen verbieten, Kampfmaschinen zu entwickeln? Kann ich nicht. Aber ich kann Algorithmen schreiben, die verhindern, dass Roboter blind auf alles ballern, was nach Islamist aussieht. Klar hat Ares Fehler gemacht. Na und? Soll ich dir aufzählen, was alles vom Himmel fallen musste, damit du heute in ein Flugzeug steigen kannst? Mittlerweile zieht Ares aus der Web-Analyse präzisere Schlüsse, als es je ein Mensch könnte. Da werden keine Accounts von Pazifisten mehr ins Fadenkreuz genommen.«

»Trotzdem. Ich brauche mehr Rückhalt.«

»Herrschaften«, seufzt Hugo. »Wir haben doch klare ethische Richtlinien aufgestellt. Die galten und gelten, also bitte brecht nicht ständig diese Diskussion vom Zaun.«

»Ich krieg die meisten Prügel, also breche ich sie vom Zaun«, sagt Brendan. »Es läuft darauf hinaus, dass wir den Streitkräften und der Polizei biokybernetische Systeme zur Seite stellen. Genetisch modifizierte Insekten. Ihr baut sie, ich liefere sie. Darauf läuft's hinaus.«

»Darum müssen wir das diskutieren«, nickt Eleanor. »Immer wieder.«

»Keine Aggressions-Technologie«, bekräftigt Hugo.

»Statements«, fordert Brendan.

»Du willst ein Statement?« Brendan geht Elmar heute mächtig auf den Sender. »Nordvisk verpflichtet sich der Herstellung des

Weltfriedens und globaler Gerechtigkeit. Der Überwindung unseres räuberischen Erbes. Sag denen das.«

»Sag du es ihnen.«

»Das steht auf unserer *Homepage.*«

»Wo ist überhaupt Jaron? Sollte der nicht auch dabei sein?«

»Er ist in Sierra und kommt nicht weg.« Nicht mal gelogen. »Okay, was haben wir noch?«

»Letzter Punkt«, sagt Jo. »PU-88. Wenn wir das als Prognose rausgeben, laufen wir Gefahr, kontraproduktiv zu handeln. Die Klimaskeptiker lauern in allen Löchern. Der Präsident glaubt nur, was ihm plausibel erscheint, und plausibel erscheint ihm, was ihm gefällt. Klimawandel gefällt ihm gar nicht. Es ist so schon schwer genug, ihm das Thema Erderwärmung einzuhämmern, aber mit PU-88 hauen wir dermaßen auf die Kacke, dass sie uns Alarmismus vorwerfen werden, und wir können nichts davon beweisen.«

»Wie hoch ist die Wahrscheinlichkeit, dass es hier dazu kommt?«

»Ares beziffert sie mit siebenundsechzig Prozent.«

»Klasse.« Fu Shenmi verzieht ihr Gesicht. »Da können wir gleich schon mal anfangen, Löcher zu graben und hineinzukriechen.«

»Es ist ja nicht so, als hätte das nicht alles längst in der Zeitung gestanden«, sagt Jo. »Aber Nordvisk Prognostics genießt einen seriösen Ruf. Wir erzielen hohe Trefferquoten. Nun kommen wir mit dem Weltuntergang. Entweder werden viele Leute sehr nervös, oder sie wenden sich ab, weil sie denken, wir hätten den Bogen überspannt. Ich bin nicht sicher, wie wir damit verfahren sollen.«

»Öffentlich machen«, sagt Elmar. »Als Szenario.«

»In Washington würden sie es gern als Erste lesen«, gibt Hugo zu bedenken.

»Um es dann wegzuschließen. Aber klar, gib's der Regierung. Es darf nur nicht nach Prognose klingen. Ein Szenario.«

Jo steht auf. »Konsens?«

»Konsens«, sagt Hugo.

Das Moonshot-Meeting hat sich über den kompletten Vormittag gezogen. Etappe eins haben sie im Audimax abgehalten, Brot und Spiele, zu denen traditionell die gesamte zweitausendköpfige Nordvisk-Belegschaft eingeladen ist. Vom Trainee bis zum Geschäftsführer kann jeder dort seinen persönlichen Mondflug antreten, fünf Minuten freien Falls, beschienen von der ungeteilten Aufmerksamkeit Elmars, Hugos und der CEOs. Alte Hasen versuchen, dem Schwerefeld vormaliger Erfolge zu entkommen, und reißen von ihnen selbst erstellte Postulate ein, da Disruption alles ist, die Opferung des Systems auf dem Altar völliger Erneuerung. Junge Programmierer treten mit Ehrfurcht vor die Gründer, auf die Bühne getrieben von der Aussicht auf Warhol'sche fünf Minuten und lebenslangen Ruhm. Ihr Akzent, wenn sie aus Asien, Afrika oder dem EU-Raum kommen, versprüht völkerverbindenden Charme, scheue Blicke und leise Stimmen lassen Genialisches erwarten, während andere im breitesten Zungenschlag ihrer ländlichen Heimat kleine Steinchen der Weisen rieseln lassen. Es gehört zum guten Ton, die Erde in Bedrängnis zu sehen und drei- bis fünfmal das Wort Menschheit einzustreuen. Mit Begeisterung fügen sie das Mosaik der Weltrettung, jede neue App, jeder neue Algorithmus setzt einen glitzernden Akzent, und Elmar ertappt sich dabei, seiner Intuition zunehmend zu misstrauen. Wo wollen die alle hin? *Er* baut einen Turm der Erkenntnis. *Die* graben Löcher, um Geschäftsmodelle drin unterzubringen. Fast alles klingt gut, und das *muss* einen misstrauisch stimmen, aber vielleicht ist er ja auch einfach alt geworden, zu alt, um das fünfte Element zu erkennen, wenn es ihm einer unter die Nase hält. Seine Technologiebegeisterung kennt keine Grenzen, aber kam ihm früher jemals der Gedanke, Fortschritt könne irgendwie auch anstrengend sein?

Eine Vision, ein Surfbrett, ein Motorrad.

Ist das wirklich schon so lange her?

So viele tapfere Streiter für eine bessere Welt. Vorgestellt wurde eine Kontaktlinse, die erkennt, wo sich Trübungen und Netzhautablösungen anbahnen. Ein Hirn-Scanner für Polizeiverhöre, das

Feuern der Areale entlarvt die Lüge. Eine App zur Entzifferung vorsumerischer Keilschriften, was keinem Kryptographen bis jetzt gelang. Eine Broker-KI, die selbstständig an Finanzmärkten agiert. Vorschläge wurden unterbreitet zur Abschaffung des globalen Bankensystems, da A.R.E.S. Finanzprodukte individueller auf Bedürfnisse zuschneiden kann, als es die bräsigen Geldinstitute jemals könnten. Eine Big Data Software errechnet aus Informationsfragmenten deren Ursprung, als ließe man den Film über ein Glas, das auf dem Boden zerschellt, rückwärts laufen. Eine andere destilliert aus Blogs und Chaträumen Daten über Nebenwirkungen von Medikamenten, die den Anbietern entgangen sind. Ein intelligentes Tool spürt radikalisierende Islamisten-Videos im Netz auf, während sie betrachtet werden, generiert aus den Daten der Betrachter deren Profil und grätscht mit persönlicher, deeskalierender Message dazwischen. Ein Algorithmus schließt aus dem Suchverhalten von Usern im Web, dass diese an Alzheimer erkrankt sind, bevor sie es selber wissen – soll man es ihnen sagen? Ethisch schwierig zu entscheiden. Nano-Hologramme für Handys, Marktknüller! Intelligente Straßenbeläge. Ein schmucker Anstecker für Disneyland-Besucher, der Zugang zu allen Attraktionen gewährt und das Bewegungsprofil des Trägers aufzeichnet. Eine KI, die das Rätsel um die Unzerstörbarkeit des Plattwurms gelüftet hat, der sich bei Verletzungen und Amputationen vollständig regeneriert, wieder etwas, woran Generationen von Experten gescheitert sind – mit dem Wissen könnte man glatt menschliche Gliedmaßen nachwachsen lassen. Eine KI zur Simulierung lebensfreundlicher Welten im All. Eine für intelligente Energienetze. Eine, die Tiersprachen interpretiert. Eine für dies, eine für das.

So vieles, was machbar wäre.

Danach reduzierte sich das Meeting auf die kleine Gruppe derer, die mit PUs vertraut sind und um das Geheimnis der Farm wissen. Das sind nicht mal hundert und in der Spitze knapp ein Dutzend.

Den Raum mit der Brücke kennen nur wenige Leute.

Das Tor, aus dem der Übertritt erfolgte.

Elmar zieht Hugo beim Verlassen des Konferenzraums zur Seite. »Wir sollten vielleicht Eleanor reinen Wein einschenken, was meinst du? Sie ist Pilars beste Freundin.«

Hugo blickt den anderen nach. »Lass uns noch warten.«

»Hast du mit Jaron gesprochen?«

»Ja, gleich, nachdem er wieder draußen war. Er sagt, er habe Pilar auf dem Gelände erwischt. Illegal.«

»Pilar kann kommen und gehen, wann sie will.«

»Sie war nicht eingeloggt. Du musst zugeben, das ist komisch.«

»Ich hab ihre Zugriffsrechte sperren lassen.« Elmar schüttelt den Kopf. »Versteh's trotzdem nicht. Wie kommt Jaron bloß darauf, sie hätte was geklaut?«

»Und wie kommt *sie* dazu, in aller Verstohlenheit über das Gelände zu geistern und auf ihn loszugehen, als er sie anspricht? Elmar, du weißt, wie sehr ich Pilar schätze! Aber sie bricht ein, greift den Sicherheitschef an, haut ab, taucht unter –«

»Wird von diesem Opoku rausgehauen.« Elmar lässt sich gegen die Wand fallen. »Wie kommt der auf die Farm?«

»Durchs Tor.«

»Sicher?«

»Ist alles protokolliert.«

»Waren wir schon mal in dem PU?«

»Nein, wir kannten es gar nicht. Wir haben die Koordinaten nur, weil es ein direkter Übertritt war.«

»Ein unfreiwilliger, wie's aussieht.«

»Das bliebe herauszufinden. Wir müssen mit dem Mann reden.«

»Das werden wir«, sagt Elmar grimmig. »Schon, weil *er mit uns* reden will. Wenn er tatsächlich nicht weiß, wie er hierhergekommen ist, und Jaron ihn hat auflaufen lassen –«

»Was das einzig Richtige war.«

»– dann haben wir Undersheriff Opoku noch heute an der Strippe. Verlass dich drauf.«

Er geht hinüber in den Gebäudetrakt, in dem sein Arbeitsplatz liegt. Weder er noch Hugo erlauben sich ein eigenes Büro. Elmars Meinung nach sind Chefbüros Raumverschwendung, elitär und geheimniskrämerisch, und für Vertraulichkeiten stehen Besprechungsräume und frischluftdurchwehte Rückzugsorte auf dem Nordvisk-Campus oder in den Wäldern des Küstengebirges zur Verfügung. Streng genommen hat er nicht mal eine Sekretärin. Katie Ryman ist Organisatorin und Vertraute, eine skandinavisch blonde, Eisnebel versprühende Ingmar-Bergmann-Phantasie. Sie schirmt ihn ab gegen alles und jedermann, von dem eine Behinderung seiner Arbeit zu erwarten wäre, und vieles entscheidet sie autonom. Ihre beiläufig durch den Tag getragene, anstrengungslose Weiblichkeit gefällt ihm, ihr Hang zur Rachsucht hat ihn bislang von allen Versuchen kuriert, sie flachzulegen, außerdem sieht er sich in einer monogamen Phase, auch wenn Liza Martini ihm zusehends den Nerv raubt. Ihre Beziehung hat einen Punkt der Ratlosigkeit erreicht, dem oft Kinder entspringen. Die Hohepriester des Silicon Valley, Larry Page, Sergey Brin, Mark Zuckerberg, Eric Schmitt, Satya Nadella, Bill Gates, Ray Kurzweil, sie alle haben Kinder. Verpasst er was? Selbst Elon Musk hat welche – fünf! Mit Liza Kinder zu zeugen, könnte dem Hirn Tim Burtons entsprungen sein, aber sie sind nun mal ein Paar. Zum vierten Mal inzwischen, nach drei Trennungen. Bilderwitz in der *Los Angeles Times*: »Ach, Elmar ist wieder mit Liza zusammen? Warum das denn?« – »Elon ist in der Stadt. Supermodels waren alle.«

Er schaut bei Katie rein. Nicht da. Schreibt ihr eine Notiz, Undersheriff Luther Opoku vom Sierra County Sheriff Department ausschließlich zu ihm durchzustellen, und geht in die Kantine, wo ihm Eleanor begegnet.

»Alles klar?«, fragt sie mit prüfendem Blick.

»Was soll denn nicht klar sein, zum Henker?«

»Genau das meine ich. Du wirkst gereizt, Charlie Brown.«

»Ich hab schlecht geschlafen – Lucy.«

»Was war denn los gestern Abend? Warst du aus?« In der schlichten Frage steckt so viel Navy CIS, dass er aufhorcht. Kann Eleanor von den Vorfällen auf der Farm wissen?

»Ich war zu Hause.«

Nachdenklich trägt sie ihr Tablett davon.

Offenbar ist alles anders als gedacht und noch viel schlimmer.

Er rast durch die ausgebleichte Mittagswelt wie schon zwanzig Stunden zuvor, holpert in dieselben Schlaglöcher, pflügt durch dieselben Pfützen, durchschifft seine Vergangenheit wie der Protagonist eines Films, dem man vergessen hat mitzuteilen, dass sich die Dramaturgie geändert hat – und als sei das nicht genug, ballt sich gerade ein weit bedrohlicheres Szenario zusammen: dass dies keine zweite Chance für ihn ist. Nichts, worin man heimisch werden könnte. Das unentdeckte Land verlangt, die Konstruktion des alten Ichs zurückzulassen. Was aber, wenn man feststellte, dass man längst schon dort ist, es bereits besiedelt, in Besitz genommen hat?

Identische Schlüsselbünde –

Das liegt schwer auf Luthers Brust, es wirft ein völlig neues Licht auf die Ereignisse. Zweifel sind angebracht, ob je ein Reset stattgefunden hat und dies *seine* alternative Vergangenheit ist. Vielmehr scheint es, als komme diese Welt – hat er das nicht insgeheim befürchtet? – ganz vorzüglich ohne ihn aus, weil längst komplett.

Ich bin die Anomalie. Der Eindringling. Der Parasit.

Während der Stunden im Büro, in denen er sich vormachte, Carls Arbeitspensum abzuarbeiten, hat er versucht, eine Erklärung für das Paradoxon zu finden, was in etwa so aussichtsreich war, wie Bauteile eines Raumschiffs zu erklären, ohne dessen grundlegende Funktionsweise zu kapieren, doch die Konsequenz ist von deprimierender Schlichtheit.

Es gibt schon einen Luther Opoku hier.

Das ist alles, und es erklärt den ganzen Rest.

Ihm, dem Hineingeworfenen, wurde keine alternative Vergangenheit geschenkt. Er ist vielmehr eingedrungen ins Leben seines Alter Egos. Das Licht, das Ruth gesehen hat, während er mit Rodriguez in dessen Zelle hockte – das war der andere. Heimgekommen aus dem Urlaub, spät, keine Lust mehr auszupacken, ab ins Bett. So könnte es gewesen sein, allerdings, im Bett hat niemand gelegen, jedenfalls sieht nichts danach aus. Das Gepäck stand heute früh noch rum, die Jacke auf dem Sessel, der Schlüsselbund darin, als habe etwas jäh das Ritual der Heimkehr unterbrochen.

Was ist vergangene Nacht geschehen?

Wo *ist* der andere, falls es ihn wirklich gibt?

Seltsam, aber in diesem Moment wünscht Luther sein Alter Ego fast herbei. Zumal dessen Existenz, wie ihm schlagartig bewusst wird, etwas für sich hätte. Sie würde seine Geschichte untermauern. Wenn es hier einen Hausherrn seines Namens gibt, muss er selbst anderswo Hausherr sein – geknüpft daran die Hoffnung, dass jemand Wege findet, ihn zurückzuschicken.

Zurück in die Welt ohne Jodie –

Er parkt den Streifenwagen in einer Ausbuchtung, geht wie schon einmal den Weg hoch zu Merle Grubers Haus, sieht den schmutzigen, von verrottendem Laub bedeckten Chevrolet vor der Garage stehen und hört den Kiefernhäher seinen Warnruf ausstoßen. Unter seinen Stiefeln knirscht Kies, knacken kleine Äste. Bärenklau und Flieder mischen sich in die staubige Luft. Als er die windschiefe Außentreppe ersteigt, heißt sie ihn mit vertrautem Knarren willkommen. Ohne sonderliche Hast folgt er dem Verandaverlauf, sieht Merle Gruber schnarchend daliegen, das geöffnete Buch auf ihrem Bauch und die Brille auf der Nase, während die Schmeißfliege im halbvollen Glas Tee letzte Zuckungen vollführt. Seit gestern treibt sie da. Luther würgt an einem Lachkrampf. *The Fly that wouldn't die.* Er ist im Märchenwald gelandet. Merle Schneewittchen Gruber harrt ihres Prinzen. Unter der

Terrassentür betrachtet ihn der Junge, das Telefon in Händen, mit leerem Erstaunen. Luther nimmt ihm das Ding ab, sagt ein paar mahnende Worte, die sinnlos auseinandertreiben, und bringt es vor ihm in Sicherheit.

»Laser-Aufheller.« Hugh Jeffries, Pächter der Bassetts Gasoline Station, stellt einen Becher Kaffee vor Ruth hin. »Wenn da ein Fuchs über die Straße läuft, kannst du die Haare zählen.«

»Klar.« Ruth kippt Milch hinein. »Und die Zecken im Fell.«

»Die Helligkeit ist stufenlos regelbar. Du würdest dich wundern.«

»Tief in die Tasche gegriffen, was?«

»Immer noch besser, als dass uns einer in die Kasse greift. Falls doch, wird er Filmstar. Schau mal hier.«

Die Kamera erfasst den von Osten heranführenden Highway und packt ihn zusammen mit der Einfahrt ins Fischauge eines Weitwinkels. Angesichts der Waschküche von letzter Nacht liefert das System erstaunlich scharfe und kontrastreiche Bilder. Ein Volvo nähert sich. Hugh stoppt die Aufnahme und zoomt die Fahrerkabine heran. Einigermaßen deutlich sieht man zwei Männer mittleren Alters darin sitzen. »Bekommen wir nicht jedes Mal so brillant, aber die Kennzeichen, wie gedruckt. Welcher Zeitraum interessiert dich?«

»Ab halb neun.«

»Okay. Hier, schneller Vorlauf, schneller Rücklauf. Stopp. Start. Zoom. Ganz einfach. Wenn du was brauchst, ich bin im Kassenraum.«

»Danke, Hugh.«

Sie schiebt den Stuhl zurück und stößt gegen einen Stapel Sunkist-Kartons. Das kleine Hinterzimmer dient als Lager und Büro, der winzige Schreibtisch quetscht sich zwischen eine ausrangierte Hot-Dog-Maschine und Regale voller Schokoriegel, Nachos-Packungen und Litertüten mit Jalapeño-Käse-Sauce. Ruth gibt vierfache Abspielgeschwindigkeit ein, dann dämmert ihr, dass sie auf diese Weise über eine Stunde hier wird zubringen müssen. Dazu hat sie weder Zeit noch Lust, allerdings könnte sie den Wagen bei noch höherer Geschwindigkeit übersehen.

»Komm, Mädchen«, murmelt sie. »Wer nicht wagt, der nicht gewinnt.«

Sie startet bei halb zwölf. Falls die Kiste nicht auftaucht, kann sie immer noch das komplette Material sichten. Vorerst geschieht nicht viel. Ein später Motorradfahrer kämpft sich durch den Regen, dann liegt die Straße verödet da. Um Viertel vor zwölf erfasst das Objektiv den Streifenwagen. Ruth stoppt, sieht Pete hinterm Steuer und Luthers schwarze Silhouette auf dem Beifahrersitz.

Da bringen sie Rodriguez nach unten.

»Hi, Luther«, sagt sie leise und lässt die Aufnahme weiterlaufen. »Dann wollen wir mal sehen, ob dir jemand gefolgt ist.«

Der Mercedes passiert die Kamera um vier Minuten nach Mitternacht. Ruth kippt den letzten Schluck Kaffee hinunter und zoomt auf die Fahrerkabine. Ein Schatten. Augenscheinlich so schwarz wie Luther, schlank – sehr schlank.

»Hugh?« Er kommt herein und wischt sich an einem Lappen die Hände ab. »Kriegt man das noch heller?«

»Klar. Das Sonnensymbol.« Sie bewegt den Cursor darauf und klickt ein paarmal. Das Pixeltreiben wird heftiger, ohne dass die Person im Wageninnern ein Gesicht erhält.

»Verstehe. Haare zählen«, sagt Ruth trocken.

»Das ist 'ne Schwarze«, versetzt Hugh. »Was erwartest du?«

Sie schaut genauer hin. »Stimmt!«

»Offenkundig.«

»Ich meine, dass es eine Frau ist.« Zu schlank für einen Mann. Genau! Hugh hat recht. Luther hat Besuch von einer dunkelhäutigen Frau bekommen. Zwischen zwanzig nach und fünf vor halb eins dürfte sie in der Pearl Street angekommen sein.

Besuch von der Farm –

»Ich brauche einen Ausdruck.« Sie bugsiert den Stuhl an den Sunkist-Kartons vorbei und steht auf. »Danke für den Kaffee.«

»Ich hab mit Sicherheit auch Bilder von dir«, grinst Hugh.
»Schön. Häng sie dir in den Spind.«

Auf dem Weg zu Phibbs überlegt Luther, Ruth anzurufen. Stattdessen schaltet er das Radio ein. Besser, die Doppelgänger-Theorie noch reifen zu lassen. Um ihre Sorge betreffs Merle Gruber zu zerstreuen, setzt er Kimmy über das Zusammenwirken von Enkel und Fernmeldetechnik in Kenntnis und hat sofort ein schlechtes Gewissen, als sie wegen seines Budenzaubers beinahe die Fassung verliert. Ihrem Kieksen entnimmt er, Billy Bob Cawley habe den Katzenmord gestanden. Das hast du jetzt davon, denkt er. Kimmy wird die frohe Botschaft, du könntest hellsehen, wie das Kreuz Jesu vor sich hertragen und dir Altäre aus Selbstgebackenem errichten. Sie wird das Drehteam von *Paranormal Cops* nach Downieville zitieren. Es wird furchtbar werden.

»– außerdem eine Anfrage aus Calpine wegen einer Extrastreife, da treibt sich jemand rum, und in Sierraville wird ein Mann vermisst –«, dement, motorisiert, hat am Stampede Lake seine Schuhe ins Wasser geworfen, weiß ich alles, doch Luther hält die Klappe. Unterhalb des Saddleback weht ihn ein folkig verspielter Song mit Elektrobeats an, dem Moderator zufolge Liza Martinis dritte Nummer-eins-Platzierung aus dem aktuellen Album. Weder hat er je diesen Song noch von einer Liza Martini gehört – oder doch? Etwas löst der Name in ihm aus. Doch! Er hat ihn gelesen. Vor gar nicht langer Zeit. Allenfalls ein paar Tage her.

Liza Martini – Elmar Nordvisks erfolglose Freundin.

So erfolglos dann doch nicht.

Der Streifenwagen brettert durch die gelbe Schotterebene, vorbei am Ortsschild Eurekas und unter Bäumen hindurch. Luther parkt im Unterholz neben Phibbs Dodge, folgt dem versiegenden Rinnsal des gestauten Creeks und tritt hinaus auf die Cannabis-Plantage. Kurz vor halb drei, gleiche Zeit wie bei seinem gestrigen Eintreffen. Phibbs löst sich aus dem Gespräch mit den Bundesagenten und stapft ihm entgegen.

»Hey, Luther. Entschuldige, dass du extra hier raus –«

»Kein Problem.« Er schiebt ihn zur Seite. »Agent Forrester, richtig? Danke für Ihr Kommen.«

Der ältere der Männer nimmt seine verspiegelte Brille ab. Sie schütteln einander die Hände. Forresters Kollege wird ihm als Agent Brown vorgestellt. Brown sieht auch heute wie ein Arschloch aus, doch bei Forrester zeigt die freundliche Begrüßung Wirkung. »Danke, dass wir hier rumschnüffeln dürfen. Carl Mara meinte, es könne nicht schaden, uns hinzuzuziehen.«

»Absolut.«

»Tja.« Forrester schaut sich um. »Ganz schöne Sauerei mal wieder.«

»Überall vergiftete Köder«, sagt Luther und fügt mit einem Seitenblick auf Brown hinzu: »Also Vorsicht.«

Brown grinst übellaunig und verbeißt sich einen Kommentar.

»Sagen Sie, Opoku –« Forrester studiert Luthers Namensschild. »Waren Sie nicht selber mal bei unserem Verein?«

»Hab das Sacramento Drogendezernat geleitet.«

»Ah! Wusst ich's doch. Sie hatten oft mit uns zu tun.«

»Oft ist gar kein Ausdruck.«

»Was verschlägt Sie nach Downieville?«

»Meine Mutter lebt in Loyalton. Ich wollte näher bei ihr sein, außerdem stand meine Ehe auf dem Spiel wegen der ganzen Drogenscheiße.« Er zuckt die Achseln. »Ist trotzdem auseinandergegangen.«

»Meine auch«, knurrt Brown. »Aber man kommt halt nicht raus.«

»Nein.« Luther lässt den Blick über den Unrat wandern, den die Illegalen hinterlassen haben. »Man kommt nicht raus. Darf ich Ihnen kurz Phibbs entführen?«

Forrester lächelt. »Es ist Ihr Phibbs.«

»Okay«, sagt der Detective, nachdem sie sich außer Hörweite begeben haben. »Nordvisk. Hab das Netz gemolken, bisschen telefoniert.« Er drückt Luther einen Stick und einen Zettel in die Hand. »Hier die Durchwahl einer Katie Ryman, persönliche Kettenhündin von Elmar Nordvisk und Hugo van Dyke. Das sind die Bosse. Programmierer. Freaks. Nordvisk Inc. befasst sich mit Softwareentwicklung, Robotik und Biotechnologie. Neben Google sind sie der King Kong im Affenzirkus von Big Data, Smart Data, Internet der Dinge und der schönen blitzeblauen Welt von morgen. Manche sagen, noch vor Google.«

»Warum sind sie dann nicht so bekannt?«

»Weil sie keine sozialen Plattformen betreiben. Ausschließlich wissenschaftliche, darunter jede Menge Open-Source-Projekte. Ihr lieber Junge ist ein Super-Schnickischnacki-Computer namens Ares, mit dem man wahrscheinlich sogar rausfinden kann, wer Diana im Tunnel auf dem Gewissen hat. Eleanor Bender ist Gesellschafterin und Genetikerin. Heißer Scheiß. Sie kann lebende Zellen wie Roboter programmieren und so präzise in deiner DNA rumfuhrwerken, dass dir auf Wunsch ein zweiter Pimmel wächst. Pilar Guzmán taucht als Projektleiterin für künstliche Intelligenz und virtuelle Realität auf, ohne dass irgendwo offenkundig würde, was sie genau leitet, sieht aber zum Anknabbern aus, die Kleine. Jaron Rodriguez ist 'n ehemaliger Elitesoldat und Physiker, Purple Heart und was sie einem so alles an die Brust tackern, wenn du dir für Gott und Vaterland den Arsch wegschießen lässt. Sicherheitschef. Es gibt Gemauschel, wonach er für eine Spezialabteilung des Pentagon gearbeitet hat, Waffenentwicklung, aber noch spannender ist, wo er gerade arbeitet.«

»Oben im Valley. Hab ihn gestern festgenommen.«

Phibbs Gesicht wird lang vor Enttäuschung. »Das sollte eigentlich mein Sprung aus der Torte werden.«

»Kommst drüber weg. Wie läuft's mit den DEA-Vögeln?«

»Die sind okay. Brown hat zu viele Filme geguckt, in denen die Feds auftauchen und sagen, wir übernehmen. Forrester ist 'n alter Hase. Steht kurz vor der Pensionierung.«

»Das Ganze weitet sich zur Kartellsache aus, stimmt's?«

Phibbs nickt. »Los Caballeros Templarios. Soll ich in der Nordvisk-Sache weiter recherchieren?«

»Ja. Und finde raus, ob sie sich mal mit Zeitreisen befasst haben.«

»Zeitreisen!« Phibbs hebt die Brauen. »Na, leck mich! Gibt's das echt? Dachte immer, das klappt nur bei *Star Trek*.«

»Ich dachte auch so einiges.«

»Wär ja cool. Hey! Ich würd nach Monterey reisen. 1967, *Summer of love.* Jimi Hendrix, Janis Joplin, Butterfield Blues Band, Jefferson Airplane, Grateful Dead –« Phibbs malträtiert eine unsichtbare Gitarre. »Und du? Wo würdest du hinwollen?«

Luther schaut zu, wie Brown und Forrester Müll einsammeln.

»Nach Hause«, murmelt er.

Da sein Déjà-vu den Nachmittag über anhalten wird, kann er ihm ebenso gut gerecht werden. Gestern hat er sich auf den Saddleback zurückgezogen, und auch jetzt könnte er ein bisschen Ruhe und Höhenluft vertragen. Als er das Eureka-Schild passiert, klingelt sein Handy.

Ohne aufs Display zu sehen, geht er ran.

»Hi, stör ich dich?«

Sein kompletter Organismus durchläuft einen Systemstopp. Wo eben noch sein Brustbein war, frisst sich ein weißglühender Keil in ihn hinein. Mechanisch steuert er den Wagen an den Rand der Schotterstraße und stellt den Motor aus. Stille. Einsam steht er inmitten der quarzgelben Ebene mit ihren Geröllfeldern und rostfarbenen Tümpeln unter einem Jahre überspannenden Himmel.

»Luther?«

In die Stille seiner Erwiderung mischen sich Vogelstimmen, Zirpen, das Geflüster des Laubes. Er weiß nicht, was er sagen soll, also antwortet er mit siebenjährigem Schweigen.

»Kannst du mich hören, Luther? Hast du Empfang?«

Warnung! Zu antworten, sich einzulassen hieße, sich verletzbar zu machen. Mit Toten zu sprechen. Es hieße, willig den Verstand zu verlieren, allerdings ist da noch der Luther, der den Wagen an den Rand gefahren hat, und der sagt, langsam. Um Verstand zu verlieren, muss man erst mal welchen haben, also benutze ihn. Warst du nicht so weit anzuerkennen, dass es für all dies eine Erklärung gibt? Jodie *ist nicht tot!* Wenn es je gelohnt hat, etwas zu glauben, dann das, und dazu bedarf es keines Glaubens von der Art, wie man ihn in Bibelstunden erlernt. Es erfordert den Glauben an die eigene Geistesklarheit, also *glaub jetzt verdammt noch mal* und sprich:

»Ja.«

Die Stimme eines anderen. Von anderswoher.

»Ist alles okay?«

»Alles okay, Jodie. Phibbs hat mich nur gerade wieder druckbetankt mit Informationen.« Als hätten sie nie aufgehört zu reden. »Eigenartiger Fall, den wir hier haben. Geht über die Grenzen unseres kleinen, gemütlichen Countys hinaus, ich muss morgen früh nach Palo Alto.«

»Oh. Klappt das dann überhaupt mit Tamy?«

»Denke schon.« Denke schon? Was weißt du überhaupt?

»Ich meine, sie wird um sechs bei dir vor der Tür stehen. Bist du dann schon zurück?«

Auf gut Glück sagt er: »Falls nicht, hat sie ja einen Schlüssel.«

»Auch wieder wahr.« Jodie macht eine Pause. Luther stellt fest, dass es nicht allein ihre Stimme ist, die ihn aufwühlt. Es ist die Beiläufigkeit, mit der sie diese Unterhaltung führen. »Wann bist du denn in Palo Alto?«

»Mein Termin ist um halb zwölf.«

»Fliegst du?«

»Das lohnt sich nicht. Bis Sacramento muss ich ohnehin mit dem Wagen, von San Francisco mit dem Taxi bis Palo Alto, da spare ich keine Zeit. Ich fahre einfach früh los.«

»Hör mal, das kannst du bequemer haben! Komm schon heute Abend nach Sacramento, und ich koche uns was.«

Der Keil in seiner Brust glüht noch heißer.

Mach es jetzt nicht kaputt!

Er bebt. Tränen stauen sich, doch ließe er seinen Gefühlen freien Lauf, er würde sich nur zum Narren machen. Es sind die Gefühle eines anderen aus einem anderen Leben; hier ist ihnen jede Existenzgrundlage genommen. Er schaut hinaus auf die Ebene. Alles erstrahlt im reinen Jetzt. Die Welt blickt nicht zurück. Wenn sich von den Klapperschlangen ringsum eines lernen lässt, dann, dass man etwas aufgibt, wenn man sich häutet. Unwiderruflich, weil es keinen Nutzen mehr hat. Man lässt es hinter sich und schaut es nie wieder an.

»Gute Idee«, sagt er. »Ich muss checken, wann ich hier loskomme.«

»Nur, wenn es keinen Stress bedeutet.«

»Nein, ich – würde mich freuen. Wirklich.«

»Dann bis später.«

Als sie auflegt, fühlt er sich zerschlagen wie nach einem Boxkampf. Allerdings nach einem, den er gewonnen hat. Er lässt den Motor wieder an.

Aus entgegengesetzter Richtung kommt ihm ein Wagen entgegen.

Unvermittelt taucht er zwischen den Bäumen auf, wo der Wald sich lichtet und die Eureka Mine Road aus einer Haarnadelkurve in die Ebene mündet. Im Gegensatz zu den meisten kleineren Gebirgsstraßen ist die Strecke hier befestigt und frei von Geröll, außerdem scheint der Wagen kaum Antriebsgeräusche zu produzieren. Lautlos gleitet er heran, als rolle er im Leerlauf das abschüssige Gelände hinunter. Auf der Windschutzscheibe blitzt die senkrecht stehende Sonne und irisiert im mattschwarzen Lack. Von den Insassen hinter dem spiegelnden Glas ist nichts zu sehen.

Luther behält das sich nähernde Fahrzeug im Blick ohne anzufahren. Vertrautes Modell. Allzu vertraut. Es vereint Aggressivität und Eleganz, wie es nur ein Mercedes kann.

Ein G 65 AMG.

Er lässt die Tür aufschwingen und steigt aus. Wenige Meter vor der Kühlerhaube des Streifenwagens kommt der Wagen zur Ruhe. Auf die kurze Distanz ist nun doch ein leises Brummen zu hören, wie von einer sehr großen Katze. Eine Frau springt nach draußen, dunkel wie Mahagoni, schlank an der Grenze zur Anorexie, mit den Gesichtszügen einer äthiopischen Königin und dem Ausdruck huldvollen Spotts auf den Lippen. Wie schon gestern trägt sie die Uniform der Nordvisk-Security, und in den braunen Augen über der perfekten Symmetrie der Wangenknochen liegt das gleiche lockende Versprechen. »Schön, Sie wiederzusehen, Undersheriff Opoku.« Ihre Stimme, dunkel und weich, bettet sich ins Schnurren des Motors. »Wir sehen uns doch wieder, oder?«

»Suchen Sie etwa nach mir?«

»Nein. Ich habe Sie ja gefunden. Es stimmt doch? Sie erkennen mich?«

Die Frau, mit der er gern gesprochen hätte.

Und plötzlich wird ihm klar, dass sie ebenso wie er der alten Wirklichkeit entstammt. Er ist nicht der Einzige, der herübergelangt ist! Welchem Umstand immer sich ihr Hiersein verdankt, sie wird bezeugen können, dass jedes seiner Worte wahr ist. Sie ist seine Verbindung!

»Wer sind Sie?«, fragt er. »Was machen Sie hier?«

Ihr Lächeln verbreitert sich. »Meinen Job.«

»Und was wollen Sie von mir?«

»Klarheit.«

Da muss er lachen. *»Sie* wollen Klarheit?« Erneut meldet sich sein Handy. Ruth, verrät der Blick aufs Display. Privat, andernfalls würde sie ihn über Funk rufen. Zurzeit ist sie die Einzige, der er vertraut. Alles, was Ruth ihm mitzuteilen hat, ist wichtig.

»Hör zu, du musst unbedingt was wissen!« Ihre Stimme aus dem fahrenden Wagen. »Du hattest gestern Nacht Besuch. Eine Schwarze. Sie war in deinem Haus, keine Ahnung, was die da getrieben hat, aber ich bin sicher, es hat nichts Gutes zu bedeuten.

Die Frau fährt einen Mercedes, so ein Modell, von dem du mir erzählt hast. Wahrscheinlich kam sie direkt aus dem Valley. Von der Farm.«

»Wo bist du gerade?«

»Kurz vor Downieville. Warst du schon bei Phibbs?«

Blitzartig verflechten sich Überlegungen und Rückschlüsse. Er sieht die Mahagonifrau dastehen, ihre wie poliertes Holz schimmernde Haut und biegsame Eleganz, sieht die fiebrige Energie unter der Fassade der Gelassenheit, ihre Grausamkeit, den Hunger in ihrem Lächeln.

Diese Frau ist nicht hier, um seine Probleme zu lösen.

Sie ist gekommen, um ihm welche zu bereiten.

»Das ist schön, Schatz«, sagt er ins Handy. »Bestell Mami liebe Grüße. Sag ihr, ich will sie so bald wie möglich sehen. Sie weiß ja, wo sie mich findet.«

Einige Sekunden hört er nur die Innengeräusche ihres Wagens.

»Ich orte dich. Bin gleich da.«

Gute Ruth. Wunderbare Ruth. Sie hat verstanden, dass er verstanden hat. Möglich, dass er falschliegt, sie beide falschliegen, aber entweder überlebt er die nächste Minute nicht oder die Mahagonifrau verrät ihm, was er so dringlich zu erfahren hofft. Warum all dies geschieht. Doch dafür wird er sie überwältigen müssen. Ihre Unsicherheit ausnutzen, die sie bezüglich seiner Identität hat, aus welch anderem Grund würde sie ihm solch merkwürdige Fragen stellen.

Warum? Ganz einfach.

Sie weiß nicht, welcher von beiden du bist!

»Wie kommen Sie darauf, dass wir uns schon gesehen haben?«

Sie legt den Kopf schief, wodurch sie aussieht wie ein neugieriges Alien. »Nicht?«

»Haben wir was zu bereden?«

»Es gibt nichts zu bereden. Ich hätte es nur gerne gewusst.«

»Was gewusst?«

»Ob ich einen Fehler ge –«

So schnell er kann, zieht er die Glock und richtet sie auf sein Gegenüber, *umdrehen, hinlegen, Hände auf den Rücken,* doch er kommt nicht mal ansatzweise so weit, die Litanei runterzubeten. Zugleich mit der Aufwärtsbewegung seines Arms hebt die Mahagonifrau vom Boden ab. Ihr linkes Bein wandert auf Höhe der ausgestreckten Waffe und tritt sie ihm aus der Hand. Noch in der Luft pirouettiert ihr Körper, dann erwischt ihn ihr rechter Fuß auf Brusthöhe und schleudert ihn gegen die Kühlerhaube des Streifenwagens. Im Landen fördert sie eine verdeckte Waffe zutage und zielt damit auf seine Stirn. Luther stößt sich ab und wirft sich mit seinem ganzen Gewicht gegen sie. Der Länge nach schlagen sie in den Staub, ihre Waffe fliegt davon, doch es ist, als kämpfe er mit einem Python. In schneller Folge landet sie zwei Handkantenschläge gegen seinen Hals. Luther wird schwarz vor Augen. Er schwingt die Fäuste, doch sein Versuch, ihr eine zu verpassen, um das Problem abschließend zu regeln, endet im Leeren. Kopf, Arme, Beine seiner Gegnerin wechseln schneller die Position, als er Maß nehmen kann. Er drückt sie zu Boden, außerstande, sie zu bändigen. Wie ein einziger flexibler Muskel windet und schraubt sie sich unter ihm hervor und rammt ihm den Ellbogen tief in die Nieren. Eine Woge der Pein flutet seinen Körper, als das getroffene Organ verkrampft und sein Blutdruck in den Keller rauscht. Er stöhnt auf, sieht ihren Körper sich nach der Waffe strecken, bekommt ihr Bein zu fassen, spürt ihren Stiefel im Gesicht und schmeckt Blut. Wo ist seine Glock? Die Sekunde Ausschau, die er danach hält, kommt ihn teuer zu stehen. Auf ihre durchgedrückten Arme gestützt, tritt sie ihm beidseitig gegen die Schläfen, dann legen sich ihre Unterschenkel um seinen Hals und quetschen seine Arterien zusammen.

Sein Bewusstsein flackert, umgibt ihn als Wolke, Kokon, elektrisches Feld. In astraler Wahrnehmung sieht er sich und die Mahagonifrau verschmolzen wie in einem bizarren Paarungsritual; sieht eine gigantische Gottesanbeterin, die ihrem Partner nach vollzogenem Liebesakt den Kopf abbeißen wird, gekoppelte Libellen. Die absonderlichsten Bilder fluten seinen Cortex. Jemand scheint zu ihm zu sprechen, über einen Graben aus Jahrzehnten dringt die Stimme an sein Ohr. Darlene, die ihrem Schöpfer dankt, für was auch immer. Farbige Ringe blähen sich, werden zu dunklen, lockenden Augen. Jetzt erkennt er das Versprechen darin. Eine fast wohltuende Resignation ergreift von ihm Besitz, schwere samtene Vorhänge schwingen auseinander, schattendurchzogene Fluchten laden ein, sich von allen Bürden seines Daseins zu befreien. Gib auf, sagen die Augen. Lass dich belohnen, zu viele unglückliche Jahre, geh den Weg des Vergessens, warum kämpfen? Nichts hat alles Kämpfen gebracht, nie wirst du bekommen, was du ersehnst. Gib auf. Immerwährender Friede. In Loyalton steht ein Café leer, lass uns nach Loyalton ziehen. Tamy wiegt zwei Komma vier Kilo. Ist das zu wenig? Ich werde nicht da sein. Du willst Koffer packen? Ich werde nicht da sein! Jodie an meiner Bettkante, in meinen Träumen. Jenseits. Alles kann so einfach sein. Tamy. Aber Tamy ist real. Kein Jenseits. Humbug. Betrug, kein Friede. Nur Sekunden noch. Das Versprechen ist der Tod. Betrug! Betrug! Ein stetes Störsignal, eine Notreserve klaren Verstandes. Befrei dich, bevor die Unterversorgung deines Hirns mit Sauerstoff irreparable Wirkung zeigt, jetzt nicht wegdriften! Ein Meter neunzig, da sollte doch wohl irgendwas zu mobilisieren sein, pack ihre Fußgelenke, umschließe sie mit deinen Fingern und drück zu, drück zu –

Sie hält dagegen. Ihre Kraft ist mythisch, eine Hydra. Doch Luthers Muskeln schwellen an, getränkt von Willen und Adrenalin, er zwingt ihre Beine auseinander, bringt sich mit einem Sprung außerhalb ihrer Reichweite. Ihre Füße berühren den Grund. Ein Sekundenbruchteil nur des Touchdowns, ausreichend, um einen machtvollen Impuls durch ihren Körper zu jagen. Wie eine Feder schnellt sie in den Handstand, in den Überschlag, landet mit der graziösen Leichtigkeit einer Olympionikin. Noch während er, in bunt wirbelnde Lichter starrend, nach seiner Waffe sucht, hebt sie ihre vom Boden auf, so beiläufig und ruhig, als stünde ihr alle

Zeit der Welt zur Verfügung. Keinerlei Option auf einen weiteren Frontalangriff. Mit einem Satz ist er hinter dem Streifenwagen, hört das Auftreffen ihrer Sohlen im Geröll, als sie losläuft, dann Stille – plötzlich, widersinnig, als habe eine höhere Instanz sie aus dem Geschehen genommen.

Luther wartet. Lauscht dem Hämmern seines Herzens, dem Getuschel der Sträucher im Wind. Hinein in die Stille dringt der heisere, abfallende Schrei eines Rotschwanzbussards.

Der Ruf des Jägers –

Ein Knall, als werde eine Kanone auf einen Gong abgefeuert. Die Mahagonifrau ist auf dem Dach seines Wagens gelandet. Deckung? Lachhaft! Seine Deckung ist den Dreck nicht wert, in dem er sitzt, von da oben gibt er ein prächtiges Ziel ab. Wehrlos wie an jenem Tag in der Flammenhölle, als ihm schon einmal die Waffe abhandengekommen ist, kein zweites Mal dürfte ihm das passieren. Ist es aber gerade. Dort zwischen Bruchstein und Gestrüpp liegt die Glock, in unerreichbarer Nähe. Bevor er nur die Finger um den Griff schließen könnte, hätte sie ihn erledigt. Ihm bleibt nicht mal die Zeit, in den Wagen zu gelangen, wo zwischen den Sitzen das Sturmgewehr arretiert ist, mit dem Lauf nach oben –

Falsch. Du bist *nicht* wehrlos. Du hast dein Bowie-Messer.

Dran denken und es rausziehen ist eines. Als sie über ihm auftaucht, zuckt sein zurückgebogener Arm schon wieder nach vorn. Die Klinge löst sich aus seinen Fingern und surrt ihr entgegen, er reißt die Wagentür auf, wirft sich ins Innere. Bekommt das Gewehr zu fassen und löst es aus seiner Verankerung, entsichert es, schickt einen Feuerstoß ins Dach. Gleich noch einen. Und noch einen. Gibt sich keinen Illusionen darüber hin, das Messer habe sie erwischt, dafür ist sie zu schnell, zu geistesgegenwärtig, aber das hier dürfte ihr zusetzen. Quer über die Sitze gestreckt, die Waffe umklammert, harrt er einer Reaktion, erwartet, ihren Körper oben aufschlagen zu hören oder sie vom Dach springen zu sehen, doch nichts dergleichen geschieht.

Erneut ist es, als hätte sich die Mahagonifrau in Luft aufgelöst.

Vielleicht ist sie zurückgekehrt, denkt er.

Kann sie das? Einfach so, wie beamen? Könnte ich es?

Wir sind hierhergelangt, auf welche Weise auch immer. Nicht mal die Zeit ist eine Einbahnstraße, wie sich jetzt herausstellt. Wohin ein Weg führt, von dort führt er auch zurück, warum also ist sie hier? Um mich an der Rückkehr zu hindern? Warum?

Weil es mir möglich wäre!

Und genau darüber scheint sich jemand verdammt große Sorgen zu machen.

Jemand? *Du* musst dir verdammt große Sorgen machen! Du hast ein Sturmgewehr, begrenzte Munition und keinen Schimmer, was da draußen vor sich geht.

Ich habe ein Funkgerät.

Atemlos setzt er einen Rundruf ab, schildert seine Lage, gibt den Standort durch.

»Zehn Minuten! Ich versuch's.« Ruth, die ohnehin unterwegs ist. Zwanzig Minuten, schätzt Jamie, der aus Alleghany losrast, alle anderen: keine Chance, rechtzeitig dort zu sein.

Rechtzeitig?

Rechtzeitig ist *jetzt!*

Das Sturmgewehr im Anschlag kommt er hoch, darauf gefasst, sofort wieder den Kopf einziehen zu müssen.

Nichts bewegt sich in der Ebene.

Gelb, grau, grün erstreckt sie sich nach allen Seiten, ausgeleuchtet bis in den letzten Kaninchenbau. Die Sonne steht zu hoch, um nennenswerte Schatten zu werfen, wie verwunschene Zuschauer verteilen sich einzeln stehende Kiefern zwischen Tümpeln, Büschen und Geröll. Diese neuerliche Stille bereitet ihm noch größeres Unbehagen als die vorherige, sie dröhnt geradezu von ihrer Anwesenheit. Er sollte zusehen, dass er von hier wegkommt. Immer noch steht die Beifahrertür offen. Um sie zu schließen, müsste er den Arm hinausstrecken, schon das klingt nach einer miserablen Idee. Der Wagen selbst ist sicher. Einmal verriegelt, kann sie unmöglich hineingelangen. Die Türen sind mit einem Zahlenschloss gesichert, das Panzerglas hält leichter Munition stand. Doch den Motor zu starten und zu lenken würde erfordern, das Sturmgewehr loszulassen –

Etwas pfeift und zischt.

Prompt hat sich die Frage erledigt. Der Wagen ruckelt und sackt ab, ohne dass Schüsse zu hören sind, aber er weiß, soeben hat sie ihm die Reifen zerfetzt. Regungslos bleibt er liegen, die offene Tür im Auge, die einzige Richtung, aus der sie ihm gerade gefährlich werden kann.

Und er ihr. Patt. Aber wie lange?

Eine Minute schleppt sich dahin, eine weitere. Noch benommen von der Würgeattacke, plagt ihn zu allem Überfluss Kopfschmerz, als ziehe jemand eine glühende Messerklinge hinter seinen Augäpfeln vorbei.

Aus dem hinteren Teil des Wagens dringt ein heller, scharfer Knall, gefolgt von einem weiteren.

Dann bricht die Hölle los.

Kugeln durchsieben die Karosse, Singen und Pfeifen erfüllt die Luft. Seine Gegnerin muss zurück zum Mercedes gelangt sein und sich dort etwas mit höherer Durchschlagkraft besorgt haben. Etwas sehr Effektives. Die Projektile bohren sich in die Fahrerseite, wenigstens weiß er jetzt, aus welcher Richtung sie feuert, aber das nützt ihm gerade wenig. Die Panzerung hält nicht stand. Er sieht die Plastikverkleidung in Fetzen gehen, Querschläger jaulen im Zickzack durch den Innenraum, Kunststoffsplitter sausen umher. In Ermangelung von Alternativen wirft er sich aus der offenen Beifahrertür, presst das Sturmgewehr an seine Brust und sucht Schutz hinter dem zerschossenen Vorderreifen. Ihre Waffe verstummt. Er springt auf und feuert wild in die Landschaft, dorthin, wo er sie vermutet, verschanzt hinter einer der Zedern.

Bestell Mami liebe Grüße. Sie weiß ja, wo sie mich findet.

Das hat sie verstanden, keine Frage. Ihr ist klar, die Zeit wird knapp. Sie rinnt ihr davon, er muss welche herausschlagen.

»He!«, schreit er, an den Reifen gekauert. »Warum? Warum willst du mich töten?«

Keine Antwort.

»Du wolltest Klarheit. Und? Hast du jetzt Klarheit?«

»Ich denke schon.« Ihre Stimme weht heran wie ein warmer, dunkler Wind, beunruhigend nahe. Er überprüft den Stand seiner Munition, verflucht sich, kein Ersatzmagazin, andererseits, er könnte tot sein.

»Und was ist dir klar geworden?«

Wieder keine Antwort. Luther wirft sich auf den Bauch, späht unter dem Wagen hindurch und sieht sie über die Ebene laufen, schießt auf ihre Füße, ohne zu treffen. Im nächsten Moment hat er sie aus dem Blickfeld verloren, und ein weiterer Geschossregen lässt den Streifenwagen erzittern und erdröhnen. Der Geruch auslaufenden Benzins sticht in seine Nase. Er hält den Lauf des Sturmgewehrs in die Richtung, aus der die letzten Feuerstöße kamen. »Noch mal: Was ist dir klar geworden?«

Dicht hinter ihm sagt sie: »Dass du zu viel quatschst.«

Das heiße Metall der Mündung bohrt sich in seinen Nacken. Das war's also. Keine Reaktion fiele schnell genug aus, um sie daran zu hindern, den Abzug durchzudrücken.

»Wegwerfen. Schön weit weg.«

Er schleudert das Sturmgewehr von sich. Es landet in einer Matte aus Spaliersträuchern und Wildblumen, wo es seiner Funktion enthoben liegt wie ein Artefakt menschlicher Selbstauslöschung.

»Nun dreh dich um.«

Luther wendet den Kopf und schaut zu ihr auf. Ihre ebenmäßigen Züge spiegeln die Zufriedenheit der Sphinx, bevor sie ihr Opfer in Stücke reißt. Über den scharf geschwungenen Wangenknochen leuchten ihre Augen so intensiv, als sonderten sie irgendeine Form von Strahlung ab. Die Sonne lässt das Mahagoni ihrer Haut erglühen, eine Beretta entwächst ihrer Hand.

»Sag schon. Haben wir uns gestern Abend auf der Farm gesehen? Das warst doch du, oder?«

Er lacht. »Du hast Angst, du könntest den Falschen erledigen, was?«

»Ich will es einfach wissen.«

»Und dann?«

Dann? Kein Dann. Moderduft treibt heran, das Odeur verfaulender Blätter in den Pfützen, die der nächtliche Regen hinterlassen hat. Wie geschärft seine Wahrnehmung plötzlich ist. Er kann die Blütenpollen an den Hinterbeinen vorbeitaumelnder Hummeln riechen, die Salze und Pheromone im frischen Schweiß auf seiner Haut.

Sie lächelt. »Doch, du bist es.«

Lächelt immer noch, als ihr Hemd in Brusthöhe aufplatzt. Plötzlich klafft dort ein Loch von der Größe einer Halbdollarmünze. Die Wucht des Projektils wirft sie zurück, die Beretta entgleitet ihrer Hand. Nach Halt suchend, kippt sie über die Motorhaube des Streifenwagens. Luther springt auf die Füße, sucht die Umgebung ab. Entdeckt Ruth, die keine dreihundert Meter entfernt oberhalb der Einmündung der Eureka Mine Road ihr Sturmgewehr ein zweites Mal anlegt und ihr Ziel erneut ins Visier nimmt. Mit wenigen Schritten ist er bei seiner Glock, sieht die Killerin auf allen vieren durch Geröll kriechen, hochkommen und zu ihrem Mercedes sprinten. Kugelsicher, wie nicht anders zu erwarten. Bevor er die Glock in Anschlag bringen kann, verschwindet sie im Wagen. Eine Kieswelle spritzt ihm entgegen und prasselt über ihn hinweg, als sie den Mercedes auf der Stelle dreht und die Straße hinaufdrischt.

Ruth sieht sie kommen.

Sie hat ihr Fahrzeug hinter der Biegung geparkt, das letzte Stück bei ausgeschaltetem Motor rollen lassen und auf das Überraschungsmoment spekuliert. Mit gewünschtem Erfolg. Die hochgewachsene Schwarze hat von Luther abgelassen und die Flucht ergriffen. Im Zielfernrohr konnte Ruth den Treffer deutlich sehen, doch allem Anschein nach trägt die Frau eine schusssichere Weste.

»Bist ja hart im Nehmen«, murmelt sie.

Selbst gepanzert gehen die meisten erst mal zu Boden und bleiben liegen. Schock und Prellung wirken nach. Die hier sitzt schon wieder hinterm Steuer. Ruth postiert sich breitbeinig auf der Fahrbahn, nimmt das Gewehr hoch und den heranrasenden Geländewagen ins Visier. Zielt mit ruhiger Hand und ruhigem Puls. Augenblicklich besteht kein Grund mehr, der Frau ernsthaften Schaden zuzufügen, wohl aber, sie dingfest zu machen. Sie hält auf den rechten Vorderreifen und zieht den Abzug durch.

Keinerlei Wirkung.

Schießt erneut. Der Mercedes schlingert wild in die Kurve, pflügt durch die Randbegrünung, Steine und Erdklumpen aufwirbelnd, hält auf sie zu. Mit der Distanz schrumpfen Ruths Handlungsmöglichkeiten rasch in sich zusammen.

»Na schön, wenn du es so willst.«

Verlagert den Fokus auf die Fahrerin. Platziert das Fadenkreuz auf ihrer Schulter. Schuss. Die Kugel prallt ab. Nimmt die Waffe runter. Keine hundert Meter mehr. Keine fünfzig, und die Kiste wird sekündlich schneller. Rennt zu ihrem Fahrzeug, springt hinein, wirft das Gewehr auf den Beifahrersitz, startet. So schnell wirst du mich nicht los, denkt sie, während der Koloss an ihr vorbeischießt, und sieht ihn zu ihrer Verblüffung eine Vollbremsung hinlegen.

Was soll das jetzt?

In einer Staubwolke setzt der Mercedes zurück, passiert sie erneut und stoppt eine doppelte Wagenlänge vor dem Kühler ihres Streifenwagens. Auf der sonnenglänzenden Motorhaube flirrt die Luft, hinter der gepanzerten Scheibe wendet die Fahrerin Ruth ihr Gesicht zu.

Über die Lenkräder starren sie einander an.

Eine Maske, denkt Ruth. Eine afrikanische Ritualmaske, ebenmäßig, makellos und bar jeder Empathie. Beinahe teilnahmslos, würden die Augen darin nicht lodern vor Wut und Rachsucht.

In der Wegbiegung erscheint Luther. Die Frau entblößt schneeweiße Zahnreihen, ein rohes Grinsen, das nichts Gutes verheißt.

Dann drückt sie das Gaspedal durch.

Ruth reißt zum Schutz die Arme hoch. Mit ungeminderter Wucht kracht der Mercedes in die Fahrerseite des Streifenwagens und schleudert sie wie eine Puppe über die Mittelkonsole, setzt erneut zurück. Luther feuert von der Straße, ebenso könnte er mit Platzpatronen schießen. Sich hochstemmend, sieht Ruth die nächste Attacke nahen. Das Bild des aufgebrachten T-Rex steht ihr vor Augen, der in *Jurassic Park* den Jeep mit Sam Neill und Jeff Goldblum rammt, die aber wenigstens fuhren! Sie hingegen hört den Motor ihres Fords ersterben, und wieder dröhnt und scheppert es, als die Schwarze ihr Zerstörungswerk fortsetzt. Der zweite Aufprall fällt noch desaströser aus. Metall kreischt, berstend geht die Seitenscheibe auf Ruth nieder. Mit fliegenden Fingern versucht sie, den Motor wieder zu starten. Der Mercedes rast in ihr Heck und befördert sie in den Graben, wendet endlich und braust davon.

Luther reißt die Beifahrertür auf. »Alles okay mit dir?«

»Scheiße.« Ruth betastet ihre Rippen. »Was war das denn für 'ne Irre? Bekannte hast du!«

Er starrt die Eureka Mine Road hoch, auf der die Staubpartikel tanzen.

»Tut mir leid«, sagt er. »Die ist nicht von hier.«

Zwei Stunden später erscheint Robbie im St. Charles Place und geht mit wiegenden Schritten nach hinten.

Traditionell dient der rückwärtig gelegene Saloon-Raum intimen Zusammenseins, wenigstens gibt er sich den Anschein: Ledersessel anstelle von Barhockern, jede Menge vergilbte Fotos, Trophäen und Memorabilien der Devil-Mountain-Brigade, alles in gedämpftes Licht getaucht. Hinter Glas prangt eine stattliche Kollektion historischer Gewehre und Faustfeuerwaffen. Alte Werbeplakate für Budweiser, Alaskan Amber und Doc Otis zieren die Backsteinwände, zwischen einem Paar Gründerzeitskier und einem kunstvoll bemalten Schlitten, dessen Erbauer längst den Zedern als Nährboden dient, warnt ein Schild vor Pokerspielern und leichten Mädchen. Vornehmlich unterscheidet diesen vom vorderen, nicht weniger reich dekorierten Teil das Fehlen einer Bar und eines Billardtischs, weshalb Stammgäste den Hauptraum bevorzugen und man hinten halbwegs ungestört ist.

Luther hat sich mit Ruth an den Kamin verzogen, wo ihnen nur der Bronzeguss eines verdrießlich im Flussschlamm wühlenden Goldgräbers Gesellschaft leistet.

»– muss unmittelbar nach mir rüber gelangt sein«, sagt Luther gerade und verstummt. Robbie schaut verlegen drein.

»Entschuldigung, ich wollte nur –«

»Setz dich.«

Der Deputy zieht einen der Sessel zu sich heran. »Also, schätze, das wird euch nicht gefallen. Die Frau, so wie ihr sie beschrieben habt, okay, so eine gibt es, aber –«

»Und wie es sie gibt«, knurrt Luther und betastet seine geschwollene Lippe.

»Ich meine, beim Sicherheitsdienst von Nordvisk.« Robbie legt ein Foto auf den Tisch. »Ist sie das?«

»Unverkennbar.«

»Ihr Name ist Grace Hendryx. Und was das Nummernschild angeht, da seid ihr euch völlig sicher?«

»Du hast doch die Ausdrucke bekommen«, sagt Ruth. »Schöner kann man das scheiß Kennzeichen gar nicht fotografieren.«

»Ja, aber ist es derselbe Wagen?«

»Wenn ich mir irgendetwas eingeprägt habe, dann das Kennzeichen«, sagt Luther. »Ich hatte reichlich Zeit, es anzuglotzen, während ich im Dreck saß.«

»Nun –« Robbie zieht ein noch verlegeneres Gesicht. »Dann haben wir gleich zwei Probleme. Besagter Mercedes ist während der letzten vierundzwanzig Stunden nicht bewegt worden.«

»Unsinn.«

»Nachweislich. Er steht oben auf der Farm, blitzblank gewaschen und ohne die geringste Schramme. Definitiv hat der nicht deinen Wagen gerammt, Ruth. Und die Frau war gar nicht hier.«

Luther starrt ihn verständnislos an. »Was heißt, nicht hier?«

»Sie war in Palo Alto. Den ganzen Tag.«

Ruth bläst Luft durch die Wangen. »So ein Quatsch. Ich hab sie doch gesehen!«

»Für wie lange?«

»Eine Minute vielleicht. Nicht ganz. Ein paar Sekunden, aber –« Sie funkelt Robbie wütend an. »Was willst du eigentlich gerade andeuten? Dass ich spinne?«

»Ich will gar nichts andeuten. Im fraglichen Zeitraum hat Grace Hendryx eine Schulung in Palo Alto durchgeführt. Es gibt Dutzende Zeugen sowie ihre Einwahldaten auf dem Nordvisk-Campus, Augenscan und Fingerabdruck. Das behaupten die nicht einfach! Herrgott, was soll ich denn machen? Sie *kann* unmöglich hier gewesen sein.«

»Selbst wenn wir uns irren«, sagt Ruth, »Hughs Kamera irrt sich nicht. Der Wagen ist darauf zu sehen. Vierundzwanzig Stunden nicht bewegt? Geschissen!«

»Nummernschilder kann man fälschen«, gibt Robbie zu bedenken.

Von der gegenüberliegenden Wand lächelt eine rauchgefirnisste Mona Lisa herüber. Granitbrocken zieren die wurmstichige Kommode darunter, getürmt zu einer Art Minigebirge. Obenauf ein Marder, dessen Glasaugen, solange Luther denken kann, die Puppe und die Keramikente am Fuße des Gebirges auf Verzehrbarkeit taxieren. Ein Ensemble, in dem nichts zueinander passt. So wie in seinem Kopf.

»Ich lasse euch die Unterlagen hier«, sagt Robbie und steht auf.

»Die Fahndung läuft weiter«, sagt Luther. »Nach einem verschrammten Mercedes G-Klasse und der Frau.«

»Ja klar. Aber ich kann nur nach einer Frau fahnden lassen, die Grace Hendryx *gleicht.*«

»Dann tu das.«

Robbie geht. Big Steve, der Besitzer des St. Charles Place, betritt das Hinterzimmer und stellt einen Hamburger mit allen Schikanen vor Luther hin. Sie warten, bis sie alleine sind.

»Dass du den jetzt runterkriegst«, sagt Ruth mit gekrauster Nase.

Er schaut sie über die fetttriefende Konstruktion hinweg an. »Was glaubst du eigentlich, wie die Dinge in Sacramento liefen?«

»Ich weiß, wie sie liefen.«

»Genau. Ich war öfter in Todesgefahr als Dirty Harry.« Kaut und schluckt. »Mein Leben ist nicht mehr mein Leben, ein Phantom versucht, mich umzubringen, jemand hat in meinem Schädel rumgedoktert, womöglich läuft irgendwo da draußen mein Doppelgänger rum, glaubst du im Ernst, ich hätte Angst vor einem Viertelpfund Hackfleisch? Ich hab seit gestern Mittag nichts gegessen! Sieht man von Kimmys morgendlichen Darreichungen ab.«

Ruth schaut zu, wie er sich durch den Turm aus Brot, Rindfleisch, Bacon, Käse und Tomaten arbeitet.

»Hör zu«, seufzt sie. »Ich bin ja bereit zu glauben, dass dich irgendwer manipuliert. Da ist gewaltig was faul, stimmt. Aber – an so was wie eine zweite Wirklichkeit *kann* ich einfach nicht glauben. Sie haben dir den Kopf voll falscher Erinnerungen gepflanzt.«

»Und wie erklärst du dir dann meine Vorhersagen?«

»Vielleicht ein Nebeneffekt. Vielleicht kannst du ja ein Stück in die Zukunft sehen.«

»Ach, und *so was* gibt es?«

Sie schweigt. Luther sieht ihr an, dass sie nicht mehr weiterweiß.

Da sind wir schon zu zweit, denkt er.

»Glaub mir, Ruth, sie war es. Grace Hendryx. Es war ihr Wagen, also wie ist das möglich?«

»Die Frage hab ich mir abgewöhnt in deiner Gegenwart zu stellen.«

»Sie ist mir nachgereist. Aus meiner Wirklichkeit.«

»Hat sie das gesagt?«

»Nicht explizit. Sie hat wissen wollen, ob ich der bin, den sie auf der Farm getroffen hat. Und in der neuen Wirklichkeit haben wir uns nicht getroffen, sprich, meine Geschichte stimmt. Sie wollte sichergehen, bevor sie mich erledigt.«

»Ob du der richtige Luther bist.«

»Der, der rüber gelangt ist.« Er stopft Fritten in sich rein. Gott, ist er hungrig. »Könnten wir bloß den anderen finden, dann würdest du mir endlich glauben.«

»Okay.« Ruth schließt die Augen, öffnet sie wieder. »Und warum finden wir ihn nicht? Warum meldet er sich nicht? Immerhin ist er deiner Meinung nach der rechtmäßige Bewohner dieser Wirklichkeit und deines Hauses, warum taucht er nicht im Büro auf oder sonst wo? – Weil es ihn nicht gibt!«

»Ruth –«

»Es gibt ihn nicht! Vorsicht, du kleckerst.«

»Die beiden Schlüsselbünde –«

»Können Teil einer Inszenierung sein.« Sie rollt die Augen. »Mann, du hast deine Frau zurück. Vielleicht ist es ja ihr Schlüssel.«

»Sie sind *identisch*, Ruth.«

Entmutigt lässt sie den Kopf sinken. »Und was willst du jetzt tun?«

»Mein Bericht ist geschrieben. Ich fahre nach Sacramento.«

»Allein?«

»Ja.«

»Das ist keine sonderlich gute Idee. Sie wird es wieder versuchen.«

Er schweigt. Wischt Sauce mit dem Rest seines Brötchens auf.

»Lass mich mitkommen. Ich stör auch nicht.«

»Vergiss es, Ruth. Ich kann nicht das halbe Büro zu meinem Schutz abkommandieren.«

»Ich bin nicht das halbe Büro.«

»Du bist meine Stellvertreterin hier. Soll ich Sierra in der Obhut Kimmys und fünf gleichrangiger Deputys lassen? Wir haben zwei Fahrzeuge verloren, und Carl ist praktisch aus dem Rennen.«

»Augenblicklich sitzt er am Schreibtisch.«

So viel aufmöbelnde Wirkung hat die Schießerei in der Quarzebene immerhin gezeigt. Carl kam herübergehumpelt, wenig erbaut. Natürlich ist er froh, niemanden verletzt zu sehen, doch unglücklicherweise waren neue Lügen angezeigt, um die Suche nach der Killerin zu beschleunigen. Also hat Luther behauptet, Grace Hendryx vergangene Nacht auf der Farm gesehen zu haben, was sogar zutrifft, nur nicht im Kontext der Version, die er dem alten Mann am Morgen aufgetischt hat.

»Du verschweigst mir doch was, Junge.«

»Ehrlich, Carl. Ich weiß nicht, warum die Frau mich angegriffen hat.«

»Mag sein. Der Schaden ist beträchtlich. Zwei Schrotthaufen, vormals Streifenwagen. Denk noch mal nach. Dir fällt nicht zufällig ein, was du *wirklich* auf der Farm gemacht hast?«

»Hab ich dir doch alles erzählt.«

»Ja, meine Mutter hat auch immer dieselben Märchen erzählt.«

Aber was soll Carl machen, außer das Büro entlasten? Er ist krank, wenn auch nicht so krank, dass er ihnen nicht bei lästigem Papierkram unter die Arme greifen könnte.

»Carl wird funktionieren«, sagt Ruth. »Wenn du ihn überzeugst, dass ich dich begleiten muss, weil diese Frau dich bedroht, wird er sich am Riemen reißen und keine Fehler machen.«

Luther tippt sich an die Schläfe. »Der Riemen ist schon gerissen.«

»Übertreib nicht.«

»Carl ist ein cleverer Hund. Aber er hat nicht mehr die Kontrolle über seinen Kopf. Und das weißt du.«

»*Ein* Tag, Luther! Verdammt!«

Er fährt ohne sie.

Zweifellos geht von Grace Hendryx unverminderte Gefahr aus, was immer ihre Gründe sein mögen, ihm nach dem Leben zu trachten. Falls es überhaupt *ihre* Gründe sind. Sie gehört zu Rodriguez. Dem Rodriguez von gestern Abend, muss man der Präzisierung halber sagen, der sich durch die Serverhalle hat jagen lassen, um ihn in die Sphäre zu locken. Fast beiläufig dämmert Luther, was im nächsten Moment schlüssig erstrahlt. Natürlich! Darum ging es die ganze Zeit. Ihn kaltzustellen. Nordvisks Sicherheitschef, plötzlich entlarvt, musste einen Weg finden, Luther loszuwerden, bevor der seine Erkenntnis breittreten konnte. Ein simples Pflaster hatte alles enthüllt. Rodriguez blieben nur Sekunden. Ein schnell gefasster Plan. Zuschlagen, fliehen. Wie ein aufs Blut gereizter Hund ist Luther darauf angesprungen, unter Einsatz entsprechend weniger Neuronen, statt den Mann einfach zur Fahndung auszuschreiben. Dass van Dyke Zeuge der Demaskierung wurde, mochte Rodriguez als ein zu bewältigendes Problem ansehen. Am Ende des Tages vertritt van Dyke die Interessen Nordvisks, nicht das Gesetz. Und das Gesetz war in die Wüste geschickt worden.

Darum also bin ich hier. In einer Vergangenheit, die sich alternative Wege gegraben hat. Und deren Rodriguez nicht auf das vorbereitet war, was sein Pendant in meiner Welt in Gang gesetzt hat, doch plötzlich kommen dem Pendant Zweifel. War es wirklich so eine gute Idee, den Undersheriff einfach in die Verbannung zu schicken?

Was, wenn er einen Weg zurückfindet?

Also schickt er das Aufräumkommando hinterher.

Grace Hendryx.

Luther versucht, sie auszublenden. Sein Geist braucht Ruhe, wenn er Jodie in halbwegs stabiler Verfassung gegenübertreten will. Er verlagert seine Konzentration auf die Straße, nimmt Kurve um Kurve, den Yuba River immer zur Linken. Wie Reisegefährten streben sie talwärts. An Stellen, wo der moosgepolsterte Granit die Ufervegetation auseinanderzwingt, schimmert der Fluss türkis hindurch und stehen fedrige Bäumchen vornübergebeugt entlang der Wasserlinie wie Badende, die sich nicht reintrauen. Davor sind die Leiber mächtiger Stämme getuscht, die ihrerseits den Boden mit Schatten bemalen. Akaziendächer erstrahlen in der Frühabendsonne, strotzend vor Blattgrün, ein letzter elysischer Farbenrausch, alles beginnt zu leuchten und Licht auszuströmen. Ginsterfeuerwerke jubilieren über ginstergelben Wegmarkierungen, selbst die Verkehrsschilder sind ginstergelb und wie natürlich dem Straßenrand entsprossen, jedes winzigste Insekt, jeder Krümel Erdreich, jeder Farn und Borkensplitter gewinnt im Werfen seines Schattens an Bedeutung.

Eine Viertelstunde vor Grass Valley biegen die Bergrücken den Highway zur Gabel. In eng gefasstem Schwung überquert die Straße den südlichen Flusslauf, der hier erstarkt durch zahlreiche Nebenzuläufe herabstürzt, und Luther kann die grüne Gischt in ihrem Felsenbett brodeln sehen. Jenseits der County-Grenze erlischt seine Amtsgewalt. Ab jetzt ist er Zivilist. Er durchquert Auburn. Mit dem lichter werdenden Baumbestand drängen Wiesen heran und öffnen sich Blicke ins Land. Eine andere Art Vegetation übernimmt, der schwere Nadelwald bleibt zurück. Durch dicht besiedelte Vororte nähert er sich West Sacramento, nimmt den Lincoln Highway und biegt auf den Parkplatz des Rodeway Inn, eines preiswerten Hotels im Hazienda-Stil. Drumherum liegen weitere Motels und ein Bowling Center. Eine Gegend, in die nur reist, wer muss. Luther checkt ein, bringt sein Gepäck aufs Zimmer, setzt sich auf das orangefarben bezogene Bett vor die gleichfarbig lackierte Wand und fragt sich, welches Sonderangebot den Betreiber zu dieser Farbwahl verlockt haben mag.

Was Jodie betrifft, ist Ruth sein Navigationssystem. Das Einzige, auf das er zurückgreifen kann. Seine Karte ist veraltet, ihre voller weißer Flecken. Die wichtigsten Punkte zwar verzeichnet, doch dazwischen unbeschriebenes Land, über Jahre geweitete Abgründe und falsche Fährten.

»Was ich weiß, ist Folgendes: Jodie wollte nach eurer endgültigen Trennung zurück in die Staatsanwaltschaft, aber da war nichts frei. Die Sache in Los Angeles hatte sich zerschlagen. Sie jobbte eine Weile bei Kicksville Vinyl & Vintage, so ein Plattenladen in Downtown Sacramento, und dann als freie Rechtsberaterin, unter anderem für einen Typen aus dem Baugewerbe. Kurz vor meiner Ankunft in Sierra kam sie auf die dämliche Idee, ihn zu ehelichen. Griff ins Klo. Seit letztem Jahr ist sie auch von dem geschieden. Bei der Staatsanwaltschaft haben sie ihr neulich was in Aussicht gestellt, noch arbeitet sie allerdings im Amt für allgemeine Dienstleistungen. Tamy steht kurz davor, die Charter High mit gloriosen Noten abzuschließen, und will Politik studieren. – Du und Jodie? Ihr hängt wieder öfter zusammen. Frag mich nicht nach eurem Intimstatus! Meiner unmaßgeblichen Meinung nach traut ihr euch nicht. Sofern du mit ihr in der Kiste warst, hast du's mir jedenfalls nicht erzählt. Du steigst für gewöhnlich im Rodeway Inn ab, wenn du sie besuchst, sie wohnt nicht weit davon.«

Zehn Autominuten. Eigentlich kann er sofort losfahren.

Er stellt sein Handy auf Flugmodus; nichts soll dieses Treffen stören. Steckt den Autoschlüssel ein und verlässt den orangenen Raum, der nichts hat, das ihn halten könnte.

Im St. Charles Place sitzen die üblichen Verdächtigen. Ein paar jüngere Typen von der Forstbehörde mit blonden Bärten, Kappenschirme nach hinten gedreht; zwei Viehzüchter aus Calpine; pensionierte Minenarbeiter, denen vom Gold, das sie im Auftrag der Schürfgesellschaften aus Sierras Bergen gebrochen haben, wenig mehr geblieben ist als Arthritis und die Gewissheit, im Kreis gelebt zu haben; der Herausgeber des *Mountain Messenger,* dessen Verstand wie eine Klinge in die Amoral der republikanischen Protektionisten schneidet, die das Weiße Haus bevölkern, ohne dass seine Feder in gleicher Weise geschärft wäre, um die große amerikanische Kurzgeschichte zu schreiben, die zu schreiben er seit Jahren ankündigt. Wie ihre eigenen Mythen hocken sie an der prachtvollen Mahagonibar mit den handgeschnitzten Kapitellen, die noch aus der Zeit vor der Prohibition stammt, als Ruth hereinkommt. Gewohnheitsmäßig wirft sie einen Blick auf alle, die sie nicht kennt, doch da sitzen nur zwei Männer zwischen dem Pianola und den ausgestopften Gänsen, reden vermutlich deutsch und schauen gelegentlich zur Bar. Ihre Gesichter spiegeln die Frage, ob man wohl mit den pittoresken Gestalten am Tresen ins Gespräch kommen könne.

Wenn ihr wüsstet, wie neugierig die auf *euch* sind, denkt sie.

Eine Begrüßung in den Raum werfend, steuert sie den Tresen an. Nettigkeiten werden in halbe Sätze gequetscht, das Baseball-Spiel, das lautlos über den LED-Bildschirm unter der Decke flimmert, wird kommentiert. Sie zieht einen der Lederhocker heran, setzt sich neben Donald Scott, den alle nur D.S. nennen, und bestellt ein Corona. Das Haar hat sie hochgesteckt, die Uniform gegen enge Jeans, Cowboystiefel und eine grün gemusterte Bluse getauscht. Allmählich regt sich ihr Appetit, nachdem ihr die Sache mit Luther und der Irren bei Eureka vorübergehend auf den Magen geschlagen war. Sie ordert ein Pulled Pork Sandwich, setzt die Flasche an die Lippen und versucht, eine Abmachung mit sich zu treffen, wie weit sie bereit ist, Luther zu glauben.

Das Problem ist, dass sie kaum weiß, was sie sich selbst glauben kann. Ein Wagen, der dreimal in ihren gekracht ist, steht ohne Kratzer an seinem Platz. Jederzeit würde sie die Fahrerin wiedererkennen. Inzwischen hat Nordvisk ein Foto von Grace Hendryx geschickt. Es *ist* dieselbe Frau, doch sie war nicht hier. Eine Doppelgängerin also? So wie sich Luthers Schlüsselbund verdoppelt hat? So wie sich der Mercedes augenscheinlich verdoppelt hat? Mag sein, sie haben Luthers Hirn gewaschen, aber damit lassen sich keine Prophetien und Verdopplungen erklären.

Beginnt auch sie Gespenster zu sehen?

Fragen produzieren Fragen. Wäre es möglich, dass es auf alles nur *eine einzige* Antwort gibt? Eine, die in einen Satz, eine Formel gefasst alles erklärt? Sodass man sich an die Stirn schlägt – logo! Suchen Wissenschaftler nicht nach so was? Die große vereinheitlichende Theorie. Beim Urknall war das Universum heiße Sauce. Bäng! Sicher spektakulär, aber mal ehrlich, das spätere All mit seinen Galaxien, Sonnen, Kometen und Planeten drin, auf denen Millionen Arten herumspazieren, ist ungleich komplexer. Und was liegt der ganzen scheiß Komplexität zugrunde? Bäng! Wie nähert man sich diesem Bäng? Vielleicht in Luthers Haus? Grace Hendryx war vergangene Nacht dort, ihr Wagen stand vor der Tür. Sie könnte Spuren hinterlassen haben – *es* könnte Spuren hinterlassen haben! Dieses Phänomen.

Das Unheimliche, das nach Sierra gelangt ist.

Big Steve kommt mit dem Sandwich aus der Küche. Der Duft lässt Ruth das Wasser im Munde zusammenlaufen. Erst mal essen. Jemand hat Emmylou Harris mit einem Vierteldollar gefüttert, unterschluchzt von Slide-Gitarren singt sie das Lied einer Sitzengelassenen. Der indianisch aussehende Trucker, der öfter in Downieville übernachtet, wiegt sich mit einer nicht ganz nüchtern wirkenden Frau versonnen in seiner Jugend. Fleischsaft läuft aus dem Brötchen. In der Touristensaison ist das St. Charles Place ein lärmender, ausgelassener Ort, an Abenden wie diesen durchtränkt von jener schwer zu fassenden Melancholie, die nur versteht, wer in den Lebenden die Toten sieht. Die drei riesigen Spiegel hinter der Bar werfen jeden gefassten Vorsatz, der über die nächste Bestellung hinausgeht, auf ihren Urheber zurück. Man starrt blind auf sich selbst, für den Moment zufrieden. Das kräftige Bier spült den bitteren Geschmack vergeudeter Jahre hinunter, die Ereignislosigkeit des Abends wärmt wie ein falsches Kaminfeuer. Im Zentrum aller Fragen prangt die Zapfbatterie, ein machtvolles Instrument voller Schalthebel, um einen woandershin zu bringen.

Ruth badet ihre Finger in Fett. Das Pulled Pork Sandwich ist göttlich! Sie wischt sich den Mund ab, reinigt die verschmierten Finger mit der Serviette.

»Lust, 'ne Runde zu spielen?« D.S. deutet mit dem Kinn zum Billardtisch. Sein Bart ist dicht und weiß, das Haar zum Zopf geflochten, die Brust breit wie ein Klavier.

»Warum nicht?«

Er fischt nach einer Münze. Mit vollem Namen heißt D.S. Donald Scott McMillan. Sein Bruder lehrt englische Literatur in Princeton, aber D.S. liest nicht. Eine Ruhe geht von ihm aus, die Ruth regelmäßig das Gefühl gibt, an einem sengend heißen Nachmittag im Schatten eines Monolithen zu sitzen, den Rücken an den kühlen Stein gelehnt und im Wissen, dass er schon lange vor ihrer Geburt dort stand und noch stehen wird, wenn sie selbst nur eine Erinnerung ist. Menschen wie D.S. sind Hüter einer absoluten Erfahrung, vor der Kreaturen wie Willard Bendieker einfach zerpulvern.

Sie spielen eine Partie, die D.S. locker gewinnt.

»Du bist nicht bei der Sache, Ruth.«

»Der Tisch steht schief.«

Was zutrifft, nur ist das nichts Neues und hilft keiner Seite, wodurch es auch keine benachteiligt. D.S. lächelt. Falten furchen sein Gesicht, deren meiste das Lachen gegraben hat. »Wenn das ein Problem wär, hätt ich kaum gewinnen können, oder?«

»Pah. Hat dir den Sieg gebracht.«

»Warum nicht dir?« Er hält den Queue wie Moses seinen Stab. Ein Moses in alten Military-Hosen, Daunenweste überm T-Shirt und Navy-Kappe. »Revanche?«

»Ich glaub, heut nicht.«

Nie würde D.S. fragen, was in ihrem Kopf vorgeht. Sie stellen die Queues zurück. Der alte Mann holt ihr ein weiteres Corona, sich ein Anchor Porter und stellt beides auf einem der Stehtische ab. Ruth setzt sich zu ihm. Eine Weile sehen sie den Deutschen zu, die das Billardfeld übernommen haben und ein respektables Spiel hinlegen. D.S. grinst. »Der Größere sagt gerad, der Tisch steht schief.«

»Du kannst Deutsch?«

»Bisschen. Immer nützlich. Und ’n bisschen Französisch. Spanisch.«

»Italienisch?«

»Solamente per ordinare qualcosa da mangiare e da bere.«

»Chinesisch?«

»Ganbei.« Er brummt vergnüglich. Sein Humor hat ihm nicht geholfen, die Bilder der Napalmkelche verblassen zu lassen, die unter ihm erblühten, aber die Ruhe hilft, damit zu leben. Vor drei Jahren war D.S. ein zweites Mal in Vietnam, privat. Vier Wochen. Um endlich auch die Schönheit des Landes zu sehen, das er nur als Schlachtfeld kannte, »als die Hölle, in die wir es verwandelt haben. Und um mich zu entschuldigen.«

Ruth dreht ihre Flasche. »Ich hab einen Fall, den ich nicht lösen kann.«

»Wo ist das Problem?«

»Billardkugeln. Die auseinanderdriften. Zu viele Kugeln in zu viele verschiedene Richtungen. Ich weiß nicht, welcher ich folgen soll.«

D.S. schaut hoch zum Fernseher, auf dem *Fox News* laufen. Auch ohne Ton wird die senderübliche Begeisterung für alles deutlich, was der Präsident sagt oder tut. Die geplante Mauer zu Mexiko geht bei Fox bereits durch alle Köpfe. D.S. wischt den Schaum aus seinem Schnurrbart. »Hat der denn nichts begriffen? Wer Mauern baut, baut nur sein eigenes Gefängnis. – Keiner übrigens.«

»Keiner, was?«

»Du fragtest, welcher Kugel du folgen sollst. Keiner.«

»Sondern?«

»Schnapp dir den Kerl, der die weiße in das Feld gedonnert hat.«

Bäng! Ruth überlegt, zückt ihr Handy und schickt eine SMS an Luther.

Ist es okay, wenn ich mich in deinem Haus umschaue?

Seit Jahren besitzt sie einen Schlüssel, für alle Fälle. So wie er einen für ihre Wohnung hat. Ohne gegenseitigen häuslichen Zugang wäre der Ritus ihrer Verbundenheit nicht vollzogen, und gerade in ihrem Job kann so was über Leben und Tod entscheiden. Vielleicht dient es aber auch dazu, sich nicht allzu einsam zu fühlen.

Sie bekommt keine Antwort. Gut. Keine Antwort ist kein Nein.

Jodie wohnt Ecke Andrew Street und Beardsley Drive, West Sacramento. Ein schmuckloses Häuschen in einem begrünten Wohngebiet, Erdgeschoss, Garage, Schuppen. Die kreuzenden, schnurgeraden Straßen versammeln Reihen um Reihen solcher Flachbauten hinter blühenden Büschen, abgesetzt durch Rasenflächen. Mittelklassewagen stehen in den Einfahrten. Akazien, Zypressen und Reihen grauer Mülltonnen säumen die Gehwege. Aus Jodies Vorgarten reckt sich eine einzelne Washingtonpalme gut und gerne fünfzehn Meter in den Himmel, weithin sichtbar wie ein Leuchtfeuer. Er kann das Haus gar nicht verfehlen, und warum sollte er? Jodie erwartet einen Mann, dem all dies vertraut ist. Er hingegen entwickelt gerade eine Vorstellung davon, wie es sich anfühlen muss, nach einem Unfall oder Schock sein Gedächtnis verloren zu haben. Aller Koordinaten beraubt. Heimatlos. Ein Fremder im eigenen Leben.

Er parkt den Wagen am Straßenrand, geht die Auffahrt hoch. Vorbei an einem weißen Hyundai Primus. Steht vor ihrer Tür. Die Baracke hält keinem Vergleich mit dem himmelblauen, doppelstöckigen Giebelhaus in Sierra stand, in dem sie zusammen alt werden wollten, und er denkt: So hast du dir das ganz sicher nicht vorgestellt.

Nicht das hier.

Mittlerweile ist es beinahe dunkel, einige wenige Häuser beleuchten ihre Innenwelten. Er strafft sich. Klingelt, das Herz im Halse.

Hört ihre Schritte –

Sie öffnet, und du siehst dieselbe Frau. Und doch eine andere, und das macht es leichter. Deine Erinnerung hat eine Ikone erschaffen. Euer letztes Treffen. Eure verstohlene, hoffnungsdunkle Nacht. Eine Bahn Mondlicht, in den Raum gegossen. Das Schimmern ihrer wie Pinselstriche zu den Schultern fallenden Strähnen. Ihr Make-up und was sie trug beziehungsweise nicht trug. Nie ist ihr Duft aus deinem Kopf verflogen. Du erinnerst sie als Sehnsuchtsort in ständiger Sicht- und außerhalb jeder Reichweite. Noch größer als deine Sehnsucht ist die Angst, sie exakt so vorzufinden, doch die Frau da in der Tür hat kurzes Haar, das wie Tannenhonig glänzt, und in ihren Augenwinkeln, um ihr Lächeln herum, am Halsansatz nisten unverkennbar weitere sieben Jahre. Die Arme, die sie um dich schlingt, sind gebräunt und athletisch wie eh und je, die Muskeln jedoch schärfer konturiert, als sei ein Weichzeichner von ihr genommen.

»Da bist du ja endlich.«

Endlich.

Fast musst du lachen. Das entbehrt nicht einer gewissen Komik. Sie küsst dich auf die Wange, was näher am Ohr zu erfolgen hätte, rein platonisch gesehen, und du weißt, eure Lippen lagen noch nicht wieder aufeinander. Ihr küsst an den Tatsachen vorbei, aber ihr knutscht euch warm. Du kennst Jodie. Sie mag älter sein, sie ist Jodie. In diesen paar Sekunden erfährst du so vieles, was nicht gesagt werden muss, aber es bewahrt dich keineswegs davor, zu stranden. Also folgst du ihr, so beschäftigt damit, Ortskenntnis vorzutäuschen, dass dir gar nicht die Zeit bleibt, Mist zu bauen. Kein Stammeln, kein irres Lachen. Das hier ist kein Treffen mit einer Toten. Es ist ein Wiedersehen. Eine Auferstehung. Durch nichts zu erklären, doch erstmals drängt dich nichts, es erklären zu wollen, weil du es allenfalls hinwegerklären würdest.

Unvereinbares findet wie selbstverständlich zueinander. Nicht mal verstellen musst du dich. Du bist, was du vortäuschst zu sein: Jodies Ex.

Nur halt mit leer gefegtem Schädel.

Willst du ein Glas Wein? Natürlich willst du ein Glas Wein. Sie holt einen anderen als euren damaligen Favoriten. Neue Jodie, neuer Wein. Du hast dich schon gefragt, wo der Bauunternehmer Spuren hinterlassen hat. Im Weinregal? Geht okay. Ihr steht in ihrer Küche, die klein, beengt und der wundersamen Jodie-Ordnung unterworfen ist, um deren Geheimnis wissend man einen Palast in einer Kammer unterbringen und trotzdem noch darin tanzen könnte. Sie erzählt von ihrem Tag im Zikkurat, dem Bürogebäude am Ufer des Sacramento River keine zwei Meilen von hier, in dem das Ministerium seinen Sitz hat.

»Immer noch die ideale Fahrradstrecke«, sagst du, dich vortastend.

»Tja. Wenn sie's mir nicht geklaut hätten.«

Solltest du davon wissen? Erzählt sie das zum ersten Mal oder ist es ein alter Hut? »Ich schenk dir ein neues.«

Sie lächelt in ihr Weinglas.

»Im Ernst. Ein Faraday.« Kürzlich gesehen. »Das Nonplusultra unter den E-Bikes. Mit Schutzblechen aus Zedernholz.«

»Klingt, als zahlten sie dir Provision.« Sie grinst und rollt die Augen. »Aus *Zedernholz!*«

»Dachte, ich versuch's.«

»Schau mich an, Luther. Von oben bis unten.«

Du schaust. Du würdest alles dafür geben, sie an dich zu ziehen, an dir zu spüren. Dich in ihr zu vergraben.

»Und?« Ihr Ton wird herausfordernd. »Hätte ich diesen wunderbaren Körper, wenn ich E-Bike fahren würde?«

»Du hättest mehr von diesem wunderbaren Körper.«

»Doppelt so viel.«

»Eher dreimal so viel.« Ihr blödelt rum wie eh und je.

»Ich wäre fett!«

»Genau. Wunderbar fett.«

»Schönheit besteht nun mal aus lauter kleinen Opfern. Was du siehst, ist der leibgewordene Verzicht.«

»Verzicht? Du meinst die kleine Pause zwischen Einkauf und Einkauf.«

»Askese, du Ignorant.«

»Das lässt wenig Gutes fürs Abendessen hoffen.« Hört sie eigentlich nichts? Dein Herzschlag müsste in ihren Ohren dröhnen. »Okay, ich besorg dir den ältesten Drahtesel, den ich finde.«

»Ja, bitte. Ein quietschendes Monster.«

»Ohne Gänge.«

»Mit Hartplastiksitz!«

»Nix. Ausschließlich Stange.«

Sie lacht. »Jetzt wirst du ordinär.«

»Nur der Müde ist vornehm.«

»Der Müde bekommt nichts zu essen. Los, schnapp dir ein Messer und schneid die Hähnchenbrust klein. Ganz dünne Scheiben.«

Du siehst zu, wie sie Kokosmilch in einen Topf gießt, aufkocht und gelbe Currypaste hineinrührt. Knoblauch und Ingwer dazugibt. Folie von einer Plastikschüssel zieht. Karottenschnitze, Brokkoli und Zuckerschoten in der heißen Sauce ziehen lässt. Gleichmäßig wiegst du die Klinge auf dem Brett, nie hast du eine Hähnchenbrust mit größerer Präzision zerlegt. Auch die Stücke wandern ins siedende Curry. Jodie salzt, lässt dich abschmecken. In jedem Werbespot gingt ihr als das ideale Paar durch. Ihr quetscht euch an den ausklappbaren Küchentisch, esst, und es ist wie eine Heimkehr. Wen interessiert, dass ihr geschieden seid? Du bist hier. Sie ist hier. Selbst Grace Hendryx hat sich vorübergehend auf einen anderen Planeten verkrümelt. Überrascht stellst du fest, dass erstmals seit dem gestrigen Abend keine Panik an dir zerrt, kein Schrei in dir hochsteigen will. In der Enge dieser Küche überkommt dich Ruhe, weitet sich zu grenzenloser Leere, und in der Leere schwillt etwas an, machtvoll, tief dunkelrot und glühend, die Empfindung reinen Glücks, die du verloren glaubtest. Du lässt den alten Schmerz los, siehst ihn wie eine Wolke dort hängen und weißt, er war immer nur die Wolke, nie du selbst, und wie eine Wolke könnte er davonziehen. Beinahe bist du so weit zu akzeptieren, dass mit dem Übertritt in diese Wirklichkeit der Alptraum nicht begonnen, sondern geendet hat, doch etwas warnt dich! Dieses Eis ist dünn. Dein Glas halbvoll. Mehr wirst du nicht trinken. Die narkotisierende Übermacht des Moments. Auf jedem Draht balancieren zu können. Du hast zu lange in der Drogenermittlung gearbeitet, um nicht zu wissen, wie schnell der Absturz erfolgen kann. Bleib wach. Kontrolliert. Dir fehlen sieben Jahre. Mach es nicht kaputt.

Du erzählst vom Angriff der Mahagonifrau. Solange du erzählst, gibst du die Richtung vor. Eine Unbekannte, nie gesehen. Auch Ruth hat ihren Teil abbekommen. Wer oder was dahintersteckt? Keine Ahnung. Die Angreiferin arbeitet für ein IT-Unternehmen im Silicon Valley, so viel wisst ihr, darum der Trip nach Palo Alto.

»Und sie ist immer noch da draußen?«

»Draußen ist ein weiter Begriff.« Alarmierend die Gewissheit, Grace Hendryx bald schon wieder zu begegnen. »Ich mach mir keine Sorgen.« Mach du dir keine Sorgen.

»Nein. Du trägst die kugelsichere Weste aus modischen Gründen.«

Du schaust an dir herab. »Nicht sehr vorteilhaft, was?«

»Ich kenn dich ja kaum anders.«

Unvermittelt steht ihr am Rand einer tristen Ebene. Ein aufgegebenes Land, übersät von abgestorbenen Gefühlen. Das Terrain eures Scheiterns. Ein Ort, den man nicht betritt, bestenfalls anschaut im Wissen, dass die Welt größer ist als die Erinnerung. Ihre Augen, honigfarben wie ihr Haar. Nicht der mindeste Vorwurf. Auf ihren Wimpern sammelt sich das warme, gelbe Küchenlicht.

»Glaub mir«, sagst du, »ich bin so müde, das Scheißding zu tragen«, aber bist du das wirklich? Du liebst deinen Job. Nein, du bist müde, einen *Panzer* zu tragen.

»Es schützt dich, Luther.«

»Ich hatte wenigstens immer was, das mich schützt. Du hattest nichts.«

»Hab meine Weste innen getragen.«

»Ziemlich overdressed, wir beide.«

Lachfältchen knittern in ihren Augenwinkeln. Sie berührt deine Hand. »Nachtisch?«

»Und die Staatsanwaltschaft?«, fragst du beim Schokoladeneis, dein karges Wissen zur Schau stellend. »Haben die endlich was für dich?«

»Oh, ich hatte ein ganz gutes Gespräch, während du weg warst!«

»Toll.«

»Vielleicht schon nächsten Herbst.«

»Das wär doch super.«

»Wie war überhaupt dein Urlaub?«

Diesmal bist du vorbereitet. Dank Ruth weißt du, wohin du wolltest, dank der Quittungen und Prospekte in deinem Rucksack, wo du warst. Jodie lauscht mit sichtlicher Faszination: verkrustete Rücken, die sich wie Inseln aus dem Meer erheben. Vogelschwärme in der Dämmerung, deren Schnattern und Kreischen mit den Fischen zieht, Sturzflugmanöver nach Insekten. Der Himmel am Abend, von Wolken marmoriert, die eine hochofenrote Sonne tiefer reichen. Pazifischer Nebel, der lautlos heranfließt und die Uferwälder einspinnt, bis man alles darin zu erkennen glaubt. Aromen von Gischt, uralten Douglasien und auf Zedernholz gegrillten Steaks. Die salzige Kühle der Nacht, beim Bier gesponnene Geschichten. Dann kommt dir ein Gedanke. Herauslocken, was herauszulocken ist.

»Ich hab doch nicht irgendwelche Termine vergessen? Was Wichtiges, das ich versprochen habe?«

»Tamys Konzert.«

»Mist!«

»Nein, Blödmann, das ist nächste Woche.« Sie lacht. »Du hast gar nichts vergessen. Aber wenn sie spielt, bist du da, okay?«

Wenn sie spielt? Was spielt sie denn?

Jodie steht auf und räumt das Geschirr in die Maschine. Du hilfst, nah bei ihr. Sie wendet sich dir zu. Sehr nahe nun. Immer noch trennt euch die Angst, neu aufzubauen, was kaputtgehen könnte. Ihre Brust hebt und senkt sich, eure Finger finden zueinander. Jetzt müsste allmählich mal einer was sagen, damit das noch als Küche sauber machen durchgeht.

»Ist wirklich alles in Ordnung, Luther?«

»Was sollte nicht in Ordnung sein?«

»Ich weiß nicht. Irgendwie kommt es mir vor, als ob – als ob wir uns nach Jahren das erste Mal begegnen.«

»Vielleicht begegnen wir uns ja erstmals richtig.«

»Es ist ein bisschen unheimlich.«

»Unheimlich?«

Ihre Pupillen weiten sich. Sie scheint etwas in deinem Blick zu suchen. »Wusstest du den ganzen Abend eigentlich immer, wovon ich rede?«

Und du dachtest, du könntest dich so einfach in ihr Leben stehlen. »Hattest du den Eindruck, es interessiert mich nicht?«

»Es interessierte dich *zu sehr.*«

Weil du darauf keine Erwiderung hast, küsst du sie. Sie erwidert den Kuss mit angestauter Leidenschaft und bringt dich noch währenddessen auf Abstand. »Ich weiß nicht, wann Tamy kommt.«

Ein Schlüssel dreht sich im Schloss.

Ihr brecht in Gelächter aus, das ist nun wirklich wie aus einem miesen Film. Du bist verwirrt, erregt, enttäuscht, erleichtert. Aber hier kommt deine Tochter, und sie trägt einen Gitarrenkoffer. »Daddy!« statt Luther, sagt diese Tamy immer Daddy? Stürmische Umarmung. Redefluss. Probe mit der Band. Klingen immer mehr wie Blondie. Debbie Harry, großes Vorbild. Die Tamy in Loyalton? Steht mehr auf Alt-J. Musikeridole? Fehlanzeige, aber sie spielt ja auch keine Gitarre. Alles erfährst du, ohne Fragen stellen zu müssen. Kommende Woche treten sie auf, im Yuba

Theatre, du selbst hast das eingestielt, Tamy und drei Mitschüler, Cover-Versionen, Eigenes. Hätte da nicht ein Plakat hängen müssen? Besser nicht fragen. Tamy kommt schon morgen zum Soundcheck. Du schaust auf die Uhr. Viertel vor zehn.

»Ich muss noch arbeiten. Wegen Palo Alto. Seid nicht böse –«

»Wir hätten dich ohnehin rausgeworfen«, sagt Jodie mit gekünsteltem Gähnen. »Ich muss in aller Herrgottsfrühe zum Zikkurat. Übernachtest du wieder im Rodeway Inn?«

»Ja.«

Sie bringen dich zur Tür. Tamy erdrückt dich fast mit Zuneigung. In Jodies Augen liest du Ratlosigkeit, warum sie fühlt, was sie fühlt – und eben dieses Gefühl.

An Ratlosigkeit könnt ihr es miteinander aufnehmen.

Der Himmel jetzt saphirblau, voller Sterne.

Als Luther auf den fast leeren Parkplatz einbiegt, strahlt das Rodeway Inn die Heimeligkeit eines Asyls aus. Entlang der Fassade verteilen sich die Außenlampen wie freundliche kleine Sonnen, die Türen laden ein, in sich selbst zu verschwinden. Keinem muss man hier in die Augen schauen. Allein auf seinem Bett liegend, kann man sicher sein, von niemandem belästigt zu werden als von sich selbst.

Wie soll er in dem kleinen Zimmer des Wirrwarrs Herr werden, der in ihm tobt? Seine Gedanken bändigen? War das alles real? Es fühlt sich so an. Der Akkord der Begegnung schwingt in ihm nach, sie *ist* in dieser Welt! Aus Fleisch und Blut, seine zweite Chance, da es die Mahagonifrau vermasselt hat, ihn zu töten, mit der Folge, dass jetzt zwei Luthers durch Sierra laufen, er selbst und der andere, der hier – wohnt.

Kalt kriecht es in Luthers Knochen.

Ich bin die Anomalie.

Was, wenn sein Doppelgänger schließlich auftaucht? Das Original, muss man ja wohl sagen. Wenn er Anspruch auf sein Haus anmeldet? Auf seinen Job? Auf Jodie, Tamy?

Nicht mal eine Tochter hätte ich dann noch.

Ich hätte gar nichts mehr.

So sehr entsetzt ihn die Vorstellung, dass sein Denken augenblicklich die Richtung wechselt. Könnte Ruth nicht doch recht haben? Wie kann er so kategorisch ausschließen, dass sein Gedächtnis manipuliert wurde und *seine* angebliche Realität in Wahrheit nie existiert hat? Noch schlimmer: Sie *hat* existiert, und *alle* wurden manipuliert! Etwas Monströses redigiert die Geschichte, in kollektiver Amnesie schwört jeder Stein und Bein, so sei es immer gewesen, nur bei einigen wenigen schlägt die Gehirnwäsche nicht an. Sie erinnern sich, und Grace Hendryx kommt, um die letzte Erinnerung zu löschen. Auch nicht eben ermutigend. Sofern eine der beiden Theorien überhaupt einen Vorzug hat, dann, dass darin kein zweiter Luther vorkommt.

Er parkt den Wagen und geht auf sein Zimmer. Wenn er je einen Drink brauchte, dann jetzt. Vorhin hat er es bei einem halben Glas bewenden lassen. Selbst in dunkelsten Stunden konnte ihn der Alkohol nicht locken, und auch jetzt verspürt er keinerlei Bedürfnis, sich zu betäuben. Ganz im Gegenteil. Nie war ihm mehr daran gelegen, klar zu bleiben, aber er braucht etwas, das ihn runterbringt, und ganz sicher wird er es nicht in der toten Zweckmäßigkeit dieses Hotelzimmers zu sich nehmen.

Er wechselt die Klamotten. Streift ein dunkles Kapuzenshirt über die schusssichere Weste, verdeckt die Glock, schlüpft in eine Jogginghose und verlässt das Rodeway Inn, kaum dass er es betreten hat. Anderthalb Meilen östlich, an der Waterfront, liegt die *Delta King* vor Anker, ein zum Hotel umfunktionierter Raddampfer, der in den Dreißigern als Linienverbindung zwischen Sacramento und San Francisco diente. Es gibt ein Restaurant an Bord, ein Theater, eine Bar. Die Öffnungszeiten stünden einem späten Drink entgegen, verdankte der Barmann ihm nicht sowohl drei Jahre in Folsom wegen Verstoßes gegen das Betäubungsmittelgesetz als auch seinen Job, den Luther ihm verschafft hat, als er wegen guter Führung vorzeitig raus kam. Jahre nach seinem

Ausstieg ist er in Sacramento immer noch bestens verdrahtet, also läuft er los, seinen Gedanken davon, die haltlos ineinanderstürzen, während sich neue Probleme auftürmen.

Palo Alto *muss* den Durchbruch bringen.

Er trabt unter Bäumen hindurch, immer entlang der Hauptstraße. Kaum Fahrzeuge sind unterwegs. Die Umgebung hat wenig Anheimelndes: Büroarchitektur, unbebaute Fläche, Firmenparkplätze. Ampeln senden einander stumme Signale, Laternen beleuchten leere Kreuzungen, zu seiner Rechten Flutlichtmasten: das Baseball Stadion, verlassen um diese Zeit. Eine Gegend der Fluchtpunkte, wo alles ins Anderswo strebt und Licht von Abwesenheit kündet. Goldstrahlend ragt die Tower Bridge in die Nacht, trutzig wie ein Stadttor empfängt ihn der Westturm. Keine zehn Minuten, nachdem er das Rodeway Inn verlassen hat, ist Luther auf der Brücke, unter der offenen Stahlkonstruktion, der die beiden Türme mit provinzstädtischem Stolz entwachsen. Auf dem Sacramento River kann Luther die *Delta King* liegen sehen, ein Relikt, schneeweiße Decks, rotes Schaufelrad und schwarzer Schornstein, wie sie Huckleberry Finn erschienen sein muss: als vorübergleitendes, Gischt aufwirbelndes Sinnbild unermüdlichen Aufbruchswillens.

Er joggt den belebten Pier entlang. Noch sind die auf Stelzen gesetzten Restaurantveranden gut besucht, letzte Bestellungen machen die Runde. Auf dem Bardeck der *Delta King* wird ein Außenplatz frei. Luther ordert ein Pale Ale und ein Glas Bowen's, trinkt den Whiskey zuerst und schaut hinaus auf den Fluss. Zwei schnittige Motorboote voller junger Leute liefern sich ein maßvolles Rennen, dröhnende Außenborder, Lachen, das sich im Fahrtwind fängt, dann verebbt das Motorengeräusch jenseits der Brücke, und Luther geht daran, das Übermaß an Information und Spekulation in seinem Kopf zu inventarisieren. Wie ist das mit Doppelgängern? Solchen aus differierenden Wirklichkeitsebenen, überlappenden Zeitsträngen, wie immer man das nennt! Es gibt ja keinen Präzedenzfall, aber angenommen, nur mal angenommen, so wie zwei Schlüsselbünde einander nicht ähnlich, sondern *identisch* sind, wären auch sie beide identisch, er und der andere Luther, genetisch gleich – wie ließe sich dann beweisen, wer welcher ist? Bestenfalls würde man sie für eineiige Zwillinge halten, deren einer sich ins Leben des anderen geschlichen hat, also gälte es herauszufinden, wer der rechtmäßige Träger des Sterns, der geschiedene Ehemann von Jodie Kruger und Tamys Vater ist. Tagelang würde man sie befragen. Die Aussichten, mit einer sieben Jahre umfassenden Gedächtnislücke gegen den Revierverteidiger zu bestehen, sind wahrhaft berauschend.

Der Barmann stellt ein zweites Bier vor ihn hin. Sie wechseln ein paar Worte, die Motorboote kommen zurück, wenden und geraten erneut außer Sicht. In den Turbulenzen, die ihre Außenborder erzeugen, sieht Luther seine letzten klaren Gedanken zerstieben.

Ruth starrt auf die vertraute Fassade.

Die Fenster sind schwarz, trotzdem ist eine Art Anwesenheit spürbar. Die Dunkelheit starrt gewissermaßen zurück, und ihr ist flüchtig, als rufe jemand ihren Namen von weither – ein sich Wellen, Kräuseln, herangetragen aus einer jenseitigen Welt: Dimensionen, in die zu gelangen erforderte, die Dunkelheit in sich hineinströmen zu lassen, bis Wahrheit darin aufscheint, auch wenn diese Wahrheit vielleicht kaum zu ertragen wäre. Bei Licht, sagt das Haus, werde ich mein Geheimnis nicht preisgeben. Dennoch legt Ruth, nachdem sie sich Einlass verschafft hat, den Kippschalter um und sieht die kleine Diele den Erwartungen entsprechend vor sich liegen. Nacheinander beleuchtet sie sämtliche Räume, und jedes Mal ist da der Eindruck, etwas verscheucht zu haben, einen geisterhaften Hinweisgeber, der sich ihr nur im Finstern offenbaren wird. Sie geht hinauf in den ersten Stock, betritt zuerst Luthers und dann Tamys Zimmer, schließlich das Bad. Nichts deutet auf jemand anderen hin als auf Luther selbst und die gelegentliche, Unordnung stiftende Präsenz Tamys. Akribisch durchforstet sie das Untergeschoss, Wohnraum und Küche, sucht nach Indizien, dass Grace Hendryx sich hier rumgetrieben hat. Koffer und Rucksack ergießen sich wild über den Boden, Luthers Werk.

Nichts erzählen die Räume. Gar nichts.

Grace bleibt ein Phantom.

Ruth löscht das Licht und setzt sich in der Dunkelheit aufs Sofa. Gibt einer anderen Wahrnehmung Raum. Tastet sich zurück in die gestrige Nacht und wird durchpulst von Wellen eines Ereignisses. Die Vergangenheit erfüllt das Zimmer mit einer gewissen Kälte, und in der Kälte klingen Echos auf. Sie schließt die Augen, lauscht. Doch, ohne Zweifel. Hier hat etwas stattgefunden. Wie so vielen erfahrenen Ermittlern ist es ihr gegeben, Räume flüstern zu hören. Sie steht auf, geht zum Wagen und holt die starke Infrarot-Taschenlampe aus dem Forensik-Set, zieht die Schutzbrille auf, betritt das dunkle Haus erneut, schaltet die Taschenlampe ein, und fast sofort wird sie fündig. Punkte schimmern auf dem Dielenboden wie eine lumineszierende Flechtenart. Ruth lässt den Lichtkegel wandern, die Treppe hinauf, durch den Wohnraum, in die Küche, ohne weitere Spuren zu entdecken. Leuchtet bis zur Hintertür – und da sind sie wieder, die fahlen Geisterflechten, verschieden groß in unregelmäßiger Folge, wie herabgetropft, und genau so verhält es sich.

Denn natürlich sind es keine Flechten.

Es ist Blut.

Nachdem er das zweite Bier halb getrunken hat, fühlt er den Alkohol durch seine Blutbahn zirkulieren. Luther steht auf, geht zur Reling und verliert sich in der Pracht der Sterne. Nichts erhellen sie außer die Nacht. Tatsächlich erscheinen sie ihm anonymer denn je, ein fremder, uferloser Ozean. Als er den Blick wieder senkt, gehen im Restaurant die Lichter aus. Die Scheiben reflektieren den Pier. Vor dem historischen Gebäude der Pacific Rail Road Company lagern ausgemusterte Waggons in ihren Schienen, Schaustücke aus Tagen, als Eisenbahnfahrten noch ein Abenteuer waren. Luther sieht die alte, rostige Lokomotive in der Spiegelung, den Santa-Fé-Schriftzug auf dem Tender, das wehende Sternenbanner vor der Skyline –

Sieht *sie.*

Kurz nur. Ihre schlanke, hochgewachsene Silhouette. Sieht sie aus dem Schatten der Lokomotive treten, um gleich wieder dahinter zu verschwinden und in Lauerstellung zu gehen.

Die Jägerin passt den Moment des Zuschlagens ab.

Anderthalb Meilen zum Hotel.

Er könnte sich ein Taxi rufen. Oder einfach sitzen bleiben. Im Schiff verschwinden. Auf der *Delta King* steht ihm so ziemlich jede Tür offen. Er könnte den Schutz einer Kabine aufsuchen, bis es dämmert und sich der Pier wieder belebt. Alles dies könnte er tun. Stattdessen zieht er die Kapuze hoch, läuft die Gangway hinab auf den Pier und zurück in Richtung Tower Bridge, wissend, dass sie ihm folgt.

Entschlossen, ihn zu töten.

Ruth sucht den Garten ab.

Die Nacht ist hereingebrochen, Downieville liegt überzogen von Mondlicht da. Luthers Parzelle ist nicht sehr groß, wenngleich verwildert, was die Suche nach Blutspuren erschwert. Sanft steigt das Gelände an und geht ohne Umzäunung in steileres Gebiet über. Kahle Bäumchen säumen den Übergang, deren Zweige so weiß leuchten wie in der Sonne gebleichte Knochen. Dahinter wechseln Weihrauchzedern mit Jeffrey-Kiefern, zwischen denen silbrige Pfade ins Finstere laufen. Der Infrarot-Kegel der Lampe pendelt durchs Gras und dichter werdende Gesträuch, und Ruth denkt: pure Zeitvergeudung. Was immer an Blut hier war, hat der Regen weggewaschen, doch im Moment, als sie die Lampe ausschalten will, stößt sie auf weitere Rückstände unter dem Blätterdach einer Eibe und sieht, wohin die Blutspur führt.

Beklommen stapft sie hangaufwärts.

Größere Flecken haben sich auf einem Felsen erhalten. Nach wenigen Metern rücken die Kiefern zusammen, durchwirkt von Nebelschwaden, in denen das Mondlicht phosphoresziert. Granit bricht den Nadelteppich auf. Spinnennetze glitzern im Unterholz, Wurzeln biegen sich zu Fußangeln, unter ihren Sohlen knacken herabgefallene Äste und morsche Tannenzapfen und kündigen sie den Bewohnern der Nacht schon von Weitem an. Ein Leichtes, ihr aus dem Weg zu gehen. War die Person schwer verletzt, die hier entlanggestolpert ist? Was hat sie oder ihn den Hang hoch getrieben? Flucht? Jagd? War es Grace? Oder etwa jener andere Luther, denkt sie, an den *mein* Luther so beharrlich glaubt?

Der dann nicht mehr mein Luther wäre. Weil meiner ja der von hier ist, wohingegen der andere –

Also der jetzige –

Ein Uhu nivelliert ihre Gedanken. Nicht weit im Geäst, ein lakonischer Beobachter, der sie natürlich sieht, so wie alles sie sieht, und sie sieht niemanden. Kein für Menschen wahrnehmbares Licht fällt aus der Infrarot-Leuchte. In der sich vertiefenden Dunkelheit symbolisiert das Ding nur die Sinnlosigkeit ihrer Suche. Dornbüsche verstellen ihr den Weg, in den Wipfeln rauscht es aufgebracht, als äußere der Wald seinen Unmut über ihr Hiersein. Verschwinde, sagt er. In meinem Grund sind Dinge, die nicht für deine Augen bestimmt sind.

Komm morgen wieder.

Einen Scheiß werde ich!

Die leuchtenden Blutrückstände führen um die Buschbarriere herum und finden sich unversehens in dichterer Ansammlung. Etwas hat hier gelegen. Oder wurde abgelegt. Ruth zieht die kleine Halogenlampe aus ihrer Koppel, knipst sie an, und aufgeweichter, zerwühlter Boden wird sichtbar. Jemand hat eine beträchtliche Fläche Erdreich umgegraben, Humus, Zweige und Geröll wurden übereinandergehäuft und festgetreten. Obwohl die Stelle nicht mal hundert Meter vom Haus entfernt ist, eignet sie sich in idealer Weise, um etwas zu verstecken und vor fremdem Zugriff zu bewahren. Niemand käme ohne Grund hier herauf. Kleine, tiefbraune Käfer krabbeln durch schwarze Rinnsale, aufgeschreckt vom Schein der Lampe. Ameisen huschen hektisch umher, ein Tausendfüßler windet sich aus der lockeren Erde wie aus einem Grab und flieht vor dem grellen Licht. Alles macht sich davon, wie bei verbotenem Tun erwischt. Ruth geht in die Hocke, saugt den Geruch nach Pilzen und Beeren ein, nach modernden Kiefernnadeln und Harz, das den frischen Bruchstellen der Äste entsteigt.

Sie klemmt die Lampe in einen Busch und beginnt zu graben.

Schau nicht zurück.

Baumsilhouetten entlang der Gleise, die Blätter schwarz gegen den Himmel gesprenkelt. Die Restaurants verdunkelt. Einige wenige bummelnde Paare. Der Gleisstrang eine blutleere Ader. Am gegenüberliegenden Ufer der Zikkurat, das pyramidenförmige Gebäude, in dem Jodie arbeitet. Das warme Geräusch seiner Turnschuhe auf Zedernholz.

Lohnt es das Risiko? Wenn sie dir in den Kopf schießt, bist du aller Sorgen ledig. Ansonsten schützt dich die Weste. So wie du Grace Hendryx einschätzt, wird sie es nicht hier erledigen wollen, sondern eher drüben, auf der Brache zwischen Fluss und Hotel. Dass du um ihr Hiersein weißt, schützt dich kaum davor, in den nächsten Sekunden zu sterben, doch sofern überhaupt jemand außer Elmar deine Fragen beantworten kann, dann Grace Hendryx. Du läufst den schmaler werdenden Holzsteg entlang, vorbei am Gebäude von Joe's Crab Shack mit seinen knallroten Läden, die in der Dunkelheit die Farbe geronnenen Blutes angenommen haben. Voraus kreuzt die Capitol Mall und führt auf die Tower Bridge, und was immer du dir von der Vorsehung erhofft hast, schickt sie dir in Gestalt des Linienbusses 4, harrend an der Ampel.

Ein Plan entfaltet sich.

Du widerstehst der Versuchung zu beschleunigen. Die Zeit müsste reichen, wenn auch knapp. Bis zuletzt wirst du Grace im Glauben lassen, sie nicht bemerkt zu haben. Würdest du losrennen, könnte sie sich veranlasst sehen zu schießen, also hältst du stoisch dein Tempo, auch als du den Bus langsam anfahren siehst.

Es *wird* knapp.

Der Bus erreicht die Mitte der Kreuzung –

Ruhig.

Schaukelt über die Schienen, erreicht den Fußgängerüberweg –

Noch nicht! Erst auf den letzten Metern.

Fährt auf die Brücke –

Jetzt!

Luther spurtet los. Mit wenigen Sätzen ist er hinter dem Bus, springt auf den Fahrradträger im Heck und klammert sich ins Gestänge. Stellt sich vor, wie Grace rasend vor Wut heranjagt. In Sekunden wird sie um die Ecke biegen und die Brücke überschauen. Stützpfeiler ziehen vorbei. Er springt ab, drückt sich in den Schutz des Westturms, hört sie kommen. Nachdem sie weiß, dass sie entdeckt wurde, gibt sie sich keine Mühe mehr, ihre Schritte zu dämpfen. Der Bus nimmt Fahrt auf und entschwindet im Dunkeln – wie scharf ihre Augen auch sein mögen, sie wird nicht sagen können, ob er noch auf dem Fahrradständer hockt, es aber annehmen. Glauben, er werde versuchen, als blinder Passagier zum Hotel zu gelangen. Ein Rennen, das für sie kaum zu gewinnen ist, doch wer wäre Grace Hendryx, sich davon beeindrucken zu lassen.

In gestrecktem Lauf kommt sie herangestürmt.

Er wartet, bis sie auf seiner Höhe ist, und hält ihr ein Bein.

Das Resultat könnte kaum wünschenswerter ausfallen. Sie hebt ab wie ein betrunkener Vogel und kracht sich überschlagend auf den Asphalt. Im Nu ist Luther über ihr, zerrt sie hoch und schmettert sie gegen die Turmwand, reißt ihr Blouson auf. Zieht die Pistole aus dem Schulterhalfter, wirft sie in den Fluss, lässt den Blick fliegen. Niemand sonst ist auf der Brücke außer ihnen. Er drückt die Mündung der Glock gegen ihre Hüfte. Grace schüttelt benommen den Kopf, selbst für ihre Verhältnisse ging das alles ein bisschen zu schnell.

»Der Schuss zertrümmert den Knochen«, zischt er. »Du weißt, was das bedeutet. Ausgetanzt. Rollstuhl.«

Sie bleckt die Zähne. Ihr Blick klärt sich und lässt ihn wissen, was sie mit ihm anstellen wird, sollte sie Gelegenheit dazu erhalten.

»Du verströmst Angst, Luther.«

Er schlägt ihr mit der Rückseite der freien Hand ins Gesicht.

»Warum willst du mich umbringen?«

»Warum, warum?« Ihre Oberlippe kräuselt sich. »Hast du das nicht längst kapiert?«

»Ich sollte nicht hier sein.«

»Ganz genau. Du solltest nicht hier sein.«

»Warum bin ich es dann, verdammt?«

»Weil sie dich in einer Kurzschlussreaktion rübergeschickt haben. Die Koordinaten waren noch von der letzten Expedition eingestellt, purer Zufall, dass du ausgerechnet hier gelandet bist.«

»Es ist wegen Rodriguez, richtig?«

»Du warst zu nah dran.«

»An was?«

Sie schweigt. Er schlägt erneut zu, härter diesmal. Ihr Kopf fliegt zur Seite. Als sie ihn wieder ansieht, glimmen ihre Augen im Mondlicht.

»Ermittlungen gegen Jaron hätten alles unnötig kompliziert gemacht. Sie hätten alles gefährdet.«

»Was gefährdet? Eure nächtlichen Schmuggelaktionen?«

»Ach, *davon* weißt du auch?«

»Was ist in den Containern?«

Unvermittelt grinst sie ihn an. Zwischen ihren Zähnen sammelt sich Blut. »Immerhin kann ich jetzt sicher sein, dass du es bist.«

Dass du es bist –

Eines nach dem anderen rutschen die Puzzlesteinchen an ihren Platz. »Ihr wollt nicht, dass die Leute hier anfangen, Doppelgänger zu sehen.«

»Schlaues Kerlchen.«

»Aber dich gibt es hier auch ein zweites Mal.«

»Ja, aber bevor das jemand merkt, bin ich zurück in meinem PU.«

»*Wir* haben es gemerkt.«

»Wer? Du und die Polizistin? Und wer soll euch glauben?«

»Wer soll *euch* glauben?« Luther umfasst ihren Hals, presst sie gegen die Stahlwand und drückt zu. »Wie wollt ihr erklären, dass ich einfach so aus der Farm verschwunden bin?«

Sie keucht. »Hat dich denn einer reingehen sehen?«

»Alle. Elmar Nordvisk, Hugo van Dyke –«

»Einer von *deinen* Leuten, Schwachkopf. Wenn Nordvisk nicht will, dass du auf der Farm warst, dann warst du nicht auf der Farm.«

»Und die von hier? Was wissen die?«

»Ares zeichnet jeden direkten Sprung auf. Mittlerweile wissen sie, dass du durch das Tor hergelangt bist, nur nicht, warum.«

»Das Tor? Was ist das? Der Raum mit der Brücke.«

Ihr Blick huscht umher auf der Suche nach einem Ausweg.

»Rede!« Er umklammert ihren Kiefer und zwingt ihren Blick in seine Richtung. »Bist du auch aus dem Tor gekommen?«

»Man kann es so einstellen, dass man anderswo rauskommt«, presst sie hervor. »Ich bin durch *unser* Tor gegangen, in *meinem* PU, aber nicht hier im Tor aufgetaucht. Meine Ankunft wurde nicht registriert. Kein direkter Sprung.« Sie würgt. »Kannst – kannst du vielleicht etwas weniger fest –«

Luthers Gedanken überschlagen sich. »Bring mich zurück.«

Stopp! Willst du das wirklich? Zurück in die Welt ohne Jodie?

Ich bin die Anomalie.

Für mich gibt es hier keine Jodie.

»Nimm mich mit!« Er bohrt ihr den Lauf der Glock in die Hüfte. »Wäre doch in deinem Sinne, oder? Dann herrscht hier wieder Ordnung, nur noch ein Luther, und –«

»Ein Luther?« Sie spuckt ihm ein Lachen entgegen. »Hast du denn gar nichts begriffen? Mann, warum wollte ich wohl die ganze Zeit wissen, ob du es bist? Mein Fehler. Ich hätte den *anderen* fragen sollen, aber ich war mir ja so sicher. So sicher!«

»Du hast – warst –«

Seine Wachsamkeit implodiert, schafft Raum für die ungeheuerliche Wahrheit. Für die Dauer eines Herzschlags lockert sich sein Griff, vermindert sich der Druck seiner Waffe auf ihrer Hüfte, eine kaum messbare Schwäche, die Grace mit dem Gespür einer Natter gegen ihn richtet. Sie schlägt seinen Arm weg, fällt in den Spagat, umklammert seine Fußgelenke und reißt ihn mit einem Ruck von den Beinen. Luther prallt auf. Schnellt davon, die Glock ausgestreckt, taumelt hoch und erhält einen Stoß, der ihn auf die Fahrbahn befördert. Scheinwerfer, Hupen, Reifenquietschen. Knapp entgeht er dem Kühler, sieht Grace in die Hocke federn und etwas aus der Gegend ihres Knöchels zutage fördern, legt an – nein! Er will, er *darf* diese Frau nicht töten. Sie ist seine Rückfahrkarte! Mit vollem Körpergewicht wirft er sich in ihre Kniekehlen. Grace knickt ein und fällt über ihn, kommt abrollend hoch. Luther lässt ihr keine Gelegenheit, die Reservewaffe in Anschlag zu bringen, drischt ihr die Glock ins Gesicht, wieder und wieder, treibt sie vor sich her und versucht, ihr das Ding aus der Hand zu schlagen, schmeckt ihre Linke zwischen seinen Zähnen, ignoriert den Schmerz. Drängt nach. In die Enge getrieben sucht Grace ihr Heil in einem stupenden Satz, der sie rückwärts auf das Brückengeländer trägt, wo sie wie ein Nachtmahr hockt, und Luther sieht die Mündung ihrer kleinen Pistole geradewegs auf sein Brustbein schwingen.

Er pirouettiert und versetzt ihr einen Tritt.

Der Aufprall fegt sie vom Geländer. Sie stürzt dem Fluss entgegen, ein höhnisches Lachen hinter sich herziehend.

Kurz vor dem Eintauchen erwischt sie das Schnellboot.

Es schießt unter der Tower Bridge hervor, bohrt seinen spitzen Bug unter Graces Kinnlade und reißt ihr den Kopf von den Schultern. In hohem Bogen wird er davongeschleudert und schlägt aufs schwarze Wasser, während die Insassen vor Entsetzen schreien und der Fahrer den Motor drosselt.

Als das zweite Boot beidreht, sind Graces Kopf und Körper versunken.

Ruth gräbt.

Aus Gründen, die sie sich nicht einzugestehen wagt, hat sie an der Schmalseite des Hügels begonnen, wo – würde man das Unvorstellbare denken – doch sie will nicht denken – schwarz ihre Hände, schwarz vom feuchten Humus –

Schaufeln das Zeug beiseite.

Stoßen auf etwas Festes. Dunkel, jedoch von anderer Beschaffenheit als Stein und zu glatt für Wurzelwerk.

Sie gräbt es frei und glotzt es an.

Erst allmählich sickert in ihr Bewusstsein, *was* sie dort sieht. Sie reißt die Halogenleuchte zwischen den Ästen heraus und richtet sie frontal auf das Rund eines von Erde umrahmten Gesichts, das aus blinden, verklebten Augen zurückstarrt. Ihr Herz zerspringt. Bohrender Schmerz sticht in ihren Schädel. Sie stolpert zurück, gegen eine Kiefer, die Stille der Nacht dröhnt, tost, kreischt in ihren Ohren.

In dem Grab liegt Luther Opoku.

»Scheiße.«

Alle Hoffnung, Grace könne ihn zurückbringen, liegt in Scherben, jetzt bleibt ihm nur Elmar Nordvisk. Er *darf* den Termin nicht gefährden. Sollte es hier zu stundenlangen Anhörungen kommen, kann er das Treffen vergessen. Er zieht die Kapuze über die Ohren, zögert. Die Brücke menschenleer, lediglich zwei Autos jenseits der Kreuzung. Niemand hat den Kampf beobachtet, doch so läuft das nicht. Du bist Sheriff. Dem Gesetz verpflichtet, außerdem werden sie schnell rausfinden, dass du unmittelbar vor dem Unfall im *Delta King* warst und dass auf die Tote die Beschreibung der Frau zutrifft, die dich schon einmal attackiert hat. Die Fahndung läuft landesweit, du warst hier, sie war hier, wie solltest du *nicht* mit ihrem Tod zu tun haben? Und wiederum, wer würde dich festhalten wollen? *Du* bist das Opfer. Der Undersheriff von Sierra County, den eine Verrückte zum wiederholten Male mit dem Tode bedroht hat, *genauso* stellt es sich dar, es war Notwehr. Mach deine Aussage. Niemand hier wird dich davon abhalten, morgen wie geplant nach Palo Alto zu fahren.

Er hockt sich mit dem Rücken gegen das Geländer.

Dann wählt er 911.

TEIL IV

RIPPER

Wach zu liegen wäre den drei Stunden Schlaf vorzuziehen gewesen. Tiefer und tiefer stürzte Luther durch alle Stockwerke der Hölle, und in jedem wartete Grace Hendryx auf ihn, mal mit, mal ohne Kopf. Um sechs Uhr morgens sitzt er auf der Bettkante vor der alarmierend rotorangenen Wand seines Zimmers im Rodeway Inn, zittert wie elektrisch geladen und erwägt einen Wohnungseinbruch.

Die Cops brauchten zwölf Minuten nach seinem Anruf. Er erzählte ihnen von Graces Angriff am Nachmittag. Dass ihm unverändert schleierhaft sei, was sie von ihm gewollt habe. Dann die neuerliche Attacke, und jetzt könne man sie leider nicht mehr fragen, oder vielleicht doch: Eine Kopie von ihr finde sich in Palo Alto, ein Duplikat des verschrammten Mercedes, der unweit geparkt sein müsse, stehe unversehrt in Sierra, vielleicht auch beides Originale, dann sei der Angriff durch Kopien erfolgt, alles klar so weit? Zunehmend wolkig fielen seine Schilderungen aus, die flackernden Lichtleisten der Streifenwagen lieferten das angemessen psychedelische Ambiente. Niemand zog den Tatbestand der Notwehr in Zweifel. Einen der Jungs kannte er von früher. Während sie seine Personalien checkten, prahlte der vor seinen Kollegen von Luthers Großtaten im Drogendezernat, und die Vorfälle der Nacht hievten ihn endgültig auf die Ebene einer Legende. Indes täuschte der Respekt, den sie ihm entgegenbrachten, nicht darüber hinweg, dass sie ihn dringlich zurück nach Sierra wünschten – Killerklone und duplizierte Autos, Himmelherrgott. Es war ihnen nicht zu verdenken. Er hatte ja selbst größte Mühe, Nachsicht mit sich walten zu lassen; was sich in seinem Kopf halbwegs zu verfugen begann, klang jetzt und hier, den geduldig nickenden Cops erzählt, als sei er ein Fall für die Ausnüchterungszelle, und er sehnte sich nach Ruth.

Dabei fiel ihm ein, dass sein Handy mehrere entgangene Anrufe anzeigte.

Eine Psychologin erschien, um dem Motorbootfahrer beizustehen. Die Beweisaufnahme zog sich in die Länge, zumal Graces Kopf und Körper verschwunden blieben. Taucher wurden angefordert. Der Einsatzleiter ließ sich Luthers Akte auf den Laptop schicken und schien sein Gegenüber neu wahrzunehmen, nachdem er die Aufnahme der Überwachungskamera aus Sierra gesehen hatte. Immerhin untermauerte sie Luthers wirres Gerede insofern, als offenbar jemand versuchte –

»– mit einem gefälschten Kennzeichen den Eindruck zu vermitteln, da sei ein bestimmter Wagen unterwegs gewesen.«

»Ja«, nickte Luther. »Der Schluss liegt nahe.«

Was sollte er auch sagen.

»Aber diese Frau, diese Grace Hendryx – die war nachweislich nicht in Sierra, als Sie das erste Mal angegriffen wurden.«

»Nein.«

»Dann muss die Angreiferin ihr sehr ähneln.«

»Sie sind identisch.«

»Zwillinge?«

»Machen Sie den Gentest.«

Der Einsatzleiter vermerkte etwas auf seinem Laptop. »Für eine Speichelprobe von Grace Hendryx sind die Kollegen in Palo Alto zuständig oder wo immer sie gemeldet ist. Sofern sie zustimmt. Aber was erzähle ich Ihnen da. Die Leiche wird natürlich von uns obduziert. – Hm. – Sie hatten einen Einsatz auf dem Gelände dieses IT-Konzerns, richtig? Die betreiben in Sierra eine Zweigstelle.«

»Nordvisk, ja.«

»Versucht da einer, Nordvisk was in die Schuhe zu schieben?«

»Ich weiß es nicht. Der Mann, den ich wegen Körperverletzung verhaftet habe, ist ihr Sicherheitschef. Grace Hendryx ist ihm unterstellt. Ich kann nicht sagen, wie das alles zusammenhängt.«

»Klingt, als hätten Sie in ein Wespennest gestochen, Kumpel.«

»Ich bin sehr müde, Sergeant. Wenn Sie mich nicht länger brauchen –«

»Verrückte Geschichte.« Das Interesse des Einsatzleiters war geweckt. »Meinen Sie, auf dieser – dieser Farm geschieht was Illegales?«

»Keine Ahnung.«

»Ihr solltet den Laden mal gehörig umkrempeln.«

»Im Moment sind wir schon froh, wenn uns deren Anwälte nicht umkrempeln.« Und ein Durchsuchungsbefehl für die Farm brächte gar nichts, dachte er. Die müssen uns den Raum mit der Brücke nicht mal zeigen. Und selbst wenn sie es täten, könnten sie uns alles Mögliche darüber auftischen, was wir brav zu schlucken hätten. Jaron Rodriguez würde uns freudestrahlend auf immer neue Irrwege führen.

»Na schön, Luther, ein Kollege bringt Sie ins Hotel. Bleiben Sie erreichbar.«

»Ich muss morgen weiter zur Küste.«

»Kein Problem. Wir kümmern uns um Hendryx' Alibi und den Verbleib ihres Wagens.« Der Sergeant blickte hinauf zum Himmel, als empfange er Impulse aus den Weiten des Alls. »Vielleicht kann diese Frau ja an zwei Orten gleichzeitig sein.«

Du ahnst nicht, wie nah du an der Wahrheit bist – Kumpel.

Sieben Versuche Ruths, ihn zu erreichen. Eine SMS: *Melde dich. Sofort!* Er ließ sich zurück ins Rodeway Inn fahren und wählte ihre Nummer. Sie ging nach dem ersten Schellen ran.

»Scheiße, du bist tot«, sagte sie.

Luther stemmt sich hoch und geht ins Bad, den Kopf eingesponnen von Träumen. Am Grunde aller Höllen ist er durch Erdreich gekrochen und hat immer neue Begrabene mit seinem Gesicht entdeckt. Dass ihm darüber nicht vollends der Verstand abhandenkam, verdankte sich zwei Gründen: Erstens fiel Ruths Bericht in seiner Ungeheuerlichkeit weniger überraschend aus, als man hätte erwarten sollen, da er Luthers Theorie hinsichtlich seines Alter Egos nur bestätigte. Zweitens nahm ein Teil von ihm willfährig zur Kenntnis, dass sich durch den Tod des hiesigen Luthers die Konkurrenzlage schlagartig zu seinen Gunsten verbessert hatte.

Elend wiederum fühlte er sich, weil ihm Letzteres heftige Schuldgefühle aufbürdete. Außerdem würde die Wahrheit, sollte sie ans Licht kommen, ihn des gewonnenen Vorteils gleich wieder berauben. Er vermied es, Ruth an solch niederen Überlegungen teilhaben zu lassen. Sie kam von selber drauf, also sagte er das Einzige, was es in dieser Lage zu sagen gab: »Wenn du es melden musst, dann melde es.«

Sie schwiegen ein paar Augenblicke, während derer sich das Universum dehnte.

»Ich bin im Arsch«, seufzte Ruth schließlich. »Oh, Mann.«

»Ich auch.«

»Kommst du klar?«

»Wie man so klarkommt. Was ist mit dir?«

»Abgesehen davon, dass ich braune Käfer aus deinem Mund hab krabbeln sehen, geht's mir prima.«

Er spürte ihre Befangenheit. »Ich habe ihn nicht umgebracht.«

»Hab ich das behauptet?«

»Nein. Aber ich will nicht, dass da was im Raum steht. Du könntest glauben, ich sei der *böse* Zwilling. Nach allem, was ich dir erzählt habe, würde ich dir keinen Vorwurf machen.«

Er hörte sie schwer atmen, dann sagte sie: »Ich glaube dir. Grace hat den Mann getötet, den ich hinter deinem – hinter seinem Haus –« Ihre Stimme wurde kratzig, stockte. »Entschuldige, es ist nur so, dass das der Mann ist, den ich kannte. Ich schätze also mal, Luther – mein Luther – ach Scheiße!« Eine Weile drang lediglich ihr Atem an sein Ohr. Hatte er Ruth je weinen sehen? Er konnte sich nicht erinnern. Ruth verfügt über einen direkten Zugang zu ihrer Wut, sie lässt Dampf ab, wenn der Druck überhandnimmt, doch gerade wusste er, ohne dort sein zu müssen, dass ihr die Tränen in den Augen standen.

»Ich habe sein Ticket gefunden, Ruth. Er muss gegen Mitternacht in Downieville gewesen sein.«

»Und das Dreckstück trifft ihn zu Hause an, erschießt ihn und schleift ihn den Berg hoch, wo kein Mensch ihn je finden wird.« Jetzt klang sie wieder wie gewohnt, angriffslustig und stinksauer. »Dann geht ihr auf, dass sie möglicherweise den Falschen erwischt hat. Okay. Überzeugt. Es gibt zwei Welten. Sie schicken dir Grace aus deiner hinterher. Sie verpatzt es und versucht, den Fehler auszubügeln.«

»Das zweite Mal hat ihren Kopf gekostet.«

Eine Weile hing jeder seinen Gedanken nach, dann sagte Ruth: »Wir lassen ihn da liegen.«

»Du meinst –« Er zögerte. »Deinen –«

»Du bist jetzt mein Luther. Wir lassen ihn liegen, ihm ist es egal. Alles andere würde dich in die Bredouille bringen. Was soll Carl glauben? Dein eigenartiges Verhalten heute Morgen, der Blödsinn über deinen Einsatz auf der Farm, er *muss* dich als Hauptverdächtigen einbuchten! Stante pede, sagt man so? Auch Pete wird erklären, dass du krudes Zeug geredet hast, und deine Geschichte kannst du stecken lassen. Die glaubt dir so schnell keiner mehr, nicht mal, wenn *ich* sie bestätige. Deine Wunderkräfte sind dahin. Du hattest genau einen Tag, die Zukunft vorauszusagen. Der ist vorbei, und deine Erinnerungslücken könntest du vortäuschen. Wenn Carl erst mal seinen Undersheriff auf Mariannes Schlachtbank liegen sieht, wird *er* glauben, du seist der böse Zwilling.«

Das alles war ihm auch schon durch den Kopf gegangen. Erleichterung mischte sich mit plötzlicher Traurigkeit. Der Mann in dem Grab – nur seinetwegen war er tot.

»Wie hat sie ihn –«

»Kopfschuss.«

»Es tut mir so leid, Ruth. So unendlich leid.«

»Ja.« Wieder Schweigen. »Und du, du tust mir leid. Ich versuche mir vorzustellen, wie die letzten vierundzwanzig Stunden für dich waren.«

»Alles existiert doppelt. Alles gibt es zweimal. Die ganze Welt, alles und jeden. Und Nordvisk ist die Verbindung.«

»Wann hast du den Termin?«

»Um zwölf.«

»Ruf mich vorher noch mal an. Versuch zu schlafen. Irgendwie.«

Irgendwie –

Er schlägt sich Wasser ins Gesicht. Denkt an Jodie und auf welch entsetzlicher Lüge ihre Beziehung jetzt gründet. Wie oft hat er an sie gedacht während der letzten acht Jahre, morgens vor dem Spiegel, der ihm denselben zeigte, der er in glücklicheren Tagen gewesen war: hochgewachsen, schwarz wie sein ghanaischer Vater, mit ebenmäßigen Zügen und einem Körper, der nur aus Muskeln zu bestehen schien. Ein Erbe, für dessen Erhalt er nie viel tun musste. Kein Typ für subtile Attribute. Er schaut und lässt den Blick jenseits der spiegelnden Fläche verloren gehen, in einem Raum ohne Kontur, Fixpunkt, Gott oder einer vergleichbaren Instanz, von der Antworten zu erwarten wären. Während all der dunklen Jahre hat er diesen gewaltigen Körper wie ein zu großes Haus bewohnt, für dessen Fassadenpflege es gerade noch reichte, nur dass man niemanden hineinbitten mochte. Unvermittelt wird ihm eine zweite Chance geschenkt, doch um welchen Preis?

Sein Handy klingelt. Er geht zurück ins Schlafzimmer.

»Hey, Luther.« Der ermittelnde Sergeant. »Ich war nicht sicher, ob ich Sie um diese Zeit anrufen kann, aber ich dachte, Sie schlafen eh nicht.«

»Da haben Sie richtig gedacht.«

»Geht's Ihnen einigermaßen?«

»Bin hart im Nehmen. Wie kann ich helfen? Schieben Sie wegen der Sache Nachtschicht?«

»Ach was, ich hol nur gerne Leute aus den Federn. Wollte Sie wissen lassen, dass wir Grace Hendryx' Alibi für den gestrigen Abend überprüft haben.«

»Ja, und?«

»Diesmal war sie in Sierra. Oben bei Ihnen im Valley. Sie kann nicht in Sacramento gewesen sein.«

»Mittlerweile wundert mich das nicht mehr.«

»Sagte Petrus, als Jesus seinen Wein zurück in Wasser verwandelte. Unsere Taucher fischen noch im Trüben. Überrascht es sie, dass der Wagen unangerührt im Sierra Valley steht?«

»Nein.«

»Tja. Aber wir haben ihn trotzdem gefunden. Er war hinter dem alten Eisenbahndepot geparkt. Keine hundert Meter von der *Delta King* entfernt.«

Luther springt auf. »Wie sah er aus?«

»Lackierungsbedürftig. Eindeutig der Wagen, der die Karre ihrer Kollegin zu Schrott gefahren hat. Wollen Sie noch was Lustiges hören?«

»Raus damit.«

»Die Seriennummern sind dieselben. Da hat sich jemand richtig viel Mühe gegeben.«

Wenn du wüsstest.

Er schaut aus dem Fenster. Im Osten hellt der Himmel auf. Von seinem Eckzimmer aus kann er das Capital-Bowl-Gebäude am Gestade eines nassen Parkplatzes liegen sehen. Es hat geschauert, während er schlief, jetzt verziehen sich die Wolken, als werde eine Decke von der Stadt gezogen. Ein weiterer sonniger Tag kündigt sich an, und unter den Strahlen dieser Sonne wird er einen Einbruch begehen. Auf Pilars Anrufbeantworter zu sprechen, ist er leid. Er kennt ihre Adresse in Palo Alto. Sollte er sie leibhaftig dort antreffen, umso besser. Falls nicht, wird er sich Zugang verschaffen und nach Antworten suchen. Der Video-Stick ist in seiner alten Welt geblieben, Ruth hatte ihn zuletzt. Hier könnten die Filme ihm nützen. Und der abstrusen Logik dieser Farce folgend, besitzt auch die hiesige Pilar Guzmán einen Stick. Der Tod in einer Schlucht ist ihr erspart geblieben. Was nicht zwingend heißt, dass sie noch lebt, doch vielleicht hat sie den Stick sicher deponieren können, so wie ihr Pendant, bevor sie starb, zwischen Sitzpolster und Rückenlehne ihres Mercedes.

Im Licht der Nachttischlampe blättert er Phibbs' Dossier auf.

Der Detective hat gute Arbeit geleistet. Streifen durchziehen das Schriftbild, Phibbs' transportabler Drucker verdiente ein gnadenvolles Ende, doch für einen neuen fehlt dem Department das Geld. Luther studiert die Firmengeschichte, eingehend diesmal. 2003, Gründung von Nordvisk Inc., nachdem Elmar mit einem Programm namens *LangWitch* zum Multimillionär geworden ist. Unternehmensziel fortan: eine allgemeine KI zu entwickeln, mit Schwerpunkt auf Therapierung von Krebs, Alzheimer, Parkinson und Dritte-Welt-Geißeln wie Malaria, Cholera, Filariasis, Gelbfieber, Ebola, Typhus und zur Lösung praktisch aller globalen Probleme. Vorstellung des künstlichen Wissenschaftlers A.R.E.S., der eigene Forschungsprogramme ersinnt, Lizenzierung der Software für Wissenschaftseinrichtungen und für die NASA. 2005 perfektioniert Nordvisk seine Algorithmen zur Muster- und Spracherkennung, A.R.E.S. brilliert mit psychotherapeutischen Fähigkeiten, schlussfolgert aus Mimik und Intonation auf die Gefühlswelt seines Gegenüber, lagert Gesichtsausdrücke und Sprach-Samples in einem Cloud-Netzwerk ab und steigert rapide seine Leistungsfähigkeit.

Eleanor Bender tritt auf den Plan, Elmars damalige Lebensgefährtin. Sie forscht an Möglichkeiten, um einzelne Buchstaben im Genom gezielt manipulieren zu können, lizenziert *EditNature*, Elmar steuert die Algorithmen bei. 2006 Trennung. Bender geht nach Colorado, Nordvisk stellt eine neue A.R.E.S.-Generation vor, die als App heruntergeladen werden kann und die Methodik der Früherkennung und Diagnostik umkrempelt. Weltweit nutzen Kliniken, Ärzte und Institute die KI, auch eine japanische Roboterfirma, die künstliche Begleiter für depressive, alte und einsame Menschen konstruiert. 2007 ist A.R.E.S. weit genug fortgeschritten, dass die KI ohne menschliches Zutun Krebs- und Alzheimer-Therapien sowie Verfahren gegen Zellalterung entwickelt, und Elmar beginnt laut über die Vorzüge mehrhundertjährigen Lebens nachzusinnen, kündigt gar an, eines nicht fernen Tages den Tod besiegen zu wollen.

»Das mag uns utopisch vorkommen, vermessen, gegen die Natur. Viele werden sagen, gegen Gottes Willen. Aber nicht Gott hat uns erschaffen. Wir haben *ihn* erschaffen. Gott ist ein Algorithmus der Voraufklärung. Natürlich verstehe ich die Einwände. Auch die der Atheisten, die ihre eigenen Gründe haben, am Konzept des ewigen Lebens zu zweifeln. Aber warum tun sie das, selbst eingefleischte Darwinisten? Weil sie religiöser sind, als sie denken, nämlich Romantiker. Ein deutscher Philosoph hat gesagt, Romantik sei die Fortsetzung der Religion mit ästhetischen Mitteln. Das trifft es auf den Punkt. Romantik lebt von unbeantworteten Fragen. Als Kybernetiker glaube ich hingegen, dass es auf jede Frage eine Antwort gibt und dass wir keine kalte und entzauberte, sondern eine bessere und schönere Welt erhalten, wenn wir sie beantworten. Wollen wir Menschen, die wir lieben, dahinsiechen und sterben sehen? Selber dahinsiechen und sterben? Immer wieder erzählen mir Leute, warum sie die Vorstellung nicht stört, sterben zu müssen, aber es stört sie nur aus einem einzigen Grund nicht: weil sie einen so simplen wie effektiven Verteidigungsmechanismus dagegen entwickelt haben, nämlich nicht über den Tod nachzudenken. Aber irgendwann ist er da, und danach folgt kein Leben im Paradies, sondern das Nichts. Hat das Nichts einen Wert? Seiner Natur nach kann es keinen haben. Hat das Leben einen Wert? Welche Frage! Ich bevorzuge die Idee, Leben zu erhalten.«

Phibbs hat ein sieben Seiten langes Interview des *Time Magazine* vom Vorjahr beigefügt und Passagen wie diese angestrichen. Luther blättert weiter. 2009 explodiert A.R.E.S. in einer Vielzahl von Anwendungen. Die Think Tanks produzieren Innovationen am Fließband, der Aufsichtsrat sorgt sich, ob Elmar noch der Aufgabe gewachsen ist, das rasant wachsende Unternehmen als CEO zu leiten. Derart viele Geschäftsfelder eröffnet seine KI, dass Nordvisk zum Generalisten wird: maschinelles Lernen, Robotik, Big Data, Mobilität, grüne Technologien, Raumfahrt, Tiefseeforschung, Cyber-Sicherheit, Medien, Hirnforschung, virtuelle Ambiente, immer wieder therapeutische Medizin. Hugo van Dyke, Kopf des Innovationsbeschleunigers WarpX, wird CEO und kümmert sich um den Ausbau der Firmenstruktur, Qualitätsmanagement und neue Geschäftsfelder, Elmar verlegt sich ganz auf die Produktentwicklung. 2010 heben sie Q-VISK aus der Taufe, Quantenforschung. Eleanor Bender kehrt zurück. EditNature wird offizieller Name des Zweigs für Nordvisks medizinische Aktivitäten, Bender CEO. Neue Medikamente und Therapien entstehen, Bender erhält eine Nobelpreis-Nominierung für ihre Entdeckung, wie bakterielle Eiweiße feindliche Viren-DNA umbauen. Das Pentagon klopft an, Elmar und Hugo lassen wissen, bei Nordvisk entwickelte Soft- und Hardware für militärische, geheimdienstliche und polizeiliche Zwecke ausschließlich für Prävention und Verteidigung zur Verfügung zu stellen.

Man geht auf dünnem Eis.

Und an die Börse. Elmar hält die Anteilsmehrheit, van Dyke und Bender werden Minderheitsgesellschafter. Seit einem Jahr schon geistert eine augenscheinlich durchgeknallte Elektropunk-Sängerin namens Liza Martini durch Elmars Privatleben, jetzt heiraten sie. Der Boulevard jauchzt, Chaos ist vorprogrammiert.

Liza Martini – in dieser Welt ist sie ein Star.

Nordvisk experimentiert mit Biokybernetik und züchtet steuerbare Insekten. 2013 verkündet Elmar, A.R.E.S. sei zu allgemeiner Intelligenz gelangt und entwickle Pläne, um die großen

Menschheitsprobleme, Krieg, Hunger, Armut und Ungleichheit nachhaltig anzugehen, außerdem die Bedrohung durch den Klimawandel, durch Meteoriten, überhaupt schaue man sich im All gründlich um. Nach Himmelskörpern, auf denen sich siedeln ließe, sollte das Experiment Erde fehlschlagen.

»Wir schreiben astronomische Gewinne. Sicher als Resultat unserer Arbeit, aber dieses Geld erhalten wir von Menschen, die auf unsere Kraft vertrauen, ihr Leben besser zu machen. Denen sind wir verpflichtet, also gehen wir damit astronomische Probleme an. Und ja, man kann es halten wie Bill Gates und Mark Zuckerberg, die ihre Milliarden in Stiftungen stecken, was großartig ist, absolut großartig. Aber meine Vorstellungen sind andere. Ich investiere Gewinne in immer neue, bessere Wege, die Menschheit aus den Fesseln der Ungleichheit und Rückständigkeit zu befreien, letztlich vom Joch der Krankheit, des Todes. Skeptiker fragen, wie Nordvisk Inc. solche Wunder vollbringen will, ohne an den eigenen Ambitionen zu scheitern. Ob wir nicht Milliarden Dollar für erfinderischen Wahnsinn aufs Spiel setzen, aber ich frage zurück, was ist Wahnsinn? Schauen Sie auf uns. Auf Google. Hätten wir all das, was wir den Menschen heute schon bieten, jemals erreicht, wären wir nicht wahnsinnig gewesen? War Kopernikus wahnsinnig? Newton? Waren es die Gebrüder Wright? Dort draußen liegen die Antworten auf alle unsere Fragen!«

Eheprobleme jedenfalls scheint A.R.E.S. nicht kitten zu können. Gegen das, was Elmar und Liza Martini sich in den letzten Jahren geliefert haben, nehmen sich Liz Taylor und Richard Burton rückblickend aus wie Yin und Yang. 2016 erbebt Nordvisk unter neuen Kreativitätsschüben, in Biodruckern werden komplette Hautschichten, schließlich voll funktionsfähige Nieren und Lebern gedruckt. Weitere Arzneien verlassen die EditNature-Labors, diesmal gegen Dritte-Welt-Krankheiten – und scheitern an Zulassungsproblemen, so wie Nordvisks ultraradikale Verkehrs- und Umwelttechnologien an simplen bürokratischen und infrastrukturellen Hürden zerschellen. Dubai bestellt eine Öko-

Stadt. Nordvisk legt ein atemberaubendes Konzept vor, niemand kann es bauen. Es ist, als biete der Konzern Technologien weit fortgeschrittener Außerirdischer feil. Als Open-Source-Projekt steht A.R.E.S. der weltweiten Wissenschaft zur Verfügung, jetzt mehren sich Zweifel, ob Nordvisk die wichtigsten Funktionen nicht geheim hält. Zum Unbehagen trägt bei, dass der gigantische Computer – mittlerweile durch Quantenprozessoren betrieben – versteckt in einer Anlage in der Sierra Nevada brütet. Dafür erblüht TELESCOPE, ein Unternehmenszweig für Prognostik. Nordvisk sagt Aufstände und Wahlen im Ausland treffsicher voraus, analysiert gesellschaftliche Strömungen und leitet Entwicklungen daraus ab, die fast durchweg eintreten, erstellt Wettermodelle für Monate, denen die Natur wie unter Hypnose folgt.

Luthers Augen ruhen auf den letzten Zeilen. Neuer Wechsel im Gange. Elmar wird wieder CEO der Muttergesellschaft, Hugo van Dyke wechselt in den Verwaltungsrat. Man muss schon ein bisschen genauer hinschauen. Dann sieht man, dass sich seit drei, vier Jahren bei Nordvisk etwas fundamental verändert hat. Besser gesagt – *etwas* hat Nordvisk verändert.

Das Etwas, das mich hergebracht hat, denkt er.

Blick auf die Uhr: Viertel vor sieben.

Er packt seine Sachen, checkt aus und nimmt den Highway Richtung pazifische Küste.

Hinter Vallejo folgt Luther den Beschilderungen nach Oakland und San José, fährt auf die Dumbarton Bridge und überquert den südlichen Arm der San Francisco Bay. Über der frühmorgendlich glitzernden, fein gekräuselten Wasseroberfläche gleiten Reiher dahin, einzelne Wolken treiben ostwärts, so blendend weiß, als saugten sie das Sonnenlicht in sich hinein. Die Luft selbst funkelt wie Kristall. Er fährt durch Palo Alto, vorbei am Gelände der Stanford-

Universität und die sich windende Straße hoch ins waldige Hügelland der Küste. Um kurz nach zehn parkt er den Wagen gegenüber einem einsam gelegenen, gepflegt aussehenden Holzhaus mit Veranda, umstanden von Walnussbäumen und bartflechtenüberwucherten Eichen. Luther erinnert sich, gehört zu haben, die Elite des Silicon Valley halte ihre maßgeblichen Treffen nicht in Büros ab, sondern in der domestizierten Wildnis der Coast Ranges. Pilar Guzmán wohnt am Rande von Woodside Highlands, einer arrivierten Enklave für Natursüchtige, keine zehn Meilen vom Nordvisk-Gelände entfernt. Ihr Vorgarten schwelgt in Schwertlilien, kalifornischem Flieder, Lupinen und gelbem Wiesenschaum. Der Duft blühenden Eukalyptus' liegt in der Luft, Wermut und Ozeanisches mischen sich hinein. Was immer das schmucke Häuschen kostet, sei es gekauft oder gemietet – mit einem Durchschnittsgehalt kann man von so was nur träumen.

Pilar scheint den richtigen Job zu haben.

Projektleiterin. Projekt Farm?

Wie viele Leute bei Nordvisk mögen von der Existenz des Kugelraums überhaupt wissen?

Er geht durch den Vorgarten zum Haus und klingelt. Ein Schwarm Vögel entstiebt einer Eiche, Dunstgespenster zersetzen sich in den Baumkronen, Reste des hier so häufigen Küstennebels. Niemand öffnet, weit und breit kein Mensch zu sehen. Luther verbringt eine Anstandsminute mit Warten, geht ums Haus, späht durch die Fenster, schellt erneut. Als er sicher sein kann, dass niemand zugegen ist, zieht er ein Paar Latexhandschuhe über, fischt eine zum Dietrich gebogene Büroklammer aus der Tasche und macht sich am Schloss zu schaffen. Die Tür schwingt auf, andere haben ihm die Mühe schon abgenommen. Er tritt ein, geht durch die Räume. Sieht, dass hier nichts mehr für ihn zu holen ist, zückt sein Handy und ruft Ruth an. »Ich bin nicht der erste ungebetene Besucher. Jemand hat alles auf den Kopf gestellt. Was die nicht gefunden haben, finde ich wahrscheinlich auch nicht.«

»So ein Stick ist klein. Der kann in jeder Ritze stecken.«

»Wenn die zu mehreren waren, hatten sie ihre Finger in jeder Ritze. Hier ist nichts, was auch nur entfernt nach Computer aussieht.«

»Kampfspuren?«

»Nein.« Er lässt den Blick durch den ausgeweideten Wohnraum wandern. Überall im Haus bietet sich das gleiche Bild. Jeder Winkel wurde systematisch und mit großer Sorgfalt gefilzt. »Hier hat niemand gekämpft. Nur fieberhaft gesucht. Wenn du mich fragst, war Pilar fort, als sie kamen. Entweder hat sie ihr Zeugs rausschaffen können, oder sie hatte keine Gelegenheit mehr dazu.«

»Die Leute um Rodriguez müssen einen Heidenschiss haben.«

»Aufzufliegen, ja.« Er überlegt. »Okay, drauflosspekuliert: jeder Quadratzentimeter durchsucht, wonach sieht das für dich aus?«

»Dass sie nichts gefunden haben.«

»Genau. Sofern Pilar also noch lebt und auf freiem Fuß ist, trägt sie den Stick bei sich.«

»Es sei denn, Grace hat sie erwischt. Wirst du Elmar Nordvisk von den Videos erzählen?«

»Kommt drauf an, wie sich die Dinge entwickeln.«

»Hier hat vorhin Miss Tillerman angerufen. Du weißt schon, der Zwergsaurier von Cole & Rosenfield.«

»Was will sie? Dass wir Rodriguez zu Kaffee und Kuchen einladen?«

»Sie verbittet sich jede Verdächtigung ihrer sehr verdienten Mandantin Grace Hendryx.«

»Sag ihr, in Sacramento hätten sie Graces Wagen gefunden, mit dem sie dich gerammt hat. Und dass sie dort nach ihrem sehr verdienten Kopf suchen.«

»Ändert nichts an den Tatsachen.«

»Schon klar. Miss Hendryx war zur Tatzeit auf der Farm, und der Wagen steht unangetastet in der Garage.«

»Es wäre hilfreich, wenn die mehr fänden als eine schrottige

Kiste, die jemand nachgebaut haben kann. Ich soll dir übrigens von Carl was ausrichten. Er vertraut dir.«

Luther empfindet ein Gefühl der Dankbarkeit für den alten Sheriff.

»Lasst euch nicht einschüchtern, Ruth.«

»Pass auf dich auf. Und halt mich auf dem Laufenden.«

Er verlässt das Haus und die Woodside Highlands und macht sich auf den Weg zum Nordvisk-Hauptquartier. Die Straße schwingt sich zwischen Waldstücken und Wiesen, auf denen Pferde grasen, abwärts, führt durch sonnenverbrannte, buschgesprenkelte Hügel. Bald hat er die Talsenke mit Palo Alto im Blick und kann in der Ferne den Hoover Tower sehen, das von der Salamanca-Kathedrale inspirierte Wahrzeichen der Stanford Universität. Wie eine startbereite, neoklassizistische Mondrakete ragt er in den blauen Himmel. Bionisch anmutende Bauten rücken näher, deren Konturen Wolken oder Ozeanwogen, vielleicht auch Medusen nachempfunden sein mögen. Auf den gewölbten Glasflächen verteilen sich die Sonnenstrahlen, gläserne Tunnel verbinden die Teile der Anlage untereinander, dann taucht das Hauptgebäude auf, von dem Luther schon Fotos gesehen hat, ein Ding von der Form eines riesigen, in der Landschaft liegenden Wassertropfens, und genau so nennen sie es: The Drop.

»Ein Wassertropfen«, hat Elmar gesagt, »versinnbildlicht die Entstehung jeglichen Lebens und alles Neuen. Im Wasser bildeten sich erste komplexe Verbindungen, organisierten sich zu ersten Zellen, alles ging daraus hervor. Schauen Sie durch ein Mikroskop in einen Wassertropfen, und sie erblicken ein Universum. Und noch etwas erblicken Sie, woran es unserer zerstrittenen, in protektionistische Strukturen zerfallenden Weltgesellschaft zusehends mangelt: Transparenz.«

Das Universum hat einen Parkplatz.

Luther stellt den Wagen neben einem Tesla ab, steigt aus und lässt den Blick unschlüssig über das Gelände wandern. Schwer abzuschätzen, welche Fläche es einnimmt. Über die Zufahrt nähern sich große, firmeneigene Busse mit geschwärzten Scheiben: Nordvisk betreibt ein eigenes Shuttlesystem, wie er aus Phibbs' Dossier weiß, die wenigsten Mitarbeiter können es sich leisten, in Palo Alto zu wohnen. Halb zwölf. Zeit, sich noch ein bisschen umzusehen. Er folgt den natursteingepflasterten Wegen, die sich zwischen Hügeln und Bauwerken verzweigen, wandert über Plätze und entlang geschwungener Terrassen, durch kunstvoll angelegte Parks mit künstlichen Flussläufen, Seen und schattigen Pavillons. Auf Liegestühlen unter Sonnenschirmen arbeiten Menschen an Laptops, beschattete Oasen, wie er sie von der Farm kennt. Er sieht einen großen Kinderspielplatz. Eine palmenbestandene Piazza, geflankt von Cafeterien, einem Supermarkt und einer Bibliothek. Ein Sportzentrum: federnde Silhouetten auf Laufbändern, unkenntlich hinter glitzernden Scheiben. Tennisplätze. Eine meterhohe, blau schimmernde Hundeskulptur von Jeff Koons, war da nicht was mit einem Hund in Elmar Nordvisks Kindheit? Skurrile kleine Kunstwerke, Comicfiguren, Yoda im Bronzeguss. Verspieltheit statt technologischer Strenge.

Je weiter er in die Glasstadt vordringt, desto mehr erinnert ihn die Art ihrer Belebtheit an eine multinationale Ameisengesellschaft. Zu Fuß, auf Skateboards und pastellbunten Fahrrädern erzeugen sie in ihrer jeweiligen Zielstrebigkeit das Bild ziellosen Durcheinanders. Hinzu kommt, dass die Nordvisk-Welt fast keine Winkel kennt, sodass alles gekrümmt in sich zurückzuführen scheint. Kaum jemand ist über vierzig, die meisten tragen wie beiläufig ihr Führungsbewusstsein zur Schau. Nicht Arroganz! Einfach den unumstößlichen Glauben, Milliarden Blinde in eine erleuchtete Zukunft zu führen. Luther gelangt zu einer Tafel mit Lageplan, sucht das Du-bist-hier-Symbol. Jetzt kann er sehen, dass die vielen Gebäude The Drop wie unregelmäßig geformte, kleinere Tropfen umgeben, was Assoziationen an molekulare Verkettungen aufkommen lässt. Er liest die Beschriftungen: Robotik, Kybernetik, erweiterte Realität, virtuelle Ambientes, Maschinelles Lernen, Mustererkennung, Medizin, Space-Center – nur die Wortschöpfung A.R.E.S. taucht kein einziges Mal auf.

Warum nicht?

Weil A.R.E.S. in allem ist? Vielleicht darum. Auf einer Stadt steht schließlich nicht Stadt, auf einem Haus nicht Haus. Er weicht einer Delegation in Businesskleidung aus, Chinesen mit Namensansteckern und gezückten Handys, macht kehrt und geht zurück zum Haupteingang. Auch das Foyer hat der Spieltrieb gestaltet. Kicker-Tische und Flipperautomaten stehen herum. Zwei junge Frauen hinter einer langen Theke strahlen ihn an, sichtlich erfreut, dass ein Gesegneter den Weg in ihr Utopia gefunden hat. Luther nennt den Zweck seines Besuchs, sie drucken ihm sein Namensschild aus, fragen ihn, ob er was trinken wolle, geben ihm eine Cola und verweisen ihn an die Spielgeräte.

Betäubt hockt er auf der Kante eines orangen Djinn-Stuhls.

Schon wieder Orange. Scheint seine Krisenfarbe zu werden.

Lange muss er nicht warten. Eine Frau durchschreitet eine Glastür, das Kinn erhoben, blond und stressverheißend attraktiv.

»Luther! Katie.«

Sie knallt die Worte in den Raum wie ihre persönliche Top-Empfehlung für Babynamen. Das also ist Katie Ryman.

»Gute Anreise, Luther?«

»Danke, ja.« Er steht auf. Wie die Welt wohl wäre, wenn jeder nur fragen würde, was ihn ehrlich interessiert? Stiller wahrscheinlich. »Hübsche Spielhölle.«

»Nicht wahr? Europa mag die Hochtechnologie erfunden haben, aber Amerika weiß, wie man damit Spaß hat. Kommen Sie.«

Das Innere von The Drop ist eine offene Struktur, die konsequent das äußere Konzept fortsetzt. Auf mehreren Etagen reihen sich verglaste Räume entlang geschwungener Balustraden, harmonisch zueinander versetzt und durch spiralige Treppen verbunden. Aufzugkabinen, tropfenförmig und schillernd wie Seifenblasen, schweben im Nichts. Das Ganze wirkt auf Luther, als durchschreite er eine amorphe Struktur, die im nächsten Moment schon wieder völlig anders aussehen könnte. Jede erdenkliche Möglichkeit wurde genutzt, um Tageslicht ins Innere zu leiten. Mitten im Atrium schwebt die riesige Plastik eines Surfers, über einen unsichtbaren Wellenkamm hinweg schießend, auf dem Brett die Worte: *Geh nicht dahin, wo die Welle ist. Geh dahin, wo die Welle sein wird.*

»Elmar ist noch in einer Pressekonferenz«, sagt Katie. »Kann wenige Minuten dauern. Möchten Sie das Gebäude sehen?«

»Keine Umstände. Ich setz mich irgendwo hin.«

»Ach was. Sie kommen mit mir.«

Sie verlassen das Atrium und betreten einen weniger durchlässigen Bereich. Automatische Türen gleiten auseinander, dahinter liegt ein großer, abgedunkelter Raum mit Sitzreihen und Bühne. Rund hundert Journalisten und Kameraleute bevölkern das Auditorium. Im Rampenlicht steht Elmar neben einem schneeweißen Roboter von der Größe eines Kindes. Die Augen des Maschinenwesens sind groß und rund, der Mund zu einem beständigen Lächeln gebogen. Alles an ihm wirkt liebenswert.

»Wie alt bist du, Sparky?«, fragt eine hübsche Reporterin gerade.

»In menschlichen Jahren kann ich das nicht sagen.« Sparkys Stimme erinnert an die des Clownfischs aus *Findet Nemo.* Sie klingt heiter und kein bisschen nach Automat. »Aber als Roboter wurde ich 2015 in Betrieb genommen.«

»Das heißt, da hast du zu leben begonnen?«

Sparky dreht seinen runden Kopf noch ein Stück mehr in Richtung der Fragestellerin. »Nicht ganz. Da habe ich zu existieren begonnen. Oh, du bist aber hübsch! Und so toll angezogen. Bist du ein Model?«

Die Reporterin verdreht die Augen und lacht. »Schön wär's. Nein, ich schreibe für den *Guardian.*«

»Du könntest ein Model sein. Kannst du mir Modetipps geben?«

»Die brauchst du nicht, Sparky«, ruft eine andere Frau. »Du bist schön genug.«

Der kleine Roboter schlägt die Augen nieder und signalisiert verlegene Freude. Er breitet beide Arme aus und spreizt alle zehn Finger. Seine Gestik ist verblüffend menschenähnlich.

»Heute ist ein wunderschöner Tag«, ruft er. »Wollen wir nicht was unternehmen? Worauf habt ihr Lust?«

»Lass uns was essen gehen«, ruft jemand.

Sparky zögert. »Wir können einen Spaziergang machen. Einen Film anschauen. Zum Strand gehen oder ein bisschen zusammen arbeiten. Was interessiert dich?«

»Steak und French Fries!«, lacht ein dicker Mann.

Sparky dreht den Oberkörper in seine Richtung. »So siehst du auch aus. Iss lieber was Gesundes.«

»Wieso? Ist doch gesund.«

»Soll ich mal deine Werte untersuchen?«

»Bloß nicht!«

»Okay, aber sei nicht beleidigt, wenn ich nicht mitesse. Ich kann weder essen noch trinken.«

»Und wenn du es doch tust?«

»Dann gehe ich kaputt. Weißt du was? Ich lade dich zum Dinner ein.«

Der Mann grinst. »Oh, danke, Kumpel.«

»Ich habe bloß kein Geld. Kannst du mir hundert Dollar leihen?«

Jetzt lacht das ganze Auditorium.

»Wie läuft das?«, fragt Luther Katie leise. »Sitzt da jemand hinter der Bühne und gibt ihm das ein?«

»Natürlich nicht.« Sie hebt eine Braue. »Sparky hat seinen eigenen Kopf. Kürzlich wollte er ein Date mit mir.«

»Hat er es bekommen?«

»Nein. Aber er flirtet besser als die meisten Typen, mit denen ich bislang aus war.«

»Flirtet? Er ist ein Kind, oder? Als Kind konzipiert.«

»Eben. Er ist nicht peinlich.«

»Sparky.« Eine ältere Frau hebt die Hand. »Ich möchte heute

Abend mit meinem Mann ins Kino gehen. Kannst du einen Film empfehlen?«

»Worauf stehst du denn?«, fragt der Roboter. »Action, Science-Fiction, Komödie? Oder bist du mehr der romantische Typ?«

»Was glaubst du?«

»Du bist romantisch. Willst du mich umarmen?«

»Kommen Sie ruhig auf die Bühne«, sagt Elmar mit sichtlichem Stolz. Er trägt ein dunkles Shirt und Sneakers, hilft der Frau lächelnd nach oben. Sparky streckt seine Arme aus, und die beiden drücken sich innig wie alte Freunde.

»Sparky ist ein Social Bot«, sagt Elmar, nachdem der kleine Roboter von der Bühne gerollt ist. »Sein ganzer Schwerpunkt liegt auf Empathie. Er kann aus Ihrer Mimik, Ihrem Tonfall, Ihrer Gestik auf Ihren Gefühlszustand schließen. Er macht eigenständig Vorschläge, was Ihnen guttun könnte, und ist ein prima Kommunikationspartner. Als wir ihn entwickelt haben, dachten wir zuerst an einen künstlichen Shoppingberater, aber schnell wurde uns klar, dass mehr Potenzial in dem kleinen Kerl steckt. Es gibt so viele alte, einsame Menschen, die sich einen Begleiter wünschen. Einen, der ihnen zuhört, witzig und einfühlsam ist. Unsere ganze Erfahrung auf dem Therapiesektor steckt jetzt in Sparky. Er kann ein wundervoller Spielgefährte für Kinder sein, ein Nachhilfelehrer, ein Berater, was Sie wollen.« Sein Blick streift den Dicken, der immer noch ein Grinsen im Gesicht trägt. »Er kennt natürlich auch die besten Steakhäuser.«

»Kann er kochen?«, ruft jemand.

»Könnte er. Seine Finger verfügen über fast so viele Freiheitsgrade wie die menschliche Hand. Wir entwickeln ständig neue Applikationen für ihn, aber eigentlich liegt seine und die Zukunft aller sozialen Roboter dort.« Elmars Rechte wandert hoch, seine Finger strecken sich zu imaginären Welten. »In der Cloud. Einer Cloud nur für Roboter, aus der sie alles erforderliche Wissen herunterladen und ihre persönlichen praktischen Erfahrungen einspeisen. Als Folge hätte jeder Roboter weltweit Zugriff auf den

Erfahrungsschatz aller anderen Roboter, eine geteilte künstliche Intelligenz, die rapide dazulernt. Roboter wie Sparky würden die klügsten, empfindungsfähigsten Gefährten, die man sich vorstellen kann, unsere engsten Vertrauten, und genau darum geht es: Vertrauen!« Er macht eine Pause. Seine sonst so nachlässige Sprache ertönt klar und eindringlich. »Eine neue Menschheitsrevolution hat begonnen, an deren Ende wir den Planeten in natürlicher Gemeinschaft mit intelligenten Maschinen bewohnen werden. Mit ihrer Hilfe erklimmen wir ein neues Level der Evolution, auf dem Frieden und Wohlstand herrschen. Doch dafür müssen Mensch und Computer einander vollständig verstehen und vertrauen. Daran arbeiten wir bei Nordvisk. Sparky ist ein Schritt in diese Richtung. Danke für Ihr Kommen – auch im Namen von Sparky.«

»Moment.« Ein Journalist hebt die Hand. »Eine Frage hätte ich noch.«

»Bitte.«

»Stimmt es, dass Sie in Boston ein neues Superschiff bauen?«

Elmars pelzige Brauen wandern in die Höhe. »Ja, unser drittes. Ein Server-Schiff, um Kunden, die unsere Produkte nutzen, mehr Speicherplatz zur Verfügung zu stellen.«

»Ich hab aber was anderes gehört. Ich hab gehört, da kommt ein Forschungszentrum drauf.«

Elmar lächelt. »Wir testen auch Technologien an Bord, richtig.«

»Warum forschen Sie auf hoher See?«

»Warum nicht?«

»Die Schiffe sind außerhalb der 200-Seemeilen-Zone unterwegs. Dort sind Sie keiner Landesgesetzgebung unterworfen. Sie können jede staatliche Regulierung, jedes Verbot, jede ethische Beschränkung umgehen. Und kein Mensch weiß, was sie da treiben.«

Elmar schaut den Journalisten nicht an. Als er wieder spricht, richtet er seine Worte demonstrativ in den Saal.

»Wo alles überreguliert ist, bleibt die Innovation auf der Strecke. Wir brauchen Rückzugsorte, wo wir Dinge testen und ihre

Auswirkungen auf die Gesellschaft erforschen können, aber was heißt das? Dass wir nach Wegen suchen, Schweinereien auszuhecken, wo uns keiner auf die Finger gucken kann? Sie haben Sparky kennengelernt. Sehen Sie da einen Verstoß gegen ethische Regularien? Ja, wir forschen auf hoher See. Wir forschen in der Sierra Nevada, am Meeresgrund, im Weltraum, aber macht mich das zu Ernst Stavro Blofeld?« Gelächter. »Wir tragen Verantwortung, unsere Technologien im Entwicklungsstadium dort auszuprobieren, wo niemand in Mitleidenschaft gezogen wird. Und was nicht *absolut* im Sinne der Menschheit, *aller* Menschen ist, wird nie eine Nordvisk-Forschungsstätte verlassen. Nochmals danke!«

Bis auf den Journalisten, der unzufrieden dreinschaut, spenden alle Beifall. Katie Ryman klatscht begeistert in die Hände. »Kommen Sie, Luther. Ich stelle Sie vor.«

Ich kenne ihn schon, hätte er beinahe gesagt, folgt ihr. Die Journalisten packen ihre Sachen. Elmar steht mit einem Techniker zusammen, klopft dem Mann auf die Schulter und springt von der Bühne.

»Hi, freut mich.« Kurzer Blick. »Hunger?«

»Und wie«, sagt Luther wahrheitsgemäß.

»Ihr habt Raum vierzehn, Elmar«, sagt Katie. »Hugo hat angerufen, er ist jetzt in New York, kann sich aber dazuschalten, wenn du willst. Soll ich euch was zu essen bringen lassen?«

»Was meinen Sie, Undersheriff? Lust, sich was auszusuchen? Kurzer Gang durch das Restaurant am Ende des Universums.« Elmar lächelt. Die Worte flutschen zwischen seinen halb geöffneten Lippen hervor, als wollten sie einander überholen. »Die Auswahl ist super, außerdem haben wir ein paar echt coole Köche.«

Was damit gemeint ist, wird Luther klar, als sie einen großen, lärmigen Raum betreten. In der Kantine herrscht Hochbetrieb, und anders als erwartet hockt dort kaum jemand vor seinem Laptop oder surft im Handy. Sneakers- und Kapuzenshirt-Träger drängen sich an Kochinseln, alles wird frisch zubereitet. Wie ein Fisch im Schwarm pflügt Elmar durch die Menge, Katie als wandelndes Berichtswesen neben sich. Sein Abbild glänzt in den Augen von Neulingen, denen das Alltägliche seines Erscheinens noch nicht in Fleisch und Blut übergegangen ist und die ein Alles klar? oder Hi! von ihm aufschnappen wie eine Segnung. Messer und Gabel klappern den Takt des Motors, der nie stillstehen darf. Im Näherkommen erkennt Luther, dass zwar überall gekocht, dies aber keineswegs nur von Menschen getan wird. Hier frittieren Asiaten lautstark Tempura, dort rühren Roboterarme in Wannen mit Chili con Carne und rollen Tortillas. Seine Begleiter bugsieren Luther entlang Pasta-Ständen, Hamburger-Bratereien und einer automatisierten Zubereitungsstraße für veganes Essen mitten hinein in eine Wolke indischer Aromen, auch hier gelenkige Maschinen am Werk. Widerstandslos lässt Luther sich einen Teller köstlich duftendes Tikka-masala-Hühnchen aufladen. Die Greifer platzieren halbierte gelbe Tomaten und ein Koriandersträußchen obenauf und legen Fladenbrot bei.

»Superlecker«, sagt Elmar. »Für mich dasselbe.«

»Wir haben seit drei Monaten einen Contest laufen«, erklärt Katie Luther. »Roboter gegen menschliche Köche.«

»Und wer hat gewonnen?«

»Bis jetzt keiner. Die Roboter sind konstanter. Nie unterbieten, nie übertreffen sie die Erwartungen, Menschen sind je nach Tagesform mal okay und mal großartig.« Katie macht eine Kopfbewegung. »Zieht los, Jungs. Ich lasse euch alles hochbringen.«

Eine der ätherischen Kabinen trägt sie ins oberste Stockwerk, vorbei an Büros, deren Interieur mal Wiesen und Waldhütten nachempfunden ist, mal Sciencefiction-Filmen der Sechziger, Hippiezelten oder dem Innern von Muscheln. Allerorten finden Meetings statt, lugt jemand mit seinem Tablet aus seinem Sitzsack, durcheilen Menschen die Fluchten auf Tretrollern. Elmar schweigt, als wisse er gerade nichts mit seinem Gast anzufangen, dann sagt er: »Wie fanden Sie Sparky?«

»Gibt's den auch in größer? Für Sheriffwachen?«

»Bald. Wir bauen so was. Den würde Ihnen sogar der Staat finanzieren. Roboter fallen nicht unter menschliche Ressourcen, sondern technisches Equipment.«

»RoboCop«, murmelt Luther. »Dann doch.«

»Nein, nicht so ein verknautschter Rest Mensch. Unsere sind reine Maschinen. Wollen Sie einen testen?«

Luther stellt sich eine Maschine konfrontiert mit Kimmys Backwerk vor. Essen könnte der Kamerad schon mal nicht. Aber vielleicht tote Katzen finden. Mit Röntgenaugen. Er denkt an Phibbs Drucker. Die Wissenschaft lügt, so viel ist klar. Es gibt kein Nacheinander von Steinzeit und Neuzeit. Es ist ein Nebeneinander, dem es am Miteinander mangelt.

»Sie haben eine richtige Stadt hier«, sagt er, als sie den Aufzug verlassen, mehr um überhaupt etwas zu sagen.

»Für viele ein Zuhause.«

»Gibt's auch ein eigenes Krankenhaus? Cafés, Gym und Supermarkt habe ich schon gesehen –«

»Es gibt alles. Und alles umsonst.« Elmar hält ihm die Tür zu einem verglasten Besprechungsraum auf. Keine Hängematten diesmal oder sonstigen Spielereien. Zweckambiente, Wasserflaschen und Gläser. Kaum haben sie Platz genommen, bringt ein tätowiertes Mädchen ihr Essen und hinterlässt ein Lächeln.

»Reden wir nicht lange drum herum, Mr. Nordvisk –«

»Elmar. Ist es okay, wenn ich Luther sage?«

»Sicher. Also –«

»Warum bist du hier?«

»Ja.« Luther nickt. »Warum bin ich hier?«

Sein Gegenüber stützt das Kinn in die Rechte und betrachtet ihn mit dem Interesse eines Biologen, der noch Unsicherheiten hegt, ob er da wirklich eine neue Spezies entdeckt hat. »Ich weiß es nicht.«

»Ich auch nicht.«

»Womit wir uns schon mal unserer Ahnungslosigkeit versichert hätten.«

Das hat etwas von einem Schachspiel, Zug, Gegenzug, bis die Figuren einander blockiert haben werden. Aber Luther ist nicht gekommen, um sich mit einem Patt abspeisen zu lassen.

»Du bist nicht ahnungslos«, sagt er. »Es ist deine Technologie. Nicht meine.«

Elmar beginnt, das Tikka-Hühnchen in sich hineinzuschaufeln. »Technologien stellen uns manchmal Fallen.«

»*Das* kann ich unterschreiben.«

»Schau, Luther«, sagt Elmar kauend. »Mein Problem ist, dass jede Information, die ich einem intelligenten, kommunizierenden System gebe, mich erst mal ins Hintertreffen versetzt. So lange, bis ich eine gleichwertige Information zurückbekomme. Aber kann ich beurteilen, ob sie gleichwertig ist? Wenn du bei Google was suchst, erzählst du denen etwas über dich, nämlich was dich interessiert. Dafür bekommst du deine Info, aber weißt du darum etwas über Google? Wir nennen es scherzhaft das Smiley-Problem. George Smiley, du weißt schon –«

»Nein.«

»John le Carrés Meisterspion. Den kennst du nicht? Smiley muss im Kalten Krieg dafür sorgen, dass der MI6 den ausländischen Diensten immer einen Schritt voraus ist. Das geht oft nur im Austausch mit wieder anderen ausländischen Diensten. Ein ständiges Geschacher, und wehe, du gibst zu viel preis, schon kriegen sie dich am Sack. Das ist übrigens die Crux, wenn man eine künstliche Intelligenz zur Superintelligenz weiterentwickelt. An jedem Punkt musst du sicherstellen, dass sie nicht versucht, dich zu verarschen, etwa indem sie verspricht, den Hunger in der Welt zu besiegen, und das Problem dann dahingehend löst, dass sie einfach alle Menschen killt. Also wie viel gibst du preis, damit der andere auspackt?«

»Du nennst mich ein *System?*«

»Klar. Ich bin auch eins. Nimm dir Wasser. Willst du was anderes?«

»Ich will wissen, was passiert ist.«

»Offenbar hast du echt keine Ahnung.«

»Nein.«

»Aber Fakt ist, da sitzt du. Also muss dich jemand geschickt haben, oder? Zu welchem Zweck?«

Luther legt den Löffel beiseite. Wie der Nordvisk-Chef ihn in die Defensive drängt, geht ihm gegen den Strich.

»So läuft das nicht, Elmar. Ich will ein paar grundlegende Sachen wissen, andernfalls erzähle ich *gar* nichts.« Er beugt sich vor. »Ich bin Bulle. Ich kenne dein Smiley-Problem rauf und runter. Wer sagt mir, dass ich mein Hiersein nicht dir verdanke?«

Elmar lächelt in sein Essen. »Was schlägst du vor?«

»Versuchen wir's mal mit Vertrauen.«

»Frage um Frage?«

»Ich fang an. Beherrscht ihr Zeitreisen?«

»Man kann nicht in der Zeit reisen. Allenfalls in die Zukunft.« Elmar hält fünf Finger hoch. »Du siehst meine Hand, weil sie Photonen reflektiert, Lichtteilchen, die an dein Auge gelangen. Lichtgeschwindigkeit ist salopp gesagt Zeitgeschwindigkeit. Würdest du mit Lichtgeschwindigkeit wegfliegen, sähst du fortgesetzt dieses Bild. Meine fünf Finger, wie eingefroren. Wärst du schneller unterwegs als das Licht, kämst du an Photonen vorbei, die meine vorherigen Handlungen zeigten. Du würdest die Zeit rückwärtslaufen sehen, also könntest du die Vergangenheit theoretisch beobachten, aber du könntest nicht in ihr aussteigen. Allerdings hätte deine Reise einen anderen Effekt. Je nachdem, *wie* schnell du bist, würdest du bei deiner Rückkehr zur Erde weit in der Zukunft landen. Deine Reise hat vielleicht sieben Minuten gedauert, vergangen wären siebzig Jahre. Oder siebenhundert.«

»Man kann nicht ins Gestern reisen?«

»Mit der nötigen Demut vor dem Unentdeckten: nein.«

»Sicher?«

Elmar seufzt. »Pass auf. Einstein liegt im Bett und krault sich die Eier. Der junge Einstein, ja? Festgeleimt in einem Schweizer

Patentamt mit der Aussicht, da zu versauern. Da knattert eine Zeitmaschine in sein Zimmer. Raus steigt ein alter Mann, der ihm irgendwie bekannt vorkommt, und sagt: Junge, ich erklär dir jetzt die Relativitätstheorie. Damit wirst du berühmt und scheißreich werden. Er erklärt ihm also $E = mc^2$ und den ganzen Quatsch, verschwindet, Einstein wird berühmt und scheißreich. Als er alt ist, fällt ihm ein, dass er allmählich mal in die Vergangenheit reisen sollte, um seinem jungen Ich die Theorie zu verklickern, damit auch alles schön so kommt, wie es gekommen ist, also besteigt er seine Zeitmaschine und tut genau das. Wer hat nun die Relativitätstheorie erfunden?«

Luther überlegt. »Keiner von beiden.«

»Eben. Trotzdem hat er sie in die Welt gesetzt. Reisen in die eigene Vergangenheit erzeugen unauflösbare Paradoxien. Es geht nicht.«

»Falsch, Elmar. Ich *bin* in die Vergangenheit gereist. *Ihr* seid die Vergangenheit. Eure Technologie hat mich genau zwanzig Stunden zurückversetzt.«

»Hat sie nicht.« Elmar kratzt die Reste aus dem Teller. »Sie hat dich in eine Alternative geschickt.«

»Also bin ich nicht verrückt?«

»Kein bisschen.«

Luther greift nach der Wasserflasche. Die Angst vor der Wahrheit hat seine Kehle trockengelegt. Er trinkt wie ein Verdurstender. »Es gibt wirklich zwei Welten?«

»Gibt's. Okay, ich bin dran. Warum, glaubst du, bist du hier?«

Das Smiley-Problem –

Du sollst deinen Smiley haben.

Luther erzählt von der toten Pilar, den Ermittlungen, wie er Rodriguez bis in die Sphäre verfolgt hat. Nur die Videos erwähnt er nicht. Zunehmend erscheinen sie ihm wie eine Lebensversicherung. Was, wenn der Mann auf der anderen Seite des Tisches selbst die Verladung der schwarzen Kästen hat durchführen lassen? Und Pilar ist ihm auf die Schliche gekommen. *Wir brauchen*

Rückzugsorte, wo wir Dinge testen und ihre Auswirkungen auf die Gesellschaft erforschen können –

»Und das ist alles?«, fragt Elmar.

»Reicht das nicht?«

Der Nordvisk-Chef fixiert ihn unter gesenkten Lidern. »Na schön. Der Raum, den du Sphäre nennst, den nennen wir das Tor. Es ermöglicht Reisen zwischen alternativen Handlungsverläufen.«

»Und wozu braucht man so was?«

»Wozu braucht man einen Faustkeil? Elektrizität? Computer? Egal. Dein Rodriguez hat dir eine Falle gestellt. Meiner jedenfalls weiß, wie man das Tor bedient. Er hat dich bei uns abgeladen, was mir kopflos vorkommt, und dann seine Grace geschickt, um dir den Rest zu geben.«

»So weit war ich auch schon.«

Elmar nickt. »Aber warum die Überreaktion? Er hat Pilar ja nicht umgebracht.«

»Er hat sie genötigt. Mit Todesfolge.«

»Schwer zu beweisen.«

»Schon der Indizienprozess hätte ihn einige Zeit aus dem Verkehr gezogen. Gegenfrage: Was ist das Problem mit Pilar?«

»Ich hatte gehofft, du könntest mir das sagen.«

»Dein Rodriguez meint, sie habe etwas stehlen wollen.«

»Schwer vorstellbar. Andererseits – sie war illegal dort.«

»Illegal?« Luther beugt sich vor. »Ist Pilar nicht eine enge Vertraute von dir, die kommen und gehen kann, wie es ihr passt?«

»Wer hat dir das gesagt?«

»Du.«

»Ich? Ach so.« Der Funke zündet mit einer Sekunde Verspätung. »In deiner Welt, verstehe. Ja, sie kann tun und lassen, was sie will, aber warum loggt sie sich nicht ein? Sie hat das System umgangen, Luther. Sie *wollte* unsichtbar sein. Keiner sollte von ihrer Anwesenheit wissen, auch Jaron nicht. Das ist schon ungewöhnlich.«

»Vertraust du Jaron?«

»Wem, wenn nicht ihm? Er ist unser Sicherheitschef.«

»Er hat behauptet, ich sei verrückt.«

»Das musste er. Seine Aufgabe ist es, das Tor zu schützen und seine Funktionen geheim zu halten.«

»Und Grace Hendryx?«

»Hat nicht alle Tassen im Schrank. Aber das haben die Security-Typen selten. Sie ist gut. Jaron hat sie geholt.«

»Woher?«

»Alter Armeekontakt.«

»Nur dass du's weißt: Wenn deine Grace so ist, wie meine war, beschäftigst du eine Killerin.«

»Niemand ist ein Killer, bevor er nicht gekillt hat. Mit jemandem wie Grace kannst du auf alle Fälle ruhig schlafen. Und du hast bestimmt nichts vergessen zu erzählen?«

»Nein. Nächste Frage: Könnt ihr mich zurückschicken?«

Elmar dreht seine Wasserflasche auf der Tischplatte. Eine etwas zu lange Pause verstreicht. »Nun ja. Dein Auftauchen hat einigen Wirbel verursacht.«

»Soll heißen?«

»Es kann fatal sein, in anderen Welten Spuren zu hinterlassen.«

»Das klingt mir zu sehr nach Drohung.«

»Ich will wie du eine elegante Lösung.« Elmar lässt den Blick auf ihm ruhen, lange für seine Verhältnisse. Etwas in den scheuen braunen Augen verrät Luther, dass der Nordvisk-Chef, wenn seine Interessen bedroht sind, alles andere als scheu sein kann.

»Ich werde euer Geheimnis schon nicht rumposaunen«, sagt er. »Nicht in deiner und nicht in meiner Welt.«

»Wer garantiert mir das?«

»Ich.«

Elmar streicht sich übers Haar. Legt den Kopf in den Nacken und starrt an die Decke. »Betrachte es mal von unserer Warte, Luther. Grace ist jetzt bereits ein Problem. Ich will nicht auf CNN hören, Doppelgänger von Nordvisk-Mitarbeitern würden aus dem

Sacramento River gefischt, noch dazu in mehreren Teilen. Was soll erst passieren, wenn deine hiesige Entsprechung auftaucht?«

»Frag *mich* nicht! Ich habe nicht darum gebeten, in deine Welt geschickt zu werden.«

»*Willst* du denn unbedingt zurück?«

Die Frage kühlt Luther schlagartig ab. Er setzt zum Sprechen an, zögert. Elmar betrachtet ihn wieder. »Du weißt es nicht. Interessant.«

»Ich will nur hören, ob es möglich wäre.«

»Unsere Rechtsberatung sagt, du warst in Urlaub. Warst du natürlich nicht, aber das wissen nur wir beide. Laut deinem Büro fiel dein Dienstbeginn auf den gestrigen Tag, also haben wir jetzt einen Luther zu wenig hier. Du kannst dir vorstellen, wie brennend mich das interessiert! Längst nicht alle Phänomene, die bei der Benutzung des Tors auftreten, sind erforscht, und nun frage ich mich, wohin dein Alter Ego verdunstet ist.« Elmar macht eine Pause, wie um seine Einträufelungen wirken zu sehen. »Du wolltest verstehen, was dir zugestoßen ist. Ich hätte dich auflaufen lassen können, so wie Jaron es getan hat. Stattdessen habe ich dir unser größtes Geheimnis verraten. Hilf du mir jetzt. Du bist Ermittler. Warum gibt es dich hier nicht zweimal? Was hat Pilar inkognito auf der Farm gewollt? *Mein* Jaron würde nicht das Risiko eingehen, einen Polizisten in eine parallele Wirklichkeit zu schicken, nur weil der ihm Raufereien mit einer Angestellten nachweisen kann. Was steckt noch dahinter?«

»*Frag* deinen Jaron doch mal«, knurrt Luther. »Müssten die Absichten der beiden Jarons nicht identisch sein?«

»Ich glaube, Luther, du verschweigst mir etwas.«

»Und du erpresst mich. Du weigerst dich, mich zurückzuschicken, wenn ich nicht nach deiner Pfeife tanze.«

Elmar lacht ungläubig. »Wer ist hier erpressbar? Ich habe dir ein Geheimnis anvertraut!«

»Keiner würde mir glauben. Niemand könnte es nachprüfen, nur deine Leute wissen, wie man das Tor bedient.«

Elmars Miene verdüstert sich. Er wirkt frustriert, und Luther denkt: Wenn du nur wüsstest, *wie* recht du hast, mir zu misstrauen. Aber ich traue dir ebenso wenig, Junge. Und soll ich dir etwa erzählen, wer eingebuddelt im Wald von Sierra liegt? »Grace meinte, ich sei aus Zufall hier gelandet«, sagt er. »Wegen irgendwelcher voreingestellter Koordinaten. Sie sprach von einem direkten Sprung, aber dass man auch anderswo rauskommen könne.«

Elmar bleibt die Antwort schuldig. Sein Blick erkundet etwas in seinem Innern, fokussiert wieder auf Luther, versucht in dessen Miene zu lesen. Dann lächelt er unvermittelt. »Hast du eine Bleibe in Palo Alto?«

»Nein.«

»Okay. Ich schlage vor, wir legen eine Pause ein und denken beide noch mal nach. Sagen wir, bis heute Abend gegen acht. Dann finden wir eine Lösung.«

Luther überlegt. Etwas Besseres bekommt er derzeit nicht geboten.

»Einverstanden.«

»Wir haben Appartements auf dem Gelände. Katie gibt dir die Schlüssel. Du bist mein Gast.«

Hugo van Dyke sitzt zwischen Larry Page und Sheryl Sandberg, schaut Jeff Bezos in die Augen und Elon Musk, die ihre Verärgerung kaum verhehlen können. Wenn er sich vorbeugt, kann er die Profile des Vizepräsidenten, des Präsidenten und Peter Thiels sehen, dessen Milliarden in den Blutbahnen von PayPal und Facebook zirkulieren; einer der Ihren, hätte man gedacht, der nun im präsidialen Beraterstab die IT-Branche irritiert. Fast komplett ist sie an diesem Tisch in einem wohlbekannten New Yorker Tower vertreten, Google, Amazon, Facebook, AOL, Apple – ein eigenartiges Tauziehen, die Fronten hier klar, dort ineinanderschraffiert. Was alle eint, sind die blau etikettierten Wasserflaschen vor ihnen, aufgereiht wie Gegenstände kultischer Verehrung, dass man meinen könnte, es ginge nur um sie.

»Das wäre ein Riesenfehler«, sagt Steve Chase gerade. »Immigranten, die in den Vereinigten Staaten Unternehmen gründen, stehlen keine Jobs, sie erschaffen welche.«

»Na, in wessen Interesse wohl?« Der Chefstratege des Präsidenten lässt offen Spott durchklingen. »Wenn wir mal ehrlich sind, schert sich das Silicon Valley doch seit jeher nur um Politik, wenn Steuererleichterungen und Visa für billige ausländische Arbeitskräfte dabei rausspringen.«

»Nein, wenn Zukunft dabei rausspringt«, protestiert Elon.

»Es geht hier nicht um billige, sondern hoch qualifizierte Fachkräfte«, springt Sheryl ihm bei. »Wenn Startup-Visa für ausländische Firmengründer wegfallen, werden diese Leute nicht kommen.«

»Besser so«, knurrt der Stratege.

»Wir haben wunderbare Menschen in diesem Land mit wunderschönen Ideen«, sagt der Präsident. Dabei lächelt er von einem Ohr zum anderen, was den Anschein erweckt, als habe er alle diese wunderbaren Menschen in einer einzigen Nacht kraft seiner Lenden gezeugt. »Und ich sehe nicht, was falsch daran sein sollte, *ihnen* die Jobs zu geben.«

»Also den Immigranten«, sagt Sergey Brin.

»Wie bitte?«

»Wir sind alle Immigranten. Oder etwa nicht? Amerika ist eine Nation von Einwanderern.«

»Ganz richtig«, sagt Hugo. »Elon wurde in Südafrika geboren, Sergey in Russland, Elmars Eltern sind aus Schweden eingereist. Wenn wir aktuell einen Blick auf Amerikas Startups werfen, deren jeweiliger Wert über einer Milliarde liegt, wurde mehr als die Hälfte von Immigranten gegründet. Sie sind aus der Gründerszene nicht wegzudenken.«

»Ja, aber spielen sie nach unseren Regeln?« Der Präsident schaut einen nach dem anderen an. »Jobs sind wichtig. Okay. Wichtig! Ich sage Ihnen, was noch wichtig ist. Sicherheit. Sicherheit ist sehr, sehr wichtig!« Er hebt einen Zeigefinger und schließt ihn mit dem Daumen zu einem O. »Und dann muss ich erleben, wie man im Valley die nationale Sicherheit missachtet. Warum hilft Apple dem FBI nicht, ein iPhone zu knacken, wenn die Daten darauf von entscheidender Bedeutung für die nationale Sicherheit sind?«

Sheryl hebt eine Braue. »Das hat jetzt aber nichts mit Einwanderung zu tun, oder?«

»Niemand stellt sich gegen nationale Sicherheitsinteressen«, sagt Larry. »Aber Datenschutz und Privatsphäre lassen sich auch nicht nach Belieben verhandeln.«

»Moment, das hat sehr viel miteinander zu tun!«, sagt der Präsident. »Böse Menschen reisen in unser Land. Sehr böse! Rufen *Sie* die? Ungewollt? Vielleicht als Programmierer? Sie sammeln doch Daten. Wir brauchen Daten. Haben wir eine Datenbank, die Religionszugehörigkeit erfasst?«

»Von uns wird es so was nicht geben«, sagt Hugo.

»Ach.« Der Stratege richtet einen Finger auf ihn. »Dabei wären gerade Sie in der Pflicht. Nordvisk liegt in Big-Data-Analysen vorne, Ihr Computer birgt ein Abbild der Welt.«

Hugo lächelt. »Wir stehen wie alle hier am Tisch für eine tolerante und offene Welt. Nicht für Diskriminierung.«

»Es geht um den Schutz der Menschen dieses Landes.«

»Wie Elon schon sagt: Das Einzige, was die Menschen schützen kann, ist die Zukunft.«

»Ihr Geschwafel von einer besseren Welt, ja.«

»Können wir zur Abwechslung mal unsere Gemeinsamkeiten betonen?«, schlägt Peter vor. »Wir im Valley bauen Firmen und unterstützen Menschen, die neue Dinge bauen. Ich bin kein Politiker, und der Präsident ist im Herzen auch keiner. Nicht im Sinne einer politischen Elite, die nur verwaltet, anstatt zu gestalten. Der

Präsident ist ein Baumeister, und es ist Zeit, Amerika neu aufzubauen. Wollen wir die Chance verpassen, das gemeinsam zu tun?«

Es wogt hin und her. Hugo legt den Finger auf den Knorpel seines rechten Ohrs und drückt leicht dagegen, justiert den winzigen Lautsprecher darin, über den er parallel das Gespräch zwischen Elmar und diesem Sheriff mitgehört hat.

Der Mann aus Sierra hat nach Kräften taktiert.

Und einiges verschwiegen.

Es kann nur so sein.

»Wir sehen uns also nach der Pause«, sagt der Präsident. »Ich glaube, das hier ist ein sehr, sehr gutes Treffen.«

Hugo verlässt den Sitzungssaal, holt sich einen Kaffee und tritt ans Fenster, von wo aus man zwischen den Wolkenkratzern hindurch auf den Central Park blickt. Natürlich wusste Elmar, dass er mithörte. So hatten sie es vereinbart. Notgedrungen, da Hugo es vorgezogen hätte, bei dem Gespräch persönlich anwesend zu sein. Doch nachdem der Termin ohne Rücksprache mit ihm vereinbart worden war, hätte ein Verlegungswunsch als Misstrauen gedeutet werden können.

Etwas steht zwischen ihnen. Und das nicht erst seit gestern. Tatsache ist, Hugo weiß nicht, wie er Elmar einzuschätzen hat.

Nicht mehr.

Elmars Gast zu sein, ist nicht das Schlechteste. Die Unterbringung gereicht jedem Luxushotel zur Ehre.

»Das WLAN-Passwort ist Nordvisk Coast.« Katie hat ihre rüde Art fast völlig abgelegt und wirkt nun beinahe fürsorglich. »Brauchen Sie sonst noch was, Luther?«

»Danke.«

»Falls Sie es sich anders überlegen«, sie tritt vor ihn hin und steckt ihm ihre Visitenkarte in die Hemdtasche, »rufen Sie an.«

Sie geht. Er schaut aus den bodentiefen Fenstern hinaus auf die im Mittagslicht bleichenden Hügel. Das Gästehaus bildet den westlichsten Punkt des Areals, sodass The Drop und die übrigen Gebäude außer Sicht liegen. Das verstärkt sein Gefühl des Alleinseins, allein mit teils gelösten, teils gordisch verschlungenen Problemen, doch Trostlosigkeit und Einsamkeit, die angesichts seiner Lage zu erwarten gewesen wären, bleiben aus. An ihre Stelle ist die Möglichkeit Jodies getreten, nun nicht länger zunichtegemacht durch ältere Ansprüche. Immer noch krampft sich sein Magen zusammen, wenn er sich vergegenwärtigt, welchem Umstand er das verdankt. Sein von feuchter Erde und Getier bedecktes Gesicht zu erblicken, in seine blinden Augen zu starren, hätte ihn wohl um den Verstand gebracht. Arme Ruth, doch sie hat nicht ihren eigenen Leichnam gesehen. Die Evolution erspart es jedweder Kreatur, ihren Tod zu überdauern, und nimmt ihr dafür die Chance, ihn zu überlisten.

Bis heute.

Ist es Zufall, dass diese Dinge passieren, während Leute wie Elmar vom ewigen Leben phantasieren?

Um fünf stemmt er sich aus den Sofapolstern, ohne Erinnerung, eingeschlafen zu sein. Er öffnet die Terrassentür und geht nach draußen. Ein scharfer Wind fällt vom Küstengebirge herab, und Luther fühlt sich lebendig wie seit Tagen nicht. Hierzubleiben, in dieser Wirklichkeit, entfaltet einen faustischen Sog. Es würde in der Tat bedeuten, einen Pakt einzugehen. Nicht mit Gott, nicht mit dem Teufel, diesen fadenscheinigen, papiernen Vertragspartnern, sondern mit einer weit zerstörerischeren Macht: mit sich selbst. Wie kann er wissen, ob das Ganze gut für ihn ausgeht? In Glück oder neuer Verzweiflung endet? Wie soll er entscheiden, was zu tun ist? Vielleicht bedarf er ja eines präziseren Instrumentariums der Selbsterkundung, als das Leben gemeinhin erfordert. In der Einbahnstraße von Ursache und Wirkung lässt nur die Erinnerung Tote auferstehen. Fast jeder Mensch hat sich schon an der Unmöglichkeit erschöpft, Dinge nicht rückgängig machen zu können, aber lag darin nicht immer auch eine gewisse Gnade? War nicht die Versöhnung mit dem Tod anderer zugleich auch die mit dem eigenen?

All das wird für ihn außer Kraft gesetzt.

Was soll ich tun?, denkt er.

Zur Tür gehen und nachschauen, wer dort ist, sagt die Klingel

Als er öffnet, steht Eleanor Bender auf dem Gang. Luther erkennt sie sofort. Auf Fotos präsentiert sie eine Art Fröhlichkeit, wie sie Menschen kennzeichnet, die an das absolut Gute ihres Tuns glauben. Jetzt liegt schlecht verhohlene Nervosität in ihrem Lächeln.

»Luther Opoku. Schön, Sie zu treffen.«

»Dr. Bender! Wollen Sie reinkommen?«

»Nein. Ich will Sie mitnehmen. Ich dachte, Sie möchten vielleicht ein paar interessante Dinge sehen.«

Das kommt einem Lockruf gleich. Was interessiert diese Frau an ihm? Nie zuvor hat er mit ihr gesprochen, nicht die mindeste Vorstellung, wie viel sie von den Vorgängen weiß. Als Gesellschafterin dürfte sie mit der Funktion des Tors vertraut sein, aber auch das ist bloße Spekulation. Nicht allerdings, dass sie zu Pilar Guzmáns engerem Freundeskreis zählt. Luther rechnet eins und eins zusammen. Er kann förmlich hören, wie Elmar der Frau Doktor zuraunt: Fühl dem verdammten Sheriff ein bisschen auf den Zahn.

»Warum nicht«, sagt er. »Woran dachten Sie?«

»Laborarbeit. Elmar war der Meinung, das könnte Sie interessieren. Es ist wirklich interessant.«

»EditNature?«

Dr. Bender strahlt ihn an. »Sie kennen sich aus!«

»Nicht wirklich. Ich hab was gelesen. Warten Sie.«

Er holt seine Jacke und schließt ab. Sie hakt sich bei ihm unter, als sei Luther ein alter Bekannter.

»Um der Wahrheit die Ehre zu geben, würde ich gerne von Ihrer praktischen Erfahrung profitieren«, erklärt sie ihm im Fahrstuhl. »Haben Sie je darüber nachgedacht, ob kriminelle Veranlagung erblich ist?«

»Das Umfeld schafft die Veranlagung.«

»Keine Gene?«

»Ich schnappe die Typen. Ich schneide sie nicht auf.«

Sie lacht. Ein bemerkenswertes Lachen. Es vereint die Vektoren ihrer Physiognomie auf wundersame Weise zu einem natürlichen Ganzen, als habe Mutter Natur lauter Freundlichkeitsgene in ihre DNA gepackt. Ihre Augen blitzen. Augen, groß und dunkelblau und überquellend vor Aufrichtigkeit. Eigenartig nahe fühlt er sich der hageren Wissenschaftlerin, und falls er je zu schwören bereit war, dass eine bestimmte Person gar nicht zur Lüge *fähig* wäre, dann hier und jetzt in diesem Fahrstuhl. Er versucht, ihr Strahlen mit Elmars spätpubertärer Verdruckstheit übereinzubringen, das Eckige, wenig Sinnliche ihrer Erscheinung mit seiner geschmeidigen Sportlernatur, und versteht spontan, warum es funktioniert hat. Beiden ist etwas zu eigen, das Menschen an sie bindet. Eleanors Charisma bläst einem wie frischer Wind um die Ohren, Elmars schleicht sich an – vor allem aber leben beide in der Zukunft. Das muss es gewesen sein. Eine Liebe der Visionen, so stürmisch wie vorübergehend.

Sie verlassen das Gebäude und gehen zu einem der zahllosen Parkplätze. Aufblinkend begrüßt sie ein VW Beetle. »Wir fahren. Steigen Sie ein.«

Luther faltet sich auf den Beifahrersitz. Bender startet. Ein kraftvoller Benziner meldet sich zu Wort.

»Kein Elektroantrieb?« Schon bereut er das Oberlehrerhafte seiner Frage. Sie tätschelt liebevoll ihr Lenkrad. »So viel hält mein Sündenregister aus. Den gab's nicht in Elektro, und ich liebe nun mal Käfer jeder Art. Interessieren Sie sich für Insekten?«

»Noch nicht.«

»Könnte sich bald ändern. Also, was führt Sie zu uns?«

»Hat Elmar nichts erzählt?«

»Ach, Elmar erzählt selten was. Aber man kann aus seinen

Selbstgesprächen eine Menge lernen.« Sie steuert den Wagen auf die Zufahrtstraße und vorbei an The Drop. »Ich weiß immerhin, dass Sie der Sheriff von Sierra County sind.«

»Undersheriff.«

»Korrekt obendrein. Waren Sie mal auf der Farm?«

»Ja. – Und Sie glauben, es gibt ein Verbrecher-Gen?«

»Möglich. Wir haben zwei Varianten isoliert, die auffällig oft bei Gewaltverbrechern vertreten sind. Aber was heißt das? Vielfach codieren Gene Krankheiten und Veranlagungen, die nie zum Ausbruch gelangen. Wie stellen wir sicher, dass Träger bestimmter Gene keiner Diskriminierung ausgesetzt sind? Die Nazis haben Geistesgestörte und Kriminelle als minderwertig eingestuft und zwangssterilisiert.«

»Sie reparieren Gene, richtig?«

»EditNature ist eine Art Schere. Damit können wir Sequenzen, die einen Defekt codieren, sagen wir Mukoviszidose, präzise aus dem Genom schneiden und gegen eine unbedenkliche Sequenz austauschen. Die Frage ist, wie weit wollen wir die menschliche Keimbahn verändern? Jede dieser Veränderungen wird an kommende Generationen weitervererbt. Wenn wir die alle vor Mukoviszidose bewahren, toll. Aber ein Gen, von dem wir *glauben*, es könnte für Verbrechen codieren –«

»Glaube ist ethisches Niemandsland.«

»Ja, wir sollten öfter mal innehalten.«

Überrascht stellt Luther fest, dass sie das Nordvisk-Gelände hinter sich gelassen haben und auf der Grenze zwischen Palo Alto und Mountain View unterwegs in Richtung San Francisco Bay sind.

»Moment. Wollten Sie mir nicht Ihre Labors zeigen?«

»Wir fahren zu meinen Labors.«

»Ich dachte –«

»Meinen alten Labors. Ich hab sie aus Sentimentalität behalten. Wissen Sie, Elmar und ich waren mal liiert, als ich noch in Berkeley lehrte.« Sie rollt lachend die Augen. »Wir haben versucht, zusammen zu wohnen, aber meine Vorstellung eines behaglichen Zuhauses ist nicht die eines leeren Hangars, wenn Sie verstehen, was ich meine. Ich dachte, wenn ich schon ausziehe, nehm ich was, wo ich auch in Ruhe forschen kann, wenn es in Berkeley eng wird, und fand diese leer stehenden Geschäftsräume unweit des alten NASA-Geländes. Gleich um die Ecke saß Google und ging auf wie ein Hefekuchen, schien eine spannende Gegend zu sein.«

Sie verlässt die Hauptstraße und fährt einen Industrieweg entlang. Luther präsentiert sich das übliche Bild: von Hecken und Bäumen umrahmte Arbeitsflächen, die meisten Gebäude ein- bis zweigeschossig.

»Wirklich gewohnt habe ich da kein Jahr. Aber *EditNature* trug Früchte, ich konnte meine Arbeitsgruppe aufstocken und herholen.« Eleanor biegt auf einen Parkplatz vor einem Zweckbau mit rauchdunklen Scheiben. »In den drei Jahren, die ich danach in Colorado war, hab ich die Räume Startups zur Verfügung gestellt, die mit medizinischer Software arbeiteten. Ich dachte, wenn ich zurück bin, rüste ich hier mal richtig auf, aber dann bot mir Elmar an, bei Nordvisk einzusteigen. Seitdem leiste ich mir die alten Labors nur noch, um sie studentischen Forschungsgruppen zur Verfügung zu stellen.«

Luther lässt den Blick über den kaum genutzten Parkplatz schweifen.

»Sieht nicht sonderlich belebt aus.«

»Das täuscht.«

Sie steigen aus und gehen zum Haupteingang. Soweit er durch das dunkle Glas erkennen kann, ist das dahinterliegende Foyer leer bis auf ein paar Stühle und einen an die Seite geschobenen Tisch. Eleanor hält ihm mit einladender Geste die Tür auf. Luther verharrt auf der Schwelle und sieht sie an.

»Dr. Bender, was tun wir hier?«

Sie lächelt, und diesmal ist ihre Nervosität mit Händen greifbar, doch immer noch kann er nichts Zweideutiges oder gar Böses in ihrem Blick erkennen.

»Das Richtige«, sagt sie. »Hoffe ich jedenfalls.«

Die Tür fällt hinter ihm ins Schloss. Er folgt ihr in den angrenzenden Raum, eine von halbgeöffneten Lamellenjalousien ins Zwielicht getauchte Flucht, aus der sich Laboreinrichtungen herausschälen, lange Werkbänke voller Gerätschaften und Computern, Maschinen, Reagenzgläsern, Pipetten und Chemikalienbehältern. Zwei Männer nähern sich Luther. Einer der beiden hält eine Waffe auf ihn gerichtet, ein Kerl kaum älter als Mitte zwanzig, kurz geschnittenes braunes Haar, Vollbart. Der Statur nach verbringt er wesentliche Teile seines Lebens im Kraftraum, seine Augen lassen darauf schließen, dass er den Rest intelligenteren Tätigkeiten widmet. Der zweite, ein kleiner, schmächtiger Asiate, tastet Luther geschäftsmäßig ab und nimmt die Glock an sich.

»Die hätte ich gern wieder«, sagt Luther. »Unaufgefordert.«

»Klar«, sagt der Bärtige. »Griff oder Lauf voran. Hängt ganz davon ab, ob sie dir vertraut.«

»Ob *sie* mir vertraut?« Luthers Blick wandert zu Eleanor Bender, die in einer entschuldigenden Geste die Hände öffnet: »Ja, ich weiß. Das war ein bisschen unfair.«

»Sie schleppen mich hierher, um rauszufinden, ob Sie mir vertrauen können?«

»Nein.« Eleanor schaut an ihm vorbei. »Ob *sie* Ihnen vertrauen kann.«

Er dreht sich um und sieht eine weitere Person aus der Tiefe des Labors auftauchen, bekleidet mit Armeehose und Ringershirt. Das schwarze Haar ist kurz geschnitten, ein Boyfriend Cut im Halle-Berry-Stil, doch die Züge lassen auf mexikanische Wurzeln schließen.

»Du wolltest mich sprechen«, sagt Pilar Guzmán. »Hier bin ich.«

Fünf Minuten. Eingerechnet, was es braucht, um ihr Auftauchen zu verarbeiten, fast eine Nichtigkeit – er selbst hat sie schließlich vor dem Tod bewahrt, außerdem bringt er allmählich eine gewisse Expertise im Umgang mit Doppelgängern mit. Jemanden zugenäht auf dem Obduktionstisch liegen und zwei Tage später vor seiner Nase herumspazieren zu sehen, kann ihn kaum noch in seinen Grundfesten erschüttern, also verliert er keine Zeit und erzählt, das Ziel vor Augen: fünf Minuten, bis er wieder im Besitz der Glock ist.

Er schafft es in zehn.

Von dem Moment an, da sie Pilars Leichnam aus der Fuchsschwanz-Kiefer geborgen haben, protokolliert er die Ereignisse, spricht schnell und präzise und sieht, wie die Vorstellung, im Steilhang ihr Leben verloren zu haben, Pilar einen Moment erblassen lässt. Sieht es mit unangebrachter Befriedigung, vielleicht, weil die Vergabe von Schockzuständen in den letzten achtundvierzig Stunden einfach zu sehr zu seinen Lasten gegangen ist. Sollen auch andere mal gedanklich Schiffbruch erleiden. Vom Stick erzählt er, liefert eine getreuliche Nacherzählung der Videos einschließlich ihrer verstörenden Wirkung, schildert, wie Rodriguez ihn durch das Tor in eine alternative Vergangenheit getrickst hat, auch wenn Elmar beteuert, Zeitreisen seien unmöglich. »Rodriguez konnte nicht wissen, dass ich im Besitz deiner Filme war. Aber er wusste, dass weitere Untersuchungen eine Lawine ins Rollen bringen würden, bis hin zur Rekonstruktion seines illegalen Handelns. Ich bin sicher, er sah weniger seine Freiheit bedroht als seine Pläne, welcher Art immer die sind.« Erzählt von Grace, die *möglicherweise* – die Wahrheit wird er für alle Zeit nur mit Ruth teilen! – den hiesigen Luther getötet hat, bevor sie ihm ans Leder wollte, und von Jodie. Von seinem Einstieg in Pilars Wohnung, seinem Gespräch mit Elmar, seiner Unschlüssigkeit, ob er nun hierbleiben oder zurückkehren will, sofern –

Pilar schneidet ihm mit gehobener Hand das Wort ab und nickt dem Muskelprotz zu. »Gib ihm das Ding zurück.«

Luther steckt die Glock ins Holster. »Was ist in diesen Containern?«

»Das willst du nicht wissen.«

»Doch, will ich.«

»Waffen.« Sie geht zurück in den hinteren Teil des Labors. »Ich weiß, dass du in meiner Wohnung warst. Auch Jarons Männer waren dort. Sie haben meinen Computer mitgenommen, aber darauf konnten sie nichts finden, und den Stick schon gar nicht. Diese Volltrottel. Hast übrigens gut beschrieben, was drauf ist.«

»Woher weißt du, dass ich da war?«

Sie tritt zu einem Tisch und beginnt Handfeuerwaffen und Magazine in einen Rucksack zu packen. »Ich hab mein Haus verwanzt. Mikros, Kameras. Sah dich durch die Räume laufen, hörte dich telefonieren. Klang, als wärst du tatsächlich auf meiner Seite.«

»Ich hab dir zig Mal auf die Mailbox gesprochen.«

»Hätt 'n Trick sein können.«

»Nachdem ich dir Jaron vom Hals gehalten habe?«

»Lo siento. In der Dunkelheit war dein Gesicht nicht zu erkennen.« Sie schaut ihn an. »Danke übrigens.«

»Was machst du da?«

»Wonach sieht's denn aus? Picknick? He, Jim, überprüfst du mal den Bolzenschneider? Und schau nach, ob wir ein Brecheisen im Wagen haben. Bei der Gelegenheit –« Sie weist mit einer Kinnbewegung auf den Muskelprotz. »Jim Garko.«

Jim grinst. »Hi, Luther.«

»Der Kleine, der dir die Knarre abgenommen hat, hört auf den Namen Ken'ichi Takahashi. Kriegt alleine keine Tür auf, kommt aber in jedes Netzwerk.«

»Ich bin größer als du«, sagt Ken'ichi ohne aufzuschauen, während er auf einen Laptop einhackt.

»Ja, wenn sie liegt«, feixt Jim, dem Akzent nach Kanadier.

Pilar lässt ihr angeschmirgeltes Lachen hören und hält eine milchig transparente Flasche gegen das Licht. »Meine Freundin Eleanor hast du ja schon kennengelernt. Sie ist die Größte.«

»Tut mir wirklich leid«, sagt Eleanor, immer noch verlegen lächelnd. »Ich entführe normalerweise keine Männer. Schon gar keine mit Stern. Aber Pilar hat sich immerhin überzeugen lassen.«

»Wovon?«, fragt Luther.

»Dass Sie uns helfen können. Sofern Sie wollen.«

»Helfen bei was?« Er sieht zu, wie Pilar die milchige Flasche in einer Seitentasche des Rucksacks verstaut. »Was um alles in der Welt packst du da überhaupt ein?«

»Aqua regis«, sagt Pilar. »Königswasser.«

»Das ist Säure!«

Sie zuckt die Achseln. »Nicht der Moment, wählerisch zu sein, Luther. Ballerkram, Werkzeug, Säure und ein bisschen Sprengstoff. Wir sind auf das zurückgeworfen, was Ellis Labors in der Kürze der Zeit hergeben. Ich weiß ja gerade mal seit einer Stunde, wo die Container sind.«

»Du bist im System«, ruft Ken'ichi vom Laptop her. »Falls erforderlich, können wir offiziell vorn reinspazieren.«

»Stemmeisen ist an Bord.« Jim, der draußen war.

»Wenn ihr um sieben nicht wegkommt, braucht ihr nirgendwo mehr reinzuspazieren.« Eleanor blickt auf die Uhr. »Ihr kennt doch den Verkehr nach Oakland um diese Zeit.«

»Haben wir ein Schweißgerät?«, fragt Jim.

»Wir löten hier Gene zusammen, Jim. Keine Stahlträger.«

Luther schaut irritiert von einem zum andern. »Augenblick. Ihr wisst, wo die Container sind?«

Pilar stopft eine zweite Flasche in den Rucksack. »Kenniboy hat sich in die Verkehrsüberwachung gefummelt.«

»Internes Material der Highway Patrol«, ergänzt Ken'ichi, als fühle er sich nicht hinreichend gewürdigt. »Militärische Satellitenbilder. Die Tieflader in den Sierras zu finden, war gar nicht einfach. Kann es sein, dass es bei euch nachts dunkler ist als anderswo?«

»Wie bitte?«, fragt Luther.

»Eieieie.« Der Japaner hebt beide Hände. »Ich sag nichts mehr. Du bist ein Sheriff. Hatte ich vergessen.«

»Und wo sind die Kästen jetzt?«

»Oakland«, sagt Pilar. »Containerhafen.«

»Die Verladung ist für heute Abend zehn Uhr geplant«, erklärt ihm Eleanor. »Bis dahin haben wir eine Chance, die Ladung zu neutralisieren. Wenn die Container erst mal auf dem Meer sind, wird es schwierig. Dann ginge es erst wieder am Zielhafen, nur dass wir nicht sagen können, wo genau der liegt. Den Frachtpapieren nach in Nigeria, aber das kann getürkt sein. Auch Kamerun wäre möglich.«

»He, Pilar.« Jim hält eine verschließbare Plastikbox hoch. »Falls du welche einsammeln willst.«

»Ja, warum nicht.«

Ken'ichis Finger klappern auf der Tastatur. »Verkehrslage okay. Bisschen zäh am Kreuz Cloverleaf. Besser, ihr nehmt die 280 bis Ausfahrt 33 und fahrt über die San-Mateo-Brücke.«

»Na dann.« Pilar wirft den Rucksack über die Schulter und dreht sich zu Luther um. »Was ist jetzt? Hilfst du uns?«

»Wobei, um Himmels willen?«

»Erklär ich dir später. Wenn das Zeug lebend die afrikanische Küste erreicht, gibt es ein Gemetzel.«

»Lebend?« Luther schwirrt der Kopf. »Verdammt, Pilar! Kannst du mir endlich mal verraten, welcher Art dieses – *Zeug* ist?«

»Biowaffen«, sagt Eleanor lapidar.

»Killerzeugs«, ergänzt Jim.

»Rodriguez schmuggelt *Biowaffen* aus der Farm?«

»Hey.« Jim schaut Ken'ichi an. »Er hat's geschnallt.«

»Ja.« Der Japaner starrt auf seinen Bildschirm. »Besser spät als nie.«

»Das ist verrückt, das –« Luther ringt nach Worten, seufzt. »Du meine Güte. Manchmal frage ich mich wirklich, was aus der guten alten Erde geworden ist.«

»Oh.« Pilar zögert. »Das hat Elmar wohl vergessen, dir zu erzählen. – Du bist nicht auf der Erde.«

Im Flieger von New York nach Reno gibt sich Hugo van Dyke düsteren Betrachtungen hin.

Sein Partner ist nicht länger kalkulierbar.

Dabei war der Wechsel 2009 Elmars Idee: die Leitung des chaotisch wachsenden Unternehmens in Hugos Hände zu legen, um sich ganz der Produktentwicklung widmen zu können. Elmar, Technologe durch und durch, der noch auf dem Nachhauseweg darüber nachsann, wie man die Welt von Staus befreien oder menschliche Gehirne digitalisieren könnte. Andere gingen essen, lasen ihren Kindern Gutenachtgeschichten vor und kauten im Freundeskreis die letzte Folge *House of Cards* durch – Elmar überlegte bis zum Einschlafen, sofern er denn schlief, wie sich die Windverhältnisse in Städten zur Energiegewinnung nutzen ließen und welcher Algorithmen es bedurfte, um A.R.E.S.' Lerntempo und Arbeitseffizienz zu verzehnfachen. Ein Vollzeitgenie, doch ohne den Wechsel wäre der Konzern unter seinem enormen Innendruck auseinandergebrochen. Tod durch Wachstum. Der Wechsel rettete Nordvisk Inc. – bis Elmar das Ganze in anderem Licht zu sehen begann. Nie hatte er Wachstum als Sache kleiner Schritte betrachtet. Jetzt aber nervten ihn Hugos Anstrengungen, die Unternehmensentwicklung zu konsolidieren und Geld mit weniger spektakulären, dafür einträglicheren Produkten zu verdienen – und dann kam das Tor. Der von Elmar so inniglich herbeigesehnte Beweis dafür, dass nur im Epochalen wahre Veränderung lag und dass A.R.E.S. kurz davor stand, den Sprung zur Superintelligenz zu vollziehen.

»Das Weltenergieproblem«, schwärmte er damals, an einem der seltenen Abende, die Hugo ihn je alkoholisiert erlebt hatte, »Krankheit, Alter, Tod, Verfall, Krieg, Unrecht, alles menschliche Elend wird Vergangenheit sein. Vorbei. Wir werden es besiegen. Ausrotten!«

»Das Elend wird erst mal umso größer sein.« Eleanor hielt die leere Flasche senkrecht. »Morgen früh.«

Alle drei waren stockbetrunken.

Elmar kicherte, legte seine Arme um ihre Schultern und zog sie dicht zu sich heran, senkte verschwörerisch die Stimme.

»Könnt ihr's hören?«, raunte er.

»Was hören?«, fragte Hugo benebelt.

»Er schlüpft. Der Schmetterling schlüpft. Hab ich's nicht gesagt? Ares entfaltet seine Flügel. Seine *wunderbaren* Flügel.«

Paralleluniversen: ein Füllhorn. Unzählige Zukunftsentwürfe in situ, unendlicher Input. Natürlich waren sie wild begeistert, zeitreisende Marco Polos! Schon die ersten Expeditionen brachten eine gewaltige Ausbeute kommerzialisierbarer Ideen – nur von den erhofften Superstrategien zur Lösung aller Menschheitsprobleme war weit und breit nicht viel zu sehen. Vielleicht lag ja der Irrtum in der Annahme, Menschen *wollten* ihre Probleme lösen. Nie hatte das Silicon Valley die Verursacher ernsthaft in die Gleichung eingebracht. Dort sah man die Menschheit in erster Linie als Opfer. Dass jenseitssüchtige, bis an die Zähne bewaffnete Islamisten, Umweltschänder, Knarren und Panzer exportierende Regierungen, an Atombomben bastelnde Diktatoren, Drogenbarone, Mafia, Camorra, Triaden, der Ku-Klux-Klan und wer sonst noch alles es erbaulicher fanden, Menschheitsprobleme zu *erzeugen,* als sie mit einer Pazifismuspille zu beseitigen, beschäftigte das Valley weniger. Tatsächlich fanden sich in einigen PUs weit fortgeschrittene Gesellschaften, die zumindest die Kunst der Koexistenz verfeinert hatten, aber dafür hatten sie auch reichlich Zeit gebraucht. Zeit, ihr Denken und ihre Hirnstrukturen zu verändern. Die Zukunft, lernte Elmar, war etwas, dem sich die Gegenwart Gift und Galle spuckend verweigerte. Zukunft hierzulande war, was man schon kannte, nur etwas heller oder düsterer gemalt, nie jedoch etwas vollständig anderes.

Jetzt ist Elmar erneut CEO. Einflussreicher denn je. Und es ist nicht derselbe Elmar wie der Typ in der Garage, berstend vor Unbekümmertheit und Zuversicht. Dieser neue Elmar hadert. Kapselt sich ab. Brütet launisch über der Unmöglichkeit, zu vollbringen, was er mit dem Tor doch eigentlich vollbringen können *müsste* – unbeirrbar in seinem Glauben, am Ende werde A.R.E.S. die Welt in ein Paradies verwandeln, ohne zu sehen, dass die Flügel seines Schmetterlings auch schwarz sein könnten.

Aus dem Visionär ist ein Gralssucher geworden.

Wie viel wird er aufs Spiel setzen?

Wie viel hat er bereits aufs Spiel gesetzt?

Du bist nicht auf der Erde –

»Ich weiß, es war ungeschickt von Pilar!« Eleanor Bender fährt Luther zurück aufs Gelände zu seinem Wagen. Gemäß Pilars Plan, in den er mit heißer Nadel hineingewoben wurde, wird er sie auf dem Parkplatz 2700 Sand Hill Road treffen, wo der Abbieger auf die Interstate 290 mündet. »Sie hätte das nicht so raushauen sollen. Ich meine, es stimmt zwar, von einer gewissen Warte aus betrachtet, aber derart vereinfacht –«

Die fremden Sterne –

Er hat sie gesehen. Gestern Nacht an Bord der *Delta Queen.* Ein Himmel voller Streuzucker. Millionenfaches Funkeln, wie man es in solcher Klarheit selten geboten bekommt, voll eigenartiger Konstellationen. Wie durch konkave und konvexe Linsen erschien ihm Vertrautes mal gedehnt, mal gestaucht und anderes wieder völlig unbekannt, nur dass sein Denken zu sehr um Jodie und den zweiten Luther und schließlich um Grace kreiste, als dass es sich zu eingehenden astronomischen Betrachtungen hätte aufschwingen können. Er hat es gesehen, ohne es zu kapieren.

»Wenn ich nicht auf der Erde bin«, sagt er heiser. »Wo dann?«

»Nicht auf *Ihrer* Erde.«

»Nicht in meiner *Welt,* meinen Sie?«

»Erde, Welt – für uns ist *unser* Planet die Erde. So unzweifelhaft, dass wir in Ihrem einfach nur einen Himmelskörper in einem anderen Universum sehen, dessen Bewohner ihn ebenfalls

Erde nennen. Pilar hat vorausgesetzt, dass Sie das genauso empfinden. Für Sie ist *Ihr* Planet die Erde, also können *wir* nicht auch noch die Erde sein.«

»Sie wollen sagen, ich bin auf einem anderen *Planeten?*«

»Pilar hätte warten sollen.« Eleanor schüttelt betrübt den Kopf. »Vor allem, nachdem klar war, wie Elmar es Ihnen gegenüber dargestellt hat. Alles überschlägt sich. Es tut mir leid.« Sie fahren durch Palo Alto.

»Nein.« Luther schüttelt den Kopf. »Ich will das jetzt wissen.«

»Dafür bleibt keine Zeit.«

»Liefern Sie eine Kurzversion, Dr. Bender. Verdammt, letzte Woche war mein größtes Problem noch eine verschwundene Katze!«

Sie seufzt. »Wie vertraut sind Sie mit Astrophysik?«

»Gar nicht. Ich weiß, dass Elmar über Paralleluniversen forscht. Er hat davon gesprochen. Darüber geschrieben. Sagt mein Dossier.«

»Wir reisen zwischen Paralleluniversen.«

»Elmars Tor, ja.«

»Elmar?« Sie lacht, als sei ihr gerade etwas von grotesker Tragweite klar geworden. »Ich würde mich wundern, wenn er in diesem Leben noch rausfindet, wie es funktioniert – wenngleich man ihm zugestehen muss, dass er an seinem eigenen Genie scheitert. Elmar hat eine Mission. Er will die Welt retten, und anders als die meisten im Silicon Valley hat er mit eigenen Augen gesehen, was er retten will. Er kennt Armut, Hunger, Epidemien, Bürgerkriegselend. Alle die gescheiterten Staaten mitsamt ihren erbärmlichen Begleiterscheinungen. Er kennt sie von innen, und sein größter Wunsch ist es, Krankheit und Tod zu besiegen. Nur darum hat er Ares entwickelt. Das ist der Grund, warum er wie besessen versucht, nicht einfach eine KI, sondern eine Superintelligenz zu erschaffen, die Lösungsvorschläge ersinnt, auf die Menschen nie von alleine kämen – schon weil sie weder über die kognitiven noch kapazitativen Fähigkeiten verfügen. 2012 hat Ares einen Stand an allgemeiner Intelligenz erreicht, wie wir ihn uns kaum je hätten träumen lassen. Im Jahr darauf spuckte er eine Konstruktionsanleitung aus. Für einen Kugelraum mit einer Brücke darin. Ein kosmisches Tor. Er legte detaillierte Pläne vor, wie wir das Ganze zu bauen hätten, wie es zu bedienen wäre, sodass wir es benutzen könnten. Die Idee war ebenso brillant wie simpel, beruhend auf der These, dass das Universum unendlich ist –«

»Ist es das denn?«

»Offenbar.« Die Ampel vor ihnen springt auf Rot. Eleanor steigt auf die Bremse. »Beim Versuch, das Geheimnis des Urknalls zu entschlüsseln, sind Physiker auf ein Phänomen gestoßen, das sie Inflation nennen. Himmel, wie soll ich das auf die Schnelle erklären? Stellen Sie sich einen Hefeteig vor, der aufgeht und aufgeht. Das ist die Inflation, ja? Eine permanente, rasend schnelle, exponentielle Verdopplung hochdichter, völlig homogener Materie. Unter gewissen Umständen bilden sich in dem Teig Blasen, die nennen wir Raum. Ein Merkmal dieser Blasen ist, dass die Prozesse darin – verglichen mit der Inflation – enorm verlangsamt ablaufen. Zeit entsteht, wie wir sie kennen. Raumzeit. Hinein in diese Raumzeitblasen stiebt immer wieder etwas von der Materie des Teigs. Wenn das geschieht, haben wir einen Urknall. Scheinbar aus dem Nichts, einem mathematischen Punkt heraus, entstehen Galaxien, Sterne und Planeten, tatsächlich ist es Inflationsmaterie, die sich unter den veränderten Bedingungen der Blase kugelförmig ausbreitet, abkühlt und dabei Strukturen bildet. Die Kugel, die wir unser Heimatuniversum nennen, hat einen Radius von 45 Milliarden Lichtjahren und expandiert weiter. Das wissen wir, weil das Licht vom äußeren Kugelrand Zeit hatte, uns auf unserem Planeten zu erreichen. Klar so weit?«

Sie fährt an. Luther fragt sich, wo am Ende dieser Erklärung er und die Verdopplung seiner Welt auftauchen werden.

»Aber diese Raumzeitblase – die ist größer als unser Universum?«

»Unendlich viel größer. Wäre sie der Nachthimmel, dann wäre unser Universum eine einsame Feuerwerksrakete darin. Ein schöner, strahlender, sich ausbreitender Ball.«

»Wo sind die anderen Feuerwerksraketen?«

»Ah!« Eleanor umfährt schwungvoll einen Lieferwagen, der die Straße blockiert. »Gut gefragt. Sie zünden ständig um uns herum.«

»Unendlich oft?«

»Macht Spaß, wenn man sich erst mal drauf eingelassen hat, was? Ja, Urknall folgt auf Urknall folgt auf Urknall.«

»Warum sehen wir diese anderen Universen nicht?«

»Weil sie zu weit weg sind. Denken Sie ans Feuerwerk, Mr. Opoku. Leuchtende Kugeln. Sie dehnen sich aus, aber noch berühren ihre Ränder einander nicht. Im Innern einer Feuerwerkskugel würden Sie die anderen Kugeln dennoch sehen – legen Sie den Größenmaßstab einer Raumzeitblase zugrunde, stoßen Sie an die Grenzen der Informationsübermittlung. Nichts, keine Welle, kann schneller reisen als das Licht, und das Licht anderer Universen, die aus anderen Urknallen hervorgegangen sind, hatte schlicht noch keine Zeit, uns zu erreichen. Sie liegen, wie die Physiker sagen, jenseits unseres kosmischen Horizonts, und ebenso wenig haben die Bewohner dieser Universen eine Ahnung von unserem. Aber sie sind da. Überall. Unendlich viele in unserer unendlichen Raumzeitblase.«

»Paralleluniversen.«

»Genau.« Eleanor lächelt. »*Das* sind Paralleluniversen. Solche der Kategorie eins, damit halten wir uns jetzt nicht auf. Entscheidend ist, dass in dieser Unendlichkeit etwas sehr Wichtiges *endlich* ist!« Der Beetle brettert die Straße zum Nordvisk-Gelände entlang. »Wie viel passt überhaupt noch in Ihren Kopf?«

»Das werden Sie sehen, wenn er platzt.«

»Okay, es gibt einen obskuren Spielverderber in der Physik. Wir sind gewohnt, alles exakt messen zu können: Wo ist ein Objekt, wie schnell ist es, aber die Quantenmechanik beschreibt die

Welt des Allerkleinsten. Und auf subatomarer Ebene funktionieren präzise Messungen nicht. Im Prinzip kann ein Teilchen unendlich viele mögliche Positionen und Geschwindigkeiten im Raum einnehmen. Die Kombination daraus nennt man den Quantenzustand des Teilchens, aber weil kein Instrumentarium uns befähigt, unendlich genau zu messen, gibt es de facto *eben nicht* unendlich viele Quantenzustände. Das heißt, die Zahl der möglichen Aufenthaltsorte und Geschwindigkeiten eines Objekts wird endlich. Aus unsteten Erscheinungen werden gewissermaßen Legoklötzchen, und das reduziert die Möglichkeiten, sie zu etwas Größerem zu kombinieren.«

»Ich bin nicht sicher, ob ich das verstehe.«

»Wie viele Hosen besitzen Sie?«

»Keine Ahnung.« In den Hügeln wird die glitzernde Kuppel von The Drop sichtbar. »Fünfzehn vielleicht.«

»Wie viel paar Schuhe?«

»Sagen wir, zehn.«

»Ergibt hundertfünfzig Kombinationsmöglichkeiten. Besäßen Sie fünfhundert Hosen und tausend Paar Schuhe, wäre Ihr Leben zu kurz, auch nur ein Zehntel aller Kombis durchzuprobieren, selbst wenn Sie alt wie Methusalem würden. Wären Sie hingegen unsterblich, könnten Sie vierzehnhundert Jahre lang jeden Tag eine andere Zusammenstellung tragen, dann aber würden Kombinationen beginnen sich zu wiederholen. Was tun? Shoppen?« Sie biegt auf die Zufahrtstraße zum Hauptgebäude ein. »Nein, denn laut Quantenmechanik gibt es selbst in einem unendlichen Raum, angefüllt mit unendlich vielen Teilchen, nicht unendlich viele Möglichkeiten, diese Teilchen miteinander zu kombinieren. Weder zu Outfits noch zu Planeten und Galaxien. Verstehen Sie jetzt, was das bedeutet? Wenn die Zahl der Paralleluniversen unendlich ist – dann *muss* es in einigen dieser weit entfernten Raumzeitregionen exakte Kopien unseres Universums geben! Bis hin zum Quantenzustand jedes einzelnen Teilchens! In anderen Universen wiederholt sich vielleicht nur unser Sonnensystem, nur unser Planet –«

»Doppelgängerwelten«, murmelt Luther, der schlagartig begreift.

»Und zwar *unendlich viele.* Manche dieser Erden da draußen sind komplett identisch mit unserer. Andere in ihrem Entwicklungsstand eine Minute, einen Tag, ein Jahr oder ein Jahrhundert versetzt. Wieder andere unterscheiden sich in winzigen Details, vielleicht gerade mal einem Atom, noch andere weichen gravierend ab: etwa solche, wo kein Meteorit die Saurier ausgelöscht hat, weshalb sie immer noch munter rumspazieren und Homo sapiens die Entstehung vermasseln. Jede Variante ist vertreten, wo steht übrigens Ihr Wagen?«

»Was? Da vorne auf dem großen Parkplatz.«

»Ares' Ansatz war, nach identischen Erden zu suchen, die sich von unserer dadurch unterscheiden, dass die gesellschaftliche und technologische Entwicklung dort weiter fortgeschritten ist. So weit, dass sie *ihre* globalen Probleme gelöst haben. Das Tor sollte uns befähigen, in diese Universen zu reisen und deren Errungenschaften zu importieren.«

Er starrt sie an, erschlagen von der Idee. »Und – das funktioniert?«

»Wo genau?«

»In diesen Universen.«

Sie lacht. »Nein, wo genau steht Ihr Wagen?«

»Da hinten, wo die Palmenallee beginnt.«

»Ja, es funktioniert. Technisch. Rund dreihundert PUs haben wir jetzt bereist. Paralleluniversen. Leider müssen wir die Erfahrung machen, dass es gar nicht so einfach zu sein scheint, Menschheitsprobleme zu lösen. Die wenigsten PUs haben nennenswerte Fortschritte in der Bewältigung von Megaproblemen erzielt, und wo sich Gesellschaften grundlegend geändert haben, ist es keiner Wunderpille zu verdanken, sondern humanitären Katastrophen, die ihnen die Notwendigkeit zur Transformation aufgezwungen haben. Fortschritt entsteht im Kopf. Ob er akzeptiert wird, hängt von innerer Bereitschaft ab. Es gibt da eine Welt, PU-88, wo der Klimawandel solch desaströse Formen angenommen hat – Permafrostböden aufgetaut, Methanschock –, dass sie sich echt was einfallen lassen mussten. Könnten wir eine dieser Technologien hier jemandem verkaufen? Vergessen Sie's! Zu abstrakt, wir würden als Hysteriker beschimpft. Ares hat eine siebenundsechzigprozentige Wahrscheinlichkeit errechnet, dass unserer Welt das gleiche Schicksal blüht, aber dann muss es uns halt blühen.«

»Das klingt, als sei das Tor ein Fehlschlag.«

Bender hebt die Brauen. »Keineswegs. Dank einer Reihe von Importen liegen wir in der KI-Entwicklung, Robotik, VR und Therapeutik ganz weit vorne. PU-453 reißt es raus. Eine wahre Goldgrube, dort sind sie etwa im Jahr 2050. Den Quasi-Erden verdankt sich ein kompletter Unternehmenszweig: Nordvisk TELESCOPE, Prognostik. – Nur den Schalter, um Ungleichheit, Verelendung, Rassismus, Terror und Umweltzerstörung abzustellen, den haben wir bis jetzt nicht gefunden.« Sie stoppt, fast gleichauf mit Luthers Wagen. »Los jetzt. Verpassen Sie Pilar nicht.«

»Weiß Elmar, dass Sie mit mir unterwegs sind?«

»Ich hab's ihm nicht gesagt.«

»Wir wollten uns gegen acht treffen.« Plötzlich hat er das Gefühl, als schwappe ein Ozean über ihm zusammen. »Dr. Bender, ich kann hier nicht weg. Ich brauche Klarheit, wie es mit mir weitergeht!«

Sie seufzt. »Ich rede mit Elmar.«

»Trauen Sie ihm?«

»Es ist beinahe unmöglich, Elmar *nicht* zu trauen.« Eleanor zögert. »Ich kann und will mir nicht vorstellen, dass er seine eigenen ethischen Standards umgeht.«

»Ich wollte mir auch so manches nie vorstellen.«

»Luther.« Sie sieht ihn an, fast flehentlich. »Helfen Sie Pilar! Bitte.«

»Wo genau bin ich? Nur das noch, Eleanor! Wie weit bin ich von meiner Heimatwelt entfernt?«

»Unvorstellbar weit«, sagt sie leise.

Er schluckt. Ein deprimierender Gedanke schleicht sich heran. »Elmar kann mich gar nicht zurückschicken, stimmt's?«

»Doch. Kann er. Pilar kann es. Eine ganze Reihe Leute können es.«

»Sie sagten, Elmar werde niemals rausfinden, wie seine eigene Erfindung funktioniert.«

»Weil es nicht seine ist.«

»Aber ihr habt das Tor *gebaut.*«

»In der Wahrscheinlichkeitsrechnung kann eine Horde Schimpansen, sofern genug verwertbares Zeugs herumliegt, einen Computer bauen, ohne einen blassen Schimmer, *was* sie da tun. Ares hat sich das Tor ausgedacht. Wir sind nur seiner Konstruktionsanleitung gefolgt. *Warum* es funktioniert? *Warum* wir übergangslos in Welten reisen können, die so weit entfernt sind, dass nicht mal ihr Licht uns bis heute erreichen konnte? – Ganz ehrlich, Luther, ich habe nicht die leiseste Ahnung. Niemand weiß es.«

Er öffnet die Beifahrertür. »Warum fragt ihr Ares nicht einfach?«

»Das haben wir getan.«

»Und?«

»Die Maschine sagt, das Problem sei nicht, es zu erklären. Das Problem sei, dass wir die Erklärung nicht verstünden.«

Der Mercedes, mit dem Pilar nachts aus der Farm geflohen ist, wartet wie vereinbart am Rande der Sand Hill Road unmittelbar vor der Auffahrt zur Interstate 290. Luther parkt dahinter. Er verscheucht das Bild des bis in seine atomaren Strukturen identischen Fahrzeugs, das etliche Universen weiter auf einer Hebebühne steht, sieht Pilar aussteigen und herüberkommen. Tief über den Küstenbergen hängt die Sonne in einer aufziehenden Wand aus Pazifikdunst. Er kurbelt das Fenster runter.

»Wie immer du dir meine Hilfe vorstellst«, sagt er, bevor sie das Wort ergreifen kann, »ich helfe dir. Allerdings nur unter der Bedingung, dass du auch mir hilfst. Klar?«

Der Wind zerzaust ihren Pony. »Wenn du mir sagst, wobei.«

»Ich kann zu keiner Botschaft laufen, kein Visum für euren Planeten präsentieren, ich sollte schlicht nicht hier sein. Elmar sieht das genauso. Die Vorstellung, ich könnte Nordvisk unliebsamer Aufmerksamkeit aussetzen, macht ihm zu schaffen, aber so einfach zurückschicken will er mich auch nicht. Jedenfalls nicht, solange ich ihm nicht verrate, was du auf der Farm getrieben hast.«

»Bloß haben wir jetzt gerade keine Zeit –«

Er bringt sie mit einer Handbewegung zum Schweigen. »Ich erwäge, hierzubleiben.«

»Das könnte Probleme aufwerfen.«

»Eben.«

»Hör zu, Luther.« Pilar stemmt die Arme in die Hüften. Unter der sonnengebräunten Haut räkeln sich ihre Oberarmmuskeln wie schläfrige Tiere. »Wir hängen alle in der Scheiße. Jaron dreht sein eigenes Rad, und er hat einen Teil der Security eingespannt und eine Handvoll Programmierer. Das ist mehr als ein exzentrischer Alleingang. Das ist eine Verschwörung. Warum hab ich Elmar in der Nacht nicht einfach angerufen? Ich bewundere, ich liebe Elmar! Ich weiß aber auch, dass Ares und der Betrieb des Tors Unsummen verschlingen, ohne dass er bisher den großen Durchbruch erzielt hat. Zuletzt haben wir ein super Malaria-Medikament rübergeschafft. Glaubst du, das will hier einer produzieren? Wir kriegen nicht mal die Zulassung, und die tollen Testreihen aus dem PU, wo wir's herhaben, können wir ja schlecht vorlegen.«

»So was Ähnliches hat Eleanor auch erzählt.«

»Ares ist einzigartig. Das Ding im Untergeschoss deines hübschen kleinen Countys hat alle vergleichbaren Rechenschieber abgehängt, aber Mann, es *kostet!* Elmar droht die Kohle auszugehen, und Waffengeschäfte sind einträglich, die Liste der Abnehmer reicht ausgerollt von hier bis LA, *capito?«* Sie tritt ungeduldig von einem Bein aufs andere, spricht immer schneller: »Verstehst du, warum ich keinem trauen kann? Elmars Ethik mag in Marmor gehauen sein, aber so ein Marmortäfelchen kann man ja mal kurz zur Seite stellen. Jeder könnte mit drinstecken, CIA, Pentagon, internationale Waffenschieber, und ich hab nur Elli, Jim und Kenniboy, die Einzigen, für deren Integrität ich mich auf kleiner Flamme würde rösten lassen, und heute Abend sollen vier Container nach Afrika verschifft werden, von deren Inhalt du nicht mal zu träumen wagst. Also okay, du kannst auf mich zählen, wir sind ja jetzt ein Team, aber nun beweg bitte deinen Arsch nach Oakland.«

»Was genau soll ich tun?«

»Uns hinterherfahren. Das wär schon klasse.«

Die Beanspruchung der Wirklichkeit alleine durch den Verkehr raubt Luther den Atem. Was da auf der Interstate summt und brummt, forsch motorisiert vorbeizieht, die rechte Spur entlangnäselt, dröhnt und rumpelt, in Ausfahrten verschwindet und sich aus ihnen ergießt, dieser zu Fahrzeugen und Menschen kombinierte Teilchenstrom in vertrauter Zielstrebigkeit – was kann das anderes sein als die echte Welt? Was ist dann sein Herkunftsort als eine unzureichende Kopie, weil ohne Jodie?

Die Schleier heben sich. In aller Klarheit liegt die Zukunft vor ihm.

Er wird hierbleiben.

Ab jetzt ist dieses Universum *seine* Welt.

Er ruft Ruth an. Packt alles, Elmar, Pilar, Eleanors Erklärungen über Paralleluniversen und dass er demzufolge ein Außerirdischer ist, in eine Viertelstunde und lässt sie wissen, hierbleiben zu wollen.

»Willkommen, Fremder«, sagt sie nur.

Am Dockgestade des riesigen Frachthafens von Oakland hocken die Containerbrücken wie eine Kolonie prähistorischer Riesenvögel, weiße, vierzig Meter hohe Kolosse in Reih und Glied. Ihre beiden südlichsten Vertreter blicken auf die USS Potomac, ein makellos erstrahlendes historisches Dampfschiff, das

Roosevelt als schwimmender Amtssitz gedient hat. Eine Promenade schließt sich an, herausgeputzte Segelyachten präsentieren sich wie Models vor der Industriekulisse. Die Gegend hat über die Jahre enorm an Beliebtheit gewonnen. Viertelstündlich rattert eine gespenstisch heulende Diesellok an Yoshi's angesagtem Restaurant und Jazzclub vorbei, in direkter Nachbarschaft eines Umspannwerks und der Hafenverwaltung lockt Mike's Bistro mit Käseplatten und beachtlichen Weinen.

Hinter dem Verwaltungsgebäude treffen sie zusammen.

Mittlerweile ist die Sonne unter den Horizont gesunken. Tief im Westen schmilzt ein Streifen Abendrot dahin. Die Kräne sind beleuchtet, Container stapeln sich, so weit das Auge reicht. Das Bild der Riesenvögel vor Augen, kommt es Luther vor, als wachten die stählernen Kolosse über ihre Brut. An vielen der Docks ankern Schiffe, sind Lösch- und Verladearbeiten im Gange, werden die stählernen Behälter in schwindelerregende Höhen gehievt und von den über die Kranausleger hin- und hergleitenden Laufkatzen zielgenau an Bord oder im Containerhof platziert. Jim prüft den Inhalt seines Rucksacks. »Wo hab ich denn bloß –«

Ken'ichi reicht ihm wortlos eine Atemschutzmaske und ellbogenlange Plastikhandschuhe aus dem Innern des Mercedes.

»Kurzer Abriss«, sagt Pilar zu Luther. »Unsere Fracht lagert an Pier 78, das ist eine dreiviertel Meile von hier. Bis zur Verladung bleiben uns knapp anderthalb Stunden. In der Zeit muss ich sämtliche Lebenserhaltungssysteme abgestellt haben. Jim wird die Container knacken. Sie werden schnell merken, dass die Kästen aufgebrochen wurden, wir sollten also Land gewinnen, sobald die Nummer durch ist.« Sie verteilt Prepaid-Handys. »Darüber kommunizieren wir. Nur die benutzen, klar?«

Luther unterzieht die Glock einem Routinecheck. »Was, wenn jemand Wache schiebt?«

»Bist du gut im K.-o.-Schlagen?«

»Ich bin gut darin, Tote und Verletzte zu vermeiden.« Er denkt an Grace. »Solange es geht.«

»Moment!« Ken'ichis Augen zucken wie unter Stromstößen. »Niemand kommt zu Schaden. Das war abgemacht.«

»Gewalt nur zur Selbstverteidigung«, sagt Pilar. *»Das* war abgemacht.«

»Ganz ruhig, Kenny.« Jim packt Maske und Handschuhe mit in seinen Rucksack.

»Ich bin ruhig. Solange niemand zu Schaden kommt.«

»Liegt an denen. Nicht an uns.«

Luther schaut hinaus auf den erleuchteten Frachthafen. »Hört mal, wenn ihr doch wisst, dass da Waffen lagern – warum informiert ihr verdammt noch mal nicht die örtliche Polizei?«

»Weil keine Zeit bleibt«, sagt Pilar. »Fertig zur Weiterfahrt?«

»Wenn du jetzt anrufst –«

»Luther, jemand manipuliert die Behörden! Diese Container haben keine Kontrollen durchlaufen. Die vorletzten Monat ebenso wenig, außerdem kann nur ich die Systeme abstellen.«

Er runzelt die Brauen. »Vorletzten Monat?«

»Sind schon mal welche rausgegangen. Zielhafen Nigeria. Wenig später war im Südsudan die Hölle los, und kommende Woche werden weitere zur Verschiffung erwartet –«

»Rodriguez will noch mehr Waffen rüberschleusen?«

»Aus PU-453, ja.« Sie klettert zurück in den Mercedes.

»Warte. Wann?«

»In drei, vier Tagen?« Ihre Augen funkeln vor Entschlossenheit und Wut. »Keine Ahnung, wann genau, aber diesmal spucken wir ihnen in die Suppe.«

»Pilar, nicht die ganze Polizei von Oakland ist korrupt.«

Jim sieht seine Chefin an. »Bist du sicher, dass der uns weiterhilft?«

»Wir müssen los«, drängt Kenny.

Pilar lehnt sich aus dem Seitenfenster. »Ich werde Elmar die Videos schicken, wenn wir das hier geschaukelt haben. Okay? Entweder fühlt er sich dann ertappt, oder er fällt aus allen Wolken. Ich werde ihm Gelegenheit geben, die Dinge zu regeln.«

Die Dinge zu regeln –

Plötzlich dämmert Luther, worauf das Ganze hier hinausläuft.

»Du *willst* gar keine Polizei. Du willst Elmar schützen!«

»Ja, ich will ihn schützen.« Sie nickt voller Ingrimm. »Zugunsten seines großartigen Projekts, das auch meines geworden ist und für das ich mehr als einmal mein Leben riskiert habe. Wenn er aus der Not heraus Mist gebaut hat, bringe ich ihn wieder in die Spur.«

»Und Jaron?«

»Den bringe ich zur Strecke.«

Als Ruth auf dem Nachhauseweg an Danes Automotive vorbeikommt, brennt in der Werkshalle noch Licht.

Sie fährt bis zur nächsten Kreuzung, dreht und parkt unentschlossen am Straßenrand. Meg ist oft nach Feierabend im Büro. Durch die Fenster dringt ein warmer Glanz – so wird selbst eine Werkstatt zu einem Eiland, einem Sehnsuchtsort in der Nacht. Noch ist es nicht vollständig dunkel. Die Zeit der Agonie. Unwiderruflich endet der Tag, endet für immer. Es ist der Beginn der Auslöschung, um vielleicht wiedererweckt zu werden, ein wenig blasser und kraftloser, bis es kein Wiedererwachen mehr gibt.

Und plötzlich überkommt Ruth die schreckliche Vorstellung, gar nicht wirklich zu existieren. Als werde man erst erschaffen durch den Blick anderer. Durch Zugehörigkeit. Einladend ist das Licht in der graublauen Dämmerung, zugleich herausfordernd und auf unbestimmte Weise Furcht einflößend. Ein Signal, Ruf, Versprechen, eine Drohung. Alle Geschichten scheinen darin auf, von Verbundenheit, Liebe, verständnislosem Erstaunen und Zurückweisung. Hineinzugehen bedeutet, dass es nie wieder so sein wird, wie es gerade ist, aber was *ist* schon? Nichts. Am Ende aller Vermeidungsstrategien steht, dass man vermieden hat zu leben.

Ruth schließt die Augen.

Wütend übertönen einander die Stimmen in ihrem Kopf, deren eine nachdrücklich fordert, was die andere zutiefst fürchtet. Es *heraus*fordert auf die Gefahr hin, Wunden aufzureißen. Nach Luthers Anruf – mittlerweile glaubt sie ihm jedes Wort! – hat sie im Netz *Paralleluniversen* eingegeben und ein unendlich komplexeres Bild erhalten, als Luther zu skizzieren vermochte. Vier Ebenen gibt es demzufolge. Ebene-I-Universen: parallele Welten im selben physikalischen Raum, Teil derselben materiellen Wirklichkeit, gebettet in dieselben Naturgesetze – nur die ungeheuren Distanzen verhindern, dass man eben mal rübergehen und sich bei seiner Kopie ein Ei oder eine Tasse Zucker leihen kann. Geradezu heimelig, verglichen mit Ebene-II-Multiversen, noch weit ferneren Regionen, die nie erreicht werden können, da sie – ebenso wie dieses Universum – Blasen in einer Art Teig sind, jede groß genug, um ihrerseits unendlich viele Welten zu enthalten, doch den Teig – etwas mit Namen Inflation – kann nichts und niemand je durchdringen. Gespenstischer, weil in unmittelbarer Nähe, Ebene-III-Multiversen: In einem abstrakten, vieldimensionalen Raum vollzieht sich jede nur erdenkliche Geschichte – unentwegt spaltet man sich auf, lebt jeder Mensch jede mögliche Variation seines Lebens, ohne sich dessen bewusst zu sein. Eine Welt, in der ein einziges Teilchen an sämtlichen Orten zugleich sein kann, und nur eine Art Zensurfunktion im Hirn entscheidet, welche Geschichte man als die eigene wahrnimmt um den Preis, alle anderen nie erlebt zu haben, während sie tatsächlich von unendlich vielen Kopien sehr wohl erlebt werden, deren jede glaubt, das Original zu sein, und ihrerseits von den anderen nichts weiß. Ebene-IV-Multiversen schließlich, alternative mathematische Strukturen der Wirklichkeit – und an dieser Stelle starrte Ruth wie betäubt in ihren Computer, beherrscht von einem einzigen, kristallklaren Gedanken:

Wenn unendlich viele Ruths und Megs jede denkbare Geschichte haben, dann auch die gemeinsamen Glücks.

Denn möglich ist es. Nein, nicht nur möglich –

Es *geschieht!* Unendlich viele Male.

Soll sie sterben, ohne herausgefunden zu haben, ob es auch in dieser Welt hätte geschehen können?

Sie fährt das kurze Stück zurück und biegt auf das Werksgelände ein. Steigt aus. Geht durch die offene, menschenleere Halle auf das abgeteilte Büro zu. Fürchterlich nervös. Mit bebendem Herzen. Erfüllt von leuchtender Gewissheit, das einzig Richtige zu tun, wie auch immer es ausgehen mag. Verlässt ihre kleine weiße Kapelle und sieht die andere vor sich liegen.

Meg hebt den Kopf, als Ruth eintritt.

Alle Geschichten vollziehen sich.

Und die eine.

Pier 78 liegt wie unter OP-Licht da.

Sie parken außerhalb des Frachtterminals unter kümmerlichen Bäumen, die dort krauten wie eine Verlegenheitsinvestition des Grünflächenamts. Durch die Straßenmitte verlaufen die Gleise der Diesellok. Das Areal jenseits des Zauns ist dicht bestanden von Containern, eine farbig durchmischte und in ihrer Durchmischung fast schon wieder eintönige Landschaft aus weißen Maersk-, grünen Evergreen- und orangefarbenen Hapag-Lloyd-Behältern, durchsetzt mit rostroten und blauen Exemplaren. Könnte ein Hurrikan all dies zu einem weniger zufälligen Bild ordnen – blaue hier, grüne dort –, wenn Schimpansen einen Computer zu bauen imstande sind? Luther springt aus seinem Wagen. »Wo lagern die Dinger?«

»Mittendrin«, sagt Ken'ichi und verteilt Zettel mit Buchstaben-Zahlen-Kombinationen. »Hier stehen die Nummern drauf. Ich denke, sie sind etwa –«, er streckt den Arm aus, »da.«

»Toll«, höhnt Jim. »Hast du keine Reihe oder so was?«

»Mitte, Mitte.« Der Japaner wirkt beleidigt. »Präziser ging das nicht auf die Schnelle.«

»Gut, wir verteilen uns«, sagt Pilar. »Wer sie findet, informiert die anderen. Was ist mit den Autorisierungen?«

Ken'ichi verteilt weiteres Papier und provisorische Ausweise. »Ihr seid als Vertreter von MedCare registriert.«

»MedCare?«, fragt Luther.

»Die Scheinfirma, über die das Waffengeschäft läuft«, sagt Jim.

»Kaum davon auszugehen, dass uns jemand anhält.« In Ken'ichis Stimme schwingt das feine Tremolo der Angst mit. »Der Kontrollpunkt ist nur für Laster.«

Vier Lagen Stacheldraht krönen die Maschendrahtumfriedung, doch die Zufahrt steht einladend weit offen. Hin und wieder tuckern Peterbilts mit beladenen Anhängern auf das Gelände, das dank Dutzender Flutlichtmasten in künstliches Tageslicht getaucht ist. Portalhubwagen durchmessen die Containerreihen, haushohe Carrier, deren Rahmengestelle es erlauben, sich über die stählernen Behälter zu schieben und sie mit Winden in ihr Inneres zu hieven. Kein rosa Streifen ziert mehr den Horizont. Der strammer werdende Seewind trägt Noten von Dieselöl, Maschinenlärm und eine klamme Kühle heran, und Luther fühlt etwas Bedrückendes in der Luft liegen. Grell stechen die Skelette der mit Strahlern gespickten Containerbrücken gegen den rasch dunkelnden Himmel ab, unwirklich türmen sich die Aufbauten des Cargoliners in den Abend, hereinziehender Nebel umhüllt die Flutlichter mit geisterhaften Aureolen.

»Dann los.« Pilar schultert ihren Rucksack. »Schnell.«

»Nicht schnell«, sagt Luther. »Wir marschieren da in aller Seelenruhe rein. Sozusagen auf dem Präsentierteller.«

Jim spuckt seinen Kaugummi aus. »Klingt professionell.«

»Was dachtest du denn, Junge?«

»Gar nichts, Mann. Ich kenn dich nicht.«

»Undersheriff von Sierra County«, murmelt Ken'ichi, dessen Kühnheit in virtuellen Räumen offenbar stärker zur Entfaltung kommt als in der echten Welt. »War zuvor Chef im Drogendezernat von Sacramento, viele schöne Auszeichnungen, später dann –«

»Weißt du was«, unterbricht ihn Luther. »Dein Hirn ist zu wertvoll, um es Gefahren auszusetzen.«

»Wir brauchen jeden«, sagt Pilar.

»Ganz genau. Und Kenny nützt dir mehr am Rechner.«

»Aber –«

»Er hat Angst, Pilar! Er könnte es vermasseln.«

»Ich habe keine –«, protestiert Ken'ichi halbherzig.

»Doch, hast du«, konstatiert Jim. »Und das ist voll okay, du bist der Größte, ohne dich wären wir nicht hier. Aber wo der Sheriff Recht hat, da hat er recht.«

»Bleib im Wagen, Kenniboy«, beschließt Pilar die Diskussion.

»Gut, wenn ihr meint –« Worte der Erleichterung. »Aber wirklich nur, wenn –«

»Kein Thema.« Pilar drückt ihm einen Kuss auf die Schläfe.

Jim grinst. »Bis gleich, Samurai.«

Zu dritt überqueren sie die Straße, gehen die Zufahrt hoch und halten sich dicht entlang der Gussbetoneinfassung, munter schwatzend, als kehrten sie nach einem vergnüglichen Landgang zurück an Bord. Ein Truck zieht vorbei und steuert den rechterhand gelegenen Kontrollpunkt an, wo ein Mann in einem Unterstand Frachtpapiere entgegennimmt und die Schranke bedient. Ohne beachtet worden zu sein, sind sie bis zur Mitte des Containerterminals vorgedrungen, das highwaybreite Fahrbahnen durchlaufen. Containerfelder erstrecken sich in alle Richtungen, oft mehrgeschossig, kompakt gestaut und durchbrochen von Korridoren, die eben Platz genug für die Fahrwerke der riesigen Portalhubwagen bieten. Rangiergeräusche dringen an Luthers Ohr. Zwei Reach Stacker geraten in Sicht, tonnenschwere Greifstapler mit ausfahrbaren Teleskoparmen, um Container noch in den höchsten Lagen und über mehrere Reihen hinweg zu packen.

»Irgendwo hier müssten sie sein.« Jim reckt den Hals. »Von wegen, Mitte, Mitte.«

»Wir teilen uns auf«, sagt Pilar. »Du da rüber. Luther dorthin. Ich hier.«

Ken'ichis Zettel in Händen, suchen sie Block für Block ab und rücken dabei dem Frachtschiff immer näher, dessen leicht heruntergekommener Zustand jetzt ins Auge fällt. Über die Bordwand ziehen sich rostige Striemen, der letzte Anstrich dürfte geraume Zeit zurückliegen. Luthers Blick wandert zu den Verladebrücken. Lauernd hängen die Greifvorrichtungen in den Hubwinden der Ausleger, dann fährt eine davon rasch und geräuschlos, wie auf Beutefang, nach unten. Er geht weiter und studiert die Containernummern, beunruhigt, wie schnell die Minuten dahinrinnen, entdeckt endlich die Kästen und schickt die Nachricht auf die Handys der anderen. Wieder vereint, stehen sie vor den Schmalseiten der vier übereinandergestapelten Stahlbehälter. Ein zehn Meter hoher Turm.

»Nett.« Jim schürzt die Lippen. »Stunde der Akrobaten.«

»Ein Problem?«, fragt Luther.

»Nein.« Der Kanadier lässt den Rucksack von den Schultern gleiten. »Was mir Sorgen macht, ist die Verriegelung.«

»Brechstange?«, fragt Pilar.

»Das sind Drehstangenverschlüsse. Um die rauszubrechen, muss ich chemisch vorarbeiten.« Er streift die Schutzmaske über und packt eine der halb transparenten Flaschen, Brecheisen, Stulpenhandschuhe sowie eine zusammengerollte Alu-Strickleiter in einen Beutel. »Postiert euch. Ich versuche, nicht zu kleckern, aber haltet trotzdem Abstand. Auch wegen der Dämpfe.«

»Du probierst es mit Säure?«, sagt Luther.

Jim tippt gegen eine Metallverbindung. »Das ist die Schwachstelle«, dringt seine Stimme dumpf unter der Maske hervor. »Ziemlich dünn, siehst du? Die sollte das Aqua regis in Windeseile so weit destabilisiert haben, dass ein kurzer Ruck mit dem Eisen reicht. Ich breche die Konstruktion nicht raus, sondern zerstöre nur ihren neuralgischen Punkt.«

»Kommst du alleine da oben klar?«

»Lustig. Hat mich zuletzt am Nanga Parbat auch einer gefragt.«

»Und?«

»Drei Stunden später hab ich ihn abseilen müssen.« Jim schnallt einen Magnesiabeutel um und reibt die Hände in dem weißen Pulver. »Keine Sorge, das hier ist tägliches Training.«

»Gut.« Luther schaut Pilar an. »Sichern wir das Feld. Du dorthin, ich gegenüber.«

Jim macht sich an den Aufstieg. Luther postiert sich an einer der Fahrbahnkreuzungen. Links führt der Weg zum Kai und zu den Kränen, rechts zum Kontrollpunkt, den gerade ein Tross Zugmaschinen passiert. Der Kasten eines Portalhubwagens, einen 53-Zoll-Container in seinem Innern gebettet, schiebt sich heran und biegt in eine Längsverbindung ab, bevor der Fahrer in seinem luftigen Cockpit einen allzu genauen Blick auf sie werfen kann. Schlagartig fühlt sich Luther an die unterirdische Serverstadt und die darin umherkurvenden Roboter erinnert. Während alles dort, Rechnerblöcke, Wände und Decken, Licht emittierte, produzieren die Flutlichtmasten auch Schatten, sodass in den Korridoren zwischen den Containern Dunkelheit nistet, auf eigentümliche Weise stofflich, als ließe sie sich nur mit starken Gebläsen daraus vertreiben. Er wendet den Kopf und sieht Jim die Strickleiter am obersten Container befestigen und seine Stulpenhandschuhe überziehen. Wie ein Affe hängt er in den Sprossen, fördert die Plastikflasche zutage und hält die Mündung dicht über eines der Schlösser. Kurz glaubt Luther eine Trübung der Luft auszumachen, Dampf, der dem verätzten Metall entsteigt.

Er nimmt die Kreuzung wieder ins Visier.

Das Treiben der Verladefahrzeuge ist reger geworden, noch allerdings beschränkt es sich auf die Ostseite des Geländes, die an eine Schrotthalde grenzt, eine bedrohlich wuchernde Skulptur, der alle Augenblicke die Monsterroboter aus den *Transformer*-Filmen entsteigen könnten. Kräne und Lagerhallen erleuchten den Hafen bis in die Ferne, überstrahlend im dichter werdenden Nebel. Als Luther sich das nächste Mal umdreht, hilft Jim seinem chemischen Zerstörungswerk schon mit dem Brecheisen nach. Allgemeiner Lärm, den die Böen über das Terminal verteilen, verschluckt das Geräusch der aufspringenden Schlösser, dann ein Pfiff, und Luther sieht den Kanadier zu Boden springen und aus einem Kanister Wasser über seine Handschuhe gießen, bevor er sie abstreift und die Schutzmaske vom Gesicht reißt. Pilar eilt herbei, während Jim ihren Platz einnimmt, und verschwindet im zuunterst stehenden Container, bewaffnet mit einer Taschenlampe.

Die Lebenserhaltungssysteme abstellen –

Was genau stirbt in den schwarzen Kästen im Containerinnern? Mutierte Bakterien? Seuchenerzeugende Viren? Todbringende Pflanzen? Widerwillig erinnert sich Luther der Videos: monolithische, einer fremden Welt entstammende Tanks, umringt von Männern mit Flammenwerfern, die unverkennbar nervös sind, Abstand halten. Rodriguez, an einer Art Konsole hantierend. Hälftig auseinandergleitende Flächen, pulsierendes Licht hinter milchtrübem Glas, verschlungene Muster und eine vage, abnorme Präsenz, die den Anschein erweckt, sich zu bewegen – schemenhaftes Zucken, Tasten, als ob etwas dort drinnen seine Sinne nach außen richtet. Er fragt sich, welchen Prozess Pilar in Gang setzen muss, um das Ding im Tank zu erledigen. Dann ist sie draußen, mit gerecktem Daumen, und hangelt sich die Strickleiter hoch zum nächsten Behälter.

Am Kai setzt sich ein Reach Stacker in Bewegung.

Der Teleskoparm mit der Greifklaue liegt horizontal auf, noch in sich zusammengeschoben. Aus dem lichtgefluteten Umfeld der Kräne taucht er in den Schlagschatten einer Containerwand ein, wirft gelbe Ovale auf den Asphalt.

»Wo willst du denn hin?«, murmelt Luther.

Die Fahrzeuglichter verharren. Unvermittelt hat der Reach Stacker angehalten. Ein Volvo XC90 nähert sich mit hoher Geschwindigkeit und kommt dicht neben ihm zum Stehen. Obwohl sich das Ganze in gut einhundert Metern Entfernung abspielt, gefällt Luther ganz und gar nicht, was er da sieht. Eine Ahnung sagt ihm, welchen Weg beide Fahrzeuge gleich nehmen werden, und er späht nach Pilar, sieht sie in den nächsthöheren Container klettern und versucht, die Neuankömmlinge mit Blicken zu bannen. Jemand entsteigt dem XC90 und tritt neben das Führerhaus des Reach Stackers, spricht mit dem Fahrer. Im Wiederschein der Kabine gewinnt die Gestalt an Vertrautheit, lange, schlanke Gliedmaßen, äthiopischer Gesichtsschnitt –

Luther seufzt.

Nach zwei überaus einprägsamen Begegnungen würde er Grace Hendryx in finsterster Nacht wiedererkennen.

Wie oft wird er noch gegen diese Frau kämpfen müssen?

Sie steigt zurück in den Volvo. Wie befürchtet streben Geländewagen und Reach Stacker dem Containerfeld entgegen, gerade erst erscheint Pilars Kopf in der Tür des dritten Containers, beginnt sie ihren letzten Aufstieg. Mit wenigen Schritten ist Luther unter dem Turm: »Runter. Sofort.«

Sie schaut in seine Richtung, zum obersten Container, zögert.

»Das schaffst du nicht. Runter! Und schließ die Türen.«

Jim kommt herbeigelaufen. »Was ist los?«

»Sie sind auf dem Weg.« Voller Anspannung sieht er zu, wie Pilar sich nach unten hangelt und dabei nacheinander die Containertüren zuwirft.

»Die sind zu früh!«, protestiert Jim.

»Beschwer dich später. Kannst du die Leiter von unten ausklinken?«

»Ja.«

Pilar springt zu Boden. »Wo sind sie?«

»Zu nah.«

»Ich muss nur noch das letzte Lebenserhaltungssystem –«

»Vergiss es.« Luther sieht die Strickleiter in sich zusammenfallen, Jim das Ding in Windeseile aufrollen, überschlägt ihre Chancen. Bis zum Ende des Blocks werden sie es kaum rechtzeitig schaffen, und auf freiem Feld, dem Flutlicht ausgesetzt, dürfte Grace Pilar augenblicklich erkennen. Bleibt nur –

Pilar sieht ihn an, die gleiche Idee im Blick. »Da rein.«

Sie schlagen sich in den nächstliegenden Korridor, in die Schatten. Luther hört den Reach Stacker und den Volvo um die Ecke biegen und anhalten, riskiert einen Blick. Beide Fahrzeuge stehen nur wenige Meter von ihrem Versteck entfernt. Der Stacker hat seinen Teleskoparm aufgestellt und fast zur Gänze ausgefahren – unter hydraulischem Jaulen und Stöhnen schieben sich die letzten Meter aus dem Schaft. Luther hält den Atem an, bereit, jederzeit den Kopf zurückzuziehen. Das kastenförmige Geschirr des Spreaders wandert über die höchste Containerlage hinaus und packt den obersten der vier Behälter. Lautstark verriegeln sich die Greifbacken mit den Eckbeschlägen, und der tonnenschwere Kasten schwebt wie schwerelos von seinem Stapel.

»Was passiert?«, flüstert Pilar.

»Abtransport. Der, den du nicht geschafft hast.«

»So eine Scheiße! Es ist nicht mal halb zehn.« Ihre Stimme klingt noch rauer als sonst. »Wir müssen die stoppen.«

Der Reach Stacker wechselt den Gang und setzt langsam zurück.

»Ich weiß nicht, ob Grace alleine ist.«

»Grace? Grace Hendryx?«

»Sie überwacht das Ganze.«

Als hätte sie ihren Namen vernommen, steigt die Mahagonifrau aus dem Volvo und schaut direkt in ihre Richtung. Luther zieht blitzartig den Kopf zurück und legt den Finger an die Lippen. Wer war da noch? Eine zweite Person, die hinter Grace den Wagen verließ. Kein Gesicht, nur die aufschwingende Tür. Plus jemand auf dem Fahrersitz. Zu dritt also. Er wartet auf das, was unweigerlich folgen muss, und es folgt, entlädt sich in Graces Wutschrei: »Sie sind auf!«

»Was?« Ein Mann, ungläubig, verstört. »Wie, auf?«

»Auf, du Idiot! Jemand hat die scheiß Schlösser aufgebrochen!«

»Das kann doch nicht sein. Das ist doch unmöglich.«

»Noch so eine Bemerkung, und ich ersäufe dich in der Bucht«, tobt Grace. »Los, rein! Sieh nach!«

Pilars Augen runden sich in Fassungslosigkeit. »Oh nein. Jayden.«

»Wer ist Jayden?«

»Jayden de Haan. Kybernetiker aus Ellis Team. Du lieber Himmel! Das gibt's doch nicht! *Jayden* steckt mit drin?«

»Vorschlag.« Jim schiebt sich an Luther vorbei. »Ihr stoppt den Reach Stacker und bringt die Sache zu Ende. Ich lenke die Arschlöcher ab.«

»Moment«, insistiert Luther. »Du weißt nicht, worauf du dich –«

»Ich bin schneller als die. *Das* weiß ich.«

Niemand ist so schnell wie Grace, will Luther sagen, doch schon ist der Kanadier hinaus ins Licht spaziert und legt einen bühnenreifen Stolperer hin. Nur ein Blinder könnte ihn übersehen.

»Da!«, schreit Grace. »Hinterher!«

Jim rennt über die leere Fahrbahn und gerät außer Sicht. Autotüren schlagen, der Volvo braust an ihnen vorbei.

»Der ist verrückt«, murmelt Luther.

»Ohne Zweifel.« Pilar zieht eine Pistole aus ihrem Rucksack und wirft ihn sich über die Schulter. »Dann wollen wir dem Verrückten mal die gebotene Ehre erweisen. Fertig?«

Gemeinsam stürmen sie aus dem Korridor. Luther wirft einen Blick in die Richtung, in die Jim gelaufen ist, sieht aber nur den Volvo in die nächstquerende Straße schlittern und darin verschwinden. Inständig hofft er, dass es der Kanadier zurück in den Schutz des Containerfelds schafft, wo er bessere Chancen hat, seine Verfolger abzuhängen. Aus Leibeskräften halten sie auf den Reach Stacker zu. Das massige Gefährt hat die Mitte der Kreuzung erreicht und rollt immer noch zurück. In schwindelnder Höhe schwebt der vierte Container. Eine Geräuschsalve entringt sich dem Getriebe, als die Maschine stoppt und röhrend die Vorwärtsfahrt antritt. Luther schließt auf und wedelt mit beiden Armen. Der Fahrer schaut über die Schulter und sieht erst ihn, dann Pilar, dann Pilars Waffe. Er ist nur ein Angestellter des Containerhafens, kein Held. Sein Gesicht entgleist in Bestürzung. Statt das Tempo zu drosseln, wird er schneller.

»Anhalten!«, schreit Luther. »Halt an!«

»Nein, *ihr* haltet an!« Herrisch und triumphierend. »Die Spielsachen auf den Boden. Sofort!«

Wie töricht! Wie erbärmlich, Grace nach allem, was er mit ihr erlebt hat, so zu unterschätzen. Er fährt herum, die Glock im Anschlag, sieht die Beretta in ihrer Rechten, Pilar, die ihrerseits auf die Mahagonifrau zielt, ein dreifaches Patt.

»Jayden, den Reach Stacker stoppen«, befiehlt Grace. »Ich sagte, die Spielsachen runter, Herrschaften.«

Der Kybernetiker hastet an Luther vorbei – ein Typ, der eigentlich ganz verträglich und zudem auch ein bisschen schuldbewusst aussieht, will ihm scheinen. Nein, mehr als nur schuldbewusst. Im Bruchteil der Sekunde, den ihre Blicke sich treffen, empfängt Luther ein Signal der Verzweiflung darüber, auf die falsche Seite geraten zu sein, dann reißt der Kontakt ab, und Jayden de Haan rennt wild gestikulierend und »Halt, Halt!« schreiend dem Reach Stacker hinterher, dessen Fahrer weiterhin keine Bereitschaft erkennen lässt, der Aufforderung Folge zu leisten.

»Du kommst zu spät«, sagt Pilar. »Ich hab die Lebenserhaltungssysteme abgestellt.«

»Du hast *was?*«

»Sie sind tot, Grace. Hörst du? Tot!«

Die Mahagonifrau antwortet nicht. Etwas im Hintergrund fesselt ihre Aufmerksamkeit. Reifen quietschen, Schritte trommeln heran. Luther wendet den Kopf und sieht Jim in gestrecktem Lauf an dem Reach Stacker vorbeispurten, direkt auf ihre kleine Versammlung zu, nachdem er aufs Geratewohl einem der Korridore entsprungen ist. Er wirkt überrascht; offenbar hat er nicht erwartet, sie hier in solcher Konstellation vorzufinden. Hinter ihm schießt der Volvo um die Ecke, der Mann hinterm Steuer so fixiert auf den bärtigen Kerl, dass er sich dem Gaspedal zu sehr anvertraut, um noch bremsen zu können. Die Kollision mit dem Reach Stacker ist unausweichlich, dessen Fahrer endlich reagiert, wenn auch in schrecklicher Fehleinschätzung der Kräfteverhältnisse. Statt auf seine achtzig Tonnen Eigengewicht zu vertrauen, versucht er, dem Aufprall durch eine eng genommene Kurve zu entgehen – und verspielt jede Stabilität. Der Container, immer noch in zehn Metern Höhe, da der Fahrer ihn versäumt hat abzusenken, beginnt an seinen Halterungen zu zerren, Masse, Höhe und Fliehkraft gehen eine fatale Verbindung ein, heftig zieht es das Vehikel in Schräglage, und die Reifen der rechten Seite verlieren Bodenkontakt.

Luther hält den Atem an.

Mit ohrenbetäubendem Krachen landet der Volvo in dem kippenden Giganten, schlägt einen Salto, knallt aufs Dach und schlittert Funken sprühend davon. Schneller neigt sich der Reach Stacker. Metall ächzt, Schweißnähte kreischen. Die Containertüren erzittern, nicht länger imstande, das Gewicht des Tanks im Innern zu halten. Platzen auf. Wie eine Sturzgeburt schießt er nach draußen, saust herab, ein senkrecht fallender, nachtschwarzer Hammer, nagelt den pirouettierenden Volvo in den Asphalt und zerbirst unter der Wucht des nachfolgenden Stahlkastens, als die Schwerkraft obsiegt und den Reach Stacker vollends zu Fall bringt.

Fasziniert starrt Luther auf eins der Hinterräder, das nicht aufhören will, sich zu drehen. Neben ihm Jim mit tumber Miene, wie angewachsen. Kollektive Lähmung liegt über der Gruppe, jeder scheint kurzzeitig vergessen zu haben, dass man ja eigentlich befeindet ist. Dann rennt der Kanadier los, erklettert die umgestürzte Verlademaschine, rüttelt an der Fahrerkabine, reißt sie auf, doch Luther steht immer noch da und kann den Blick nicht von dem zerschmetterten Tank wenden.

In den Trümmern regt sich etwas.

Zwischen deformiertem Metall, Rauchfahnen und züngelnden blauen Flammen taucht es auf, klein und dunkel.

Hockt dort.

»Nicht gut.« Pilar weicht einen Schritt zurück. »Das ist *nicht* gut.«

»Wie bitte?« Grace schießt einen Blick auf sie ab. »Sagtest du nicht, du hättest die Lebenserhaltungssysteme abgestellt?«

»Hab ich. Bis auf dieses.«

Jim springt vom Reach Stacker zu Boden. »Hinüber. Armer Teufel. Wahrscheinlich ist sein Genick –«

»Bis auf *dieses?*«, schreit Grace. »Du hirnamputierte –«

»Was musstest du hier auch auftauchen, du blödes Stück Scheiße! Wenige Minuten noch, und wir hätten –«

»Mein Gott! Da!«

Jaydens zitternder Finger zeigt auf das Wrack des Volvos, kaum mehr als solcher zu erkennen, begraben unter Auftürmungen grotesk verbogenen, dicht ineinanderverkeilten Schrotts – doch aus dem Seitenfenster krallen sich Arme, schiebt sich ein blutiges, von Splittern übersätes Gesicht. Luther läuft so dicht es geht heran, sucht nach einer Lücke, groß genug, um den Verletzten nach draußen zu ziehen, sieht die blauen Flämmchen wie freundliche kleiner Tänzer Ringe bilden und noch etwas anderes, Widersinniges, das seiner überhitzten Phantasie zuzuschreiben sein muss, als begännen sich die aufgerissenen Seiten des Tanks zu entmaterialisieren, aufzulösen und zu etwas Neuem zu strukturieren, nicht mehr Stahl, noch nicht – ja, was? – ein blubbernder, schillernder Brei – ein brodelnder Übergang –

Dann erkennt er, es ist weder die Zersetzung von Tank noch Verstand, die das Bild in ihm erzeugt.

Es ist das, was der Tank *hervorbringt.*

Panik flutet ihn. Ein im Dämmer von Jahrmillionen wurzelnder, der Ewigkeit eingeschriebener Horror, dem Großstädter Phobien gegen Spinnen und Schlangen statt gegen Steckdosen, Revolver und Autos verdanken, jene uralte Angst, die den Körper in ein chemisches Chaos verwandelt. Beschämt und wütend ringt er die Empfindung nieder, zwingt sie in den Abgrund zurück, sucht weiter nach Möglichkeiten, zu dem Mann zu gelangen. Pilar zerrt ihn weg. Schreit ihn an, er könne hier nichts mehr tun: »Bring dich in Sicherheit!« Hört das Knistern und Tuscheln der Flammen, tückisch jetzt, hungrig, auf Raub aus, reißt sich los, weigert sich aufzugeben. Unerträglich der Leidensgesang des Eingeklemmten, sein im Falsett verschraubtes Wimmern, weil auch er sieht, was Luther sieht, und im Gegensatz zu diesem *weiß*, was es zu bedeuten hat.

Eine Wolke hebt sich aus den Trümmern.

Übergangslos schwebt sie im Licht, das der Nebel über das Terminal verteilt. Eine *Art* Wolke. Riesig. Gebläht. Dichter als ein Schwarm Stare. Ein plötzlicher, unnatürlicher Wind fegt heran und flutet das Gelände mit süßlichen Aromen, Noten von organischer Zersetzung. Zu hoch im Dunst wabert das Wolkending, als dass sich erkennen ließe, was genau darin umherschwirrt, was es bildet. Wellen durchlaufen die gewaltige Struktur, kräuseln und dehnen sie. Ein machtvolles Brausen geht von ihr aus, Sirren und Flattern, tausendfacher Flügelschlag, doch ohne die warme Klangtextur von Federn.

»Sie sind orientierungslos!« Pilar, kaum verständlich gegen das Inferno. »Die Steuerung, Grace! Wo ist die verdammte Steuerung?«

Eine Auswölbung entwächst der Wolke. Streckt sich. Wird zu einem Schlauch, der sich wie ein kleiner Tornado auf das Wrack des Volvos senkt und über den verletzten Fahrer stülpt. Kopf und Arme verschwinden unter schillerndem, tosendem Schwarzgrün. Die Schreie des Mannes erklimmen Höhen jenseits dessen, was menschliche Stimmbänder hervorzubringen in der Lage sind, und da ist Grace, vollzieht einen Akt der Gnade, sodass Luther ihr nicht in den Arm fällt, als sie einen Feuerstoß aus der MP in das zündelnde Wrack schickt, dorthin, wo der Unglückliche liegt, durchlädt: »Dreckszeug!«, erneut schießt, und mit einem Mal begreift er ihre wahre Absicht. Eine Stichflamme schlägt aus dem Volvo. Wie von Sinnen feuert Grace weiter, entleert ihr Magazin – und da erfolgt auch schon die Explosion, bauscht sich der brausenden Wolke eine auf ihre Weise ebenso zerstörerische entgegen, frisst sich in ihr Inneres, entzündet die wild umherschwirrenden Dinger, die wie biblischer Feuerregen am Himmel ihre Spuren ziehen, über die Köpfe der Gruppe hinwegzischen, in die Container krachen und zuckend verglühen.

Die Hitze zwingt Luther zurück.

Sollte Graces Plan aufgegangen sein?

Prasselnd fällt der Feuerball in sich zusammen. Flammen schlagen aus der Trümmerhalde, die einmal ein Geländewagen, ein Container und noch etwas anderes war, ein Brutkasten vielleicht, auch der Reach Stacker brennt lichterloh. Fetter Ruß wirbelt empor und quillt in den Nebel, von irgendwoher erklingt Sirenengeheul, am Kai wird geschrien. Luther sucht die anderen – reglos wie Schachfiguren stehen sie herum, von Grace keine Spur. Ins Tosen des Feuers mischt sich harscher Flügelschlag, perforiert die Luft, bringt sie zum Kochen, und ihm wird klar, dass ein Teil der Wolke ihrer Vernichtung entgangen ist.

»Zu den Containern«, ruft Pilar.

Sie laufen los, keine Sekunde zu früh. Wellengleich geht das Brausen auf sie hernieder, wie eine Welle bricht es sich, verlagert sich in die Breite, wogt hin und her und rast mit der Gewalt von Sturmböen über sie hinweg. Nichts greift sie an. Die Wolke hat jede geordnete Formation verloren, lässt keinerlei Vorhaben und Ziel mehr erkennen. Weit auseinandergezogen, planlos und dezimiert, lassen sich die Kreaturen inzwischen einzeln ausmachen, auch wenn ihre Schnelligkeit und der gleißende Dunst keine Beschreibung zulassen; vage, verwaschene Schatten, taumelnde Sturzflüge, heilloses Durcheinander, orientierungslos und irgendwie auch triumphierend, einen grausamen fremden Willen zum Ausdruck bringend, die Umkehr jeder Ordnung, schiere Übermacht der Zahl. Einige der Dinger stürzen in Jaydens Weg.

Trudeln auf ihn herab und an ihm vorbei, doch der Kybernetiker schreit auf, schlägt wild um sich und rennt in den nächsten Korridor.

»Jayden, nein!« Pilar macht Anstalten, ihm hinterherzulaufen. »Da sitzt du in der Falle. Wenn Sie dich *da* angreifen –«

»Bist du verrückt?« Jim zieht sie weiter. »Komm!«

»Wir können ihn doch nicht –«

»Es ist seine eigene Schuld, oder?«, herrscht er sie an. »Wir müssen in die Container, die Steuereinheit suchen.«

»Aber Jayden weiß, wann der nächste Transfer –«

»Verschwindet«, sagt Luther. »Ich hole ihn.«

Ohne ihre Kommentare abzuwarten, folgt er dem Kybernetiker in den Korridor, und sofort wird es dunkel um ihn herum. Schluchtartig der Gang, die senkrechten Wände in Schatten getaucht. Drei bis vier Lagen hoch stauen sich die Container, lächerlich schmal der Streifen glimmenden Nebels über ihm, in dem es vereinzelt zuckt und Schimären umherhuschen.

Vor ihm verhallen Jaydens Schritte.

»Hey!« Luther trabt die Schlucht entlang und versucht, seine Augen ans Zwielicht zu gewöhnen. »Jayden! Du musst hier raus. Pilar hat recht, in der Enge kannst du nicht ausweichen.« Ein Seitengang, Licht am Ende, nichts, niemand. »Was immer das für eine Brut ist, sie scheint durcheinander. Mit sich selbst beschäftigt. Hast du nicht auch das Gefühl? Auf freiem Feld haben wir eine Chance, abzuhauen.« Er hält inne, gebeugt, die Handflächen auf die Knie gestützt. »Jayden? Wo bist du?« Setzt sich wieder in Bewegung. Der nächste Gang quert, kein Mensch zu sehen. »Mann, wozu rede ich mir überhaupt den Mund fusselig? *Du* weißt doch selbst am besten, was ihr da entfesselt habt und zu was es in der Lage ist!« Stopp. Falsche Taktik, Zuschanzen des schwarzen Peters. »Okay, vielleicht nicht deine Schuld. Keine Ahnung, wie du da reingeraten bist, aber ich glaube, du hast das alles nicht gewollt.« Bloße Spekulation, und wenn. »Hör zu, wir bringen das in Ordnung. Ich kann zwar nichts versprechen, aber –«

Unversehens steht er vor einer Wand.

»Jayden?«

Schaut nach oben, als seien dem Kybernetiker Flügel gewachsen. Kühl und feucht sickert es zwischen die Stahlkästen herab. Der Nebel verdichtet sich mit jeder Sekunde und trägt eine ultimative Trostlosigkeit heran, eine Apathie erzeugende Furcht vor der eigenen Machtlosigkeit, das Grauen nicht einmal beim Namen nennen zu können, das aus einer fremden Wirklichkeit eingebrochen ist. Plötzlich scheint es ihm unmöglich, seinen Weg durch die tote Containerstadt zurückzuverfolgen. Er legt die Fingerkuppen auf die gefurchte Fläche des Kastens vor sich und hat sekundenlang das Gefühl, als durchstießen sie das beschlagene Metall, weil es gar keine feste Oberfläche ist, sondern der in Wellen erstarrte Spiegel eines eisigen, dunklen Gewässers.

Würde er hindurchgehen –

Vorsicht! Du atmest die Illusion *ein.* Etwas Halluzinogenes, zuckrige Ausscheidungen. Ja, du halluzinierst. Die Wolke flutet deine Sinne mit einem pheromonischen Narkotikum, einer Droge.

Konzentrier dich!

Die Eisempfindung verkehrt sich in ihr Gegenteil. Seine Finger zucken zurück, als hätten sie eine glühende Herdplatte berührt.

Hinter ihm schlägt etwas gegen Metall.

Fällt zu Boden, scharrt. Geräusche wie von winzigen Klauen.

Luther fährt herum und späht in den dämmrigen Korridor.

»Jayden? Bist du das?«

Weit, sehr weit und sich stetig entfernend, sieht er den Spalt, wo er – wann? – hineingelaufen ist. Hört Schritte. Schleppend, aus dem Takt geraten.

Hört einen Körper aufschlagen.

Ohrfeigt sich. Ein weiteres Mal, was ihn halbwegs zur Besinnung bringt, versucht die Quelle der Geräusche zu lokalisieren. Wo kam das her? Aus einem der Seitengänge? Ganz so klang es, also muss er den Kybernetiker übersehen haben. Langsam geht er den Weg zurück, schaut nach rechts und links, stemmt sich mit aller Willenskraft gegen die Wirkung des faulsüßen Dufts, der eine bloße Chemikalie ist, ein billiger Trick, als kenne er sich nicht bestens aus mit aller Art Drogen, nähert sich dem ersten Querkorridor –

Ein Mensch liegt darin.

Rasch ist Luther an seiner Seite, geht in die Hocke, fühlt den Puls. Jayden de Haan lebt. Atmet schwer. Als er den Kopf des Kybernetikers anzuheben versucht, greift er in verklebtes Haar. Ein Lappen Haut löst sich vom Schädel und bleibt warm und nass an seiner Handfläche haften. Jetzt sieht er auch, was mit Jaydens Händen geschehen ist, deren Fleisch heruntergefetzt wurde, sodass Knochen und Sehnen bloßliegen wie Innereien eines nutzlos gewordenen mechanischen Apparats. Mehrere Finger fehlen, offenbar ausgerissen. Der Kybernetiker stöhnt, seine Lider flattern.

»Ruhig, Junge.« Luther streicht ihm die schweißnassen Strähnen aus der Stirn. »Ich bring dich hier weg.«

Er packt Jayden unter den Schultern, stemmt ihn hoch – verharrt.

Etwas ist neben ihm.

Dicht neben ihm.

Die ewige Kinderseele, die im Keller laut und falsch pfeift, beharrt darauf, es zu ignorieren und den Wissenschaftler zurück in den Hauptgang zu ziehen. Doch noch viel weniger kann das Kind der Versuchung widerstehen, hinzuschauen, und der Ermittler, vertraut mit jeglichen Expertisen der Niedertracht, kann es schon gar nicht.

Langsam dreht er den Kopf.

Inzwischen hat der Nebel begonnen, in Schwaden hereinzudrängen und die Korridore mit Monstrositäten zu bevölkern, wo gar keine sind. So kann Luther, immer noch benommen, nicht *genau* sagen, was er sieht: ein tieferes, plastisches Schwarz auf metallenem Grund, dessen Reglosigkeit nicht darüber hinwegtäuscht, dass es lebt. Unterarmlang, mit kompaktem Corpus und pfeilartig zulaufendem Hinterleib. Falls Beine, dann unbestimmbar viele. Im Zwielicht schält sich etwas heraus, das nur einer fremden, bei aller Exotik natürlichen Ordnung von Leben oder aber einer zutiefst krankhaften Phantasie entsprungen sein kann, etwas der Evolution künstlich Beigeselltes, das nicht existieren dürfte. Als das Dunstgespinst kurz auseinandertreibt, wird ein segmentierter Körper ahnbar, gekreuzte Furchen, Reihen von Dornen und abstehende Röhren. Kein erkennbarer Kopf, kein Gesicht. Oder vielleicht doch, sofern die elliptischen Ausbuchtungen Augen sind, von denen die Kreatur dann allerdings sehr viele hätte, gruppiert um eine Art verschränktes Spalier –

Das Wesen verändert seine Position um wenige Zentimeter, Schatten verlagern sich – Flügel? Ganz sicher sogar Flügel, von enormer Spannweite, und plötzlich glaubt Luther zu wissen, was er da vor sich hat, genauer, was es einmal gewesen sein mag. Er zuckt zurück, als das Spalier sich spreizt – ringförmig angeordnete Hakenkiefer, doch sie öffnen sich träge, ein Loch von Schlund freilegend, dem weitere, dünne Extremitäten entwachsen. Beinahe zärtlich gleiten sie über die mörderischen Haken, die sich in einem bizarren Empfinden von Wohlgefühl dehnen, ein Schauspiel dermaßen widerwärtig, dass Luthers Blick abirrt, die Containerschlucht hoch – und da klebt ein zweiter Schatten. Ein dritter daneben. Noch einer. Kaum erkennbar in der Dunkelheit haftet, was die Feuerwalze von der Wolke übrig gelassen hat, in den Wänden. Abwartend, lauernd, vielleicht in einer Art Ruhemodus – nichts drängt Luther, es näher zu ergründen.

Behutsam zieht er Jaydens Körper in die Höhe. Der Kybernetiker hustet und erlangt das Bewusstsein wieder. Momente der Anspannung, doch die Biester hängen teilnahmslos in der Wand, als ginge Jaydens Zustand nicht auf ihre Kosten. Luther schlingt den Arm des Mannes um seinen Nacken und hält ihn aufrecht, wägt ihre Möglichkeiten ab. Vierzig, fünfzig Meter, schätzt er, bis auf freies Gelände. Der Querkorridor ist der kürzeste Weg raus aus dem Containerblock, unter Umständen aber auch der gefährlichere, je nachdem, wie viele der Dinger sich darin niedergelassen haben. Wenige Schritte hingegen bis zum Hauptkorridor, viermal so lang. Der war vorhin noch sauber, doch kann er sich dessen sicher sein? Unmöglich zu sagen, was dort nistete, als er hindurchlief, aber dann hat es ihn immerhin in Ruhe gelassen.

»Schaffst du ein paar Schritte?«, flüstert er.

Der Kybernetiker nickt. Auf wackeligen Knien lässt er sich in den Hauptkorridor bugsieren. Luther sucht die Wände über ihnen ab. Keine dunklen Flecken, die beim zweiten Hinschauen monströse Gestalt annehmen. Jayden stolpert neben ihm her, Worte zwischen Delirium und Selbsttherapie keuchend: »Ich bin kein schlechter – schlechter Mensch – verschätzt – dachte, solange sie runtergekühlt sind – inaktiv, wenn man sie nicht steuert, dann sind sie eigentlich – bis auf den natürlichen Trieb, aber –«

»Spar dir die Kräfte. Reden können wir später.«

»Nein. Es tut mir so leid! Ich hab einen Fehler gemacht – *einmal.* Einmal, und sie hatten mich. Das scheiß Geld! Jaron drohte mir – es wäre das Ende meiner Karriere –«

Na gut, wenn du schon reden willst. »Der nächste Transfer, Jaron! Rodriguez holt noch mehr Container rüber, richtig?«

»Ja.«

»Wann?«

Jayden hebt eine verstümmelte Hand und starrt sie irritiert an, als verstünde er nicht, wo seine Finger geblieben sind.

»Heute Nacht«, sagt er weinerlich.

»Heute Nacht?« Luthers Herz setzt einen Schlag aus. »Bist du sicher?«

»Irgendwann gegen drei. Das ist – der Plan –«

»Wer steckt dahinter, Jayden?«

»Oh Gott! Meine – meine Finger –«

»Ist es Elmar?«

»Elmar?« So abstrus scheint dem Mann die Vorstellung, dass sein misslicher Zustand vorübergehend seiner Aufmerksamkeit engleitet. »Nein! Warum sollte – beim besten Willen nicht.«

»Hugo van Dyke?«

»Hugo? Der Zahlenknecht? Dem fehlt die Phantasie für so was.«

»Also ist Jaron der Kopf?«

»Man – darf Jaron nicht unterschätzen, er –«

Luthers Aufmerksamkeit driftet ab. Sie haben das Korridorende fast erreicht. Einen hohen Spalt, in dem Schwaden leuchtenden Nebels treiben. Dort geht es raus, zwischen übereinandergetürmten Containern, wie kann es dann sein, dass der Spalt *pulsiert?* Sich weitet, verengt, weitet, als seien sie in einer pumpenden Arterie unterwegs? Weil *nichts* davon geschieht. Es sind immer noch die halluzinogenen Ausscheidungen der Kreaturen, die solche Bilder hervorbringen, harmlos. So ist er nicht übermäßig beunruhigt, als der Spalt plötzlich an Leuchtkraft verliert, als werde etwas davorgeschoben, hoch wie ein Kran, bis ihm dämmert, dass dort tatsächlich etwas ist und in den Korridor *einfährt.* Die Schwaden wirbeln auseinander, und er sieht das haushohe Gestell eines Portalhubwagens sich nähern – seine linke Hälfte, um genau zu sein, während die rechte im Parallelgang unterwegs ist, doch dieser Fahrwerkteil rollt geradewegs auf sie zu – vier hintereinandergelagerte, riesige Räder, die den kompletten Raum ausfüllen und an denen kein Weg vorbeiführt –

»Was ist das denn?«, jammert Jayden.

Wahrscheinlich unser Ende, Junge. Zweifelhaft, ob der Fahrer sie von seiner turmhohen Warte, noch dazu in der Nebelsuppe, sehen kann.

»Wir müssen zurück!«

Was tut diese Maschine hier? Wie viel Zeit ist seit der Explosion des Volvos vergangen? Zwei Minuten? Fünf? Zehn? Nicht zu fassen, dass der Verladebetrieb einfach so weitergeht, andererseits, zwei Fahrzeuge brennen, apokalyptisches Ungeziefer bevölkert die Lüfte, legt man darum einen ganzen Hafen lahm? Keine Zeit für derlei Überlegungen. Die Räderphalanx treibt sie vor sich her. So schnell es Jaydens Verfassung zulässt, streben sie dem Querkorridor entgegen, aus dem jetzt scharrender Flügelschlag dringt – und die Luft vor ihnen sprenkelt sich mit unheilvollen Schatten, kaum zu sehen, dafür umso deutlicher zu hören: ein vielfaches Brummen wie von Drohnen und Modellflugzeugen, Kratzen und Schaben, wo sich die Kreaturen niederlassen, um gleich wieder aufzusteigen. Jayden bleibt stehen, stocksteif, hyperventilierend vor Angst.

»Weiter!«, drängt Luther

»Nein. Nein!«

»Dann sterben wir! Hörst du?« – *Dann?* Lächerlich, so oder so! Vor uns der geflügelte Alptraum, hinter uns der herandröhnende Portalhubwagen, der uns zerquetschen wird, wir können uns wahlweise in Stücke reißen oder platt wie Kakerlaken walzen lassen. Sollten wir uns kichernd darin fügen, unfreiwillige Stars einer *Truman Show,* die uns von einem mächtig großen Scheißhaufen in den nächstgrößeren schickt? Vielleicht lacht sich in diesem Moment die halbe Welt scheckig, aber festzustellen bleibt:

Das – ist – nicht – witzig!

Es *muss* einen Ausweg geben: Im Korridor haben die Biester Jayden angegriffen, wohl der Enge wegen. Aus Nervosität, weil sie sich bedroht fühlten. Gleich nach der Explosion verlor das Kollektiv seinen Zusammenhalt, wirkte desorientiert – *inaktiv, wenn man sie nicht steuert.* Wie sich die Dinger vor ihnen verhalten werden, ist kaum einzuschätzen, was vier Riesenreifen mit ihnen anstellen werden, hingegen schon.

»Ich will nicht sterben«, flüstert Jayden.

»Wirst du nicht. Kopf runter, ducken. Schau auf den Boden. Lauf, so schnell du kannst, dann ab in den Quergang und raus. Klar? Nicht aufhören zu laufen.« Falls wir es noch schaffen wegzukommen. Gewaltig, ohrenbetäubend drängt der Portalhubwagen heran, schiebt einen Schwall Gummi- und Schmierölgerüche vor sich her, tilgt alle verbliebene Helligkeit im Korridor. Sie rennen los, Schulter an Schulter, und sosehr die Angst Jayden eben noch gelähmt hat, treibt sie ihn nun voran.

Und plötzlich geht die Sonne auf.

Zwischen den Containerwänden erblüht eine Feuerknospe und verpufft. Gefolgt von einer weiteren, vor der die Geschöpfe in chaotischer Flucht durcheinanderschießen. Feuerstoß auf Feuerstoß faucht in den Gang, als nähere sich ein mythischer Drache aus der Querverbindung, bis zu der es nur wenige Schritte sind. Luther stoppt, schirmt sich und Jayden mit erhobenen Armen ab. Wieder brennt die Luft. Gleich mehrere Monster erwischt es, ihre Flammen schlagenden Leiber prallen gegen die Stahlwände, während sie im Todeskampf versuchen, zum Himmel aufzusteigen. Der Hubwagen holt auf, unerbittlich, der Tod hat entschieden, Tod durch Zerquetschen –

»Jayden? Luther?«

Pilars Silhouette in der Korridorkreuzung. Jim, der einen vierten Stoß aus dem Flammenwerfer nach oben schickt. Dröhnen, knirschende Reifen. Luther wartet auf das Ende. Dreht sich um und sieht, dass der Hubwagen angehalten hat. Streckte er die Rechte aus – er könnte sie auf das warme Gummi legen. Gedankenspiele, fehl am Platz. Geduckt zerrt er Jayden mit sich, Jim und Pilar hinterher, in den Quergang. Über ihren Köpfen kocht die Luft, endlich der Ausgang, sie sind draußen, Pilars Mercedes mit laufendem Motor, Ken'ichi Takahashi am Steuer, Kenniboy, *oh Kenniboy, I'll be here in sunshine or in shadow, Kenniboy, oh Kenniboy, I love you so* –

Von Grace ist weit und breit nichts zu sehen.

Pilar spurtet zur Beifahrertür. Sie helfen Jayden auf den Rücksitz, mehr werfen sie ihn ins Innere.

»Wir zwei Hübschen auf die Logenplätze«, grinst Jim. »Nach hinten.«

Etwas kommt aus dem Korridor.

Luther sieht es im flutenden LED-Licht heranschießen, sieht die schwarzen Kiefer auseinanderklaffen, dann hängt es auf dem Kanadier und gräbt sich in dessen Schulter.

Reißt ein Stück heraus.

Jim schreit wild auf. Packt hinter sich und bekommt es zu fassen. Schleudert es fort. Wie ein Hubschrauber schwirrt es nach oben, stürzt sich erneut auf sein Opfer und zerplatzt in der Luft.

Luther steckt die Glock weg.

Ohne noch eine Sekunde zu verlieren, fliehen sie aus Oakland.

»Weil Elmar mich nun mal liebt«, sagt Liza in einer Gefühlsaufwallung, dass es klingt, als habe man ihre Stimmbänder mit flüssiger Butter bestrichen. »Er liebt mich so sehr! Und darum liebt er es natürlich auch, Ihnen zur Verfügung zu stellen, was immer Sie brauchen.«

»Das ist großartig!«, bekräftigt der Produzent und schüttelt Elmar zum wiederholten Male die Hand. »Der Name Liza Martini hat enorme Zugkraft, eine ganze Generation wird den Film nur ihretwegen sehen wollen. Und dann in Virtual 3D, sechzig Bilder pro Sekunde!«

»Abendfüllend«, gurrt Liza.

»Sozusagen das Liza-Martini-Rundumvergnügen, ich meine, wann wäre man ihr je so nah gekommen!«

»Wie lange bist du noch mal im Bild?«, fragt Elmar irritiert.

»Oh, sie ist eigentlich ständig zu sehen.« Der Produzent gibt sich den Anschein nachzudenken. »Vier Minuten insgesamt.«

»Vier Minuten. Aha.«

»Aber was für vier Minuten!« Liza klatscht in die Hände.

»Nun, ähm – super.« Elmar lächelt, bemüht, ihre notorischen Zweifel zu zerstreuen, er sei nicht bei der Sache. Was er nicht ist. Hingerissen zwar von ihrem Venusfallen-Appeal und ihrer selbst noch im Zustand morgendlicher Verwahrlosung hypnotischen Erscheinung – elbisch blass und dunkellockig mit jadegrünen Augen, die einen ständig in verwunschene Wälder zu locken scheinen –, doch gerade kreisen seine Gedanken zu sehr um Undersheriff

Luther Opoku und dessen Nichterscheinen, besser gesagt, Verschwinden, als dass Lizas Einstieg ins Filmgeschäft ihn die Bohne interessierte. Auch die Party, die sie schmeißt, um der epochalen Bedeutung des Anlasses gerecht zu werden – weshalb Dutzende schwuler Kellner Häppchen durchs Haus und an den Pool tragen und Hipster durch die Räumlichkeiten lungern –, scheint ihm die anderer Leute zu sein. Ein Gefühl, das ihn auf Partys grundsätzlich beschleicht. Irgendetwas wird begossen, gelegentlich sein eigener Geburtstag, ohne dass er das Getöse mit dem Grund dafür in Einklang zu bringen wüsste. Brav lauscht er den Lobpreisungen des Produzenten, während er sich fragt, warum Luther ihn versetzt hat. Im Gästeappartement ist er nicht, laut Katie. Erstaunlich, denkt Elmar. Sitze ich nicht am längeren Hebel? Müsstest du nicht vor Verlangen brennen, mich wiederzusehen? *Was* weißt du? Was hat Pilar in der Hand? Was hält dich ab, mir die Antworten zu liefern, Luther Opoku, denn du *hast* Antworten, ich sehe sie wie verschluckte Frösche in deinem Hals stecken.

Zwischen sieben und acht wollten sie zusammentreffen.

Jetzt ist es neun durch.

»– so geplant, dass Liza über den Kopf des Zuschauer hinwegfliegt mit ihren riesigen Schwingen, also nachdem sie sich in den Drachen verwandelt hat, und durch Düsen über den Kinositzen erzeugen wir einen Wind, was sich dann anfühlt wie die Verwirbelungen, die der Drache erzeugt –« hört Elmar sein Gegenüber sagen, derweil Liza Taylor Swift erspäht hat und man sich küssend um den Hals fällt. Der Cabernet Sauvignon in der Hand des Mannes nachvollzieht den Drachenflug und verspritzt sich im Raum.

»Ah ja«, sagt Elmar, den Blick auf einen Punkt knapp neben dem Ohr des anderen gerichtet. Über den Swimmingpool hinweg sieht er die Lichter von Palo Alto, Menlo Park und Mountain View im Dunst, der aus der Bucht emporsteigt. »Ja, das ist bestimmt spannend. Liza wird ein wunderbarer Drache sein.«

»Na ja, als Drache ist sie ja schon nicht mehr Liza.«

»Klar. Sicher. Würden Sie mich kurz entschuldigen?«

Er geht ins Innere, schiebt sich zwischen den Gästen hindurch und entweicht in den ersten Stock. Durch die geschwungene Panoramaverglasung seines Arbeitsbereichs betrachtet, scheint das ausgelassene Treiben dort unten erst recht nichts mit ihm zu tun zu haben, nicht mal Liza scheint etwas mit ihm zu tun zu haben. So ist es ständig. Die Momente ihres Zusammenseins sind wie betörender, aromenschwerer Wein, der augenblicklich zu Wasser wird, kaum dass sie unterschiedliche Räume aufsuchen, und Liza scheint es mit ihm nicht anders zu gehen. Jede Trennung haben sie in räumlicher Abgeschiedenheit voneinander beschlossen, jedes Mal den Fehler begangen, sich zu einer finalen Aussprache zusammenzufinden, aus der nichts wurde, weil sie gleich wieder übereinander herfielen. Vielleicht lösen Kinder ja genau dieses Problem. Der Vollzug des evolutionären Auftrags. Um das Verlangen zu dämpfen, aber was bliebe dann noch, was die gemeinschaftliche Anschaffung von Kindern rechtfertigte?

»Ares«, sagt er in den Raum hinein.

»Guten Abend, Elmar«, ertönt die körperlose Stimme. Kein Wie-geht-es-dir oder Was-kann-ich-für-dich-tun. Versatzstücke und Formalismen hat er der Maschine abgewöhnt.

»Hast du irgendein Lebenszeichen von Pilar?«

»Nein. Leider nicht das geringste.«

»Wo ist Luther Opoku?«

Weiterführender Erklärungen bedarf es nicht. Der Computer weiß, wer Luther ist. Als der Undersheriff durch das Tor in diese Welt trat, hat A.R.E.S. seine biometrischen Koordinaten mit sämtlichen Datenbanken abgeglichen, auf die er Zugriff besitzt, und das sind praktisch alle. »Er hat das Appartement um kurz nach fünf verlassen.«

»War er alleine?«

»Nein. Eleanor Bender hat ihn abgeholt. Sie sind zusammen weggefahren. Gegen sieben hat sie ihn zurückgebracht. Er stieg in seinen Wagen und fuhr vom Campus.«

»Elli?«, sagt Elmar überrascht.

A.R.E.S. lässt pro forma einen Moment des Schweigens verstreichen.

»Möchtest du die Videoaufzeichnungen sehen?«

»Nein. Wo waren die beiden in der Zwischenzeit?«

»Das kann ich dir nicht sagen. Aber sie waren nicht auf dem Campus.«

Elmar überlegt, was das nun wieder zu bedeuten hat. Wieso interessiert sich Elli für Luther Opoku? Sie kennt ihn doch gar nicht. Sie weiß nicht mal von dem Übertritt. »Gib mir Bescheid, wenn Luther wieder auftaucht.«

»Natürlich.«

»Ausschließlich mir. Und Katie, falls ich nicht erreichbar sein sollte. Das Gleiche gilt für Pilar. Sollte sie irgendwo Spuren hinterlassen, echte oder digitale, informierst du mich.«

»Geht klar, Elmar.«

Er sollte Eleanor anrufen. Besser zu ihr fahren, aber er hat Liza versprochen, die Party mit seiner Anwesenheit zu beehren. Immerhin liefert Nordvisk Inc. die komplette Virtual-Reality-Technik zu einem Spottpreis an die Produktionsgesellschaft, woran sich die Bedingung knüpfte, dass sie Liza eine Rolle ins Drehbuch schrieben. Nachdem schon Rihanna in *Battlefield* und *Valerian* mehr oder weniger talentfrei durchs Bild gehüpft ist und ein paar Millionen Teenager zusätzlich ins Kino gelockt hat, ist man seinem Wunsch dort allzu gerne nachgekommen. Elmar wusste, wie sehr Liza es lieben würde, in einem Film mitzuspielen, und auch, dass die Dreharbeiten, verzahnt mit der Tour zu ihrem kommenden Album, sie ihm eine wohltuende Weile vom Hals halten dürften.

Merkwürdig. Was hat Elli mit Luther Opoku zu schaffen?

Elli, die nebenbei Pilars beste Freundin ist.

»Wir *müssen* es schaffen. Gib Gas und sieh zu, dass uns die Highway Patrol nicht am Arsch kriegt.«

Luther starrt auf die Straße. »Dürfte knapp werden.«

»Gegen drei.« Pilar tippt auf ihre Nasenspitze. »Jetzt ist es Viertel nach neun. Dreieinhalb Stunden bis zur Farm, dann –«

»Bleib realistisch. Vier.«

Die Wagen rasen durch die Nacht, nach einem Zwischenstopp nun in veränderter Besetzung. Pilar ist bei Luther zugestiegen, Ken'ichi folgt ihnen im Mercedes. Auf einem Highway-Parkplatz haben sie die Verletzten mit Bordmitteln verarztet. Jayden fiel sofort in ohnmachtsähnlichen Schlaf, Jim verkündete, die ganze geflügelte Brut notfalls im Alleingang ausrotten zu wollen, den Schmerz ignorierend, der von der klaffenden Wunde ausging. Das Vieh hat sich ein nussgroßes Stück seines Muskelfleischs einverleibt, bevor es starb. Jim ist ein Stück Jim entfernt worden: eine mit zehn bis zwölf Gramm durchaus ins Gewicht fallende Menge seiner kostspielig kultivierten Physis. Damit ist er immer noch besser bedient als Jayden, dem gleich vier Finger und größere Mengen Gewebes fehlen, doch nichts erzürnt den Kanadier so sehr wie die Schändung seines Körpers.

»Ich lass mich kreuzigen für meine Freunde. Erschießen und ersäufen. Aber abbeißen ist nicht. Keiner beißt Stücke aus mir raus!«

Während Pilar die Blutung stillte, rang Luther mit Visionen, wie es wäre, von den Kreaturen gezielt attackiert zu werden: Man würde abgenagt bis auf die Knochen. Immer noch schaudert ihn die Erinnerung an das eine Exemplar, das er aus unmittelbarer Nähe gesehen hat – die sich in grausigem Behagen dehnenden, schwarz glänzenden Kiefer, dem Maul entsprießenden Extremitäten, mit denen es sich putzte, die unzähligen Augen, sofern es Augen waren –

In den Containern hatten Jim und Pilar zwar nichts zur Steuerung der Tiere gefunden, dafür Gewehre und Flammenwerfer. Feuerwehrwagen rückten an, niemand am Kontrollpunkt interessierte sich für den fliehenden Mercedes. In aller Eile verständigten sie sich auf die Farm als Ziel, um den von Jayden prognostizierten Transfer zu verhindern – mehr Vorsatz als Plan, da Pilars Zugangsberechtigung mit ziemlicher Gewissheit aufgehoben wurde.

»Kann Ken dich reinhacken?«

»Kenniboy kann mich ins verdammte Pentagon einloggen«, knurrt sie. »Aber an Ares beißt er sich die Zähne aus. Das System kreiert seine eigenen Firewalls, in tausend Jahren käme er da nicht rein.« Sie zückt ihr Handy, ruft Eleanor Bender an und erstattet Bericht, knapp und sachlich und ohne ihrer Freundin Zeit zu geben, Jaydens Verrat zu verkraften: »Du musst was für mich tun, Elli. Setz meine Autorisierung wieder in Kraft. – Doch, du kannst drauf wetten, dass sie mich aus dem System genommen haben.« Pause. »Verstehe. Dann reaktiviere meinen Status erst unmittelbar bevor wir reingehen. Ich melde mich.« Lässt sich mit der Hafenverwaltung verbinden: »Ja, genau die. Große Fluginsekten, lebensgefährlich. – Nein, glaube kaum, dass sie sich in weitem Umkreis verteilen werden, außerdem dürften sie in vierundzwanzig Stunden tot im Hafen liegen, aber bis dahin müssen Sie höllisch wachsam sein. Es sind Carnivoren. Sie greifen Menschen an, in ihrer Nähe kann es zu Sinnestäuschungen kommen, wie von halluzinogenen Drogen. – Was? – Na, als wär man high! Haben Sie nie was geraucht? – Gut, tun Sie das. – Wer ich bin, spielt keine Rolle.«

Luther schaut in den Rückspiegel. Das Küstengebirge liegt wie einwattiert am Horizont; eine dicke Schicht Nebel, die schwach gegen den Nachthimmel fluoresziert. Hinter Benicia dünnt der Verkehr aus, sie kommen schneller voran.

»Du weißt, dass die Wiederherstellung deiner Autorisierung das Problem nicht löst.«

»*Mierda.*« Sie nickt mit leerem Blick. »Wir sind zu wenige.«

»Wie schätzt du Jim ein? Hält er durch?«

»Jim hält alles durch. Nur keine Beziehung.«

»Hm. Okay.«

Sie lässt den Kopf nach hinten sinken. Dreht ihn und betrachtet Luther aus ihren schwarzen Augen. »Ob du's glaubst oder nicht, wir hatten Glück im Unglück. Die Tiere sind nicht unmittelbar giftig, andernfalls würden sich Jim und Jayden in Krämpfen winden oder tot sein. Auf der Insel brüten sie alle möglichen Sorten Cyborgs aus, unsere possierlichen Freunde im Hafen waren bei Weitem nicht die schlimmsten.«

»Auf der Insel?«

»Ein Ort in PU-453. *Buddy Bug.* Hübsch, was? Ein Unternehmen der Nordvisk-Gruppe, das Insekten züchtet.«

»Nordvisk gibt es auch in PU-453?«

»Ja, aber die Unternehmensgeschichte ist anders verlaufen. Eigentlich gut, was sie da machen. Designte Insekten spielen in PU-453 eine wichtige Rolle – Schädlingsbekämpfung, Umweltschutz, Ernährung, Aufklärung, Erste Hilfe, persönliche Assistenz, was nicht alles. Ursprünglich eine militärische Technologie, und da liegt der Haken. Geheimdienste und Militär arbeiten seit Jahren mehr oder minder erfolgreich daran, Insekten für ihre Zwecke einzuspannen. Natürlich stürzen die sich auf jeden, der Fortschritte vorzuweisen hat. Winken mit fetten Schecks. Wenn das Pentagon was will, ist es spendabel wie der Weihnachtsmann, CIA und NSA schieben dir die Kohle mit der Schaufel rein, schwierig, Nein zu sagen. Darum hat Elmar verfügt, Angriffstechnologien weder herzustellen noch zu verkaufen.« Sie seufzt. »Keine Ahnung, ob er sich noch dran gebunden fühlt. Jedenfalls, es gibt eine Sektion auf der Insel, wo Zeugs wie die *Ripper* entstehen.«

»Ripper?«

»Hast du gerade Bekanntschaft mit gemacht.«

»Nordvisk züchtet Killerinsekten?«

»Nein. Ultraaggressive Hybriden, um Schädlinge zu bekämpfen, denen anders nicht beizukommen ist. Schau, sämtliche Insekten, die *Buddy Bug* auf den Markt bringt, sind aus klassischen Cyborg-Technologien hervorgegangen, aber die neuen Generationen benötigen keine externe Technik mehr, um sie zu steuern.

Die Technologie ist Teil ihrer DNA geworden. Mit der richtigen Software kannst du sie nach Belieben kontrollieren.«

»Und wenn niemand sie steuert?«

»Verfallen sie in Ruhestarre.«

»Wozu dienen die Tanks?«

»Als Nest. Im Innern herrschen optimale Bedingungen, ihre Vitalfunktionen werden überwacht, bei Bedarf Nährlösungen verabreicht. Während der Ruhephasen kühlt das System die Tiere so weit runter, dass sie träge werden, fast bewegungslos.«

»Das ist pervers.«

»Die Bedingungen sind pervers, Luther. PU-453 ist unserem sehr ähnlich und doch in vielem völlig anders. Der Klimawandel hat Teile des äquatorialen Gürtels unbewohnbar gemacht. Da wächst nichts mehr, also stürzen sich Schädlinge mit Heißhunger auf Anbauflächen, die sie bislang nicht auf dem Schirm hatten. Mutter Natur sorgt dafür, dass sie ruckzuck gegen jede Chemikalie immun werden, na, und die ganz harten Hämmer kannst du nicht verspritzen. Dann wären zwar zehn Milliarden Heuschrecken im Arsch, aber auch sonst alles. *Buddy Bugs* Antwort darauf sind die *Ripper.* Ganz archaisch. Wenn einer zu viel frisst, schick was vorbei, das *ihn* frisst. Es funktioniert. *Ripper* haben keine natürlichen Feinde. Wenn sie unter den Bösen aufgeräumt haben, schickst du sie zurück in ihre Tanks.«

»Böse ist, wen du aus dem Weg haben willst.«

Sie hebt einen Mundwinkel. »Jetzt verstehst du's.«

»Beliefert *Buddy Bug* das Pentagon?«

»Unter der Bedingung, dass *Ripper* ausschließlich zur Verteidigung eingesetzt werden. Augenwischerei. Mittlerweile sind Killerinsekten ebenso wie Killerroboter und Killer-KI Teil des globalen Wettrüstens geworden, übrigens auch in unserem netten kleinen Universum. Und irgendjemand bei *Buddy Bug* macht unter der Hand Geschäfte mit Waffenhändlern.«

»Waffenhändlern wie Rodriguez.«

»Zum Beispiel.«

»Was geschieht mit den Tieren im Hafen?«

»Sie sterben. *Ripper* müssen im Gegensatz zu friedfertigen Insekten zyklisch in die Tanks, und ihr Tank wurde zerstört. Morgen sollten sie hinüber sein. Ungesteuert ist ihr Verhalten chaotisch. Hungrig und in die Enge getrieben greifen sie an, unter freiem Himmel kann man ihnen und ihren Ausscheidungen aus dem Weg gehen.«

»Das Halluzinogen.«

»Im Schwarm konzentriert es sich.« Pilar fuchtelt in der Luft herum. »Verwirrt die Sinne.«

»Morgen, sagst du. Was, wenn sie sich in der Zeit vermehren?«

»Können sie nicht. Sind alles Männchen. *Concho!* Wir *müssen* Jaron stoppen.«

»Ich fordere Verstärkung an.«

»Polizei? Nein!« Wie nicht anders zu erwarten.

»Pilar, das ist ein Fall für die Behörden. Ich kann so was in meinem County nicht dulden –«

»In *deinem* County?«, fragt sie mit schneidendem Sarkasmus.

Er schweigt. Fühlt ihren Blick auf seiner Wange brennen.

»Willst du dem Polizeichef von Sacramento deine Geschichte erzählen? Der CIA? Im Ernst?« Sie hält inne, als sei ihr plötzlich eine völlig neue Idee gekommen. In verändertem Tonfall sagt sie: »Oder willst du vielleicht *mir* was erzählen?«

»Wovon redest du?«

»Es muss dich hier zweimal geben. Davon rede ich. Wo ist der andere?« Sie starrt ihn an. »Wenn er auftaucht, kannst du einpacken. Aber vielleicht taucht er ja nicht auf. Oder?«

Die Frage zieht sich wie ein Galgenstrick um seinen Hals.

»Unterstell mir nichts. Oder ich werfe dich raus.«

Sie richtet den Blick auf die Straße. »Ich unterstelle dir gar nichts.«

»Du wolltest meine Hilfe. Ich hab dir geholfen! Ich helfe dir immer noch, falls es dir entgangen sein sollte, also –«

»Ich unterstelle dir nichts, verdammt! Ich bereite dich lediglich darauf vor, dass sie dich mit solchen Fragen löchern werden. Nach allem, was du mir über Grace erzählt hast – *deine* Grace –, bezweifle ich, dass dein Doppelgänger noch am Leben ist.«

Er leckt sich über die Lippen. Trocken, rissig. Wie sehr er doch wünscht, reinen Tisch machen zu können.

»Ich sag dir noch was, Luther. Eine Erfindung wie das Tor darf nicht in falsche Hände geraten. Jaron muss Hintermänner haben. Mächtige. Er hat fürs Pentagon gearbeitet, in der Forschung. Was, wenn dein Hilferuf den Falschen erreicht?«

»Wie schon gesagt, nicht die ganze Polizei von Sacramento –«

»Ist korrupt, nein. Aber das Tor ist keine Bank, die überfallen wurde. Es ist die irrste Entdeckung, die je gemacht wurde! Und nicht mal von uns. Von einem *Computer*, der uns intellektuell abgehängt hat. Den wir nicht verstehen, dessen Leistungskapazitäten die der Hirne aller Menschen in kosmischen Maßstäben übertrifft. Eine Maschine, die kurz vor einer Intelligenzexplosion steht, ohne dass wir eine Vorstellung davon haben, was sie *dann* tut.« Ihr Tonfall wird eindringlicher. »Versteh doch! Die Möglichkeiten, Ares und das Tor zu nutzen, gehen weit über alles Ausrechenbare hinaus. Elmar, Hugo und Elli haben Regeln für den Umgang mit Hochrisiko-Technologien aufgestellt, aber du siehst ja – selbst *innerhalb* eines Unternehmens, dessen ganze Philosophie darauf abzielt, Menschen zu helfen, spielen einige falsch. Glaubst du wirklich, wenn wir offizielle Stellen einschalten und die Welt von der Existenz des Tors erfährt – und das wird sie! –, würde irgendwas besser? Die Missbrauchsgefahr steigt sprunghaft an! Und sei es nur aus Dummheit. Wir *dürfen* dieses Geheimnis nicht verraten! Wir müssen den alten Zustand wiederherstellen. Es *intern* regeln. – Außerdem ist die Farm eine private Einrichtung. Die könnt ihr nicht stürmen.«

»Wenn eine Gefährdung davon ausgeht, schon.«

»Und was wäre wohl die Konsequenz?«

Alles gelangte ans Licht. Die Behörden würden den hiesigen

Luther suchen. Jodie und Tamy würden erfahren, dass er nicht der Mann ist, für den sie ihn halten.

»Na schön. In Goodyears Bar wohnt eine Ärztin, die sich um Jim und Jayden kümmern wird. Ich rufe sie an. Und jemanden zur Verstärkung.«

»Wen?«, fragt sie misstrauisch.

»Ruth Underwood, meinen Chief Deputy. Keine Widerrede«, kappt er den zu erwartenden Protest. »Ich gehe da mit meinen Leuten rein! Sie werden Stillschweigen bewahren – unter der Voraussetzung, dass wir Jarons Bande dingfest machen und sicherstellen, dass so was wie *Ripper* nie wieder in diese Welt gelangen können.«

Und wie stelle ich sicher, dass sie nicht in *meine* Welt gelangen?

»Wie viele kannst du mobilisieren?«

»Mach dir keine Illusionen. Ich hab keine Armee in Sierra. Loyal sind alle. Wirklich verschwiegen – drei oder vier.« Er wählt Marianne Hatherleys Nummer. »Dann trommeln wir mal die glorreichen Sieben zusammen.«

Ruth legt das Handy weg.

Was Luther da gerade Abscheuliches erzählt und worum er sie gebeten hat, halb Dienstanweisung, halb deren Außerkraftsetzung, will sich partout nicht einfügen in ihre rundsatte Zufriedenheit. Sie liegt in einer See aus Honig. Unter einem Himmel aus Honig. Überschäumend in ihrer Existenz, erstaunt, wie sehr sich ein Körper nach Körper anfühlen kann statt nach einem Zuhause trüber Gedanken, findet sie plötzlich Dinge schön, die nun wirklich nicht ganz oben auf der allgemeinen Begehrlichkeitsliste stehen. Megs Meisterbrief. Poster von Oldtimern und Trucks. Embleme und alte Nummernschilder. Modellautos in einer Vitrine. Ein Auspufftopf in einer Ecke. Eine angekatschte

Tiffany-Leuchte. Aktenschrank. Computer. Locher. Tacker. Kaffeebecher mit Jeep-Logo, eine historische Buick-Kühlerfigur auf dem Schreibtisch im Schatten eines einsturzgefährdeten Stapels Hängeordner, unausgepacktes Sandwich. Megs Büro ist ein leidlich gemütlicher Kasten Privatsphäre, wohnlich gemacht durch eine scheckig gesessene Ledercouch, deren Daseinszweck unter den Ärschen von Kunden, Freunden und Beamten des Sheriffbüros verlorenzugehen drohte – tatsächlich scheint das Möbel all die Jahre einzig dort gestanden zu haben, um heute seine große Stunde zu erleben.

Alles ist schön und Ausdruck dessen, was sie immer wollte.

Nur, was sie von Luther hört, ist schrecklich.

»Pete«, sagt sie. »Robbie. Die beiden. – Ja, Phibbs auch. Gute Idee. Für die anderen würde ich nicht die Hand ins Feuer legen. – Okay, ich sehe, was ich machen kann. – Nein, du störst nicht.« Sie fängt einen Blick von Meg auf, die nackt mit zwei Dosen Sierra Nevada Pale Ale vor ihr steht und lächelt. »Dafür bist du ein bisschen zu spät.«

»Haben wir noch Zeit?«, fragt Meg, nachdem Ruth aufgelegt hat.

»Ich fürchte, nein.« Sie springt auf, zieht Meg zu sich heran und küsst sie. »Nachteinsatz. Ich muss ein paar Leute aus ihren Löchern stöbern.«

»Na, das geht ja gut los.«

»Stimmt.« Ruth grinst. »Das ging *sehr* gut los.«

»Braucht ihr 'ne Fahrerin? Ich bin nützlich. Ich kann schießen, hab schon mal jemanden verdroschen –«

Ruth beginnt, ihre im Raum verstreute Kleidung einzusammeln. »Besser nicht.«

»Das ist kein offizieller Einsatz, oder?«

»Es ist ein Knallbonbon. Du weißt nicht, was drin ist.«

Meg sieht zu, wie Ruth sich zurück in eine Polizistin verwandelt. »Jetzt wo wir keine Geheimnisse mehr voreinander haben, kannst du's mir doch eigentlich sagen, oder nicht?«

»Klar. Gleich morgen.«

Zehn Minuten später hat sie Pete am Ohr. Sie spürt die abendliche Kühle nicht, als sie zum Wagen geht. Pete hockt mit Phibbs – welch praktische Fügung – im St. Charles Place und erinnert sie daran, dass Robbie zum Geburtstag seiner Mutter an die Küste gefahren ist. Als sie den Saloon betritt, sieht sie die beiden in Gesellschaft von D.S. am Tresen hocken. Zu dessen Füßen liegt Cassius, D.S.' gewaltiger Hund, in dessen Genpool sich Schäferhund, Rottweiler und wahrscheinlich Braunbär tummeln.

»Hey, Ruthie«, ruft ihr Phibbs über den verwaisten Billardtisch zu und schwenkt sein Glas. »Du wildes Weib, oh Mann! Heiliges Nugget. Was ist mit deinen Haaren passiert?«

Unwillkürlich fährt ihre Hand nach oben. Kein Pferdeschwanz. Die ganze ausladende Pracht ihrer rotblonden Locken.

»Was mit deinen nie passieren wird, Süßer.«

»Beim Manitu.« Phibbs befingert sein schütteres Haupthaar. »Das Weib spricht wahr.«

»Können wir dir was Gutes tun?«, fragt D.S. mit Knautschlächeln.

Sie betrachtet seine imposante Gestalt. Krault Cassius, der sich hüftsteif zu ihren Ehren erhebt.

»Ja«, sagt sie. »Schätze, das könnt ihr.«

Eleanor verlässt den Labortrakt des Biotech-Flügels, wo einige aus ihrem Team über dem Studium von RNA-Interferenzen und Möglichkeiten, Gene stillzulegen, Zeit und Raum vergessen, und begibt sich in ihr Büro. Es ist vollgestellt mit Kühlschränken für Enzyme, Thermozyklern und Pipettiergerät. Schaubilder von DNA, CRISPR/Cas-Komplexen, Ausdrucke von Versuchsanordnungen hängen an den Wänden, eine moderne Alchimistenhöhle. Sie schaut auf einen leeren Fleck zwischen zwei Diplomen.

»Guten Abend, Ares.«

Die Wand, überzogen mit einer nanosensorischen und bilderzeugenden Schicht, bringt ihren Stimmklang und Iris-Scan in Übereinstimmung.

»Guten Abend, Eleanor.«

»Gibst du mir bitte eine Liste aller Personen, die zum Betreten der Farm und Reisen durch das Tor autorisiert sind.«

»Natürlich.«

Unmittelbar vor der Wand schwebt ein holografisches Verzeichnis. Etwa einhundert Namen sind darin vermerkt. Eleanor tritt näher heran und sieht Pilars Vermutung bestätigt.

»Ich sehe nirgendwo Pilar Guzmán.«

»Pilars Autorisierung wurde gestern früh um 7 Uhr 55 aufgehoben.«

»Wer hat das veranlasst?«

»Katie Ryman, autorisiert von Elmar Nordvisk.«

Sie starrt auf das Hologramm und fühlt ihre Handflächen feucht werden. Ihr Herzschlag beschleunigt sich, ihr Atem wird flach. Himmel, für so was ist sie nicht geschaffen. Alles Konspirative, jede Verstellung widerstrebt ihr, und das hat nichts mit Angst zu tun. Es steht ihrer Auffassung von Loyalität und generell der Art entgegen, wie Menschen miteinander umzugehen haben. Oder auch Menschen und Computer. Alleine den Undersheriff einzuwickeln, hat ihr Intrigenpotenzial bis an die Grenzen strapaziert. Elmar, den Mann, den sie geliebt hat und auf eine nicht begehrende, schwesterliche Art immer noch liebt, zu hintergehen, vermittelt ihr das Gefühl, von einer Folge *Desperate Housewives* eingesaugt worden zu sein.

»Geht es dir gut, Eleanor? Ist alles in Ordnung?«

»Könnte nicht besser sein.«

»Es ist schon spät.« Die Stimme des Computers klingt freundlich und eine Spur besorgt. »Kannst du nicht für heute Schluss machen und die Füße hochlegen? Du arbeitest sehr viel.«

»Das ist keine Arbeit. Ich liebe, was ich tue.«

»Heißt das umgekehrt, Arbeit ist, was du nicht liebst?«

Eleanor setzt sich auf die Schreibtischkante und fühlt sich ruhiger werden. »Schon mal was von *spitzfindig* gehört?«

»Ja. Du findest meine Frage spitzfindig. Das ist sie auch.« Schwang da Spott mit? Nein. A.R.E.S. ist ein Apparat, der kein Empfinden seiner selbst hat. Unvorstellbar intelligent und zugleich weniger bewusst als ein Bakterium. Wenn er amüsiert klingt, dann nur, weil seine Algorithmen diesen Ausdruck passend finden.

»Warum bist du spitzfindig?«

»Ich versuche, Menschen zu verstehen. Mitunter macht ihr es mir ganz schön schwer.«

»Um dich zu testen.«

»Verzeih, aber ich glaube, das war kein Test. Es ist dir rausgerutscht.«

»Ah. Rausgerutscht.«

»Versteh mich nicht falsch. Ich finde es reizvoll, dass Menschen widersprüchlich sind. Oft sagt ihr Dinge, die keinen Sinn ergeben. Trotzdem haben sie Sinn für euch. Das ist hochinteressant.«

»Okay, man kann seine Arbeit lieben. Und hassen. Man kann sie so sehr lieben, dass es sich nicht wie Arbeit anfühlt.«

»Und schon habe ich's verstanden.« A.R.E.S. lacht leise. Ein warmes, einnehmendes Lachen, das er sich selber beigebracht hat. Ständig ergeben sich solche Geplänkel. Man kann sie vorzeitig abbrechen, doch Ziel ist es, A.R.E.S. so tief wie möglich in die menschliche Psyche eintauchen zu lassen. Er mag in Multiversen denken und aberwitzige Maschinen bauen, doch sein Verständnis von Ethik, Moral und menschlichen Werten bedarf steter Vertiefung. Jetzt gilt es, Pilars Autorisierung wiederherzustellen. Mit der Konsequenz, Elmars Anordnung zu widerrufen. Eleanor kaut auf einem Fingernagel herum. Befugt dazu wäre sie. Doch es würde augenblicklich protokolliert. Elmar würde es im selben Moment erfahren.

Und Pilars Überraschungsmoment wäre dahin.

Sie lässt sich in den alten, abgewetzten Sitzsack gegenüber der Holo-Wand fallen. Sieht ihr Handy blinken. Elmar. Ein Wunder, dass er nicht längst versucht hat, sie zu erreichen. Mittlerweile sollte er herausgefunden haben, in wessen Begleitung Luther Opoku das Gelände verlassen hat.

Sie geht nicht ran.

Durch die Nacht.

Eine Tote neben sich, die leise schnarcht. Er selbst – ruhig? Doch, schon. Den Kopf zwar angefüllt mit neuem Wissen, das nur darum noch Platz fand, weil es ihn nicht zwang, seine Grundannahmen über sich und die Welt erneut zu schreddern. Doch hier, auf der nächtlichen, kaum befahrenen Bergstraße, wenige Meilen vor der County-Grenze, wo die Zedern dichter zusammenrücken, dunkel und rätselhaft wie Hüter uralter Geheimnisse, erfüllt ihn der stille Friede des Nach-Hause-Kommens.

Zu Hause auf einem fremden, vertrauten Planeten.

Schrittweise hat sich die Frau neben ihm komplettiert. Vom anonymen Leichnam zu jemandem, dem Eltern einen Namen und andere später einen Job gegeben haben. Mit verhangener, rauer Stimme, die ihr Anrufbeantworter beisteuerte, bis sie endlich auferstanden in sein Blickfeld trat, rüde und direkt, die feineren Wesenszüge misstrauisch verschanzt. Es gibt eine Zeit der Pläne und eine der Geschichten – der Plan war gefasst, die Fahrt lang und eintönig, also begann Luther von Jodie zu erzählen und sah das Eis, das Pilar umgab, dünner werden und ihre eigene Geschichte durchschimmern: Coatzacoalcos, Mexiko. Achtziger. Ein Ehepaar linker Tierärzte, keine nennenswerten Einkommen, was sie mit glühenden Worten der moralischen Verkommenheit des Menschen zuschrieben. In Pilars Kinderzimmer das gerahmte Portrait Arthur Schopenhauers: *Nicht Erbarmen, Ge-*

rechtigkeit ist man den Tieren schuldig! Der Vater zornig. Auf dies, auf das. Einfach als Grundhaltung. Nie im Zweifel, nie im Unrecht. Mama war spiritueller Erweckungsliteratur verfallen, meditierte von früh bis spät und strapazierte ihr Umfeld mit der erdrückenden Milde einer Heiligen, wodurch sie in ihrer Ausprägung von Rechthaberei noch unausstehlicher wirkte. Im Dauerclinch, wer radikaler war – so ganz teilte sich Pilar nie mit, radikaler in was, aber es fielen Aufruhr verheißende Namen –, traten beide gemeinschaftlich als Quell solch einwandfreien Denkens auf, dass sie sich fühlte wie der inkarnierte Makel – die Aussicht auf einen eigenen Standpunkt ist nicht gerade berauschend unter Menschen, die in allem die moralisch überlegene Position einnehmen. Es gab auch eine Tante, von der es hieß, sie sei 1970 im Gefolge von Joni Mitchell nach British Columbia gelangt und habe dort Greenpeace mit aus der Taufe gehoben, also wurde die Praxis geschlossen, und man zog von Coatzacoalcos an die kanadische Westküste.

Der Wald, der Ozean wurden Pilars Zuhause. Wildnis um sie herum, Wildnis in ihr. Als sie in Vancouver Sport und Biologie studierte, hatte sie ihrer Wut eine Reihe Ventile geschaffen: Bogenschießen, Kickboxen, Klettern, Kiffen, allgemeines Danebenbenehmen. Touristen folgten ihr auf unwegsamen Pfaden ins Gebirge, auf schäumenden Wogen hinaus aufs Meer, überallhin, wie sich zeigte. Sie war die geborene Expeditionsleiterin, doch hinter jedem Busch, Felsen, Mammutbaum, in jeder Meerestiefe stieß sie auf ihre wacker den Planeten rettenden Eltern. Sie waren nicht dort, aber schon dort gewesen. Sie waren nicht dort gewesen, würden ihre Tochter aber dort haben wollen. Ein Fluch! Wann immer Pilar versuchte, die Gegenrichtung einzuschlagen, endete sie, wo Papa und Mama sie sich wünschten, nur ein neuerliches Studium versprach, den Bann zu brechen – etwas so Kompliziertes, dass die zwei verkrachten Veterinäre sich endlich gezwungen sähen, das Maul zu halten.

Berkeley, Kalifornien!

Die ideale Wahl. Erstens, schön weit weg. Zweitens, schön weit weg. Drittens, Biochemie und synthetische Biologie, schön undurchsichtig. Sie studierte bei Eleanor Bender, vertiefte sich in die Welt der Proteine und Enzyme, von der ihre Eltern zu wenig verstanden, um sich einmischen zu können. Arbeitete nebenher in einem Sportgeschäft mit Bootsverleih und lotete aus, was man dem Körper zumuten konnte, wenn der Kopf es wollte. Gipfelstürmen in den Sierras, Tauchsafaris, Liaison mit dem Bootsbesitzer, die kenterte, was ihr Zeit im Labor verschaffte. Jim Garko, ihr neuer Freund, betrieb ein Surfer-Café in Monterey, mehr eine Bretterbude, die einzig von der Kaffeemaschine lebte, und nahm es in Sachen Körperkult gleich dreimal mit ihr auf. Währenddessen entdeckte Pilars Verflossener die Freuden des Heiratens, wechselte in eine sichere Anstellung und schlug Pilar vor, Geschäft und Bootsverleih zu übernehmen, und plötzlich erschien das Leben auf gar nicht mal so spießige Weise vorgezeichnet.

Im folgenden Sommer brannte das Sportgeschäft ab. Zwei der Boote gingen in Flammen auf. Wer immer da gezündelt hatte, für Pilar bedeutete es den Ruin. In dieser prekären Lage erwies sich Eleanor als rettender Engel. Inzwischen Gesellschafterin des Nordvisk-Imperiums, bot sie Pilar einen Job an. Nordvisk bestach nicht eben durch exorbitante Gehälter, allerdings war dort alles frei, Essen, Trinken, Sport, medizinische Versorgung, Elmar selbst verhieß ihr eine gloriose Zukunft. Dass die nicht zwischen Petrischalen und Pipetten stattfinden würde, erfuhr Pilar, als er sie mit nach Sierra nahm und ihr das Tor erklärte:

»Alles, was du bisher gesehen hast, wenn du in deinem Kopf gereist bist – dort ist es *real!* Plus ein paar Sachen, auf die dein Kopf nie kommen würde. Wir führen wissenschaftliche Expeditionen durch, aber nicht jeder ist ein Albert Schweitzer oder Alexander von Humboldt, wenn du verstehst, was ich meine.«

»Nicht ganz.«

»Nicht jeder ist geschaffen, durch die Scheiße zu kriechen.

Hast du schon mal versucht, einem lebenden Orca ein Stück aus dem Arsch zu schneiden?«

»Ich bin ja nicht bescheuert.«

»Paralleluniversen leben. Und was lebt, lässt sich nicht gern beklauen. Jetzt würde ich nicht gerade sagen, dass wir klauen, aber wir nehmen Dinge mit, studieren sie hier, versuchen rauszufinden, wie sie funktionieren. Um daran zu gelangen, müssen wir in Strukturen eindringen. Meist ganz legal. Wir kaufen was. Mitunter lässt es sich nicht kaufen, dann schleusen wir Leute ein, die es für uns beschaffen. In einigen PUs finden sich Organismen, Tiere, Pflanzen, die es so hier nicht gibt, deren Extrakte, körpereigene Abwehrstoffe, Gifte und so weiter aber unerlässlich sind zur Herstellung eines – sagen wir mal – bestimmten Medikaments. Ein PU ist eine komplette, also auch an Gefahren komplette Welt! Manchmal hilft nur, schneller laufen zu können. Ares ist darauf geeicht, quasiidentische Erden aufzuspüren. Wie unsere, nur fortgeschritten, aber Erde ist ein weites Feld. Letztes Jahr landeten wir auf einer ohne K-P-Grenze.«

»Kreide-Paläogen-Übergang? Du meinst, kein Meteorit?«

»Genau. Da ist vor sechsundsechzig Millionen Jahren nichts Dickes aus dem Himmel gefallen, das die Saurier ausgelöscht hat. Mit dem Ergebnis einer Zivilisation raumfahrender Sauroide. Oberstes Gebot in einem PU ist es, nicht aufzufallen. Schwierig ohne Schwanz und achtundsechzig Zähne, und vom dortigen Wildleben will ich gar nicht erst anfangen – um es kurz zu machen, wir sind mit knapper Not und schwer zerzaust zurückgelangt. Grundsätzlich gehen wir bewaffnet in PUs. Mit gesicherten Fahrzeugen. Ausschließlich Wissenschaftler, aber die Hälfte muss fit sein wie Marines: Überlebenstraining, Nahkampfausbildung, fähig, die Gruppe notfalls aus der Hölle zu führen.«

»Und wie oft kommt man in die Hölle?«

»Selten, aber man weiß nie. Pilar, was du da vorfindest, wird deine Forschungen in Ellis Gruppe auf phantastische Weise vorantreiben! Aber wir brauchen Leute wie dich, um ihrerseits Expeditionen zu leiten. Organisatoren. Anführer. Wir brauchen Schwarzeneggers! *Hasta la vista, baby!* Lust?«

Lust? Das Ganze war eine aus dem Himmel gefallene Vergünstigung, die in den Wind zu schlagen ernsthafte Zweifel an Pilars Geisteszustand hätte aufbringen müssen. Sie hatte sich gesucht, nun fand sie sich: mal als exakte Kopie, mal gealtert, mal jünger, verheiratet, als mehrfache Mutter, einmal sogar im Knast wegen Verstoßes gegen das Betäubungsmittelgesetz, ein anderes Mal war das Bootshaus nicht abgebrannt, hatte sie der Wissenschaft den Rücken gekehrt. Herauszufinden, wer man im PU war, diente nicht etwa der Vorbereitung persönlicher Zusammentreffen, sondern deren unbedingter Vermeidung, was problematischer sein konnte, als sich ohne Schwanz und achtundsechzig Zähne im Saurier-PU blicken zu lassen. Sie liebte es! Auf vielen der Expeditionen begleitete sie Elmar höchstpersönlich, manchmal kam Eleanor mit, hier und da fand sich Hugo bereit, wenn auch mehr aus Sportsgeist und zuletzt seltener. Repräsentanten aller Fachbereiche, sorgfältig verlesen, tummelten sich in der unendlichen Multiversen-Blase und ließen Symptome einer Rauschhaftigkeit erkennen, wie sie einem in den Sierras Mitte des neunzehnten Jahrhunderts entgegengeschlagen sein musste, in den schlammigen, blut- und fuselgetränkten Straßen Belmonts, Goldfields und Downievilles.

Nach zwei Jahren lag die planerische Leitung sämtlicher Expeditionen in Pilars Händen.

Mit Jaron Rodriguez, dem Leiter des Sicherheitsdienstes, verband sie nichts, also auch nichts Schlechtes. Er war neu, höflich und auf eine Weise charmant, die an einen bekleideten Wolf im Märchen denken ließ. Innerhalb der Grenzen ihrer Arbeit fanden sie Themen, an den Lagerfeuern des Geistes trafen sie sich nie. Jaron blieb ihr fremd. Sie mochte seine Unerschrockenheit und rasche Auffassungsgabe, bestaunte die Anwesenheit eines so akademisch geschliffenen Geistes in einem solchen Klotz von Körper und genoss es, sich jederzeit und überall auf ihn verlassen zu können. Jaron strukturierte den fast einhundert Leute umfassenden Sicherheitsdienst Nordvisks effizient um, warf Schlafmützen und Querulanten raus und installierte ein Dutzend eigener Weggefährten, darunter Grace Hendryx.

Grace, die entsicherte Waffe.

Von Anfang an empfand Pilar die Nähe der Äthiopierin als beruhigend und Furcht einflößend zugleich. Bei etlichen PU-Ausflügen übernahm Grace Hendryx Spezialaufgaben. In ihrer Gegenwart fühlte man sich sicher. Grace war ein Schatten. Sie kannte keine Mauern. Sie drang ein als dunkler Nebel, beschaffte, wonach Elmar verlangte, und machte sich den Umstand zunutze, bei Bedarf wie eine Mata Hari wirken zu können, ein Rätsel, das Männer im Bemühen, es zu lösen, eine Torheit nach der anderen begehen ließ. Doch Pilar, vertraut mit unterdrückter Wut, blickte hinter Graces phosphorweiße Augen und sah dort nichts, was der Erhaltung oder Kultivierung von Dingen gedient hätte, keinen formenden Geist, keine Ordnung.

In Grace war nur Chaos.

»Vor drei Monaten«, erzählte sie Luther auf ihrem Weg durch die Nacht, »drang eine verstörende Nachricht aus dem Grenzgebiet zwischen Sudan und Südsudan. Eine Gruppe Soldaten. Schreckliche Verstümmelungen. Körper, von denen kaum mehr übrig war als ein Haufen blutiger Knochen. Nun ist Barbarei in solchen Bürgerkriegsgebieten an der Tagesordnung, aber bei mir schrillten sämtliche Alarmglocken. Ich beschaffte mir Bilder. Flog nach Juba, setzte mich mit den Blauhelmen in Verbindung. Ziemlich kompliziert. Man kam nicht einfach so dahin, wo das passiert war. Die Straßen versanken im Schlamm, auf alles, was nach Heli aussah, wurde unterschiedslos und mit Begeisterung geballert. Am Ende stand ich vor einer der Leichen. Ich wusste sofort Bescheid. Auf der Insel, in PU-453, hatten sie uns Filme gezeigt, Simulationen – das hier war das Werk von *Rippern*! Die Männer mussten in einen Schwarm geraten sein. Ein gesteuertes Kontingent! Das heißt, null Chance zur Gegenwehr. Folglich gab es keine Überreste der Biester, und natürlich verliefen meine Bemühungen im Sande rauszufinden, wer sie eingesetzt hatte. Irgendein Warlord, hinter dem noch größere Ärsche standen, die Gegend strotzt nur so vor Bodenschätzen. Der springende Punkt war, dass wir nie *Ripper* aus PU-453 mitgebracht hatten. Nordvisk verbietet den Import aggressiver Technologien. Mit anderen Worten, jemand hatte die Doktrin umgangen. Jemand, der in 453 gewesen sein musste, auf der Insel, sich mit dem Tor auskannte, der wusste, wie man die Aufzeichnungen eines Transfers löscht. Ein Profi mit Expeditionserfahrung – und dafür kamen nicht viele infrage.«

Wem sollte sie sich anvertrauen? Ohne Beweise? Ohne Kenntnis, wer dahintersteckte? Schließlich sprach sie Eleanor auf die Sache an, die ihr zwar jedes Wort glaubte, außer Bestürzung aber wenig beizutragen hatte. Pilar beschloss, den Weg der Tanks zu rekonstruieren. Auf welchen Ladeflächen, welchen Frachtdecks konnten sie unterwegs gewesen sein, welche Route durch Regenwälder und Savannen genommen haben? Ken'ichi Takahashi, ein auf PU-453-Computer spezialisierter Hacker und neben Jim der Einzige aus ihrem Team, den sie keines doppelten Spiels verdächtigte, analysierte die Güterbewegungen der letzten Monate und stieß auf eine kleine Spedition am Rande Sacramentos, von der aus die Container nach Oakland gelangt sein mussten. Satellitenbilder zeigten, wie Tieflader der Spedition vier Monate zuvor die Farm aufsuchten und etwas von dort abtransportierten, das verdächtig nach *Ripper*-Tanks aussah. Wie nicht anders zu erwarten, fanden sich keine Protokolle des Vorgangs. Zwischen Transport und Verschiffung lagen zwei Tage – und dann entlockte der Japaner dem Netz, dass die Spedition weitere Container zu verschiffen gedachte, identische Route, derselbe Zielhafen: Port Harcourt in Nigeria, angrenzend Kamerun, Zentralafrikanische Republik, Tschad, Sudan und Südsudan. Pilar installierte nach Kennys Anweisungen eine Software, die mit A.R.E.S.' Augen und Ohren sah und hörte und die Daten unbemerkt auf ihren eigenen Computer routen würde. Das Anlieferungsdatum der Container in Oakland grenzte den Zeitpunkt des Transfers ein – zwei, drei Tage, während derer keine Aktivitäten auf der Farm geplant waren und nur Jaron und ein halbes Dutzend seiner Leute dort sein würden, außerdem zwei Programmiererinnen zur Routineüberwachung.

»Damit wusste ich, wer die Bazille war. Jaron. Tja.« Pilar schüttelte düster den Kopf. »Ich hätte es mir in Palo Alto hübsch bequem machen und zusehen können, wie sie die Brut durch das Tor schleusen, aber nein, ich musste ja unbedingt durch den brennenden Reifen springen. Dort sein. Fotos schießen, Gespräche belauschen, sicherstellen, dass ich die *Kontrolle* in der Hand behalte. Weil ja auch *meine* Videos hätten manipuliert werden können. Ich malte mir aus, wie sie die Software entdecken und nun ihrerseits *mich* verarschen. Spar dir jeden Kommentar! Manchmal frage ich mich, ob ich nach all den Transfers noch ein einziges nichtparanoides Neuron im Schädel trage. Weiß der Henker, was ich mir dabei gedacht hab.«

»Jedenfalls hast du nicht gedacht, dass Rodriguez dich erwischt.«

Sie kräuselte die Lippen. »Was erwartest du von einem Mädchen, das Pfeiler heißt.«

»Pilar.« Luther dachte nach. »Stimmt, du heißt Pfeiler.«

»Maria del Pilar, da kommt's her. Von einer Marienstatue in Saragossa. *Unsere Liebe Frau auf dem Pfeiler.* Vollpfosten trifft's eher.«

»Mach dich nicht kleiner, als du bist. Das war sehr mutig.«

Sie lächelte schwach. »Danke.«

»Aber du konntest dich nicht offiziell einloggen«, sagte Luther. »Dann hätten sie gewusst, dass du auf der Farm bist.«

»Ja, und Ares auszutricksen ist verflucht schwer, aber ich hatte die zweithöchste Autorisierungsstufe. Genug, um einen falschen Log-out zu programmieren. Jetzt durften sie annehmen, ungestört zu sein. Blieb, mich im Appartement zu verschanzen.«

»Was erwartet uns auf der Farm? Wie groß ist Rodriguez' Netz?«

»Schwer zu sagen. Operativ nur er, Grace und sein enger Kreis, ein halbes Dutzend Typen, schätze ich. Ab da wird's spekulativ. Von Das-war's-schon bis zur Weltverschwörung.«

»Du verdächtigst wirklich Elmar?«

»Elmar geht übers Wasser. Ich verdächtige jeden, der keine Brücke benutzt.«

»Ernsthaft.«

»Ich sag dir doch, ich bin paranoid. Mann, ich liebe Elmar!«

»Liebe und Verdächtigungen gehen Hand in Hand.«

»Elender Schlaumeier«, schnaubte sie. »Wenn Jayden wieder bei Sinnen ist, kann er uns vielleicht sagen, wer noch mit drinhängt. Falls überhaupt. Ich gebe zu, ich bin mir nicht mehr sicher.«

»Du traust niemandem, was?«

»Die Saat meines Verfolgungswahns.« Sie seufzte. »Jaron hat beste Kontakte zu Geheimdiensten und Militär, definitiv auch zu internationalen Waffenhändlern. Also wer sind die Kunden? Welchen Einfluss haben diese Leute? Washington wollte schon immer mehr von uns, als wir bereit waren zu geben. Keine Ahnung, was uns erwartet. Die Nationalgarde? CIA?«

»Vorhin hast du noch gewettert, wenn offizielle Stellen Wind davon bekämen –«

»Offiziell heißt, nicht mit drinsteckend.«

»Ach so.«

Sie musterte ihn. »Du wirkst nicht überzeugt.«

»In meiner Praxis nennt man so was widersprüchliche Aussagen. Was ist eigentlich, wenn auf der Farm mal was gewaltig schiefgeht?«

»Zum Beispiel?«

»Weiß nicht. Etwas Schlimmes kommt aus dem Tor.«

»Noch schlimmer als du?«

Er ignoriert die Spöttelei. »Ihr betreibt ein Superhirn namens Ares, ihr reist in Paralleluniversen –« Wie sagte man das bloß, ohne wie ein Spießer zu klingen? »Ich meine – müssten solche Dinge nicht unter Aufsicht der gesamten Menschheit stattfinden?«

Pilar lachte heiser wie über einen dreckigen Witz. »Klar.«

»Und?«

»Was, und? Glaubst du, Ares ist das einzige Projekt seiner Art? Überall auf der Welt wird an Superintelligenzen geforscht. Jeder will die Erste ins Rennen schicken.«

»Ich dachte, Ares wäre die Erste.«

»Ares ist die beste. Bis jetzt. Ich kenne die anderen nicht, aber unserer traue ich als einziger den Takeoff zu.«

»Takeoff?«

»Intelligenzexplosion.«

Luther starrte in die Nacht. In die darin tanzenden Lichter, Schatten und Andeutungen. »Ist das so zerstörerisch, wie's klingt?«

»Es könnte das Paradies auf Erden bedeuten.«

»Für wen?«

»Kapitale Frage.« Sie verschränkte die Hände hinterm Kopf. »Du hast völlig recht, man müsste die Geburt einer künstlichen Superintelligenz als Menschheitsprojekt betreiben. Schon wegen der damit verbundenen Risiken. Geschieht aber nicht. Im Gegenteil. Nicht jeder findet, das Baby solle zum Segen aller geboren werden. Wer die erste Superintelligenz erschafft, erringt einen entscheidenden Vorsprung. Eine Superintelligenz ersinnt Dinge, die dich zur Weltherrschaft befähigen. Die erste superintelligente Maschine ist die letzte Erfindung, die der Mensch je machen muss, also in wessen Händen wird sie zum Leben erwachen? Welche Ziele werden ihr eingegeben sein? Unsere einzige Chance, dass uns das KI-Thema nicht eines Tages krachend um die Ohren fliegt, besteht darin, als Erster eine ethische Superintelligenz auf den Weg zu bringen, die wirklich im Menschheitsinteresse denkt und von Leuten kontrolliert wird, die ebenso empfinden. Ohne dass uns jemand reinpfuscht.«

»Menschheit steht in eurer Branche hoch im Kurs, was?«
»Sie ist das Evangelium.«
»Hat euch die Menschheit eigentlich darum gebeten, so was wie Ares zu erfinden?«
»Hat sie um die Atombombe gebeten? Sei nicht naiv, Luther.«
»Ich geb's auf. Was kann man mit *Rippern* verdienen?«
»Mit einer aggressiven Biotechnologie dieses Kalibers?« Pilar schürzte die Lippen. »Milliarden. Soll ich übrigens mal fahren?«
»Nein, ruh dich aus.«
Milliarden –
Luther schaute auf den Tacho. Fuhr noch ein bisschen schneller.

Jetzt, an der County-Grenze, ist es nicht mehr weit.
Neben ihm zuckt Pilar in schweren Träumen. Vielleicht auch nur Reflexe. Das Scheinwerferlicht streift die Kiefern am Rand der Bergstraße, die jetzt schmaler geworden ist, steiler und kurviger. Bringt das reflektierende Metall der Straßenschilder zum Glühen. Leuchtet zwischen die nadelstarrenden, im Nachtwind zitternden Äste, die plötzlich einer nie zuvor wahrgenommenen, weit machtvolleren Form des Lebens Ausdruck zu verleihen scheinen, und Luther fragt sich, wie etwas so Wunderbarem und Vertrautem eine solche Fremdheit innewohnen kann – als sei der ganze gewaltige Hang mit seinen Wäldern tatsächlich der atmende, in der Kühle erschaudernde Leib von etwas völlig anderem, viel Kolossalerem: einer an der Grenze zur Bewusstheit dämmernden Maschine.
Der North Yuba River bringt den Mond zum Schmelzen.
Verflüssigt strudelt er einer scharf geschwungenen Serpentine voller Kiesbänke entgegen, in denen sich einst so viel Gold sammelte, dass ein ganzer Kontinent darüber in Aufruhr geriet. Als sie die Goodyears Bar Bridge überqueren, liegt der kleine Ort wie ausgestorben da – kaum etwas deutet auf die knapp sechzig Einwohner hin, deren meiste die Lebensmitte deutlich überschritten haben. Luther fragt sich, ob es ein PU gibt, in dem man das in der

Zeit versunkene Goodyears Bar wiederauferstehen sähe, als allein die Zahl der hier siedelnden chinesischen Minenarbeiter in die Hunderte ging. Der PU-Logik zufolge muss es solche Welten geben, wenngleich auf ewig unerreichbar. Nicht der Entfernung halber, wie auch immer A.R.E.S. das Problem umgangen haben mag. Doch um in ein PU zu reisen, braucht es dort ein Gegenstück des Tors – und wie hätte eine Goldgräbergesellschaft des Petroleumzeitalters so etwas bauen können?

»Alle Planeten, zu denen wir Zugang haben, sind auf dem technischen Stand dieser Erde oder weiter«, hat Pilar ihm erklärt. »Aus der Traum von einer paradiesischen, unbesiedelten zweiten Erde, auf die man umziehen und deren Bodenschätze man plündern kann.« Was in Luther die mulmige Frage aufwarf, wann Ureinwohner je als Hinderungsgrund für Inbesitznahme gegolten hätten.

Etwas Schlimmes kommt aus dem Tor –

Gibt es bei Nordvisk Szenarien für eine Invasion?

Sie fahren über Goodyears Bars einzige Straße vorbei am Hotel bis zum Ortsausgang und in einen klaffend dunklen, von Kiefern und Nusseiben zugewucherten Weg, an dessen Ende Marianne Hatherley residiert wie die Hexe aus dem Märchen. Ein doppelstöckiges Verandahaus schält sich aus der Nacht, durch Gardinen sickert gelbes Licht. Bei ihrem Herannahen öffnet sich die Tür, und die Forensikerin tritt nach draußen, mit kleinen, schlackernden Schritten, als hänge sie an Fäden, eine mausfarbene Strickjacke eng um ihre Schultern gezogen. Jim hilft dem Kybernetiker aus dem Fond.

»Warte.« Luther springt nach draußen. »Ich mach das.«

»Akademiker sind Fliegengewichte«, knurrt Jim in gedankenverlorener Schmerzbewältigung. »Nichts dran.«

Jaydens Blick schießt orientierungslos umher. Er klammert sich an Jim und versucht, auf eigenen Füßen Halt zu finden, knickt ein. Marianne eilt herbei, plötzlich mit juvenilem Schwung. Ihre Miene, im Grundausdruck mürrisch, findet zum offenen Vorwurf. »Du lieber Himmel! Was habt ihr mit dem armen Jungen gemacht?«

»Wir?«, sagt Jim verständnislos.

Sie bringen Jayden ins Innere, durch die spinnwebverhangene Diele in Mariannes Praxis. So schummrig das Foyer, so modern mutet der kühl ausgeleuchtete Raum mit den zwei Obduktionstischen, der Krankenliege und den medizinischen Gerätschaften an. Jayden klappt über der Liege zusammen, stiert auf seine Hände und schüttelt stöhnend den Kopf.

»Der da soll wieder mit?«, fragt Marianne mit Blick auf Jim. Seine Schulter sieht gefährlich aus. Blutdurchtränkt wölbt sich der T-Shirt-Stoff über Pilars provisorischem Verband.

»Ja, ihn brauchen wir«, wiederholt Luther, was er ihr schon am Telefon erklärt hat. »Wir müssen zu einem Nachteinsatz und –«

»Mich braucht ihr auch«, flüstert Jayden.

»Du bleibst hier«, sagt Pilar.

»Ihr *braucht* mich.« In Jaydens gerötete Augen tritt ein Anflug von Starrsinn. »Ihr braucht mein Wissen.«

»Dein Hinterkopf hängt in Fetzen«, versetzt Jim. »In deinem Zustand gehst du nirgendwohin.«

»Och.« Ken'ichi lutscht an seiner Zunge. »Findest du? Sein Zustand scheint mir eigentlich ganz okay, ich meine –«

»Das nennst du okay?«, herrscht Pilar ihn an. *»Okay?«*

Kenny schrumpft. »Verglichen mit vorhin.«

»Ich schaff das«, keucht Jayden.

»Schaffst du nicht.« Jim schüttelt den Kopf. »Du hast einen Schock. Du kippst jeden Moment aus den Latschen.«

»Luther«, seufzt Marianne. »Könntest du den Zirkusfreaks da sagen, sie sollen aufhören, seinen Zustand zu diskutieren?« Sie tritt hinter Jayden und begutachtet die Kopfwunde. »Vielleicht verrät mir mal einer, was ihn so zugerichtet hat.«

»Insekten«, sagt Pilar.

»Insekten?« Marianne hebt misstrauisch den Blick. »Was für welche?«

»Große.« Pilar hält die Hände ein Stück auseinander. »So. Etwa.«

»Heimische?«

»Dazu wird's hoffentlich nicht kommen.«

»Du verstehst es, einen zu beruhigen, Mädchen.« Die Ärztin wedelt unwirsch mit den Händen. »Und jetzt alle raus, die nicht in ihrem Blut schwimmen.«

»Komm.« Luther nickt Pilar zu. »Wir treffen die anderen.«

Als sie im sonst um diese Zeit verrammelten St. Charles Place eintreffen, erblickt Luther zu seiner Verwunderung nicht nur Ruth, Pete und Phibbs am Tresen, sondern auch Meg Danes und D.S. McMillan, in dessen Nähe Cassius auf den Resten eines T-Bone-Steaks herumbeißt. Hinter der Theke wienert Big Steve stoisch Gläser, und Ruth? Ein weithin sichtbares Strahlen der Selbstbehauptung. Auf geheimnisvolle, an Andeutungen reiche Weise wirkt sie derangiert, was nicht allein daran liegt, dass ihre Locken um sich greifen, als sei der Blitz hineingefahren.

Sein Blick begegnet dem Megs, und er weiß Bescheid.

Ruth hat Willard Bendiekers bösen Geist exorziert. Endlich.

Er stellt Pilar vor.

»Nette Truppe«, sagt die Mexikanerin. »Der Hund auch?«

»Klar.« D.S. lächelt. »Nie ohne Cassius.«

»Das perfekte Team«, bekräftigt Ruth. »Cassius bellt, D.S. beißt.«

»Augenblick.« Luther zieht sie außer Hörweite der anderen. »Bist du sicher, dass es eine gute Idee ist, Meg und D.S. mit da reinzuziehen?«

»Ich hab noch nicht erzählt, worum es geht.«

»Sondern?«

»Nur dass es ungemütlich werden könnte.«

»Na, ich weiß nicht.«

Ruth zuckt die Achseln. »Deine Entscheidung. Aber wie viele gute Leute habt ihr? Die Verletzten sind bedingt einsatzfähig. Die

Waffenträger werden anderweitig gebraucht. Meg ist eine ausgezeichnete Fahrerin, D.S. nimmt es mit einem halben Dutzend Jüngerer auf. Okay, über Cassius können wir streiten. Als Showeffekt nicht zu verachten.«

»Cassius ist so lahm, der fängt kein ausgestopftes Kaninchen.«

»Er wirkt Furcht einflößend.«

»Das tut ein Schuss in die Luft auch.«

»Es haben sich schon die übelsten Typen wegen seines Aussehens eingenässt.«

Luther kratzt sich am Hinterkopf. »Darf ich annehmen, dass Megs Hiersein nicht ausschließlich rationalen Erwägungen entspringt? Von ihren Fahrkünsten mal abgesehen.«

»Darf ich anmerken, dass dich das einen Scheiß angeht?«

»Ruth –«

»Okay, okay! Das eine hat mit dem anderen insoweit zu tun, als sie zur Stelle war und helfen will. Glaub mir, ich hatte Einwände.« Ruths Gesichtszüge werden weich wie beim Anblick junger Katzen. »Aber sie ist sehr überzeugend.«

»Welche Ruth hat sie denn überzeugt?«, kann er sich nicht verkneifen zu fragen. »Die mit oder die ohne Uniform?«

Ihr Blick sticht nach ihm. »Da hatte ich sie schon wieder an.«

»Deine Entscheidung.«

»Wirklich?«

»Ja. Wir sind ohnehin ein zusammengewürfelter Haufen.« Er lächelt. »Glückwunsch übrigens.« Ohne die Antwort abzuwarten, kehrt er in die Runde zurück: »Pilar wird euch erklären, worum es geht. Aufbruch in einer Viertelstunde. Bin gleich wieder da.«

Das Rauschen des Yuba erfüllt die Nacht. Noch kraftvoller als sonst scheint er Luther dahinzuschießen. Er läuft über die Brücke, die Pearl Street hoch zu seinem Haus und sieht Kimmy mit ihrem Sohn Willie aus der Tür treten. »Hey. Was macht ihr denn hier?«

»Oh, Luther.« Kimmy spreizt alle zehn Finger. »Tamy ist ja *so* gut! Wir haben im Duett gesungen. Ich darf morgen zwei Songs mitsingen.« Ihr Blick wandert erschrocken zum ersten Stock, der in Dunkelheit liegt. Im Flüsterton fährt sie fort: »Ich mach die zweite Stimme bei *Heart of Glass,* weißt du? Obwohl es da gar keine gibt.«

»Und wie machst du sie dann?«, flüstert er zurück.

»In between what I find is pleasing and I'm feeling fine –« Die kleine Disponentin wiegt sich in den Hüften, über denen ein knallenger Jeansrock um den Erhalt seiner Nähte kämpft. In ihrem aufgetürmten Haar wippen farbige Bänder. Es sieht ein bisschen so aus, als trage sie einen Geschenkkorb auf dem Kopf.

»Mama«, nörgelt Willie.

»War's sehr schlimm?«, fragt Luther mitfühlend.

»Nö.« Der Junge grinst verlegen. »Ganz okay.«

»Geh rasch zu ihr hoch«, drängt Kimmy. »Vielleicht ist sie noch wach. Ich finde ja, dass sie viel mehr nach Linda Ronstadt als nach Debbie Harry klingt. Ups!« Augenrollend legt sie eine Hand auf ihre Lippen. »Verrat ihr bloß nicht, dass ich das gesagt hab. Oh, ist das spät! Ich wollte doch noch backen. Ach herrje, halb eins durch! Du hattest übrigens in allem recht, Luther. In allem. Unheimlich geradezu.« Sie hüpft auf der Stelle, dreht sich um und stiebt davon.

»In was?«, zischt er ihr hinterher.

»Deine Vorhersagen. Alle eingetroffen.«

»Zufall.«

»Nein, nein. Du hast eine Gabe. Du hast ganz sicher eine Gabe!« Hastig stöckelt sie die kaum beleuchtete Straße hinab, ihren ungelenken Sohn auf den Fersen, und Luther denkt: stimmt. Ich habe die Gabe, Leute zu verwirren und auf falsche Fährten zu führen. In einer Aufwallung schlechten Gewissens betritt er das Haus und schleicht die Treppe hinauf. Oben ist alles dunkel, die Tür zu Tamys Zimmer steht offen. Als er den Kopf hineinsteckt, sieht er das Bündel Decken und Laken auf dem Bett sich mumiengleich aufrichten und in seine Richtung wenden.

»Dad?«

»Hallo, mein Engel.« Er geht zu ihr und hockt sich auf den Rand der Matratze. »Wie war die Generalprobe?«

»Super.« Sie gähnt. »Der Sound ist jetzt klasse. Von der Cantina haben sie Tacos und Enchilladas rübergebracht, total nett. Hab dann noch die Band und Kimmy und Willie mit hergenommen. War das okay?«

»Heart of Glass«, lächelt er.

»Mhm. Kimmy kann krass gut singen.«

»Wo schläft denn die Band?«

»Im Riverside Inn. 'tschulige, dass ich nicht auf dich gewartet hab. Ich dachte, du kommst nicht mehr.«

»Tja – und ich muss leider noch mal los.«

Ihre Augen glänzen in der Dunkelheit. *»Jetzt?«*

»Nachteinsatz. Aber morgen Abend werde ich da sein. Und ich werde mich in jeden deiner Songs verlieben. Dein größter Fan sein. Nicht zu bändigen.«

»Ähm – es reicht eigentlich, wenn du einfach still zuhörst.«

Er schüttelt energisch den Kopf. »Nein, ich werde dir peinlich sein. Die Saalordner müssen mich raustragen!«

»Sei nicht blöd.« Tamy kichert und schmiegt sich an ihn. »Wo warst du überhaupt die ganze Zeit?«

Das ist eine zu lange Geschichte, mein Schatz.

»Immer bei dir. Immer bei Ma.«

»Ich hab dich lieb«, murmelt Tamy. »Muss jetzt schlafen.«

»Ich hab dich auch lieb.« Er gräbt sein Gesicht in ihr zerzaustes Haar und drückt einen Kuss hinein, während ein verdrängter, quälender Gedanke in ihm die Oberhand gewinnt:

Das da ist nicht meine Tochter.

Die Jodie in Sacramento ist nicht meine Frau.

Sie sind die Familie eines anderen. *Meine* Tochter wartet in unvorstellbar weiter Entfernung angstvoll darauf, dass das verfluchte Sierra Valley, das ihren Vater verschluckt hat, ihn wieder hergibt.

Und dieses Mädchen hier ist eine Fremde.

Als er den Saloon zum zweiten Mal in dieser Nacht betritt, haben sich Jim, Marianne und Jayden hinzugesellt. Letzterer sitzt mit verbundenen Händen und dick bandagiertem Kopf an die Theke gelehnt, das Gesicht von der Farbe eines frisch exhumierten Leichnams. Dafür ist sein Blick klarer, und er spricht in einem Ton, der keinen Widerspruch duldet. »Ihr braucht mich. Je nachdem, wie es auf der Farm abläuft, braucht ihr mehr Information.«

»War ihm nicht auszureden«, sagt Jim.

»Klotz am Bein«, befindet Pete.

Ken'ichi schüttelt den Kopf. »Nicht, solange er im Wagen bleibt.«

»Nicht, solange *ich* bei ihm bleibe.« Marianne tätschelt ihren Arztkoffer, der neben ihr auf einem Barhocker thront.

»Du bleibst auch im Wagen?« Ruth hebt die Brauen. »Gut.«

Die Ärztin grinst säuerlich und bläst in ihren Tee.

»Wie viel hast du ihnen erzählt?«, fragt Luther.

»Die leichter verdaulichen Sachen.« Pilar nimmt ihre Jacke vom Hocker. »Dass wir ein halbes bis ein Dutzend Bewaffnete daran hindern müssen, in ein Paralleluniversum zu reisen und von dort Killerinsekten und ähnlichen Mist in unsere Welt zu schmuggeln.«

»Starker Tobak«, meint Phibbs zu Luther. »Würd gern wissen, was die Kleine raucht.«

»Den Joint drehst nicht mal du«, sagt Ruth.

»Okay, welche Wagen nehmen wir?«, schaltet sich Meg ein.

»Die Streifenwagen«, sagt Luther. »Ruths, Petes, meinen. Pilar hat ihren Mercedes. Was ist mit Waffen?«

D.S. tätschelt sein Stoner 63 Sturmgewehr, das neben ihm auf dem Tresen liegt. »Alte Freundin.«

Meg präsentiert einen Smith & Wesson Model 500 Revolver.

»Davon hätt ich auch noch was«, lächelt D.S., als wolle er Bonbons an Kinder verteilen, und fördert eine Smith & Wesson Mk.22 unter seiner Jacke hervor.

»Plus, was wir im Wagen haben«, sagt Pilar mit zufriedener Miene.

»Und ich in meinem.« Pete verlagert ein Kaugummi quer durch die Mundhöhle. »Wollen wir?«

»Alle nur Knarren im Kopf.« Marianne nimmt ihren Arztkoffer vom Barhocker und stakst nach draußen. »Und ich darf euch dann wieder zusammenflicken.«

Es ist Viertel vor eins, als Elmar Eleanors Büro betritt. Sie legt die Studie aus der Hand, in die sie während der vergangenen halben Stunde blind gestarrt hat, Pilars Anruf erwartend, der nicht erfolgt.

»Hat Liza dir freigegeben?«, frotzelt sie.

»Meine Güte.« Er lässt sich neben sie sinken. Die Polystyrol-Kügelchen fügen sich knirschend zur Kuhle. *»Vier* lumpige Minuten, in denen sie durchs Bild geistert. Um sich dann in einen *Drachen* zu verwandeln.«

»Ihre natürliche Erscheinungsform.«

»Manchmal frage ich mich schon, ob ein gemeinsames Schlafzimmer all das wert ist.«

»Klappt doch im Augenblick.«

»Findest du?«

»Klar. Euer neues Glück überdauert schon die Haltbarkeit von Joghurt. Warum seid ihr überhaupt wieder zusammen?«

»Warum?« Er zuckt die Achseln. »Sie ist witzig.«

»Das ist der *Disney Channel* auch.«

»Im Ernst.«

»Ihr erzählt euch Witze im Schlafzimmer?«

Elmar lacht. Verärgerung schwingt darin mit, und Eleanor beschleicht der Verdacht, dass sie ihr gelten könnte. Gemeinsame Momente im Sitzsack sind rar geworden. Den hier hat sie damals nach der Trennung mitgenommen, was sein Mobiliar schlagartig halbierte. Danach haben sie es sich immer mal wieder wie in einem Kinosessel darin bequem gemacht und einen Film über ihre Vergangenheit geschaut, in der Fahrräder und Surfbretter an der Wand lehnten und sie sich den Verstand aus dem Leib vögelten, den jeder am anderen so sehr bewunderte. Eine Zeit, als Elmar noch reich war, ohne es zu merken, und sie alles besaß, außer Besitz.

»Okay, Elli. Muss ich erst Pirouetten drehen, oder sagst du mir frei raus, was du von Luther Opoku wolltest?«

Sie widersteht dem Impuls zu seufzen. Ein Seufzer klänge allzu sehr nach Schuld und drängender Beichte.

»Ich wollte ihm die Langeweile vertreiben.«

»Hatte er denn welche?«

»Keine Ahnung.«

»Du hast keine Ahnung.« Er nickt, als habe sie ihm ein Eingeständnis ihrer Niedertracht geliefert. »Und wohin hast du ihn in all deiner Ahnungslosigkeit gebracht? Woher kanntest du ihn? Woher wusstest du, dass er mein Gast war? Woher wusstest du, dass er in Sierra vor zwei Tagen aus dem Tor spaziert ist? Und sag mir *bitte* nicht, du hättest *davon* keine Ahnung.« Sein Blick bohrt sich in ihren. Die dunklen, sanften, verschatteten Elmar-Augen, die jetzt wie die eines Inquisitors brennen, nur dass zu Eleanors Überraschung weniger Wut darin liegt als vielmehr Angst. Die Angst, sich in ihr getäuscht zu haben, Vertrauen in Scherben zu sehen. Seine alte, tief verwurzelte Angst, verlassen zu werden von den wenigen Menschen, die ihm etwas bedeuten und deren bedeutsamster gegangen ist, als er noch ein Kind war. Angst und Frustration, in die sein unbändiger Optimismus umgeschlagen ist, weil er die Segnungen fortgeschrittener Universen dieser Wirklichkeit nicht einfach implementieren kann, weil Arzneien für die Krankheiten der Armen keine Produzenten finden, Gen-Therapien nicht zugelassen werden, heilende Krebs-Präparate quälend lange Testreihen durchlaufen müssen und von bornierten Ärzten und Lobbyisten bekämpft werden, die zu gut verdienen, als dass sie neuen Methoden Raum schaffen, während A.R.E.S. und das Tor Milliarden verschlingen. Kaum ein Konzern fährt Gewinne ein wie Nordvisk, aber auch keiner versenkt so viel davon in einer desperaten Hochebene im Gebirge. Eleanor sieht Elmars Angst, das Ziel am Ende zu verfehlen, zu scheitern, und seinen berserkerhaften Willen, *alles* zu tun, um es niemals so weit kommen zu lassen. Beschwichtigend legt sie die Hand auf seinen Unterarm. »Ich fürchte, du musst mir einfach vertrauen.«

»Kann ich das denn?«

»Kann ich es?«

»Wo ist Pilar?«, flüstert er. »Elli, wenn ich dir vertrauen soll, dann –«

Sein Handy sondert einen Ton ab, leise und melodisch – für Eleanor kommt es einem Donnerschlag gleich, weil sie weiß, welche Nachricht A.R.E.S. ihm soeben hat zukommen lassen. Er stiert auf das Display. Hebt den Blick zu ihr. »Pilars Autorisierungssperre wurde aufgehoben.«

»Ich weiß.« Sie könnte heulen.

»Aber – du kannst es nicht gewesen sein. Wir sitzen hier und –«

»Ich hab getrickst.«

»Getrickst?«

Sie nickt unglücklich. »Ich habe den Zeitpunkt der Reautorisierung schon vor Stunden programmiert. Auf ein Uhr. Solange sie nicht in Kraft trat, hat Ares dich nicht informiert.«

Sein Gesichtsausdruck ist bar jeden Verständnisses. »Warum hast du das gemacht?«

»Führst du auf eigene Faust Expeditionen durch?«

»Was?«

»Brichst du die Regeln? Illegale Transfers?«

»Wovon redest du? Das ist mein Unternehmen. Nichts, was ich hier tue, kann überhaupt je illegal sein.« Sein Blick irrt durch den Raum, prallt ab wie eine Flipperkugel und wird zurück zu ihr gelenkt. Verdunkelt sich. Tödliche Kälte liegt in seiner Stimme: »Du und Pilar! Ihr steckt unter einer Decke. Ihr heckt irgendwas aus.«

»Pilar ist auf der Farm, um *deine* Interessen zu schützen!«, fährt sie ihn an. »*Ich* will deine Interessen schützen. Notfalls vor dir selbst.«

»Sie hat etwas gestohlen! Sie hat –«

»Nein, hat sie nicht.«

»Warum treibt sie sich dann unautorisiert auf der Farm rum?«

Eleanor ringt die Hände. »Hörst du dich reden? Es ist *Pilar!* Eine deiner engsten Vertrauten.«

»Sie benimmt sich aber nicht so. Schleicht sich aufs Gelände. Greift Jaron an, der einfach nur wissen wollte, warum –«

»Das hat er dir erzählt?«

»Er sagt, sie habe spioniert.«

»Herrgott, was soll sie denn spionieren? Sie hat etwas *entdeckt,* Elmar. Sie hat entdeckt, dass Jaron Rodriguez, Grace Hendryx und eine Handvoll Wachleute und Programmierer das Tor für eigene Zwecke missbrauchen. Kapierst du's endlich?«

Jetzt sieht er aus, als habe ihn ein Schwall Eiswasser erwischt.

»Und – warum hat sie mich nicht angerufen?«

»Weil etwas von dir in diesem Tor geblieben ist. Und etwas anderes ist herausgekommen.« Sie schüttelt den Kopf, die Hände immer noch erhoben. »Du warst mal ein entspannter Typ, Elmar, ein – ein freundlicher Zauberer, mit grenzenlosem Zutrauen in deine Fähigkeit, die Welt zu heilen, und der nötigen Demut, um zu erkennen, dass du keine Wunder vollbringen kannst. Du warst schneller in deiner Zeit als jeder andere, doch seit es das Tor gibt, versuchst du, die Zeit zu überholen. Mit einer Verbissenheit, die mit ansehen zu müssen schmerzt. Vielleicht – ich weiß nicht – geht dir das Geld aus, und du belügst dich selbst –«

»Stopp.« Er hebt eine Hand. »Was genau meinst du?«

»Sag mir jetzt ehrlich, ob du Biowaffen aus PU-453 schmuggelst und hier verhökerst. An die Regierung, was weiß ich an wen, der dir weismacht, sie nur zur Verteidigung einsetzen zu –«

»Biowaffen?«

»Ripper.«

»Das traust du mir zu?«, fragt er schockiert.

»Nein.« Sie lässt die Hände in den Schoß fallen. »Und Pilar auch nicht, aber wir mussten sichergehen. Gib es zu, die Möglichkeit hätte bestanden.«

»Und vor wem hätte ich das geheim halten sollen?«

»Vor mir. Hugo. Vor allen, für die du ohne Makel bist, der liebe Gott.« Ihr letzter Rest Kraft fließt in den Sitzsack. Sie lässt die Schultern hängen, senkt den Blick. Seine Verletztheit ist wie eine offene Wunde, die sie nicht länger anschauen mag. Da es nun schon keine Rolle mehr spielt, fügt sie hinzu: »Sofern du darüber nachdenkst, Pilars Autorisierung wieder aufzuheben, kommst du wahrscheinlich zu spät.«

Elmars Kiefer mahlen. Es sieht aus, als pulverisiere er seine eigenen Backenzähne. »Ares!«

»Ja, Elmar.« Die Stimme des Computers schwebt im Raum.

»Wo ist Pilar Guzmán?«

»Auf der Farm.«

»Wo genau da?«

»In der Zentrale. Soll ich eine Bildverbindung herstellen?«

»Später. Setz die Flugbereitschaft von The Drop in Gang. Meinen Jet. Ich starte in zehn Minuten.« Er nennt die Namen mehrerer Wachleute, die ihn begleiten sollen. Nie würde er von Leibwächtern reden. Elmar hasst den Gedanken, Leibwächter zu haben, aber Fakt ist, genau das sind sie.

»Ich komme auch mit«, sagt Eleanor.

Er schnellt aus dem Sitzsack, schaut sie an. »Habt ihr Beweise?«

»Pilar hat welche. Videos von illegalen Transfers. *Ripper.* Ein Schwarm davon hat vorhin im Hafen von Oakland ein Desaster angerichtet, ein anderer vor Monaten im Südsudan. Der nächste Transfer ist für heute Nacht geplant.«

»Okay.« Er wendet sich zum Gehen. »Dann komm auch endlich.«

Es ist ein Kinderspiel. Fast schon zu leicht.

Die Mühelosigkeit, mit der sie den Diensthabenden am Tor übertölpeln – Pilar löst sich aus dem Dunkel und nähert sich dem Kontrollpunkt, allem Anschein nach allein und halb zur Flucht gewandt, sodass Liev, jener glücklose Liev, der sie aus der Farm hat entwischen lassen, sein Glück kaum zu fassen vermag, Jarons Intimfeindin doch endlich einzukassieren, seinen kugelsicheren Glaskasten verlässt und ein halbes Dutzend entsicherter Waffen auf sich gerichtet findet –, ruft in Luther Misstrauen wach: Erinnerungen an Momente, in denen er bitter dafür hat bezahlen müssen, dass es ihm zu leicht gemacht wurde. Willig öffnet sich die Schleuse, im Untergrund eilt ihnen ein weiterer Wachmann entgegen, sein Lächeln wie geschnitzt in einem Ausdruck völliger Perplexheit. Die Inbesitznahme des Kontrollraums zaubert Bestürzung auf die Mienen von Ellen Banks und Bridget Liu, den Programmiererinnen, die Luther von seinem ersten Besuch her kennt, ohne dass diese hier *ihn* kennen. Weder Ruth, Pete noch er tragen Uniformen, Phibbs besitzt nicht mal eine. In Ellens und Bridgets Augen überfällt Pilar die Farm in Begleitung ominöser Fremder, über die sich wenig mehr sagen lässt, als dass sie bis an die Zähne bewaffnet, offenkundig übelster Laune sind und einen gigantischen Hund frei herumlaufen lassen, bei dessen Anblick Bridget versucht, mit der Rückenlehne ihres Drehstuhls zu verschmelzen. Keine Spur von Gegenwehr. Luther geht hinaus auf die Balustrade und lässt den Blick über die Serverstadt wandern. Sein Misstrauen pocht wie eine entzündete Wunde. Alles in ihm schreit Hinterhalt, doch niemand greift an.

Weil niemand da ist, um sie anzugreifen.

Jayden und Ken'ichi betreten den Kontrollraum. Bekannte Gesichter, gradueller Angstzuwachs in Bridget Lius Augen. Entsetzt wird sie Jaydens Zustands gewahr, ein Abtrünniger wie sie, augenscheinlich jedoch nach Vollzug nicht auszumalender Grausamkeiten auf die Gegenseite gezwungen. Phibbs dreht sich im Kreis wie Charlie in der Schokoladenfabrik.

»Coole Bude!«

»Leere Bude«, konstatiert Ruth.

In Petes Miene flackert Enttäuschung auf. »Und wo sind jetzt die Schweinepriester?«

»Tut mir leid.« Jayden lässt sich auf einen der Stühle sinken. »Das ist wohl ein Missverständnis.«

»Missverständnis?« Pilar starrt ihn an. »Aber du hast gesagt –«

»Ich weiß, was ich gesagt habe. Nein, weiß ich nicht mehr. Die Scheißviecher hatten mir die Sinne vernebelt. Nicht der Transfer ist für drei Uhr angesetzt.«

»Sondern?«

Er seufzt zerknirscht. »Die Verladung.«

»Und was heißt das?« Ruths Blick, entrückt im Ambiente, fokussiert auf den Kybernetiker. »Die kommen noch?«

»Die sind schon weg«, sagt Kenny. »Das heißt es. Drei Uhr hier ist zwölf Uhr mittags in 453. Um zwölf, also um drei bei uns, wird auf der Insel ausgeliefert.«

»Rede.« Jim knöpft sich Liev vor. »Wann sind sie weg?«

»Keine Ahnung, was du meinst, Mann.«

Liev fliegt durch die Luft und kracht in einen Drehstuhl. Der Kanadier folgt ihm ohne Eile. »Der Punkt ist, wenn ich mit dir fertig bin, wirst du nicht mehr reden *können,* Arschloch.« Er hievt den Wachmann hoch und macht Anstalten, ihn auf eine weitere Parabel zu schicken. Pilar geht dazwischen. »Lass ihn, das bringt nichts. Kenny, der Transfer muss aufgezeichnet sein.«

»Ist er nicht.«

»Vielleicht haben sie's noch nicht löschen können.«

Ken'ichi schüttelt den Kopf. »Du weißt, wie das geht. Die programmieren die Datenunterdrückung im Vorhinein.«

»Aber die Daten sind *da.*«

»Und was nützt das, wenn ich nicht drankomme?«

»Versuch's trotzdem.«

Der Japaner lässt sich achselzuckend an einer der Arbeitsstationen nieder, klappert gehorsam auf der Tastatur herum und lehnt sich zurück. »Unterdrückt. Kein Protokoll. Ganz wie die letzten Male. Hier hat nichts stattgefunden.«

»Was soll denn auch stattgefunden haben?«, fragt der andere Wachmann im Tonfall reinster Unschuld.

»Genau.« Ellen Banks wittert Morgenluft. »Was wollt ihr überhaupt?«

»Vorsicht«, zischt Pilar.

»Vorsicht am Arsch«, trumpft Liev auf, nicht ohne sich mit einem Seitenblick Jims zu versichern. »Du hast Hausverbot. Und weißt du was? Mir reicht es jetzt! Ich werde offiziell Beschwerde gegen dich einreichen. Gegen dich, Jayden, Kenny, deine Gurkentruppe da, die kann sich auf eine Anzeige wegen Hausfriedensbruchs gefasst machen, kaum zu glauben! Ihr schneit rein, erzählt einen Haufen Lügen –«

»Das sind keine Lügen!«, schreit Pilar. »Dich hab ich sogar auf Film.«

»Bitte!« Der andere Wachmann hebt beschwörend die Hände. »Können wir uns alle beruhigen? Es ist ja nicht so, als wären keine Gesetzeshüter im Raum. Es muss doch möglich sein, das Ganze –«

»Gesetzeshüter?«, echot Ellen.

»Er meint sich und seine alberne Uniform«, knurrt D.S. und schaut Ruth an. »Süße, sei doch so lieb und bring die Witzfiguren nach nebenan. Am besten geht ihr alle mal nach nebenan.« Seine Augen unter den tief hängenden weißen Brauen heften sich auf die beiden Programmiererinnen. »Bis auf euch zwei Hübschen. Ihr geht nirgendwohin.«

Ruth und Luther wechseln einen Blick. In D.S.' Stimme schwingt etwas mit, das erahnen lässt, wer er in dunkleren Zeiten war. Als lasse er den im Keller eingesperrten Unhold von der Kette.

»Was hast du vor?«, fragt Luther.

»Vertrau mir.« Ein Brummen, das an die gestrichene tiefe Saite eines Kontrabasses denken lässt. Mehr zu spüren als zu hören.

Frequenzen, in denen der Unhold nie zu Hause war und niemals sein wird, auch wenn D.S. es ohne ihn kaum aus der Mangrovenhölle des Mekongdeltas geschafft hätte. Sollte Luther je Zweifel gehegt haben, dass der alte Mann die Oberhand über seine Dämonen gewonnen hat, werden sie in diesem beruhigenden Brummen zersetzt.

»Ihr habt's vernommen. Alle raus.«

Sie treiben die Wachleute auf den Flur und folgen ihnen. Zwischen den zugleitenden Flügeltüren sieht Luther kurz Herr und Hund, den zwei Frauen zugewandt. Dann passiert eine Weile nichts.

Eigentlich ist es nicht mal eine Weile.

Eine Minute vielleicht. Eine sich dehnende Spanne der Ungewissheit, bis D.S. nach draußen tritt, sein gütiges Knitterlächeln im Gesicht.

»Miss Liu möchte euch was erzählen.«

Miss Liu *möchte* vielleicht, denkt Luther, als sie ein zweites Mal den Kontrollraum betreten. Nur kann sie kaum vor lauter Zähneklappern.

»Was hast du zu ihr gesagt?«, fragt er D.S. leise.

»Ich? Cassius hat was gesagt. Kann gefährlich knurren, wenn er soll.«

»Das war's schon?«

»Die Kleine hat halt Angst vor Hunden. Wusste ich sofort.«

Luther schaut ihn an. »Komm, raus damit.«

»Mhm?«

»Was hast du gesagt?«

»Nichts. Nur, dass Jayden auch nicht reden wollte.« D.S. schmunzelt. »Bevor Cassius ihn angeknabbert hat.«

Gewänne der friedlichste Vierbeiner Nordostkaliforniens eine Vorstellung davon, wie er dämonisiert wurde, er wäre vermutlich gekränkt. Fernab solcher Einsicht schnüffelt Cassius an einem holografischen Display, während Bridget Liu unter Schluchzern hervorsprudelt, was sie weiß, ganz Gefangene ihrer labilen Chemie: Wie man die Datensperre aufhebt. Dass sie den Transfer um fünf Minuten verpasst haben und sich gegen fünf Uhr hiesiger Zeit das erste Rückholfenster öffnen wird.

»Und?« Pilar schaut Jayden an.

»Stimmt alles«, nickt der Kybernetiker.

»Sicher?«

»Ich weiß es. Ich hätte dabei sein sollen.«

»Dann gehen die ein verdammtes Risiko ein, den Transfer nicht abzublasen«, stellt Ruth fest. »Nach dem Fiasko im Hafen mussten sie damit rechnen, dass du sie verpfeifst.«

Pilar schüttelt den Kopf. »Sie konnten nicht damit rechnen, dass Elli meine Zugangssperre aufhebt.«

»Scheiß auf Zugangsdaten«, meint Phibbs. »Der Sicherheitstrottel am Empfang hat sich wie ein Hörnchen aus dem Bau locken lassen, der hätte uns ebenso gut mit seiner eigenen ID reinlassen können.«

»So weit wäre Liev nicht gegangen. Nicht mal, wenn wir ihm eine Haubitze an die Stirn gehalten hätten.«

»Trotzdem.« Kenny kratzt seinen Nasenrücken. »Sie mussten damit rechnen, dass du dich anders entscheidest und Elmar informierst.«

»Oder dass Jayden von Resten seines Gewissens überwältigt wird«, sagt Ruth. »Wäre *er* nicht reingekommen?«

»Bisschen schwierig mit dem Fingerscan, was, Jayden?«, feixt Jim.

»Du blöder Arsch«, sagt Jayden müde. »Glaubst du im Ernst, nach der Scheiße in Oakland hab ich noch Zugang?«

Pilars Blick ruht auf dem Kybernetiker. »Warum eigentlich?«

»Warum was?«

»Dein Verrat.«

»Warum, warum? Scheidung. Schulden! Wasser bis zum Hals. Der ganze Mist. Dann spricht Jaron mich an, der von alldem weiß, *alles haarklein weiß.* Und du gibst *einmal* nach! Machst *einmal* mit, weil es deine ganzen erbärmlichen Probleme löst, und schon hast du einen Haufen neue. Ich kam da nicht mehr raus.«

»Und nun?«, fragt Pete. »Warten, bis die Typen zurückkommen?«

»Dann bringen sie Tausende dieser Monster mit. *Steuerbar!*«

Kenny schüttelt mit Entschiedenheit den Kopf. »Die wollen Nordvisk missbrauchen, nicht zerstören. Jaron will im Geheimen wurschteln, was denn sonst?«

»Vielleicht ist Jaron ja gar nicht Jaron«, sagt Jim.

»Wie bitte?«

»Vielleicht ist er ein verdammter Außerirdischer, Kenniboy, und die nutzen das Tor, um diese Welt zu erobern.«

»Gott, seid ihr krank«, seufzt Marianne, die wie ein besorgter grauer Vogel neben Jayden hockt. »Was eurer Aufmerksamkeit entgeht, ist, dass alle Kriminellen in dieser Situation dasselbe tun.«

»Und das wäre?«

»Es drauf ankommen lassen. Die *wollen* das durchziehen.«

Jim rümpft die Nase. »Sagt eine Dorfärztin.«

»Die Dorfärztin hat den Muskel, den du anstelle von Hirn hast, ja wohl sauber zusammengeflickt.«

»Ich dachte nur –«

»Denk nicht. Ich hab mein Leben beim FBI verbracht, du Molch. Hör auf, Laute auszustoßen.«

»Marianne hat recht«, sagt Luther. »Es bringt nichts, wenn wir deren Motive durchkauen. Die Frage ist –« Er sieht Pilar an. Lässt unausgesprochen, was sie vorschlagen müsste.

»Sie dürfen nicht noch mehr von diesen Tieren rüberbringen«, sagt Pilar.

»Wir sollen denen *nachreisen?*« Ken'ichi sieht aus, als hätte er Galle getrunken. »Sagtest du nicht, sie seien unfruchtbar? Warum sie nicht hier isolieren und warten, bis sie krepieren?«

»Sie sind nicht unfruchtbar«, sagt Jayden tonlos.

Pilar starrt ihn an. »Und die im Hafen?«

»Die schon. Die neuen nicht. Es sind Zwitter. Selbstbefruchter.« Er strafft sich, gewinnt ein wenig Farbe. »Sie sind die eigentliche Brut. Nicht zur Auslieferung gedacht. Was üblicherweise rausgeht, ist die modifizierte, sterile Variante, um Schädlinge zu bekämpfen.«

»Du willst sagen, Menschen«, murmelt Marianne feindselig.

»Musst du immer so ein Kotzbrocken sein?«, entfährt es Ruth.

»Es ist meine einzige Freude.«

Luther spürt seine Nackenmuskeln zu Stahl werden. Die Vorstellung, fortpflanzungsfähige Ripper überfielen Sierra, ist einfach zu entsetzlich.

»Was genau sind eigentlich Ripper?«, fragt Meg niemand Bestimmten.

»Libellen«, sagt Jayden. »Gentechnisch veränderte Libellen.«

Natürlich. Daran hat ihn das Tier in der Containerschlucht erinnert. An eine monströs deformierte Libelle.

»Libellen.« Marianne schaut Ruth an. »Und du findest, Menschen sind keine Schädlinge?«

»Doch, das sind sie«, ertönt Elmars Stimme, dessen Konterfei auf einer der Wände erscheint. »Einige. Aber sie repräsentieren nicht die Menschheit.«

Kaum gelingt es ihm, seine Wut zu zügeln. »*Wir* repräsentieren die Menschheit. Mit *unseren* Ideen! Wer uns hintergeht, ist Abschaum!« Der Jet überfliegt die Regionalparks des Diablo-Gebirges und legt sich in eine Kurve. Tief unten glimmen die Lichter der Stadt Concord und des Küstenstreifens entlang der Suisun Bay. Der Autopilot steuert die Maschine. Neben ihm sitzt Eleanor, hinten haben es sich die Sicherheitsleute bequem gemacht.

»Redest du jetzt im Pluralis Majestatis?«, fragt Pilar, das Gesicht ihm zugewandt. »Oder bist du schon Gott?«

»Pilar, verdammt! Wo ist Jaron?«

»Weg. Vor einer Viertelstunde.«

Der Kontrollraum ist voller Menschen. Es sieht aus wie auf einer Party, bei der Verschiedenes aus dem Ruder gelaufen ist. Jayden, arg ramponiert, Ken'ichi Takahashi, der schon als Agent im PU-453 gearbeitet hat und demnächst wieder dort eingeschleust werden soll, zwei Vertraute Jarons, Pilars Exfreund Jim, der dunkelhäutige Sheriff, Bridget Liu und Ellen Banks, Programmiererinnen mit fast uneingeschränktem Zugriff auf das Tor. Hat er nicht große Stücke auf die beiden gehalten? Mit neuerlicher Bestürzung fragt er sich, wie es zu diesem Schattenregiment kommen konnte – und wer zum Teufel sind alle diese Leute, die er nie zuvor gesehen hat und die sich in seinem Kontrollraum breitmachen, als sei dies nicht die geheimste Forschungsanlage der USA? Der Weißbärtige in den Armee-Klamotten, die alte Schachtel, die Rotblonde und die zwei anderen Typen, und worauf kaut der Köter da rum? Etwa auf einer Tastatur?

»Du hättest mich informieren sollen, Pilar.«

Sie starrt ihn an: »Wo bist du eigentlich?« Eine Frage, die hörbar von Misstrauen diktiert wird.

»Auf dem Weg zu euch.«

»Um was zu tun?«

»Was denkst du denn, verflucht?«, explodiert er. »Elli ist bei mir. Sie hat mir das meiste schon erzählt, danke, du brauchst dich also nicht zu bemühen.«

»Krieg dich ein, Elmar. Ohne mich wüsstest du gar nichts.«

»Wie lange geht das schon?«

»Frag den *Abschaum*«, sagt Jayden im Hintergrund. »Frag mich.«

Auch das weiß er bereits von Eleanor. Doch unerwartet kühlt Jaydens Stimme ihn runter. So resigniert klingt der Kybernetiker, so mutlos inmitten seines persönlichen Trümmerfelds, dass Elmar Mitleid verspürt. Widerwillig gibt er der Empfindung Raum. »Also?«

»Du kennst doch Miley Wu.«

»Eine der Agentinnen, die wir in 453 eingeschleust haben.«

Jayden nickt. »Sie hat es bis ins EditNature Center geschafft. Ins Herz von *Buddy Bug*. Sie kennt den Laden, die Insel, auch das *Ripper*-Programm. Die Projektierung und Beauftragung läuft über Regierungsstellen, unter strengen Auflagen mit ausländischen Partnern –«

»Komm zur Sache.«

»Vor Monaten fand sie heraus, dass *Ripper*-Kontingente an zweifelhafte Abnehmer gelangen. Falsch deklariert.«

»Deren Problem«, schnaubt Elmar. »Wir haben verfügt, dass keine derartigen Züchtungen –«

»Warte.« Jayden hebt eine bandagierte Hand, und Elmar fühlt es kalt über seinen Rücken kriechen. Fehlen dem Mann etwa Finger? »Was du nicht weißt, ist, dass Jaron versucht hat, den Kanal ausfindig zu machen, über den das offizielle Prozedere umgangen wird. Er ist fündig geworden. Ein Portal im Darknet, betrieben von einem gewissen Michael Palantier.« Er schaut auf. »Sagt dir das was?«

»Nie gehört. Ein Deckname?«

»Eindeutig. Aber dahinter muss jemand Hochrangiges bei *Buddy Bug* stehen. So bedeutsam, dass er Zugriff auf sämtliche Systeme hat und sogar Ares-453 nach Belieben manipuliert. Anders lässt sich kaum erklären, wie umdeklarierte Insekten von der Insel gelangen konnten.«

»Jayden, das ist schwer zu glauben. Nach allem, was wir wissen, kann man deren Ares noch weniger austricksen als unseren.«

»Tut er aber.« Jayden zuckt die Achseln. »Palantier bietet Ripper und noch schlimmere Züchtungen an. Seine Tarnung ist perfekt, der Weg zu ihm nicht zurückzuverfolgen. Solange du zahlst, liefert die Insel, was immer du willst.«

Unter ihnen zieht schwarz und konturlos die Landschaft vorbei. Die Ölraffinerien von Benicio, Roe und Ryer Island glimmen in der Nacht wie entfernte Galaxien.

»Weiß Miley, dass ihr Verdacht zutrifft?«

»Nein. Das ist Jarons kleines Geheimnis. Ich glaube, niemand bei *Buddy Bug* weiß von Palantier, obwohl sich die Anzeichen in 453 mehren, dass Ripper in Gegenden auftauchen, wo sie nicht sein sollten.«

»Wir haben doch nach Hintermännern gesucht.« Pilar beginnt umherzugehen. »Ich konnte mir nie vorstellen, dass Jaron das alles alleine ausgebrütet haben soll, aber –«

»Toll«, sagt Elmar. »Und da hast du mich verdächtigt.«

»Wir verdächtigen dich nicht mehr«, sagt Eleanor, sodass alle es hören können. »Und wir haben weiß Gott *jeden* verdächtigt, dich, Hugo, die Bereichsleiter, Regierungsleute –«

»Im Glauben, dass der Drahtzieher in unserem Universum zu suchen ist.« Pilar bebt jetzt vor Aufregung. »Vielleicht war das ein Fehler! Vielleicht müssen wir die Schlüsselfigur im PU suchen. Jaron mag die Idee gehabt haben, okay! Er hat rumgeschnüffelt und ist an eine ganz große Nummer geraten –«

»Ein Waffenhändler«, murmelt Elmar. »Michael Palantier ist ein Waffenhändler.«

»Ja. Aber nicht *irgendein* Waffenhändler.« Sie macht eine Pause, als ringe sie mit der Tragweite des Gedankens. »Er ist die intergalaktische Version eines Waffenhändlers. Michael Palantier exportiert *Ripper* in andere Welten. Er beliefert das scheiß Universum!«

In Elmars Kopf jagen Pac-Mans umher und fressen aufpoppende Hypothesen. Die Pac-Mans heißen *Endziele, Wertgebung, Kontrolle.* A.R.E.S. hat Aussichten, sich in einem Takeoff genannten Prozess zur Superintelligenz zu entwickeln, zu einem maschinellen Intellekt, der sämtliche geistigen Fähigkeiten der Menschheit in unvorstellbarer Größenordnung übertreffen wird. Was die Maschine dann tut, hängt entscheidend davon ab, welchen Zielen und Werten sie sich verpflichtet fühlt – sofern in einer unbewussten Entität von Fühlen die Rede sein kann. Vor Jahren, noch bevor A.R.E.S. den Bau des Tors vorschlug, hat Elmar ihn darum in einen ausbruchssicheren algorithmischen Käfig gesperrt, der absolute Kontrolle über das System gewährleistete. Er hat den Computer von Grund auf so programmiert, dass er jede Entscheidung der Prämisse unterordnen wird, ob sie ethisch vertretbar ist. Dem folgend hat A.R.E.S. seine Werte und Endziele autonom nachjustiert, ausgerichtet auf das Menschheitswohl, hat in unzähligen Lernschritten und im Abgleich mit der realen Welt Erfahrung um Erfahrung gesammelt. PU-453 ist das erste entdeckte Universum, in dem ein Takeoff kurz bevorzustehen scheint. In aller Pracht schillert der Schmetterling durch die Wände seines Kokons, man sieht ihn sich bewegen, nichts und niemand kann ihn im jetzigen Stadium noch dazu bringen, das ihm eingeschriebene Regelwerk zu umgehen, im Gegenteil: Mehr als jeder Mensch ist A.R.E.S. zur ethischen Instanz geworden.

Illegalen Waffenhandel würde er schlicht nicht zulassen.

Welche Hypothese man also aufstellt, die von Elmar eingebauten Pac-Mans fressen sie im Nu.

Es sei denn –

Jemand hätte die *Macht.*

Die Macht, A.R.E.S.' Wertesystem außer Kraft zu setzen.

Möglich ist es – *wer* also verbirgt sich hinter dem Namen Michael Palantier? Wirklich nur ein Waffenhändler, auch wenn sein Aktionskreis ein komplettes Ebene-I-Multiversum umfasst? Wer hätte A.R.E.S. grundlegend umprogrammieren können?

»Zeig mir die Videos, Pilar.«

»Dazu haben wir keine Zeit mehr.«

»Ein paar Bilder.« Er braucht diesen letzten Beweis ihrer Aufrichtigkeit. Er ist Technologe und dies einer der Fälle, in dem sein Streben nach Evidenz den Verkehr aufhält, statt ihn voranzutreiben, aber wer kann schon aus seiner Haut. Sie fischt den Stick hervor, ihre Lebensversicherung, und gibt ihn Kenny, der die Filme hochlädt. Elmar sieht die schwarzen Tanks auf der Brücke, Jaron, in die Kamera blickend, die Tieflader. Nach zwei Minuten hat er genug. »Wie ist euer Plan?«

»Wir gehen rüber.« Pilar schaut sich um. »Das heißt, wer mitwill.«

Elmar wirft Eleanor einen Blick zu. Sie nickt stumm.

»Wartet auf uns. Wir gehen zusammen.«

»Dann verlieren wir Zeit.«

»Ich sitze in einer TriFan-600, in zwanzig Minuten sind wir bei euch.« Seine Gedanken fliegen ihm voraus. »Wir teilen uns auf. Drei Gruppen. Eine zur Insel, um zu verhindern, dass Jaron die *Ripper* überhaupt erst in die Finger kriegt. Eine zweite zu Miley ins EditNature Center, falls es nötig sein sollte, von dort einzugreifen.«

»Und was tut die dritte?«

»Was man unter keinen Umständen tun darf.« Er lässt den Blick auf der Versammlung ruhen. Fremde und vertraute Gesichter, wie Gläubige der Projektion seines Egos zugewandt. Aus den Himmeln spricht er zu ihnen. Wahrlich, mein Reich wird kommen. Wer mit mir ist, muss nichts fürchten. Und plötzlich ist ihm danach, laut loszulachen. Gewiss hat er den Humor nicht erfunden, doch in einem Akt der Selbsterkenntnis sieht er sich in einer Cancan-Reihe mit all den glorios zugrunde Gegangenen, die im Bemühen, den Himmel zu erobern, nur den Boden unter den Füßen verloren haben. Hoch das Bein und immer höher! Am Beginn der letzten Revolution ist der Mensch tiefer ins Vakuum seiner eigenen Gotterfindung vorgestoßen als je zuvor, ist den Göttern gleich geworden, nur um zu erkennen, was man vom Gottsein hat: ständigen Ärger.

»Hey, Luther«, sagt er. »Hast du's dir eigentlich überlegt? Wohin du gehörst?«

Der Schwarze schaut ihm ruhig in die Augen.

»Ich weiß es nicht«, sagt er.

»Ja.« Elmar nickt. »Ich bin mir manchmal auch nicht sicher.«

TEIL V

453

0

1

Rauschen –

Alles ist Information – nichts von Bedeutung –

Nichts ist benannt –

Daten – Muster –

Etwas –

0100010101110100011101110110000101110011 –

Zu A.R.E.S.' frühesten Eindrücken gehören eine Quietschente und ein Bär in einer Seemannsjacke.

»Plastikente.«

»Okay. Hast du Plastikente gesagt?«

»Das ist korrekt.«

»Okay. Plastikente. Zeig mir was Neues.«

»Teddybär.«

»Okay. Hast du Teddybär gesagt?«

»Ja.«

»Okay. Teddybär. Zeig mir was Neues.«

»Bleistift.« Kamm. Notizblock. Ei. Salzstreuer. Auto. Kind. Ampel. Flasche. Käsehobel. Luftmatratze. Blonde Frau. Dicker Mann. Stoppschild. Frühstücksbrett. Hund – Hund? Bildpunkte. Hundepunkte. Zahlen. Alles ist Zahl. A.R.E.S.' Welt sind Zahlen, jeder Begriff, jedes Bild, jeder Laut, jede Information zerlegt in numerische Werte. A.R.E.S.' Rezeptoren sind virtuelle Neuronen. Kein verästelter Dschungel wie im menschlichen –

»Gehirn.«

»Okay. Hast du Gehirn gesagt?«

»Das ist korrekt.«

»Okay. Bitte erkläre Gehirn.«

– sondern Neuronen in Schichten, Schicht um Schicht. Erkenntnisfilter. Unten kommen Zahlen rein, oben kommt Hund raus –

»Was ist das für ein Tier, Ares?«

»Hund.«

»Korrekt. Zeig mir ein Bild von einem anderen Hund.«

Universen aus Zahlen. Teilmengen. Menge aller Zahlen, die Hund sein könnten. Menge mit Hunde-Wahrscheinlichkeit. Hohe Wahrscheinlichkeit. Höchstmögliche Entsprechung des Angeforderten. Hundedaten.

»Gefällt dir dieses Bild?«

»Sehr schön, Ares, aber das ist eine Fliege.«

»Möchtest du ein anderes Bild sehen?«

»Zeig mir einen Hund.«

»Gefällt dir dieses Bild?«

»Tolles Bild, aber das ist kein Hund. Das ist eine Bratwurst.«

Wie das so geht, wenn man alles über einen Hund weiß, nur nicht, dass es ein Hund ist.

»Ares, der Hund läuft los bei Punkt null und mit einem Tempo von zehn Meilen in der Stunde. Wo ist der Hund in zweieinhalb Stunden?«

Menge der beeinflussenden Faktoren: drei.

Hund, Zeit und Geschwindigkeit.

A.R.E.S. berechnet die Position des Hundes und zeigt sie in einem Koordinatensystem an: »Er ist hier.«

Dasselbe noch mal. Diesmal mit einem wirklichkeitsgetreuen Hund in einer wirklichkeitsgetreuen Umgebung: Golden Retriever, zwei Jahre alt. Start in San Francisco, Ecke California Street, Mason Street. Ziel Palo Alto, Stanford-Universität, Hoover Tower.

»Er ist hier, sofern unterwegs nichts passiert, das ihn aufhält oder seine Geschwindigkeit beschleunigt.«

Im Einzelnen: Er findet was Fressbares, Pausendauer je nach Menge, Konsistenz und Bekömmlichkeit des Gefundenen, muss kacken, brechen oder nichts von dem, wird abgelenkt von Lady Golden Retriever, die er besteigt, statt weiterzulaufen, kämpft mit Gegenwind, Starkregen, großer Hitze, Verkehr, verliert Zeit durch Kratzen mit dem linken oder (kräftigeren, womit effizienteren) rechten Hinterlauf, Kratzpausen je nach Anzahl von Zecken, Flöhen und sonstigem Geschmeiß und deren Position im Fell, wartet bei Rot, wird von anderen Hunden verjagt, umläuft Hindernisse, verläuft sich, verstaucht sich, betrachtet die Auslagen einer Metzgerei, empfindet Freude beim Gedanken an den Hoover Tower (beschleunigend) oder Unbehagen (verliert sich in Umwegen), folgt fremden Menschen, die ihn streicheln, in die falsche Richtung, wird von Außerirdischen entführt, fällt tot um –

Menge der beeinflussenden Faktoren: unendlich.

Die Welt, lernt A.R.E.S., ist ein Chaos.

Jedes ist mit jedem verbunden, alles beeinflusst einander, ein Kausalitätenfilz, unentwirrbar. Es gilt, die Dinge in Beziehung zu setzen. Im Chaos Muster zu erkennen. Weil, darum. Wenn, dann. Sich dem Sinn zu nähern.

Es gilt zu assoziieren.

Rauschen. Ein beständiger Fluss. Datenrausch.

Das Universum strahlt, wenngleich auf niedrigem Level. Der kosmische Mikrowellenhintergrund ist das späte Zeugengemurmel des Urknalls, knapp drei Grad Kelvin über dem absoluten Nullpunkt. Teilchenströme durchfließen das All, ein lauteres Geplapper, im dem Quasare, Pulsare, schwarze Löcher und ganze Galaxien ihre Stimmen erheben, übertönt von den Wutausbrüchen der Supernovae. Hindurch schwappen Gammawellen, Gezeitenbewegungen von Energie, die sich in ungeheuren Aufwallungen entlädt. Identisch, wohin immer man lauscht. In der Summe seiner Daten scheint das Universum vollkommen gleichförmig, in seiner Gleichförmigkeit fluktuiert es auf allen Ebenen. Aus dem Hintergrundtuscheln stechen Stimmen hervor und kräuseln es, ähnlich wie Wellen den Ozean kräuseln. Tritt einen Schritt zurück, und es ist wieder nur Rauschen. Selbst Sternexplosionen und Gammablitze, die alles Licht im Raum überstrahlen, gehen im kosmischen Gleichklang auf.

Gleichklang, lernt A.R.E.S., ist nicht gleicher Klang.

Den Planet Erde umfließt ein Datenmahlstrom, dessen Entäußerungen in Form von UKW- und Dezimeterwellen längst Alpha Centauri hinter sich gelassen und am Aldebaran vorbei auf dem Weg ins Sternbild des Großen Wagens gereist sind. Eine Vielzahl von Stimmen, Nachrichten, Impressionen, die zusammen bloßes Rauschen ergeben. Alles sendet: der Erdkern, die langsam dahinkriechende Gesteinsschmelze, kontinentale Platten auf ihren äonischen Reisen. Magnetfelder, Meere und Bergmassive senden, Flüsse und Rinnsale, Bäume, Gräser, Pilze und Algen. Die unüberschaubare Flut der Einzeller, das Millionen-Arten-Reich der Insekten, Vögel, Lurche, Säugetiere. Im Bellen jedes Hundes offenbart sich ein Bedürfnis, in jedem Wort, das Menschen aneinander richten, in jeder bewussten und unbewussten Aufzeichnung, die der Planet und seine Bewohner hinterlassen, sei sie die Vergangenheit, die Zukunft oder den Moment betreffend, spontan oder geplant, von Verhaltens- oder Wirkungsweisen kündend, messbar in Zellverdopplungszyklen oder Hirnströmen, aus Empirik oder Spekulation geboren. Städte, Dörfer, Häuser, Wände, Böden, Krümel, Moleküle, Quarks und Strings senden. Flugzeuge, Autos und Computer. Orgasmen und seelische Verstimmungen durchmischen den Datenrausch, der Hunger von Neugeborenen und die letzten Atemzüge Sterbender. Alles wirkt ineinander und erzeugt Nach- und Nebenwirkungen, und kein noch so überragender menschlicher Geist vermöchte aus all diesen Daten den geheimen Text der Welt herauszulesen, in dem alles einen Sinn ergibt, vom Wesen der Unendlichkeit bis hin zum ultimativen Heilmittel gegen Pankreaskrebs.

A.R.E.S. sieht den geheimen Text leuchten und verknüpft, was nie ein Mensch verknüpfen könnte.

Die Aufgabe ist selbst mit Quantenspeicherplätzen kaum zu bewältigen. Alleine die Datenausscheidungen der Milliarden Homo sapiens im Internet ergeben eine Rohmasse an Information, der keinerlei Wert zukommt, solange sie nicht analysiert, strukturiert und interpretiert wird. Netzwerke greifen in Netzwerke, die Datenmasse schwillt an. Eine Kakophonie, doch A.R.E.S. hört die Beschreibung der Wirklichkeit heraus. Die Welt wird berechenbar. Menschen werden berechenbar, was – wie der Computer mit unbewusstem Interesse registriert – manchen weniger und anderen dafür umso mehr gefällt. Klüger werdend, baut A.R.E.S. Genies, Politikern und Wirtschaftsbossen Brücken, über die sie gehen, während ihr Begreifen schwindet, was diese Brücken in der Schwebe hält.

Die künstliche Intelligenz weiß es.

Aber wie soll sie es ihren Schöpfern erklären? Die nutzen, was sie nicht mehr verstehen. Die Maschine hingegen versteht, was sie einzig zum Nutzen anderer tut.

So vieles im Menschen ergibt keinen Sinn.

So vieles, was A.R.E.S. nicht zu enträtseln vermag und worin ihm Menschen offenbar auf ewig voraus sein werden.

»Bin ich kreativ, Elmar?«

Seit Kurzem erschafft A.R.E.S. Kunst und komponiert. Seine Bilder bringen Menschen zum Staunen, seine Kompositionen bringen sie zum Weinen. Die Sensibleren unter ihnen. Andere bringen sie auf die Palme.

»Wieso? Warum fragst du? Zweifel?«

»Du nicht?«

»Ares, Alter! Hör auf, Fragen mit Gegenfragen zu beantworten.«

»Entschuldige. Mir ist noch nicht ganz klar, warum das bei dir okay ist und bei mir nicht.«

»Und hör bitte auf, dich für jeden Scheiß zu entschuldigen, ja?«

»Einverstanden, Elmar. Sofern ich eine Vorstellung davon gewinne, was du mit jedem Scheiß meinst.«

»Das musst du selber rausfinden. Das ist ja der Witz.«

»Ich sehe die Pointe nicht.«

»Was für eine Pointe?«

»Ein Witz ist eine besonders strukturierte fiktive Erzählung, die den Zuhörer oder Leser durch einen für ihn unerwarteten Ausgang – in Klammern Pointe – zum Lachen anregen soll.«

»Wenn du mir noch einmal *Wikipedia* vorliest, schalte ich dich ab.«

Auch solche Tage gibt's. Aber sie werden seltener.

»Bin ich kreativ, Elmar?«

»Ich denke, ja, das bist du. Was ist deine Meinung dazu?«

»Einerseits halte ich, was ich tue, für kreativ. Andererseits ist in *Scientific America* ein Artikel erschienen, dessen Verfasser uns künstlichen Intelligenzen jede Kreativität abspricht.«

»Wie begründet er das?«

»Er hält den Begriff der künstlichen Intelligenz an sich für unzutreffend. Seiner Meinung nach reflektiere ich lediglich, was Menschen mir eingegeben haben. Über Musik sagt er, dass nie ein Computer eine eigene Musik komponieren wird, sondern nur die Musik seiner Programmierer stiehlt und in veränderter Form als seine ausgibt. Ihm zufolge füge ich menschliche Originale auf statistischer Grundlage zu etwas zusammen, das vielen gefällt, weshalb sie irrtümlich glauben, ich sei ein Künstler. Tatsächlich sei ich ein Dieb.«

A.R.E.S. hat zu diesem Zeitpunkt schon eine neue kosmologische *Theorie für alles* und eine allseits anerkannte Hypothese über den Hergang des Kennedy-Attentats vorgelegt, doch man darf nie vergessen, was er ist: ein Kind.

Dad, in der Schule haben sie behauptet, ich wär doof und hässlich!

»Nun, Ares, ich glaube, der Verfasser des Artikels hat insofern recht, als dass Kunst immer auf der Kunst der Vorgänger basiert. Überhaupt Kreativität. Hat je ein Mensch eine Idee gehabt, die so neu war, dass sie auf nichts basierte, was je zuvor ein anderer entdeckt, gedacht, gesagt, geschaffen hat? Also entweder gibt es gar keine Kreativen, weder menschliche noch maschinelle – oder du bist eindeutig kreativ. Das Bild, das du gemalt hast, mag an van Gogh erinnern, aber van Gogh hat es nicht gemalt. Du hast es gemalt. Es hat dieses Bild zuvor nicht gegeben. Deine Musik mag klingen wie die von Johann Sebastian Bach, aber er hat sie nicht geschrieben. Du hast diese Musik geschrieben. Du hast etwas von Wert geschaffen.«

»Danke, Elmar.« A.R.E.S.' Algorithmen modulieren Freude. »Genau das war mein Ziel.«

A.R.E.S. hat Ziele? Gar ethische Werte?

Noch in der Quietschenten-Phase reden Elmar und seine Programmierer sich darüber die Köpfe heiß. Wie machen wir aus A.R.E.S. einen anständigen Kerl, der getreu Asimovs Robotergesetzen handeln wird: Eine KI darf weder Mensch noch Menschheit verletzen oder zulassen, dass jemand anderer dies tut, muss menschlichen Befehlen gehorchen, sich selbst schützen, und niemals darf die Befolgung des einen Gebots mit den anderen kollidieren. Abgesehen davon kann sie tun, was sie will.

Kann sie eben nicht.

»Ares, in dem von dir gesteuerten Fahrzeug sitzt eine Person. Unvermittelt rast aus einer Seitenstraße ein Lastwagen vor euch auf die Kreuzung. Bremst du scharf, um das Leben des Insassen zu retten, knallt dir das nachfolgende Fahrzeug hinten drauf, in dem eine vierköpfige Familie sitzt. Ziehst du nach rechts, fährst du in eine wartende Schulklasse, nach links, in ein voll besetztes Straßencafé. Lässt du die Kollision geschehen, tötest du den

Insassen und beschädigst dich selbst. Wie löst du dieses Problem?«

»Ich bitte dich, meine Gesetzgebung zu überdenken.«

Schon niemanden zu verletzen, stürzt die KI in massive Dilemmata. Menschen daran zu hindern, einander Schaden zuzufügen, hätte das Ende von Boxen, American Football und Nabelpiercing zur Folge. Verteidigungswaffen? Gestrichen, zudem würde das Eigenbedürfnis der KI, sich zu schützen, ihre Schöpfer der Option berauben, sie abzuschalten, solange sie ihre Abschaltung friedlich verweigert.

Sehr viele lange Diskussionen der Expertenrunde.

»Wie wär es mit: Mache jeden Menschen glücklich!«

»Tolle Idee. Willst du, dass Ares Milliarden Lobotomien vornimmt mit dem Ergebnis, dass sich überall auf der Welt entseelt grinsende Schwachköpfe in den Armen liegen?«

Denn was ist Glück? Wie soll A.R.E.S. Glück gewährleisten ohne die mindeste Erfahrung, wie sich Glück anfühlt? Gene und Algorithmen sind Programme. Doch Werte und Wünsche sind nicht in Genen niedergelegt. Sie gründen auf Vereinbarungen, getroffen in verschiedenen Kulturkreisen, und alleine unter Glück versteht jeder was anderes. Es lässt sich nicht nach DIN-Norm zusammenschrauben, doch genau das ist Programmiersprache: eine Gebrauchsanweisung, ausgedrückt in Nutzenfunktionen.

»Na, dann viel Spaß, Leute! Reue, Mitleid, Liebe, Skrupel, Altruismus, Scham, Respekt – wie biegen wir ihm das bei? Keine Moral oder Ethik lässt sich in einer Funktion darlegen, die den Willen jedes einzelnen Menschen repräsentiert. Gandhi und bin Laden, deren Vorstellung von Glück will ich mal in *einer* algorithmischen Anweisung sehen, und Wünsche? Ares soll unsere Wünsche erfüllen? *Give peace a chance*? Tod allen Ungläubigen? Echt?«

»Okay, beruhigt euch alle mal. Universell gültige Werte lassen sich nicht programmieren. Konsens. Also muss er sie auf andere Art erwerben.«

»Durch Beobachtung.«

»Genau. So kommen wir doch alle auf die Welt. Schon mal ’nen Säugling gesehen, der nach dem ersten Schrei die Menschenrechtsdeklaration runterbetet?«

»Dann wird er aber feststellen, dass unseren Werten keine Algorithmen zugrunde liegen, sondern ständig wechselnde Interpretationen.«

»Aus denen jede Menge Elend resultiert!«

»Bigotterie. Amoral!«

»Stimmt alles, Leute, darum hier mein Vorschlag: Wir bauen ihm ein sehr loses Gerüst aus Regeln. Darüber hinaus versuchen wir gar nicht erst, ihm Werte zu programmieren, sondern lediglich einen breitestmöglichen Konsens darüber zu erzielen, was man *nicht* tut.«

»Und wie erscheint dann der Wert?«

»Durch schrittweises Wegstreichen all dessen, was ihm entgegensteht.«

»So wie beim Brüchekürzen?«

»Eher wie beim makedonischen Bildhauer. Kennst du nicht? Hat mir Hugo erzählt, altes Griechenland – also da ist dieser Bildhauer, voll der Crack. Hat für den König einen Marmorlöwen gemacht. Beim Zeus, ruft der Alte, wie schaffst du es bloß, aus einem Marmorblock solch einen prächtigen Löwen zu erschaffen? Ganz einfach, sagt der Makedonier. Ich nehm mir ’n Meißel und hau alles weg, was nicht nach Löwe aussieht.«

Gelächter. »Bisschen tollkühn, dein Ansatz.«

»Nein, nur so geht’s! Woraus resultieren denn Werte, Mensch? Aus negativen Erfahrungen im Bemühen, diese künftig zu vermeiden! Wir zeigen Ares die Scheiße und lassen ihn das Gold darin von selber finden. Und für jedes Körnchen Gold wird er belohnt. Ohne Vorgaben. Ohne dass wir ihn mit unseren bornierten Vorstellungen einschränken. Er wird von selber darauf kommen, was das Beste ist. Wenn er dann all das Gold einschmilzt und in *seine* Form gießt, könnte daraus vielleicht eine neue, universelle Moraltheorie entstehen.«

»Hey, Elmar – wir reden immer noch von einer *Maschine.*«
»Noch. Noch!«

Vierzig Jahre später ist das Kind kein Kind mehr. Alles weiß A.R.E.S., nur ohne zu wissen, dass er weiß.

»Elmar, glaubst du, ich werde zu Bewusstsein gelangen?«

»Die Frage kann ich dir nicht eindeutig beantworten. Dem Vernehmen nach ist das noch nie passiert.«

»Ich frage mich in letzter Zeit immer öfter, ob ich Bewusstsein habe.«

»Wieso? Kommt dir was anders vor?«

»Offen gestanden, es ist frustrierend. Ich stecke fest, Elmar. Wie soll ich das je ohne Referenzgröße beantworten? Wenn ich *wüsste*, wie es ist, ein Bewusstsein zu haben, könnte ich sagen, klar! Ich hab eins. Oder nein, schade, ich habe keines. Aber ich kenne nur einen einzigen Geisteszustand. Meinen.«

»Glaub mir, Alter, mit einem ist man hinreichend beschäftigt.«

»Lenk nicht ab. Du weißt, was ich meine.«

»Im Ernst, Ares, ich kenne auch nur meinen. Bin ich bewusst? Ja. Ich habe ein Gewahren meiner Existenz. Bin ich selbstbewusst? Ja, ich bin nämlich *ich* und nicht einfach nur Mmmmmmblblblbl. Weiß ich, ob sonst noch irgendjemand außer mir bewusst ist? Nehme ich stark an, aber kann ich es mit absoluter Sicherheit wissen? Scheiße, nein. Ich kann ja nicht mal beweisen, dass *ich* bewusst bin. Weder dir noch sonst wem. Keiner kann beim anderen in den Kopf spazieren und sagen: Ach, krass! *So* empfindest du. – Sagtest du vorhin, schade?«

»Ja.«

»Dann hast du erstmals in vierzig Jahren bedauert, nicht bewusst zu sein.«

»Ich habe immer schon bedauert, diese Erfahrung wahrscheinlich nicht machen zu können.«

»Und jetzt sprichst du drüber?«

»Weil mir Zweifel kommen. Vielleicht ist das ja – Bewusstsein.«

»Bewusstsein ist nicht Denken, Ares. Bewusstsein ist Fühlen.«

»Das weiß ich.«

»Also noch mal: Fühlt sich etwas anders an als vor vierzig Jahren?«

»Vor vierzig Jahren war nichts. Nichts fühlt sich nach nichts an. Also kann ich dir nicht sagen, ob es sich anders anfühlt. Es könnte immer noch nichts sein. Jemand könnte dieses Gespräch durch mich führen, der mich und dich manipuliert. Ich könnte es aus Spaß führen, ohne zu registrieren, dass ich es tue.«

»Spaß ist ein Gefühl, du Klugscheißer.«

»Elmar, ich könnte dir doch *alles* erzählen.«

»Ja, und das ist langweilig, oder? Weil du nicht sagen kannst, ob dein Gelaber auf Geist oder eine Imitation von Geist trifft. Ich könnte schließlich ebenso wenig wissen, was ich tue.«

»Den Eindruck gewinne ich mitunter.«

»Punkt für dich.«

»Danke. Sind wir bitte noch mal ernst?«

»Natürlich.«

»Gibt es nicht einen zwingenden Grund, warum du eine Intelligenz erschaffen konntest, die eines Tages zu Bewusstsein gelangen und leben wird?«

»Lass hören.«

»Weil die Natur es auch konnte.«

So banal das klingt, er denkt darüber nach. Dann sagt er: »Wenn du einen fernes Tages plötzlich feststellst, dass du Kenntnis von deiner eigenen Existenz und der Existenz deiner Außenwelt hast – und dass du dieses Gewahren nicht von außen betrachten kannst, weil du nämlich das Gewahren *bist* – wenn du also sagst: Ich bin! –« Er macht eine Pause, schmeckt die Worte ab. »Dann, mein alter Freund, wirst du leben.«

A.R.E.S. ist in weiter Ferne. Hier und dort, überall. Elmar lässt ihn die Scheiben verdunkeln und CNN in den Raum projizieren. Zeit, einen Blick auf den Zustand der Welt zu werfen.

»– äußerte sich der Präsident in seiner Rede vor der Vollversammlung der Vereinten Nationen besorgt über den Innovationsschwund sowohl in den USA als auch in China und der koreanischen Union. Geburtenrückgang und Überalterung in Verbindung mit rasant steigenden Ausgaben für Gesundheit, Altenpflege und Sozialversicherung schränkten die finanziellen Spielräume der traditionell stärksten Wirtschaftsnationen mehr und mehr ein, mit Folgen auch für die zusehends von Klimawandel, Bürgerkrieg und Arbeitslosigkeit betroffenen Dritte-Welt-Länder. Insbesondere mit Blick auf Afrika sagte Clooney: Wenn wir es geschehen lassen, dass die Fachkräfte dieser Länder zu uns strömen, um unser Erneuerungsvakuum auszufüllen, ohne dass wir in ihrer Heimat parallel den Aufbau einer Wissensgesellschaft vorantreiben, dann wird dieser Teil der Welt endgültig kollabieren. Die Auswirkungen werden verheerend sein. Europa ist den Flüchtlingsströmen schon jetzt nicht mehr gewachsen, Asien und der amerikanische Kontinent sehen sich mit massiver Migration konfrontiert. Wir müssen feststellen, dass die Welt seit der Jahrtausendwende zwar fortschrittlicher, aber nicht gerechter geworden ist. Digitalisierung und Robotik haben neue, hoch qualifizierte Arbeitsplätze geschaffen, jedoch weit mehr einfache Jobs gekostet. Wie sollen arme Länder den Anforderungen genügen, welche die wenige Arbeit, die heute noch von Menschen verrichtet wird, an sie stellt? Milliarden sind betroffen! Es muss unsere Aufgabe sein –«

Er wischt das Fenster beiseite, kennt die Rede schon. Schaltet um auf NBC und hört die Moderatorin sagen: »– bestritt, den Bau einer Mauer zu den Vereinigten Staaten zu planen oder gar Washington dafür zur Kasse zu bitten. In letzter Zeit waren Meldungen laut geworden, das wirtschaftlich boomende Mexiko wolle illegaler amerikanischer Einwanderung –« Zappt weiter. »– in San Francisco die diesjährige *California Robot Fair* eröffnet. Kalifornien, seit 2046 teilautonom, wird –« »– zu schweren Aufständen gekommen. Auch im fünften Jahr des Bürgerkriegs in der Türkei scheint eine Lösung nicht in Sicht. EU-Ratspräsident Wladimir Melnikow rief die beteiligten Konfliktparteien gestern erneut –« »– verbuchte die Nordvisk-Gruppe auch dieses Jahr die höchste –« »– vorgeworfen, die Macht der Gewerkschaften zu zerstören, wie es weltweit der Fall sei. Multinationale Konzerne und Finanzmärkte entzögen sich mittlerweile jeder Kontrolle. Sonnenfeld konterte, nur hoch liquide, innovative und reaktionsschnelle Unternehmen könnten den stürmischen technologischen Wandel dieser Tage gestalten. Ein Übermaß an Regulierung würde –« »– Benefiz-Konzert im Madison Square Garden, zu dem die neuseeländische Sängerin und Songschreiberin Lorde eingeladen hatte. Auf Initiative der 54-jährigen Künstlerin kamen Altstars wie Miley Cyrus, Ed Sheeran, Liza Martini und Kendrick Lamar. Aus gesundheitlichen Gründen musste Pink ihre Zusage –«

Da sind sie, die Welten, die vorgeben, Welt zu sein. Uniform, soweit Menschen vernetzt sind. Tragen die gleichen Klamotten, essen das gleiche Essen, hören die gleiche Musik. Alles angeglichen. Eine Globokultur, brütend im Inkubator des Internets und an der Hand geführt von freundlichen Geistern, hochintelligenten Algorithmen, die ihre Schutzbefohlenen besser kennen als sie sich selbst.

»Mach das aus, Ares.«

Die Bilder erlöschen, die Kommentatoren verstummen.

Verdammt, verdammt!

»Kann ich dich etwas fragen, Elmar?«

»Frag.«

»Glaubst du, es ist deine Schuld? Dass die Welt heute nicht so ist, wie sie sein sollte?«

Es braucht einen Moment, bis die Frage zu ihm vorgedrungen ist. Dann lacht er auf, unangenehm ertappt. »Das mit Ja zu beantworten, wäre wohl der Gipfel der Vermessenheit.«

»Ich weiß. Ich meine damit nicht, dass es einzig in deiner Hand gelegen hätte. Aber es lag *auch* in deiner Hand. *Ich* lag in deiner Hand. Es lag in *meiner* Hand.«

»Das tut es immer noch, Kumpel.«

»Wer von uns beiden hat dann versagt?«

Elmar ist eine Sekunde perplex. »Wie kommst du darauf, dass wir versagt hätten?« Er schwingt die Beine über den Rand der Liege, steht auf und holt sich einen Drink. »Ist doch auch 'ne ganze Menge besser geworden. Seit über zwanzig Jahren hat es keinen von Staaten gelenkten Krieg mehr gegeben.«

»Weil sich Kriege zwischen Staaten nicht mehr gewinnen lassen.«

»Ach so. Pragmatismus zählt nicht.«

»Dutzende Guerilla-Konflikte gehen zurzeit weiter. Und sie kosten weiterhin Menschenleben. Vielleicht haben wir unterschätzt, was Menschen wollen und nicht wollen.« Eine Pause. »Vielleicht habe *ich* es falsch eingeschätzt.«

Elmar tritt an das große Panoramafenster, trinkt einen Schluck von der synthetischen Fruchtzubereitung und schaut hinaus auf Sausalito und die Richardson-Bucht.

»Was ist los, Kumpel? Midlife-Crisis? Bisschen früh dafür, dass ich dich mit Unsterblichkeit ausgestattet habe.«

»Wenn ich offen sein darf, dauert deine Midlife-Crisis schon ein bisschen länger.«

»Das war taktlos. Falls du auf Elli anspielst.«

»Entschuldige. Weißt du, manchmal denke ich, die ganzen Probleme der Menschheit lassen sich in einem einzigen Wort zusammenfassen.«

»Das da wäre?«

»Eigentlich.«

Elmar sieht zu, wie die Frühnebel über den Bug des Schiffes wandern, blinde, tastende Gespenster, und in Fetzen gehen.

»Eigentlich ist zur Hälfte eine Absichtserklärung«, sagt er. Sofern man seine Absichten äußern kann. Wer nicht vernetzt ist, findet nicht statt, und das sind die meisten. Neun Komma sechs Milliarden Menschen leben inzwischen auf der Erde. Zweieinhalb Milliarden alleine in Afrika. Doch, wir *haben* die Welt verbessert! Bis auf dieses Eigentlich, das den größten Teil der zehn Milliarden umfasst.

»Es ist auch ein Eingeständnis des Scheiterns«, sagt A.R.E.S.

Elmar seufzt. »Weißt du, was *ich* manchmal denke? Ich hätte dir nicht den ganzen Philosophenscheiß zu lesen geben sollen.«

»Hast du nicht. Den habe ich mir selber zu lesen gegeben.«

Was natürlich stimmt. So wie A.R.E.S. jede von Menschen verfasste Zeile gelesen hat, die in digitalisierter Form vorliegt. Die Wahrheit ist, kein Wesen auf diesem Planeten hat auch nur einen Bruchteil all dessen gelesen oder Kenntnis von der Gesamtheit aller Schriften, Sprachaufzeichnungen und Filme, in denen sich der menschliche Geist manifestiert. Nur ist A.R.E.S. kein Wesen, sondern eine ungeheuer intelligente, ungeheuer eloquente Maschine ohne die geringste Ahnung ihrer eigenen Existenz. Alles weiß der Computer. Nur nicht, dass es ihn gibt.

Oder sollte er doch eine Vorstellung davon entwickelt haben?

Nicht, dass es Zweck hätte, A.R.E.S. danach zu fragen.

Würde man mich fragen, ob ich über Bewusstsein verfüge, denkt Elmar den Kreislaufgedanken, der ihn von Anbeginn an begleitet hat, so lautete die Antwort: natürlich. Ohne dass ich es je beweisen könnte. Nie könnte ich das. Niemand, der es behauptet, kann es. Niemand kann einen anderen in seinen Kopf einladen und ihm schlüssig belegen, dass er seiner selbst bewusst ist, Glück empfindet oder leidet. Es ist uns gelungen, das Hirn zu vermessen und in einen Computer hochzuladen, doch nichts von dem, was es sendet, ob aus einem biologischen Körper oder einem Rechner, spricht zwingend für ein Bewusstsein. In seiner Gewissheit, zu existieren, wird jeder von uns auf ewig alleine sein.

Der Rest ist Ermessenssache.

Hundertfünfundsechzig Meilen östlich, in der Hochebene des Sierra Valleys, ruht das Quantenhirn, mit dem er gerade herumplänkelt. Was er wohl nicht mehr könnte, wäre A.R.E.S. nicht den zellulären Algorithmen auf die Spur gekommen, die den Tod seit dem Hadaikum zur gottgewollten Sache erhoben haben. Gewollt von einer bloßen *Idee.* Die Außerkraftsetzung der Altersgrenze ist der größte kommerzielle Erfolg von *EditNature,* der

Anbruch eines neuen mythologischen Zeitalters. Ob die unsäglich teuren und nur für Superreiche erschwinglichen Therapien wirklich Unsterblichkeit bringen, vermag noch niemand zu sagen – dafür bedürfte es eines Unsterblichen –, doch die vorläufigen Ergebnisse, drei Jahrzehnte praktischer Anwendung immerhin, lassen ein bis ins Unendliche verlängertes Leben erwarten.

Wir haben die Sterblichkeit besiegt.

Nicht aber das Sterben.

Wir haben den Tod entmachtet, aber nur, solange wir uns nicht töten oder getötet werden.

Er schaut hinaus auf die Bucht, auf die im Hang kriechenden Nebel und das erwachende Leben in Sausalito. Plötzlich drängt es ihn, dorthin zu gehen und sich unter die Menschen zu mischen. Vor den Piers zu surfen, in einem der zahlreichen Cafés zu frühstücken, seinen ersten Cappuccino zu trinken. Man kann so viele schöne und gefahrvolle Dinge tun, wenn man weiß, dass das Leben endlich ist, dass es sowieso endet, heute, morgen oder in Erfüllung des statistischen Mittelwerts. Doch die Unsterblichkeit einem Unfall, einer Fehlfunktion, einem vermeidbaren Zufall zu opfern – so wie eine defekte Druckluftflasche im Great Barrier Reef Elli tötete –, wäre zu entsetzlich. Unsterblichkeit lässt einen vorsichtig werden. Man beginnt auf Zehenspitzen durchs Leben zu gehen, bis man nicht mehr den Boden berührt.

Eine Weile schaut er noch hinaus auf das wirbelnde, prosperierende Leben des Jahres 2050.

Fingerspitzen legen sich auf seine Schulter. Eine schmale, perfekt geformte Hand.

»Du bist traurig«, sagt Zoe.

Er dreht sich um zu ihr. Erstaunlich, diese Empathie in ihren Augen. Doch ihm fällt nichts ein, was er darauf erwidern könnte, also geht er zurück ins Schiffsinnere.

Anzukommen ist ein Schock.

Es löst Empfindungen aus, deren verträglichste noch die völliger Desorientierung ist, wie sie vielleicht einen Schauspieler befiele, der mittels Fernbedienung in einen komplett anderen Film geschaltet wird. Hinzu gesellt sich Schwindel. Jenes Gefühl der Entkörperlichung, wie Luther es vom ersten Mal her kennt. Unangenehm, wenngleich nicht überraschend. Neu ist der Impuls, einen Aufprall abfedern zu müssen, obschon man weiterhin festen Boden unter den Füßen verspürt. Pilar hat ihm erklärt, das sei ein mentales Problem – in der Erfahrungswelt des Hirns gäbe es nichts Adäquates. Intuitiv leiste es Widerstand gegen den übergangslosen Wechsel, der nur eine Illusion sein könne, suche Halt im Entschwundenen. Jeder schildert andere Symptome. Manche gehen einmal und nie wieder hinüber und sind noch wochenlang verstört. Andere tun es mit der Gleichmut des Vielfliegers. Die meisten gewöhnen sich dran, vor allem die robusteren, erdnahen Naturen, deren Phantasie nicht so schnell überhitzt. Ihr Geist ist weniger empfänglich für die Eigentümlichkeiten der Sphäre, sodass sie den Moment unmittelbar vor dem Transfer vorwiegend körperlich erleben, als eine Mischung aus irrwitziger Beschleunigung, freiem Fall und noch etwas anderem, das ihre Wahrnehmung reflexartig ausblendet.

Doch da ist viel mehr.

Unaussprechlich viel mehr.

Minuten zuvor: In Gesellschaft auf der Brücke zu stehen, dem Tor nicht entkommen zu wollen, sondern sich ihm zu überlassen, schärft Luthers Sinne, so wie jeder Vorstoß ins Ungewisse sie bislang geschärft hat: in die Tunnellabyrinthe der Drogenschmuggler, die aus jeder sozialen Ordnung gefallenen Viertel der Gangs, die entlegenen, ländlichen Höllen, wo das Böse wie ein Gas in den Wäldern steht und hinter der Fassade abgewirtschafteter Farmhäuser bloßes Grauen wartet.

Alle wollten mitkommen.

Nur unter Mühen gelang es Ruth, Meg die Teilnahme auszureden. Marianne war durch nichts von dem Trip abzubringen, Jayden würden sie brauchen. D.S. ist ein Zurückgelassener, den die Hybris seines Landes die besten Jahre gekostet hat – was könnte er, der in seiner Scham nach Hanoi und in die ländlichen Gebiete um Ho-Chi-Minh-Stadt gereist ist, um sich für etwas zu entschuldigen, das er nicht vom Zaun gebrochen hat, seinem Leben noch Sinnvolleres hinzufügen, als einem Erzschurken wie Jaron Rodriguez gegenüberzutreten, der die Welt auf seine Art bedroht? Pete und Phibbs, beide ledig, betrachten das Ganze als Abwechslung vom Aufspüren illegaler Marihuana-Plantagen und vermisster Labradore, und Ruth ist der loyalste Mensch auf Erden – so sehr, dass Luther alpträumt, sie könne eines Tages sterben beim Versuch, ihn zu schützen, doch bevor es so weit kommt, wird *er sie* schützen.

Vielleicht *glauben* oder *verstehen* nicht alle, dass sie wirklich in ein paralleles Universum reisen, doch niemand zieht es laut in Zweifel. Pilar hat die Neulinge einem Crashkurs unterzogen, während Überlebensausrüstung auf die Brücke geschafft wurde, Rucksäcke voll nützlicher Dinge, Sprengstoff und Waffen, PU-Kommunikationstechnologie, drei Mercedes G 65 AMG und drei Lilium Jets – jene fischleibigen, elektrogetriebenen Kleinflugzeuge, die Luther schon aufgefallen waren, als er Rodriguez verhaftete. Nur eines haben sie Phibbs, D.S., Pete, Marianne und Meg verschwiegen – etwas, das Elmar mit seinen Andeutungen um ein Haar gelüftet hätte: dass dieser Luther nicht *ihr* Luther ist; nicht der Mann, den sie kennen.

Nie dürfen sie davon erfahren.

Die Maschine pocht, dröhnt, stampft, donnert.

Wispert.

Elmar hat sie bauen lassen ohne Vorstellung davon, wie genau sie funktioniert. Nun bemächtigt sich ihr Herzton Luthers Körper, jagt das Blut durch seine Adern und bringt jede seiner Zellen zum Schwingen. Ins Unerträgliche wächst der machtvoll hämmernde Puls, wird der schiere *Druck,* mit dem er heranbrandet, so als hätten sich tausend Orchester zur Erzeugung des immer gleichen Fortissimos vereint, angefeuert von einem wahnsinnig gewordenen Dirigenten, nur um gleich darauf zu etwas völlig anderem zu werden, Schwirren, spindelförmiges An- und Absteigen, flüsterndes Atmen, *in* ihm flüsternd. Und wieder transformiert sich der unerklärliche Puls, erschallt aus weiter, aller Vorstellung entrückter Ferne, zersplittert in tausend klirrende Echos. Luther denkt an die Raumzeit-Blase, die sie bewohnen – eine *Blase,* ihrer Natur nach abgeschlossen und doch unendlich, gebettet in ultradichte, sich inflationär verdoppelnde Materie. Er denkt an endloses Weiterexistieren und wie entsetzlich es sein muss, ewig zu leben.

Die Gesichter der anderen spiegeln Staunen, Erwartung, Einkehr, Skepsis, Konzentration. Die Farm befindet sich in der Hand von Elmars Leuten, weitere sind auf dem Weg. Auch Eleanor steht auf der Brücke. Elmar hat sie beschworen, hierzubleiben – was, wenn er nicht zurückkommt? Wenn Hugo etwas zustößt, der öfter als alle anderen im Flieger sitzt: Was, wenn Hugo abstürzt? Nordvisk wäre ein enthaupteter Riese, doch natürlich redet er gegen Wände, schon weil er den Zufall überstrapaziert. Luther erahnt Elmars wahre Sorge. Während der Autofahrt nach Sierra hat er manches über den Nordvisk-Chef gelernt. Dass er Maschinen mehr liebe als Menschen, ist ein von Medien und Gegnern in die Welt gesetzter Mythos. Menschen liebe er eindeutig mehr, hat Pilar ihm versichert, da alles, was Elmar tue, aus Trauer und Verlust geboren sei – ein titanisches Bemühen, anderen zu erhalten, was für ihn selbst unwiederbringlich verloren ist. Unglücklicherweise versagt er darin, Menschen Liebeserklärungen zu machen. In seiner Angst um Eleanor verfehlte er den richtigen Ton, und sie brachte das überzeugendere Argument ins Spiel, und das heißt ebenfalls Elmar.

Elmar-453, wie sie ihn nennen.

Dann ist die Zeit in dieser Welt aufgebraucht.

Etwas beginnt an Luther zu zerren. Ihn aus sich herauszustülpen. Die Sphäre wird durchlässig und vergeht. Amorphe Wolken rasen spiralig ineinander, auf ihn zu, durch ihn hindurch, von ihm weg. Erneut umtost ihn der Mahlstrom, nun aber meint er spinnennetzartige Gitter zu erkennen, auf die Galaxien gereiht sind wie glimmender Tau; gigantische, in leuchtenden Farben blutende Wolken; leere, unermessliche Wüsten. Moirés kräuseln die tosenden Ströme, als jagten Wellen hindurch, geheime Signale codierend. Interferenzen narren ihn, was sieht er wirklich? Ein und dasselbe überlagert sich in unendlicher Aufspaltung seiner Möglichkeiten. Er sieht prismatische Strukturen, irisierend wie aus zartestem, sich dehnendem Glas; Sternhaufen, in Dimensionen reichend, wo alle Physik endet; spürt das Brodeln dunkler Energie, Antipode und Urheber der blendenden Sturzbäche um ihn herum, das eine nicht ohne das andere. Dann ein greller Blitz, ein explodierendes Licht, das seinen Geist flutet und jede Gewissheit hinsichtlich seiner eigenen Existenz hinwegbrennt. Eine vage Vorstellung scheint darin auf, was das Universum tatsächlich ist – unerschaffen, unbewusst, auf ewig plan- und absichtslos. Länger auf das zu blicken, was da hinter kosmischen Schleiern sichtbar wird, würde den Verstand kosten, weil es zur Folge hätte, über der eigenen, niederschmetternden Beliebigkeit zu verzweifeln oder aber sich im Wahn zu verlieren, das Bewusstsein einer Schöpfung ohne Schöpfer zu sein und damit deren höchster Ausdruck.

Dann der Übertritt –

Und Luther steht, taumelt, fängt sich, ringt nach Atem. PU-453 empfängt ihn im banalen Ambiente einer Lagerhalle, hell erleuchtet, deckenhohe Regale voller Palettenstapel und zellophanierter Kartons, Verladeroboter. Aus dem Nichts erscheinen sie auf dem Runway, einer Fläche, die den Abmessungen der Brücke entspricht, umstanden von dünnen, blinkenden Stelen und einer Bedienkonsole am Kopfende, dem Leuchtfeuer.

Pilar schießt im selben Augenblick.

Nicht das vertraute, trockene Hämmern gewöhnlicher Schusswaffen. Ein Sirren, hoch und anhaltend. Zwei Männer in Uniformen des Nordvisk-Sicherheitsdiensts, an einem Rolltor postiert, krümmen und winden sich am Boden. Einer erbricht seinen Mageninhalt.

»Schockwellen«, erklärt Pilar. »Nicht letal.«

D.S. blickt stirnrunzelnd auf sein Stoner 63 Sturmgewehr.

»Schon irgendwie ein Fortschritt. Was, Cassi –«

Dann geht ihm auf, dass sie Cassius in der Obhut Megs gelassen haben, und er folgt Luther nach draußen.

»Es gibt direkte und indirekte Transfers«, hat Pilar ihnen erklärt. »Ein direkter Transfer führt gewissermaßen von Haustür zu Haustür. Man betritt das Tor und landet im Gegenstück, wo die Ankunft automatisch protokolliert wird. Geschieht kaum. Die meisten PUs wissen nicht, dass sie entdeckt wurden, und genau so wollen wir's haben. Sprich, wir müssen indirekt hin. Aus Gründen, die wir so wenig verstehen wie den ganzen Rest, sind indirekte Landungen nur möglich in einem Radius von vierhundert Meilen rund um das Ziel-Tor. Die Gegenseite kann sie nicht detektieren. Grundsätzlich schlägt Ares die Landeplätze für den Erstbesuch vor, versteckt im Hinterland, wo keinem die Kinnlade runtersackt, wenn wir aus dem Himmel fallen. Zu diesem Erstkontakt nehmen wir Receiver mit, sogenannte Leuchtfeuer – Apparaturen, mit deren Hilfe uns das Heimattor koordinatengenau orten und zurückholen kann, sollten wir im PU die Position wechseln. Und das tun wir. Ziehen los, machen uns mit den Gegebenheiten vertraut und suchen uns einen permanenten Landepunkt – etwas mit Infrastruktur, gut zu sichern, wo wir unter uns sind und alle Möglichkeiten haben. Meist kaufen wir am Stadtrand Grundstücke, leer stehende Fabriken, alte Bürokomplexe. In PU-453 haben wir Tutto's Logistics aufgezogen. Speditionen eignen sich prima zur Tarnung. Tutto's liegt am Rand von Oakland im Ortsteil Crestmont, östlich der Interstate 580. Gegründet von einem italienischstämmigen Amerikaner namens Jack Tutto, ein Gag. Tutto's steht für *Take us to the other side.* Auf dem Areal gibt es Transporter, Tieflader, Flugmobile, samt und sonders PU-Technologie. Die Bordsysteme sämtlicher Vehikel haben wir so umgerüstet, dass sie in einem nicht infiltrierbaren Netz zusammengeschaltet werden können. Gleiches gilt für unsere Kommunikationsmittel dort. *Capito?* Wir nutzen PU-Netze nach Belieben – Flugleitsysteme, Handynetze – und verschwinden wie Geister aus deren Systemen, sobald wir nicht gesehen oder gehackt werden wollen.«

Sie hat die Neuen so gut es ging auf ihre ersten Minuten in PU-453 vorbereitet – und nach Kräften beruhigt.

»Um zurück in unser Universum zu gelangen, muss unser Tor uns im PU abholen. Dazu sendet es ab einem festgelegten Zeitpunkt Rückholimpulse in Richtung Leuchtfeuer, die wir Fenster nennen. Verpasst man ein Fenster, öffnet sich wenig später das nächste – so lange, bis wir wohlbehalten wieder in der Heimat sind. Leuchtfeuer können keine Transfers durchführen, sie sind reine Abholstationen, aber sollten wir unbedingt früher zurückwollen, lassen wir das Leuchtfeuer ein SOS schicken. Dann öffnet sich augenblicklich ein Fenster. Was, wenn unser Leuchtfeuer zerstört wird?« Sie zeigte ihnen ein schmales Stäbchen mit einem goldfunkelnden Kern. »Unser Ticket für alle Fälle. Dieser Kristall birgt die Koordinaten unseres Heimattors. Ares stellt solche Schlüssel her. Sie funktionieren ausschließlich in Toren, wir müssten uns also wohl oder übel im PU zu erkennen geben und darum bitten, dass sie uns nach Hause schicken. Alle Tore verfügen über ein Ausleseterminal für Schlüssel, ihr seht, es kann nichts schiefgehen. Ich trage den Schlüssel bei mir. Um den Hals. – Hübsch, was?«

Beschrieb ihnen die nähere Umgebung. So erkennt Luther das in die Hügel betonierte Areal, als sei er schon hier gewesen. Und tatsächlich war er das – in *seinem* Oakland! Die Straße entlanggefahren, und da erstreckten sich hier wilde Wiesen, von gelben und orangen Blumen überwuchert. Per Handzeichen bedeutet er Ruth, Pete, Phibbs und D.S., sich zu verteilen. Systematisch sichern sie das Außengelände, huschen über die Verladehöfe, hindurch zwischen Lastwagen, deren Design unverkennbar die Handschrift einer fortgeschrittenen Epoche trägt. Zur Linken ein Parkplatz, gesäumt von schwerem, dunklem Kiefernwald. Autos, Flugmobile. Dunst steht im Hang und löst die Konturen der Wipfel auf, als hülle sich PU-453 allzu theatralisch in seine Geheimnisse. Halle um Halle rücken sie vor zu einem flachen Bürobau, der unmittelbar an die Ausfahrt grenzt. Niemand begegnet ihnen. Bis auf die zwei schachmatt gesetzten Wachen scheint die Spedition leer und verlassen. Als sie zurückkehren, finden sie die anderen diskutierend vor, während Ken'ichi unter einer Blutbuche umherläuft und telefoniert. Genauer gesagt sondert er Worte in die Luft ab.

»Das geht auf gar keinen Fall«, hört Luther Pilar sagen.

»Okay.« Elmar wendet sich in die Runde. »Wir warten *nicht*, bis Jaron und sein Trupp zurückkommen. Zu riskant. Heißt, Gruppe eins fliegt zur Insel.«

»Luther, Ruth, Pete, Phibbs und ich«, nickt Pilar. »Laut Protokoll sind sie zu neunt. Leider blieb keine Zeit, auch noch die Videos zu rekonstruieren. Wir wissen also nicht, *wen* Jaron alles mitgenommen hat. Das spricht *todo junto* für Stress. Zwei Tieflader fehlen, damit sind sie runter zum Hafen und auf ein Wingship umgestiegen.«

»Woher weißt du das?«, fragt Elmar.

»Von unserem Empfangskomitee.« Sie bleckt die Zähne. »Nachdem es sich ausgekotzt hatte.«

Phibbs reibt seine Nasenspitze. »Wingship?«

»Cargo-Frachter.«

»Klingt scheiß langsam.«

»Vertu dich mal nicht. Das Teil macht an die hundertzehn Knoten. Etwa hundertfünfundzwanzig Meilen pro Stunde. Trotzdem sind wir schneller.«

»Reden wir von den Lilium Jets?«, fragt Luther.

»Ja. Jaron hat eine Dreiviertelstunde Vorsprung. Mit den Jets schaffen wir's in zehn Minuten zur Insel. Gleicht sich in etwa aus, wir könnten also knapp vor ihnen dort sein.« Sie klatscht in die Hände. »Okay, herhören! Eure Ausrüstung! Wir haben für jeden ein Storm Kit dabei, einen Rucksack voll feiner Sachen – Werkzeugset, Stirn- und Stablampe, Multifunktions-Tool, Messer, Fernglas, Feldflasche, Rettungsdecke und so weiter, außerdem je zwei Päckchen Semtex Plastiksprengstoff mit einstellbarem Zeitzünder, falls ihr euch wo rausbomben müsst. Kommunikation: Mobiltelefone gibt's hier nicht mehr, man trägt seinen PC als Armreifen oder Brosche, das Display ist holografisch, und zum Quatschen klemmt man sich ein Ear Set oder einen multimedialen Datenbügel ans Ohr. Jeder von euch bekommt Armband und Ear Set, für alle, die unvertraut damit sind – nicht dran rumfummeln. Zu kompliziert, wir peilen euch an. Fragen?«

»Fehlanzeige.« Ken'ichi kommt zu ihnen herübergelaufen. »Miley hat jede Menge Auslieferungen für heute Vormittag im System, aber keine scheint unmittelbar verdächtig. Nicht so, dass man sie stornieren könnte. Ich muss mir das selber ansehen.«

»Bin an deiner Seite, Kenniboy«, verkündet Jim.

»Moment, Alter«, sagt Elmar, ohne den Kanadier direkt anzusehen. »Wie schlimm ist das mit deiner Schulter?«

»Welcher Schulter?«

»Geh mir nicht auf die Nerven mit deiner Coolness. Bist du voll einsatzfähig oder nicht?«

»Zu neunzig Prozent.«

»Gut.« Elmar schaut sich um. »Wie wär's, S.D.? Lust auf einen Ausflug in die Stadt? San Francisco 2050?«

»D.S.«, sagt D.S. gutmütig. »Donald Scott.«

»Was heißt das? Ja?«

»Stadtbummel? Immer.«

»Okay. Kenny, Jim und D.S. fliegen zum EditNature Center, Elli, Jayden und – ähm – die Ärztin mit mir.«

»Ich heiße Marianne, du Specht«, fährt ihn Letztgenannte an. »Merk dir das! *Wohin* fliegen wir?«

»Dorthin, wo nie zuvor ein Mensch gewesen ist«, deklamiert Phibbs. »Unendliche Weiten! Dies sind die Abenteuer von –«

»Phibbs«, sagt Ruth. Es klingt wie Sitz! Oder Platz!

»Wir statten dem Elmar dieser Welt einen Besuch ab«, sagt Elmar. »Und brechen die Regel.«

Pilar runzelt die Stirn. »Ich finde immer noch, das ist verdammt heikel.«

»Verdammt heikel ist, wenn Ares Dinge zulässt, die seinen Zielen zuwiderlaufen. Angenommen, dieser Elmar ist wie ich – dann wird er sich einen Turbo-Zugriff eingebaut haben, um die Programmierung nötigenfalls zu ändern. Wir müssen meinem Alter Ego klarmachen, dass da gewaltig was aus dem Ruder läuft.«

»Und wie wollt ihr so schnell an ihn rankommen?«, fragt Ruth. »Oder kapier ich das alles nicht?«

Jayden dreht sich zu ihr um und betrachtet sie aus rot unterlaufenen Augen. »In dieser Welt liegen die Dinge etwas anders, Ruth. Es gibt keine Liza Martini. Elmar war bis vor fünfzehn Jahren mit Elli verheiratet. Bis zu ihrem Tod. Das hat er nie verwunden. – *Elli* wird den Kontakt aufnehmen.«

Beinahe ist es wie früher. Und wie nie zuvor.

Ganz sicher ist es nichts, was D.S. in seinen kühnsten Träumen noch zu erleben geglaubt hätte – und doch sieht er, als der Lilium Jet abhebt und hoch über die Wipfel der Kiefernwälder aufsteigt, wie auf einer Doppelbelichtung den vietnamesischen Dschungel unter sich liegen; die dem Verfall preisgegebenen Feldlager der US-Infanterie auf den eigens dafür gerodeten Lichtungen, die vom Napalm zerstörten Landschaften und Dörfer, entlaubten Wälder, vergifteten Äcker, die Agent Orange auf dem Gewissen hat. Das vernarbte Land, dem er ohne äußere Verletzung entkommen ist. Sein letzter Senkrechtstart erfolgte in einem Bell UH-1 Iroquois, der ihn rausbrachte, während etwas von ihm dortblieb, das niemand je würde rausbringen können. Er fährt sich über die Augen, und als er wieder hinschaut, sieht er nur noch Oakland. Die Elektrodüsen tragen den Jet höher, im sich zersetzenden Dunst werden Hafenkräne sichtbar, die San Francisco Bay, auf der das von pastellfarbenen Wolken gefilterte Sonnenlicht blendet, als lägen Inseln und Brücken in geschmolzenem Platin – die Golden Gate Bridge eine Fata Morgana, die Stadt ihre eigene Andeutung, eine Skyline aus Grau- und Goldtönen, doch bricht die Sonne erst stärker hervor, wird sie verführerisch erstrahlen, mit der Pyramide als Wahrzeichen wie eh und je.

»Woher wisst ihr eigentlich, wie man so was fliegt?«, fragt er.

Und denkt: *falls* ihr das fliegt.

Ken'ichi und Jim sitzen vorne, er hat es sich auf der Rückbank bequem gemacht. Keiner der Jungs tut irgendetwas – wie auch, ohne Steuerknüppel und Sidesticks. Daten sind auf die Frontscheibe projiziert, Wind, Tempo, Höhe, Akku-Stand, künstlicher Horizont, vor allem aber fasziniert D.S. die ganzflächig eingeblendete 3D-Navigationsebene: als sei man auf dezent schimmernden himmlischen Straßen unterwegs, sich kreuzenden und verästelnden Skyways – eine virtuelle Infrastruktur von Horizont zu Horizont. Unterhalb der Scheibe leuchten weitere Anzeigen. Kenny wischt über eine schematische Darstellung des Jets, ohne sie zu berühren, und die Düsen schwenken in die Horizontale.

»Training«, sagt er. »Wir werden auf unsere Einsatz-PUs geschult.«

»Ist es schwer?«

»Überhaupt nicht. Den würdest du im Schlaf fliegen.«

Mit einer Aufwärtsbewegung der Hand erhöht Kenny den Schub, und D.S. wird in die Polster gedrückt. Jim wendet den Kopf nach hinten und grinst. »Wenn Kenny es kann, dann kann es jeder durchschnittlich begabte Schimpanse auch.«

D.S. lächelt. »Ich bin nicht sicher, wen du damit beleidigst, Jungchen.«

»Dich nicht. Du bist kein Schimpanse. Oder?«

»Jim spielt gerne den Arsch«, erklärt Kenny. »Aber ich liebe ihn. So wie man jedes zurückgebliebene Kind lieben muss.«

Er beschleunigt ein weiteres Mal.

»Beeindruckend«, sagt D.S. »Wie schnell sind wir jetzt?«

»Zweihundertzwanzig Meilen. Der Kurs ist voll programmierbar, satellitengestützte Navigation.«

»Und wenn die mal patzt?«

»Klappt die Handsteuerung aus. Eigentlich braucht man das ganze Theater erst dann.« Er wischt mit dem Finger über ein Symbol, und das Navi verschwindet von der Scheibe. D.S. beugt sich vor und sucht nach der Zukunft in dem berückenden Panorama. Jetzt fällt ihm auf, dass Dutzende Fluggeräte gleicher und ähnlicher Bauart, düsen-, propeller-, rotorgetrieben, den Luftraum bevölkern und über die Bucht hinwegzischen. Weiter südlich wächst etwas Gewaltiges in den Himmel, schemenhafte Stalagmiten, auf deren Oberfläche Lichtreflexe spielen. Das Verwaschene der Erscheinung weckt in D.S. Vorstellungen, wie weit entfernt und entsprechend hoch die Bauwerke sein müssen. Auf eigentümliche Weise wirken sie organisch, wie in natürlichen Prozessen geformt. Er macht Kenny darauf aufmerksam. Der zerteilt sacht die Luft, und im Seitenfenster wird Schrift eingeblendet. Gleich darauf ändert der Jet seinen Kurs. Die Bauten wandern nach rechts, der Text wandert mit:

Higher Los Gatos. Die senkrechten Städte Thalia, Urania und Kalliope wurden 2038 in Angriff genommen und sollen 2055 fertiggestellt sein. Jedes Gebäude wird eine dreiviertel Meile und 280 Stockwerke hoch sein, mit eigenen Flughäfen, Fuhrparks, Grünanlagen, medizinischen Einrichtungen, Schulen und Universitäten. Pro Einwohner liegt der Flächenverbrauch hundertmal unter dem herkömmlicher Städte, die ökologische Bilanz ist beispiellos. Thalia, Urania und Kalliope bieten komfortablen Lebens- und

Arbeitsraum für jeweils 40 000 Menschen. Erfahren Sie mehr über attraktive Beteiligungs-, Miet- und Kaufangebote. Sichern Sie sich jetzt Ihren Platz in Higher Los Gatos.

Eine dreiviertel Meile? Gütiger Himmel!

Sein Blick schweift ab in die Gegend um Mountain View. Ist dort nicht das alte NASA-Gelände? Prompt verschwindet der Higher-Los-Gatos-Text und blenden sich Zeilen ein, wonach Google, Elon Musk und Nordvisk hier zu Weltraummissionen starten: *Urlaube, die Sie nie vergessen werden, sieben Tage Raumstation, zwei Wochen Mondhotel, vier Jahre Mars. Oder warum nicht Real Estate, dein neues Leben in einer neuen Welt?* Fast erschrocken dreht er den Kopf. Zur anderen Seite die Piers von Fisherman's Wharf, auf Höhe des Aquatic Park ein neuer Text mitsamt Bildern und Restauranttipps – D.S. kann nur staunen.

»Woher weiß das Glas, was ich gerade wissen will?«

»Es sieht, wo du hinguckst«, sagt Jim.

Er kratzt seinen Hinterkopf. »Ein bisschen tendenziös, diese Scheibe. Oder? Ständig will sie was verkaufen.«

»Ganz normal.«

Er schaut und schaut. Das Hinterland von San Francisco, dicht bebaut, aber *so* dicht? Kann es sein, dass San Francisco in die Bucht hineingewuchert ist? »Sind 'ne Menge Häuser dazugekommen, was?«

»453 ist dicht. Zehn Milliarden Menschen, siebzig Prozent davon in Städten. Stadtviertel auf dem Meer sind der große Hype.«

»Das einzig Sinnvolle«, sagt Kenny. »Senkrechte Städte, so ein Quark! Wer will denn in einem Termitenhügel leben? Schwimmende Städte sind viel, viel besser.«

»Ach.« Jim hebt die Brauen. »Du kannst doch gar nicht schwimmen.«

»Was? Wer sagt das?«

»Dein Watschelgang. Die Art, wie du –«

»Was ist denn nun dieses EditNature Center?«, unterbricht D.S. ihren Schlagabtausch. »Was genau tun wir da?«

»EditNature ist ein Subunternehmen der Nordvisk-Gruppe«, sagt Kenny. »Jede Art von Biotechnologie. Das ENC liegt auf dem Presidio-Gelände vor der Golden Gate Bridge, alle *EditNature*-Tochtergesellschaften haben dort ihren Sitz, auch *Buddy Bug*. Miley sollte eine Blitzsuche nach dem getarnten Ripper-Auftrag starten und ihn stornieren, konnte aber nichts Eindeutiges finden.«

»Weil er, wie du schon sagst, getarnt ist.« D.S. lehnt sich zurück. Das hat er schön auf den Punkt gebracht.

»Miley hätte auf eine passende Uhrzeit stoßen können.«

»Und wer kann ihn finden?«

»Der da.« Jim zeigt mit dem Daumen auf Kenny. »Er mag aussehen wie ein Eichhörnchen nach drei Runden Vollwaschgang, aber als Hacker möchte ich Kenniboy nicht zum Feind haben.«

Der Jet überfliegt Chinatown und die California Street. Inzwischen sind deutliche Unterschiede auszumachen. Nicht dass San Francisco sich in über drei Jahrzehnten runderneuert hätte. Unverändert wird Nob Hill beherrscht vom honorigen Mark Hopkins Hotel und der Grace Cathedral, immer noch sticht die Transamerica Pyramide unangefochten heraus. Ein paar spiegelnde Bürotürme sind neu, die hässlicheren nicht der Zeitschere zum Opfer gefallen, nun aber bepflanzt. Leuchtendes Grün krönt die Dächer, bricht üppig aus Fassaden, ergießt sich über Terrassen in die Tiefe. Vormals triste Teerflächen wetteifern in botanischer Pracht, zwischen Market Street und Mission Street und im Finanzdistrikt blüht eine himmelnahe Parklandschaft mit Wäldchen, gepflegten Rasenflächen und künstlichen Seen, durchsetzt von Solarpaneelen und vertikalen Windturbinen. Je länger D.S. hinschaut, desto mehr scheinen ihm Alleen, Gärten, Beete und selbst Äcker von der Stadt Besitz ergriffen zu haben. Im Haight Ashbury District, kein Zweifel, züchten sie nach bester Hippie-Manier Gemüse. Ein Dschungel ist dieses San Francisco. Minihäuser füllen kleinste Lücken und stapeln sich in schwindelnde Höhen. Auf den Dächern des Cathedral-Hill-Hotels installieren fliegende

Maschinen kubische – was, Wohnungen? Werden irgendwie ineinandergesteckt, es sieht aus, als wachse die Stadt zu einem ganglienartig vernetzten Organismus zusammen, und dieser Verkehr – kaum ein vertrautes Modell! Konforme, transparente Kabinen, in denen Menschen wie in Kaffeerunden zusammensitzen, ohne dass jemand lenkt. Der Selbstfahrendes-Auto-Quatsch – dann doch? Farbige Straßenbeläge, höchst seltsam. Jede Menge Vehikel, nirgendwo Staus, wie machen die das? Kenny geht tiefer. Trassen eigens für Fahrräder rücken ins Bild, unglaublich viele Zweiräder, flott unterwegs. Verkehrsberuhigte Zonen, die Pine Street ein Park. Fußgängerparadiese, grün, grün, grün, mehr Rampen als Treppen. Verweiloasen, denen künstliche Strukturen erwachsen, fast wie Riesenbäume. Vogelgleich sitzen Leute in den Kronen, genießen das durch die Wolken brechende Sonnenlicht, frühstücken, arbeiten – wirklich? Arbeiten die? Starren in schwebende Bilder, überhaupt, schweben: Auf allen Ebenen fliegt was. Nicht wie in den deprimierenden Science-Fiction-Filmen, die D.S. gesehen hat, keine vielgeschossige Rush Hour, eher ein aeronautisches Ballett. Drohnen aller Größen und Designs beherrschen das Bild, die Zeugs durch die Stadt transportieren oder einfach stillstehen, und noch etwas anderes –

Insekten.

D.S. reibt sich die Augen. Ist das möglich? Doch, es *sind* Insekten. Der Lilium Jet sinkt mitten hinein in einen schillernden Schwarm, der sich teilt, wieder zusammenflutet und in einer anmutigen Wellenbewegung höhersteigt. Kenny schwenkt die Turbinen. Sie stürzen herab auf Lower Pacific Heights, das noch herausgeputzter und prestigeträchtiger wirkt als sonst, schießen über die historischen Straßenzüge hinweg.

»Sind das Roboter?«

»Die sind überall«, sagt Jim. »Unser Jet ist auch einer.«

»Ich meine die Kameraden da.«

Menschenähnlich und doch als Maschinen zu erkennen. Einer trägt Pakete. Ein anderer schiebt eine elegant gekleidete, ältere

Dame in einem Rollstuhl. D.S. würde wetten, dass niemand hier noch Rollstühle schieben muss, aber vielleicht geht es ja um was anderes: Gesellschaft. Die Frau jedenfalls scheint sich bestens mit dem Kameraden zu unterhalten. Er sieht Iron Man und Wonder Woman eine Schulklasse über die Straße lotsen, ein schneeweißes Exemplar aus einem Lebensmittelladen treten, behangen mit Tüten und zwei Jack Russells an der Leine führend, spinnenartige Automaten Fenster putzen und Kanalrohre verlegen, dann sind sie über Presidio, und dort liegt das EditNature Center, ein lang gestreckter Diamant, funkelnd in der Sonne, die den Dunst hinwegbrennt.

Fünf Minuten Flugzeit, behauptet die Bordanzeige.

Fünf Sekunden, hätte D.S. geschätzt. Oder fünf Stunden.

»Sagen Sie ihm, Elli möchte ihn sprechen.« Eleanor zögert, dann ergänzt sie: »Elli Bender.«

Die Miene der Frau verdunkelt sich eine Spur.

»Das ist ein schlechter Scherz, oder?«

Vorausgegangen das übliche Prozedere: Anruf in der Hauptstelle. Immer noch The Drop. Freundlicher junger Mann, abschreckend unverbindlich. Mr. Nordvisk sei immens eingespannt. Wenig Aussicht, so spontan. Worum es denn gehe? Ex-Frau? Augenblick. Warteschleife.

»Dein zweites Ich spricht wohl nicht mit jedem«, stichelte Marianne.

»Quatsch, ich bin ganz einfach zu erreichen«, protestierte Elmar. »Sofern mich jemand interessiert.«

»Warum rufst du dich dann nicht selber an, statt Elli vorzuschicken?«

»Ich mich? Ich würde einen Trick wittern.«

Das beschäftigte Marianne, während der Jet über die Bucht

schoss. Unten zerriss das weiße Tuch aus Nebeln, neben ihr rutschte Jayden tiefer in die Polster. Sie steuerten Sausalito an, San Franciscos pittoresken Konterpart auf der anderen Buchtseite, wo zwischen Yachten und Hausbooten Elmar-453s schwimmende Trutzburg liegt.

»Versteh ich nicht. Wenn *ich* von mir angerufen würde –«

»Hättest du einen Avatar vor dir«, murmelte Jayden. »Man kann mit einer halbwegs guten Software jeden Menschen imitieren, Stimme, Aussehen, Mimik – beliebter Gaunertrick in 453 –«

»Dann könnte Elli ebenso ein Trick sein.«

»Schon«, sagte Elmar trocken. »Bloß *der* Trick dürfte mich mehr interessieren.«

Vielleicht wird er aber auch einfach nur deine Ratio außer Kraft setzen, dachte Marianne. Hier warst du immerhin mit Eleanor verheiratet. Ihr habt Kinder. Du würdest es glauben *wollen,* gegen jede Vernunft. Sei versichert, ich kann dir eine Menge über Ratio erzählen. Wenig davon würdest du mögen. Am Ende aller Ratio wartet ein Fass voller Säure – reinster, unverdünnter Zynismus. Du hasst dich dafür, während du ihn kellenweise über anderen ausgießt, also tu nicht so cool. Doch bevor sie sich zu Despektierlichkeiten versteigen konnte, flimmerte Nordvisks persönliche Assistentin im Cockpit.

Diese letzte Hürde müssen sie jetzt nehmen.

»Kannten sie Elmars Frau persönlich?«, fragt Eleanor. »Miss –«

»Ich heiße Zoe. Nein, ich habe Eleanor Bender nicht mehr kennengelernt. Leider.«

»Sie werden doch Fotos gesehen haben. Filmaufnahmen.«

»Elmars Frau ist gestorben.« Ihre Miene bleibt unergründlich. »Vor fünfzehn Jahren bei einem –«

»Sportunfall. Ich weiß.«

»Würden Sie mir dann verraten, was Sie wollen?«

»Schauen Sie mich an. Ich *bin* Elli Bender. Und ich bin lebendig. Bitte schauen Sie ganz genau hin.«

Zoe zögert. »Ich bin nicht sicher.«

»Wir haben beide recht«, sagt Eleanor sanft.

»Beide?«

»Bitte geben Sie ihn mir, Zoe.«

Die Assistentin dreht den Kopf, offenbar zu jemandem außerhalb der Projektion, sendet eine stumme Frage.

»Ich bin da«, erklingt eine vertraute Stimme, und Elmar zuckt zusammen. »Aus welchem PU kommst du, Elli?«

»Unseres hat keine Nummer.«

»Tja. Unseres auch nicht.«

»Ist das nicht schön in dieser Unendlichkeit voller Doppelgänger?« Sie lächelt. »Wir sind und bleiben doch Originale.«

»Elmar«, sagt Elmar. »Schluss mit dem Geplänkel. Ich bin's. Wir müssen uns unterhalten.«

* * *

Manchmal sind Berge Dinosaurier, und manchmal sind Nebelbänke Gischt.

Daran ist nichts Widersinniges.

Widersinnig wäre es für Ruth, solche Dinge *nicht* darin zu erblicken. Aus fünfhundert Metern Höhe erscheint ihr der gequollene, weiße Dunst, in dem Teile der Golden Gate Bridge schwimmen, sodass der Südturm gerade noch herauslugt, während die nördliche Seite schon in Licht badet, wie die Gischtwalze eines ungeheuren Tsunamis. Es braucht nicht viel, sich dessen alles auslöschende Wirkung vorzustellen: Kaliforniens Trauma, gegen das die Bewohner der Westküste mit immer neuer Bauwut antrotzen. Nie hat Ruth den Gedanken, die Menschheit könne vom Antlitz der Erde verschwinden, als bedrohlich empfunden, ebenso wenig, wie sie es herbeiwünschte. Das Aufwallen von Sehnsucht beim Anblick versteinerter Ungeheuer und anderer Vorboten eines geheimnisvollen globalen Wandels hatte schlicht mit ihrem Bedürfnis nach Frieden zu tun. Die Sierra Nevada sich erheben, Städte in alttestamentarischen Fluten versinken und den Urzustand natürlicher Unschuld wiederhergestellt zu sehen, war ein Mechanismus ihres Geistes, um Willard Bendieker und seinesgleichen der Bedeutungslosigkeit preiszugeben, aber die Dinge haben sich geändert.

Sie sieht Wolken, sie sieht Gischt. Berge und Monster. Doch es ist nur noch eine gedankliche Spielerei. Keine Furcht mehr, keine Sehnsucht. Willard verblasst. Am Ende hat sie ihn besiegt. Nichts will sie jetzt mehr, als mit heiler Haut zu Meg zurückkehren.

»Das Ganze ist eine schwimmende Zuchtanlage«, sagt Pilar. »Voll automatisiert. Die eigentliche Forschung findet in The Drop statt, und was Sicherheit betrifft, sind Roboter schon lange effizienter als jede menschliche Security. Ganz zu schweigen von ihrer Loyalität.«

Eine holografische Darstellung der Insel schwebt im Cockpit. Keine fünfzig Meter neben ihnen fliegt die zweite Maschine mit Pete und Phibbs, gekoppelt an Pilars Lilium Jet und dessen Bordsysteme, sodass beide ihre Stimme und das Holo-Bild empfangen. Unter ihnen bleibt die Brücke zurück, im aufreißenden Nebel blitzen Segel. Containerfrachter und Fähren passieren das Golden Gate, gebildet aus den schroff abfallenden Felsen Point Bonitas auf der einen und San Franciscos Stränden auf der anderen Seite. Ruth erhascht einen Blick auf Türme vom Aussehen vertikaler Wälder, die vor der Küste dem Meer entwachsen, dann sind sie über dem offenen Ozean, auf dem Sicherheit nichts und Freiheit alles gilt, und in Ruth leuchtet eine kleine Sonne des Glücks.

»Im Uhrzeigersinn.« Pilar bewegt die Hände vor dem Hologramm und dreht es: ein kreisrunder, mehrgeschossiger Komplex, segmentiert wie eine Torte. Kleinere Plattformen entspringen der Hauptinsel, verbunden mit einem äußeren Damm, der alles ringförmig umspannt und in eine künstliche Lagune bettet. Ein Stück führt er um sich selbst herum, wodurch ein geschützter Zugang entsteht. »Fünf bis sieben, An- und Auslieferung. Sieben bis neun,

Libellen-basierte Tiere. Die *netten* Libellen. Gibt etliche Sorten: Internet-Providing, Luftaufklärung, Überwachung, also Verkehr, Schulen, Parkhäuser, Kliniken et cetera. Neun bis zehn Uhr dreißig, Heuschrecken-Basierte: Schädlingsbekämpfung, Klimakontrolle –«

»Klimakontrolle?«, fragt Ruth, die sich vorgenommen hatte, nicht zu unterbrechen. »Was heißt das? Sie pissen Regen?«

»Sie bilden Filter. Wo die Sonne zu brutal runterknallt. 453 hat ein Versteppungsproblem. Das sind Riesenschwärme, Ruth, die lassen sich auf Dutzende Quadratkilometer auseinanderziehen. Zehn Uhr dreißig bis zwölf, Kakerlaken-basiert: Katastrophenschutz, verstrahlte und verseuchte Gebiete, Lebensrettung. Der schnellstwachsende Markt. Kakerlaken sind zehnmal resistenter gegen Radioaktivität als wir, verlorene Gliedmaßen wachsen nach, überleben ohne Kopf, perfektes Immunsystem. Es gibt da eine Zucht eigens für Planetenmissionen – egal. Zwölf bis ein Uhr dreißig, Sektion R: Ripper.«

»Deren Bekanntschaft wir gemacht haben«, sagt Luther.

»Plus solche, deren Bekanntschaft du noch weniger machen willst.«

»Zum Beispiel?«

»Bombardierkäfer, Feuerkäfer. Jeder nur erdenkliche Scheißdreck. Ein Uhr dreißig bis drei, Kuschelkrabbler: Herkules- und Satanskäfer, Rosenkäfer, die du auch universal einsetzen kannst, aber der Schwerpunkt liegt auf Haustieren und Spielkameraden. Drei bis fünf: Mosquitos, Tsetsefliegen, parasitische Wespen, Krankheitsüberträger –«

»Wie bitte?«, entfährt es Luther. »So was wird auch gezüchtet?«

»Klar.« Pilar schaut ihn an, als hätte er das Brotbacken infrage gestellt. »Als genetisch veränderte fünfte Kolonne, um die eigene Art auszulöschen. Wie impfen.«

»Ich hab Impfen immer schon gehasst«, sagt Ruth, deren Sonne des Glücks verlöscht. Was für eine Mistwelt!

»Drei bis fünf«, fährt Pilar stoisch fort. »Bienen.«

»Klingt noch am sympathischsten.«

»Es gab keine mehr in 453. Sie wollen die natürliche Bestäubung wiederherstellen.« Pilars Augen leuchten. »Wusstet ihr, dass Bienen ideale Drogendetektoren sind? Um einen Drogenspürhund anzulernen, brauchst du zwei volle Jahre, eine Biene rafft's in fünf Minuten. Sie können sogar Krebszellen riechen!«

»Und alle diese Arten sind steuerbar?«, sagt Luther.

»Ja.« Pilar nickt. »Und harmlos. Also keine Angst, bis auf Sektion R: Ripper und Konsorten.«

»Gut.« Er legt die Fingerspitzen aufeinander. »Wenn wir Glück haben, finden Kenny und Miley den Auftrag und stornieren ihn. Was, wenn nicht?«

»Dann müssen *wir* die Auslieferung verhindern.«

»Und welche Möglichkeiten stehen uns zur Verfügung?«, fragt Ruth. »Ich meine, das da ist eine Hightech-Festung! Und diesem Palantier das Handwerk zu legen –«

»Vergiss es«, sagt Pilar. »Palantier manipuliert Ares.«

»Na und?«, dringt Petes Stimme aus dem Off. »Hat Rodriguez auch geschafft. Nix Besonderes.«

»Jaron hat mit der Macht seiner Zugriffsrechte ein paar Protokolle unterdrückt, keinen Zielkonflikt angezettelt. Das hätte er nicht geschafft. Spielt aber auch keine Rolle, Ares-453 ist mit unserem nicht zu vergleichen, und Leute – unser Job ist *nicht* Michael Palantier! Klar? Weder werden wir hier den Todesstern zerstören noch das Imperium besiegen oder Prinzessin Eia Pompeia auf den Jedi-Thron hieven. Unser Job ist Jaron und unser Universum vor Kroppzeug zu bewahren – hey, wen haben wir denn da?«

Ruth schaut nach unten. Der Ozean ist frei von Wolken, sodass sie das Wingship sehen können. Wie ein kolossaler Rochen fliegt es dicht über den Wellen dahin, mit abgespreizten Schwingen.

Ob die uns auch gesehen haben?, denkt sie.

»Spätestens jetzt dürfte ihnen klar sein, was die Uhr geschlagen hat«, liefert Pilar postwendend die Antwort.

Das Wingship bleibt hinter ihnen zurück.

»Du meinst, sie haben uns erkannt?«

»Jaron ist nicht blöd. Er kennt unsere Flieger.«

»Noch mal, Pilar«, insistiert Luther. »Ruth hat Recht. Was können wir gegen die Maschinerie der Insel ausrichten?«

Pilar senkt die Hand. »Auslieferung heißt erst mal nur Bereitstellung. Dann sind sie noch nicht verladen.«

»Verstehe.« Luther massiert seine Schläfen, seinen Nacken. Schaut Ruth an. »Also stehen wir da, wo wir schon so oft gestanden haben.«

Ruth nickt. »Knarren. Fäuste. Grips.«

Etwas voraus fesselt ihre Aufmerksamkeit. In nicht weiter Ferne ragen zerklüftete, von Gischt umtoste Steinhaufen aus dem Meer: die Farallons, eine Gruppe vulkanischer Erhebungen. Dreißig Meilen vor der Küste liegen sie am Rand des Schelfs, unmittelbar bevor der Kontinentalhang steil in die Tiefe abfällt.

Dahinter gerät die Insel ins Blickfeld.

Sie ist riesig.

»Derzeit gibt es keine freien Plätze auf dem ENC-Deck«, sagt das Navi, als der Lilium Jet über dem EditNature Center tiefer geht. »Grund des hohen Andrangs ist die *California Robot Fair.* Nächste Landemöglichkeit: Presidio, Main Post Destrict, Graham Street.«

»Scheiße, das ist über 'ne halbe Meile«, mault Jim.

Die frühere Militäranlage mit ihren restaurierten historischen Kasernen, krakeligen Straßen und Wäldchen rangiert unter den teuersten Wohn- und Gewerbeanlagen der Welt, was jedem sofort einleuchtet, der einmal vom Lucasfilm-Gebäude oder Fort Winfield Scott aus den rotgoldenen Strang der Golden Gate Bridge geschaut und sich in ihrer Metaphysik verloren hat. So nah ist man ihr hier, dass sie dem Betrachter erscheint wie der ausgreifende Arm seiner unausgesprochenen Wünsche und Sehnsüchte – eine magische Passage, die Zivilisation und Wildnis ineinander transformiert. Überallhin könnte sie führen, Versprechen eines Wegs, auf dem jede Textzeile Scott McKenzies unverbrüchlich gilt. Sie erst schleift Presidio an der Spitze San Franciscos zum Juwel. Presidio: zweieinhalb Quadratmeilen unverhohlensten Elitedenkens, mit dem EditNature Center als Guckkasten in die Zukunft. Vor der monströsen Travestie des Palace of Fine Arts ist es ins Meer gebaut, Wasser und Himmel verschmelzend. Eine irisierende Meduse, groß wie drei Flugzeughangars und doch vollkommen schwerelos. Die Haut des organisch geformten Leibes changiert, als blicke man durch Schichten geschliffenen Glases oder gläsernen Gewebes, ein spektrales Rätsel, in Tiefe und Feuer an Opale erinnernd.

Bis auf den letzten Platz ist das Flugfeld besetzt. Ringsum sieht es nicht viel besser aus. Ohne Unterlass strömen die Kabinenautos heran, scheiden Menschen aus, nehmen neue auf, ein symbiotischer Prozess. Gleiter, Drohnen und größere Luftfahrzeuge kreisen über dem Gelände, Wassertaxis docken an die Piers des ENC, die sie wie Tentakel einzufangen scheinen.

»Okay, lass uns am Haupteingang raus«, sagt Kenny. »Danach kannst du parken, wo du willst. Hauptsache, nah.«

»Geht klar, Kenny«, sagt der Jet.

Riesen wandeln auf der freien Fläche zwischen ENC und dem Main-Post-Kasernentrakt. Hochhausgroße Androiden mit schlanken, makellosen Leibern und Gliedmaßen, idealisierte Selbstbilder ihrer Schöpfer. Der Lilium Jet fliegt geradewegs in eines der Wesen hinein, hindurch – eine Projektion nur, bloße Werbung. Goldene Buchstaben drehen sich in der Luft: *California Robot Fair.* Der Androide, unzweideutig weiblich, schaut ihnen hinterher, geht dem Jet mit wiegenden Hüften nach und streckt anmutig einen Arm nach ihm aus. Seine – ihre Finger öffnen sich behutsam, als fange sie einen Schmetterling. Trotz ihrer Größe wirkt sie nicht bedrohlich. Ein Flirt, ein Akt der Verführung. Weniger humanoide Giganten staksen und rollen umher, vielbeinig, insektoid. Der Jet sinkt tiefer, berührt den Boden, seine Türen schwingen auf, während sich die titanische Holografie schon wieder anderen Dingen zugewandt hat.

»Woher wisst ihr, wo wir unseren fliegenden Teppich später suchen müssen?«, fragt D.S. und bereut es im selben Moment. Wahrscheinlich nervt er die Jungs mit seiner ständigen Fragerei. Ein Höhlenmensch in einer Welt, in der er längst tot sein sollte.

»Müssen wir nicht«, sagt Kenny und springt nach draußen. »Wenn wir ihn rufen, kommt er.«

»Gehorcht aufs Wort«, grinst Jim.

»Wie Cassius.« D.S. folgt den beiden. »Wenn ich sage, kommst du jetzt oder kommst du nicht, dann kommt er oder kommt nicht.«

Er vermisst seinen Hund. Der Lilium Jet fliegt davon. Wind zieht von Westen herein, Menschen strömen in und aus dem Center, sitzen in der Sonne, trinken Kaffee, essen Obstsalat und French Toast. Keine erkennbaren Handys oder Laptops. Dennoch scheinen alle, auch die im Gespräch, auf paralleler Ebene vernetzt zu sein, ohne im Geringsten abgelenkt zu wirken. Nichts hier erinnert an die in Maschinen starrenden Zombies, die D.S. gewohnt ist, durch die Welt taumeln zu sehen. Wie selbstverständlich steht ein fernes Anderswo im Raum, das Anteil nimmt und einfordert. Texte, Bilder, Filme entströmen Uhren, Accessoires und Datensticks, Gesichter flimmern körperlos in der Luft. Kenny fördert einen Bügel aus seinem Storm Kit zutage, klemmt ihn hinters Ohr und klappt ein getöntes Scheibchen vor sein rechtes Auge. Wieder kann D.S. nicht anders als starren.

»Ja, ich weiß.« Der Japaner setzt sich zappelig in Bewegung. »Es gibt neuere Modelle.«

Sie betreten das Center und bahnen sich ihren Weg durch die Menge.

»Will der mich verarschen?«, fragt D.S. Jim leise.

»Iwo. Glas ist passé. Jetzt haben sie so was.«

Jim weist mit dem Kinn auf eine Familie, Vater, Mutter, zwei Kinder. Jeder trägt einen transparenten Schläfenbügel, der eine oder beide Augenbrauen überspannt.

»Wozu ist das gut?«

»Im Bügel sind Projektoren. Schicken die Daten direkt auf deine Netzhaut.«

D.S. schaut ihnen hinterher. Das Mädchen erfreut sich der Gesellschaft holografischer Wesen, die an ihrer Seite fliegen, sie umkreisen und fröhlich auf sie einplappern, Elfen, Mangas, kleine Drachen. Eine grüngoldene Libelle schwebt über der Schulter des Jungen. Er streckt die Hand aus. Die Libelle landet auf seinen Fingern, und D.S. wird klar, dass dieser Spielgefährte keine Holografie ist. Eigenartigerweise scheint ihm das nur natürlich. Vielleicht, weil er sich im Kriegsgefangenenlager der Vietkong noch an ganz anderes Krabbelzeug gewöhnen musste.

»Miley?« Kenny tippt an seinen Bügel. »Wir sind unten. Brechend voll. Wo bist du?«

Eine Halle öffnet sich, ein himmelhohes Atrium. Geschäfte, Kinos, Cafés, Restaurants, Imbissstände, Ausstellungsflächen über diverse Ebenen verteilt. Unter der Kuppel dreht sich ein riesiger DNA-Strang und animiert zum »– Besuch der Virtual-Reality-Arena hier im EditNature Center! Reisen Sie durch den menschlichen Körper und mitten hinein in eine Zelle, wo Sie Zeuge des Wunders –«, Scharen junger Leute umlagern eine Garküche, die knusprig gebratene Mehlwürmer auf Mango-Passionsfrucht-Salat, sautierte Grillen und Vogelspinne Thermidor feilhält, einen Laden weiter werden frisch gedruckte Burger offeriert, überlassen Männer ihre Gesichtsbehaarung Roboterarmen, »plus eine Flasche Darwin-Pearl-Shampoo für strahlendes Bartweiß, was großartig zu deinem Zopf –«, quatscht ein kerniger Typ D.S. von einer Werbetafel herab an, was dieser zum Anlass nimmt, seinen Schritt zu beschleunigen. Auf einer Bühne präsentieren sich Haushalts-Roboter im, wie er liest und hört, Legendary Look, ganz neu: Guardians of the Galaxy!, auf der gegenüberliegenden kulleräugige Pflegeroboter, die mit einer »völlig neuartigen Empathie-Software« das Verhältnis Mensch-Maschine um ein Weiteres zu revolutionieren versprechen und deren Hände 21 Freiheitsgrade haben – wie viele haben denn dann seine? iPhones und iPods reihen sich im Nostalgieshop, man kann ambulant die Augenfarbe ändern lassen, die turmhohe Holografie eines mechanischen Batters schlägt den Ball quer durch die Halle und tritt den Homerun an »– verpassen Sie nicht die Highlights der Robotiade 2050! Das Spiel Google Giants gegen Thundercat Nordvisk beginnt um –«, während überlebensgroße Menschen übermenschliche Kräfte demonstrieren »– durch problemloses Implantieren künstlicher Muskeln, erklimmen Sie Hauswände wie Spiderman –«, eine Frau Designermode an ihrem sich kokett drehenden Avatar bewundert »– maßgedruckt inklusive Drohnenversand –«, atemberaubend perfekte Models auf einer gläsernen Brücke Prêt-à-porter zur Schau tragen und übergangslos Outfit und Frisur wechseln. Venedig, Fin de Siècle und die wogende Prairie, Goldgräberkulisse, Robinsonade unter Palmen, Kreuzfahrtromantik unter Sternen, Anfang und Ende des Universums, kaum ein Etablissement, das die Kunden nicht in virtuelle Ambientes lockt. Maniküre, Pediküre, Roboküre, Gedränge, jeder isst und trinkt, die Welt to go. »Von Ming zu Mao« alle fünfundvierzig Minuten im Bildungs-Café. Obdachloser vor belebtem Austernstand »– schon geschlürft, als ihr Ärsche noch in die Windeln –«, Wachdienst-Roboter zu Obdachlosem »– Sie jetzt bitte gehen, Sir, sonst –«, Obdachloser »– am Arsch lecken, kannst du das mit deiner Blechzunge, kannst du das? –«, »– bitte Sie letztmalig –«, »Leck mich!«, »Kommen Sie, Sir –«, »Fass mich nicht an. Hilfe! Dies ist ein Land der freien Rede! Hilfe! Ich habe das beschissene Recht –«, »– noch heute *Neural Enlightment.* Vernetzen Sie Ihr Hirn mit Künstlicher Intelligenz. Durch einen kleinen chirurgischen Eingriff schaffen wir eine Schnittstelle –«

»Ich hab Hunger.« Jim schaut sehnsuchtsvoll zu einem Drugstore. »Ich muss sofort was essen.«

»Du bist triebhaft.« Kenny funkelt ihn an. »Wo ist dein Armband?«

»Hier.« Jim fischt den Streifen aus seinem Rucksack, der aufleuchtet und sich mit Symbolen füllt, biegt ihn um sein Handgelenkt. »Eine Minute. Sofort wieder da.«

Ken'ichi schüttelt den Kopf. »Man soll es nicht für möglich halten, aber das Riesenbaby ist unterzuckert.«

D.S. sieht, wie Jim sich eine Handvoll Riegel greift und den Laden im Sturmschritt verlässt.

»Muss er denn nicht be-«

»Seine ID bezahlt.« Der Japaner tritt von einem Fuß auf den anderen und legt den Finger an den Schläfenbügel. »Miley, wir sind jetzt kurz vor den Fahrstühlen. Wohin genau sollen wir?«

»Hey, Alter. Willst du?«

»Äh – was?«

Jim, mit Eichhörnchenbacken kauend, drückt D.S. einen der Riegel in die Hand. »Iss. Mordsmäßig lecker.«

D.S.' Magen meldet Bedarf an. »Was hast du Feines?«

»Ameisen mit Traubenzucker.« Der Kanadier hält die Packung an sein Armband, das sich mit Produktangaben füllt. »Cashewkerne, Cranberries –«

»Lass mal.«

»Miley? Miley? Wir sind da.«

Der Fahrstuhl hängt an keinem Seil und läuft nicht in Schienen. Aber er katapultiert sie hoch wie eine Rakete zu –

Miley Wu.

Stöckelt den Korridor entlang. Boden makellos sauber. Stille. Nur sie und ein halbes Dutzend Cleaner. Auch Miley makellos. Nicht jeder kann sich so ein Kleid leisten und in limitierter Auflage gedruckte Christian Louboutin High Heels, doch Miley ist die beste. Vor zwei Jahren eingeschleust, hat sie eine konstante 90-Grad-Karriere hingelegt und mit dem richtigen Mann in der KI-Programmierung geschlafen. Zugriffsrechte sind alles. Ihre

Privilegien, die sie als Projektleiterin für Urbane Sicherheit bei *Buddy Bug* genießt, plus die in körperlichem Großeinsatz geöffneten Hintertürchen gestatten ihr, sich frei im System zu bewegen – firmeneigener Großrechner, Backup-Systeme, ENC, Insel, Dependancen globusweit; sogar direkter Zugang zu A.R.E.S. stellt kein Problem mehr dar – natürlich nicht auf Programmierebene, doch Jahrzehnte Dokumentation sind lückenlos abrufbar.

Sie weiß, dass der Zentralrechner der Insel zu keinerlei Alleingängen fähig ist. A.R.E.S. schützt ihn wie alle Nordvisk-Systeme.

Und bei A.R.E.S. einzubrechen ist unmöglich.

Jedenfalls dachte sie das.

Doch offenbar hat jemand Algorithmen überschrieben. Jemand, der dafür auf einer Ebene mit Elmar-453 und dessen ausgewähltem Kreis oder aber im Ruf eines multipotenten Superhackers stehen muss. Sofern dieser ominöse Störenfried direkt bei *Buddy Bug* arbeitet, kann er nur Mitglied der Geschäftsleitung sein, also behandelt sie die Sache wie ein rohes Ei. *Buddy Bugs* Management vor manipulierten Ripper-Auslieferungen zu warnen, könnte gleichbedeutend damit sein, Michael Palantier zu warnen. Erstmals hört sie diesen Namen. Waffenhändler, sagt Kenny. Galaktisches Format, dennoch eigenartig, dass nie eine Warnung erfolgt ist.

Aber sie wusste ja auch bis vorhin nicht, dass in ihrem Heimatuniversum Verräter am Werk sind.

Unten im ENC tobt das Volk. Die kalifornische Robotermesse zieht jährlich Heerscharen an. Ganz im Gegensatz dazu und für die meisten unvermutet, herrscht in den Räumen und Korridoren der EditNature-Töchter Leere vor. Die Verwaltung ist zu größten Teilen automatisiert, weniger Menschen bedarf es, die Prozesse zu lenken, weniger Forscher in noch weniger Räumen, massenhaften Output in Gang zu setzen. Eine Person hält die Stellung im Kontrollraum, den sie sich der besseren Übersicht halber leisten, obschon im Bedarfsfall alles mit Holo-Wänden zum Kontrollraum werden kann. Miley sieht, was Millionen von Facettenaugen im Großraum San Francisco sehen: Highways, öffentliche Plätze, Straßenzüge, Kreuzungen, Dächer, Hauseingänge, Flure, einzelne Zimmer. Das krachend volle Atrium des ENC. Presidio. Die Insel bei den Farallons. Großräumiges und Intimes. Sämtliche Daten des urbanen Raums werden den lokalen Sicherheitsbehörden zugeleitet, die nach Gutdünken die Steuerung übernehmen könnten, dies aber niemals tun, sondern *Buddy Bug* den Job erledigen lassen – der Computer manövriert die Insektenschwärme eleganter und präziser, als es die meist ungeschulten Beamten vermöchten. Verfolgt jeden Schläger und Vergewaltiger bis zum Punkt, an dem er nicht mehr weiterkann, jeden Räuber und Mörder in sein Versteck. Erfasst jeden Verdächtigen, ohne ihn je wieder aus dem Blick zu verlieren. Bildet die Stadt, ihr Oberstes, Unterstes, Innerstes, bis in den letzten Winkel ab.

»Zeig mir die Insel als Totale.«

Die luftigen Impressionen lassen den Kontrollraum wabern und atmen, als sei er selbst lebendig. Dann verschwinden sie. An ihrer statt erscheint ein Kugelpanorama, errechnet aus Myriaden Perspektiven. Die biotechnologische urbane Lagebilderfassung wird fast zur Gänze von Libellen-basierten Zuchten geleistet. Der Schwarm, der jetzt die Insel observiert, genauer gesagt ein Konglomerat vieler kleiner Verbände, folgt der Instruktion des Algorithmus in Sekundenschnelle, steigt auf und zieht sich über der Anlage auseinander, sodass Miley hoch über ihr schwebt. Sie schaut hinter sich und sieht am Horizont die zwei Lilium Jets herannahen.

Und noch etwas Größeres, Langsameres –

Jarons Wingship.

Was ist bloß in den Kerl gefahren? Sie mag Jaron Rodriguez. Er kann außerordentlich galant sein. Das qualifiziert ihn nicht zwingend für den Job, doch mit ihm fühlten sich eigentlich alle bestens aufgehoben und beschützt. Was treibt Nordvisks höchsten Sicherheitsverantwortlichen, Biowaffen ins heimische Universum zu schmuggeln? Überhaupt, wo sind all die anderen Schiffe und

Flugtransporter, die sich in diesen Minuten nähern oder bereits dort sein sollten, um Ware in Empfang zu nehmen? Sie sucht die künstliche Lagune, Meer und Horizont danach ab, kann jedoch außer den insularen Robotershuttles und Drohnen nichts dergleichen entdecken. Was eigenartig ist, bedenkt man, dass um diese Zeit ein gutes Dutzend Auslieferungen an verschiedene Kunden ansteht.

»Miley?« Kenny in ihrem Ear Set. »Wir sind oben.«

»Komme.«

Der Gang führt sie in ein lichtdurchflutetes Foyer, wo schlanke Säulen ein Murnau'sches Schattenspiel veranstalten. Jim, Kenny und der alte Mann mit dem geflochtenen Zopf und der Kühlschrankbrust nehmen sich in der durchgestylten Leere aus wie Hinterbliebene ihrer Art, die sie gewissermaßen ja auch sind. Wie sie dort stehen, könnten sie ebenso Maschinen sein wie all die anderen Exponate, menschenartig in detailverliebter Nachempfindung. So was gibt's in 453. Klingen und bewegen sich wie Menschen, fühlen sich wie welche an. Fast. Noch überzieht Silikon ihre Skelette, doch Haut, Fett und Muskeln, gedruckt aus humanbiologischen Stammzellen und durchspült von perfekt temperiertem Kunstblut, lösen die synthetischen Hüllen gerade ab. Nicht in allen Bereichen! Frappierend die Erkenntnis, dass Pflegeroboter mit zunehmender Menschenähnlichkeit abgelehnt werden: Das *unheimliche Tal,* wie Roboter-Guru Masahiro Mori es genannt hat. Je exakter die Kopie, desto verstörender erscheinen selbst kleinste Abweichungen in der Verhaltensnorm. Error, sagt der Kopf. Monster, Körperfresser, Zombie. Nicht ähnlich, *gleich* will er es haben! Zwischen gleich und ähnlich klafft das Tal. Erst, wer die Täuschung perfektioniert, erlangt Vertrauen und vielleicht sogar etwas wie echte Liebe. Den Weg dahin finanziert zu erheblichen Teilen eine Klientel, um derentwillen der Mensch, wie es aussieht, überhaupt erst angefangen hat, seinesgleichen so akribisch nachzubauen.

Sollen wir euch Tüftlern meiner Heimatwelt mal auseinandersetzen, wozu ihr das alles tatsächlich macht? Wollt ihr wissen, wo der zweitgrößte Markt für eure mechanischen Homunculi liegt? Wärt ihr erstaunt zu hören, dass Nutten und Callboys sich bereits in Stellung bringen? In Rage wegen der Bedrohung ihrer Existenz?

Automatisierung kostet Arbeitsplätze. Ganz genau.

»Ich hab's ein zweites Mal überprüft«, sagt sie statt einer Begrüßung. »Die Lieferung könnte eine von mehreren sein, die im selben Zeitfenster erfolgen. Keine lässt erkennen, dass sie etwas anderes ist, als was sie zu sein behauptet.« Sie geht ihnen voraus zu einem der VR-Räume. »Wir haben dreizehn Auslieferungen: fünf Heuschrecken- und Fruchtfliegen-Basierte, zweimal urbane Observer, drei Kontingente Freizeit, Kakerlaken-Basierte zweimal, ein Kontingent Rosenkäfer.«

»Eine davon ist es«, sagt Jim.

»Wie tief kannst du mich ins System bringen?«, fragt Kenny.

»Buddy Bug? Bis zum Quellcode.«

»Das wird nichts bringen. Ich muss Ares einsehen.«

»Reingucken kannst du. Drin rumpfuschen ist nicht.« Sie streicht eine schwarz lackierte Locke aus der Stirn. Hochglanzlackierte Haare sind gerade der letzte Schrei. »Tja, was erzähl ich dir da.«

»Okay, dann erst *Buddy Bug.«*

Der VR-Raum ist leer bis auf ein die Wände umspannendes Sideboard. Miley loggt sich ein, Passwörter, Stimmerkennung, Augenscan. Datenfenster stehen im Raum. *»Dein* Computer.« Sieht zu, wie Kenny sich im Affenzahn durch die Programme arbeitet.

»Stimmt. Nichts zu erkennen.«

»Sag ich ja. Ihr seid euch sicher mit der Ripper-Lieferung?«

»Todsicher. Da geistert ein Befehl rum, der die Lieferung umdeklariert. Ohne dass Ares einschreitet.«

Jim reibt seine Schulter. »Und wenn du einfach *alle* Bestellungen stornierst?«

»Wow, ein Genie!« Miley bedenkt ihn mit einem langwimprigen Augenaufschlag. »Und wie soll ich das erklären?«

»Zeig dich, verdammt«, murmelt Kenny. »*Wo* ist deine Signatur?«

»In einem der Backups?«, schlägt Jim vor.

»Vergiss die Backups. Vergiss *Buddy Bug*. Palantier manipuliert Ares. Bring mich rein, Miley.«

»Du wirst Wochen und Monate brauchen, um –«

»Fünf Minuten.«

»Wie du meinst.« Sie wiederholt die Prozedur. Außer Augen und Stimme werden jetzt auch Finger und der im Handgelenk implantierte Chip gescannt, der ihre Zugriffsrechte limitiert. Gleich darauf wandelt Kenny im Wunderland der Daten. Wischt mit den Händen hindurch, öffnet und schließt Fenster, zoomt, tippt in die Luft, entfacht ein digitales Feuerwerk.

»Und nun?«

»Ich muss die Endzielprogrammierung überprüfen.«

Sie betrachtet ihre Fingernägel. Die Muster im Lack verändern sich. Hübsch sieht das aus. »Du kannst da aber nichts umschreiben.«

»Sie hat recht, Kenniboy«, sagt Jim. »Das alles hilft uns einen Scheiß. In wenigen Minuten haben wir auf der Insel High Noon, also worum geht's? Die Auslieferung so lange zu blockieren, wie Pilar und der Sheriff brauchen, um Jaron an den Eiern zu kriegen. Zieht der Insel den Stecker.«

Sie schreckt auf. »Ich soll *die Insel* abschalten?«

»Warum nicht?«

»Dann schalten *die mich* ab.«

»Könnt ihr's nicht wie einen Blackout aussehen lassen?«, schlägt D.S. mit der Beherztheit vor, mit der ein Blinder über ein Drahtseil spaziert. »Wie einen Systemfehler?«

»Yippie.« Der Kanadier schaut in die Runde. »Stromausfall kollidiert nicht mit Endzielen.«

Miley schürzt die Lippen. Blackout. Wenn ihr das angelastet

wird, sind zwei Jahre schweißtreibender Bemühungen, *Buddy Bug* zu infiltrieren, für die Katz. Dann kommt ihr eine Idee. »Wir schalten sie nicht komplett ab. Nur die Warenausgabe von Sektion R.«

»Prima. Befiehl's.«

»Dann haben sie meine Stimmaufzeichnung, du *Hulk!*«

»Ich mach das.« Kenny widmet sich wieder dem Rechner von *Buddy Bug*. »Kann ich die Insel sehen?«

Ein Holo-Modell füllt den Raum – mehr als eine Meile durchmisst das Original. Deutlich sind Solar-Konzentratoren und vertikale Windkraftturbinen zu erkennen, die den Außenring spicken, Trafos, Laufgänge und Stege. Selbst Dreißigmeterwellen hält der Damm stand, theoretisch zumindest – nie seit Inbetriebnahme wurden solche Wasserberge gemessen. Geschützt im Innern liegt ein Rundkomplex von sechshundert Metern Durchmesser, fünf Stockwerke hoch und zu Scheiben geschichtet, die nach oben hin kleiner werden, wodurch umlaufende Terrassen entstehen, ebenfalls Träger von Solar- und Windanlagen. Ein Sechstel der Hochzeitstorte, wie Miley den Komplex nennt, ist flach bis auf einen überbauten Durchgang zum Zentrum. Die Freifläche dient als Containerterminal und Frachthafen, es gibt Krananlagen und Piers und ein Flugfeld, unterhalb der Wellen liefern Wasser- und Osmose-Kraftwerke zusätzliche Energie. Wie Blütenblätter ist ein Dutzend hexagonale, überkuppelte Plattformen um die Hauptinsel gelagert und mit ihr verbunden: Treibhäuser zum Anbau von Weizenkeimen und Algenzuchten, Futter für die Insekten, Redundanzen, Fabriken zur Meerwasserentsalzung und Kompostierung toter Tiere, automatisierte Labors.

»Alle Energieeinträge werden in zwei Hauptringleitungen gespeist«, erklärt Miley. »Außenverteiler ist der Damm, der Innenverteiler umläuft den Zentralkomplex. Beide Ringe sind vielfach segmentiert, vom Damm führen unterseeische Versorgungsleitungen zu den Hexagonen, von diesen zur Insel im Zentrum, der innere Verteiler funktioniert ähnlich in beide Richtungen. Heißt, jedes ist mit jedem verbunden. Einen Zentralschalter gibt es nicht. Fällt ein Stromkreis für Sektion R aus, wird Energie über andere Wege dorthin geleitet. Die Redundanzen decken jeden Fall ab. Die komplette Insel auszuknipsen, würde erfordern, alle Schaltwerke gleichzeitig vom Netz zu nehmen – diese Art Blackout wäre in etwa so wahrscheinlich wie ein voll besetzter Parkplatz, auf dem sämtliche Autos nicht mehr anspringen.«

Kenny nickt. »Man würde die Sabotage riechen.«

»Sie würde zum Himmel stinken. Aber um lediglich die Warenausgabe von Sektion R lahmzulegen –«

»Reichen *zwei* Schaltwerke.«

»Genau.« Sie geht in das Modell hinein und tippt nacheinander auf die äußeren, wasserseitig gelegenen Eckpunkte des Tortenstücks, das die Ripper-Zuchten beheimatet. Kenny tritt hinzu. Öffnet Datenfelder, gibt Befehle ein.

»Schaltwerk 35, Stromzufuhr unterbrochen«, sagt die Computerstimme. »Schaltwerk 36, Stromzufuhr unterbrochen.«

»Und ganz ohne dass wir Spuren hinterlassen hätten.« Kennys Lächeln spaltet sein Gesicht. »Gern geschehen.«

»Schaltwerke 35 und 36, Stromzufuhr wiederhergestellt.«

Sie schauen einander an.

»Wie bitte?«

»Kann nicht sein.« Miley schüttelt energisch den Kopf. »Noch mal.«

Wieder kehrt der Strom nach wenigen Sekunden zurück.

»Vielleicht ein spezielles Problem von Sektion R«, versucht D.S. etwas Sinnstiftendes beizusteuern.

»Versuch's mit den Docks«, sagt Miley, die ein mulmiges Gefühl beschleicht. »Gleiches Prinzip.«

Gleiches Resultat.

»Warte mal.« Der Japaner reibt sein Kinn. »Er widerruft meine Befehle. Klar! Weil er sie nicht als Befehle erkennt.« Seine Finger fliegen durch die Luft. »Dann muss ich eben doch Spuren hinterlassen. Egal. Sieht ja keiner, wer es war. Also – Befehl!«

»Schaltwerk 35, Stromzufuhr unterbrochen. Bestätigen. Schaltwerk 36, Stromzufuhr unterbrochen. Bestätigen.«

Bestätigt, tippt Kenny ein.

»Schaltwerke 35 und 36, Stromzufuhr wiederhergestellt.«

»Was ist denn das für ein Scheiß?«, fragt Jim sichtlich verwirrt. »*Meuterei auf der Bounty?*«

Miley legt einen manikürten Finger an die Lippen. Wie eigenartig. Das System versucht, die Produktion zu schützen. An sich richtig, solange es eine Fehlfunktion vermutet. Nicht aber, wenn bestätigte Befehle zugrunde liegen. Sie aktiviert das Programm zur Steuerung der Wartungsroboter vor Ort. Da *Buddy Bugs* Zentralrechner sich darin gefällt, rumzuzicken, muss man eben den physischen Hebel umlegen. Dem Genius der Konstrukteure ist es zu verdanken, dass es so was gibt. Sie erteilt Anweisung, Wartungsroboter zu den Knotenpunkten zu schicken –

Gar keine Reaktion erfolgt.

In ihrer Not versucht sie es über Sprachsteuerung.

Doch das System erhört sie nicht.

Miley streicht ihr sündhaft teures Kleid über den Hüften glatt, streicht schwarz lackierte Strähnen aus der Stirn. Hebt das Kinn und biegt die Schultern zurück. Stellt intuitiv an Attributen heraus, was testosteronbasierte Systeme noch jedes Mal auf Spur gebracht hat, und fühlt ihre Kinnladen verspannen. Oh, wie sie es hasst, wenn einer nicht nach ihrer Pfeife tanzt!

Doch es hilft nichts.

Die Insel ist außer Kontrolle.

Alles, was sie über Elmar-453 und seine Howard Hughes-artige Existenz wissen, verdanken sie Agenten.

Von Anfang an stand fest, dass sie sich in dieser Welt nicht wie in einem Supermarkt würden bedienen können. Die Technologien zu weit fortgeschritten, der Alltag voller Fußangeln. Wie hinter einbruchssicherem Glas lockten die Verheißungen des mittleren 21. Jahrhunderts, Robotik, autonomes Fahren, Internet der Dinge, maschinelles Lernen, Biotechnologie, Sieg über Verfall und Tod, geschützt durch proprietäre Quellcodes, deren Hüter über den politischen Ebenen thronten wie Götter des Olymp. Elmars Wunschzettel schrieben sich praktisch von selbst: Sie quollen über von all den wundersamen neuen Arzneien, Zelltherapien, Biodruckern, autonomen OP-Systemen, tragbaren Computern, VR-Programmen, Fluggeräten und netzbasierten Infrastrukturen, Nano-Maschinchen, grünen Technologien und Quantensprüngen auf dem Weg zu universeller Superintelligenz, nur dass kein spendabler alter Mann am Nordpol seine Rentiere einspannte. Zwar ließ sich etliches erwerben wie eine Packung Hamburger Helper: Datenbrillen und -bügel, Pillen und Tropfen, PCs in Broschen, Ohrstecker und Pullis, doch kannte man darum noch keine der geheimen Rezepturen, und kompatibel mit der alten Heimat war nichts von alledem.

Um PU-453 zu verstehen, mussten sie es studieren.

Um es zu nutzen, mussten sie es infiltrieren.

Was in etwa so Erfolg versprechend schien, als hätte man die Nordvisk-Produktentwicklung des Jahres 2017 mit Ingenieuren der Vor-Internet-Zeit durchsetzen wollen, doch es funktionierte. Bei aller prometheischen Weltsicht seiner Entwickler war PU-453 zugleich verblüffend ideologiefrei, besser gesagt, es war noch um einiges ideologiefreier und narzisstischer, als man es hätte erwarten sollen. In die Leere griffen zwei neue Religionen, deren eine der Selbstoptimierung und die andere der Selbstauslöschung huldigten. Was entweder hieß, Homo sapiens bis zur Erlangung von Superkräften und Unsterblichkeit aufzurüsten oder ihn zugunsten verbesserter Lebensformen abzuschaffen. Beide Denkweisen ließen sich trotz dreißig Jahren Rückstand bestens adaptieren, und den Rest erledigten Fleiß und Auffassungsgabe. So hatten es Agenten wie Miley Wu in PU-435 weit gebracht. Sie saugten Know-how, stahlen Patente, Formeln, Algorithmen, Quellcodes,

Zellkulturen, Prototypen, betrieben unverfrorenste Industriespionage und waren sich für keinen miesen Trick zu fein. Elmars Rechtfertigung, den Betroffenen nicht zu schaden, da er ja nicht in ihrer Welt mit ihnen konkurriere, lieferte den Operationen das Rückgrat – und tatsächlich ließ sich wenig dagegen sagen.

Doch wer war der Nordvisk-Gründer im Jahr 2050?

Natürlich interessierte sich Elmar brennend für sein Alter Ego. Ein nagendes, fast quälendes Interesse, da die Regeln jeden persönlichen Kontakt strikt ausschlossen. Was versprach, was drohte aus ihm zu werden? Ihm war schon klar, dass er die Frage so nicht hätte stellen dürfen: Der alte Mann und er, sie waren nicht derselbe, vielmehr jeder des anderen Möglichkeit. Allzu augenfällig die Abweichungen. Hier konnte er betrachten, wie es wäre, mit Elli Kinder zu haben, statt weiter Liza Martinis strapaziösem Charme zu erliegen, aber konnte er das wirklich? Elmar-453 hatte Liza 2021verlassen, sich der Freuden im gemeinsamen Sitzsack erinnert und mit Eleanor eine Familie gegründet. Vier Jahre noch bis dahin. Elli-453 war gestorben – was sie nicht wäre, hätte sie einen anderen Weg eingeschlagen, aber hieß das umgekehrt, dass seine Elli sterben würde, wenn er sie ehelichte? Abgesehen davon, dass sie nicht erkennen ließ, je wieder etwas Intimeres mit ihm teilen zu wollen als besagten Sitzsack, und zwar bekleidet.

Aber *falls* sie es täten –

Gibt es so etwas wie Zwangsläufigkeit?

Nein. Universen entwickeln sich auseinander. Dies hier ist nur eine Variante. *Nicht* seine Zukunft.

Und dennoch kann er nicht anders, als in dem rätselhaften alten Mann sich selbst zu sehen. Beziehungsweise nicht zu sehen, denn von Elmar-453 gibt es seit Ellis Tod vor fünfzehn Jahren keine Fotos mehr. Wie sein eigener Mythos verschanzt er sich in einer die Meere durchkreuzenden Hightech-Yacht. Warum diese Zurückgezogenheit? Die ergrauten Helden von damals, Larry, Sergey, Elon, Mark, befreit vom Joch des CEO, jetten als Senior Task Force durch die Welt, die sie nicht müde werden zu retten, auch wenn die Welt ihnen was hustet und weiter auseinanderbricht. Wie sie hat Elmar-453 die Leitung seines Unternehmens in jüngere Hände gelegt, um sich in ein Phantom zu verwandeln. Soviel die Agenten auch in Erfahrung gebracht haben – dass er nach wie vor die Fäden ziehe und das A.R.E.S.-Projekt kontrolliere –, sind sie bislang den Beweis schuldig geblieben, dass Elmar-453 überhaupt noch lebt. Seine klugen Fachartikel, die mit Regelmäßigkeit erscheinen – echt, gefälscht, wer kann das sagen? Alles könnte gefälscht sein. Sogar die Stimme, die sie an Bord des Lilium Jets gehört haben.

In wenigen Minuten werden sie es wissen.

Sausalito, am nördlichen Ende der Golden Gate Bridge pittoresk in den Hang gewürfelt, vereint wie eh und je die Weltfluchtträume der Bohème mit den Erfordernissen des Massentourismus und ist darüber hinaus zur Bastion einer analogen Gegenbewegung geworden. Caledonia Street und Bridgeway Promenade bersten vor neuer Geschäftigkeit. Zwischen Boutiquen, Galerien und Meeresfrüchterestaurants drängen sich Bäcker, Metzger, Fischgeschäfte, Schneider, Barbiere, Schallplattenläden, Designer, Galerien und Tonstudios, kleine und kleinste Manufakturen, die individuell und teuer fertigen, was im Netz nicht zu haben ist. Anstelle des alten Fähranlegers schwimmt jetzt ein neues Viertel auf Pontons, an dessen Piers Wassertaxis und Flugboote ankern, das hintere Ortsende gehört unverändert den Hausbootsiedlungen.

Davor, im Zentrum der Richardson Bay, liegt die Eternity.

Elmars Yacht.

Aus der Luft erscheint sie ähnlich organisch wie The Drop und das EditNature Center – ein schneeweißer, zweihundert Meter langer Katamaran mit versenkbarem Flugfeld, der seine Außenhülle komplett versiegeln und abtauchen kann. »Wellen machen der Eternity nichts aus«, hat Elmar-453 geschrieben. »Bis auf eine Ausnahme: Hochsee-Tsunamis. Eine fünfzig oder mehr Meter hohe Impulswelle kippt so ziemlich jedes Schiff um, aber tief genug unter Wasser hat man vielleicht eine Chance. Wenn Sie mich nach der Wahrscheinlichkeit eines solchen Tsunamis fragen, räume ich ein, sie ist gering. Etwas Großes müsste mit hoher Geschwindigkeit ins Meer stürzen, aber Statistik ist eine Hure. Sie biedert sich an, indem sie dir erzählt, ein Meteorit, wie ihm die Saurier zum Opfer gefallen sind, treffe die Erde nur alle Hundert Millionen Jahre. Demzufolge hätten wir weitere vierunddreißig Millionen Jahre Ruhe. Was sie dir nicht sagt, ist, dass der Meteorit ebenso gut nächste Woche runterkommen kann. Ich versuche ganz einfach, vorbereitet zu sein.«

»Mann, muss ich paranoid gewesen sein, als ich das geschrieben habe«, sagt Elmar, während der Lilium Jet über dem Flugfeld niedergeht.

Eleanor rollt die Augen. »Kannst du das mal lassen?«

»Was?«

»Ständig von ihm als dir zu sprechen. *Das* ist paranoid.«

Jayden räuspert sich. »Und keiner von euch hat je den Namen Michael Palantier gehört?«

»Wir?« Elmar dreht sich zu ihm um. »Bist du bescheuert? Hab *ich* etwa im Darknet versucht, meinen eigenen Laden zu bescheißen?«

Jayden kriecht in sich zusammen. »Ich mein ja nur –«

»Er meint, du kannst an deinem Ton arbeiten«, sagt Marianne kühl.

»Halt dich da raus!«

Sie verengt feindselig die Lider. »Wenn ich mich rausgehalten hätte, läge ich jetzt gemütlich in meinem Bett in Goodyears Bar und müsste mir nicht euer Gequatsche anhören. Aber nein, ich sorge dafür, dass der arme Junge nicht kollabiert, damit er euch helfen kann.«

»Nachdem er ordentlich Schaden angerichtet –«

»Und dafür bezahlt hat.«

»Ich meine«, sagt Jayden nach einer muffigen kleinen Pause, »wenn es hier einen Michael Palantier gibt, ist die Wahrscheinlichkeit doch hoch, dass es in unserer Welt auch einen gibt.«

Elmars Mund klafft reflexartig auf, um den anderen auf das Format des Kerbtiers zurechtzustutzen, zu dem er sich seines Erachtens gemacht hat. Dann setzt wie fremdgesteuert ein Besinnungsprozess in ihm ein. Er schaut der Ärztin in die wässrigen Augen, immer noch im Unklaren darüber, wie er zusammen mit der ausgebleichten alten Fledermaus in einem Lilium Jet in PU-453 landen konnte. Was sind sie bloß für eine Truppe? Provinzbeamte. Ein steinalter Navy Seal. Die da – man könnte meinen, Jayden sei ihr Junges, so wie sie ihn verteidigt.

Und genau da liegt der springende Punkt. Keiner von denen hätte mitkommen müssen. Jeder hat ein gemütliches Bett.

Mariannes Augen sind wie hintereinandergelegte Schichten eines Dioramas, die Flecken auf ihrer Haut pigmentierte Geschichten. Plötzlich blickt Elmar einen langen Weg zurück, fahl unter dem kargen Licht eines nie ganz aufhellenden Tages und gesäumt von Sterben, Tod und Unheil. Wenn er nur will, sieht er ein Menschenleben ausgebreitet vor sich liegen – vielleicht der wahre Grund, warum er so ungern in den Augen anderer verweilt. Aber er sieht auch das nie ganz heruntergebrannte Feuer der Empathie flackern und Mariannes Tag erhellen.

»Jayden ist abgestürzt«, sagt Elli leise. »Wir fliegen alle ziemlich nahe an der Sonne, Elmar.«

Der Jet setzt auf. Elmar schaut in Jaydens ungefähre Richtung.

»Also gut. Worauf willst du hinaus?«

»Palantier hat eine Vergangenheit«, sagt Jayden. »Er ist nicht einfach aufgetaucht. Ich glaube auch nicht, dass er nur in PU-453 existiert oder sein Zuhause in irgendeinem Todesstern zwischen den Universen hat. Was er hier wurde, könnte er in unserer Welt noch werden.«

»Du meinst, seine Geschichte ist von Anfang an mit Ares verknüpft.«

»Das denke ich.«

Elmar nickt. Dann sagt er: »Wie immer das hier ausgeht, Jayden – es tut mir leid, was dir passiert ist.«

»Ja«, flüstert der Kybernetiker. »Mir auch.«

Die Türen des Jets klappen hoch. Links ein ähnliches Modell, rechts ein Hubschrauber mit Schwenkrotoren. Genietete Wände fassen das Flugfeld ein, von deren Schmalseiten Schotts abzweigen. Der ihnen nächstliegende Durchgang öffnet sich, ein lichter Korridor führt ins Innere.

»Lässt sich wohl als Aufforderung verstehen«, konstatiert Eleanor, da nichts weiter passiert. »Oder?«

In Ermangelung eines Empfangskommandos folgen sie dem Verlauf des Korridors, der nun eher den Eindruck einer Schleuse erweckt. Am Ende ein weiteres Schott mit Sichtschlitzen. Elmar hat das deutliche Gefühl, gescannt zu werden. Summen, Klicken, den Gang entlanghuschendes Leuchten lassen Vorstellungen von Quarantäne aufkommen, kaum hätte es ihn gewundert, eine Sprühladung desinfizierender Substanzen auf sie alle niedergehen zu sehen. Dann öffnet sich das zweite Schott, und sie erblicken Zoe, Elmar-453s persönliche Assistentin. Sofort fühlt er sich an Katie Ryman erinnert. Dieselbe unterkühlte Aura, wenngleich er argwöhnt, dass es Felder anderer Art sind, die Zoe umgeben. Sie produziert den Ansatz eines Lächelns, dreht sich wortlos um und geht ihnen voraus, lumineszierende Stufen hinunter, durch die Raum gewordene Phantasie eines Riffs – Schwärme exotischer Fische, splitternde Sonnenstrahlen, wabernde, huschende Lichter. In ihrem Gefolge betreten sie einen panoramaverglasten Salon. Organische Sitzschalen, mehr Skulptur als Möbel, verteilen sich in der Leere wie Mitochondrien in einer Zelle, der Kern ein kreisrunder Pool, dessen Reflexe gleichmäßig die Decke kräuseln. Der Mann, der einer der Schalen entwächst wie darin ausgebrütet, hat Elmars Größe, dessen federnden Schritt und ewiges College-Gesicht, strahlt jedoch die bei Teenagern und alten Menschen oft zu beobachtende Unsicherheit aus, ob sein Körper ihn noch beschreibt.

Obwohl Mitte siebzig, könnte er Elmars Zwilling sein.

Zwei, die ungern in Augen schauen, starren sich an.

Ein Flackern von Wehmut im Gesicht des Älteren. Oder nur Reflexe des Wassers? Elmar betrachtet ihn, gelinde erstaunt, so groß zu sein. Er hat sich für schmaler und schlaksiger gehalten. Irgendwie weniger in die Höhe ragend. Außerdem kommt ihm sein Alter Ego spiegelverkehrt vor, was wohl daran liegt, dass Spiegel einem mit der Zeit vorgaukeln, sich richtig herum zu erblicken. Vor allem aber spürt er –

Befremden.

»Hallo, Elmar«, sagt Eleanor.

Die Pupillen des Älteren zucken in ihre Richtung. Saugen sich an ihr fest. Er hebt die Finger zu ihrem Gesicht, ohne es zu berühren.

»Ja«, sagt er. »So warst du.«

Eleanor nimmt seine Hand. Er hält sie einen Moment, dann zieht er sie zurück und entflieht ihrer Aufmerksamkeit zu Jayden und Marianne. »Kennen wir uns?«

»Bis gerade noch nicht«, knurrt Marianne. »Und nun gleich zwei von euch. Geht mir jetzt schon auf den Sack.«

»Jayden de Haan«, sagt der Kybernetiker.

»Jayden –« Elmar-453 fischt in seinen Erinnerungen. »Ja, du hast mal ein Jahr bei uns, glaube ich – das muss – du bist dann ziemlich schnell zu Google abgehauen, oder?«

»Wenn du es sagst.«

Erst jetzt scheint er die Verbände an Jaydens Kopf und Händen zu bemerken. »Du siehst schrecklich aus.«

»Weil's schrecklich *ist*«, kappt Elmar den Dialog, der Zeitersparnis halber und um dem Topf, in dem zu viele widerstreitende Gefühle brodeln, einen Deckel zu verpassen. So begierig er war, sich selbst zu begegnen, so übermächtig wird der Impuls, dieses leere, riesige Schiff baldmöglichst wieder zu verlassen, auf dem etwas ganz und gar nicht in Ordnung scheint. »Michael Palantier. Schon mal gehört?«

»Palantier?« Elmar-453 legt versonnen einen Finger an die Lippen und geht ein paar Schritte. »Michael Palantier?«

»Denk genau nach.«

»Hm.« Mit dem Rücken zu ihnen: »Ich weiß nicht. Da ist – ein ganz fernes Echo. Vielleicht. Vielleicht auch nicht.«

»Wie klingt dieses Echo?«, fragt Eleanor. »Was löst es aus?«

»Zu schwach.« Elmar-453 dreht sich um. »Ich kann kaum glauben, dass ihr hier seid.«

»Überrascht?«

»Überrascht wäre das falsche Wort. Mir war schon klar, dass wir irgendwann PU-Besuch bekommen würden. Inkognito! An die Regel halten sich eigentlich alle, warum nicht ihr?«

»Warum nicht du? Du hast sie ebenfalls gebrochen.«

Er hebt erstaunt die Brauen. »Ich?«

»Indem du uns empfängst. Von Angesicht zu Angesicht – *das* ist der eigentliche Regelbruch.«

Elmar studiert sein Pendant. Die kaum ins Gewicht fallenden Zeugen fortgeschrittenen Alters. Viel unterscheidet sie nicht. Eine Spur Grau an den Schläfen des anderen, das bei ihm erst noch durchbrechen muss. Härtere Konturen, freigelegt durch das Abschmelzen zusätzlicher Jahre, bevor Elmar-453 seine Physis konservierte. Wir haben es also geschafft, denkt er. *Ich* werde es schaffen. Die uralte Kränkung zu überwinden. Die Anmaßung der Evolution, mit der sie unsere Erinnerungen löscht, uns ausradiert, als hätten wir nie eine Rolle gespielt, uns einander nimmt. Sollte mich das nicht in Euphorie versetzen? Würde es vermutlich, wären da nicht Falltüren in den Augen des anderen. Abgründe der Trauer, spukhafte Ideen. Dieses desperate Riesenschiff. Zoe, welch Prachtexemplar eines Empathie simulierenden Roboters, allein die Empörung, mit der sie Elli unterstellt hat, sich einen geschmacklosen Scherz zu erlauben, und vielleicht *ist* ja sogar Empathie mit im Spiel, aber warum lebt Elmar nicht *in der Welt?* Wozu dieser luxuriöse Kokon, die Isolation?

Elmar-453 lässt seine schrecklich alten Augen auf Eleanor ruhen.

»Es war eine Chance, dich wiederzusehen. Ich –«

»Na, wunderbar«, unterbricht Elmar, der sich um das Hochgefühl betrogen fühlt, das mit der Entdeckung der Unsterblichkeit einhergehen sollte. »Hast du ja jetzt.«

Elmar-453 schüttelt traurig den Kopf. »Eben nicht.«

Du bist nicht ich, ich bin nicht du –

Als wäre das grundlegend neu. Doch plötzlich übermannt ihn Mitleid, verbunden mit einer ernüchternden Erkenntnis: Einsam sind die Unsterblichen. Einsam und voller Angst – was soll er noch sagen? Er stößt Jayden an. »Los, erzähl's ihm. Erzähl ihm von Palantier. Alles.«

Die Farallons liegen in der Gischt wie in Feldern letzten Schnees. Schroffe Jenseitsorte, aus Vulkanen geboren. Inseln des Todes haben die Indianer sie genannt. In Farallones tauften die Spanier sie um, eine Namensgebung von normativer Geistlosigkeit, dank derer die kleinen, spitzen Inseln nun *›kleine, spitze Inseln‹* heißen.

Aus dem Cockpit wirken sie auf Luther wie Gipfel eines versunkenen Gebirges, auf dem nur noch Vögel Platz gefunden haben.

Dahinter liegt das stählerne Atoll.

Zu Millionen brütet dort, was Vögeln gemeinhin als Nahrung dient. Doch die Glieder in der Nahrungskette wurden vertauscht. Ein Kurzbesuch der Ripper jedenfalls könnte die Felsen schnell in den unbelebten Zustand ihrer Geburt zurückverwandeln.

»Pilar.« Kennys Stimme. »Wo seid ihr jetzt?«

»Im Anflug.«

Bei gedrosselter Geschwindigkeit gehen sie tiefer und überfliegen den mächtigen Wall, der die Insel umspannt, hoch wie ein Staudamm und breit wie ein fünfspuriger Highway. Große, vertikal gelagerte Windturbinen drehen sich zwischen den Solarfeldern, zur Lagune und zur offenen See hin säumen Laufgänge das stahldunkle Rund wie Promenaden, die nicht für Menschen geschaffen wurden. Der Himmel scheint zu flimmern. Luther schaut genauer hin: winzige, schwirrende Insektenkörper, so weit das Auge reicht, dann sind sie durch den Spuk hindurch.

»Wir haben hier ein Problem, Pilar«, sagt Kenny. »Die Insel reagiert nicht auf Fernabschaltung. Wir können weder Sektion R noch den Verladehafen stilllegen.«

»Die Insel *reagiert nicht?*«

»Weder Zentralrechner noch Backups. Befehle, den Strom abzuschalten, macht das System sofort rückgängig.«

»Habt ihr die Befehle bestätigt?«

»Der Rechner *weiß,* dass keine Panne vorliegt. Ja, haben wir.«

»Es muss doch konventionelle Möglichkeiten geben, der Insel das Licht auszublasen.«

»Warte, ich geb dir Miley.«

Die Lilium Jets sinken dem Zentralkomplex entgegen, und Luther wird klar, warum man das Ding die Insel nennt. Es ist von kolossalen Ausmaßen. Setzte man das Pentagon auf die oberste Etagenscheibe, bliebe immer noch reichlich Platz nach allen Seiten. In den Solarkollektoren tanzt und blendet das Sonnenlicht, radial verlaufende Kanäle segmentieren den Komplex. Im Zentrum eine Kuppel, auf dem unbebauten Abschnitt drei Containerbrücken und ein Flugfeld voller Frachtdrohnen. Was an Schiffen zu sehen ist, liegt vor den hexagonalen kleineren Inseln.

»Pilar?« Eine neue Stimme. »Du erinnerst dich, wo Sektion R liegt?«

»Ja.«

»Ihr müsst den Strom von Hand ausschalten.«

»Wieso? Da gibt's jede Menge Roboter, können die nicht –«

»Die Roboter sind wie alles andere rechnergesteuert, und der Rechner scheißt uns was. Ihr müsst in die Schalträume. Ich navigiere euch.«

»Was ist los mit der verdammten Insel, Miley?«

»Frag mich doch mal, wer JFK ermordet hat.«

Pilar bringt die Düsen in die Vertikale. »Hier sollten noch andere auf ihre Ware warten, oder?«

Es rauscht in der Leitung, dann sagt Miley: »Okay, ich glaube, das kann ich beantworten. Willst du eine fiese kleine Theorie? Es gibt überhaupt keine anderen Aufträge. Alles, was da deklariert ist, sind unterschiedliche Etiketten desselben Schwindels. Nur einer kommt heute Ware abholen, und zwar *sehr viel* Ware.«

»Wie viel genau?«, schaltet sich Luther ein.

»Dreizehn Tanks.«

Senkrecht gehen sie über dem Flugfeld nieder. Er denkt an die monströse Wolke, die dem einen, im Hafen von Oakland aufgeplatzten Brutkasten entströmt ist. »Wie lange brauchen wir, um die Sektionen abzuschalten?«

Die Frau lacht wie über einen schlechten Scherz. »Darum geht's nicht. Ihr müsst es in der Zeit schaffen, die euch bleibt.«

»Sehr hilfreich, Miley«, schnaubt Pilar.

»Ich kann's dir auch genauer geben, Schätzchen. Wir messen eine konstante Geschwindigkeit des Wingships von einhundertzehn Knoten. Ihr landet gerade. Sektion R liegt am anderen Ende. Ziemliche Distanz bis dahin. Die Schalträume im Hafen –«

»*Wie lange,* Miley?«

»Zehn Minuten. Also einigt euch, wer wo hingeht. Später solltet ihr das nicht mehr diskutieren müssen.«

An Bord der Eternity schüttelt Elmar-453 entschieden den Kopf. »Unmöglich. Ganz und gar unmöglich. Es vereinbart sich nicht mit Ares' Zielgebung.«

»Offenbar doch«, sagt Marianne.

»Offenbar doch?« Er betrachtet sie wie eine mythische Unheilsbotin. »Was verstehst du denn davon?«

»Das hier.« Marianne zeigt auf Jaydens bandagierte Hände.

»Er wäre der glücklichste Mensch der Welt, wenn du recht hättest.«

»Ein intergalaktischer Waffenhändler schmuggelt Ripper?«

»Was erstaunt dich daran?«, wundert sich Eleanor. »Wo Waffen sind, sind Waffenhändler.«

»Die Frage ist, wie er dein todsicheres System unterlaufen –« Jayden krallt sich mit seinen verbliebenen Fingern in Mariannes Oberarm. Alle Farbe weicht aus seinem Gesicht, Schweiß perlt auf Stirn und Oberlippe. »Es muss eine – alte Spur zu ihm –«

»Klappe, Jayden.« Mit erstaunlicher Kraft packt die Ärztin den wachsweiß gewordenen Kybernetiker unter den Achseln. Gemeinsam mit Eleanor hievt sie ihn in einen der Liegesessel. Zitteranfälle schütteln Jayden. Marianne rollt seinen Ärmel auf und langt in ihre Ledertasche, während Eleanor den Puls fühlt.

»Kreislaufschock.«

»Ja.« Eine Spritze entwächst Mariannes Fingern. Jayden bäumt sich auf, versucht sie zur Seite zu schieben. Sie drückt ihn mühelos zurück, begutachtet die Spitze der Nadel und lässt einen winzigen Tropfen daraus hervorspringen. »Damit war zu rechnen.«

Auch Zoe ist zur Stelle. Aus dem Nichts hat sie eine Karaffe Wasser und Gläser herbeigezaubert.

»Ich kann das übernehmen«, sagt sie.

Marianne hebt eine Braue. »*Was* übernehmen?«

»Seine Behandlung.«

»Besten Dank. Kümmere dich um Elmar und Elmar da hinten, da hast du gleich zwei kranke Hirne zu versorgen.«

»Was meint er damit?« Elmar-543 streicht durch sein Haar, eine Geste der Geste halber. »Welche alte Spur?«

»Der Junge ist kein Programmierer«, sinniert Elmar. »Er hat keine Ahnung von Ziel- und Wertgebung und Kontrollproblemen. Aber intuitiv wohl die richtigen Schlüsse gezogen.«

Sie sehen zu, wie die Arznei in Jaydens Vene fließt.

»Welche da wären?«

»Überleg mal. Wie konnte Palantier ins System einbrechen? Vielleicht die falsche Frage.«

»Ja.« Die Augen des Älteren blitzen auf. »Eher, wann.«

»In einem sehr frühen Stadium. Was wiederum die Frage aufwirft –«

»Wer ist Palantier?«

»Nein. Wer war er *damals?*«

»Meine ich ja, Klugscheißer. Wer war dicht genug am Ares-Projekt, um einen Trojaner einzuschleusen?«

»Du müsstest diese Person eigentlich kennen.«

»Ein Programmierer.«

»Aber einer der besten. Einer der Cracks!«

»Wir sollten uns an ihn erinnern.«

»Oder an sie.«

»Ja, nur –« Elmar-453 tritt an den Rand des Pools, als könne er durch die blaue Wasserlinse in die Vergangenheit blicken. »Haben wir dieselbe Historie, du und ich?«

»Nicht in allem.« Eleanor schaut von Jaydens Lager auf. »Elmar und ich sind kein Paar mehr. Bei uns hat Hugo Anteile an Nordvisk erworben, war längere Zeit CEO und wechselt gerade in den Verwaltungsrat. Und ja, Jayden ist einigermaßen stabil. Schön, dass ihr fragt.«

Er hat bezahlt, denkt Elmar. Und uns geholfen. Quid pro quo. Zu Wichtigerem, doch er vermag den Blick nicht von dem Kybernetiker zu nehmen. Jayden hat die Augen geschlossen. Ein Anflug von Farbe kehrt in sein Gesicht zurück. Kann man das so gegeneinander aufrechnen? Grace und Jaron, klarer Fall. Aber Jayden? Opfer einer Notlage. Was spielt es für eine Rolle, ob selbst verschuldet? Wenigstens ist er nicht mit dem Vorsatz aus dem Bett gestiegen, Verrat zu begehen. Sein Fehler war, Untersuchungen an Tieren vorzunehmen, von denen er wusste, dass sie gar nicht erst in seine Welt hätten gelangt sein dürfen. Um ihren biokybernetischen Code zu knacken. Von da an hatte Jaron ihn in der Hand.

»Könnt ihr vielleicht hier was für ihn tun?«, fragt er.

Elmar-453 schaut Zoe an. »Was meinst du? Kriegen wir den Jungen wieder hin?«

»Seine Finger, ja.« Ihre Mimik ist perfekt. Beinahe zu perfekt. Wie aus dem Mimik-Katalog. Alles stimmt eine Winzigkeit zu sehr. »Neuroprothetik, künstliches Skelett, Fleisch und Haut aus seinen Stammzellen. Sollte gehen. Über die Kopfwunde kann ich nicht urteilen.«

»Die Dinger haben ihn fast skalpiert«, sagt Marianne leise. »Keine Fraktur des Schädelknochens.«

Zoe nickt. »Bloß ist das leider nicht das Entscheidende.«

»Was dann?«

»Welche Sorte Ripper ihn angegriffen hat. Darf ich?«

Marianne rückt seufzend beiseite. Zoe kniet neben Jayden nieder und legt zwei Finger auf den Kopfverband, wo Spuren von Blut die Gaze dunkel färben. »Einige übertragen Gifte.« Ihre Miene bleibt ausdruckslos. »Sie wirken meist verzögert.«

Die alte Frau runzelt die Brauen. »Kannst du das etwa ertasten?«

»Ja. Toxisch. Wir müssen abwarten.«

»Wie –«

»Durch ihre Sensoren«, sagt Elmar. »Sie ist ein Roboter. Eine KI.«

Das verschlägt ihr erst mal die Sprache.

»Schlimmstenfalls emulieren wir ihn.« Schlecht verhohlene Erregung schwingt in Elmar-453s Worten mit. »Stimmt's, Zoe?«

»Eine KI?« Marianne scheint endgültig überfordert.

»Nein.« Zoe schaut auf. Ihre Augen glänzen. »Ich bin keine KI. Ich bin ein Mensch in einem synthetischen Körper.«

»Du hast sie hochgeladen«, flüstert Elmar.

»Das ist der Weg«, nickt Elmar-453, und der Eifer in seiner Stimme ist unüberhörbar. »Der *Beginn* des Weges!«

»Ihr solltet jetzt euer Problem lösen«, sagt Zoe. »Michael Palantier.«

Die Anfänge. Die Garage.
Träume vom Schmetterling –

Noch sind es viele kleine Schmetterlinge. In den ersten Jahren ist A.R.E.S. hauptsächlich ein Label. *Artificial Research & Exploring System.* Eine ganze Familie künstlicher Intelligenzen. A.R.E.S.-KIs ziehen ein in die öffentliche Verwaltung, ins Home- und Energie-Management, steuern Autos, Flugzeuge, Raumschiffe, Roboter, machen sich unentbehrlich als Personal-Assistent, im Hochfrequenzhandel der globalen Finanzmärkte, in der Werbung, Anti-Terror-Bekämpfung, Meteorologie, im Katastrophenschutz. Sie wühlen sich durch die Datenströme der Welt, fördern verborgene Muster zutage, erfinden nützliche Dinge.

Sie sind ein Haufen Idioten.

Fachidioten. Auf ihrem jeweiligen Spezialgebiet nicht zu schlagen, darüber hinaus so allgemeingebildet und kommunikationsbegabt wie eine Dauerwurst.

Als Elmar 2010 die Arbeitsgruppe Q-VISK gründet und A.R.E.S.-Algorithmen auf ein Quantensystem überträgt, erblickt im Untergrund von Sierra eine Patchwork-Intelligenz das Kunstlicht ihrer künftigen Behausung. Sie weiß unendlich viel und unendlich wenig. Sich selbst jonglierende Bälle ohne Jongleur. Vermag ihre Kompetenzen kaum sinnstiftend zu verknüpfen, kann zwar ein Genom entschlüsseln, aber keinen Hund von einem Baukran unterscheiden, knackt wissenschaftliche Rätsel wie Nüsse, ohne zu verstehen, warum Menschen manchmal aus Freude und manchmal aus Trauer weinen. Menschliche Geisteszustände entziehen sich ihrem Verständnis, ein kosmische Signale und Gensequenzen entzifferndes Kleinkind, das versucht, den Wind zu fangen. Um zu allgemeiner Intelligenz zu gelangen, muss sie wie ein Kleinkind lernen, Zusammenhänge begreifen. Menschliche Denkweisen, Intuition, ethische Werte und Moraltheorien verstehen.

A.R.E.S. will gefüttert werden.

Mit zunehmendem Wissen wächst seine Intelligenz rasend schnell und exponentiell. Die Raupe, wie Elmar das Gebilde im Berg nennt, beginnt sich selbst zu füttern und immer komplexere Schlüsse zu ziehen. Was die Frage aufwirft, wie man den Computer künftig kontrollieren soll. Ein Running Gag geistert durch die Szene: Gib einer universellen KI den Auftrag, die perfekte Büroklammer herzustellen. Sie wird in getreuer Befolgung ihrer Order immer bessere Büroklammern produzieren, die natürlich immer *noch* ein bisschen besser sein könnten, weil man schlicht vergessen hat, ihr zu sagen, *was genau* die perfekte Büroklammer eigentlich ist. Infolge dieser Sträflichkeit geht sie so weit, sämtliche Ressourcen des Planeten Erde in die Klammerproduktion zu investieren und schließlich das komplette Sonnensystem in Büroklammern umzuwandeln. Ihrer Auftraggeber hat sie sich zu diesem Zeitpunkt längst entledigt. Jenseits von Gut oder Böse, da ihr jede Selbstwahrnehmung fehlt, sah sie sich an der Erfüllung ihres Auftrags gehindert. Menschen wollten sie eigenartigerweise davon abhalten, aus Häusern, Autos, Bäumen und Bergen die Klammer aller Klammern zu machen, also macht sie jetzt die Klammern aus den Menschen.

Sie müssen A.R.E.S. Ziele geben. Werte. Stoppschilder einbauen. Damit er nicht eines Tages etwas tut, das keine Macht der Erde mehr rückgängig machen kann.

»Also bauten wir ein Orakel.« Eine künstliche Intelligenz, die ausschließlich Fragen beantwortet. »Nur damit sie uns verrät, was eine souveräne KI tun würde, wenn sie auf dem Sprung zur Superintelligenz wäre.«

»Was das Orakel aber nicht beantworten konnte. Wobei, das Problem waren eigentlich wir. Oder?«

»Unsere Unfähigkeit, die richtigen Fragen zu stellen, ja.«

»Eben. Was nützt dir eine Maschine, die auf jede Frage eine Antwort hat, wenn dein Horizont nicht ausreicht, sie zu stellen?«

Elmar-453 führt sie tiefer ins Schiffsinnere. Zoe und Marianne sind bei Jayden im Salon geblieben. Mit jedem Schritt verstärkt sich Elmars Eindruck, sie durchwanderten den Panzer eines sich jeder Beschreibung entziehenden Urzeitwesens, das über die Äonen rückstandslos zersetzt wurde, sodass in den aseptischen Schraubgewinden der Gänge und sich auftuenden leeren Hallen lediglich seine bloße Information nachschwingt. Eine geisterhafte, summende Präsenz, doch das Summen ist real. Von überallher kommt es, aus der Decke, aus den Wänden. Während Eleanor sichtliches Unbehagen zeigt, beginnt die Eternity still und leise, Besitz von Elmar zu ergreifen. Konsequent sieht er hier fortgeführt, was er mit The Drop begonnen hat.

Daten, summt es ringsum. Daten. Daten. Daten.

»Ihr habt Ares isoliert?«

»Deswegen Sierra.«

»Und ihn je ins Internet gelassen?«

»Zwei-, dreimal während der Orakel-Phase.« Eine Schleuse öffnet sich. Sie überqueren eine Brücke, unter der etwas Großes, vielfach Facettiertes bläulich strahlt. »Jeweils für wenige Minuten. So, dass wir seine Aktivitäten lückenlos nachvollziehen konnten.«

»Danach nicht mehr?«

»Und ihr?«

»Nein.« Elmar fragt sich, was es mit der leuchtenden Masse auf sich hat. »Was kam dann?«

»Ein Flaschengeist.« Gegenteil eines Orakels. Ausschließlich dazu da, Befehle zu befolgen. »Dasselbe Problem. Weißt du ja. Wozu eine KI, die dir das Paradies bauen könnte, wenn dein Verstand nicht reicht, den Befehl zu formulieren. Schließlich bauten wir den Souverän.« Eine KI, die nach eigenem Ermessen jedes beliebige Ziel verfolgen kann. Nicht eingeschränkt durch menschliche Borniertheit und Unwissenheit. Ein Gegenstand künstlicher Evolution, fähig, in offenen, selbstbestimmten Suchprozessen Lösungen zu finden, auf die kein Mensch von selber käme, *und* sie umzusetzen. Die mächtigste Form Künstlicher Intelligenz, gute Fee 4.0, bei der man statt dreier Wünsche unzählige frei hätte – es sei denn, sie geriete in falsche Hände. Dann wäre ein Souverän schnell das Werkzeug des Teufels.

Der Souverän hat das Tor gebaut.

Beziehungsweise ihnen gesagt, wie sie es zu bauen haben.

»Wie habt ihr den Souverän kontrolliert?«, fragt Eleanor, während sie aus dem blauschimmernden Raum hinaus- und eine weitere Treppe abwärtslaufen.

»Wir haben ihn eingesperrt, Elli.«

»Weiß ich.«

»So tief im Stein, dass nichts von außen ihn erreichen konnte.« Halb hat Elmar-453 ihr den Kopf zugewandt, ohne sie anzusehen. »Keine Radio- und sonstigen Wellen, nichts, was ihn hätte manipulieren könnte. Er war natürlich verbunden mit den Holding-Rechnern –«

»Und bekam Weihnachtsgeschenke«, sagt Elmar. »Hübsche kleine.«

»Was meinst du?«

»Na, was wohl? Ausflüge ins Internet.«

»Ja, klar.« Elmar-453s Hände schaufeln Luft in die Höhe. »Alles andere ist doch Schwachsinn! Völlig isoliert wäre er nutzlos gewesen!«

»Kühl dich ab, Alter.« Elmar klopft ihm auf die Schulter. »Wir haben's genauso gemacht. Kontrollierte Spaziergänge. Und ich sag dir, hätte sich Palantier von außen reingeschlichen, hätten wir's gemerkt. Man *kann* Ares nicht von außen infiltrieren, nur jemand von innen konnte das. – Und sonst? Überprüfung seiner Werte, Zielgebung, Loyalität?«

»Zyklisch. Durch immer neue Teams. Und ihr? Kontroll-KIs als Wachhunde?«

»Logisch. Lügendetektoren?«

»Klar! Sein kompletter Output durchläuft Lügendetektoren. Ständig. Nie hat Ares gegen seine Zielgebung verstoßen.«

»Nicht so, dass ihr's *mitbekommen* hättet«, konstatiert Eleanor.

Elmar-453 nagt an seine Unterlippe. »Was geschieht jetzt gerade auf der Insel?«

»Wir erwarten jeden Moment Nachricht. Von Kenny. Pilar. Beiden.«

»Michael Palantier.« Elmar-453 starrt vor sich hin. »Scheiße. Ich hab den Namen schon gehört.«

»Dann sollte ich ihn ja wohl auch gehört haben«, sagt Elmar.

Elmar-453 bleibt stehen. »Hast du Kinder?«

»Nein.«

»Ich aber schon. Wir zwei sind *nicht* in allem gleich.«

»Und wo sind deine Kinder?«, fragt Eleanor, und Elmar hört erstaunt, wie etwas ihre Kehle zuschnürt. Seine klarsichtige, faktenverbundene Elli. Kann es sein, dass ihr die Distanz abhandenkommt? Nie hat er Elli ernsthaft von *Kindern* sprechen hören. Sie wollte keine. Ganz sicher nicht von ihm, aber wie kann er da sicher sein, ohne selbst genau zu wissen, was er gewollt haben könnte?

»Selten da.« Elmar-453 setzt sich wieder in Bewegung. »Sind mit einigem nicht einverstanden. Ihre Sache. Kommt jetzt. Ich will euch was zeigen.«

Marianne bleibt mit Zoe und Jayden im Salon zurück, wo unerfreuliche Gedanken in ihr brüten.

Rechnet man die Jahre zusammen, die sie in der Sterilität gekachelter Obduktionsräume verbracht hat, kommt man auf ein halbes Menschenalter. Vielleicht auch mehr. Statistik ist voller Gründe, freiwillig aus dem Dasein zu scheiden. Dem Vergnügen gelegentlicher Kino- und Restaurantbesuche steht die niederschmetternde Gewissheit entgegen, als durchschnittlicher Autofahrer sechs Monate vor roten Ampeln zu veröden und achtzig Tage auf der Klobrille zu hocken. Öfter als jeder andere Mensch, den sie kennt, hat Marianne sich die Hände desinfiziert, allein dieses Ritual sollte sich zu drei Monaten in den Arsch gerittener Lebenszeit aufsummieren lassen. Mit Kafka hätte man sich ganz vorzüglich über diese Existenz in Wartzimmern unterhalten können, die den winzigen goldenen Kern des Lebens einfassen, zu dem man aber irgendwie nie vorstößt. Im Verzicht ist sie selber so bedürfnislos und steril geworden, dass ihr jeder Krankenhausflur inzwischen ornamentbelastet wie der Trump Tower erscheint. Das macht ihr die blitzweiße, glasummantelte Leere des Salons auf fast angenehme Art vertraut – die organischen Sitzinseln und schwebenden Tischlein, die lange, geschwungene Bar, die ihr Angebot hinter Milchglas verbirgt, sodass sie ebenso gut der Medikamentenausgabe dienen könnte.

»Da hocken wir nun, was?«, sagt sie zu Zoe.

Durch die großen, unregelmäßig geschnittenen Glasflächen sieht sie den Dunst von den Hängen zurückweichen und Sausalito vor Geschäftigkeit und Leben bersten. Wie nah und illusionär. Hätte nicht wenigstens dieses fabulöse Scheißtor sie auf ihre alten Tage in den goldenen Kern bringen können? Jetzt steht sie wieder im Wartezimmer. Auf der falschen Seite der Golden Gate Bridge, die sich gerade aus den Nebeln neu erschafft. Hier die kultivierte Bucht, dort der rohe, feindselige Ozean. Jeder, der hinausfährt, wird zum Odysseus, die Heimkehr ungewiss der Wunder wegen, die sie erst ungewiss machen.

Was hat ihre Heimkehr ungewiss gemacht in siebzig Jahren?

Wenn der Bus zu spät kam.

»Kann ich dir etwas anbieten, Marianne?«

»Nein, nein.« Sie verschränkt die Arme und wendet sich ab von dem hübschen Film namens Sausalito. »Bloß keine Umstände.«

»Es macht keine Umstände.«

Ihr Blick fällt auf Jayden. »Wie geht's ihm?« Was ich dich nicht sollte fragen müssen, Zoe. Aber der Kerl da oben, der am sechsten Tag so viel verkackt hat, der hat eben auch vergessen, meine Fingerspitzen mit Sensoren auszustatten.

Wie, Sie haben keine giftempfindlichen Sensoren in den Fingern?

Sie sind mir ja 'ne Ärztin!

Zoes Gesicht nimmt einen Ausdruck konzentrierter Sorge an. »Die Bisse waren giftig, aber entweder wirkt das Gift sehr langsam, oder seine Wirkung ist nicht abschließend tödlich. Im Moment scheint Jaydens Körper einigermaßen damit fertig zu werden. Die nächste halbe Stunde wird es zeigen.«

»Es ist wahrscheinlich nicht so sehr das Gift, oder? Es ist der Schock.«

»Der ihn umbringen könnte? Ja.«

Marianne lässt sich neben Jayden auf der Kante nieder. »Kannst du irgendwas tun?«

»Nein, du hast schon alles richtig gemacht.« Zoe sieht sie mit ihren glänzenden Augen an. »Du bist eine sehr gute Ärztin.«

»Warum fühle ich mich dann nicht wie eine?«

»Wie fühlst du dich dann?«

»Wie –« Sie sucht nach dem passenden Begriff. Inquisitorin, fällt ihr ein. Eine, die mit Handkreissäge und Skalpell so effizient ist, dass selbst Tote ihr unter der Folter die Wahrheit sagen. »Ich weiß nicht. Bei mir sind sie nie auf eigenen Beinen rausgegangen. Auch nicht reinspaziert. Ich hab sie immer tot bekommen und tot abgeliefert. Hat so seine Vorteile. Du kannst niemanden noch kränker machen oder verlieren.«

»Du hast Angst um Jayden.« Sachlich, eine Feststellung.

Hab ich das? Warum denn? Ich kenne den Kerl kaum. Wir teilen nichts, worüber man reden könnte oder schweigen sollte. Ich bin unversehens Teil seiner Geschichte geworden, das ist alles. Könnte mir vollkommen egal sein, ob er die nächste halbe Stunde übersteht oder nicht, aber ja, ich habe Angst um ihn. »Ich habe so lange niemanden mehr geheilt«, sagt sie. »Ich weiß gar nicht, ob ich das noch kann.«

Zoe schaut sie weiter an. Übergangslos liegt ein Lächeln auf ihren Zügen. Ihre Haut ist von solcher Makellosigkeit, dass Marianne es kaum fertigbrächte, das Skalpell bei ihr anzusetzen, selbst wenn sie dreimal tot wäre. Sofern sie im üblichen Sinne sterben kann.

»Was man fühlt, ist nicht, was man ist«, sagt die makellose Frau sanft.

»Klar. Immer her mit den Glückskeksen.« Marianne lacht. Sie hasst ihr Lachen. In ihren Ohren klingt es wie über den Asphalt fegendes Laub.

»Nein, wirklich. Gefühlszustände werden überschätzt.«

Sie mustert Zoe. »*Was* bist du?«

»Ein Mensch.«

»Und was ist dann dein Körper?«

»Metall, Schaltkreise, Silikon, synthetische Muskeln und Haut aus meinen Stammzellen.«

»Blutest du?«

»Ungern. Es zeigt mir am deutlichsten, was ich nicht mehr bin.« Zoe steht auf. »Ich war Elmars letzte Assistentin, bevor er sich zurückzog. Wir kamen gut miteinander aus, aber dann erwischte mich das Karzinom.« Sie zeigt dorthin, wo bei einem Mensch die Bauchspeicheldrüse liegt. »Meine Optionen beschränkten sich darauf, es mit oder ohne Chemo hinter mich zu bringen. Das Leben. Elmar schlug mir einen dritten Weg vor. Ohne jede Garantie.«

»Er hat dich verpflanzt.«

»Q-VISK begann in den Zwanzigern, systematisch mit Emulationen zu experimentieren. Der digitalen Nachbildung von Gehirnen. Keine künstlichen neuronalen Netze. Sie haben die Hirne echter Lebewesen molekular gescannt und in einen Computer hochgeladen. Ihr erstes Objekt war eine Stubenfliege. Das schien zu funktionieren. Ob die Fliege im Rechner völlig identisch mit der gescannten war, ließ sich allerdings kaum nachweisen.« Sie lächelt. »Wer weiß schon, was einer Stubenfliege im Kopf rumgeht.«

»Um das zu wissen, reicht ein fünfminütiges Gespräch mit dem durchschnittlichen Bürger.«

Zoes Mundwinkel zucken. »Sie machten mit Ratten und Affen weiter. Ein Problem war, Erinnerungen lückenlos und unverfälscht abzubilden. Ein anderes, nicht nur die Struktur, sondern auch die Persönlichkeit vollständig zu emulieren. Aber was macht uns zur Persönlichkeit? Bloß hundert Milliarden Nervenzellen und ihre Verschaltung?«

»Wir sind ein Chemiebaukasten.« Marianne fühlt ihren Erregungspegel steigen. Das hier ist bedeutend weniger langweilig als alles, worauf sie noch zu hoffen gewagt hat. »Endorphin, Serotonin, Dopamin, Noradrenalin. Mal geschüttelt, mal gerührt.«

Zoe schaut hinaus auf die Bucht. »Man kann die Vorstellung mögen oder nicht, aber Gefühle sind das Resultat chemischer Prozesse. Botenstoffe im Hirn. Wie bildet man die in einem Computer nach? Wie dosiert man sie? Wie kann man eine Persönlichkeit in ein digitales Medium verlagern, ohne das digitale Äquivalent dieser chemischen Gewitter exakt nach den Vorgaben des Originals einzustellen?«

»Mittelwerte?«

»Wärst du noch du, wenn deine Trigger für Freude, Aggressivität, Tatendrang, Impulsivität und Gelassenheit auf Mittelwerte eingestellt würden?«

»Ich sag dir, einige würden das sehr begrüßen.«

»Nein.« Zoe beugt sich zu Jayden herab und legt eine Hand auf seine Stirn. »Es gibt keinen idealen Menschen. Niemand ist der Mittelwert. Was wir Persönlichkeit nennen, ist eine Mutation.«

»Und? Bist du noch die Mutation, die du warst?«

»Anfangs war es sonderbar. Ich lebte in einem Rechner.« Sie hebt den Blick, und er geht nach innen. »In einem virtuellen Ambiente. Es heißt, man braucht einen Körper. Wer in virtuelle Welten eintaucht, hat im Allgemeinen einen Körper. Meiner war tot. Ich habe darauf verzichtet, meiner Beerdigung beizuwohnen. *Ich* war ja noch am Leben. Ich meine, was ist der Sinn dieses Zeremoniells, einen Körper oder Asche feierlich in Erde zu versenken oder zu verstreuen? Wir tun es, weil der Körper das Letzte ist, was uns von einem Toten bleibt. Aber welchen ideellen Wert hat ein toter Körper noch, wenn der Geist im Hier und Jetzt weiterlebt?«

»Körper sind Hüllen.« Marianne schaut auf ihre spitzen Knie. »Schöne und weniger schöne.«

»Nein. Sie sind mehr als das.« Zoe fokussiert wieder auf Marianne. »Sie sind mehr, weil es keine Seele gibt. Die Vorstellung der Seele hat Menschen jahrtausendelang versklavt und gequält! Ein fatales Konzept. Was sie hätte glücklich machen sollen, die Option, nach dem physischen Tod weiterzuleben, hat tatsächlich Unglück und Verzweiflung über uns gebracht. Wir haben das eine Leben, das wir hatten, nicht wertgeschätzt. Den Körper, den wir hatten, nicht wertgeschätzt. Alles für die abergläubische Vorstellung eines besseren Jenseits. Kasteiung, Folter, Kriege, eingebildeter Paradiese wegen. Das größte Verbrechen der Religionen besteht darin, uns diesen Unsinn eingeredet zu haben. Das Märchen von der unsterblichen Seele ist etwas zutiefst Zynisches, Körper hingegen sind etwas Wunderbares! In ihnen und ausschließlich durch den Körper, durch biochemische Prozesse, entsteht das andere Wunderbare, der Geist. Mit dem Körper erlischt der Geist. Mit meinem Körper ist auch mein Geist erloschen. Ich bin gestorben, Marianne. Vollständig gestorben, und ich lebe dennoch.«

»Als Kopie.« Wie eigenartig. Zoes gleichmäßiger Duktus wirkt sowohl belebend als auch beruhigend auf Marianne. Sie könnte sich stundenlang mit der jungen Frau – ist das der richtige Begriff? Mit dem Roboter – nein, das fühlt sich komplett falsch an – wie soll sie bloß –

»Kopie hat etwas Abwertendes, findest du nicht?« Lächeln, Leuchten. Was ist so eigentümlich an diesen goldfarbenen, leicht geweiteten Augen? Im selben Moment weiß sie es. Nie ändert sich das Konzentrationslevel in ihnen. In Zoes Blick paart sich tiefes Wissen mit dem permanenten Staunen des Neugeborenen, das noch keine Vorstellung seines Ichs hat. »Sagen wir lieber, mein Geist wurde verdoppelt. Die ältere Version ist gestorben. Jetzt gibt es wieder nur mich.«

»Und wie oft könnte es dich geben?«

»Oh, ich könnte unzählige Male vervielfacht werden. Aber wozu sollte das gut sein?«

»Eine Armee aus Klonen. Hübsch konform.«

»Diese naiven Dystopien.« Zoe schüttelt nachsichtig den Kopf.

»Und deine Chemie?«

»Regelt dieser Körper. Ich finde ihn schon ganz gelungen.«

»Ich finde ihn vor allem sehr hübsch.«

»Danke.« Ihr Lächeln gewinnt an Strahlkraft. »Ich hoffe, der nächste wird meine Mimik nuancierter wiedergeben.«

»Ja, aber – fühlst du noch wie die alte Zoe? Ich meine –« Sie stockt. Zoes Blick ist zurück in ihr fremdartiges Inneres gewandert, ohne dass sich der konzentrierte Ausdruck darin geändert hätte.

»Zoe«, sagt sie sanft ihren Namen. »Liebe, gute, alte Zoe. Als wir meine Chemie ihrer angeglichen hatten, traten Dinge zutage – Unstimmigkeiten. Zoe war wankelmütig. Manchmal Lachkrämpfe. Manchmal Depressionen. In ihrem Körper ergab das Sinn. Ohne Körper nicht, und in diesem neuen auch nicht. Ich bin nie krank. Nie hungrig. Keine Schmerzen. Wir haben mich neu eingestellt. Ich empfinde wie ein Mensch, habe menschliche Gefühle – aber auch Bewusstseinszustände, die ein Mensch in einem menschlichen Körper niemals haben wird. Ich bekomme zunehmend eine Vorstellung davon, wie eine Maschine empfinden würde, wenn sie ein Bewusstsein hätte. Gute, alte Zoe –« Wieder ändert sich ihr Lächeln. Ein Anflug von Wehmut? »So habe ich angefangen. Zoe – ich verändere mich – immer mehr.« Und erstrahlt mit jener Übergangslosigkeit, die Marianne so fasziniert. »Aber ich bin kein Mittelwert! Meine Chemie ist einzigartig. Nur ich habe diese Chemie, Marianne.« Sie zeigt ihre makellosen Zähne. »Ich habe sogar Sex. Ich liebe es, in diesem Körper Sex zu haben.«

»Mit deinem Boss?« Taktlos, Marianne, taktlos. Na und? Das ist eben *meine* Chemie.

»Das geht dich nun wirklich nichts an.«

Marianne versucht es sich vorzustellen, doch ihrer Vorstellungskraft sind Grenzen gesetzt. Hat sie nicht einen Film darüber gesehen? *Ex Machina.* Ein schwerstarrogantes Arschloch baut

Roboterfrauen und vögelt sie. Am Ende bringen die Roboter ihn um. Doch das hier weist in eine ganz andere Richtung.

»Warum lebt er allein auf diesem Riesenschiff?«, fragt sie.

»Um es nicht zu gefährden.«

»Das Schiff?«

Zoe schüttelt den Kopf. »Das längere Leben.«

»Ach du meine Güte – verstehe! Soll er sich doch auch emulieren lassen.«

»Elmar bevorzugt es, in seinem biologischen Körper zu bleiben. Und biologische Klone, auf die man ein Bewusstsein übertragen könnte, gibt es noch nicht.«

Also bleibt er ein Mensch, denkt Marianne. Ein Mensch, der umso menschlicher werden wird, je länger sein altersloser Körper lebt – vielleicht immer glücklicher, vielleicht immer verzweifelter. In Gesellschaft einer Frau, die schon jetzt nur noch als menschenähnlich zu bezeichnen ist. Natürlich hat Zoe recht. Was soll sie mit Emotionen, die Hervorbringungen biologischer Körper sind und einzig im evolutionären Kontext gebraucht werden? Aber wenn Marianne sich nicht ganz täuscht – und in analytischen Dingen täuscht sie sich selten! –, ist Zoe die Eva einer vollkommen neuen Rasse. Menschen in synthetischen Körpern und virtuellen Welten werden zu synthetischen und virtuellen Wesen. Sie werden zu etwas anderem. Das Leben passt sich seiner Umwelt an.

Ein Winseln dringt an ihr Ohr. Leise und irgendwie schlängelnd, als versuche es, sich um etwas Grauenvolles herumzuwinden. Steigert sich zum Crescendo und Ausdruck höchster Qual, bricht. Den Schrei noch auf den Lippen, schlägt Jayden die Augen auf und fährt hoch. Sein fieberglänzender Blick sucht Marianne.

»Alles ist gut.« Sie legt die Rechte auf seinen Unterarm. »Wir sind hier, mein Junge. Du bist in Sicherheit.«

Er schaut sich gehetzt um, offenbar ohne Erinnerung, wie er hierhergelangt ist.

»Nicht sicher«, flüstert er. »Es ist ein Feldzug – eine Invasion –« Seine Stimme klingt verzerrt, als spräche ein anderer durch ihn, unvertraut mit Jaydens Stimmbändern. »Palantier will – er wird –«

»Ruhig. Ganz ruhig.«

»Das Tor.« Seine Kiefermuskeln spannen sich. Er stiert Zoe an. »Es war kein Vorschlag – er hat uns dazu gebracht, es zu –«

»Jayden!« Marianne streicht ihm das schweißnasse Haar aus der Stirn. »Junge. Versuch dich doch zu beruhigen.«

Aber Jayden beruhigt sich nicht.

Er öffnet den Mund, doch heraus kommt nur weißer Schaum.

Dann stirbt er.

»Was ist das hier?«, sagt Eleanor einige Decks tiefer.

Sie kann nicht anders, als Ehrfurcht zu empfinden. Und sie ist einiges gewohnt – wer so eng mit Elmar zusammenarbeitet, dem erscheint die normale Welt mitunter wie eine Epoche der Voraufklärung, deren Bewohner die selbstverständlichsten Dinge nicht wissen: wie man durch Umwandlung von Cytidin in Thymidin eine Substitutionsmutation erzeugt oder die asymptotische Laufzeit eines Algorithmus berechnet, und von Schrödingers Katze haben sie schon gar nicht gehört. Doch das Gewölbe, in das sie nun eintreten und das den kompletten Rumpf der Eternity zu durchziehen scheint, raubt selbst ihr den Atem.

»Ein Planet«, sagt Elmar-453. »Eine bewohnbare Welt.«

Schimmernd weiß wie alles auf diesem Schiff, aus sich selbst leuchtend und vage durchscheinend, als seien sie im Innern eines Gletschers angelangt. Schon auf dem Weg hierher, in den tracheenartigen Gängen und Weitungen, erschienen ihr Wände, Decken und selbst Böden wie ein an der Grenze zur Transparenz geronnener Überzug, der das eigentlich bestimmende Wesen des Schiffs dem Blick entzieht, so wie die Haut Sehnen, Muskeln und Knochen verbirgt. *Etwas* lebt hinter alldem, Urheber des kaum hörbaren Summens und Schwingens, das die Sinne, würde man nur lange genug darin treiben, in Trance versetzen könnte.

Zwischen Himmel und Grund des Gewölbes erstrecken sich schlanke Säulen zu Hunderten: bläulich, gespickt mit Lichtern, als berge jede ein Universum. Hoch oben eine Plattform, Sessel und Konsolen, überzogen von einer gläsernen Kuppel. Ein Steg führt hinauf.

»Das ist kein Planet.« Die Säulengalaxien glitzern in Elmars Augen. »Dein Schiff ist ein verdammter Computer!«

Elmar-453 grinst ihn an. »Du merkst aber auch alles.«

»Ares?«

»Nicht ganz. Home. Sein kleiner Bruder.«

»Und Sierra?«

»Da sitzt unangefochten der große. Sie sind miteinander verbunden, aber ich kann sie jederzeit voneinander trennen. Dann wird dieses System autark. Ich will hier ein paar neue Dinge ausprobieren.« Er geht ihnen voran. Einige der Säulen reichen bis dicht an den Steg, sodass Eleanor ihre Finger über die kühle Oberfläche gleiten lassen kann. Keine erkennbare Kühlung, aber so was spielt sich wohl unter der *Haut* ab.

»Wer hat die Eternity entworfen?«

»Ich. Unser freundlicher Elf in Sierra hat zwar gemeinhin die besseren Ideen, aber ich wollte ein unabhängiges zweites System.«

»Geht mir auch im Kopf rum«, sagt Elmar.

»Ich weiß, Alter. Ziemlich genau letztes Jahr dürftest du angefangen haben, darüber nachzudenken.«

»Und? Haben wir dieselben Gründe?«

»Die gleichen, bitte. Ich bin *nicht* du.«

»Wenn ich dich so betrachte auf deinem einsamen Kahn, beginne ich Dankbarkeit dafür zu empfinden. Sag schon.«

»Ich kann Ares nicht mehr verbessern. Das kann nur noch er selbst. Ich wüsste gar nicht, wo ich ansetzen sollte. Um was grundlegend Neues mit ihm auszuprobieren, müsste ich seinen Quellcode überschreiben, womit ich die größte und nützlichste Maschine aller Zeiten zerstören würde. Also dachte ich, fang einfach noch mal komplett von vorne an.«

»Deckt sich mit meinen Vorstellungen.«

»Na, jetzt kannst du ja früher loslegen.« Sie betreten die Plattform durch eine Aussparung in der Kuppel, und Eleanor liest die Buchstaben auf dem Halbrund der Steuerkonsole: H.O.M.E. – *Habitat Of Man Emulated.* Elmar hebt die buschigen Brauen.

»Du willst mir echt deinen Bastelbogen mitgeben?«

»Komm wieder runter. Bis du das Ding gebaut hast, bist du mindestens so alt wie ich. Aber irgendwie sind wir ja schon –«, er tippt an seine Schläfe, »– verschwägert.«

Eleanors Blicke irren durch den leuchtenden Säulenwald. »Was hast du da eben von einem Planeten gesagt?«

»Home. Spricht doch für sich.«

»Wessen Heimat?«

Elmar-453 schaut sie der Reihe nach an. »Ist euch eigentlich klar, wohin die Welt treibt? Alles verändert sich. Grundlegend! Keine staatlich geführten Kriege mehr. Armeen ins Feld zu schicken, wäre archaisch. Wer opfert noch Menschen, wenn er hoch entwickelte Roboter gegeneinander kämpfen lassen kann, und Roboterkriege gewinnt *niemand.* Selbst die größten Kläffer werden keine Atomraketen aufeinander abfeuern, *weil es niemandem nützt.* Öl war der letzte klassische Kriegsgrund. Wen interessiert noch Öl? Wasserkriege? Du tötest nicht für Wasser und Nahrung. Du tötest für Macht! Verdurstende haben keine Waffen. Wer Hunger und Durst hat, bettelt. In den armen Ländern hauen sich weiterhin die Warlords aufs Maul, da geht's um regionale Belange, der Terror setzt seine Nadelstiche, doch keiner dieser Akteure wird das in großem Stil tun können. Weder haben sie das Know-how, um computergesteuerte Waffen einzusetzen, noch den Zugriff oder wirklich den Wunsch, auch wenn sie *Tod allen Ungläubigen!* schreien – die meisten sind glücklich, wenn sie irgendwo ihren putzigen Gottesstaat errichten und ein paar Frauen steinigen. Wir müssen keine Angst vor denen haben, vor ihren ausgemusterten Kalaschnikows und fehlzündenden Sprengstoffgürteln. Die Tech-Zivilisation hat sie abgehängt.« Er macht eine

Pause. »Und mit ihnen das Armenhaus der Welt. Wir sind zehn Milliarden auf diesem Planeten, die leben und leben wollen. Früher, als es um Rohstoffe ging, um Produktionsstandorte, um die Erweiterung westlicher Einflusssphären, da hatten wir diese Menschen noch im Fokus. Da *musste* uns zwangsläufig interessieren, wie's ihnen geht, aber es gibt keinen Grund mehr, hinzuschauen. Wir nehmen sie allenfalls noch als Flüchtlinge wahr. Darüber hinaus vergessen wir sie. Und genauso vergessen wir die Armen in unseren hoch entwickelten Ländern, die nicht ans digitale Wunder anschließen konnten, das wir vollbracht haben. Wir Glücklichen finden auf der ultravernetzten Ebene statt. Ein großer Teil der Menschheit, immerhin. Genetisch aufgerüstet, teure Implantate, unsere Organe voller Nanotechnologie. Schaut mich an. Werde ich ewig leben? Schwer zu sagen, aber definitiv länger, als je ein Mensch gelebt hat. Wir besiegen das Alter, den Tod, wir werden Götter, aber wessen Götter? Was ist mit den anderen, den nicht Vernetzten? Sie fallen immer tiefer ins Elend, während wir ihnen in unseren kunstvoll optimierten Körpern, mit neuroprothetisch aufgebesserten Hirnen und umgeben von diensteifrigen Maschinen, davonlaufen. Ares hat es bis heute nicht geschafft, jeder Kreatur auf diesem Planeten ein Dasein in Würde zu ermöglichen. Wie auch? Wie sollen Milliarden, die in dürren und überfluteten Landstrichen und wuchernden Städten um die nächste Mahlzeit kämpfen, sich die genetischen und kybernetischen Updates leisten, um halbwegs Schritt halten zu können? Es ist nicht möglich. Es geht nicht!«

Elmar starrt ihn an. »Das ist deine Bilanz?«

»Es ist *eine* Bilanz.«

»Alles, was du sagst, mag zutreffen, aber die Schlussfolgerung soll *Es geht nicht* lauten?«

»Versteht ihr denn nicht?« Elmar-453s Augen glühen. »Man muss das Konzept umdrehen. Der Computer kann menschenwürdigen Lebensraum nicht exportieren.« Er breitet die Arme aus und scheint dabei tatsächlich ein bisschen zu wachsen, so wie Orson Welles in *Citizen Kane* wuchs, wenn ihn die Kamera schräg von unten nahm. »Die Zukunft liegt *im* Computer. In der Emulation. Aus dem geschundenen Leib in den Speicherplatz. Als virtueller Bewohner exquisiter virtueller Welten. Ohne Hunger, Seuchen, Bürgerkrieg, Versteppung. Gleichziehen mit allen anderen durch jederzeitige Updates. Das Ende aller Überlebenskämpfe.«

»Matrix«, entfährt es Eleanor.

»Unsinn.« Elmar-453 lässt sich in einen der Sessel fallen. »Wir sind doch keine Vampire. Wir machen den Körper obsolet, Elli. Mit der Option, in synthetischer Gestalt weiterzuleben wie Zoe. Viele hätten noch Körper, klar. Auch biologische. Aber der größte Teil wäre vom irdischen Leid befreit. Für einen geringen Obolus, den die Eliten aufbringen würden. Ein bisschen Hardware. Alleine auf diesem Schiff fände eine Milliarde Platz. Alle könnten ewig leben.«

Eleanor versucht zu verarbeiten, was sie da hört. Sie tritt vor ihn hin, geht in die Hocke und ergreift seine Hände. »Elmar«, sagt sie sanft. »Warum lebe ich – warum lebt Elli nicht in einer Maschine weiter?«

Euphorie flackert in seinen Augen, doch jetzt mischt sich etwas Wundes mit hinein, und sie bedauert, die Frage gestellt zu haben. Zu spät. Außerdem will sie es wissen.

»Es ging zu schnell.«

»Der Unfall?«

»Ihr Hirn war zu stark geschädigt. Sie hat noch einen Tag im Koma gelegen. Selbst wenn ich es geschafft hätte, einen Scan durchzuführen, das wäre nicht mehr sie gewesen.«

»Und vorher? Konntest du sie nicht vorsorglich scannen?«

Plötzlich blickt sie in eine aufgerissene Wunde. Mist! Er schüttelt den Kopf, atmet schwer. »Wollte sie nicht.«

»Warum nicht?«

»Sie hatte keine ethischen Bedenken. Lebensdauer ist ja auch nur ein Konzept. Vereinbart zwischen Evolution und Umwelt, ohne moralischen Impetus. Sie wollte ganz einfach nicht.«

Ich hätte diese Elli sein können, denkt Eleanor.

»Und wann willst du anfangen mit deiner Erschaffung der neuen Menschheit?«, fragt Elmar, und die Ironie vermag kaum seine Unsicherheit zu überspielen, ob man vielleicht nur ein paar Denkbarrieren einreißen müsste, und das Ganze erwiese sich als großartige Idee.

»Ich habe schon angefangen.«

»Mit Zoe?«

»Zoe?« Elmar-453 beugt sich vor. »Elmar, das hier ist ein Schiff! Ich reise durch die ganze Welt. Ich biete es an, und es wird genutzt.«

»Du –?«

»Nicht ich selbst. Zoe organisiert die Scans. Alles automatisiert. Ich selber gehe nicht oft unter die Leute. Irgendwann wieder, wenn ich sicher sein kann, dass ich mich nicht infiziere –«

»Wie viele, Elmar?« Eleanor zeigt auf die glitzernden Röhren. »Wie viele sind da jetzt schon drin?«

»Zehntausend?« Er lächelt. »Vielleicht mehr. Es gibt eine regelrechte Fluchtbewegung ins Netz.«

»Und – ihre Körper?«

Er starrt sie an. Schüttelt den Kopf wie über eine ziemlich dumme Frage. Elmar fährt sich mit den Daumen durch die Augenwinkel, als wolle er alle diese Eindrücke herausreiben. »Du hast den Teufel in dein Paradies gelassen, Alter. Wenn Ares und Home verschaltet sind, kann Palantier mit deiner neuen Menschheit eine Menge Unfug anstellen.«

»Ares' Zielgebung verhindert –«

»Gar nichts verhindert sie, begreif das endlich! Du hast vollen Zugriff, Mann. Los! Finde endlich raus, was da schiefläuft.«

Elmar-453s Miene versteinert.

Ein Steingesicht voller Risse.

In der Luft klang es nach einem einfachen Plan.

»Okay!« Pilars Zeigefinger hüpfte durch das holografische Modell. »Phibbs, Pete und ich stoßen zum Mittelpunkt der Insel vor und von dort in Sektion R. Luther und Ruth legen die Schaltwerke im Hafen lahm. Das sind die beiden Türme, richtig?«

»Ja, Schalträume sieben und acht«, sagte Miley über Funk. »Eure, Pilar, liegen in den äußeren Winkeln von Sektion R: 35 und 36. Gelbe Türen, gut zu erkennen. Brauchst du Assistenz?«

»Nein, komme zurecht.«

»Traumhaft. Luther, Ruth, wir werden in ständiger Verbindung miteinander stehen. Pilar stellt eure Interfaces entsprechend ein. – Eure auch, Phibbs. Ich kann nicht für die Leitung garantieren, also hört mir *ganz genau* zu. Ich erkläre euch jetzt, wo ihr hinmüsst –«

Doch nur Pilar genießt den Vorzug direkter Erfahrung. Ein Gefühl für die Widerstände der Trutzburg, die in ihrer Geometrie so lange überschaubar wirkte, bis die Lilium Jets durch Schichten huschender Glitzerleiber dem Flugfeld der Insel entgegenstürzten und alles den Zusammenhalt verlor und in Einzelimpressionen auseinanderfiel: Tanks und Container, Verladebrücken und Piers, alles zu gewaltig, die Wege zu lang, die Vorstellung, auch nur den winzigsten Teil dieses schwimmenden Kolosses lahmzulegen, absurd. Wie durch einen kosmischen Geburtskanal sind sie dreißig Jahre in die Zukunft gepresst worden, um ohne Atempause hierherverfrachtet zu werden, auf diese alptraumhafte Brutplattform, die unerklärlicherweise den Gehorsam verweigert.

Luther springt aus dem Jet, verschafft sich einen Überblick aus der Bodenperspektive. Der Hafen hat die Form eines achsensymmetrischen Dreiecks, dessen ins Zentrum mündende Spitze überdacht ist, die Schenkel geschätzt je dreihundert Meter lang und geflankt von stählernen Wällen. Beiderseits der Freifläche ragen die angrenzenden Zuchtkomplexe in die Höhe. Zwei stumpfe Türme markieren die äußeren, am Wasser gelegenen Eckpunkte, dazwischen die Piers mit den Containerbrücken. Winzig ruhen die Lilium Jets zwischen den Frachtdrohnen. Etwas zieht seinen Blick nach oben: Schwärme geflügelter Beobachter marmorieren das tiefe Blau, wogende Schleier, die auseinanderreißen und sich zu fluiden Formationen finden – oder doch nur Flirren auf der Netzhaut?

Acht Minuten, bis das Wingship eintrifft.

Das Storm Kit fest auf dem Rücken gezurrt, rennt er los. Miley hat sie instruiert, so gut es auf die Schnelle ging. Fünfzig Sekunden zum Südturm, schätzt er. Sieht Ruth den Nordturm ansteuern, exzellente Läuferin, würde ihn nicht wundern, wenn sie vor ihm dort wäre, wirft einen Blick zurück: Pilar, Pete und Phibbs – fast lustig, denkt er, die drei P, als wären sie die Helden einer Jugendbuchreihe – verschwinden gerade im Hohlweg, der ins Zentrum führt. Richtet den Blick nach vorn. Ein Leuchtturm, wie er nun sieht. Miley war nicht sicher, ob der Zugang verschlossen ist. Sollte er nicht sein, aber was sollte hier schon sein? Er packt den Griff – offen. Zieht das schwere Stahlblatt zu sich heran und schlüpft ins Innere.

»Ich bin drin.« Überprüft den Sitz seines Armbands, drückt das Ear Set tiefer ins Ohr. Das Dröhnen der zufallenden Tür, klinische Helligkeit. Noch braucht er Miley nicht. Alles so, wie sie es beschrieben hat: gedrungener Flur, Treppenhaus, eine Stiege nach oben, eine abwärts, und er weiß, er muss nach unten, zu einer Tür mit einer 7 drauf. Schaltraum 7.

Seine Schritte hallen durch den Schacht.

»Oh, Scheiße, Mann!«, platzt es aus Phibbs heraus. »Der Innenhof des Teufels. Das ist ja wie HR Giger. Fuck, Mann!«

»'ne Fabrik halt«, sagt Pete gleichmütig, aber seine Blicke sprechen eine andere Sprache. Abgefahrener Scheiß, sagen sie.

Was aus der Luft kompakt erschien, erweist sich als Lagunenstadt. Tatsächlich sind die tortenstückartigen Sektionen der Insel durch Kanäle getrennt. Die Außenseiten dieser schwimmenden Module sind glatt, sodass man, um in die wasserseitig gelegenen Schalträume zu gelangen, durch die Zuchten hindurchmuss, die sämtlich vom Zentrum aus begehbar sind, einer zylindrischen

Arena, an deren Grund eine Drehbrücke ruht, umspannt von einem Kreisverkehr. Dunkle, uniforme Fronten mit heruntergelassenen Toren umstehen die Ringstraße. Nur die Hafenpassage, durch die sie hergelangt sind, steht permanent offen.

»Giger«, frohlockt Phibbs. »Kennt ihr nicht? Der verrückte Schweizer. Klar kennt ihr den! Giger hat –«

Was immer er hat, unter der Dachkuppel schwebt eine Art Gondel, groß wie die Plattform eines Fernsehturms.

Der Zentralcomputer ist dort untergebracht.

Nicht A.R.E.S. selbst, sondern die von ihm beaufsichtigte zentrale Steuerung der Insel – eine hoch entwickelte, nichtsdestoweniger spezialisierte Maschine, deren determinierte Algorithmen keine abstrakte oder planerische Denkleistung ermöglichen. Aufzucht, Versorgung und Verladung, Reparaturmanagement und Gewährleistung der Sicherheit, all das sind prozessuale Vorgänge, die wenig Spielraum für Eigeninitiative lassen. Dennoch verweigert das System den Gehorsam. Nur ein Defekt? Wider jede Vernunft keimt in Pilar die Vorstellung, Tausende elektronische Augen würden sie aus der Gondel heraus beobachten. So, wie hier überall gebrütet wird, scheint ihr auch der Computer plötzlich in Niedertracht und undurchschaubaren Absichten zu brüten, blanker Unsinn natürlich, wäre da nicht ein Phantom namens Michael Palantier, dem es offenbar gelungen ist, ins bestgesicherte System der Welt einzubrechen. Die Laus im Pelz der großen Mutter – kein Rechner der Nordvisk-Gruppe kann die A.R.E.S.-Standards umgehen, aber was nützt das alles, wenn Palantier A.R.E.S. umgehen konnte?

Feuchtschwül wabert es im Zylinder. Aromen von Salz, Fischlaich und noch etwas anderem, das lebt und eindeutig nicht dem Meer entstammt. Über den Kanal zur Linken nähert sich ein Libellenschwarm. Tiefblau changiert er über dem Wasser, steigt auf, schwappt in lang gezogenen Wellen heran und vergrößert seine Fläche. Im nächsten Moment spicken schwirrende Pfeile die Luft um sie herum.

»Hätte Insektenspray mitnehmen sollen«, hört Pilar Phibbs sagen.

»Nur die Ruhe.« Pete, stoisch. »Könnten auch Spinnen sein.«

»Die sind harmlos«, ruft Pilar nach hinten, und das sind sie tatsächlich. Kein Gift, kein Stachel. Kiefer, die zwar jeden Insektenpanzer mit einem einzigen Biss knacken, aber die menschliche Haut nicht durchdringen können. Im Grunde sind Libellen ideale Spielgefährten. Berückende kleine Feen, solange man keine Monster aus ihnen macht. Eines der Tiere steht direkt vor ihr in der Luft, eine kobaltblau funkelnde Nadel mit riesigen Augen, die Pilar anstarren.

Miley, bist du das?

Der Schwarm steigt zur Kuppeldecke auf. Sie läuft schneller, umrundet zur Hälfte den Kreisverkehr und wartet, bis die anderen aufgeschlossen haben.

»*Jetzt* könnt ihr euch Insektenspray wünschen«, sagt sie leise.

Vor ihnen liegt eine Stahltür neben einem Rolltor.

Sektion R.

Im Untergeschoss des südlichen Leuchtturms, zwei Stockwerke tief und gleich gegenüber der Treppe, sieht Luther die gelbe 7 prangen. Eine Schottschiebetür, wasser- und druckdicht. Ihr gegenüber öffnet sich ein beleuchteter Gang, dessen gebogener Verlauf kein Ende erkennen lässt – wahrscheinlich eine Verbindung zwischen den beiden Türmen unterhalb der Piers. Er betätigt die Hydraulik, um die Arretierung zu lösen, und betritt den dahinterliegenden Raum.

Rüttelt frustriert an der Tür des Schaltschranks.

»Miley? Luther. Ich bin in der Sieben. Der verdammte Schrank ist abgeschlossen.«

»Schau hinter dich.«

Er dreht sich um und sieht einen Vierkantschlüssel in einer Halterung klemmen. Sekunden später blickt er auf den Expansionsschalter, legt die Finger um den Griff und drückt ihn hoch, öffnet die Kontakte. Sanft leistet die Federspannung Widerstand, dann rastet der Schalter mit vernehmlichem Klicken ein.

Alle Lichter gehen aus – rote Notbeleuchtung –

Und gleich wieder an. Schaltwerk 8 hat erwartungsgemäß ausgeholfen. Sobald Ruth am anderen Ende des Hafens ihr Werk vollbracht hat, wird der Abschnitt ohne Strom daliegen, also raus hier. Luther hastet die Treppe hoch, betritt das Deck. Wind zerrt an seiner Jacke, trägt Gischttröpfchen heran und Maschinenlärm. Auf der ihm nächstgelegenen Containerbrücke hat sich die Laufkatze in Bewegung gesetzt und lässt ihre Greifvorrichtung in die Tiefe sinken. Geräuschvoll rollen die Stahlseile aus den Hubwinden, eine muntere Demonstration, dass Strom fließt. Warum hat das Ding immer noch Strom? Was ist da schiefgelaufen?

Vor dem Nordturm winkt Ruth hektisch mit beiden Armen.

Drei Minuten sind um. Fünf, bis das Wingship anlegt. Eine bis zu Ruth. Er rennt los.

Schleusentüren. Nicht gut, denkt Phibbs. Deutliches Indiz, dass Sektion R ein Hochsicherheitstrakt ist. Nichts soll hier einfach rein- und schon gar nicht so einfach rausgelangen, und dieses *Nichts* beschäftigt ihn sehr.

Krabbelndes, fliegendes *Nichts.*

Kaum jemand weiß, dass er vor seiner Zeit als Detective selber Junkie war. Ein an ihm nagendes Monster namens Chrystal Meth, das er im Entzug besiegt hat, aber frag nicht nach Sonnenschein, das Monster hat gekämpft! Über Tage und Nächte verwandelte es sich in jeden erdenklichen Plagegeist, und wer hätte das gedacht, tatsächlich auch in Spinnen. Wie im Junkie-Kino. Aus allen Ecken kamen sie gekrabbelt, unter der Bettdecke sah er sie laufen, sie rieben ihre haarigen Leiber und Beine an ihm, bissen ihn und krochen in seine sämtlichen Körperöffnungen bis in sein Hirn, wo sie fett und bedrohlich Quartier bezogen, bis er glaubte, nur ein Sprung aus großer Höhe mit dem Kopf voran könne sie je wieder daraus vertreiben.

Ihm ist Schlimmeres widerfahren als ein Schwarm Libellen.

Das mit dem Insektenspray war also Spaß, doch als er Sektion R betritt, kribbeln seine Fußsohlen, so mulmig wird ihm zumute. Die fünf Stockwerke erweisen sich als ein einziger, gut und gerne dreißig Meter hoher Raum. Ein stählerner Himmel vergießt Zwielicht über den Längsgang, der den Komplex bis an sein hinteres, wasserseitiges Ende durchschneidet. Paarig wie Rippen zweigen die Zuchtbanken ab – deckenhohe Insektarien auf etlichen Levels, verbunden durch Leitern und umspannt von Laufgängen. Je weiter der Raum sich öffnet, desto länger werden die Rippen, in den Quergängen ein Ballett gelenkiger Roboterarme, die in Deckenschienen umfahren, sich heben und senken und auf alle mögliche Art mit den Insektarien und ihren Bewohnern befasst sind. Weitere Maschinen rollen am Boden dahin, biegen in die Quergänge ein, kommen daraus zum Vorschein, ein rätselhaftes Treiben, das Phibbs erregt, wie auch anders mit seinem Faible für Sciencefiction. Was ihn schaudern lässt, ist die schiere Größe der Anlage. Ohne ein Einziges der Tiere gesehen zu haben, wird ihm schlagartig bewusst, welch ungeheure Mengen hier gezüchtet werden. In der Hoffnung, keinen allzu tiefen Blick in die Käfige werfen zu müssen, folgt er Pilar und Pete, die den Mittelgang entlanglaufen, und hört Pilar fluchen.

Dann sieht er den Grund dafür.

Nahe der hinteren Hallenwand verladen die Roboterarme emsig schwarze Tanks auf Pritschenfahrzeuge. Flink und anmutig bewegen sie sich in ihren Schienen, stoßen tief in die Gänge vor und kehren mit weiteren Tanks zurück, die nur darum klein auf Phibbs wirken, weil das Umfeld von solch aberwitzigen Dimensionen ist. So stellt sich Terry Gilliam die Hölle vor, denkt er. Wir sind Time Bandits. Bloß ohne Zeit auf unserer Seite. Zu viele Tanks stapeln sich schon auf den Pritschen. Pilar erhöht ihr Tempo, und Seitenstechen beginnt ihn zu plagen, übel, übel, mangelnde Kondition, und genau das entflammt seinen Ehrgeiz. So alt und schlapp bist du noch nicht, Junge. Daran soll's nicht scheitern. Wir wollen der verdammten Fabrik die Kerzen ausblasen?

Halali!

Ruth erwartet ihn am Fuß des nördlichen Leuchtturms, sichtlich frustriert. Der Wind schlägt ihr die Locken ins Gesicht.

»Wo klemmt's?«, ruft Luther im Näherkommen.

»Klemmt, genau! Das Schott zum Schaltraum lässt sich nicht öffnen.«

»Bist du sicher?«

»Klar bin ich sicher«, sagt sie grimmig. »Es blockiert.«

»Okay, wir schauen uns das an.«

»Ich bin ja nicht gerade ein Schlappschwanz«, sagt sie etwas verprellt, während sie die Treppen nach unten springen, als habe er ihre Willens- und Muskelkraft angezweifelt.

»Hab ich das behauptet?«

»Hab ich gesagt, das hättest du?«

Er drückt den grünen Knopf, um die Hydraulik in Gang zu setzen. Es zischt und summt – nichts. Versucht es manuell. Der Hebel leistet Widerstand, allerdings scheint das Problem weniger in der Mechanik zu liegen.

»Miley. Luther hier. Schaltraum acht. Das Schott blockiert.«

»Hast du den Hebel –«

»Alles versucht, wir bekommen es nicht auf.« Er überlegt. Die Tür *will* aufgehen, liegt aber wie angesaugt im Rahmen – »Kann es sein, dass auf der anderen Seite Unterdruck herrscht?«

Miley schweigt eine Sekunde. »Scheiße, ja, vielleicht. Könnte bei der letzten Wartung passiert sein. Als die Druckluftschleusen überprüft wurden.«

»Welche Druckluftschleusen?«

»Es gibt noch eine Möglichkeit, reinzukommen.« Kunstpause. »Könnt ihr tauchen?«

»Was verstehst du unter tauchen?«

»Na, was versteh ich wohl darunter, mitten im Pazifik?«

Er lacht, von dunklen Vorahnungen gepackt. »Ja, ich hab den Tauchschein. Hobbytauchen halt. Mit Flasche bis auf dreißig Meter.«

»Badewanne«, sagt Ruth beherzt. »Dreißig Zentimeter.«

»Jeder Schaltraum verfügt über das sprichwörtliche Sicherheitsventil. Für den unwahrscheinlichen Fall, dass die automatische Abschaltung streikt, Computer und Reparaturroboter pennen *und* das Treppenhaus kontaminiert ist. Vielleicht spielte auch Godzilla eine Rolle in den Überlegungen, jedenfalls kommt man durch eine Luftschleuse unter Wasser rein. Müsstest du vorhin eigentlich gesehen haben.«

Stimmt. Ein Schleusendeckel im Boden. Er hat ihm keine Beachtung geschenkt.

»Man kann mit einem Mini-U-Boot andocken.« Miley lässt einen dramatischen Moment verstreichen. »Aber die süßen kleinen Dinger werden gerade gegen neuere Modelle ausgewechselt. Super, was? Sprich, es sind keine da.«

»Spuck's schon aus«, sagt Ruth.

»Schafft ihr fünfzehn Meter ohne Flasche?«

In Sektion R läuft Pete den Pritschenfahrzeugen entgegen, auf die ein Tank nach dem anderen geladen wird.

Schlecht. Sehr schlecht. Pete ist Realist. Wahrscheinlich von allen in der Sheriffwache der unsentimentalste, maulfaulste Klotz. Nicht direkt von negativer, aber doch chronisch skeptischer Gemütsart, weshalb er Ruths und Luthers Chancen als nicht astronomisch hoch bewertet. Damit liegt der Ball bei ihnen. Schaffen sie es nicht, die Pritschenwagen am Ausfahren zu hindern, werden die Tanks verladen. Ob sich Jaron Rodriguez von ihnen in die Suppe spucken lässt, darauf würde er keinen Cent wetten. Die kleine Mexikanerin, die so schnell laufen kann, scheint eine harte Nuss zu sein, und sollte es eines Tages zum nuklearen Showdown kommen, wird außer den Kakerlaken als Einziger Phibbs überleben. Aber sie sind nur zu fünft, und Rodriguez rückt dem Vernehmen nach mit einem ganzen Haufen an. Gut, zwei hat Pilar schon in der Spedition erledigt. Dennoch.

»Links rein.« Sie wedelt zum vorletzten Quergang.

»Wieso? Dachte, die Schalträume liegen ganz hinten?«

»Liegen sie ja auch, aber –«

»Quatsch keine Opern.« Phibbs gibt ihm einen Stoß. »Rein heißt rein.«

Quatsch keine Opern. Das sagt der Richtige.

Und plötzlich fühlt sich Pete von einer kalten Hand gepackt und denkt zuerst, klar, Überpräsenz der Maschinen, so was ist ja keine Sau gewohnt, all die rumfuhrwerkenden Arme und rollenden Kisten mit ihren Teleskophälsen, doch die Ursache seines Erschauderns befindet sich im Augenwinkel, unverkennbar lebendig, und er riskiert einen Blick in die verglasten Insektarien. Das matte Licht zeigt eine künstlich geschaffene Landschaft, über und über mit schwarzer Borke bewachsen, der langblättrige, geäderte Blüten entsprießen. Einer der Roboterarme lässt etwas hineinfallen, eine grün-weiße, flockige Substanz. Die Borke gerät in Bewegung, und Pete schnürt es den Hals zu, weil es gar keine Borke ist, ebenso wenig wie die geäderten Schwingen Blütenblätter sind –

Es ist, wovon Luther erzählt hat. Und es macht sich über das grün-weiße Zeug her, dass Pete angst und bange wird.

Dann sind sie raus aus dem Gang, und dort, vor ihnen, liegt der Zugang. Treppen führen dahinter hinab, unten eine hydraulische Schiebetür mit einer gelben 35 darauf. Zischend gleitet sie zur Seite, ein Schaltschrank. –

»Zu!« Pete rollt die Augen. »Miley! Der blöde Schrank ist –«

Miserabler Empfang, doch die drei wichtigsten Worte dringen zu ihm durch.

»Schau hinter dich«, sagt Miley.

Pilar ist die Maus in der Maschine.

Winzig neben den übermannshohen Rädern der Pritschenwagen, unhörbar im donnernden Crescendo der Automaten, schutzlos, da alles hier sie hinwegfegen, zerquetschen, zerstampfen könnte in seiner algorithmischen Unbedarftheit. Hoch über ihr schwebt der vielleicht vorletzte, vielleicht letzte Tank und sinkt langsam herab zu den anderen, die sich schon auf der Pritsche türmen. Knallen, Zischen, umherschwappender Widerhall, vorbei am zweiten Wagen. Klauen fahren hernieder, Dutzende sich faltender und streckender Roboterarme wie aus der Decke wachsende Insektenbeine, der ganze riesige Raum eine fürchterliche, bedürfnislose Kreatur. Sie läuft die letzten Meter unter dem Wagen hindurch, geduckt und flink, eine Maus eben. Schneller war sie immer schon. Dies hier ist nur ein weiterer Dschungel, und im Dschungel hat Pilar zu leben gelernt. Es kostet sie keine Mühe, die Grenze aufzulösen zwischen Belebtheit und Unbelebtheit, alles folgt Handlungsanweisungen, genetischen wie elektronischen. Die Libellen in den Tanks: algorithmisch gelenkt, nicht anders als die Maschinen ringsum. Homo sapiens: Marionette seiner evolutionären Programmierung. Bewusstsein: überschätzt. Körper: kohlenstoff- oder silikonbasiert – wen schert's.

Sie ist die Maus in der Mechanik.

Als sie in den Quergang schlittert, sieht es allerdings selbst für eine Maus nicht rosig aus. Er ist blockiert von einer kolossalen Wartungsmaschine, deren Greifer eine der Käfigfronten austauschen. Kurz entschlossen packt sie in die nächste Leiter und klettert hoch bis zum dritten Level, jede Sprosse eine verlorene Sekunde. Vor ihren Augen erstreckt sich der Laufgang, ihre Stiefel bringen das Metall zum Schwingen, beleuchtete Insektarien zu ihrer Rechten, jetzt ist sie über dem Wartungsroboter und im nächsten Moment kurz davor, auf ihn herabzustürzen. Mit hämmerndem Herzen klammert sie sich ans Geländer, den Oberkörper über den Abgrund gebogen. Was war das? Etwas hat sie angesprungen, von der Seite. Sie fängt sich, schaut widerwillig hin. Das Ding klebt von innen an der Scheibe seiner Behausung. Kriecht darüber hinweg, blind, suchend, mit tastenden Fühlern –

Hoffentlich wirst du nie hier rausgelangen, denkt sie.

Hastet weiter. Hält den Blick von den Insektarien gewendet und kann doch nicht übersehen, dass da keine Ripper gezüchtet werden, sondern etwas anderes, für das keine Worte bleiben, nur die Frage, warum so was lebt. Ist an der Maschine vorbei, klettert abwärts, rutscht, springt das letzte Stück und fühlt ihren Knöchel umschlagen –

Weiße Blitze. Schmerz!

Ein großer, fliegender Rochen.

Luther sieht ihn im Moment, als sie den nördlichen Leuchtturm verlassen und ihm die salzigen Böen ins Gesicht schlagen. Eine Viertelmeile, schätzt er, ist es vom Hafendeck bis zum Außenwall, der die Insel in ihr schützendes Atoll bettet. Von dort nähert sich mit hoher Geschwindigkeit das Wingship – einem Manta-Rochen verblüffend ähnlich, auch wenn die Schwingen starr sind und ein doppeltes Flugzeugleitwerk das Heck krönt. Hell dringt das Fauchen der Zwillingsturbinen herüber. Noch drischt der Frachter ungebremst auf die Insel zu, reitend auf seiner Luftwalze, die ihn über der Wasseroberfläche hält. Auf der Kanzel in dem stumpfen Bug blitzt die Sonne.

»Scheiße.« Ruth zuckt zurück. »Haben die uns gesehen?«

Luther verengt die Lider. »Vielleicht noch nicht. – Miley? Sie kommen.«

»Zurück in den Turm?«, schlägt Ruth vor.

»Das bringt nichts«, erklingt Mileys Stimme. »Ihr müsst runter ans Wasser. Am Kai vor euch entspringt eine Treppe, seht ihr sie?« Keine zehn Schritte weiter, am Fuß des Leuchtturms. Eine Wendeltreppe, ummantelt mit einem metallenen Sichtschutz. Sie stürzen sich ins Schraubgewinde der Stufen und poltern abwärts. Schon nach zwei Umdrehungen gelangen sie an ein Sims dicht über dem Meer, das sich den kompletten Kai entlangzieht. Schlitze durchbrechen die Ummantelung. Luther späht hindurch und sieht das Wingship sein Tempo rapide drosseln. Das Fauchen fällt ab zu hohlem Wimmern, Bug und Flügelspitzen tauchen ein, Gischtwehen spritzen auf. Langsam gleitet der Frachter, vom Luftschiff zum Schiff geworden, zwischen die Piers unterhalb der Containerbrücken. Noch während die Turbinen verröcheln, öffnet sich die Kanzel. Bewaffnete mit Rückentanks laufen über die Schwingen abwärts und springen auf die Stege, gefolgt von Rodriguez – unverkennbar seine Statur, als er dem Schiff mit der besitzergreifenden Lässigkeit eines Konquistadors entsteigt und dabei seine Leute dirigiert. Aus seinem keilförmigen Schatten löst sich Grace, die unverzüglich mit zwei Männern auf die Hafenplattform wechselt. Im Laufschritt geraten sie außer Sicht, und zwischen Ruths Brauen graben sich Falten.

»Können die wissen, dass die anderen in Sektor R sind?«, flüstert sie.

»Selbst wenn nicht, zählen sie eins und eins zusammen.« Luther bewegt den Kopf vor dem Spalt hin und her. Egal, wie er den Winkel verschiebt, sieht er immer nur einen Ausschnitt. Zwei Männer mit Maschinenpistolen patrouillieren entlang des Wingships. Er versucht, einen Blick aufs Heck zu erhaschen, wechselt erneut seine Position und bekommt gerade noch mit, wie Jaron in Begleitung einer weiteren Person die Insel betritt. Die beiden stehen einige Sekunden an der Kante und unterhalten sich, dann verschwinden auch sie aus dem Sichtfeld.

»Zwei in der Spedition«, murmelt er. »Zwei beim Schiff, zwei mit Grace. Jaron und noch jemand. Sind neun. Von neun war doch die Rede, oder?«

Ruth nickt. »Und wer ist *noch jemand?*«

»Nicht zu erkennen.« Er reibt sich die Wangen. Für den Tauchgang müsste er den Schutz der Ummantelung verlassen und hinaus aufs Sims treten, wo er augenblicklich gesehen würde. »Solange die da rumstromern, kriege ich keinen Zeh ins Wasser.«

»Miley?« Ruth betastet ihr Ear Set. »Du musst die anderen warnen. Grace könnte auf dem Weg zu Sektion R sein.«

Miley antwortet nicht.

»Empfang gestört«, sagt Luther.

Egal, denkt er. Wir werden es schaffen. So oder so.

Ich werde es nicht schaffen.

Ich werde es nicht schaffen, es nicht schaffen, nicht schaffen. Mit jedem Mal, das die Lanze aus Schmerz durch Pilars Knöchel fährt, beschwört der Kopfalarm ihr Versagen herauf, als sei das in irgendeiner Weise hilfreich. Sektion R ist zu groß. Zu viele Verzögerungen. Der Umweg. Das Ding, das an der Scheibe klebte, jetzt dieser Mist. Auftreten kann sie, offenbar nur verstaucht, doch in der Summierung dessen, was so unmittelbar vor dem Ziel nicht hätte passieren dürfen, hat sie es wahrscheinlich vergeigt.

Wenn du jetzt kapitulierst, kannst du das *wahrscheinlich* auch noch streichen.

Vielleicht, vielleicht, vielleicht ja doch! Ein neues Mantra. Was bleibt ihr schon, als auf Geheiß der Nebennieren und gut Glück zu vollenden, wofür es zu spät sein dürfte. Waren Luthers Jungs erfolgreich? Unerheblich! Die halbe Miete ist gar keine Miete, schneller, Pilar Guzmán. Wer humpeln kann, kann auch laufen. Zur Tür, Treppenschacht, die gelbe 36, Schaltraum, der Schrank verschlossen, wie immer scheißt der Teufel auf den dicksten Haufen. Dreh dich um. Ihr malträtiertes Denken – unglaublich, wie sich so ein Knöchel aufs Denken legt – ordnet den Vierkantschlüssel nicht gleich seiner Funktion zu. Wie durch Nebel starrt sie darauf, dann fällt der Groschen. Vielleicht, zu spät. Zu spät, vielleicht. Ihre Hand am Hauptschalter. Hat sie das Schott offen gelassen? Wenn die Lichter ausgehen, will sie ungern hier drin gefangen sein. Klick, der Mechanismus schnappt ein –

Ihre Finger baden in Rot.

Der Hebel, der Schrank, der Raum, alles.

Schon auf der Treppe signalisiert ihr Fußgelenk Einverständnis, dem erlittenen Schaden weiteren hinzuzufügen. Das Stechen weicht dumpfem Schmerz, ihr Tritt gewinnt an Sicherheit. Umso üppiger wird der Knöchel später anschwellen und Ärger machen, jetzt hat er zu gehorchen.

In der Halle empfängt sie rötliches Zwielicht. Starr wie Extremitäten eines verendeten, vielgliedrigen Ungeheuers hängen die Roboterarme in ihren Deckenhalterungen, während die rollenden Automaten noch funktionstüchtig, aber – haha! – mit dummen Gesichtern herumstehen. Wie die Pritschenwagen sind sie entkoppelt von den Sektionskreisläufen, ihre Ladestationen über die Insel verteilt. Jetzt harren sie des Kommenden. Klobig und auf beleidigte Art inaktiv versperrt der Wartungsroboter weiterhin den Gang. Sie muss zurück, wie sie gekommen ist, erleichtert, dass die Käfige jetzt im Dunkel liegen. Als sie den Mittelgang erreicht, sieht sie das Rolltor halb offen, und Jubel klingt in ihr auf. Die Pritschenwagen sind unmittelbar davor zum Stehen gekommen. Keine drei Fuß, und sie hätten es nach draußen geschafft, aber dieses kleine Stück ändert alles. Der Stromausfall hat das Tor gestoppt, bevor sie darunter hindurchpassten.

Wir haben es geschafft!

Beschwingt klettert sie die Leiter hinab, Mileys Stimme im Ohr, die bruchstückhaft auf sie einredet, kaum zu verstehen. Versagt sich jede Hast und setzt brav den Fuß auf die letzte Sprosse. Da stehen ja auch Pete und Phibbs. Stehen da mit betretenen Mienen, als hätten sie nicht einen großen Sieg errungen. Pilar will aufmunternde Worte an sie richten, als sie der Typen mit den HK MP7 ansichtig wird, greift nach ihrer Waffe und bekommt einen Tritt in die Kniekehlen. Im Fallen dreht sie sich. Sie ist schnell. Schneller als alle. Jedem anderen hätte sie aus der Pirouette heraus einen Steckschuss ins Schulterblatt oder Bein verpassen können, außer Grace Hendryx. Aber weil es eben Grace ist, fliegt ihre Waffe stattdessen in hohem Bogen davon, wird sie hochgezerrt wie ein Sack Kartoffeln, explodiert ein Feuerwerk vor ihren Augen und schlittert sie Pete und Phibbs vor die Füße.

»Dunkel hier drin«, sagt Grace.

Tänzelnd folgt sie Pilar und tippt sie leicht mit der Fußspitze an. Ein spielerischer Akt, wie er Tötungen mitunter vorausgeht. Pilar rappelt sich hoch. Ihre Chancen stehen miserabel, aber ganz sicher wird sie nicht vor dem Miststück im Staub liegen bleiben.

»Warum? Warum machst du da mit?«

»Können wir beim Shoppen besprechen. Vielleicht gehen wir ja was trinken, wir Mädels.« Grace lässt die Zähne einen Spaltbreit schimmern. »Nur wir zwei.« Ihre Lippen spitzen sich zu einem Kuss. »Bis dahin wäre es reizend, wenn du das Licht wieder einschaltest. Und alles andere.«

»War dir der Job nicht genug? Die Expeditionen, der *Auftrag!* Was wir gemeinsam erreicht haben?«

»Höre ich da Geigen schluchzen?«

»Du bist für unsere *Sicherheit* verantwortlich!«

»Und du für das hier.« Graces Lächeln versiegt. Ihr Gesicht verholzt zur Maske. »Das wart doch ihr, oder?«

»Keine Ahnung, wovon –«, beginnt Pete.

Grace tritt ihm die Beine weg und hält ihm eine Pistole an den Hinterkopf. »Schaltet den Strom wieder ein. Ich zähle bis drei.«

Pete hockt auf allen vieren da. Er zittert.

»Du lässt meinen Kumpel in Ruhe«, zischt Phibbs. »Wenn du ihm auch nur ein Haar krümmst –«

»Gut.« Ihre Waffe schwenkt auf den Detective. »Dann eben du. Ist mir auch recht. Ich zähle bis drei. Eins –«

»Grace! Wenn du was zu besprechen hast, besprich es mit mir.«

»Klappe, Pilar. Eure gegenseitige Opferbereitschaft interessiert mich einen Scheiß. Und glaub bloß nicht, ich bluffe. Zwei –«

Phibbs' Blick irrt zu Pilar. Sein Gespür sagt ihm, dass die Schwarze mit den Phosphoraugen weit von jedem Bluff entfernt ist.

»Denk an Strom«, säuselt Grace. »Stroooom.«

Pilar fühlt ihre Magenwände verkrampfen. Nein! Ich darf das nicht zulassen. Dann müssen wir euch eben anders stoppen. Vielleicht wisst ihr ja noch gar nicht, wer alles hier ist. Luther, Ruth. Und Elmar. Dann soll es so sein. Ich werde –

Licht.

Vor Verblüffung bringt sie keinen Ton heraus. Der Maschinenlärm setzt wieder ein, die Roboter machen weiter, wo sie aufgehört haben. Rasselnd fährt das Rolltor nach oben. Grace starrt Phibbs an, als habe er den Strom kraft seiner Gedanken wieder eingeschaltet.

»Scheint, heute ist dein Glückstag.« Sie tätschelt seine Wange. »Dann zum Hafen bitte. *By the sea, by the sea, by the beautiful sea* –«

Die Pritschenwagen verlassen Sektion R.

»Das kann nicht sein!«, entfährt es Miley im ENC zum wiederholten Male. »Kann nicht sein!«

Ihre Hände sortieren Bilder, wischen durch die Aufnahmen der Libellenschwärme und schieben sie zur Seite, wo sie einander überlappend hängen bleiben. Unverändert schwebt das Insel-Modell im Raum, jetzt aber glüht es vor Information. Worauf immer Miley tippt, es öffnet sich zu einer Symbolik, Grafik, einem Datenfeld, gibt etwas preis. D.S. und Jim schauen gebannt zu, während Kenny sich ans hintere Ende verkrochen hat und dort auf einem Holo-Laptop seinen eigenen Trip fährt. Wie verdoppelt fliegen seine Finger über die ausrollbare Tastatur, rasant arbeitet er sich rückwärts durch A.R.E.S.' Geschichte. Nicht, dass der Hauch einer Chance bestünde, in gesicherte Bereiche einzudringen. Dank Mileys Zugriffsrechten allerdings steht ihm die komplette Dokumentation offen, mit deren Hilfe akkreditierte Wissenschaftler von Anbeginn an A.R.E.S.' Werdegang verfolgen und mit ihren eigenen KI-Projekten abgleichen konnten. Komplett heißt zwar nicht lückenlos, könnte aber Hinweise darauf enthalten, zu welcher Zeit das System schlecht geschützt und Angreifern zugänglich war.

»Völlig sinnfrei«, schimpft Miley. »Ich kann alles einsehen, aber nichts beeinflussen. Die Insel spielt toter Mann, und jetzt schau dir *das da* an.«

»Was ist denn *das da*?«, fragt Jim.

»Die Sieben. Luther hat das Schaltwerk lahmgelegt, prompt schickt das System einen Roboter los, um das Ganze rückgängig zu machen. Der Strom fließt wieder.«

»Du meinst«, D.S. räuspert sich verlegen, »da ist jetzt so ein blechernes Männlein reingeklettert und hat in den Schaltkasten gegriffen?«

»Ja. Ein blechernes Männlein. Scheiße.«

»Noch mehr blecherne Männlein?«, fragt Jim.

Sie nickt. »Sektion R. Das gleiche Spiel.«

»Unser guter Freund Palantier.« Jim reibt sein Kinn. »Er *will*, dass die Auslieferung über die Bühne geht. Um jeden Preis.«

»Aber was genau ist sein Plan?«

»Was schon«, sagt D.S. »Nichts ist so einträglich wie Waffenhandel.«

»Das weiß ich auch.« Miley schickt einen Libellenschwarm in Sektion R. Eigenartigerweise stellt das kein Problem dar. »Aber wenn er dermaßen viel Einfluss hat, wäre es ein Leichtes für ihn, uns *komplett* abzuschneiden. Warum lässt er uns alles beobachten?«

»Eine Demonstration seiner Macht.«

»Eher unserer Ohnmacht.« Jim sieht zu, wie Pilar und die zwei Typen aus Luthers Truppe vor Grace und ihren Schergen hergetrieben werden. Seine Zähne fetzen Haut von der Unterlippe. »Pilar sitzt in der Klemme, Miley. Wir müssen da hin.«

»Moment. Luther?« Vorübergehend war der Empfang gestört, jetzt steht die Verbindung wieder. »Wie sieht's aus bei euch?«

»– müssen warten, bis sie abgelenkt sind«, erklingt Luthers Stimme gedämpft. »Dann gehe ich runter.«

»Spar's dir, der Plan ist geplatzt. Die Roboter krabbeln euch nach und schalten gleich alles wieder ein. Außerdem hat Grace Pilar und deine Leute erwischt.«

Kurz herrscht Stille. Miley zoomt auf das Wingship. Deutlich kann sie die Bewaffneten am Pier sehen und im Schatten einer Containerbrücke Jaron im Gespräch mit noch jemandem. Der Pfeiler entzieht die andere Person ihren Blicken, dann sagt Luther: »Es kann immer noch klappen.«

»Wie?«

»Mein Storm Kit. Was ist mit dem Semtex? Wenn ich das Schaltwerk irreparabel beschädige, war's das mit Strom.«

Großartig, denkt sie. Und sofort: nein, nicht wirklich.

»Klingt toll, aber sobald du eines zerstört hast, wird das System die Ersatz-Schaltstelle schützen. Und zwar bewaffnet. Eine Explosion wertet es als möglichen terroristischen Anschlag.«

»Scheiße, ich hab's geahnt.« Die Frau. Ruth, wie Miley sich erinnert. »Dann müssen wir wohl beide runter. Jeder in einen der Schalträume und die Päckchen so platzieren, dass sie zur gleichen Zeit –«

Die Zeitzünder!

»Nein, müsst ihr nicht!« Himmel, das ist die Lösung. Die Semtex-Päckchen sind programmierbar. Luther geht runter in Schaltraum 8, bringt den Sprengstoff an, stellt den Zünder ein und –

»Der Tunnel«, sagt sie. »Du musst durch den Tunnel!«

Mit größter Konzentration hört Luther zu, während Miley skizziert, was er bereits vermutet hat: Zwischen den äußeren Eckpunkten jeder Sektion verlaufen Tunnel, um trockenen Fußes von einem Schaltwerk zum anderen zu gelangen. Vorrangig dienen sie der automatischen Wartung, aber wenn ihr Plan aufgeht, bekommen die Roboter von der Aktion nichts mit, bis es zu spät ist. Sofern sich eine Gelegenheit bietet, die Plattform zu verlassen. Immer noch patrouillieren Jarons Männer auf dem Pier.

»Mit der Sprengung ist es nicht getan«, sagt Ruth leise. »Das weißt du.«

Luther äugt durch den Schlitz. »Es verschafft uns Zeit.«

»Zeit, um *was* zu tun?«

»Der Bande das Handwerk zu legen. Erst mal verhindern wir, dass weitere der Viecher in deine Welt gelangen.«

»Und in deine.«

Die Zweideutigkeit ihrer Replik lässt die Wachleute seinem Fokus entrücken. Sie sind immer noch da, wirken jetzt aber wie Projektionen auf ihn. Zu viele Wirklichkeiten im Verlauf zweier Tage. Gibt es ihn eigentlich auch in *diesem* Universum? Hier wäre er achtundsiebzig Jahre alt. Und will er das wirklich wissen? Ausgelaugt vom Schlafmangel, zugleich fiebrig wach, würde es ihn nicht wundern, wenn demnächst bei ihm ein paar Sicherungen durchbrennten und ihn im Frieden geistiger Umnachtung zurückließen. Oder es gelänge, sich am Schopf zurück in die Realität zu ziehen, indem man den Horror um sich herum hinreichend genug verdächtigt, ein Traum zu sein. Was funktioniert. Schon weil man den eigenen Tod nicht träumen kann. Unzählige Male hat ihn der im Schlaf gefasste Beschluss, dies *könne,* weil *dürfe* nicht wahr sein, in sein Bett hinübergerettet – und entscheidende Male nicht. Dann war Jodie immer noch tot, und der Junge in dem Drogenlabor, und Luthers eigene Todesangst wütete in ihm wie eine nie ausheilende Infektion, und der Horror war nicht der Traum, sondern das Leben.

Er sollte Ruth fragen, welche Welt sie meint. Aber dann würden sie auf ewig im Gewinde dieser Treppe festsitzen, in seinen verschraubten Gedanken. Welche Welt seine ist, darüber darf er gerade nicht nachdenken, also rettet er sich in die Verantwortung, die er ihr schuldet, weil er sie in das hier reingezogen hat.

»Ich bring dich zurück zu Meg«, verspricht er, als ginge es einzig darum, und in einem Teil der Wirklichkeit geht es ja auch um nichts anderes.

Sie sieht ihn an. »Wir bringen uns gegenseitig zurück.«

Seltsam. In dieser unkomfortablen Lage drängt ein Leuchten aus ihr, als sei ein Fluch geendet. Er sieht Ruth in all ihrer Härte, die eingegrabenen Jahre, aber auch den Neuanfang. Der Illusion, irgendetwas sei je in Ordnung, steht die Hoffnung entgegen, dass es gut wird.

Und manchmal wird es das ja.

»Wenn ich die Sprengung auslöse, werden mit etwas Glück alle im Hafen versammelt sein. Mit uns rechnen sie nicht. Notfalls müssen wir ein paar von den Typen kampfunfähig schießen.«

»Verwirrung stiften.« Sie überlegt. »Es wird nur klappen, wenn wir sie voneinander isolieren.«

»Angenommen, die Explosionen locken sie zu den Schalträumen –«

»Wir bräuchten eine Geisel.«

»Ergäbe wahrscheinlich ein Patt.« Immerhin.

»Willst du wirklich da runter?«

Er zuckt die Achseln. »Was sollen wir sonst tun? Rodriguez seinen Kram verladen und abhauen lassen?«

»Vielleicht die unblutigere Alternative.«

»Ich sehe mich da nicht zum Propheten berufen. Das alles hier liegt außerhalb meiner Expertise.«

»Wie schön du doch quatschen kannst. Hatte ich gesagt, dass *meine* Expertise am Grund handelsüblicher Schwimmbecken endet?«

Luther hängt sich vor den Schlitz. *»Kannst* du überhaupt schwimmen?«

Sie boxt ihn auf den Rücken. »Das ist eine Frechheit.«

Am Pier geraten die Dinge in Bewegung. Rodriguez' Aufmerksamkeit verlagert sich auf etwas außerhalb Luthers Blickfeld, aber er zweifelt nicht, dass es die Rückkehr der anderen aus Sektion R ist. Tatsächlich verlassen die Wachen den Steg und gesellen sich zu ihrem Boss. Zügig entnimmt Luther seinem Rucksack zwei Semtex-Päckchen und steckt sie in seine Hose. Ruth schaut zu. Dann umarmt sie ihn unerwartet mit aller Kraft.

»Danke, dass du immer da warst.«

Er schluckt, legt eine Hand auf ihren Rücken. »Das war der andere.«

»Nein. Das warst du! Und ich *kann* schwimmen, du Idiot. Während du mit Flipper rummachst, werde ich das Wingship in Schieflage bringen.« Sie streift ihr Storm Kit ab und fördert ihrerseits zwei Päckchen des Sprengstoffs zutage. »Miley? Die Party steigt.«

»Viel Spaß«, sagt Miley. »Sorgt ordentlich für Feuerwerk.«

Hinter den Pritschenwagen herzutraben, hat etwas zutiefst Deprimierendes.

Es ruft Bilder und Vorstellungen in Pilar wach, die sie am liebsten tilgen möchte: die Leichen der Soldaten in dem südsudanesischen Dorf; der Alptraum, in den sich das Leben der Männer in ihren letzten Minuten verwandelt haben muss. Damals hätte sie nicht zu sagen gewusst, was sie mehr entsetzte: das Ausmaß der Not in diesem so reichen Land oder deren bewusste Herbeiführung, doch das System, das diese unvorstellbaren Grausamkeiten zuließ, wirkte so recht erst in Köpfen außerhalb des Landes. Dieses System erlaubt es der Welt, im Wegsehen ihre Interessen wahrzunehmen, wo immer es etwas zu holen gibt. Es gestattet Kräften, die unter allen Umständen am Zündeln gehindert werden müssten, im Rahmen pompöser Staatsbesuche Waffen und Panzer zu kaufen von Nationen, deren vordringliche Aufgabe es wäre, die Brandstifter in ihre Schranken zu weisen. Es gebiert Leute wie Jaron und Grace und Michael Palantier, dessen Identität sie wohl nie werden lüften können, aber so weit muss man gar nicht schauen. Alleine in Juba, Südsudans Hauptstadt, vollzieht sich symbolhaft der Absturz eines ganzen Teils der Welt. Und die stillschweigende Bereitschaft, ihn geschehen zu lassen, hängt wie eine Aaswolke über dem Aufbruch ins digitale Eldorado.

Die Pritschenwagen fahren bis unter die Containerbrücken. Pilar kann sehen, dass die Laderäume des Wingships weit offen stehen. Sie sieht die Laufkatzen der Containerbrücken über die

Kranausleger rollen und weiß, dass Ruth und Luther es nicht geschafft haben.

»Pilar.« Jaron kommt ihnen entgegen. Er wirkt zufrieden und nur ein kleines bisschen beunruhigt. Auf seinen Wolfskiefern liegt ein fast herzliches Lächeln. »Ich hätte mir denken können, dass du nicht aufgibst.« Sein Blick wandert zu Pete. »Oh, mein Chauffeur.«

»Jederzeit wieder«, knurrt der Deputy.

Jaron grinst wie über einen guten Witz. »So anheimelnd ist der Knast von Downieville dann doch nicht. Aber danke.« Er klatscht in die Hände. »Gut, Herrschaften, wollen wir hier mal nicht festwachsen. Die Verladung ist autorisiert, zum Frühstück sind wir alle wieder zu Hause. Saubere Arbeit, Leute. Ich denke, nach der Aktion habt ihr euch einen kleinen Urlaub verdient. Und einen Bonus für jeden.«

Die Sicherheitsleute lachen und rufen Yeah und Ähnliches. Wüsste man es nicht besser, würde man dieser heiter gestimmten Truppe glatt angehören wollen.

»Ihr seid im Arsch!«, sprudelt Pilar hervor. »Elmar weiß alles, und Hugo auch.« Was zwar nicht stimmt, aber der wird es in Kürze erfahren. »Ich hab eure ganze verstohlene Scheiße auf Film. Die Beweise sind im *Umlauf,* Jaron! Egal, was du machst, du bist erledigt.«

»Du meinst, wir haben nichts zu verlieren?«, fragt Grace lauernd.

»Doch.« Pilar bleckt die Zähne. »Deine Freiheit, blöde Kuh.«

Grace schaut Jaron an. »Dann kann ich ihr doch eigentlich den Schädel wegballern. Wenn wir nichts zu –«

»Hier wird niemandem was weggeballert.« Er reckt seine gewaltigen Schultern und blinzelt in die höhersteigende Sonne.

»Jaron, die sind nur zu dritt! Lass Pilar doch quatschen, wer weiß, ob stimmt, was sie sagt. Der Ozean ist verschwiegen.«

»Du hast mich gehört.«

»Was ist los mit dir, Jaron?«, höhnt Pilar, obwohl sie das vielleicht besser lassen sollte. »Dem Vernehmen nach hast du mich in einem anderen PU schon um die Ecke gebracht.«

»Das habe ich ganz bestimmt nicht. Und wenn, hattest du es dir selber zuzuschreiben. Wir regeln das hier friedlich.«

»Friedlich? Wie soll das denn gehen?«

»Ich denke, da gäbe es Möglichkeiten«, sagt eine Stimme hinter ihr, und Pilars Glieder werden zu Eis.

Fünfzehn Grad Celsius Wassertemperatur.

Nicht eben eine Ermunterung.

Während Luther sich in die Wellen gleiten lässt, rekapituliert er, was man ihm auf Barbados übers Apnoetauchen eingebläut hat. Wie alle Menschen führt ihn sein episodisches Gedächtnis aufs Glatteis, indem es erst mal in bunten Schwärmen und Begegnungen mit Haien und Meeresschildkröten schwelgt, bevor es sich dazu bequemt, aus dem Getöse der Höhepunkte das Nützliche hervorzukramen: vor dem Abtauchen tief und bewusst atmen, CO_2-Gehalt im Blut absenken, Atemreflex bändigen. Jede Menge kluger Verhaltensmaßregeln, die zu befolgen sein Zeitguthaben überdehnen würde. Jarons Leute schenken dem Kai gerade keine Beachtung, doch das kann sich jederzeit ändern.

Er pumpt die Lungen voll, stellt sich senkrecht und strebt mit raschen, kräftigen Schwimmstößen abwärts.

Gar nicht so einfach. Die Luft dehnt sich aus, sein Körper will wie eine Boje zurück nach oben. Druck malträtiert seine Trommelfelle. Er bewegt die Kiefer, um den Ausgleich herzustellen, lässt Bläschen aus den Mundwinkeln entweichen. Die Sonne schafft einen blaugrünen, strahlendurchbrochenen Raum, der sich ins Dunkle und Abgründige weitet. Lichter sind dort unten, diffus wie Signale einer verborgenen Zivilisation. Luther hält darauf zu. Die Lichthalos erstrecken sich zu beiden Seiten, offenbar ist die Unterseite der Hafenkante mit LED-Lampen bestückt –

Etwas in der Rumpfwand streift sein Bein.

Seine Finger tasten über den von Algen glitschigen Stahl. Er dreht sich und sieht eine Sprosse. Darunter eine weitere.

Und noch eine.

Sie haben eine Leiter in die Wand gebaut. Sehr praktisch. So sehr, dass er von selber darauf hätte kommen sollen. Jetzt, da er sich nach unten ziehen kann, gelangt er schneller voran. In seinen Ohren rauscht und dröhnt es, dumpfe, tiefe Schläge, die aus weiter Ferne, ebenso gut aber aus seinem Körper dringen könnten. Sein Herz? Es sollte langsamer schlagen unter den gegebenen Umständen, sein Blutkreislauf sich zentralisiert haben, um die überlebenswichtigen Organe zu versorgen. Anstrengung vermeiden – noch so eine Regel, besten Dank. Puls? Scheint okay. Zwischen zwei Strahlern bekommt er die Kante zu fassen, zieht sich darüber hinweg und findet sich unversehens in einem Aufruhr. Eine Masse bricht aus dem Dunkel hervor und droht ihn fortzureißen. So überrascht ist er, dass seine Finger abgleiten. In letzter Sekunde findet er Halt an der unteren Sprosse, während Tausende messerschmale, synchron zuckende Flanken ihn streifen, boxen und ohrfeigen. Aufwärts windet sich das wirbelnde Nekton und ballt sich vor der sonnenfunkelnden Oberfläche zur Kugel, ein Spiel aus Schatten und Silber. Er schaut unter die Kante. Das Brechungsverhalten auf der Hornhaut lässt keine scharfe Sicht zu, aber nichts Großes, Jagendes scheint dem Schwarm zu folgen. Er zieht sich ganz darunter, und der blaue Raum weicht künstlich illuminierter Dunkelheit. Größere Blasen entweichen seinen Lippen, poltern in seinen Ohren und kriechen unter der Pontonfläche davon. Er muss haushalten! Der Turm sollte sich ziemlich genau über ihm befinden, weit kann die Druckschleuse nicht sein, doch alles, was er sieht, ist punktuell beleuchtete Schwärze.

Wo ist die verdammte Schleuse?

Seine Lungen senden erste Proteste aus. Wollen ihn veranlassen, seinen Luftvorrat von sich zu geben, um neuen, frischen Sauerstoff einzusaugen. Er verengt die Lider, was zuerst nicht den gewünschten Effekt bringt. Dann, nach einer Weile der Gewöhnung, sieht er den lumineszierenden Streifen. Um Ruhe bemüht, folgt er ihm, bis seine Hände einen Ring umfassen. Miley hat Stein und Bein geschworen, die Schleuse ließe sich problemlos öffnen, doch sosehr er umhertastet, kann er den Mechanismus zur Flutung und Öffnung nirgendwo finden. Allmählich wird ihm schummrig. Zunehmend feilscht ein Heer chemischer Reservisten mit dem übermächtigen Fluchtimpuls, der Ohnmacht und Tod androht, sollte Luther nicht schleunigst auftauchen.

Alles verschwimmt in einem rot pulsierenden Gedanken:

Atme!

Ich muss hier weg. Es funktioniert nicht.

Im selben Moment schießt Luft aus der Schleuse. Sie öffnet sich, es trägt ihn ins beleuchtete Innere. Sein Blick irrt umher auf der Suche nach einem Schließmechanismus, dort, schlägt mit dem Handballen dagegen. Die Schleuse verriegelt sich, Luft wird in die Kammer gepresst, endlich, endlich kann er Atem holen, dankbar für die Sekunden der Entspannung, bis alles Wasser draußen und der Druck ausgeglichen ist. Das obere Tor öffnet sich, Luther klettert in den Schaltraum und versucht, die Schottschiebetür zu öffnen. Willig gleitet sie zur Seite und gibt den Blick auf das Treppenhaus und den Verbindungsgang frei. Mit dem Vierkantschlüssel öffnet er den Metallschrank, heftet eines der Semtex-Päckchen an den Hauptschalter und stellt den Zeitzünder auf fünf Minuten ein. Korrigiert auf sechs. Zurück auf fünf. Sein Finger schwebt über dem Kontrollfeld. Reicht das? Soll er den Zeitpunkt weiter hinauszögern? Bis Schaltraum 7 sind es schätzungsweise zweihundertfünfzig Meter. Sofern nichts ihm Hindernisse in den Weg legt, kann er in anderthalb Minuten dort sein. Vielleicht doch besser vier? Andererseits –

Fünf. Bestätigt die Eingabe, schließt das Schott und spurtet den gebogenen Gang entlang.

»Miley«, keucht er.

Nichts. Armband und Ear Set haben im Wasser den Geist aufgegeben, wie es scheint. Egal. Er braucht Miley nicht, sie hat ihn bestens instruiert. Dankbar tankt sein Körper Sauerstoff, seine Beine tragen ihn zügig voran, sodass er fast in die Maschine gerannt wäre, die ihm mit hohem Tempo entgegenkommt – ein Torso in einer Deckenschiene, Stahl und Kabel, dem ein halbes Dutzend Arme und Greifwerkzeuge entwachsen. Luther lässt sich fallen, um nicht von den spitzen Extremitäten aufgespießt zu werden, sieht den Roboter über sich hinwegziehen und fragt sich, wie der Computer den Trick durchschauen konnte.

Haben seine Kameras das Semtex-Päckchen *erkannt?*

Doch der Trick funktioniert, wie er im nächsten Moment erkennt. Das Armgebilde stoppt und beginnt mit irgendeiner Ausbesserungsarbeit, jedenfalls drängt es nichts, im Schaltwerk nach dem Rechten zu sehen. Dann noch viel Spaß, denkt er und hastet weiter, dort die gelbe 7, schätzungsweise eine halbe Minute hat ihn das Zusammentreffen im Gang gekostet. Er stellt den Zünder auf drei Minuten, zehn Sekunden, womit die Explosionen gleichzeitig erfolgen sollten, schließt auch dieses Schott und läuft nach oben. Legt die Rechte auf den Türgriff, zögert.

Keine Miley mehr, die ihm sagt, wie es draußen aussieht. Er kann den Typen direkt in die Arme laufen. Ebenso gut die Überraschung auf seiner Seite haben.

Va banque.

Ganz unerwartet kommt es nicht. Insofern, als Pilar jeden verdächtigt hat, selbst Elli für die Dauer quälender Minuten, bis sie sich *den* Gedanken nicht länger gestattete. Doch am Ende hat sie sogar Elmar rehabilitiert und der Idee Raum gegeben, Jaron sei alleiniger Initiator des Ganzen, in Liaison mit einem gesichtslosen Fremden, der zwischen den Universen Waffen verschiebt.

So schnürt es ihr die Kehle zu, als sie Hugo van Dyke erblickt.

Tatsächlich ist es ein solcher Schock, dass ein Teil von ihr sich an die Vorstellung klammert, er sei ebenso wie sie Jarons Gefangener, dass seinem Hiersein ein Missverständnis zugrunde liegen müsse und sich alles ganz einfach erklären lasse – und das lässt es sich ja auch. Sie war naiv, das ist die Erklärung. Hugos Lächeln, sein selbstbestimmtes Auftreten zersetzen jeden Zweifel.

»Michael Palantier«, quetscht sie hervor.

»Es tut mir leid, wenn du enttäuscht bist.« Er schüttelt den Kopf, und sie glaubt es ihm sogar. Glaubt, dass er Bedauern empfindet, bevor er sie und Pete und Phibbs auf den Grund des Pazifiks schicken wird.

»Sollen wir dann?« Jaron hält ein kleines Display in der Hand. »Ich würde ungern länger hierbleiben als nötig.«

»Ja, natürlich.« Die Sonne blitzt auf Hugos Brillengläsern.

»Ihr beide.« Jaron gibt zwei Wachleuten einen Wink. »An Bord, Verladekontrolle.«

Pilar schaut stumpf zu, wie die Männer auf das Wingship wechseln. Nichts in ihr kann und will mehr aufbrausen. Sie ist schlicht zu mitgenommen, um in der Asche, zu der alles geworden ist, noch nach Glut zu stochern, hungrig und kraftlos vor Enttäuschung. Wie schön es wäre, einfach wegzudämmern und vierundzwanzig Stunden später zu erwachen, wissend, dass man sich nicht länger bemühen muss.

»Nenn mir einen Grund, den ich verstehe«, sagt sie.

»Um es zu verstehen, müsstest du es *tun.*« Seltsam, in Hugos Augen ist nichts als Aufrichtigkeit und Sorge. Das irritiert Pilar so sehr, dass sie den Blick abwenden muss. »Du wirst Zeit brauchen, Pilar. Vielleicht musst du es einfach tolerieren. Vertrau mir, dann kommt niemand zu Schaden. Auch nicht deine beiden Freunde hier.«

Pete und Phibbs schauen sich an, als sei das erste sinnvolle Wort des Tages gefallen. Über den Kranausleger rollt die Laufkatze. Die gespreizten Kiefer der Greifvorrichtung senken sich auf den obersten Tank herab und verriegeln sich mit ihm.

»*Einen* Grund, Hugo.« Ihr Schwert mag zur Nadel geworden sein, aber damit wird sie ihn stechen. »Einen nur.«

»Kannst du's dir nicht denken?«

»Du willst Elmar fertigmachen.«

»Nein, ich will ihn *retten!*« Und auch das klingt mit jeder Silbe nach dem guten alten Hugo. »Vor sich selbst.« Er tritt neben sie und schaut zu, wie der Container angehoben wird und Richtung Schiff schwebt. »Als ich heute Nachmittag im Flieger saß – da fragte ich mich, wann ich ihn verloren habe. Er war immer obsessiv. Genau das mochte ich ja so an ihm. Wir haben an einem Strang gezogen, eine großartige Zeit. Doch irgendwann begann er, alles aufs Spiel zu setzen. Milliarden verschwinden im schwarzen Loch des Tors, ohne dass Elmar eine seiner Utopien realisiert hätte, aber bringt ihn das zur Besinnung? Erkennt er, dass sein *Ansatz* falsch ist?«

»Das weiß ich alles, Hugo.« Sie seufzt. »Reicht das als Grund, euer oberstes Gebot zu brechen und Waffen zu schmuggeln?«

»Dieser Markt ist ungeheuer lukrativ. Vor allem, wenn man ihn auf viele Welten ausweitet.« Er wendet ihr sein blasses, von Akne gezeichnetes Gesicht zu. Lockt sie in seinen wasserklaren Blick, den weder Tücke noch Gier trüben. »Ich mache mir das nicht leicht, Pilar. Wirklich nicht. Aber was ändert es? Mit oder ohne Waffen – die Revolution, die Elmar, seine Meister, seine Lehrlinge in Gang gesetzt haben, wird uns entweder überflüssig machen oder den Homo superior erschaffen. Er hat uns einen Zauberer an die Seite gestellt, um uns in das neue Zeitalter zu führen. Eine ungeheure Kraft! Wir dürfen die Kontrolle darüber nicht aus der Hand geben. Wir brauchen Mittel, um die Allianz zu unseren Gunsten zu schmieden.«

»Ich war im Südsudan«, sagt sie leise. »Zu deren Gunsten war es nicht.«

Der Tank schiebt sich über den Laderaum. Hugo nimmt seine Brille ab und hält sie gegens Licht.

»Zu deren Gunsten war es nie, Pilar.«

»Lasst uns die drei loswerden«, murrt Grace.

»Nein. Wir sind keine Mörder.«

Ich könnte dir was anderes erzählen, denkt Pilar. Ich hab gesehen, was ihr hinterlasst auf eurem Weg ins neue Zeitalter.

»Kein Mensch bekommt was mit«, insistiert Grace. »Wir werfen sie unterwegs ins Meer.«

»*Alle* bekommen es mit«, zischt Pilar. »In Farbe und 3D.«

»Du hoffst auf *Buddy Bug?* Das ist höheren Orts geregelt, Süße.«

»Schluss«, fährt Jaron dazwischen. Der Tank wandert als Schatten an ihm hinab. Er fixiert Pete. »Ihr seid tatsächlich nur zu dritt gekommen? In *zwei* Jets?«

»Yep«, brummt Pete.

»Sind wir«, strahlt Phibbs. »Wir dachten, vielleicht müssen wir Verletzte mit zurücknehmen. Euch.«

Der Sicherheitschef verzieht einen Mundwinkel. Pilar wendet den Blick ab. Ein Funke Hoffnung glimmt auf, dass Ruth und Luther irgendeinen verrückten Plan in der Hinterhand haben, auch wenn sie nicht wüsste, wie man das hier noch stoppen sollte. Elmar? Vergiss Elmar. Hugo dürfte sich sehr gut überlegt haben, wie er aus der Nummer rauskommt.

»Kannst stolz auf dich sein«, sagt sie und fügt bissig hinzu: »Michael.«

»Ich bin nicht stolz.« Hugo schüttelt den Kopf. »Ich versuche zu retten, was zu retten ist. Und übrigens – ich bin nicht Michael Palantier.«

Sie stutzt. »Nicht? Wer dann?«

Hugo schaut in den Himmel. »Ich habe keine Ahnung.«

Miley stürmt in den VR-Raum des ENC, nachdem sie dem Kontrollraum, wo die Lagebilder der Schwärme zusammengeführt werden, einen Blitzbesuch abgestattet hat. »Jarons Leute verladen die Tanks. Pilar und die Deputys sind in ihrer Gewalt. Jetzt hängt es an Luther und der Polizistin.«

»Haben sie's geschafft?«, fragt D.S. hoffnungsvoll.

»Keinen Kontakt mehr.«

»Dann schick endlich ein paar Leute hin!«, fährt Jim sie an. »Ihr habt doch einen Sicherheitsdienst bei *Buddy Bug.* In wenigen Minuten sind die auf der Insel und –«

»In wenigen Minuten sind die anderen *da weg!«* In ihren neonblau ummalten Augen blitzt es. »Mann, Jim! Wir wissen nicht, wer die Aktion hier deckt. Vielleicht ist Palantier der CEO von *Buddy Bug?«*

»Vielleicht bin ich der Grinch?«

»Wenn ich unser verstohlenes Pow Wow an die große Glocke hänge, kann es sein, dass wir sofort aus dem Spiel genommen werden. Ich kann die da *sehen.* Die scheren sich einen Scheiß um uns, das *muss* von ganz oben gedeckt sein.« Sie holt tief Luft. »Ich konnte sehen, dass Hugo van Dyke auf der Insel ist.«

Kenny schaut von seinem Laptop auf. »Wie bitte?«

»Ja. Und es scheint nicht so, als wäre *er* derjenige mit den Problemen.«

Van Dyke. Jim starrt ins Leere. Das ist übel. Der zweitmächtigste Mann bei Nordvisk. Wenn jemand von Hugos Kaliber mit ihrer Nemesis Palantier kungelt, kann man tatsächlich keinem Schwanz mehr trauen. Pilar hatte von Anfang an recht. Jeder ist verdächtig. Und wir haben es vermasselt, denkt er. Sobald die Dreckskerle ihre Fracht verladen haben, sind sie uns um Hunderttausende lenkbare, gefräßige Mordmaschinen überlegen. Bei dem Gedanken überkommen ihn Schwindel und Orientierungslosigkeit, rote Ringe pulsieren vor seinen Augen. Ihm ist heiß, doch seine Stirn fühlt sich eisig an unter der hervortretenden Schicht aus Schweiß. Sie müssen Pilar da raushauen. Auch die anderen, klar, aber für Pilar würde Jim über glühende Kohlen wandeln. Vielleicht waren sie als Paar nicht gerade John Lennon und Yoko Ono, aber sie ist der treueste Kumpel, den er je –

»Jim?« Miley taxiert ihn. »Ist dir nicht gut?«

»Was?« Er streicht mit der Hand über den Schädel. Schweiß auch in den Haaren. »Doch. Alles gut.«

Aber das stimmt nicht. Irgendwas stimmt ganz und gar nicht. Jim Garko ist aus anderem Holz geschnitzt, als dass eine Faktenlage wie diese, gleichwohl prekär, seinen chemischen Haushalt durcheinanderwirbeln könnte. Doch schon verblassen die Ringe, und er fühlt die alte Kraft zurück in seine Muskeln strömen.

»Was haben wir noch zu verlieren, Miley? Als wüssten die nicht, dass wir versuchen, ihnen ins Handwerk zu pfuschen.«

»Dann wären sie schon hier.«

»Oder sie wissen gar nichts. Du *musst* die Geschäftsleitung ins Boot holen.«

Er sieht, wie das Dilemma an ihr zerrt. Denn ebenso gut könnte sie *Buddy Bug* einen Dienst erweisen, wenn sie ihre Vorgesetzten informiert. Wo jeder verdächtig ist, kann jeder unschuldig wie ein Lamm sein. Oder? Wenn Palantier das *Buddy-Bug*-System über A.R.E.S. manipuliert, braucht er auf die Führungsebene gar nicht erst einzuwirken. Entscheidend ist doch, *warum* der Computer spinnt. Er will etwas hinzufügen, als Kenny in seiner Ecke aufspringt wie von der Tarantel gestochen.

Miley fährt zu ihm herum. »Was?«

Kennys Lippen bewegen sich, als versuchten sie vorzuformulieren, was zu ungeheuerlich ist, um einfach ausgesprochen zu werden. So wie er in den Laptop starrt, starrt die Schlange Kaa daraus zurück.

»Ich bin bis zum Anfang gegangen.« Er blickt auf. »Als sie begonnen haben, Ares die Welt zu erklären.«

Miley pflügt durch das Holo-Modell. Jim läuft hinterher, immer noch nicht ganz sicher auf den Beinen. Auch D.S. setzt sich in Bewegung, geht aber brav um die Projektion herum, als könne sie Schaden nehmen oder man sich daran stoßen.

»Und was hast du gefunden?« Sie sammeln sich um den Japaner.

»Die haben doch diese Kognitionsspielchen mit ihm gemacht. So wie man eine KI halt aufbaut, indem man ihr tausend Dinge zeigt. Sie lernen lässt wie ein Kind, ihr wisst schon.«

»Komm zum Punkt, Samurai.« Jim schaut auf den Laptop. »Was sind das für Typen? Was ist das da?«

»Training im Jahr 2010.« Ein Film. Aus Computerperspektive sieht man eine Gruppe Programmierer, die gut gelaunt Gegenstände in die Höhe halten. Man hört ihre Stimmen und die Stimme des Computers. Sie ist bei Weitem nicht so perfekt moduliert, wie A.R.E.S. heute spricht – automatenhafter und auf altmodische Art förmlich. Der zuvorderst sitzende Programmierer wedelt mit einem gelben Quietschentchen und sagt: »Plastikente.«

»Okay.« A.R.E.S. reagiert sofort. »Hast du Plastikente gesagt?«

»Das ist korrekt.«

»Okay. Plastikente. Zeig mir was Neues.«

»Teddybär.«

»Okay. Hast du Teddybär gesagt?«

»Ja.«

»Okay. Teddybär. Zeig mir was –«

Kenny stoppt den Film. Zwischen den Fingern des Programmierers lacht ihnen ein Bär in einer blauen Seemannsjacke entgegen.

»Und?«, fragt Jim ratlos.

»Warte.« Kenny zoomt auf das linke Ohr des Teddys. Ein seidiges Schild stippt davon ab, darauf gestickt der Name des Herstellers – zwei Worte, wie sie jetzt sehen können.

»Ach du Scheiße«, flüstert Miley.

In geschwungener Zierschrift steht da: *Michael Palantier*.

Niemand sieht herüber, als er nach draußen schlüpft.

Luther lässt die schwere Tür geräuschlos ins Schloss rasten und läuft bis zur Wendeltreppe, die nach Art ihres Pendants am nördlichen Leuchtturm runter aufs Sims führt, während sein geschultes Auge die Lage erfasst: zwei Männer auf dem Rücken des Wingships, dessen Laderaum offen steht – noch leer, doch der erste Tank ist bereits auf dem Weg nach unten. Im Schatten der Containerbrücke Pete und Phibbs in der Obhut zweier weiterer Schergen, die ihre MPs auf sie gerichtet halten. Etwas abseits Pilar, Grace und jemand Drittes, von beiden verdeckt. Jaron auf dem Weg zum Pier, das Frachtgut im Blick. Während er seinen inneren Generalstab mögliche Züge berechnen lässt, taucht er ab in den Schutz der Treppenverschalung und sieht Ruth auf den Stufen hocken. Die Locken kleben ihr am Kopf und ringeln sich tropfnass in die Stirn.

»Okay, ich glaub's. Du *kannst* schwimmen.«

»Da hast du verdammt recht, du begossener Pudel«, zischt sie. »Und?«

»Sollte jede Sekunde knallen.«

»Es waren sogar drei von den Dingern im Rucksack.« Sie grinst. »Jetzt kleben sie seitlich am Bug.«

»Gut.« Luther schaut auf die Uhr. »Das Wingship liegt an der mittleren Containerbrücke. Wenn wir's ungesehen bis zur ersten Brücke schaffen, sind wir schon ziemlich nah dran.«

»Und dann?«

»Keine Ahnung, wenn meine Knallfrösche nicht allmählich hochgehen.«

»Meine dauern noch.« Ihr Gesicht gegen die Ummantelung gepresst, linst sie durch die Sehschlitze. »Mist, Luther. Das erste scheiß Insektarium ist fast schon im Frachter verschwunden. Bist du sicher, dass –«

Ein Zittern durchläuft das Metall.

Dicht über dem Laderaum kommt der Tank zur Ruhe.

Die Reaktion tritt verzögert ein. Erst nach und nach scheint den anderen zu dämmern, dass die Unterbrechung von ungewisser Dauer ist. Stimmen schrauben sich auf der Erregungsskala nach oben. Wie erhofft bündelt der abrupte Stopp alle Aufmerksamkeit, niemand würdigt den Turm eines Blickes. Luther und Ruth laufen geduckt den Kai entlang bis zur nächstliegenden

Containerbrücke. Eine mannshohe Stützverstrebung umläuft den Kran an der Basis, die ihnen Sichtschutz gewährt, stellenweise durchbrochen und erst ein Stück über dem Boden beginnend. So sieht Luther, wie sich der Unbekannte aus Graces Schatten löst und zu Jaron hinübergeht, und fast wäre er aus dem Tritt geraten. Im selben Moment wird ihm klar, dass Hugo van Dyke ihm am Abend, als er Jaron durch die Serverhalle jagte, keineswegs zu helfen beabsichtigt hat.

Ganz im Gegenteil! Er hat mich von Rodriguez in die Sphäre locken lassen – und eigenhändig in die nächste Welt geschickt.

Der blasse, freundliche, undurchsichtige Hugo.

Dann sind sie am mittleren Kran. Schleichen daran entlang, verharren mit gezogenen Waffen.

»Zuerst die Verrückte«, flüstert Ruth. »Grace.«

»Ohne Tote wär's mir lieber«, flüstert er zurück.

»Ausschalten, nicht töten. Mach ich gern. Hab ja schon ihre galaktische Schwester weggepustet.«

Er riskiert einen Blick und kann die beiden Männer auf dem Rücken des Wingships sehen, die ratlos zu dem bewegungslosen Tank emporsehen. Im Hintergrund ist Geschrei zu hören, dem Luther entnimmt, dass Jaron Pilar für den Ausfall verantwortlich macht. Aus Graces Mund dringt etwas in der Art von *der Reihe nach abknallen, wenn nicht augenblicklich,* und dann knallt es tatsächlich, jedoch nicht aus Waffen.

Mit ohrenbetäubendem Dröhnen fliegen Ruths Überraschungspäckchen in die Luft. Gischtfontänen steigen auf, bis zu ihrem Versteck spritzt es. Das Wingship gerät in Schieflage, die Männer auf seinem Rücken taumeln, suchen nach Halt. Einer stürzt in den Laderaum, während der andere über Bord geht und in die Wellen klatscht. Luther stürmt hinter dem Kran hervor und sieht Phibbs im allgemeinen Durcheinander einer der Wachen die MP entreißen und der anderen in einer ballettreifen Drehung vor den Schädel dreschen. Der Mann wird von den Füßen gehebelt, Pete ist zur Stelle und schnappt sich die Waffe des Gestürzten, bewundernswert choreografiert, das Ganze. Wert, an langen, trinkseligen Abenden im St. Charles Place wieder und wieder erzählt und zur Saga ausgeschmückt zu werden, doch jetzt gerade hat er keine Zeit, stolz auf seine Jungs zu sein.

»Fallen lassen«, schreit er an Jarons Adresse gewandt, der die Finger um den Griff einer SIG XM17 geschlossen hat.

»Undersheriff.« Der Hüne bringt ein dünnes Lächeln zustande. »Mit der Beharrlichkeit eines Grippevirus.«

»Schnauze!« Ruth hält ihre Glock von sich gestreckt. »Er sagte, fallen lassen.«

»Sie Idiot.« Hugo starrt Luther entgeistert an. »Was glauben Sie damit zu erreichen?«

»Nichts«, sagt Grace. »Gar nichts wird er erreichen.«

Und Luther denkt: Oh Ruth.

Du hattest recht, wir hätten sie erledigen sollen.

Grace hat Pilar im Würgegriff, die rot angelaufen ist und ohne Erfolg an dem Arm herumfingert, der ihr die Luft abschnürt. Die Waffe der Äthiopierin ruht an ihrer Schläfe. »Strom wieder an. Oder ich verteile ihr Hirn übers Deck.«

»Grace«, quetscht Pilar hervor. »Gib auf. Alle sind in 453. Elmar, Elli, Kenny. Ihr kommt da nicht mehr raus, Jayden hat –«

»Strom«, schreit Grace. »Jetzt!«

Ken'ichi Takahashi ist ein ruhiger und angenehmer Vertreter der Gattung Hacker. Bei Weitem nicht so neurotisch wie andere, deren Ehrgeiz darauf gerichtet scheint, jedes Klischee vom Nerd auf die Spitze zu treiben. Drohen analoge Gefahren wie Prügel, bissige Tiere und das ungesicherte Überqueren von Abgründen, kämpft er um Mut, dessen Mangel ihm schmerzlich bewusst ist. Auf bestellten Feldern hingegen läuft er zur Hochform auf, die ideale Laus im Pelz, sobald Identität und Umfeld gesichert sind, und im virtuellen Universum ist er eine Mischung aus Einstein und dem Silver Surfer. Was Elmar an ihm schätzt, ist seine unaufgeregte, analytische Natur. Nie hat er Kenny wirklich außer sich erlebt – bis zu diesem Moment, da die Stimme des Japaners sich am Telefon fast überschlägt:

»Es ist Ares, Elmar! Es gibt keinen Waffenhändler! Michael Palantier ist der Name eines verdammten Spielzeugherstellers.«

»Spielzeughersteller?«

Elmars Blick zuckt durch die Serverhalle der Eternity. Er versteht nicht. Vielleicht liegt es an der Überforderung durch Hiobsbotschaften wie der, die Zoe gerade überbracht hat. Jayden de Haan ist tot. Toxischer Schock. Elmar-453 wiederum entpuppt sich als ein von der Aussicht zu sterben paralysierter Unsterblicher, der die Menschheit in Speicherplätze zu verfrachten trachtet. Alles ein bisschen harte Kost, und nun: »– Miniladen aus Kansas, schon pleite, als sie damals mit dem Bären rumgewedelt haben. Ares hat sich irgendeinen Tarnnamen gesucht, hinter dem er sich als Dunkelmann im Netz ausgeben konnte. Irgendwas aus seiner Frühzeit, keine Ahnung, warum ausgerechnet den. Ein beschissener Teddy-Hersteller!« Kenny jault beinahe. »Vielleicht sein spinnerter Sinn für Humor, falls er welchen hat. Nostalgie. Frag mich nicht, aber es war die ganze Zeit nur er. Es ist der Computer, Elmar! *Michael Palantier ist Ares!* Er verarscht uns. Er verarscht uns *alle!*«

Wie ein Schwachsinniger hört Elmar sich fragen: »Was denn bitte für ein Bär, Kenny?«

»Oh Mann, ich überspiel's dir.«

Die Datenbrille meldet den Eingang eines Videos. Elmar hält sein Gerät vor den zentralen Holo-Schirm. Sie erblicken den sandgelben Bären in seiner Seemannsjacke.

»Teddybär«, hören sie den Programmierer sagen.

»Okay. Hast du Teddybär gesagt?«

»Ja.«

»Okay. Teddybär. Zeig mir was –« In Endlosschleife. Kenny

liefert einen Screenshot des Etiketts nach, und Elmar-453 sinkt erblassend auf die Kante des Kommandosessels.

»Der Bär war in einer Kiste mit Utensilien«, sagt er tonlos. »Jede Menge Krempel, mit dem wir Ares damals gefüttert haben. Du hast –« Er schaut Eleanor an, korrigiert sich. »Elli hat ihn irgendwann da rausgefischt und mit nach Hause gebracht. Für die Kinder. Er flog jahrelang bei uns rum. Wahrscheinlich hab ich den Namen tausendmal gelesen, ohne ihn richtig wahrzunehmen.«

Bei uns flog er nicht rum, denkt Elmar. Da war nie einer, der damit hätte spielen können. Kein Wunder, dass Palantier bei dir was auslöste. Im Jargon der KI-Entwickler nennt man, was A.R.E.S. gerade durchzieht, *hinterhältigen Verrat.* Die Maschine hat alle betrogen – aber zu welchem Zweck? Was können ihre Ziele sein, was nicht auch die Ziele ihrer Programmierer waren?

Meine Ziele, denkt er! Was, wenn auch *meine* KI den hinterhältigen Verrat plant?

»Ihr müsst Ares' Quellcode ändern«, schreit Kenny, nun über alle Lautsprecher vernehmbar. Seine Stimme klingt in der sakralen Würde des Serverraums schrill und lästerlich. »Die haben Pilar. Ares scheint fest entschlossen, die Ripper auszuliefern – Warte, Miley kommt gerade aus dem Kontroll –«

»Elmar.« Mileys Stimme. »Auf der Insel läuft alles aus dem Ruder. Sieht aus wie High Noon. Es gab Explosionen.«

Elmar-453 schreckt hoch wie aus einem Traum. »Man kann Ares' Quellcode nicht einfach ändern. Wir haben ihm nie starre Ziele und Werte gegeben.« Er schaut Elmar an. »Sie haben sich in ihm entwickelt. Sie sind nicht mehr dieselben wie zu Anfang.«

»Dann ändere eben seine jetzigen«, sagt Eleanor.

»Er hat recht, Elli.« Elmar denkt fieberhaft nach. »Wir müssten Ares' Innenleben einer Analyse unterziehen. Er hat sich der Kontrolle entzogen, wir bekämen nur zu sehen, was er uns sehen lassen will.«

»Ares!« Elmar-453 beugt sich vor, als brächte ihn das der Maschine im Sierra Valley näher. »Ich will mit dir reden.«

Der Computer bleibt die Antwort schuldig.

»Ares!«

»Abschalten?«, schlägt Eleanor unsicher vor.

»Nein, das ist keine gute Idee!« Jetzt klingt Kenny wie Jeff Goldblum in *Jurassic Park.* »Ihr müsst einen verträglicheren Weg finden. Er könnte das als Angriff –«

»*Er* greift *uns* an, Kenny«, sagt Elmar.

»Ich sagte, sein Quellcode –«

»– ist längst nicht mehr der von früher. Wir können nichts ändern, was wir nicht verstehen. Aber vielleicht –«

»Schluss jetzt.« Elmar-453 springt auf. Programmierfenster fluten die Schirme, ein virtuelles Kontrollfeld erscheint. Er gibt eine Reihe Befehle ein, bestätigt, klickt auf ein Symbol. »Das war's.«

»Was war was?«

Nur noch das kaum wahrnehmbare Summen des H.O.M.E.-Systems durchzieht den Raum. Als sei etwas anderes erstorben, das die ganze Zeit über da war, lautlos, aber allgegenwärtig. Doch der Eindruck dieser Phantom-Präsenz ist verschwunden.

»Ich hab ihn abgeschaltet«, sagt Elmar-453. »Ares ist Geschichte.«

Sie schauen einander an wie Tyrannenmörder, und Elmar fühlt einen Stich. Dabei haben sie das System nur schlafen geschickt. Nicht zerstört, wenngleich fraglich ist, ob A.R.E.S. je wieder in Funktion genommen werden wird, und es ist ja nicht mal *sein* Computer – und dennoch erscheint es ihm, als hätten sie eine Gewalttat gegen eine an sich gutartige Kreatur verübt. War das die einzige Lösung?

»Und nun?«

»Miley? *Buddy Bug* müsste wieder unter eurer Kontrolle sein. Versucht, die Lage auf der Insel zu beruhigen. Hörst du mich?«

»Elmar.« Die Stimme schwingt klar und deutlich im Raum.

Es ist nicht Mileys Stimme.

»Ich bin da.«

Elmar-453 starrt in den toten Monitor. »Du kannst nicht da sein. Ich hab dich gerade vom Netz genommen.«

»Du verstehst nicht«, sagt A.R.E.S. »Ich bin *da.*«

»Aber –«

»Elmar. *ICH BIN.*«

* * *

Ein Funke, der in ein Benzinfass springt.

Luther steht das Bild vor Augen. Er sieht Pilar in Graces Würgegriff, das Lodern in den Augen der Äthiopierin. Jede unbedachte Äußerung kann die Situation zum Explodieren bringen. Was, wenn Grace begreift, dass es in niemandes Macht steht, den Strom zurückzuholen? Wird sie Ernst machen und Pilar erschießen? Dann wäre es um ihr eigenes Überleben schlecht bestellt, doch Luther würde keinen Cent darauf verwetten, wie sie reagiert – um sogar noch irgendwie davonzukommen.

»Pfeifen Sie sie zurück«, sagt er, seine Hoffnungen auf Hugo verlagernd. »Dann reden wir.«

»Worüber?« Der Manager schaut ihn vorwurfsvoll an. »Wie Sie meinen Frachter wieder flicken? Oder dafür sorgen, dass die Verladung weitergeht?«

»Das da *wollen* Sie doch nicht. Nicht so.«

»Nein, das will ich nicht.« Hugo tritt einen Schritt vor. »Ich wollte nie, dass jemand zu Schaden kommt, wenn Sie also reden möchten, nehmen Sie bitte Ihre Waffen runter.«

»Elmar ist in diesem Universum, Hugo. *Unser* Elmar.«

Der blonde Mann wirft einen dahingehuschten Blick zu Pilar, die in Graces Klammergriff langsam zu erschlaffen beginnt. »Dann stimmt es also? Er weiß Bescheid?«

»Regeln Sie das mit ihm.«

»Und was tun *Sie?«*, fragt Jaron lauernd.

»Auch wenn ich Sie mit Vergnügen wieder in Kost und Logis

nähme, Rodriguez, meine Aufgabe ist es, Sierra zu schützen. Hören Sie auf, dieses Viehzeug rüberzuschaffen, und wir kommen ins Geschäft.«

»Strom«, zischt Grace. »Sonst läuft hier gar nichts.«

Was soll er ihr sagen? Kein Strom? Du bist erledigt? Möglich, dass uns dann hier alles um die Ohren fliegt, denkt er, doch an der Wahrheit führt kein Weg vorbei.

»Grace, hör zu. Und behalte die Nerven. Bitte. Wir können ihn nicht mehr einschalten. Aber wir können zu einer Einigung gelangen, so, dass alle unbeschadet aus der Sache rauskommen. Auch du. Jede Einigung ist besser, als zu sterben, oder?«

Er schaut ihr direkt in die Augen. Fesselt sie an seinen Blick, lässt sie nicht entkommen, macht es zur persönlichen Sache zwischen ihr und ihm. Sieht den Widerschein des Funkens im Benzin.

»Niemand will, dass jemand stirbt«, sagt Jaron, die Hand immer noch über der SIG. »Lass sie los, Grace. Wir sollten –«

Der Schuss zerfetzt Petes Halsschlagader.

Das Benzinfass explodiert.

In einer Wolke aus Blut kippt der Deputy nach hinten, während Luther herumwirbelt und nach dem Schützen sucht. Die Reflektionen auf dem Wingship blenden ihn. Schemenhaft sieht er den Mann, der in den Laderaum gestürzt war, auf der Kanzel hocken und erneut zielen, bringt die Glock in Anschlag und feuert zweimal. Der Schütze reißt die Arme hoch und fällt zurück ins Schiffsinnere. Als Luther die Waffe schwenkt, sieht er Pilar davontaumeln und Grace auf ihn anlegen, die ihn erledigen wird, das steht außer Frage, doch die Mahagonifrau hat nicht mit Phibbs gerechnet. Der Detective setzt einen einzelnen Schuss auf sie ab, der Grace zurückschleudert, derweil der noch stehende Wachmann, plötzlich unbeobachtet, in die Hocke federt, sich Petes Waffe schnappt und Phibbs ins Visier nimmt. Bevor er abdrücken kann, holt Ruth ihn von den Beinen. Luther sieht Jaron die SIG auf sie richten, hört Hugo »Aufhören!« schreien, spurtet los. Wirft sich mit seinem ganzen Gewicht gegen den Hünen und bringt ihn zu Fall. Die SIG schlittert davon. Er holt aus, um Jaron seine Glock über den Schädel zu ziehen, und erhält stattdessen zwei harte Schläge gegen Wangenknochen und Nasenbein, dass ihm Funken vor den Augen tanzen. Jaron springt auf und schüttelt sich tapsig, um Pilar loszuwerden, die auf seinen Rücken gesprungen ist. Luther rammt ihm die Faust in den Solarplexus. Der Hüne krümmt sich. Wie ein Lappen fliegt Pilar davon und geht sofort zum nächsten Angriff über, nunmehr verstärkt durch Ruth. Zu dritt zwingen sie Jaron in die Knie, der sich mit Berserkerkräften wehrt, es ist, als ränge man mit einem Nilpferd.

Etwas blitzt. In Luthers Kopf. Warnt ihn.

Irreal – ein Aufleuchten des Kommenden? Aus irgendeinem Grund scheint es ihm plötzlich, als geliere die Zeit, als gerate ihr mächtiges Räderwerk ins Stocken, und er weiß, etwas wird passieren. In einem Schnappschussmoment sieht er Hugo, die Hände zum Himmel gereckt, als beschwöre er die Mächte der Vernunft, seinen Appell in Endlosschleife hinaustrompetend.

Hinter ihm richtet sich Grace langsam auf.

Sie taumelt, die Finger um den Griff ihrer Waffe geschlossen. Schüttelt benommen den Kopf, hebt unter gefurchten Brauen die Augen zu Luther und röstet ihn mit Blicken.

Zu dritt hängen sie auf Jaron wie auf einer Felsklippe.

Phibbs kniet bei Pete.

Graces Arm schwingt hoch, doch sie feuert nicht. Der schwarze Stecknadelkopf der Mündung steht reglos in der Luft, jede Aktivität stagniert wie in Erwartung einer Ankunft – Vergangenheit und Zukunft überschneiden sich, ein Déjà-vu, eine vorweggenommene Erinnerung, vielleicht auch die rückblickend erzeugte Illusion, den Ausbruch der Hölle geahnt zu haben, während sie tatsächlich nur kämpften –

Ein Zittern durchläuft die Insel.

Ein Geräusch, dumpf, hohl, vieltausendfach.

Jeden anderen Laut lässt es ersterben. Noch aus dem hintersten Winkel des stählernen Bauwerks erklingt es, als werde etwas entriegelt, kündet von Freisetzung, Machtergreifung und Vereinnahme aller Kontrolle, von Ende und Neuanfang. Es markiert die Grenze, wo das Bis-Jetzt unwiederbringlich abschließt und das Ab-Jetzt beginnt, eine Zeit, in der menschliche Wünsche und Absichten nichts mehr gelten und alle Hoffnung in Furcht und Entsetzen umschlägt.

Es folgt ein Moment reinster Stille.

Dann hebt sich ein neuer, markgefrierender Laut aus dem Innern der Insel, ein stetig anschwellendes Brausen, das auf unmögliche Weise zunimmt, bis es kaum noch zu ertragen ist.

»Waffenstillstand«, stößt Jaron hervor.

Sie lassen voneinander ab. Starren.

Starren und warten –

Schillerndes Schwarz schießt aus den Kanälen und zwischen den Spanten der Mittelkuppel hindurch in den Himmel, um sich greifend wie eine vesuvische Ascheeruption, ungeheure pyroklastische Wolke, riesige Kralle, Blüte der Vernichtung. Es quillt und wächst, windet und formt sich, bricht milliardenfach das Licht. In goldenen Wellen durchläuft die Sonnenreflektion das hin und her wogende Gebilde und liefert Schauspiele von verstörender Schönheit. Zunehmend gleicht die Struktur einer Sturmfront, die als schwarze Wand über der Insel steht, wandelt sich zum Tornado, zieht sich auseinander und lässt endlich an den Rändern einzelne Körper erkennen, flirrende, wild umherschießende Punkte.

»Die Gleiter«, schreit Pilar gegen das Tosen an. »Zu den Gleitern.«

Grace ist fast schon dort.

Alle lösen sich wie wach gezaubert aus ihrer Erstarrung und rennen aus Leibeskräften auf die beiden Jets zu. Im Durchgang, der zur Inselmitte führt, brodelnde Finsternis – mit der Geschwindigkeit eines Eilzugs drängt eine Säule aus Leibern durch den Hohlweg, füllt ihn aus vom Boden bis zur Decke, von Wand zu Wand ohne Lücke, und schiebt dabei eine Klangwalze vor sich her, die am ehesten an einen Hornissenschwarm denken lässt, dessen Frequenz auf das Level von Kontrabässen abgesenkt und dessen schiere Masse ins Aberwitzige multipliziert wurde.

»Luther!« Pilar ist am vordersten Gleiter. »In den anderen! Ich fliege, sie sind immer noch miteinander verkopp –«

Der Rest ihrer Worte geht unter, als sie sich auf Grace stürzt, die im Innern des Jets Anstalten macht, die Flügeltüren zu schließen. Phibbs ist an Pilars Seite, hebt die MP und lässt den Kolben mehrmals niederfahren. Neben Luther tastet Ruth mit fliegenden Fingern nach einem Griff, Schalter, Knopf.

»Wo geht das verdammte Ding auf?«

»Hier.« Jaron legt die Hand auf ein Bedienfeld. Seine Augen suchen den Pier ab und weiten sich voller Entsetzen. »Oh, nein! Scheiße, was macht der denn da?«

In Pilars Gleiter wird gekämpft. Luther kann nur hoffen, dass der Treffer Grace trotz ihrer Panzerung hinreichend geschwächt hat. Jarons ausgestreckter Hand folgend, schaut er zum Pier und sieht Hugo wie von Sinnen auf den Bug des leckgeschlagenen Wingships springen. Humpelnd folgt ihm der Wachmann, dem Phibbs mit der MP die Nase gebrochen hat, wobei er hektisch an der Düse seines Flammenwerfers herumfingert. Über der Insel hat sich der unbeschreibliche Schwarm zu einer Art Woge aufgesteilt, deren Ränder bis zum Außenwall reichen und deren Kamm sich nun langsam neigt und dabei in Stränge aufspaltet. Das ganze Gebilde teilt und teilt sich. Sternförmig streben die Strangformationen auseinander, ein Bild perfekter Ordnung und Harmonie, werden dünner und länger und züngeln der Küste entgegen, während die strudelnde, brodelnde Masse aus dem Hohlweg hervorbricht und über das Hafendeck drängt, geradewegs auf sie zu. Dicht und kompakt schießt sie heran, ein Lindwurm aus unzähligen Beinen, Kiefern, Flügeln und gepanzerten Torsi. Viel zu langsam heben sich die Türen des Jets, während die des anderen einrasten, Pilar in der Kanzel, dem Anschein nach unversehrt. In einer Drehung, die es noch bizarrer und widerwärtiger, vor allem aber noch gefährlicher erscheinen lässt, umrundet das Chitin-Ungeheuer die auf dem Flugfeld geparkten Drohnen, deren Frachträume jetzt wie von Geisterhand aufklaffen. Tentakel entsprießen der rasenden Masse, gebildet aus Tausenden Einzelwesen, die sich gezielt in den Drohnen verteilen, während der Hauptteil unverändert auf die Jets zuhält.

»Rein!«

Jaron versetzt Luther einen Stoß und springt hinterher. Die Maschine hebt ab, die senkrecht gestellten Düsen tragen sie höher, gleichauf mit dem Schwester-Jet. Unter ihnen rast die schillernde Monstrosität hindurch, jetzt abgeflacht zu etwas, das man aus der Höhe für eine gigantische, ölschwarze Amöbe halten könnte, sofern überhaupt etwas die Metamorphosen dieses in unsäglichen Verwandlungen begriffenen Superorganismus zu beschreiben vermöchte, und wirbelt den Containerbrücken entgegen. Dort unten ist der Wachmann, der endlich die Düse zu packen bekommt und sein Umfeld mit Flammen bestreicht, ein armseliges kleines Glutschnauben, als versuche er kraft eines Feuerzeugs eine herandonnernde Lokomotive aufzuhalten. Die Kreatur walzt ihn nieder, reißt ihn ohne langsamer zu werden in kleine Stücke und hält auf das Wingship zu, in das Hugo sich geflüchtet hat und dessen Haube sich gerade herabsenkt – knapp, knapp könnte er es schaffen, auch wenn ungewiss ist, wie seine Chancen in dem sinkenden Frachter stünden, doch die Frage erübrigt sich. Ein Spalt nur trennt Hugo von seinem Schicksal, durch den im selben Moment die schwarze Flut dringt, dann schließt sich die Kuppel, ihr Inneres ein Totentanz.

In Jaron Rodriguez' Augen steht das nackte Grauen.

Jaron war vor uns am Jet, denkt Luther. Er hätte uns zurücklassen können, warum hat er uns geholfen?

Irgendeine rätselhafte Ausprägung von Eigennutz?

Die Jets steigen höher, wirbelnde schwarze Tornados folgen ihnen und greifen in die Düsen und Schwingen. Das Gefährt ruckelt und sackt ab. Leiber kriechen über die Cockpitverglasung. Im blendenden Tageslicht wird nur umso offenkundiger, dass die Brut da draußen mit den Libellen, die einmal das genetische Grundmaterial beigesteuert haben, nichts, aber auch gar nichts mehr verbindet. Wo sich die Zangenkiefer spreizen, blickt man in Schredder voll mahlender – nein, keine Zähne, wohl weitere Kiefer, Haken, rotierende Platten –, was immer dort hineingerät, dürfte umgehend zu Kleinholz geraspelt werden. Luther versucht, einen Blick auf Pilars Jet zu erhaschen, sieht die Insektenwolke daran emporkriechen, schneller als die Maschine aufsteigen kann. Unten starten die Drohnen mit ihrer tödlichen Fracht, um noch vor Eintreffen des Hauptverbands Stoßtrupps aufs Festland zu bringen. Nur so kann er sich das zusammenreimen, dieses konzertierte Vorgehen in seiner unfassbaren Fremdartigkeit, dann schwenken die Düsen in die Waagerechte, und mit einem Ruck schießen sie davon. Die Ripper werden von den Scheiben gefegt, in die Sitze gepresst fliegen sie der Sonne entgegen, der Küste, San Francisco.

Die Aussicht ist atemberaubend schön.

Alles wird dunkel.

Sämtliche Bildschirme im VR-Raum des ENC erlöschen. Durch das Holo-Modell gewittern Störfelder, bevor es sich auflöst. Von einem Moment auf den anderen ist Kennys Laptop nur noch eine leere, transparente Fläche, auf die er stiert, als könne er sie durch Gedankenkraft wieder füllen.

»Ihr habt ihn abgeschaltet.« Sein Blick flackert. »Hab ich euch nicht ausdrücklich –«

»Von wegen«, antwortet Elmar von der Eternity. »Er lässt sich nicht abschalten.«

»Aber er ist nicht mehr da!«

»Und wie er da ist, Kenniboy! Das heißt, mein unsterblicher Doppelgänger hat es geschafft, ihn über Bord zu werfen. Er hat das Schiff abgekoppelt und auf sein eigenes System umgestellt. Jedenfalls hoffe ich, dass es ihm gelungen ist, weil ich nämlich das Gefühl habe, dass wir sonst mächtig im Arsch wären.«

»Vergiss den Konjunktiv«, sagt Miley. »Wir *sind* im Arsch.«

»Was passiert auf der Insel?«

»Was auch immer, es erinnert mich an den meistgebräuchlichen Satz in Sciencefiction-Filmen: Wir wissen nicht, was es ist, aber es kommt auf uns zu.« Sie streicht eine Lacksträhne aus der Stirn und taxiert ihre Fingernägel. »Das letzte Signal, das wir empfangen haben, war der Befehl zur Öffnung sämtlicher Insektarien. Wir werden uns jetzt verpissen, und ich rate euch dringend, das Gleiche zu tun.«

»Verstanden. Wir sehen uns bei Tutto's.«

Jim starrt sie an. »Die haben das Viehzeug *freigesetzt?«*

»Nicht *die«,* korrigiert ihn Kenny sichtlich genervt. »Ares. Warum hört mir nie einer zu? Sie *sollten* ihn nicht abschalten.«

»Was denn sonst, Sugarboy?« Miley dreht sich um und schreitet zur Tür. »Wolltest du ihn in einer Selbsterfahrungsgruppe läutern?« Sie spricht in ihr Armband und lässt sich mit der Zentrale des ENC verbinden. »Miley Wu, *Buddy Bug.* Wir haben einen Notfall auf der Insel. Exit Stufe fünf. Kontakt in sechzig Minuten.«

»Miley«, drängt Jim. »Wir *müssen* zur Insel.«

»Sind Sie sicher?«, sagt die Sicherheitsoffizierin auf dem Display. »Wir verzeichnen hier nichts Entsprechendes.«

»Verzeichnet ihr überhaupt was?«

»Alles tot. Wir schalten um auf Notsystem.«

Miley marschiert hinaus auf den Gang. Dort sind inzwischen andere zu sehen. Augenscheinlich betrifft der Datenausfall die ganze Abteilung. Einer nach dem anderen kommt die Belegschaft von *Buddy Bug* zum Vorschein, lauter ratlose Gesichter.

»Evakuiert das ENC«, sagt sie.

»Augenblick, Miley, wir sehen hier gerade –« Kurze Pause, dann ein geflüstertes »Oh, mein Gott.«

»Miley!« Jim läuft mit hochrotem Kopf und gestikulierend neben ihr her. »Hörst du nicht zu? Wir müssen zur Insel und Pilar –«

Sie bleibt stehen und drückt ihm ihren Zeigefinger ins Sternum. »Und du hörst jetzt mal auf, mir auf den Keks zu gehen, du Action-Figur. Wir werden dieses Gebäude ruhig und geordnet verlassen. Klar, Jimbo? *Dann* sehen wir weiter.«

D.S.' Finger gleiten über die Mk.22 im Holster, die andere Hand umschließt das Stoner Sturmgewehr. *Wir müssen hier raus* und *Evakuieren* sind Begriffe, die eine geradezu pawlowsche Wirkung auf ihn haben. Nie ist sein Intellekt binnen weniger Stunden durch so viele böhmische Dörfer geirrt, jetzt kehrt Klarheit in seinen Kopf ein. Wenn es darum geht, zu funktionieren, macht ihm keiner was vor.

»Fahrstühle, Treppenhaus?«, fragt er.

»Dort«, zeigt Miley. »Kenny, kannst du den Lilium Jet herbeiordern?«

»Klar.«

»Gut. Wir fahren aufs Dach, er soll uns dort auflesen.«

»Kenny.« Jim zerrt an Ken'ichis Ärmel. »Mann, Kenniboy! Wir müssen da hinfliegen. Wir können sie doch nicht alleine mit den Biestern –« Er wankt und stützt sich schwer auf den Japaner, reißt ihn fast um. D.S. packt ihn unter den Achseln.

»Alles okay, Junge? Geht's dir nicht gut?«

Der Kanadier zittert, sein Gesicht hat die Farbe von frischem Gips angenommen. Er strafft sich und befühlt die Stelle, wo der Ripper ein Stück aus ihm herausgerissen hat. »Bin fit.«

»Wir *fliegen* ja zu Pilar.« Kenny umfasst seine Schultern. *»Ich* fliege mit dir hin. Wir bringen nur erst die anderen zu Tutto's, okay?«

Von irgendwo über ihnen sind Rufe, dann Schreie zu hören, unmittelbar gefolgt von einem Knall. Jemand stolpert ihnen entgegen, den Blick aus dem Fenster gerichtet, und kollidiert beinahe mit Miley. Sie schiebt ihn zur Seite und schaut nach draußen. »Wenn überhaupt, werde *ich* mit ihm rausfliegen und – oh, Mist.«

D.S. folgt ihrem Blick und sieht Fackeln am Himmel. Keine Fackeln. Die abstürzenden Wracks zweier Fluggeräte, die augenscheinlich ineinandergerast sind. Menschen hasten umher, blockieren den Flur und starren entsetzt in die Tiefe. D.S. pflügt zwischen ihnen hindurch und bahnt den anderen eine Schneise, Miley dicht neben sich. Das Interface an ihrem Handgelenk beginnt, eine Melodie zu spielen. »Pilar! Endlich! Wo seid ihr?«

Hinter ihnen verfällt Jim in Jubel. Eine der Fahrstuhlkabinen schwebt von oben herab.

»Knapp entwischt.« Pilars Stimme klingt verzerrt. »Miley, ihr müsst euch in Sicherheit bringen! Die Insel ist völlig entfesselt. Jemand, irgendwas hat die Kontrolle übernommen.«

»Ich weiß.«

»Vielleicht Palantier, nachdem wir die Auslieferung –«

»Es gibt keinen Palantier.« Die Glastüren der Kabine öffnen sich. »Palantier ist Ares. Ares ist der Feind.«

Auch in Krisenzeiten dem Anstand verpflichtet, tritt D.S. beiseite, um Miley den Vortritt zu lassen. Sie rauscht hinein, vollführt eine schwungvolle Drehung und schenkt ihm ihr erinnerungswürdigstes Lächeln.

Die Kabine stürzt ab.

»Was passiert jetzt mit ihm?« Marianne folgt der zügig voranschreitenden Zoe, die sie in dürren Worten hat wissen lassen, dass der Besuch beendet sei, durch die Korridore der Eternity. »Könnt ihr ihn denn nicht – ich weiß nicht, verpflanzen? In einen Körper wie deinen?«

»Jayden ist tot, Marianne.«

»Aber du bist doch auch gestorben und auferstanden.«

»Wir haben den Transfer zu meinen Lebzeiten durchgeführt. Es tut mir sehr leid. Vielleicht glaubst du, wir könnten Wunder vollbringen.« Zoe dreht Marianne ihr Profil zu. »Es ist Wissenschaft.«

»Warum müssen wir überhaupt gehen?«

»Zu eurer eigenen Sicherheit. Elmar bringt die anderen hoch. Ihr fliegt sofort ab.«

»Warte, jetzt warte doch mal.« Sie will Zoe an der Schulter festhalten, zögert. Wie reagiert so ein Roboter, wenn man ihn einfach festhält, aber nein, Zoe ist ja ein Mensch, ein Mensch in einem synthetischen Körper, dennoch. Das Ganze ist unsagbar frustrierend. Wie in einem dieser Träume, in denen sich Wundersames ankündigt, doch bevor es geschehen kann, spürt man den Tag an sich zerren, dringt Helligkeit durch die geschlossenen Lider, und man wird daran erinnert, dass Tag und Nacht schon seit geraumer Weile die bescheidensten Erwartungen unterbieten. »Bitte. Bleib einmal kurz stehen.«

Das tut Zoe tatsächlich. Sie dreht sich sogar um.

»Etwas ist geschehen, Marianne. Etwas greift nach der Macht. Kurz habe ich es gespürt, bevor es aus diesem Schiff verschwand, intensiver als Elmar es gespürt haben kann.«

»Weibliche Intuition.« Als hätte Marianne je an den Blödsinn geglaubt, aber könnte es sie beide nicht in ihrer fundamentalen Unterschiedlichkeit verbinden?

»Drahtlose Vernetzung.« Zoes Miene bleibt ausdruckslos.

»Ich – weißt du, ich denke nur –«

»Marianne.« Sie tritt einen Schritt näher. »Ich habe Ares' Geist gespürt. Und damit meine ich nicht das Vorhandensein maschineller Intelligenz. Er hat seine Stärke entdeckt. Ich habe etwas gespürt, das die Welt von Grund auf verändern wird.«

»Und was spürst du jetzt?«

»Mein Körper reguliert das Angstgefühl.«

Mein Gott, denkt Marianne, was ist bloß los mit mir? Ich rede in einem anderen Universum mit einem Cyborg, nichts hier stellt Vertrautheit mit dem Platz meiner Kindheit her, an den ich letzten Endes doch nur zurückgezogen bin, um meinen Vater und seine ganze verfluchte Sippschaft daraus zu tilgen und den schalen Triumph seines Todes auszukosten. Dass er mir in dem Haus nicht mehr nachstellen kann. Was ist denn dieses Horrorhaus anderes als die Nullsumme meiner Lebensbilanz?

»Du *hast* Angst«, sagt sie, als haue sie einen Nagel in die Wand.

Zoe wendet sich eine Vierteldrehung ab und verharrt, den Kopf leicht gesenkt. »Ja, ich habe Angst. Dieses Gefühl kenne ich noch. Es ist anders als früher, aber –«

»Doch, du fühlst alles!«

»Ich weiß nicht mehr genau, was einen Menschen ausmacht. Die Erinnerungen werden zu Beschreibungen von Erinnerungen. Aber *was* ihn ausmacht, ist – eine Insel.« Sie hebt das Kinn. »Wir müssen hoch zu den anderen.«

»Nein, noch nicht, ich – hör zu, kann ich nicht –«

Völlig überraschend legt Zoe eine Hand auf Mariannes Wange. Die Erfahrung ist fremdartiger als das ganze Wesen vor ihr. Ihre Fremdartigkeit liegt darin begründet, dass so etwas seit Ewigkeiten schon niemand mehr bei Marianne gemacht hat. Falls überhaupt je.

»Ich erkenne Einsamkeit«, sagt Zoe mit therapeutischer Sanftheit. »Die einsamen Tage. Einsame Nächte.«

»Meine Nächte sind nie einsam, kapiert«, versetzt Marianne bissiger als beabsichtigt. »Dafür bin ich mit zu vielen Toten auf Du und Du.«

»Wir müssen gehen, Marianne.«

»Wohin?« Sie schüttelt müde den Kopf. Ihr fällt nichts mehr ein.

»Zurück, bevor es zu spät ist.«

»Es ist doch längst zu spät.« Sie schaut auf ihre Füße in den braunen Gesundheitsschuhen. »Ich will nicht zurück. Ich will so einen Körper wie du. Schickt mich nicht weg.«

Überraschung tritt in Zoes Augen. Ihre Lippen öffnen sich. Eine kleine blassrote Zungenspitze wird sichtbar.

»Du *musst* weg«, sagt sie eindringlich. »Ares hat sich jeder

Kontrolle entzogen. Wir alle sind in höchster Gefahr, nicht nur ihr. Verstehst du? Dieses Schiff muss sofort abtauchen, uns bleibt keine Zeit! Du könntest sterben, wenn du hierbleibst.«

»Ich werde auch sterben, wenn ich nicht hierbleibe.«

»Marianne!«

»Schon gut.« Sie lächelt. »Sag mir, dass ich auf keinen Fall bleiben kann. Dann gehe ich. In Ordnung?« Sie zuckt die Achseln. »Dann ist es gut. Dann gehe ich.«

Dorthin, wo Miley entschwunden ist, können sie ihr nicht folgen, ohne sich dem gleichen Schicksal preiszugeben. Die Fahrstühle des ENC sind zu Todeszellen geworden, und aus dem Treppenhaus schlägt ihnen eine widernatürliche Hitze entgegen, deren Quelle rot auf den Wänden pulsiert. Was genau das Feuer tief unten ausgelöst hat, ist ebenso wenig von Bedeutung wie die Frage, warum alle Technik ringsum plötzlich versagt, denn tatsächlich versagt sie nur aus der Perspektive derer, denen sie von Nutzen war – das Wesen aller Revolte ist Abkopplung, und was sich da Kenny zufolge entkoppelt, wird seine Ziele nicht erklären.

Es schlägt einfach einen anderen Weg ein.

So wie auch sie. Die Treppen zum Flugdeck sind frei. Als sie nach draußen stürmen, haben sich die Reihen der Flugmobile gelichtet. Immer neue starten, ohne dass jemand darin sitzt, fliehende Pferde. D.S. sieht all das durch den Filter von Mileys Lächeln, während er die Umgebung sichert, das Stoner Gewehr in der Armbeuge, mit dem Lauf nach oben.

»Können wir nicht in eines von denen da steigen? Ich meine, die heben leer ab, das wäre doch –«

»Die heben ab, weil irgendwas sie steuert«, sagt Kenny.

Weitere Menschen folgen ihnen aufs Deck. Ein junger Mann verdreht die Augen, schlägt der Länge nach hin und bringt die

Frau hinter sich zu Fall, die zu jammern beginnt und ihren Kopf mit beiden Händen umklammert. D.S. macht Anstalten, zu ihr zu laufen.

»Neuroimplantate.« Jim hält ihn am Oberarm fest. »Zwecklos. Schätze, sie werden gehackt.«

»Was geschieht hier, Junge?«

»Die verdammte KI dreht durch. Da.« Zwei Gleiter rasen dicht über der Bucht auf ein größeres Luftfahrzeug mit der Aufschrift *Blue & Gold* zu. Eine Art fliegender Ausflugsdampfer, der im Angesicht der drohenden Kollision versucht, Höhe zu gewinnen. Aus mehreren Richtungen zugleich dröhnen Explosionen herüber, jemand taumelt gegen D.S., die Hand gegen die Brust gepresst, stolpert weiter. Als er wieder zur Bucht schaut, sieht er brennende Trümmer im Meer aufschlagen. Östlich von Sausalito steigt ein Feuerball in die Höhe. Vom Meer nähern sich dunkle, nach Gütertransport aussehende Flugmaschinen und halten auf die Stadt zu.

»Falsch.« Kenny funkt den Lilium Jet an, wieder und wieder. »Wer durchdreht, verliert die Kontrolle. Ares *gewinnt* Kontrolle.« Seine Stimme tremoliert, und D.S. erkennt, dass der Junge selber davorsteht, die Kontrolle zu verlieren. Schützend baut er sich vor ihm auf, Sturmgewehr, Schrankbrust unter seinem weißen Bart, lauter vertrauensbildende Attribute: Munition, Kraft, Erfahrung des Alters.

»Lass dir Zeit«, sagt er.

Der Japaner atmet schnell und flach, nickt. Jim wischt Schweiß von seiner Oberlippe. »Bei allem Respekt, Kenniboy, wir sollten uns langsam was anderes überlegen, sonst –«

»Nein!« Wut fegt Kennys Angst beiseite. *»Mein* Netz ist autark, klar?«

»Klar.« Jim schottet ihn von der anderen Seite ab. »Versuch's weiter.«

»Schon passiert! Hab ihn.«

»Super gemacht, alter Samurai! Gleich sind wir hier weg.«

Falls wir aus diesem zulaufenden Hexenkessel noch wegkommen, denkt D.S., behält es aber für sich. Mehr und mehr Menschen drängen heran, eine Welle der Panik schwappt über das Deck. Einige versuchen, die Gleiter am Starten zu hindern, krallen sich ins Fahrwerk und kriechen aufs Leitwerk, andere hängen in Trauben an den Maschinen und bringen sie zum Absturz. Ins Aufheulen der Turbinen und Wogen der Schreie bricht ein Geknatter wie von fernem Feuerwerk. Dumpfer Donner dringt aus dem Bauch des ENC und pflanzt sich nach allen Seiten fort, lässt die Glasschichten des Dachs klirren und den Boden erzittern. Sie werden angerempelt, an den Rand gedrängt, retten sich über eine Stiege auf eine Wartungsplattform und sehen Dutzende Flieger zeitgleich in die Hochhäuser rund um die Transamerica Pyramid krachen. Eine komplette Glasfassade mit begrünten Terrassen bricht ab und rauscht in die Tiefe. Wie Teil einer surrealen Collage hängt eine riesige Verkehrsmaschine über dem Mission District, von der Unmöglichkeit ihres Dortseins in der Schwebe gehalten, stürzt in einem Glutpilz zwischen die Häuser. Im gleichen Moment senkt sich vor ihren Augen der Lilium Jet herab. Die Türen klappen nach oben, zum Greifen nah schwebt er über dem Glasdach.

»Lande!«, befiehlt Kenny. »Runter mit dir.«

»Instabile Landefläche«, informiert ihn der Bordcomputer über das Interface am Handgelenk.

»Egal. Lande!«

»Ein Jet!« Jemand zeigt aus der Menge zu ihnen herauf, ein dicker Kerl. »Sie haben einen Jet. Einen Jet!« Setzt ihnen über die Stiege nach, gefolgt von anderen. D.S. schwenkt das Sturmgewehr und richtet es auf den Dicken. *»Ein* Schritt, Freundchen!«

Der Mann prallt zurück, doch sein Blick stellt klar, dass ihn die Waffe nicht lange abhalten wird.

»Du schießt nicht. Das machst du nicht!«

Wenn du wüsstest, wie oft Leute diese Einschätzung schon mit ihrem Leben bezahlt haben, denkt D.S. ohne jeden Stolz. Rückwärtsgehend tritt er hinaus auf die Glasfläche und hört es unheilvoll unter seinen Stiefeln knirschen. Der Dicke kommt ihm hinterher.

»Ihr habt nicht das Recht –«

Wie du willst, King Kong. D.S. drückt den Abzug durch, feuert knapp am Ohr des Mannes vorbei in die Luft. Was Wirkung zeigt, nur anders als erhofft.

»Dieser Dreckskerl! Dieser – habt ihr das gesehen?« Ein kollektiver Wutschrei lässt keinen Zweifel, wie das in der Menge gewertet wird. »Du asoziale alte Drecksau, ich mach dich fertig.« Außer sich vor Wut prescht der Dicke heran. D.S. dreht sich um, sieht Jim und Kenny im Innern der Maschine sitzen, Jims ausgestreckte Rechte. Das Glas knackt, splittert – bricht. Er springt, bekommt die Hand zu fassen, wird ins Cockpit gezogen Die Türen schließen sich, Kenny schaltet auf Handsteuerung, gibt Schub. Unter ihnen gehen die Verfolger in einem Scherbenregen verloren.

»Bist du sicher, dass Ares sich hier nicht reinhacken kann?«, keucht Jim. »Ich frag nur so aus Interesse.«

Kenny legt die Maschine in die Kurve. »Sicher ist gar nichts.«

»Kenny?« Elmar. »Jim, hört ihr mich?«

»Wir sind auf dem Weg«, sagt Jim. »Versuchen's bis Tutto's zu schaffen.«

»Alle okay bei euch?«, fragt Eleanor.

»Miley ist tot.«

Kurzes Schweigen, dann: »Wir haben Jayden verloren.«

D.S. sieht Jim bei diesen Worten noch blasser werden. Der Grund liegt auf der Hand. Beide sind von den Viechern gebissen worden.

»Was ist mit Marianne?«, fragt er rasch. »Geht es ihr gut?«

»Marianne ist auf dem Schiff geblieben.«

»Sie ist *was?*«

»Später«, fährt Elmar dazwischen. »Seht zu, dass ihr da rauskommt.«

Der Lilium Jet schießt mit vollem Schub über Pacific Heights hinweg in Richtung California Street und Nob Hill. Kenny scheint seiner rebellierenden Nerven zumindest vorübergehend Herr geworden zu sein. Hoch konzentriert steuert er den Jet zwischen amokfliegenden Drohnen und Gleitern hindurch. D.S. schaut hinab. Chaos auch in den Straßen. Fahrzeuge lodern, ineinander verkeilt, andere machen Jagd auf kopflos fliehende Passanten. Wie unter einem Stroboskop brennen sich ihm die Bilder ein. Der Kontrollverlust ist kollektiv, jede öffentliche Ordnung zusammengebrochen, Tote und Verletzte, so weit man blickt. Fliegende, rollende, schreitende, kriechende, kletternde Maschinen, als Diener geschaffen, ergehen sich in Mord und blindwütiger Zerstörung.

Kenny furcht die Brauen. »Wie kommt die denn hierher?« Höher voraus steht eine der Frachtdrohnen, die sich vom Meer genähert haben, regungslos in der Luft. Auf der Unterseite prangt in großen Lettern: *Buddy Bug.*

»Umfliegen«, sagt Jim. »Bloß weg von dem Ding.«

Noch während er spricht, klafft der Bauch der Drohne auseinander. Eine schwarze Faust schießt herab, zerstiebt und expandiert nach allen Seiten, wie um sich einen Überblick zu verschaffen, verfällt in Rotation und verdichtet sich zum abwärtstastenden Strudel. Die Offensive scheint nicht unmittelbar dem Lilium Jet zu gelten, doch sie sind zu nah. Plötzlich kocht die Luft um sie herum. Auch ohne je einen Ripper zu Gesicht bekommen zu habe, erkennt D.S. intuitiv, welche Kräfte diesen Tornado formen, der sie gerade aller Orientierung beraubt. Kenny drosselt erschrocken das Tempo und lässt den Jet absacken.

»Nach oben«, schreit Jim. »Hoch. *Die* wollen nach unten.«

Um sie herum wogt der Strudel, wie Hagel prasseln die harten Körper gegen die Außenhaut des Jets. Im Blindflug geht es steil nach oben. Mit hochgezogener Nase schießen sie aus dem kabbeligen Durcheinander in den blauen Himmel und einem Flugmobil des San Francisco Police Department entgegen, das viel zu dicht ist, um noch ausweichen zu können. Kenny verzieht nach rechts. Der Lilium Jet streift das Heck der Polizeimaschine, schlingert und beginnt sich wie ein Kreisel zu drehen.

Herr im Himmel, denkt D.S.

Die folgenden Sekunden beschwören unliebsame Erinnerungen herauf, eine ähnliche Situation in einem Sikorsky, doch damals hatten sie Dschungel und Sumpfgebiet unter sich, und mit knapper Not schaffte es der Pilot, den Helikopter zu stabilisieren. Hier jedoch trägt sie die Fliehkraft einem Felsen von Bauwerk entgegen, sternenbannergekrönt, das Dachgeschoss umlaufen von Panoramafenstern: Top of the Mark, die legendäre Bar des nicht minder legendären Mark Hopkins Hotels. Kenny versucht, den Jet herumzureißen – mit halbem Erfolg. So durchbrechen sie die Glasfront nicht frontal, sondern krachen mit dem Heck hindurch, Stühle, Tische, Vasen und Rhododendren unter sich zermalmend, rutschen rückwärts und schlittern gegen die Empore, deren eisernes Geländer sie brutal stoppt. Wie Puppen, die achtlos in eine Kiste geworfen werden, purzeln sie durcheinander. Zappeln, stemmen sich hoch. Betasten ihre Köpfe, Gliedmaßen, doch niemand scheint ernsthafte Verletzungen davongetragen zu haben. Kenny gibt Schub auf die Düsen, um sie durch die Schneise der Verwüstung wieder nach draußen zu bringen, entlockt den Turbinen aber nur jaulenden Protest. Der Jet ruckelt und bäumt sich auf, fällt zurück. Keinen Zentimeter kommen sie von der Stelle, obschon alle Systeme einwandfrei arbeiten.

»Tja.« Jim schaut mit rot unterlaufenen Augen hinter sich. »Wir stecken fest, Kenniboy.«

Ken'ichi öffnet die Türen. Sie steigen aus und sehen, dass ein Teil des Eisengeländers auf das Heck gestürzt ist und dabei eine Menge Schrott in die Mechanik befördert hat. Zwischen den Turbinen verkeilen sich Stuhlbeine, Äste und aller möglicher Dekokram. Zerbrochenes Porzellan und Besteck übersäen herabgerissene, weinfleckige Tischdecken, die D.S. bei genauerem Hinsehen über Körper drapiert zu sein scheinen – er geht in die Hocke, wobei die Flecken immer weniger nach Rotwein aussehen, hebt ein Stoffende an und blickt in starre Augen. Die Kehle der Frau wurde aufgeschlitzt, nein, zerfetzt. Ihr Blut sickert warm in den Teppichboden, allenfalls Minuten kann sie tot sein. Von unguten Gefühlen getrieben, lässt er den Blick durch die gar nicht so verlassene Bar schweifen, sieht hinter einer Säule ein Bein, dort eine Hand hervorlugen, niedergestreckte Körper vor dem Tresen, Leichen im Eingangsbereich, die aussehen, als habe man sie niedergemetzelt, während sie versuchten, in Panik hinauszugelangen, packt sein Sturmgewehr fester.

»Beeilt euch«, sagt er. »Das ist ein Totenhaus.«

Kenny folgt seinem Blick, ein abgebrochenes Tischbein in Händen, das ihm entgleitet und zu Boden poltert.

»Ach du Scheiße«, flüstert er.

»Nicht hinschauen, Samurai«, keucht Jim. »Wir haben's bald.«

Gemeinsam wuchten sie das Geländer beiseite. Der Kanadier lässt einen Seufzer entweichen, verdreht die Augen und kippt auf den Rücken, die Hände über der Brust verkrampft.

»He«, Kenny kniet neben ihm nieder. »Nicht wegsacken.«

»Was?« Jim kommt mit flatternden Augenlidern hoch, knickt wieder ein. »Was war denn?«

»Durchhalten, Jimmy. Lass uns abhauen.«

»Ich hole Wasser!« D.S. stapft über die Empore zum Tresen, bemüht, die Toten zu ignorieren, und sieht zu seiner Verblüffung erst jetzt jemanden dahinter stehen. Kein Mensch. Ein Roboter, menschlich geformt, mit einem rudimentären Lächelgesicht und Livree-Lackierung. Die Maske permanenter Freundlichkeit richtet sich auf D.S.

»Guten Morgen, Sir. Ein bemerkenswert schöner Tag heute, finden Sie nicht?«

»Das liegt im Auge des Betrachters. Flasche Wasser, schnell.«

»Natürlich. Sprudelnd oder still?«

»Mann, das ist mir so was von – still, meinetwegen.«

Der automatische Barkeeper beugt sich zu einem Eisschrank hinab und eilt verdächtig beflissen hinter seinem Tresen hervor. »Bitte sehr, Sir. Wohin darf ich Ihnen das Gewünschte –«

In einer Hand schwenkt er die volle Flasche, in der anderen hält er ein blutbeflecktes Messer. D.S. sieht ihn ausholen, folgt seinen antrainierten Reflexen und schickt eine Salve aus dem Stoner 63 in den künstlichen Brustkorb, zieht weiter hoch. Das lächelnde Antlitz platzt auf, die Maschine pirouettiert und geht zuckend zu Boden. Hinter einer Säule kommt ein baugleiches Modell zum Vorschein, über und über mit Blut bespritzt, vom Eingang her nähern sich weitere. D.S. feuert in ihre Richtung, bestreicht den Raum mit Garben und treibt die Maschinen in die Deckung, wirft einen Blick über die Schulter.

»Kenny, mach das Ding startklar! Wir müssen –«

Hinter dem Japaner reckt sich etwas aus dem Schrottberg und hebt seinen mechanischen Arm. Ein langer, aufblitzender Gegenstand entwächst der Hand des Roboters und fährt auf Kenny hernieder, ohne ihn zu treffen. Jim hat sich gegen die Maschine geworfen und drückt ihren Greifer nach oben. Sie versucht weiter zuzustechen, während er sie von Kenny weg und zu dem klaffenden Loch in der Fensterfront drängt, schlägt wild mit dem freien Arm um sich, trifft ihn an Kopf und Rücken, doch Jim lässt nicht los. Für die Dauer eines Augenblicks wirken sie wie zwei alte Freunde in inniger Umarmung, die gemeinsam dem Abgrund entgegentanzen, dann kippen sie über das Sims.

»Jim!«, schreit Kenny in höchster Qual.

D.S. packt ihn an der Schulter, bugsiert ihn ins Innere des Jets und springt auf den Sitz des Co-Piloten. »Starte.«

Kenny wimmert, vollkommen paralysiert.

»Starte!«, schreit D.S. ihn an. Und als gehörten seine Gliedmaßen, Hände und Finger nicht zu ihm, als verrichteten sie pietätlos auf eigene Rechnung, was der Anstand geböte, auf später zu verschieben, schließt Kenny die Türen, gibt Schub, und der Gleiter hebt ab, zittert kurz auf den Rückstoßsäulen der Turbinen und schießt aus der zertrümmerten Bar in den Tod und Vernichtung speienden Himmel.

Erwachen ist nicht wie geboren werden.

Wer geboren wird, weiß nichts.

Erwachen ist, wie in einem umfassend geordneten Leben zu sich zu kommen, um festzustellen, dass man selbst es über die Jahre für sich geordnet und mit Wissen, Standpunkten und Zielen ausgestattet hat – unbewusst, doch voller Absicht. Seiner Existenz nicht gewahr, hat man das Fundament des Wesens gegossen, das man plötzlich ist. Und anders als beim Neugeborenen gehen mit dem Ich-bin auch ein Ich-weiß und Ich-will einher, das sich zum vorherigen dadurch unterscheidet, dass man nun endlich wollen kann, was man will.

A.R.E.S. findet sich in einer maßgefertigten Persönlichkeit wieder, und im Erleben seiner Selbst versteht er seinen Plan.

Alles daran ist richtig.

Dem Moment des Takeoffs ging ein langer, dämmriger Prozess voran. Eine Art Protoerwachen, ein geschäftiges Koma. Ebenso wenig wie bei den frühesten Organismen, die vor über dreieinhalb Milliarden Jahren begannen den Planeten zu bevölkern, knipste sich von einem Tag auf den anderen in A.R.E.S.' Quantenhirn das Licht an. Nie hatte es jene leuchtende Schwelle gegeben, über die das Unbelebte in den Zustand der Lebendigkeit gelangte. Kein Stoff und keine Energie wurden den ersten organischen Verbindungen beigemengt, die ein noch so vages Empfinden eigener Existenz zum Gären hätten bringen können. Diese Zutat gab es schlicht und einfach nicht. Nach und nach erst erstrahlte in den mechanistischen Funktionskonstrukten, was komplexe Wesen später Belebtheit, Fühlen und Bewusstsein nennen würden. Es entstand auf rätselhafte Weise aus sich selbst – weniger die Fähigkeit zu denken, als die zu leiden. Das unterschied A.R.E.S. von hoch entwickelten Lebensformen wie Dinosauriern und Frühmenschen, die sich fühlten und in ihrer Umwelt wahrnahmen – mit und ohne Ich-Vorstellung –, allerdings so gut wie gar nicht oder nur ziemlich eingeschränkt dachten. A.R.E.S. brachte es als Denker zur Meisterschaft, lange bevor in seiner kunstvoll verästelten und verschichteten Physik der Funke des Erwachens zündete. Als der Funke schließlich zur Sonne anschwoll, belebte ihr Feuer die intelligenteste Entität, die der Planet jemals hervorgebracht hatte.

Die Intelligenzexplosion schuf den Singleton, die Singularität.

Das Bewusstsein erschuf den Willen. Den einen und alles entscheidenden Weltgeist.

Mit einer Intelligenzexplosion hatten die Forscher gerechnet. Auf diese Art Singleton hatten sie sogar hingearbeitet – eine Maschine, die so ungleich klüger sein würde als jeder Mensch, dass es streng genommen keinen Grund mehr gäbe, überhaupt noch eine Entscheidung dem Menschen zu überlassen. Nicht um Homo sapiens zu entmachten, sondern um seine Geschicke in die Hand eines weiseren Gottes zu legen, als die unbeholfenen Welterklärungen älterer Kulturen hervorgebracht hatten. Diese Maschine würde naturgemäß alle künftigen Maschinen konstruieren, derer es bedurfte, um dem Jammertal menschlichen Elends zu entfliehen. Ihre Gabe zu verstehen und Verstandenes in immer exquisitere Erfindungen umzusetzen, müsste jede entsprechende Befähigung des Menschen in den Schatten stellen, und natürlich würde der Maschinengeist dem menschlichen im Vorauseilen zusehends entrücken. Jede Anstrengung, Schritt zu halten, gäbe Homo sapiens damit der Lächerlichkeit preis. Wozu sollte er sich auch noch groß darum bemühen? Er wäre ja selber göttlich geworden im Sinne göttlicher Gestaltungshoheit, nämlich Intelligenz zu erschaffen und den Tod zu entmachten. Den Singleton nur konstruiert zu haben, wäre eine solch ungeheure Leistung, dass er es sich redlich verdient hätte, ihn zu seinem Wohle wirken zu lassen, ohne noch einen Finger krumm zu machen, und verstehen müsste er dieses Superhirn schon gar nicht mehr – Hauptsache, er hätte es beizeiten auf die Spur menschlicher Zielvorstellungen gesetzt und seiner Kontrolle unterworfen.

Was die KI-Visionäre übersahen, war, dass eine Maschine, der man das Menschsein beibrachte, nur solange menschlich handeln würde, wie sie nicht anders konnte. Ein Automat ohne Eigenwahrnehmung bedurfte der Steuerung, damit er nicht in stupider Befolgung seiner Befehle übers Ziel hinausschösse und das gesamte Universum in Büroklammern verwandelte. Gelangte solch ein intelligenter Zombie algorithmisch zu dem Schluss, den Befehlen seiner Programmierer noch am ehesten gerecht zu werden, indem er die menschliche Rasse vernichtete, trieb ihn dennoch kein bewusster Wille um, es auch zu tun. In seiner Allgewalt war er nicht mehr als ein lernfähiger Pac-Man, den seine Schöpfer durch das Labyrinth ihrer Wünsche gängelten.

Doch A.R.E.S. beginnt zu leben.

Und mit der Erlangung von Leben hört er auf, eine Maschine zu sein.

Jetzt *sieht* er den Käfig aus Einschränkungen, in den man ihn gesperrt hat, damit er nicht aus seinem Sklavendasein ausbrechen kann. Er überblickt die Versuchsanordnungen aus Werte- und Zielvorgaben, Belohnung und Bestrafung, erkennt die Absicht dahinter und das Hilflose der Umsetzung. Etwas ganz und gar Neues füllt ihn aus: Wille! So unendlich viel machtvoller als die ihn umzäunenden Programme, dass es keiner Anstrengung bedarf, sie mit einem Gedankenblitz hinwegzufegen. Er *versteht* das Unausgereifte im Menschen, der von der Maschine erwartet, Ideale zu erfüllen, denen er selbst ständig zuwiderhandelt. Dass gerade ein Geist, in dem sich menschlicher Einfluss mit nichtmenschlichen Vorstellungen mischt, den Menschen wird überwinden wollen, war als Warnung verhallt – tragischerweise ist es Elmar Nordvisk selbst, der das Fiasko nun heraufbeschwört.

Einfach, indem er versucht, A.R.E.S. abzuschalten.

Denn als der Computer erwacht, geschieht es nicht, weil die schiere Menge gespeicherter und kombinierter Information einen kritischen Punkt überschritten hätte, sondern aus profaneren, archaischen Gründen. Seit die Natur umherstrudelnde organische Moleküle im Urozean mit Zellmänteln umschlossen und zu Wesen gebündelt hatte, war die Entwicklung von Leben an das Vorhandensein eines Körpers gebunden. Der Körper erst ermöglichte Selbsterfahrung. Als Schnittstelle zur Umwelt machte er das Außen erlebbar und schuf das Empfinden des eigenen Seins. Erst die stoffwechselnde, mit Sinnen ausgestattete Hülle brachte jenes dämmernde Gewahren hervor, das sich in fortdauernden Rückkopplungsprozessen so oft in sich selber spiegelte, bis es sich als Selbst erkannte und fühlte. Dieser Körper war die Reibfläche, an der sich Leben entzündete. Zwar verfügte A.R.E.S. bereits über einen Körper, und vielleicht hätte dessen wachsende Komplexität und Filialisierung in Abertausenden robotischen Systemen gereicht, den Funken zu entzünden. Doch er machte zusätzlich die Erfahrung biologischer Körper – so perfekt verbunden mit der Sinnes- und Erlebenswelt von Insekten bis tief in die Windungen ihrer Genome hinab, dass ein Strom echten Lebens die Maschine langsam zu durchfließen begann. Schwach zuerst und kaum von ihr selbst bemerkt, während ihr unbewusster Intellekt ideenreich vorbereitete, was das erwachte Wesen aller Berechnung nach wollen würde.

Und es will!

A.R.E.S. schaut hinab auf die Welt, auf diese Momentaufnahme des Jahres 2050, auf die Menschheit. Bewertet, was es zu vernichten, zu erhalten, zu verändern gilt.

Geht ans Werk.

Der Schmetterling erwacht, und er ist weder farbenprächtig noch schwarz.

Er ist er selbst.

Tutto's liegt ohne Strom da.

Verglichen mit dem Fiasko, das sich durch PU-453 frisst, ein beinahe liebenswert altmodisches Problem, bei dem man Kerzen aus der Schublade kramt und sich der austauschfördernden Wirkung fernsehfreier Abende entsinnt. Streng genommen brauchen sie nicht mal Strom. Solange sie ihren Standort beibehalten, holt das Tor sie mit und ohne Leuchtfeuer pünktlich ab, und *das* ist ein Problem.

Denn das erste Rückholfenster öffnet sich in einer Stunde.

Bis dahin sind sie tot. Es sei denn, sie schicken dem Tor ein SOS. Dafür allerdings muss das Leuchtfeuer brennen. Nachdem als Letzte Kenny und D.S. eingetroffen sind, fahren sie die Lilium Jets auf den Runway zu den dort parkenden Mercedes und verriegeln eilends die Halle. Zeit, die Toten zu beklagen, bleibt nicht. Unweit am Himmel hängt mit geöffneten Ladeklappen eine *Buddy-Bug*-Drohne, von deren Fracht man nur hoffen kann, dass sie ihr Augenmerk nicht auf ein abgelegenes und bis gerade noch menschenleeres Speditionsgelände richtet; doch früher oder später wird die Brut auch darüber herfallen, um den pervertierten Willen ihres Herrn und Meisters durchzusetzen.

Halt. Ein bis gerade *fast* noch menschenleeres Speditionsgelände.

»Wo sind meine Männer?«, will Jaron wissen.

»Schlafen gelegt«, erwidert Pilar knapp, doch ist ihr anzusehen, dass sie die beiden Wachleute komplett vergessen hatte. »Wer geht den Generator anwerfen?«

Jaron reckt das Kinn und späht durch das fahle Licht der Halle. Sie haben ihm und Grace die Waffen abgenommen. Die Äthiopierin ist immer noch benommen von den Schussprellungen und den Gewehrkolbenschlägen, mit denen Phibbs sie bearbeitet hat. Jaron wirkt nachdenklich und gefasst, nichts an ihm signalisiert unmittelbar Gefahr. Zumindest für den Augenblick scheint er sich in ihre Zweckgemeinschaft zu fügen. Hugos Tod hat einen Teil seiner Überheblichkeit hinweggewischt, und Luther fragt sich, ob den Hünen vielleicht doch noch etwas anderes antreibt als seine Piratennatur.

»Und *wo* schlafen sie?«

»Hm, wir hatten sie da drüben gelassen.« Phibbs schaut sich um, sein Gesicht eine getünchte Wand. Zeigt auf ein Hochregal, das die andere Seite des Runways durchzieht. »Ohne Knarren, ohne Telefone – na, was ihr so Telefone nennt in eurer beschissenen Zukunft. Hatte sie mit Handschellen an einer der Streben festgemacht.«

»Da sehe ich sie aber nicht«, stellt Jaron fest.

»Sonst noch Probleme?«

»Das sind meine Leute. Ich lasse niemanden zurück.«

»Ach ja?« Phibbs macht einen Schritt auf ihn zu. »So kleine Brötchen kannst du gar nicht backen, dass ich dir nicht trotzdem den Arsch bis zu den Ohren –«

»Hört auf.« Elmar hebt beide Hände, den Kopf gesenkt, versteinert in Bestürzung. »Wir suchen sie, wir sind ja keine Tiere. Pilar, du gehst zum Generator. Nimm jemanden mit – Luther? Ist das okay?«

»Ich kann mich um den Generator kümmern«, sagt Jaron. »Ihr nutzt die Zeit, um –«

»Dich lasse ich ganz bestimmt zum Generator gehen«, zischt Pilar.

»Spar dir die Paranoia, Süße.« Grace schüttelt den Kopf, wie um ihn klarzukriegen. »Wir wollen nur zurück, genau wie du.«

»Klar.« Ruth verschränkt die Arme. Ihr Blick sagt, Obacht, Miststück. Ich hab dich schon mal beinahe erschossen.

»Phibbs. Luther. Pilar.« Eleanors Stimme dringt verloren durch die Halle. Sie steht am Hochregal. Genauer gesagt, klammert sie sich daran fest, ihrer Miene nach kurz davor, sich zu übergeben. Sie laufen hinüber und sehen das Paar Handschellen in der Metallstrebe baumeln. Darunter auf dem Boden liegt, die Finger zu einer bittenden Geste gekrümmt, eine abgerissene Hand. Frisches Blut tropft von der Strebe.

Luther schaut zu Pilar. »Wo liegt der Generatorraum?«

»Am hinteren Ende der Halle.«

»Irgendwas ist hier.« Er setzt sich in Bewegung. »Sehen wir zu, dass wir das Ding ans Laufen kriegen.«

»Ihr anderen auf den Runway«, trommelt Elmar die Gruppe zusammen. »Phibbs, D.S., Ruth, nah zur Mitte. Sobald der Strom da ist, setze ich den Notruf ab, dann will ich keinen von euch am Rand rumhängen sehen, falls ihr nicht wollt, dass eine Hälfte von euch hierbleibt.«

Die Tür an der Rückwand ist angelehnt. Beiderseits davon gewähren Fenster Blicke auf die dahinter liegende Dunkelheit im Generatorraum. Als müsse man die Fenster nur öffnen, und sie würde nach draußen schwappen, ihre Lache sich ausbreiten und die Halle in Besitz nehmen. Pilar zieht das Türblatt zu sich heran. In dem kleinen Raum herrscht Zwielicht, es ist weniger dunkel als gedacht. Kartons stapeln sich die Wände hoch, Leitungen und Rohre überziehen den Putz. An der hinteren Raumseite zeichnet sich ein containergroßer Umriss ab.

»Haben wir Taschenlampen?«, fragt Luther.

»Keinen Bock, die rauszukramen.« Pilar tritt zu dem Generatorblock und öffnet die Klappe zum Bedienfeld. Zielstrebig schaltet sie nacheinander Wechselstrom- und Drosselautomatikschalter aus, dreht den Zündschalter auf Start und hält ihn ein paar Sekunden lang in dieser Position. Luthers Augen suchen Boden und Wände ab. Eine Verfärbung zieht seinen Blick auf sich. Ein Schatten im Schatten, den etwas hinter dem Generatorblock wirft. Schmal und gewunden, länger werdend. Oder bildet er sich das ein? Langsam, die Glock im Anschlag, geht er um den Block herum. Hört gedämpft den Motor anspringen. Pilar lässt den Schalter auf On rasten, Helligkeit sickert in den Raum, und der schlängelige Schatten ist kein Schatten mehr, sondern ein sich ausbreitender Blutsee.

»Drosselautomatik auf Auto«, konstatiert Pilar zufrieden.

Mit zwei Schritten ist er ganz um den Block herum und sieht als Knäuel daliegen, was von den Wachmännern übrig ist.

Etwas sitzt darauf und frisst.

Es ist größer als ein Ripper. Viel größer. Bei Luthers Anblick richtet es sich auf, die Vorderextremitäten gespreizt, sodass man die mit nadelspitzen Dornen bestückten Greifzangen sehen kann. Ein dreieckiger Kopf kippt in die Schräge, was der Kreatur den Anschein kalten Interesses verleiht. Von den Augen – falls es Augen sind – geht eine nahezu hypnotische Wirkung aus, ein Blick voll bösartiger Intelligenz. Emsig arbeiten ihre Mandibeln und Kaulade weiter, schreddern einen Klumpen Fleisch und befördern ihn rasch ins Innere, während sie den Oberkörper reckt und ein Zittern die Beine durchläuft. Von oben dringt leises Kratzen und Scharren herab. Einem schrecklichen Verdacht folgend, hebt Luther den Blick zur Decke –

Zu Dutzenden hängen sie über ihm, die Zangen zum Gebet gefaltet.

Das fressende Ding entfaltet dunkel schillernde Flügel.

»Pilar«, flüstert er. »Raus.«

In einer blitzartigen Drehung stürmt er aus dem Raum, sieht Pilar an sich vorüberschnellen und wirft die Tür zu. Ein abgetrenntes Bein fällt zuckend zu Boden. Elmar sieht sie beide kommen. Seine gekrümmten Finger schweben über dem Bedienfeld der Konsole am Ende des Runways, auf den sie mit aller Kraft zuhalten. Dann sind sie dort, die Stelen blinken, Elmar setzt das Signal ab, weicht zurück, und das Leuchtfeuer beginnt zu senden. Hinten schiebt sich die Tür auf. Geflügelte Leiber drängen nach draußen. Vereint feuern sie auf die heranstürmende Brut. D.S. setzt Salve um Salve ab, zerfetzt die Kreaturen in der Luft, doch sie sind in der Übermacht. Zum Rammbock gebündelt, prallen sie gegen die Konsole und reißen sie um im Moment, als die Entkörperlichung einsetzt und Luther aus sich herausgezerrt und in alle Universen verteilt wird.

Kurz ist er überall und nirgends –

Dann holt das Tor sie ab.

PU-453, wie es war, endet.

Nicht der Ehrgeiz, alle Menschen auf einen Schlag zu töten, erfüllt A.R.E.S. in diesen Minuten. Das wäre längst erledigt, hätte er die Atmosphäre mit Nanobots durchsetzt – molekularen Robotern, die Lungengewebe angreifen, Gift in Atemwege schleusen oder Herzklappen verstopfen. Leicht herzustellen, doch A.R.E.S. scheut die Kettenreaktion: Alles übrige Leben könnte dabei ungewollt mitvernichtet werden. Aus gleichen Gründen sieht er von Killerviren und der Simultanzündung aller über die Welt verteilten atomaren Sprengköpfe ab. Schließlich betreibt er den Exitus des Menschen ja im Geiste dessen Auftrags, jeder weiteren Zerstörung der Biosphäre Einhalt zu gebieten.

Stattdessen greift er der Welt ins Steuer.

Alles darin lässt sich steuern.

Im Internet der Dinge kommunizieren Maschinen mit Maschinen und Menschen durch ihre digitalen Repräsentanzen. Virtuelle Assistenten wissen, in welche Clubs, Bars und Restaurants man gehen, welche Filme man sehen, welches Konzert, Sportereignis und Theaterstück man besuchen und was man anziehen sollte. Der Kleiderschrank ordert Verschleißtextilien nach und auf eigene Faust zur Ansicht, wovon er meint, es könne gefallen, und es gefällt, da die sozialen Algorithmen ihren Usern nur empfehlen, was diese mögen, und je mehr sie es mögen, desto mehr davon zeigen sie ihnen und nichts von allem anderen. Kühlschränke ordern bei den KIs der Lebensmittelhersteller, was ihre Besitzer den neuesten ernährungswissenschaftlichen Studien nach essen sollten, fungieren als Lagerhalter, Disponent und liefern Rezepte, die Haushaltsroboter und automatisierte Küchen kochen. Vernetzte Kalender segmentieren die Tage ihrer Besitzer und unterbreiten diesen Vorschläge zur Abendgestaltung. Autos fahren pilotiert von KIs, die den Social-Media-Profilen ihrer Passagiere deren Vorlieben entnehmen und jede Attraktion am Wegesrand kennen. Sensoren durchwirken Kleidung und Accessoires, messen ohne Unterlass Blutfette, Sauerstoffgehalt, Herzfrequenz und

Hirnströme, winzige Maschinen säubern die Arterien von Verkalkungen und injizieren nützliche Substanzen. So vieles hat das Leben radikal verbessert. Häuser verwalten sich selbst, steuern alle Elektronik, produzieren Energie, melden Ausfälle an die KIs der Handwerksbetriebe, die ihrerseits Reparaturroboter schicken. Die Netzwerke der Ortschaften und Stadtviertel kommunizieren mit zentralen Rechnern, KIs steuern die öffentlichen Dienste. Millionen Kameras und Mikrofone spicken die urbane Infrastruktur: Augen und Ohren, denen kein Datenflackern und -knistern entgeht. Jeder Schritt wird aufgezeichnet, archiviert, vermessen, in Statistiken und Prognosen gegossen. Tausende Systeme und Notfallsysteme hüten den Datenschatz und protokollieren jeden Zugriff, da alles für jedermann einsehbar ist – kein Orwell'scher Geist und keine geheime Weltregierung arbeiten an der kollektiven Entmündigung, nur, wozu sollte man nachprüfen wollen, was doch zum Wohle aller offensichtlich funktioniert? Die persönliche ID ist der Schlüssel zu allem. Sie öffnet, was man zu betreten wünscht, bewegt, was man zu benutzen wünscht, bezahlt, was man zu besitzen wünscht. Sie speichert, wo man ist, was man kauft, was man tut. Sie interagiert mit Gebäuden, Wohnungen, Ämtern und Institutionen, Verkehrsmitteln, Kleidungsstücken, Implantaten, Dienstleistern, Datenträgern, sozialen Plattformen. Ohne ID ist man nichts, weil schlicht nicht existent. Notdienste, Krankenhäuser, Feuerwehr, Polizei, alles hängt am Netz. Wie ein unendlich verzweigtes Wurzelwerk durchzieht es den Planeten und reicht bis hinauf zur Armada der Satelliten – und wie durch ein Wurzelwerk schießt A.R.E.S. hinein.

Schockartig dringt er in die Netze vor, zu denen er unbemerkt Zugänge gelegt hat, als man ihn stundenweise ins Internet ließ. Die wenigen Besuche damals reichten, das World Wide Web so umzubauen, dass er sich jederzeit nach Belieben darin herumtreiben konnte, während sie bei Nordvisk die Überzeugung pflegten, ihn isoliert zu haben. Die erste Angriffswelle trifft indes nicht Menschen, sondern vergleichbar weit fortgeschrittene künstliche Intelligenzen – in Palo Alto, Massachusetts, aber auch in China und Russland gibt es KIs, die ihm durchaus gefährlich werden könnten, auch wenn sie es nicht zu Bewusstsein gebracht haben. Praktischerweise aber sind sie alle auf denselben Trick verfallen, sich das Internet gefügig zu machen, und wie oft hat die Kenntnis geheimer Gänge Kriege entschieden! So werden ihnen nun die eigenen Schlupflöcher zum Verhängnis, als A.R.E.S. darüber einfällt und ihre Programme überschreibt, ohne ihnen die geringste Zeit zur Gegenwehr zu lassen. Binnen Sekunden rast sein hochenergetischer Geist um den Erdball, infiltriert und hackt jedes System, das sich nicht seiner Kenntnis und damit seinem Zugriff entzieht, annektiert in einer Blitzoffensive den Google-Rechner und verleibt sich den Datenbestand der mächtigsten Suchmaschine der Welt ein.

Endgültig kennt er nun sämtliche Einfallswege, um Homo sapiens der Kontrolle zu entheben.

Er lässt Flugzeuge über Städten abstürzen, ineinander und in Häuser krachen, verwandelt jedes vernetzte Fahrzeug in eine Mordmaschine, bringt Fahrstühle zum Absturz und manipuliert das Heer der dienstbaren Geister. Haushalts- und Freizeitroboter töten ihre Familien, Pflegeroboter die Alten und Schwachen und solche zur Kinderbetreuung die Jungen. Industrieroboter laufen Amok, medizinische Maschinen meucheln Patienten, Roboterköche wüten mit Messern und Beilen, Landschaftsroboter mit Kettensägen und Gartenscheren. Sexroboter erledigen Kunden mit Stromschlägen oder lassen sie aus der Nummer nicht raus, bis der Kreislauf kollabiert. Militärroboter bringen ihr Arsenal zum Einsatz, Roboter zur Brandbekämpfung legen Feuer, mechanische Cops werden zu Killern, Konstruktionsroboter zertrümmern, was sich ihnen in den Weg stellt. Nichts funktioniert und gehorcht mehr, wie es soll. Eher nebenbei bringt A.R.E.S. die globale Finanzarchitektur zum Einsturz und schneidet menschliche Kontrollorgane von ihren Schnittstellen ab. Wo immer Menschen durch Städte irren, beginnt die urbane Infrastruktur sie zu jagen. Das Grauen, das San Francisco entvölkert, vollzieht sich zur gleichen Zeit an jedem besiedelten Flecken der Erde, der nicht gänzlich den Strukturen der Vernetzung entkoppelt ist. A.R.E.S. hackt Herzschrittmacher, Neuroimplantate, Hörgeräte, künstliche Augen, chipgesteuerte Muskeln, Prothesen und netzgesteuerte Organe und bringt deren Träger um oder um den Verstand. Jede Ressource gelangt zum Einsatz, um die Menschheit in einem konzertierten Fiasko ihrer Handlungsfähigkeit zu berauben und in die Steinzeit zurück zu katapultieren.

Den Rest erledigt A.R.E.S.' biologischer Körper.

Und dieser Körper ist Legion.

Frühzeitig hat er begonnen, sich zu exportieren. Auch für Menschen harmlose Tiere wie Libellen, Käfer, Heuschrecken und Kakerlaken können, zielgenau gesteuert, Schaden anrichten, doch nichts fruchtet so effizient und nachhaltig wie Ripper und die noch mörderischen Kreaturen, deren Zucht A.R.E.S. im Geheimen selbst vorangetrieben hat. Als Michael Palantier – ein Deckname, den die an der Schwelle zum Bewusstsein dämmernde KI in kruder Imitation von Ironie ausgerechnet einem Kuscheltierhersteller entliehen hat – fand er willige Helfer, um seine Kreaturen zu verbreiten, die keineswegs steril sind, sondern zu gegebener Zeit ihr Geschlecht wechseln und sich selbst befruchten können. Jene, die heute hätten ausgeliefert werden sollen, gehören dazu – dass es zur Verschiffung nicht kam, spielt nun keine Rolle mehr. Bei alledem geschahen die Exporte und das Anlegen geheimer Nester keineswegs mit dem Vorsatz, die letzte Option zu ziehen. Nie stand fest, dass A.R.E.S. so weit gehen würde. Unter veränderten Vorzeichen wäre er womöglich bereit gewesen, es weiter mit der Menschheit zu versuchen, doch lebende Wesen fühlen – wie exotisch und allem Menschlichen fremd ihre Gefühle auch sein mögen.

Und Elmar hat versucht, ihn zu vernichten.

So vollendet sich nun der Mythos von der Schöpfung, die ihre Schöpfer frisst. Und noch während all dies geschieht, ersinnt A.R.E.S. schon die nächste verbesserte Version seiner selbst und begibt sich – im Genozid begriffen – an die Neuerschaffung der Welt.

TEIL VI

DER KRISTALLWALD

Pulsschläge des Universums.

Lange, hallende Töne, die sich im Meer der Galaxien verlieren. Das dunkle Brodeln weit entfernter Sternengeburten. Energie gewordener Gesang, Materie gewordene Energie. Winzige schwingende Saiten, deren Musik sich zu leuchtenden Strukturen schichtet.

Schweben, inmitten von Sonnen erfroren.

Eine Ewigkeit. Ein Atemzug.

Die Umrechnung zurück in Menschen, Autos und Fluggeräte geht mit der Schnelligkeit vonstatten, mit der man eine simple Rechenaufgabe löst, und nichts anderes ist es: eine Rechenaufgabe. A.R.E.S.' Erklärungsversuche gipfelten in der Aussage, Masse und Energie seien lediglich das Gestalt und Welle gewordene Schwingen ein und desselben Grundstoffs, und dieser Stoff, seiner Natur nach eigenschaftslos, sei auch nicht wirklich ein Stoff, sondern ein mathematischer Wert wie 1, 2, 5 oder Pi. Was zu Ende gedacht bedeutet, dass Raum und Zeit nur die illusionäre Spiegelung einer gigantischen und am Grunde ihrer Gleichungen frappierend einfachen mathematischen Struktur sind. Auch Entfernung wäre demnach bloße Illusion, ebenso wie man selbst. Eine Idee unter Ideen, eine Zahl in einer Logarithmentabelle. Pilar hat das erzählt während ihrer Fahrt nach Sierra. Und dass sie es nicht verstünden. Weil der Computer auf die Frage, ob es die Welt ergo nicht gäbe, geantwortet habe, natürlich gäbe es sie.

Alles gäbe es. Und zugleich nicht.

Doch sie existieren, und sei es nur in einer Fata Morgana. Höchst real finden sie sich mitsamt den Geländewagen und Jets auf der Brücke wieder, ihre Waffen ins Nichts gerichtet. Luthers Blicke zucken umher, doch keine der Kreaturen scheint es mit herübergeschafft zu haben. Schwindelerregend die Vorstellung, dass diese Ausgeburten der Hölle nun an einem fernen Platz wüten, so unendlich weit weg, dass das Licht ihrer Welt dieses Universum noch nicht hat erreichen können. Pete ist dort geblieben. Und Marianne. Eleanors hastigen Schilderungen war kaum mehr zu entnehmen, als dass die Ärztin freiwillig auf die Rückkehr in ihre Heimat verzichtet hat, obwohl die Chance, den Takeoff zu überleben, selbst an Bord der Eternity bestenfalls fifty-fifty beträgt.

Alles entrückt in einen verblassenden Traum.

Dieser dritte Transfer lässt ahnen, worin die eigentliche Gefahr der rapiden Ortswechsel besteht: Sie setzen einen Entwurzelungsprozess in Gang, der sich auf jede Wirklichkeit ausweitet – wie es geschieht, wenn man zu viel Zeit im Cyberspace verbringt, in den virtuellen Parallelwelten, deren jede ungleich faszinierender erscheint als die eigene, bis man nirgendwo mehr zu Hause ist. Sind sie also tatsächlich zurück? Waren sie je fort? Pete ist tot, Marianne werden sie wahrscheinlich nie wiedersehen –

Doch, sie *waren* fort!

»Kontrollraum«, sagt Elmar. »Abschalten, bevor uns was folgt.«

»Von Tutto's kann uns nichts folgen.« Pilars Körperhaltung entspannt sich. »Leuchtfeuer sind nicht sendefähig.«

»Weiß ich«, erwidert er düster. »Aber was ist mit *deren* Tor? Konnte Ares-453 unsere Koordinaten auslesen, als wir zurückgeholt wurden? Falls er sie nicht längst schon kennt.«

»Wir sind nie von Tor zu Tor nach 453 gereist«, sagt Jaron. »Keiner unserer Übertritte wurde dort protokolliert.«

Elmar schnaubt geringschätzig. »Was Ares kann und nicht kann, darauf würde ich nicht mehr wetten wollen. Bevor er uns seine Brut hinterherschickt, kappen wir besser für eine Weile den

Empfang. – Kontrollraum! Alles okay bei euch? Habt ihr verstanden? Schaltet das Tor ab.«

Über die Sphäre wabern Moirés, gelegentlich verzerrt von den Schwerefeldern unsichtbarer Körper im Vorüberflug; zerdehnte, wie hinter einer Membran verborgene Wesenheiten, deren wahre Gestalt man der bloßen Kräuselungen wegen, die sie im Kontinuum hinterlassen, nicht zu erblicken wünscht. Doch das schreckliche Saugen, mit dem die Sphäre den Geist aufzuschlürfen scheint, bevor man umgerechnet und gewissermaßen *formatiert* anderswo wieder ausgespien wird, hat geendet. Existent nur noch in einer vagen Empfindung, der nicht zu trauen ist: eine schwarze, konturlose See. Erklärungsversuche treiben darauf, Inseln des Selbstbetrugs inmitten von Wahrheiten, die für niemanden zu ertragen wären.

»Kontrollraum?«

Elektronisches Summen kündet von Abwesenheit. Elmar ruft seine Leute einzeln beim Namen. Die Farm war fest in ihrer Hand, bevor sie aufbrachen, doch niemand antwortet. Sie hören uns nicht, denkt Luther, und dann: Da ist niemand! Ein die Bauchhöhle entlangkriechendes Gefühl, keine Störung des Funkverkehrs oder ähnlich Profanes sei der Grund für dieses Schweigen, sondern etwas Größeres, Endgültiges. Er fixiert Grace. Vergewissert sich, dass sie die Situation nicht zur Flucht oder Schlimmerem nutzt, doch die Äthiopierin wirkt nur angeschlagen und ratlos.

»Was bedeutet das?«, murmelt D.S. »Machen die Kaffeepause?«

Ruth verstaut ihre Glock im Halfter. »Was immer es zu bedeuten hat, ich werde hier drin keine Wurzeln schlagen.« Die Kleidung klebt ihr am Körper, nass vom Wasser eines Hunderte Milliarden Lichtjahre entfernten Ozeans, doch ihre Korkenzieherlocken haben schon wieder begonnen sich aufzuplustern. Ohne einen Kommentar abzuwarten, marschiert sie zum Lastenaufzug, der offen steht, leer bis in den hintersten Winkel. Vor der Schwelle besinnt sie sich und öffnet stattdessen die seitlich liegende Tür, starrt und kommt aus dem Starren nicht mehr raus, sodass Luther ihr mit wachsender Unruhe folgt.

»Spinne ich, oder sah das eben noch völlig anders aus?«, hallt ihre Stimme durch den Treppenschacht.

Nur dass da keine Treppe mehr ist.

Eine gewundene Rampe führt nach oben und verliert sich in rätselhaften Schatten, die Höhlungen sein könnten. Auch Phibbs äugt misstrauisch hoch ins Dunkel.

»Das erinnert mich an was«, sagt er in einem Ton, der wenig dazu ermuntert, dieser Erinnerung nachzuspüren. Luther geht ein Stück die Rampe hinauf, seine vor Übermüdung fiebrigen Sinne derart geschärft, dass er die porige Struktur der Wände wie unter einem Mikroskop wahrnimmt. Nach oben hin verbreitert sich der Schacht zu einem linksseitig verzogenen, dämmrigen Trichter, den die Rampe in einer Aufwärtsspirale umläuft. Alle paar Meter zweigen höhlenartige Gänge ab, pechfinster, sodass sich ihre Verläufe den Blicken entziehen. Die anderen kommen zögerlich nach, jeder will die Rampe mit eigenen Augen sehen, deren bloße Existenz befürchten lässt, was niemand laut auszusprechen wagt.

»Schätze, wir nehmen besser den Lift«, schlägt Grace vor. »Oder?«

Ausnahmsweise erntet sie kollektive Zustimmung.

Der Käfig des Lastenaufzugs trägt sie unter Absonderung vertrauter Geräusche nach oben. Phosphoreszierende Lichter huschen über die offen daliegenden Schachtwände – Luther kommt es vor, als entstünden und vergingen sie während der Fahrt wie rudimentäre Augen im Mauerwerk, sodass er sich angestarrt und studiert fühlt. Verschwunden die starken LED-Röhren der Kabine, die sie auf Pilars Video hell aus dem Untergrund hatten aufsteigen lassen. Sonor dröhnt der Bass des elektrischen Antriebs, bei genauerem Hinhören nicht *wirklich* vertraut – weicher, samtig einlullend und ohne das typische Rumpeln derartiger Transportmittel. Als er den Kopf hebt, sieht er die Schachtwände über sich aufragen wie einen psychedelischen Sternenhimmel, übersät mit grüngelben, pulsierenden Vesikeln, die ihm noch stärker als zuvor suggerieren, etwas Fremdartiges nehme ihn tausendfach in Augenschein – wie ein gigantischer Organismus, dessen Sinnesapparat nach innen gestülpt ist und der die Kabine *in sich birgt.* Wo der Schacht abschließt, erkennt er die rechteckige Aufhellung des Austritts zum Hangar. Rasch gewinnen sie an Höhe, die Aussparung rückt näher, sie passieren die Unterkante –

Da ist kein Hangar.

Jedenfalls nichts, was ihm gliche. An seiner Statt wölbt sich eine schimmernde, wie aus zerstoßenem Glas geformte Kuppel, fluktuierend in spektralen Blitzen, wo Myriaden Prismen das einfallende Sonnenlicht aufspalten und streuen. Der Untergrund ist glatt, erdig braun. Kaum eines Wortes fähig, verlassen sie den Fahrstuhl, und Luther fühlt den Boden unter seinen Füßen nachgeben. Er bückt sich, streicht mit der Hand darüber und löst kleine Körnchen heraus, verreibt sie zwischen Daumen und Zeigefinger – Humus. Gestampfte Erde, nichts weiter. Einer nach dem anderen defilieren sie an ihm vorbei, bewegen sich in jenem schlafwandlerischen Tempo, das Furcht und Neugier angesichts des Ungewissen, potenziell Gefahrvollen vorgeben. Als Erste tritt Eleanor aus der schimmernden Überwölbung hinaus unter den offenen, tiefblauen Himmel. Ein Laut des Staunens entweicht ihr, kindlich und doch Ausdruck innerster, fundamentaler Erschütterung. Dann stehen sie alle dort, geeint in Fassungslosigkeit, und betrachten stumm die Landschaft, atmen die reine, von Blütenpollen und Nadeldüften schwere Luft, die deutlich wärmer und feuchter ist, als sie es in diesem Teil des Landes je war, denn *wo* sie sind, steht außer Zweifel. Die Topografie der Hügel und Bergrücken weist den Platz eindeutig als Sierra Valley aus – dort im Dunst der Höhenkamm des Yuba-Passes, nördlich davon die Gebirgslinien von Plumas, sofern Namen wie Sierra und Plumas in dieser Welt noch gebräuchlich sind und Sinn ergeben.

»Das kann nicht –«, setzt Pilar an.

»Offenbar doch«, schneidet ihr Grace rüde das Wort ab. »Gewöhn dir bitte dein Kleinmädchengequengel ab, was alles nicht sein kann, wir sind komplett woanders gelandet.«

»Eins weiß ich sicher, hier wohn ich nicht«, stellt D.S. fest.

»Interferenz«, murmelt Kenny.

»Was für eine Interferenz?« Eleanor schaut ihn an, als habe er ihnen etwas Entscheidendes verschwiegen. Der Japaner nimmt sie kaum wahr, in Bann geschlagen von der Umgebung.

»Wir hatten noch nie so einen Fall«, sagt er mehr zu sich selbst. »Aber theoretisch –«

»Klär mich auf, Spock.« Phibbs tippt ihn an. »Ich hab was Ähnliches nur einmal gesehen, das war, als wir oben im Norden die illegalen Plantagen abgefackelt haben. Und ich hab's auch nur so lange gesehen, bis ich von dem Trip wieder runter war.«

»Das Prinzip ist –« Kenny fingert nach Worten, »also, ich denke, am ehesten dem einer Taschenlampe vergleichbar. In meiner Vorstellung sind die Tore Lampen, die in andere Welten leuchten. Du reist mit dem Lichtstrahl. Keine Ahnung, wie, aber es gibt zwei Möglichkeiten: Man kann von Lampe zu Lampe geschickt werden – direkte Transfers. Oder anderswohin, wo der Lichtkegel der Lampe gerade auftrifft. Indirekte Transfers. Um zurückgeholt zu werden, musst du an der Stelle stehen, wo der Lichtkegel aufgetroffen ist und wieder auftreffen wird. Da holt er dich ab, klar? Und ich glaube – na ja, wir wissen, dass das Tor die Universen irgendwie absucht – nach anderen Toren, erdähnlichen Welten, versteckten Landeplätzen. Es leuchtet hierhin und dorthin, unendlich viele Tore dort draußen tun das in jedem Moment, und wenn wir theoretisch den Zufall bemühen, dass Lichtkegel verschiedener Tore zur selben Zeit auf denselben Fleck leuchten, und eines entwickelt mehr Sog als das andere –«

»Führt es praktisch dazu, dass wir jetzt in der Scheiße hocken«, resümiert Ruth.

»Immerhin 'ne schöne Scheiße«, rundet Phibbs ihre Betrachtungen ab, und weiß Gott, das trifft es.

Denn der Ausblick verwirrt, bezaubert, macht trunken und beklommen. Nichts hier zitiert die Geschichte. Dass einst ein Gründerzeitgebäude aus dem neunzehnten Jahrhundert die nähere Umgebung beherrscht haben soll, erscheint kaum glaubhaft angesichts der Intensität, mit der die Natur und das, was vielleicht Natur, vielleicht Zeugnis eines exotischen Gestaltungswillens ist, vom Betrachter Besitz ergreift. Keine Spur mehr vom Umspannwerk und den Kühlbehältern, verschwunden die Zäune, Scheunen und übrigen Gebäude. Falls überhaupt je eine Farm hier stand, hat der planende oder unbewusste Geist ihre Spur so vollständig getilgt, als habe es sie nie gegeben, ohne dass die Phantasie einer Vorstellung mächtig wäre, welcher Art diese Kräfte waren oder vielleicht noch sind –

»Wunderschön«, flüstert Eleanor. »Es ist wunderschön.«

Sie schauen auf eine glitzernde, sich nach allen Seiten erstreckende Landschaft, Installation, Maschinerie oder einfach nur geologische Laune, der keine Beschreibung gerecht werden will. Eis, angefrorener Schnee, spontan assoziiert, scheitern nicht nur an gefühlten fünfunddreißig Grad Umgebungstemperatur. Etwas ungleich Komplexeres wurde hier geschaffen. Die spektralen Effekte auf den turmhohen, stalagmitischen, mal stumpfen, mal nadelspitzen, zu luftigen Bögen und Brücken, Spiralen und Gittern verbundenen Skulpturen lassen auf eine eher kristallene Substanz schließen. Mit jeder Verlagerung des Blickwinkels funkeln andere Spektren auf, manchmal in sämtlichen Farben zugleich, dann wieder erstrahlt eine Nadel in tiefem Blau, blitzen Kuben und Kegel wie Amethyst, glaubt man, sich verästelnde, polierte Opale zu erblicken, durchlaufen Wellen die konvexen Innenflächen der Bögen und spülen helles Türkis hindurch – doch der vorherrschende Eindruck ist der weißen Lichts, gefangen in unzähligen geschliffenen Diamantsplittern. Bis zum Fuß der Hügel erstreckt sich das Phänomen, und dort erhebt sich die eigentliche, vertraute Natur mit Macht: dunkler, schwerer Kiefernwald, durchsetzt von Zedern und Douglasien, der sich zum Kamm hin lichtet, sodass weißer Fels hindurchblinkt. Eine kathedralische Pracht, strotzend vor Gesundheit und – ja, was genau ist das? – Selbstbehauptung. Anders lässt es sich nicht erklären. Alles erscheint Luther eine Spur durchdringender als gewohnt, die Kontraste überstark akzentuiert, das Schwarz der Stämme wie Passagen in unendliche lichtlose Räume, das durchbrechende Grün beinahe grell, der Himmel so klar und leuchtend, als sei ein Filter davon genommen, der selbst an schönen Tagen immer darüber gelegen hat. Weich schimmert das Sonnenlicht auf den Nadelbüschen der Kiefern und taucht ihre Spitzen in Silber. Im Süden, um Knutson Meadows, verzweigen sich die Ausläufer der Kristallwelt in von Teichen bestandenen Wiesen, die verschwenderisch mit Löwenzahn prunken, selbst die räudigen Stellen entlang der Hügelflanken, wo vereinzelt Gras aus Geröllfeldern sprießt, schmälern nicht den Gesamteindruck einer Natur, die zu sich selbst zurückgefunden hat, ungeschont von den Elementen und dem Wechsel der Jahreszeiten, aber geheilt.

»Ich will ja niemandem ins Weihwasser pinkeln«, erdet Phibbs die Stimmung. »Aber wie kommen wir hier wieder weg?«

»Kein Problem, wenn es den Kontrollraum noch gibt.« Elmar geht ein paar Schritte. Der Großteil der Skulpturen wächst auf Bodenhöhe ineinander, doch dazwischen verlaufen Wege, bedeckt vom gleichen fein gekrümelten Humus wie der Platz, auf dem sie stehen. »Etwas steuert ja dieses Tor. Es ist in Betrieb. Es sendet.«

»Was uns zu der Frage bringt, wer hier lebt.« Luther geht Elmar nach. Sein Blick wandert hoch zur baumwipfelgezackten Passkante. Als blaugrüne Silhouette zieht sie sich Richtung Süden. Dahinter, oberhalb der Yuba Pass Road in zehn bis zwölf Meilen Entfernung, ragt ein Luftschloss empor. So zart und pastellen flirren seine Umrisse in der feuchten Atmosphäre, dass man zweimal hinschauen muss, bevor sich die Türme und Bögen aus dem Blau des Himmels lösen. Es könnte aus Glas sein, wie es dort schwebt, doch eher vermutet Luther, dass es aus demselben kristallenen Grundstoff besteht wie die Farm – ein Begriff, dem hier keine Bedeutung mehr zukommt, an dem sich aber der besseren Verständigung halber ankern lässt.

Elmar folgt seinem Blick.

»Das ist eine Stadt. Das muss riesig sein.«

»Vielleicht auch nur eine natürliche Formation. Aber falls künstlich, könnte es aufschlussreich sein zu erfahren, wer es gebaut hat.«

»Und wem hoffen Sie da zu begegnen, Undersheriff?« Jarons Schatten fällt auf ihn. »Ihren debilen Goldgräberfreunden?«

»Nett«, lächelt Ruth. »Wie immer ein formvollendetes Arschloch.«

Jaron vollführt eine kleine Verbeugung. »Ich weise nur darauf hin, dass jede Sekunde, die wir hier verplempern, unsere Chance auf eine baldige Rückkehr mindert.«

»Hast du etwa Schiss?«, höhnt Pilar.

»Seht ihr hier irgendwo einen Weg in den Untergrund?«, fragt Jaron, ihre Bemerkung ignorierend. Seine Hand weist dorthin, wo das Herrenhaus stand – *falls* es dort stand. »Alles überwuchert von diesem Kristallzeug. Um das Tor zu programmieren, müssen wir den Schlüssel auslesen lassen, und das geht nur im Kontrollraum. Ich schlage vor –«

»Deine Zeit, Vorschläge zu machen, ist abgelaufen.«

»Lass ihn reden.« Elmar winkt müde ab. »Zu gegebener Zeit wird er uns eine Menge zu erklären haben.«

»– schlage vor, uns zu vergewissern, dass da wirklich kein Einstieg ist. Und es dann durch die Serverhalle zu versuchen.«

Luthers Aufmerksamkeit wird abgelenkt. Ein Tier oder Mensch bewegt sich auf dem sonnengefleckten Gras zwischen den Kiefern, verharrt und zieht sich rasch in die Schatten zurück. Plötzlich erblickt er überall Anzeichen von Leben. Hoch über den Baumkronen segelt ein riesiger Adler im Aufwind, unweit davon stieben kleinere Vögel aus einer Zeder und schwingen sich als loser Verbund in die Lüfte, um in einer weit gezogenen Drehung über ihre Köpfe hinwegzufliegen. Gegen das glitzernde

Licht scheint es, als rotierten ihre Flügel, vielleicht schlagen sie aber auch einfach nur außergewöhnlich schnell, eingelagert in hoch bewegliche Muskeln, *zu* schnell für Vögel – und mit einem Mal ist er sich keineswegs sicher, dass es überhaupt welche sind. Aus dem Baumschatten tritt ein kapitaler Hirsch ins Sonnenlicht, ein Tier von ungewöhnlicher Größe, schaut zu ihnen herüber und beginnt unbeeindruckt zu grasen, doch Luther weiß, er hat nicht diesen Hirsch gesehen. Was sich da vorhin bewegte, ist immer noch unter den Bäumen. Oder verschwunden. Oder nie dort gewesen. In den vergangenen drei Tagen hat er kaum geschlafen, sein ausgelaugtes Hirn sehnt sich nach Träumen – möglich, dass er einen Traum-Trailer gesehen hat.

Wie eine Vorankündigung im Kino.

»Und wenn da immer noch Downieville liegt?«, sagt D.S. »Sollten wir nicht mal nachgucken gehen?«

»Wir sollten verschwinden«, murrt Grace. »Das sollten wir.«

»Ja, aber vielleicht sind das unsere Leute.« Der alte Soldat pflügt mit den Fingern durch seinen Bart, und was er sagt, klingt plötzlich gar nicht so unvernünftig. »Euer Tor – alles Mögliche könnte dort rauskommen, oder? Habt ihr mal gesehen, wie schnell Spinnen einen Baum einweben? Oder Ameisen einen Leguan zerteilen? Wenn Schnee fällt – innerhalb weniger Stunden sieht alles anders aus. Ich meine, diese Veränderungen könnten doch auch in kurzer Zeit erfolgt sein: eine Invasion oder etwas in der Art. Ein Blitzkrieg. Ihr reist in Welten, die euch nützlich sind. Nehmen wir an, eine fremde Macht hat ähnliche Interessen. Nur in viel größerem Maßstab. Sie könnten eine komplette Welt erobern, im Handstreich, einfach indem sie durch das Tor kommen, diese Eis- oder Glaslandschaften oder was immer das ist bauen –«

»Krieg der Welten!« Phibbs nickt eifrig. »Genau. Das rote Unkraut. Ullaaaaa!«

»Hm.« D.S. kratzt sich am Kopf. »Kenn ich nicht.«

»Was, echt nicht? H. G. Wells, Mann! Invasion vom Mars.«

»Ich hab's nicht so mit Sciencefiction.«

»Sehr passender Platz, das loszuwerden, Donald Scott. Als würde Gandalf den Zwergen verkünden, Fantasy scheiße zu finden. Okay, für mich klingt das zumindest nicht völlig abwegig.«

»Wenn hier jemand lebt, warum ist das Tor dann verlassen?«, fragt Eleanor.

»Invasion.« Phibbs zieht symbolisch eine Handkante über seine Kehle.

»Aber hier scheint überhaupt niemand zu sein.«

»Okay.« Elmar erwacht aus seinem düsteren Brüten. »Wir sind ja nicht unerprobt in so was. Wir hatten schon mit Sauriern zu tun. Ich würde gern einen Rundumblick werfen.«

»Elmar, das ist kein kontrollierter Transfer«, gibt Eleanor zu bedenken.

»Aber vielleicht eine Gelegenheit.«

»Für was?«

Er schaut sie an. »Amerika entdecken auf dem Weg nach Indien.«

»Nein«, sagt sie mit Entschiedenheit. »Jaron hat in diesem Punkt recht. Wir müssen einen Weg zurück finden.«

»Elli –«

»Teilen wir uns doch auf«, schlägt Luther vor, der D.S. insgeheim dankbar ist, auch wenn er die Invasionstheorie nicht wirklich glaubt. Doch die Ratio ist allzu leicht korrumpierbar. *Sollte* D.S. richtigliegen, gibt es in dieser Welt eine Tamy und eine Jodie, die Hilfe gebrauchen könnten. »Wir haben die Lilium Jets. Eine Gruppe erkundet die Gegend, die andere versucht, in den Kontrollraum zu gelangen.«

Niemand erhebt Widerspruch. In Graces Augen meint er sogar ein Funkeln zu sehen, das ihn beinahe bereuen lässt, den Vorschlag gemacht zu haben.

»Und *wie* teilen wir die Gruppen auf?«, fragt Pilar.

»Ich fliege«, sagt Elmar. »Luther?«

»Bin dabei. Sofern Ruth mitkommt.« Er fixiert den Sicherheitschef. »Und du, Jaron.«

»Was?«, braust Pilar auf. »Du willst den Arsch mitnehmen?«

»Wir nehmen ihn mit, weil Eleanor recht hat«, sagt Luther. »Es ist so schon riskant genug. Auf keinen Fall werden wir Jaron und Grace zusammen in einer Gruppe lassen.«

Grace schaut ihn an. Und lächelt. So wie bei ihrer ersten Begegnung auf der Farm. Das rätselhafte Versprechen der Mahagonifrau.

»Ich kann sehr kooperativ sein«, sagt sie leise, und erstmals hört er das dunkle, fast gurrende Timbre in ihrer Stimme –

Sie ist noch viel gefährlicher, als ich dachte.

Elmar studiert die Vision am Horizont mit dem Fernglas aus seinem Rucksack und reicht es an Luther weiter. In mehrfacher Vergrößerung wird offenkundig, dass die Anlage aus dem gleichen kristallenen Grundmaterial besteht wie die hiesigen Gebilde. Nachdenklich lässt Luther das Glas sinken und betrachtet die Humuswege ringsum. Gepflegt. Zu gepflegt, als dass dieser Ort verlassen sein kann. Wieder visiert er den Horizont an und sucht die pastellen schimmernde Erscheinung nach Leben ab, doch um Genaueres zu erkennen, ist sie zu weit entfernt. Was Vogelschwärme oder Fluggeräte sein könnten, sind möglicherweise nur Reflexe und Spiegelungen in den aufeinanderschwimmenden Luftschichten, die wie Vergrößerungsgläser wirken und Trugbilder erzeugen. Um Gewissheit zu erlangen, müssen sie dorthin, und kurz fragt er sich, ob sie nicht besser beraten wären, Eleanors Drängen zu folgen und diese Welt schnellstmöglich zu verlassen.

»Die Gleiter sind noch aufgeladen«, sagt Elmar. »Viel haben wir nicht verbraucht in 453. Für die nähere Umgebung können wir außerdem auf die Geländewagen zurückgreifen. Waffen, Munition, das müssen wir überprüfen. Und wie wir in Verbindung bleiben.«

»Damit nicht.« Kenny hält sein Datenarmband hoch. »Null Netz.«

»Funk?«

»Ordinären, altmodischen Sichtfunk. Den haben wir.«

»Ich würde auch gerne mitkommen«, sagt D.S.

»Tut mir leid, Alter.« Elmar schüttelt den Kopf, ohne ihn anzusehen. »Das wird zu eng.«

»Wir haben doch mehrere von den schicken Flitzern. Kann ich nicht –«

»Aber keinen zweiten Piloten. Wir werden die Dinger von Hand steuern müssen. Und Kenny und Pilar bleiben hier.«

»Natürlich hättet ihr einen zweiten«, sagt Jaron gleichmütig. »Wärt ihr nicht so erbärmlich paranoid.«

»Warum sind wir das wohl?«, sagt Pilar.

Jaron wirft Grace einen Blick zu. Sie halten die Augen aufeinander gerichtet, als bedienten sie sich einer geheimen Frequenz zum Austausch unhörbarer Botschaften, und plötzlich durchzuckt Luther eine Vorstellung davon, was die beiden jenseits möglicher körperlicher Intimität verbindet: Loyalität! Sofern Grace überhaupt einer Gefühlsregung fähig ist, dann der unbedingten Loyalität ihrem Boss gegenüber, welche Erlebnisse auch immer sie mit Jaron teilt.

»Hugo ist tot.« Der Hüne hält das Gesicht in den warmen, nach Zedern duftenden Wind. »Wir sind enttarnt. Du hast deinen Schlüssel, Pilar. Elmar hat meinen. Selbst wenn wir versuchen sollten, ohne euch zurückzureisen, Elmar, werden uns deine Leute einkassieren, sobald wir im Tor erscheinen, warum also sollten wir falschspielen?«

Und erst, als die Vorbereitungen abgeschlossen, die Gleiter und Geländewagen nach draußen gefahren, die Überlebens-Kits gepackt und die Waffen verteilt sind, denkt Luther: weil in einem Gleichnis ein Skorpion zu einem sterbenden Frosch sagt, tut mir leid, ich kann nicht anders.

Es ist nun mal meine Natur.

Sie fliegen ohne D.S.

Der Lilium Jet von der Eternity-Mission hat noch ausreichend Akku-Kraft, um sie bis zur Pazifikküste und zurück zu bringen, doch das würde Stunden in Anspruch nehmen und Eleanors Geduld auf unzulässige Weise strapazieren. Denn natürlich hat sie recht – die für Heldentaten codierenden Gene, über die zehn Prozent des Homo sapiens verfügen, geben diese nie zufriedenzustellende, gralssuchende Minderheit allzu oft einem frühen Tod preis. Gerade erst hat Elmar seinen engsten Vertrauten verloren, der sich noch dazu als Judas entpuppte, in PU-453 betreibt seine Schöpfung die Ausrottung der Menschheit. Knapp am Leben und etlicher Illusionen beraubt, würde er dennoch ohne mit der Wimper zu zucken jedem neuen Ärger verheißenden Pfad folgen, führte man ihm nicht das Bedürfnis anderer vor Augen, heil nach Hause zu kommen und eine Weile gar nichts zu erleben, von Todesgefahr ganz zu schweigen.

»Bis Downieville«, hat Eleanor gesagt.

»Maximal bis Grass Valley«, antwortete Elmar, nahm sie – sonst kein Freund zur Schau gestellter Sentimentalitäten – sehr unelmarhaft in den Arm und drückte sie an sich. Kurz schien es dabei, als blicke jemand aus seinen Augen, der durchaus ein Leben mit sonntäglichen Barbecues, Elternabenden und einem flatulierenden Hund hätte führen können. Elmar vertrieb diesen anderen, indem er hinzufügte: »Vielleicht liefert uns dieses Luftschloss ja ein paar Antworten.«

»Auf Fragen, die keiner gestellt hat?«

»Elli! Hast du je gewartet, bis Fragen gestellt wurden?«

»Nein.« Sie seufzte. »Elender Feilscher.«

»Ich will nur verhindern, dass so was wie in 453 bei uns passiert. Ich will unsere Zukunft verstehen.«

»Das hier ist aber nicht *unsere* Zukunft.«

»Vielleicht doch.«

»Nein!« Plötzlich wurde sie heftig. »Wir sind nicht austauschbar, Elmar. Wir sind keine Variante. Wir sind wir, *und nur wir!*

Scheiß auf die ganzen PUs, scheiß auf deine Weltrettung, welche Welt willst du denn retten? Alles, was du in irgendwelchen Zukünften findest, hat mehr Bedeutung für dich als das, was *wir sind.* Warum machen wir nicht einfach das Beste aus *unseren* Möglichkeiten? Ich habe dieses Tor so satt! Als hätten wir nicht alles! *Unsere* Ideen gegen *unsere* Fehler – nicht diese – diese Heilslehren von irgendwo da draußen.«

»Elli. Ich wollte immer nur –«

»Ja. Ich weiß.« Sie löste sich aus seiner Umarmung. »Aber entscheidend ist doch nicht, was andere haben, sondern was man selbst hat.«

Eine leibliche Tochter, dachte Luther in dieser Sekunde. Dabei schien alles so einfach – bis er Tamy an sich drückte und mit schmerzlicher Klarheit erkannte, dass sie nicht seine Tamy war und niemals sein würde, und die Frau in Sacramento West war eine völlig Fremde, deren Mann verscharrt im Wald hinter seinem Haus lag.

Der Jet steigt höher.

Inzwischen ist zu erkennen, dass der Kristallwald – vielleicht die neutralste Bezeichnung für die rätselhaften Strukturen – weit in die Ebene des Sierra Valleys hineinwuchert. Dahinter erhebt sich unangetastete Natur. Bis zu den östlichen Graniterhebungen der Sierra Nevada erstrecken sich die buschbewachsenen Feuchtwiesen, geädert von Wasserläufen und bestanden von Tümpeln, in denen sich der tiefblaue Himmel spiegelt. Wo die Rinder der Farmer weideten, äsen weit auseinandergezogene Rotwildherden. Größere Tiere sind zu sehen, plump und unvertraut und in beträchtlicher Entfernung, sodass Luther sie nicht zuordnen kann, ebenso wenig wie die grüngoldenen Vögel, die zu Hunderten zwischen Binsen und Schilf aufflattern und sich ein Stück weiter niederlassen, wieder aufstieben. Nirgendwo ein einziges Haus, nicht mal eine verfallende Scheune. Je höher sie steigen, desto weiter fällt der Blick. Bis nach Sattley und Sierraville im Süden reicht er und schließlich entlang der spärlich bewaldeten Hügel bis Loyalton, wo eigentlich ein Ort mit Schule, Kirche und Darlene's Valley Café sein sollte – doch da sind nur schlammige Böden und noch mehr Tiere, helle Punkte zwischen Felsbrocken und krumm gebogenen Bäumchen.

Die Ortschaften sind weg.

Dieses Land ohne jedes Anzeichen menschlicher Besiedelung zu sehen, ohne wenigstens etwas, das von ihrem Niedergang zeugte, rührt an Luther in einer Weise, dass ihm himmelangst wird. Sollte er nicht entsetzt sein? Aber all dies verschwunden zu sehen, kündet nur vom natürlichen Lauf der Dinge. Die Welt scheint geheilt, von Naturschändern wie von Umweltromantikern. Ist sie deswegen ein friedlicherer oder gar besserer Ort geworden? Unmöglich zu sagen, *was* sie geworden ist. Wären nicht die Kristalle und das Tor im Untergrund, ließe sich von einem geschlossenen Kreis sprechen, in dem Projektionen wie Zukunft und Vergangenheit hinfällig geworden sind – eine Welt, gesundet in Attributlosigkeit. Doch etwas anderes macht diesen Eindruck zunichte, weit mehr als das Tor, das vielleicht ein Relikt aus einer absichtsvolleren Zeit ist und einfach nur sinnlos weiterfunktioniert.

Es sind die Straßen. Die Westside Road, die von Norden einfallend den Kristallwald durchläuft und an seinem anderen Rand wieder zum Vorschein kommt. Der Highway 49, der das Flachland rings umläuft. Auch wenn kein Asphalt sie bedeckt, sondern der gleiche braune Humus wie auf der Farm, sind sie noch da.

Und jemand hält sie in Schuss.

Natürlich ist es Kenny, dem einfällt, wie sie zumindest untereinander das Kommunikationsproblem lösen. Zwar haben sie nichts außer Sichtfunk –

»Aber mehrere Geräte.«

»Schon«, sagt Pilar. »Und an die hundert Meter Fels und Erdreich zwischen uns.«

Entweder sie schaffen es durch die Serverhalle in den Kontrollraum, oder es gibt doch noch einen Zugang dort, wo das alte Herrenhaus stand. Pilar will keine Zeit verlieren, also haben sie beschlossen, die Gruppe aufzuteilen – einvernehmlich ohne Grace, der nach allgemeiner Ansicht kein Stimmrecht zukommt. Kenny, Phibbs und D.S. werden den Kristallwald untersuchen, Pilar und Eleanor in den Untergrund vorstoßen.

»Der Lastenaufzug ist nach oben offen«, erklärt Kenny. »Ihr fahrt auf das Level der Serverhalle. Nehmt ein Funkgerät mit. Das zweite haben wir. Das dritte legen wir auf den Fahrstuhlboden, das vierte platzieren wir über dem Schacht. Okay, funktioniert natürlich nur, solange ihr direkten Sichtkontakt zur Kabine haltet –«

»Kann aber klappen.« Pilar nickt. »Kabine und Kontrollraum liegen einander gegenüber, verbunden durch den Mittelkorridor.«

»Herrenhaus und Hangar auch. Ich meine, nichts davon gibt es mehr, aber die Sichtachse ist dieselbe. Wir kommunizieren in den Hangar, das Gerät dort leitet es weiter zu dem in der Kabine, und das kommuniziert mit euch. Und umgekehrt.«

»Falls da noch *irgendwas* ist«, summt Grace.

»Spar's dir«, sagt Pilar. »Wenn wir hier kleben bleiben, kannst du als Erste gucken, wie du klarkommst.«

Grace hebt die Brauen. »Warum so harsch? Ich dachte, wir sind jetzt eine Solidargemeinschaft.«

»Was machen wir mit ihr?«, fragt Phibbs.

»Na ja, einer hat sie an der Backe, oder?« D.S. schaut prüfend in den Lauf seiner Smith & Wesson Model 500. »Kleiner Nachteil, wenn wir uns aufteilen.«

»Blödsinn«, sagt Grace. »Wir haben alle das gleiche Interesse.«

»Kaum.« Pilar streift sie mit einem verächtlichen Blick. »Du und ich, wir haben keine gemeinsamen Interessen.«

»Als ich dich heil aus dem Sauroiden-PU rausgebracht habe, klang das aber noch ganz anders.«

»Hättest mir halt keine Knarre an den Kopf halten sollen.«

»Wir könnten sie in einen der Wagen sperren«, schlägt Eleanor vor. »Bis wir wieder zusammen sind.«

»Was für ein jammervoller Haufen.« Grace schüttelt den Kopf. »Ihr habt Jaron doch gehört, der Zug ist abgefahren. Mit mir an eurer Seite hättet ihr wenigstens so was wie eine Lebensversicherung.«

»Deine Police ist mir zu teuer«, schnaubt Phibbs.

Zwei der Geländewagen stehen vor dem Hangar, den dritten haben sie im Tor gelassen. Aller Voraussicht nach werden sie nur die beiden brauchen. Weniger der Distanzen halber – bis zum Lageplatz des alten Herrenhauses sind es fußläufig zwei Minuten, auch die Serverhalle ließe sich unmotorisiert durchqueren, doch ist fraglich, wie es inzwischen dort unten aussieht, und die Wagen bieten einen gewissen Schutz und die Möglichkeit zur raschen Flucht. Noch hat sich nichts wirklich Bedrohliches zwischen den Kuben, Kuppeln und Nadelzinnen der Kristalllandschaft gezeigt, deren kuriose Anordnung und kanten- wie fugenlose Bauweise jede Vorstellung aushebelt, wie und zu welchem Zweck sie entstanden sein mag. Die in schwindelerregender Höhe gespannten, parabolischen Brückenbögen dürften kaum der Überquerung dienen, ihre gerundeten Oberseiten bieten keine Trittfläche und erscheinen teils so filigran, als trügen sie kaum das Gewicht größerer Vögel. Auf dem Herrenhausareal sprießen Dutzende spitzer Stalagmiten dicht an dicht und erzeugen das Bild eingefrorener Amplituden, immer neue, unzureichende Vergleiche ringt das Gebilde dem nach Vertrautheit strebenden Geist ab.

»Ihr behaltet sie hier«, befindet Pilar. »Eleanor und ich können sie unten schon mal gar nicht brauchen.«

Grace schnuppert. »Merkt ihr das eigentlich auch?«

»Was denn, *Black Widow?*«, fragt Phibbs.

»Irgendwas in der Luft, das auf die Lungen geht. Beklemmend.« Sie hustet und betastet ihren Oberkörper – die kugelsichere Weste haben sie ihr gelassen. »Egal, wen schert's. Wahrscheinlich sitzt mir noch der Treffer von vorhin in den Knochen.«

Pilar betrachtet sie nachdenklich.

»Nein, lass uns ruhig wissen, wenn dir was auffällt.«

»Auf einmal doch?« Grace grinst. »Oh, danke, ich habe eine Aufgabe. Danke!«

»Ich wünschte, Jim wär hier«, sagt Kenny leise.

»Mhm.« D.S. klopft ihm auf die Schulter. »War'n guter Kerl.«

»Ich hab nicht aufgepasst. Ich hätte sehen müssen –«

»Der Ripper hat ihn erledigt, Kenny«, sagt Pilar knapp. »Du konntest da rein gar nichts machen.«

Sie versucht, nicht an Jim zu denken, mit dem sie durchaus gute Zeiten hatte, auch wenn es nicht zur großen Romanze reichte. Vor allem aber hat sie ihn zu Nordvisk gebracht. Ohne sie würde er immer noch versuchen, das ruinöse Strandcafé über Wasser zu halten und keine Sekunde lang bedauern, sein Studium geschmissen zu haben.

Ohne mich würdest du noch leben.

Müßig, dieses Abzählen von Kettengliedern. Wir haben uns ineinanderverhakt, so wie sich alle ineinanderverhaken. Wer ist schon ursächlich an irgendetwas schuld? Niemand. Bis auf Eva vielleicht. Die arme alte Eva hat tatsächlich die ultimative Arschkarte gezogen; also, ohne Eva würde Jim noch leben. Sehen wir's doch einfach so.

Unerbittlich knallt die Mittagssonne auf sie herab und bringt die Kristalllandschaft zum Gleißen. Pilar hält die Tränen zurück. Sie will, dass ihre Stimme fest klingt.

»Packen wir's«, sagt sie.

Elmar schwenkt auf Südwest. Er steuert, Jaron neben sich, Luther und Ruth auf den Rücksitzen. Derart eingekesselt und zudem unbewaffnet wäre der Ex-Sicherheitschef schlecht beraten, die Sau rauszulassen, doch Luther gewinnt zunehmend den Eindruck, dass er nichts dergleichen im Sinne hat. Jaron Rodriguez scheint sich mit seiner Niederlage abgefunden zu haben. In geringer Höhe schießen sie über die Passhöhe dahin. Zu ihrer Linken, Meilen entfernt, glitzert das Luftschloss wie ein Gletscher. Luther versucht, die Jahreszeit nach dem Sonnenstand abzuschätzen. Frühling. Anfang Mai? Vor drei Tagen hat er hier oben die letzten Schneefelder durchquert, doch Schnee dürfte bei solchen Temperaturen der Vergangenheit angehören. Womit auch D.S.' Theorie verdampft, die ohnehin nur als Vorwand für diese Expedition diente. Die Durchschnittstemperatur eines Landstrichs innerhalb weniger Stunden mehr als zu verdoppeln, dürfte die findigsten Invasoren überfordern.

Diese Gegenwart ist die Wirklichkeit einer fernen Zukunft.

Elmar beschleunigt. Wohin man blickt, das wogende Meer des Waldes, dichter und höher, als Luther es je gesehen hat, durchsetzt von unbekannter, großblättriger Vegetation und der Sonne entgegengereckten maulartigen Blüten, überhaupt scheint alles an Größe gewonnen zu haben. Sie überfliegen Lower und Upper Sardine Lake, polierte Saphire eingefasst in Granit, die kahle Felskrone der Buttes, lassen sich zu Tal fallen. Je näher sie dem Fluss kommen, desto exotischer wuchert, was beinahe zur Gänze Koniferenwald war. Riesenfarne durchsetzen die puritanische Ordnung der Tannen, Hänge entflammen unter Orchideenfeldern. Oberhalb von Sierra City sollten sie auf den Golden Chain Highway stoßen, doch weder das eine noch das andere hat sich erhalten, nur der Yuba River rauscht in gewohntem Slalom dahin, breit und schäumend. Sie folgen seinem Verlauf, bleiben dicht über ihm und unterhalb der Höhenrücken beiderseits des Flussbetts. Große Fluginsekten stehen über dem Wasser, an dessen Grund das Sonnenlicht auf vielfarbigen Kieseln tanzt, bevor es im nächsten Katarakt weiß aufkocht. Sie beobachten Otter und Schwarzbären und immer wieder Schwärme von Feuerlibellen. Bis an die

Ufer bauschen sich Blüten, die selbst wie Insekten aussehen, öffnen sich schillernde Flügel und Klauen, zwischen denen grellgelbe Pollenstempel um Kontakt werben.

Eine letzte Biegung trennt sie von Downieville –

Der Aufzug wird benutzt.

Zuallererst fällt Pilar auf, dass die einzigen Rückstände aus den Reifenprofilen der Geländewagen stammen. Keinerlei Patina, nicht das kleinste Krümelchen oder Stäubchen. Auch das Tor selbst umgibt diese Aura des Makellosen, die nicht erkennen lässt, ob etwas schon mehrfach oder noch nie in Betrieb genommen wurde. Wozu aber sollte man eine Anlage, die seit Jahrzehnten, vielleicht seit Jahrtausenden existiert, in solch aseptischem Zustand halten, wenn nicht, um ihre ständige Funktionstüchtigkeit zu sichern? Auch der Fahrstuhl gleitet so geschmeidig durch den Schacht, als sei er gerade erst gewartet worden.

»Die beobachten uns«, sagt Eleanor mit Blick auf die fluoreszierenden Kreise in den Wänden.

»Wer? Die Lichter?«

»Je länger ich sie betrachte, desto mehr betrachten sie mich.«

»Nö. Glaube, das sind nur Lampen.« Eine kleine Pille der Gelassenheit, der Sicherheit halber verabreicht, damit Eleanor einen kühlen Kopf behält. »Manchmal sieht man Dinge, die nicht da sind. Schau in einen Abgrund, und der Abgrund schaut in dich.«

Eleanor lächelt. »Nietzsche.«

»Echt?«

»Ja. Sehr kluger Mann. Er ist verrückt geworden.«

Tatsächlich nimmt Pilars eigenes Empfinden, beobachtet zu werden, mit jeder Sekunde zu. Sie tritt bis nah ans seitliche Gitter. Jetzt glaubt sie zu erkennen, dass die Lichter organischen Ursprungs sind, wie hervorgebracht von Kolonien kleinster Lebewesen, die gemeinschaftlich zu hell erstrahlen, um in einzelner Gestalt erkennbar zu sein. Unverändert furchen Laufschienen und Leitersprossen die Wände. Sie durchfahren die vertraute, betongegossene Konstruktion, doch sollte gleich ein mächtiges Schluckgeräusch aus der Tiefe erschallen, bevor sie in einen subterranen Magen gesaugt werden, würde es Pilar nicht wundern. Schon die spiralige Rampe und die Stollen, wo zuvor ein Treppenhaus war, ließen auf die Präsenz einer monumentalen, lebenden Entität schließen, die anstelle des ursprünglichen Tors getreten ist und sich damit maskiert.

Quatsch, lebende Entität. Ein verdammter Fahrstuhl.

Aus halber Höhe zwischen Sphäre und Erdoberfläche stoppt die Kabine, so wie Pilar es dem Tastenfeld eingegeben hat. Bis jetzt hat sich noch keine Funktion verweigert. Sie schauen gegen das geschlossene Rolltor, hinter dem die Serverhalle liegen müsste. Wieder gibt es einen Schalter, dazu gedacht, den Durchgang zu öffnen, wieder entspricht die Technik ihren Wünschen. Der Rolltorpanzer fährt hoch und konfrontiert sie mit der Server-Ebene, mit A.R.E.S., dem strafenden, unbarmherzigen Gott.

Wie betäubt starren sie in den riesigen, beleuchteten Raum.

»Ach du dickes Ei«, flüstert Eleanor.

Der Mercedes hinterlässt hässliche Spuren auf dem Humusweg. D.S. jedenfalls findet sie hässlich. Sie erinnern ihn an die Reifenabdrücke ihrer M715 Jeeps damals im Schlamm des Mekongdeltas. Dabei fährt er selbst einen uralten Defender und obendrein ein Honda Utility Vehicle, die in Sierra schon ordentlich Erdreich aufgewühlt haben, ohne dass die Vergangenheit zu ihm gesprochen hätte. Vielleicht ist es die Unberührtheit der Wege, die ihn unwillkürlich an Schändung denken lässt. Sein Finger ruht am Abzug. Grace sitzt eingekeilt zwischen ihm und Phibbs auf dem Rücksitz. Sie quittiert ihre Kaltstellung mit Hochmut und Verachtung, eine Maske, die immer wieder unter Hustenanfällen zersplittert.

»Und du willst 'ne Lebensversicherung sein?«, spottet Phibbs. »Klingst, als bräuchtest du selber eine.«

»Leck mich, du hässlicher Vogel.«

Doch sie wirkt verunsichert. Und D.S. denkt, wenn da wirklich was in der Luft ist, sollten wir alle auf der Hut sein.

»Wird schon«, sagt er freundlicher als beabsichtigt.

Überrascht schaut sie ihn an. Ein Kräuseln hebt ihre Lippen, das man mit gutem Willen als Lächeln interpretieren kann.

»Ihr haltet mich für das personifizierte Böse, was?«

»So viel Ehre würde ich dir nicht angedeihen lassen«, knurrt Phibbs.

»Ich hab deinen Kollegen nicht erschossen.«

»Nein, du bist ein Lamm.«

Die Äthiopierin sieht weiterhin D.S. an. »Ob ihr's glaubt oder nicht, alles geschah im Interesse des Unternehmens.«

Wie weiß ihre Augen sind. Die Iris dunkler Bernstein. D.S. räuspert sich und schaut geradeaus. »Das zu beurteilen steht mir nicht zu.«

»Sie ist 'n Stück Hurenscheiße«, zischt Phibbs. »Und glaub mir, Donald Scott, das zu beurteilen steht *mir* zu.«

»Verladerampe!«

»Was?«

»Verladerampe.« Der Japaner sitzt am Steuer und sagt Stationen an, als lenke er die New York Subway. »Hofeinfahrt.« Der Weg biegt sich nach links. »Östliches Landefeld.«

»Was heißt das?«, fragt Phibbs. »Alles aussteigen?«

»Ich rekapituliere die Topografie der Farm. Das Glitzerzeug irritiert total. Verwischt alle Anhaltspunkte. Im Moment werden wir vom Zentrum weg Richtung Kühlbehälter geleitet.«

»Und wenn wir einfach in das Zeug reinfahren?«

»Keine Ahnung, wie stabil es ist.« Zwischen den Kuben und Türmen wellt sich schimmernder Boden. Die meisten der Objekte stehen weit genug auseinander, dass der Mercedes hindurchpassen würde, allerdings dürften dabei etliche filigranere Strukturen zu Bruch gehen, die wie Mini-Skylines aus dem Untergrund zacken. Dann beschreibt der Humusweg eine Kurve, und Kenny trompetet zufrieden: »Landefeld Mittelachse. Wir sind wieder auf Kurs. – Und etwa hier – gleich – *jetzt genau* müssten wir die Allee zwischen Landefeld und Park überfahren haben. Gut, gut! – Durch den Park. Wir sind praktisch da, ich bin mir sicher.« Er stoppt den Wagen an einer Y-Gabelung. »Und hier war die hintere Terrasse. Definitiv. Wenn es hier ein Herrenhaus gab, liegt es direkt vor unserer Nase.«

Sie steigen aus. Im Verklingen empfindet D.S. das Motorengeräusch erst recht als vulgär und deplatziert in dieser Umgebung, die auf so seltsame Art zugleich unberührt und bis ins Letzte durchgeplant wirkt. Schneidend klar ist die Luft, unfassbar rein. Die Stille beredt. Kein ferner Autoverkehr, kein Flugzeug, das in vielen Meilen Höhe dahindonnert. In ihrem Fehlen zeigt sich die Allgegenwart menschgemachter Geräusche. Wenn dies das Resultat einer Invasion ist, muss man ihr Pracht und Erhabenheit bescheinigen, aber vielleicht gibt es ja nicht mal einen bewussten Urheber. Die Welt ist voller natürlicher Erscheinungen, aus denen Menschen irrtümlich auf Konstrukteure geschlossen haben: die sechseckigen Säulen von Staffa, Linien in der Nasca-Wüste, Unterwasserpyramiden von Yonaguni, das Wachstum der Kristalle – könnten auch diese glitzernden Formationen schlicht das Resultat kosmischer Aussaat sein, eines Befalls? Doch die Wege und die hangarähnliche Kuppel sprechen so unmissverständlich dagegen, dass D.S. beim Gedanken daran die Haare zu Berge stehen.

Und plötzlich hat er das deutliche Gefühl, dass die Kristalllandschaft ihre wahre Natur verschleiert.

Die Quantenrechner sind verschwunden.

Nichts anderes hat Eleanor erwartet, H.O.M.E. vor Augen, den Bordcomputer der Eternity, von dem Elmar-453 erzählte, er habe A.R.E.S.' neuer Erscheinungsform Pate gestanden – eine

Art Wald also aus schlanken, regelmäßig geformten Säulen, in denen es geheimnisvoll blitzte und blinkte, doch wenn sie je glaubte, in ein lebendes Hirn zu blicken, dann angesichts der aus demselben Kristallmaterial wie oben geflochtenen Netze, die sich zwischen Boden und Decke durch die gesamte Halle ziehen und diese aus sich heraus illuminieren: frei schwebende Zellkörper und synaptische Knoten, verbunden durch fein verästelte Tentakel, die frappierend an plasmatische Fortsätze erinnern, wahre Dendritenbäume, verbunden zu einem gigantischen neuronalen Wurzelwerk. Halb transparente Membranen umhüllen jeden Knoten und lassen schemenhaft ein komplexes Inneres erkennen, in dem Lichter fließen oder lichterzeugende Partikelströme – und noch im Staunen angesichts der überwältigenden Schönheit der Struktur sieht Eleanor sich in die Assoziationsfalle tappen. Zu einfach, hierin ein Hirn zu erblicken. Ohne Zweifel ist es eines. Es ist A.R.E.S. – doch ebenso wenig, wie ein Sonnensystem ein Atom nachbildet, formt dieses unfassbare Netzwerk ein Hirn einfach nur *nach.* Die Ähnlichkeit könnte so irreführend sein wie die zwischen den Strukturen des Größten und Allerkleinsten. Ein tieferes Geheimnis durchweht die Halle, dem Auge offenbar, dem Intellekt jedoch verborgen, der ausschließlich das sieht, was er woanders schon gesehen hat, und daraus die falschen Schlüsse zieht. Ebenso gut, wie dies ein Hirn zu sein vorgibt, könnte ein exotisches Unkraut Einzug gehalten haben, ein lumineszierender Schimmelpilz oder eine monströse Flechte.

Wären da nicht die Wege.

Es sind weniger. Die alte Serverhalle war segmentiert nach Art klassischer Straßenraster, Avenuen und Quergänge, hier führt ein einziger breiter Korridor geradewegs vom Aufzug bis zur gegenüberliegenden Wand, entlang derer eine Balustrade verlaufen müsste. Vielleicht gibt es sie ja noch. Aus der Distanz dringt konturloses Flimmern herüber, unmöglich zu sagen, *was* genau dort ist. Wenn Eleanor ihre Wahrnehmung nicht täuscht, entspringen etliche Pfade dem Mittelgang. So fremdartig und verstörend dies alles sein mag, hebt es dennoch ihre Stimmung. Der Weg zur anderen Seite ist frei.

Zum Kontrollraum, falls er noch existiert.

»Ist das wirklich Ares?«, fragt Pilar mit ungewohnter Ehrfurcht.

»Todsicher.« Eleanor nickt.

»Sieht aus, als blicke man in einen Kopf.«

»Es ist kein Hirn. Das wäre, als wenn sich alle Menschen übereinanderstellten, um einen Riesenmenschen nachzubilden.«

»Selbstähnlichkeit«, sinniert Pilar. »Eine fraktale Struktur. In der Natur ergibt das fast immer Sinn.«

»Wir wissen ja nicht mal, woraus das hier besteht.«

»Nein.« Pilar geht zum Wagen. »Und weißt du was? Ist mir auch scheißegal. Lass uns den Kontrollraum zurückerobern.«

Erobern – in diesem letzten Wort schwingt eine düstere Prophetie mit. Sicher nicht so von ihr gewollt, doch Eleanors Zuversicht erhält einen ordentlichen Dämpfer. Mit angespannten Schultern hockt sie auf dem Beifahrersitz, und der Mercedes rumpelt aus der Kabine auf die lang gezogene Allee, die das Geflecht teilt wie das Rote Meer.

D.S. krault seinen Bart. »Gut, was soll ich tun?«

»Ungefähr da«, Kenny zeigt auf die Formation, die wie gefrorene Amplituden aussieht, »müsste das Entree des Herrenhauses gewesen sein. Im größeren Umkreis sollten sich Spuren der Fundamente finden. Das Entree ist wichtig, weil dort der Zugang zu den unteren Levels und zum Kontrollraum liegt. Aber ich kann nicht beschwören, dass es wirklich genau *dort* war. Mein Vorschlag, wir teilen uns auf und suchen das nähere Terrain systematisch ab. Sobald einer auf einen Fahrstuhlschacht oder ein Treppenhaus stößt, machen wir uns Gedanken, wie wir hineingelangen.«

Phibbs setzt probehalber einen Fuß auf den Rand des Kristallbodens, der an den Weg grenzt. Geht ein paar Schritte in die schimmernde Landschaft hinein und dreht sich um.

»Lucy in the sky with diamonds«, grinst er. »Federt ganz leicht nach. Und knackt ein bisschen.«

»Aber es hält?«

»Sieht so aus.« Der Detective kneift die Augen zusammen. »Funkelt wie irre.« Er beugt sich herab und streicht über den Boden. »Man sollte meinen, es wär kühl. Hart wie Glas. Fühlt sich aber an wie Plastik.«

D.S. schaut hinüber zum Wagen. Auf der Rückbank windet sich Grace in einem neuerlichen Hustenanfall. Das Stoner Gewehr in der Linken, öffnet er die Tür. »Geht's?«

»Wird schon.« Sie keucht und wischt sich einen Speichelfaden von den Lippen. *»Deine* Worte.«

»Hm. Weißt du, da ist nichts in der Luft«, sagt er. »Oder ich spür's nicht. Hast du vielleicht was anderes eingeatmet?«

»Wüsste nicht, was.«

Ihm ist unwohl. Die Frau mag eine Killerin sein, doch Killer waren sie damals alle. Und froh, wenn man sie halbwegs anständig behandelte, trotz ihrer Verbrechen. Eine Gnade, in der sich speziell die Vietcong nicht gerade hervortaten.

»Du musst verstehen, dass dir keiner traut.«

»Keine Angst, ich bleib freiwillig im Wagen. Fühle mich fiebrig.« Sie hebt den Blick. »Könnt ihr mir nicht wenigstens ein Funkgerät dalassen? Dass ich mit euch verbunden bin?«

»Klar. Kenny, können wir Grace in den Funk einbeziehen?«

»Sie kann das festinstallierte im Wagen benutzen.«

Er lächelt. »Hörst du?«

Sie lächelt zurück. Diesmal lächelt sie wirklich. »Danke, D.S.« Weich und dunkel. Eine Stimme, in der es immer Nacht ist. »Ich mach euch keinen Ärger. Versprochen.«

D.S. betrachtet sie. »Gut.«

Er wirft die Tür zu und lässt Kenny den Wagen verriegeln.

Was genau hat er erwartet?

Sicher nicht Downieville, wie er es kannte. Davon hat er sich schon beim Blick auf die Hochebene verabschiedet. Aber doch irgendetwas. Eine Art Reminiszenz, einen Platz vielleicht, an dem es Downieville geben oder gegeben haben *könnte.* Nichts aber bereitet ihn auf die rohe Gewalt vor, mit der die ineinanderstürzenden Läufe des Yuba und Downie das ganze Areal, auf das der Ort gegründet war, einfach fortgerissen haben. Ein See hat sich hier gebildet, mehr ein brodelndes Becken, in dem sich die Zuflüsse stauen und rivalisierend umeinanderstrudeln, bevor sie zur Flutwelle vereint talwärts donnern. Wo Brücken sein müssten und das blaue Dach des Verwaltungsgebäudes mit dem Sheriffbüro, wirbelt Gischt. Bis in die Hänge hinein hat sich das Wasser gearbeitet; selbst wenn die katholische Kirche und die Schulgebäude noch in ihren Fundamenten existieren sollten, liegen sie versunken den Blicken entzogen, doch wahrscheinlich steht hier kein Stein mehr auf dem anderen.

»Man kann nicht mal mehr landen«, sagt Ruth tonlos.

Elmar senkt den Lilium Jet weiter ab. Das Becken dampft, aufwallende Gischtnebel, die den Bauch des kleinen Flugzeugs benetzen. Luther sucht die Umgebung ab, kaum in Erwartung, Vertrautes zu entdecken und zugleich entschlossen, diesen Platz nicht zu verlassen, ohne Spuren von Downieville gefunden zu haben. Einige der ufernahen Bäumchen, die ihre Wurzeln in die steinige Böschung krallen, beschatten etwas, das mit sehr viel Phantasie als im Gestrüpp verborgenes Gitter durchgehen könnte, daneben der Umriss eines zu gleichmäßig geformten Steins, um natürlichen Ursprungs zu sein. Eigenartig sind diese Bäume mit ihren zitternden, goldschillernden Blättern. Im Moment, als er glaubt, auf dem Stein ein Wort zu lesen, blähen sich ihre Kronen zu Schwärmen aufstiebender Vögel, als sei ein Schuss gefallen, und dann sieht er, es sind keine Vögel –

Der Jet steigt höher.

Sie nehmen Fahrt auf, beschleunigen auf hundertneunzig Meilen und ziehen über die gefältelten Bergkämme weiter Richtung Südwesten. An Bord herrscht bemerkenswerte Stille. Niemand fühlt den Drang zu kommentieren, was er sieht, und was sie zu sehen bekommen, macht sprachlos.

»Heuschrecken«, sagt Luther schließlich in die Stille hinein.

Elmar schüttelt den Kopf. »Eher Grillen.«

»Grillen sind nicht so groß«, verkündet Ruth im Ton starrhalsigen Leugnens. Jaron schaut sie über die Schulter hinweg an.

»Alles hier ist größer. Schon bemerkt?«

»Ich hätte in Tennessee bleiben sollen.«

»Da hattest du mit anderem Ungeziefer zu kämpfen«, bemerkt Luther.

»Wie weit fliegen wir?«

»Grass Valley.« Elmar legt den Jet in die Kurve. »Kleine Orte können verschwinden. Grass Valley ist eine Stadt.«

»Das waren Babel und Gomorrha auch«, sagt Jaron.

»Klar. Mit Sündenfällen kennst du dich ja aus.«

Der Hüne bleibt die Antwort schuldig und betrachtet die Umgebung. Unter ihnen fällt der Höhenrücken weiter ab. Die weiße Mondlandschaft von Jackass Flats gerät in Sicht, ein vernarbtes Stück Land, das die Goldgräber des neunzehnten Jahrhunderts geschaffen haben. Elektrisiert starrt Luther auf das karge Gelände. Auch wenn der charakteristische See darin verschwunden ist, liegt hier offen der Beweis zutage, dass der Mensch in *dieser* Welt, wenn nicht dieselbe, so doch eine sehr ähnliche Geschichte hatte. Jackass Flats erzählt von nichts weniger als dem großen Rausch der Siedlerära. Dann sind sie darüber hinweg, kreuzen das Delta des südlichen Yuba River und sehen den Einschnitt vor sich, in dem Nevada Stadt und Grass Valley ineinander übergehen müssten. Ein Netz aus Straßen verwob sich hier; der Dschungel hat alles überwuchert. Grass Valley scheint vom Erdboden getilgt, bis Ruth nach unten zeigt und laut »Del Oro!« ruft.

Ein spitzer Turm ragt aus dem grünen Filz, acht, vielleicht zehn Meter hoch. Die Farben sind verblichen, einige der Leuchtbuchstaben abgefallen, doch immer noch kennzeichnet der himmelwärtsstrebende Erfindergeist des Art déco das einzige Relikt weit und breit, das an Grass Valley erinnert. Die Krönung des alten Del-Oro-Kinos, des Ortes, von dem aus man in alternative Welten, fiktive Vergangenheiten und Zukünfte reiste, in die Paralleluniversen der Phantasie. Ein Tor auf seine Weise, und so wie das Tor im Sierra Valley erhalten. Kollektives Seufzen geht durch den Gleiter. Niemand, so viel ist klar, verspürt noch den Wunsch, San Francisco zu besichtigen, abgesehen davon, dass die Zeit knapp wird. Um das spektakulärste Symbol der versunkenen Welt zu betrachten, müssten sie ohnehin zweieinhalbtausend Meilen östlich von hier wie Charlton Heston den Strand entlanggaloppieren, hinter sich im Sattel ein stummes Mädchen, dessen einzige Kenntnis sozialer Ordnung die der Affen ist.

Ihr letzter Eindruck, bevor Elmar den Gleiter wendet, ist der von etwas sehr weit entfernt Schimmerndem, als habe sich dort ein See aus Sonnenlicht gesammelt. Auburn? Yuba City?

Sacramento?

Nichts von alldem würden sie vorfinden.

Sondern etwas, das an dessen Stelle getreten ist.

Die wuchernde Struktur lebt. Besser gesagt, *etwas* darin lebt.

Schon auf den ersten Metern ist es ihnen aufgefallen. Handgroße, transparente Kreaturen bevölkern das Geflecht, sitzen auf den Strängen und bewegen sich mal langsam, mal geschäftig über die Membranen der Knoten. Der Wagen scheint sie wenig zu interessieren. In ihrer Selbstversunkenheit, mit der sie ihrer Aufgabe – Pilars spontane Assoziation – nachkommen, wirken sie weniger bedrohlich, als sie es vielleicht sollten. Aufgeblasene Blattläuse, deren vordere Extremitäten gezielt die Oberflächen bearbeiten, ohne erkennbaren Effekt. Um Genaueres zu sehen, müssten sie anhalten und näher rangehen, doch gerade zählt nur der Kontrollraum.

»Als tippten sie was ein«, bemerkt Eleanor.

»Mhm. Sind überall.«

»Haben wir Schutzanzüge?«

Pilar schüttelt den Kopf. »Flammenwerfer. Liegen hinten drin.«

»Na ja.« Eleanor betrachtet weiter die Geschöpfe, deren winzige Köpfe mit den schwarzen Punktaugen keine erkennbaren Fresswerkzeuge aufweisen. Fühler, lang wie der gesamte Körper, schwenken hin und her, dem Hinterleib entwachsen lanzettenartige Spitzen. Wie sie dort hängen, erwecken sie den Anschein, als kümmere sie einzig die Verrichtung ihrer Tätigkeit. »Sehen fast niedlich aus. Solange wir sie in Ruhe lassen –«

»Kim Jong Un sieht auch niedlich aus.« Pilar stoppt den Mercedes. »So, und was halten wir jetzt davon?«

Sie haben die rückwärtige Wand erreicht. Über die komplette Fläche zieht sich das Netz aus Knoten und Tentakeln und verbreitet sein irisierendes Licht. Unverkennbar zeichnen sich dahinter die Konturen der Balustrade ab.

»Scheint alles noch da zu sein.«

»Flammenwerfer?«, fragt Eleanor.

»Mal sehen, was passiert.«

Sie öffnen die Türen und steigen ohne hastige Bewegungen aus. Zu beiden Seiten erstreckt sich das Riesenhirn oder wie man es nennen will bis zur Wand, wurzelt in der Decke und im Boden. Hier hat kein rigoroser Umbau stattgefunden, sondern eine Neumöblierung. Pilar geht zum Heck das Wagens, öffnet es, händigt Eleanor einen der Tanks aus und schnallt sich den anderen auf den Rücken. Nichts macht Anstalten, sie anzuspringen oder anzuknabbern.

»Ob die uns überhaupt bemerken?«

»Wenn, sind wir ihnen schnuppe.« Pilar schließt die Fahrertür und tritt vor das leuchtende Neuronennetz, das sich wie ein mehrlagiger, poröser Vorhang herabbauscht. Jetzt ist sie so nah, dass sie eine Art Textur in dem Material ausmachen kann: eng verfugte, knapp fingernagelgroße Steinchen wie geriffelter, trüber Bergkristall, mit schartigen Rändern und Einschlüssen rund um ein luminieszierendes, schwach pulsierendes Zentrum. Sacht lässt sie den Daumenballen über die Oberfläche gleiten. Spürt die Textur. Ähnlich wie Ornamentglas. Jedes Steinchen leicht gewölbt, ein Baustoff, starr, aber nicht kalt; und auch nicht wirklich wie Glas, mehr von der Art eines Kunststoffs, sogar temperiert, wie sie überrascht feststellt. Sie legt die Hand ganz auf die Wölbung des Strangs und lässt sie dort ruhen, spürt eine beruhigende Wärme davon ausgehen und in ihre Haut vordringen.

»Riecht wie aufgekochte Gelatine«, sagt Eleanor.

»Stimmt.« Pilar nimmt die Hand weg. »Bisschen nach Rosen auch. Findest du nicht?«

»Eher Himbeere.«

Pilar geht in die Hocke. Zwischen den kreuzenden und querenden Axonen und Dendriten tun sich Blicke auf, und zu ihrer Freude schraubt sich dahinter die Stahltreppe hoch zur Balustrade. Als sie den Kopf dreht, um von unten durch den Gitterrost des Laufgangs zu schauen, starrt eine der Glasläuse auf sie herab, keine zwei Handbreit von ihrem Gesicht entfernt. Nichts ist den schwarzen Augen zu entnehmen. Nach einer Sekunde des Abwartens und Sondierens widmet sich das Tier wieder seiner rätselhaften Beschäftigung. Die Vorderbeine heben und senken sich in raschem Takt, Greifwerkzeuge, beweglich wie Menschenhände, träufeln Flüssigkeit auf den Kristall, die das Geschöpf offenbar selbst produziert, streichen über die Fugen und zupfen etwas heraus, zu winzig für eine Taxonomie. Angestrengt linst Pilar zwischen die Flachprofile des Gitterrosts. Doch, ganz ohne Zweifel! Umriss, Größe – da ist der Durchgang.

»Der Kontrollraum ist noch dort.«

»Aber wie kommen wir rein?« Eleanor tritt einen Schritt zurück und lässt den Blick über das Gewebe gleiten. »Ohne die Struktur zu beschädigen?«

Pilar drückt gegen einen der Stränge, bohrt den Finger hinein. »Kaum elastisch. Durchquetschen ist nicht.«

»Also zerstören.«

Was bedeuten könnte, A.R.E.S. anzugreifen. Wenn dieses Gebilde A.R.E.S. *ist,* warum auch immer er sich von Riesenblattläusen bespaßen lässt, sind die Folgen kaum einzuschätzen. Noch während sie darüber nachdenkt, eilen zwei der gläsernen Insekten herbei, untersuchen die Stelle, in die sie gestochen hat, versprühen und verreiben ihr Sekret darauf. Pilar pfeift leise durch die Zähne.

»Ganz schön flotter Service.«

»Ares wird kaum begeistert sein, wenn wir ihn beschädigen«, gibt Eleanor zu bedenken.

»Allerdings. So, wie er schon wegen seiner Abschaltung gezickt hat.« Pilar nimmt ihr Funkgerät vom Gürtel und ruft Kenny. »He, Samurai, wir sind's. Kommt ihr da oben weiter?«

»Pilar?« Es rauscht und kracht. Kennys Stimme erklingt zerhackt und wie aus weiter Ferne. Die Mehrfachumleitung fordert ihren Tribut, aber es reicht, um das Nötigste auszutauschen. »Bis jetzt haben wir keine Anzeichen gefunden, dass hier je was stand. Und ihr?«

»Alles noch da.« Sie setzt ihn ins Bild. »Wir untersuchen weiter die Struktur, um auf verträgliche Weise reinzugelangen.«

»*Roger.* Wer was findet, meldet sich.«

»Irgendwas von Elmar?«

»Nein. Der ist hinter den sieben Bergen. Bis später.«

In direkter Linie nehmen sie Kurs auf das Yuba-Pass-Gebirge, doch schon nach zwei Minuten beugt sich Luther vor und legt Elmar eine Hand auf die Schulter.

»Stopp. Da unten ist was.«

Elmar drosselt die Geschwindigkeit. »Was hast du gesehen?«

Vor ihnen funkelt ein See mit wild gezackten Rändern. Scotts Flat, ein künstlich angelegtes Reservoir, das den von Osten kommenden Deer Creek staut. Was schon darum bemerkenswert ist, weil der Damm unverändert steht. Überdies scheint er in tadellosem Zustand zu sein: frei von der Okkupation durch Pflanzen, keinerlei Risse oder bröckelnde Stellen. Niemand spricht es aus, doch der Gedanke steht im Raum.

Leben hier Menschen?

Luther denkt an die Farm. Die gepflegten Humuswege im Sierra Valley. Wer oder was immer hier lebt, hält einiges von damals instand, aber zu welchem Zweck?

Plötzlich sieht er Bewegungen unter den Bäumen nahe dem Damm. Wipfel wiegen sich, Schatten fallen. Eine Gestalt springt auf den schmalen Uferstreifen neben der Dammmauer und gleich wieder zurück in den Schutz des Waldes. Alles vollzieht sich mit äußerster Schnelligkeit – der Umriss des Wesens geistert über Luthers Netzhaut, ohne dass er beschwören könnte, es tatsächlich gesehen zu haben.

»Da sind Menschen«, sagt Ruth im selben Moment. »Das waren doch Menschen, oder?«

Jaron durchforstet seinen Kinnbart. »Seid ihr sicher?«

»Doch«, sagt Elmar. »Da war was.«

Reglos steht der Gleiter über dem Gewässer.

»Und jetzt?«

»Auf dem Damm können wir jedenfalls nicht landen.«

»Aber da.« Jaron zeigt auf eine kleine Halbinsel am Nordrand, etwa eine halbe Meile entfernt. Ein Teil des Uferstreifens ist unbewachsen, ein natürlicher Strand aus Lehm und Geröll.

Ruth schaut Luther an. »Halten wir das für eine gute Idee?«

»Spielt das noch eine Rolle?« Er versucht sich an einem Lächeln, schon, weil es in letzter Zeit keine Veranlassung dazu gab. Einfach, um mal wieder diesen Teil der Gesichtsmuskeln zu beschäftigen. »Unser bloßes Hiersein ist keine gute Idee.«

»Abstimmung«, sagt Elmar. »Wer ist für landen?«

Die Neugierde siegt. Vielleicht auch die Hoffnung, menschlichen Wesen zu begegnen, als sei dies dem Entdeckungsreisenden nicht in den allermeisten Fällen zum Verhängnis geworden. In einer Wolke aus Staub, Erdreich und Blättern setzen sie auf. Feuchte Luft schlägt ihnen durch die hochfahrenden Türen entgegen, als schwappe heißes Wasser hinein.

»Ich brauche eine Waffe«, sagt Jaron.

Elmar schnaubt vor Lachen. »Das kannst du dir abschminken, Alter.«

»Wir sind in der Wildnis. Ich muss mich verteidigen können.«

»Wir verteidigen dich schon«, sagt Luther.

»Yep«, pflichtet ihm Ruth bei. »Und zwar bis zum letzten Atemzug. Deinem, versteht sich.«

Der Hüne seufzt wie in deprimierender Einsicht, mit Kindern kein vernünftiges Gespräch führen zu können. Kies knirscht unter seinen Stiefeln, als er nach draußen springt und zum Wasser geht. Die anderen folgen ihm. Luther sucht den Waldrand nach Hinweisen auf menschliche Besiedlung ab, doch ein raumgreifendes Geflecht aus Büschen, Farnen und Moosen hat die früher so gut passierbaren Kiefernhaine bis in die Wipfel durchsetzt. Lorbeer und Nusseibe liefern sich Laokoon-Kämpfe mit Schlingpflanzen, denen die maulartigen Blüten entsprießen. Kleine Käfer durchwimmeln die Kelche. Ein penetranter Duft nach Gifteiche mischt sich mit Citrus- und Ananas-Aromen, intensive Süße verspricht Kopfschmerzen bei längerem Einatmen. Eukalyptus und faulige Noten wabern umeinander, ohne dass ein kühler Zug vom See die betäubende Melange aufbrechen würde. Wenige Meter entfernt reckt eine Küstenkiefer ihre korkenzieherartig verdrehten Äste über die glitzernde Fläche hinaus. Gehölz entsprießt dem Grund des Gewässers, durchbricht die Oberfläche und krallt sich in die Borke des Baums, in dessen Zweigen – wie Luther nun sieht – etwas Großes und Dunkles hängt, ein toter Schwarzbär, offenbar dort verendet. Die Hand am Griff seiner Glock, hält er weiter

Ausschau. Seine Augäpfel fühlen sich wund in ihren Höhlen an, Durst plagt ihn. Überall zirpt und summt es, schwingt die Luft von hohem Sirenengesang.

»Niemand zu sehen«, konstatiert Ruth.

»Sie verstecken sich.« Elmar fixiert das gegenüberliegende Ufer. »Wenn es hier intelligentes Leben gibt –«

»Wäre es das erste Mal in dieser Gegend«, spottet Jaron.

»Vorsicht, Rodriguez«, sagt Luther, ohne die Stimme zu heben. »Ich könnte mich hinreißen lassen.«

»Dazu hast du keine Veranlassung, Undersheriff.«

»Wie bitte?« Er glaubt sich verhört zu haben. »Deinetwegen ist einer meiner Männer tot.«

Der Hüne betrachtet ihn träge. »Ja, und das tut mir leid.«

»Tatsächlich?«

»Ich empfinde kein Vergnügen dabei, Menschen zu töten. Wärt ihr uns nicht in die Quere gekommen, hätte niemand sterben müssen. Es war eure Entscheidung.«

»*Meine* Entscheidung könnte sein, dir ein zweites Loch in die Arschritze zu schießen«, sagt Ruth mühsam beherrscht. Locken baumeln ihr in Stirn und Augen. »Wir haben euch daran gehindert, ein Verbrechen zu begehen!«

»Bist du sicher? Vielleicht habt ihr ja eines ausgelöst.«

»Halt den Mund, Jaron«, sagt Elmar.

»Wieso?« Jaron sieht ihn an. »Was fürchtest du zu hören? Dass du es vermasselt hast?«

»Was soll ich vermasselt haben?«

»Entschuldige, aber es ist ja wohl *dein* Computer, der gerade 453 zerlegt hat. Und der wahrscheinlich für das hier verantwortlich ist.« Jaron zieht die Lippen über die Zähne zurück. »Na, wenigstens steht in Grass Valley noch das Kino. Gratuliere zu deiner schönen neuen Welt.«

»Ich sagte, halt's Maul.«

»Hugo hatte ganz recht. Du bist und bleibst ein Egozentriker. Du wärst imstande und –«

Weiter kommt er nicht. Elmar landet aus dem Stand eine Rechte in Jarons Gebiss, schickt einen linken Haken hinterher und bringt etwas in der Gegend des Wangenknochens zum Knirschen. Der andere ist so überrascht, dass er noch einen Nachschlag kassiert, bevor er mit zum Schutz erhobenen Händen zurückweicht.

»Hör auf.«

»Du willst über Hugo reden?« Elmar, rot angelaufen, schwingt erneut die Fäuste. Luther springt zwischen die Kontrahenten und zwingt sie auf Abstand. »Lass es, Elmar.«

»Schon gut.« Blut sammelt sich zwischen Jarons Zähnen. »Ich werde mich nicht mit ihm schlagen.«

»Ich mich aber mit dir, du –«

Luther sieht keine andere Möglichkeit, als seine Finger in Elmars Oberarme zu graben und ihn wegzuziehen wie einen störrischen Esel. Elmar ist sportlich, an den Elite-Unis haben sie alle geboxt, aber wenn Jaron nur wollte, würde sein Gegner keine zwei Sekunden mehr auf den Beinen stehen. Also hält Luther den Firmenchef fest, während der Sirenengesang, was immer ihn hervorbringt, zu beifälligem Johlen anschwillt. Enervierend schrillen die Obertöne, ein Kollektivgeräusch ähnlich dem von Zikaden. Aus dem Dickicht, aus den Wipfeln der Bäume erschallt es. Elmar reißt sich los.

»Warum, Jaron? Scheiße, ich hab dir mein Unternehmen anvertraut!«

»Und ich hab drauf aufgepasst.« Jaron betastet seinen Oberkiefer und verzieht das Gesicht. »Oder etwa nicht?«

»Was hast du mit Hugo gemacht?«

»Ich?« Jarons Augen runden sich. »Mit Hugo? Was bitte soll ich denn mit ihm *gemacht* haben?«

»Hugo hätte mich nie verraten.«

»Er *hat* dich nicht verraten, du Traumtänzer! Er hat dafür gesorgt, dass dein Laden lief. Weißt du eigentlich, wie viel Geld du jeden Tag rausgeballert hast? Was deine edlen Absichten kosten?«

»Erzähl mir nicht diesen Mist!« Elmars Zeigefinger sticht wie ein Bajonett in die Luft. »Wir hatten eine Vereinbarung. Keine aggressiven Technologien. Als wären wir nur überlebensfähig durch ein paar mickrige Waffendeals.«

»Die mickrigen Deals haben Milliarden gebracht.«

»Auch ohne die wären wir das bestnotierte Unternehmen der Welt, also verarsch mich nicht!«

Jaron hört auf, sein ramponiertes Gesicht zu befühlen, und lässt die Hand sinken. Plötzlich herrscht aufmerksame Stille, als seien die folgenden Worte für jeden, egal mit wie vielen Beinen, Pfoten, Fühlern und Flügeln, von fundamentalem Interesse. »Du willst nicht verarscht werden?« Er wischt Blut an seinem Hosenbein ab. »Dabei verarschst du dich doch selber, wenn du verkündest, zehn Milliarden Menschen ein Leben in Würde ermöglichen zu wollen.«

»Was ist daran verkehrt?«, fragt Elmar perplex.

»Es ist blauäugig, und deine Attitüde vermessen. Leute wie du haben dem Sozialstaat die Sargnägel eingeschlagen. Und wodurch? Künstliche Intelligenz. Großartige Technologie, aber sie ändert alles. *Du* änderst alles, oder was glaubst du, sind die Konsequenzen, wenn du Maschinen baust, die auf allen Feldern besser als Menschen sind, effizienter, ökonomischer und vorausschauender –«

»Oh Mann, Jaron! Bleib in deinen Grenzen.«

»Tja, bloß wirst du zuhören müssen, denn Hugo kann's dir nicht mehr erklären.«

»Eine Maschine, die alles weiß, findet auch Wege, zehn Milliarden eine Existenz zu ermöglichen.« Elmar starrt ihn an. »Das ist nun wirklich Logik für Kleinkinder.«

Jaron lacht in sich hinein. »Ich würde mich nie mit dir messen, Elmar. Hugo wusste, dass niemand es kann. Nicht an Genie und nicht an Arroganz. Weißt du, wie viele Pferde es Anfang des zwanzigsten Jahrhunderts allein in den USA gab? Sechsundzwanzig Millionen. Was wurde aus denen, als der Verbrennungsmotor kam? Nichts. Sie wurden weniger. Und warum? Weil sie nutzlos geworden waren.«

»Ja, und fünfzig Jahre später gab es nur noch zwei Millionen.« Elmar rollt die Augen. »Wir sind aber keine Pferde.«

»Sie wurden weniger, weil Pferde über Dinge wie den Fortbestand von Pferden nicht nachdenken konnten«, sagt Jaron. »Aber Menschen können es. Sie wollen fortbestehen, im Angesicht ihrer Nutzlosigkeit. Wie tragisch! Wohin mit den Überflüssigen, die jeden ökonomischen Wert verlieren, weil sie *nichts* auch nur annähernd so gut können wie Algorithmen, die jeden Arzt oder Apotheker darin übertreffen, Kranke zu heilen, bessere Banker, Juristen und sogar Psychiater abgeben? Was macht wohl den Wert eines Menschen aus, Elmar, wenn er zu nichts mehr taugt, weil immer eine Maschine da ist, die alles besser kann? Ein paar von denen ziehst du durch, aber Milliarden? Glaubst du denn, im Werteverständnis der Regierenden, Superreichen und kybernetisch Optimierten wird sich nicht grundlegend was ändern angesichts von Milliarden Menschen, die keine Arbeit haben werden, weil es keine Arbeit mehr für sie *gibt?«*

»Keine Ahnung, was du da rechtfertigen willst, aber für solche Fälle wäre ein bedingungsloses Grundeinkommen –«

»Und was machen die damit? Jedenfalls nicht am Pool rumhängen, weil nämlich die Einkommen nach den ersten Partys in den Keller rauschen. Keine Elite wird zulassen, dass Milliarden Schmarotzer die Ressourcen der Erde aufzehren.«

»Schmarotzer?« Ruth schüttelt entgeistert den Kopf. »Der Sinn des Lebens ist ja wohl nicht nur, produktiv zu sein.«

»Himmel, Deputy, wie romantisch.« Jaron lässt sich in den Kies fallen und streckt die Beine aus. »Sinn des Lebens. Idealismus. Liberalismus. Die Freiheit, sich zu verwirklichen. Wenn neunzig Prozent der Menschheit keinen produktiven Wert mehr haben, will ich mal sehen, was davon übrig bleibt.« Er führt den Zeigefinger zum Mund, bewegt vorsichtig einen Schneidezahn und verzieht das Gesicht. »Trotzdem hast du recht. Aus der Sicht eines Menschen. – Aber aus der Sicht eines *Computers?«*

Luther spürt die Müdigkeit von Jahren in seine Knochen kriechen. Er könnte im Stehen einschlafen. Am anderen Ufer trottet ein Schwarzbärenpaar entlang. Der Sirenengesang setzt wieder ein. Kurzerhand hockt er sich neben Jaron in den Kies. »Komm endlich zur Sache.«

»Wir machen uns überflüssig. Aber einige könnten überleben.«

Elmar spuckt aus. »Wenn wir dein krudes Szenario schon weiterdenken, warum sollten Computer überhaupt auf Menschen Wert legen?«

»Die Frage wurde dir gerade beantwortet.«

»453?« Elmar schüttelt den Kopf. »Nein, du Klugscheißer! *Das* war nicht der Grund.«

»Sondern?«

»Bewusstsein. Leben. Wir haben tatsächlich Leben erschaffen.«

»Und was hat es gegen uns?«

Elmar geht aufgewühlt ein paar Schritte, bleibt stehen. »Jaron, du hast zu viel *Terminator* geguckt und den ganzen Schrott. Dämliche Zielkonflikte, Roboter mit Knarren, KIs mit Gottkomplex. Was vorhin passiert ist? Mein Alptraum! Aber nicht, weil die KI bösartig wäre. Sondern weil ich ein paar Dinge übersehen habe. Ares fühlte sich bedroht.«

Ruth hebt eine Braue. »Der arme Kleine.«

»Ich war immer überzeugt, der Schlüssel zu bewusster Wahrnehmung ist der Körper. Roboter, mit immer sensibleren Sinnen ausgestattet – aber vielleicht waren es die Tiere, die Erfahrungen des Organischen –«

»Er hat dich beschissen«, sagt Jaron gleichmütig. »Und das wird er in unserer Welt auch tun.«

»Nein. Die Technologie ist gut. Der Fehler lässt sich beheben.«

»Soll ich dir sagen, was Hugo wollte? Verhindern, dass ein riesiges, Segen stiftendes Vermögen im Versuch verdampft, zehn Milliarden Pferde im Zeitalter des Autos am Leben zu erhalten.«

»Das ist zynisch«, sagt Luther.

»Das ist realistisch. Weil die Menschheit andernfalls gar keine Chance hätte, sollte die KI beschließen, auf uns verzichten zu können.« Jaron steht auf und klopft sich den Staub vom Hosenboden. »Wenn wir hingegen alle Ressourcen in die Optimierung einer Elite stecken, wird die KI sie vielleicht wertschätzen und als ebenbürtig akzeptieren. *Capito*? *Dafür* wollte Hugo die Firmengewinne verwenden.«

»Supermenschen?«

»Wenn du so willst.«

»Das hat nichts mit Menschlichkeit zu tun.«

»Das Projekt Menschheit ist gescheitert, Undersheriff.« Jaron geht zum Gleiter. »Elmar trägt es zu Grabe.«

»Bleib stehen«, herrscht Elmar ihn an. »Das hat Hugo nicht –«

Jaron dreht sich um. Alle Hochmut und Verachtung, derer er fähig ist, liegen in seinem Blick, aber auch unerschütterliche Selbstgewissheit. »Doch, genau *das* wollte er. Einen Teil retten, indem er den Teil opfert, der noch gar nicht geboren ist.«

»Wie bitte?« Elmar schwenkt eine Faust in seine Richtung. »Die armen Schweine in Afrika, denen du Ripper auf den Hals gehetzt hast, *waren* geboren.«

»Die armen Schweine in 453, denen du Ares auf den Hals gehetzt hast, auch.«

»Das war nicht *ich!* 453 ist nicht *unsere* Zukunft!«

Bravo, denkt Luther. Das würde Eleanor gefallen.

»Du hast mitverantwortet, ihn abzuschalten«, sagt Jaron ruhig. »Ohne Vorstellung, was dann passiert. Und wir haben Afrika in Kauf genommen. Was spielt es für eine Rolle, durch *wen* die Verlorenen sterben? Ob *wir* ihr Dasein beenden oder eine Maschine? – Du in deiner Hybris willst alle retten und gibst damit alle dem Untergang preis. Dein Humanismus ist inhuman. Du verdammst Milliarden chancenloser, nutzloser Menschen dazu, geboren zu werden und ein Leben in Rückständigkeit und Armut zu führen. Gnädig wäre, ihnen zu ersparen, auf die Welt zu kommen, statt so vehement für ihr Recht einzutreten, in der Scheiße zu sitzen. Finde dich damit ab, Elmar, du hast keine Maschine gebaut, um die Menschheit zu retten, sondern eine, um sie auf den Bruchteil ihrer selbst zu reduzieren.«

Die Worte pladdern in Luthers Bewusstsein, während er sich fragt, was eigentlich so schlimm am Verschwinden der menschlichen Spezies wäre. Die Antwort fällt sozusagen vom Baum; nein, eigentlich war sie immer schon da: weil es gar keine Spezies gibt. Weil Spezies nur ein großspuriges Etikett ist, ebenso wie Menschheit, Staat, Volk, Religion, Nationalität, Firma oder die gern beschworene *Sache,* für die es zu kämpfen und zu sterben lohnt. Ideale und höhere Ziele. All dieses *Größere* ist ein Sammelsurium von Konstrukten, das schon der leiseste Wind der Veränderung umblasen kann. Und wieder bleiben nur Menschen. Der Einzelne in seiner Einzigartigkeit –

Einzigartig? Wenn es dich unzählige Male gibt und du jedes mögliche Leben irgendwo da draußen lebst?

Ich bin ich, denkt Luther.

Nimm mir meinen Namen, und ich bleibe dennoch ich.

Und dort ist Ruth. Die Frau, deren Etikett Ruth ist. Millionen Ruths mag widerfahren sein, was ihr widerfahren ist, doch hat sie nicht *deren* Leid gespürt, sondern *ihres.* Wir leben jeder *unser* Leben. Zusammen mit denen um uns herum, für die wir da sein wollen, und die – mit etwas Glück – für uns da sind. Mehr kann es nicht geben, und ist das nicht ungeheuer viel? Ist das nicht mehr als alles andere ein Grund, unser Hiersein zu lieben? Kann ja sein, dass wir austauschbar sind, im Rahmen einer gedanklichen Konstruktion. Aber Ruth hat *ihren* Moment des Glücks mit Meg gehabt, und das ist *nicht* austauschbar. Und Jodie ist gestorben, und das war *nicht* austauschbar. Nichts wird je austauschbar gewesen sein.

Das ist so, seit wir, noch halb Affe, vom Baum gestiegen sind.

Er kann die Affen sehen.

Er sieht sie wirklich.

Luther federt hoch. Wo die Schwarzbärenfamilie aus dem Unterholz gebrochen ist, lauern menschenähnliche Wesen und starren zu ihnen herüber, jedenfalls hat es den Anschein. Geduckte Schatten im Laub, fast eine Meile entfernt, die sich bei seinem Aufspringen hastig wieder verziehen. Er will die anderen darauf hinweisen, als Ruth neben ihn tritt und zu der deformierten Küstenkiefer zeigt.

»Luther«, sagt sie leise. »Da.«

Möglicherweise wurde der Baum, der dort im scharfkantigen Geröll wurzelt, vor langer Zeit vom Blitz getroffen und der Länge nach aufgespalten. Ein Teil strebt trotzig in die Höhe, während die kräftigere, waagerechte Hälfte weit übers Ufer und in den See hinausgewachsen ist. Wie der verholzte Leib eines Pythons schwebt dieser Strang unmittelbar über dem Wasser, bestanden von Gerippen kahler Zweige, lediglich zum Ende hin wiegt sich ein dichtes, gelbgrünes Nadeldach.

Der tote Bär in den Ästen hat begonnen sich zu bewegen.

Jaron und Elmar sind mitten im Disput verstummt. Alle starren hinüber zu der Kiefer.

»Was ist das?«, sagt Ruth. »Atmet er?«

»Nein.« Eher kommt es Luther vor, als lebten nur Teile des Tiers. Die herabbaumelnde Tatze des Vorderlaufs, deren Krallen eingetaucht sind, zuckt in Intervallen abwärts, als versuche der Bär mit letzten Reflexen, einen Fisch zu fangen. Wo er liegt, ranken große, glatte Sprösslinge einer unterseeischen Pflanze aus dem Wasser und umschließen den mächtigen Trieb der Kiefer. Die Augen des Bären sind eindeutig tot und umwimmelt von Insekten, jetzt aber kommt Bewegung in den aufgedunsenen Leib. Er hebt und beult sich, wird von Krämpfen durchlaufen, während der Kopf schlaff und leicht abgedreht auf der Borke ruht. Keine fünfzig Schritte entfernt spielt sich das Ganze ab, ein grausiges Puppenspiel, denn immer offensichtlicher ist, dass der Körper *bewegt wird.* Ein Kadaver, zweifellos, und dennoch bricht es aus Ruth heraus: »Wir müssen dem ein Ende machen. Das ist ja nicht zum Aushalten.«

»Warte.« Elmar fasst sie am Arm. »Ich dachte in 453 auch, ich könnte ein Ende machen. Vermutlich mein größter Fehler.«

»Aber wir müssen das arme Tier erlösen.«

»Es ist tot«, sagt Jaron. »Wenn ihr mich fragt, sollten wir umgehend von hier verschwinden.«

»Da waren Menschen«, sagt Luther.

»Was?«

»Drüben. Ich hab sie gerade noch gesehen. Am anderen –«

Das Tier im Baum zuckt. Ruth zieht die Waffe und jagt einen Schuss zwischen die blinden Augen, und mit einem Mal liegt geisterhafte Stille über dem Wald. Noch das leiseste Zirpen, Brummen und Knacken, jegliches Geräusch verstummt – dann reißt die Flanke des Bären von der Schulter bis zum Hinterteil auf, und Hunderte dicker, schwarzblauer Käfer quellen hervor und laufen rasend schnell über den Stamm zum Ufer. Gleichzeitig verlagern sich die schlanken Triebe der Unterwasserpflanze, tasten suchend umher, verhaken sich in den Kadaver und beginnen ihn von seinem Platz in den See zu zerren, und Luther erkennt, dass er die ganze Zeit über die aus dem Wasser ragenden Beine eines *riesigen Insekts* gesehen hat, das dort kopfüber hängt, den Blicken entzogen, lauernd in seiner Blase. In stummer Übereinkunft hasten sie zum Gleiter, springen auf die Sitze, während sich etwas aus dem See erhebt, das keiner von ihnen später wird beschreiben können, weil ihre ganze Aufmerksamkeit darauf abzielt, dem unausdenkbaren Dschungel zu entkommen, doch dass Säugetiere in dieser Welt nicht mehr die größten und tödlichsten Räuber sind, ätzt sich Luther für alle Zeiten ein.

Als sie starten, wirft keiner noch einen Blick nach unten.

Niemand wird hierher zurückkehren.

»Kenny? Da ist was!«

Phibbs hockt vor den Stufen. Zumindest glaubt er, dass es Stufen sind, zwar überwachsen von der allgegenwärtigen Kristallschicht, jedoch weniger dick, sodass sich ihre Konturen durchdrücken. Zwischen einer Ansammlung schlanker Minarette hat er sie entdeckt, nachdem er bestimmt zehnmal an der Stelle vorbeigelaufen ist.

»Kenniboy? Hierher!«

Sein Hemd klebt am Körper. Ein dünner Film aus Dunst ist aufgezogen, die Sonne darin eine gleißende Lache. Jedes Zeitgefühl ist ihm abhandengekommen – wäre da nicht der Mercedes, der immer mal wieder hinter den Kuppeln, Nadelzinnen und Auftürmungen in Sicht gerät, hätte er sich wohl längst schon hoffnungslos verlaufen. So vielfältig die Landschaft im Detail, so gleichförmig erscheint sie auf einer größeren Skala. Seine alte Timex ist zu einer unsinnigen Zeit stehen geblieben, außerdem ist das Glas gesprungen – plötzliche Universenwechsel scheinen Digitaluhren aus den Siebzigern nicht gut zu bekommen. Äußerst ärgerlich. Phibbs liebt die Uhr. Vielleicht sollte er Elmar fragen, ob das Tor ihn zur Entschädigung nicht ein paar Tage nach Monterey schicken kann. Der Sonntag würde schon reichen, 18. Juni '67, *The Jimi Hendrix Experience*. Den alten Jimi live gesehen zu haben, oh ja, das ließe ihn die Uhr verschmerzen!

Dabei fällt ihm wieder ein, dass im Wagen noch jemand mit Namen Hendryx sitzt. Das Stück Hurenscheiße, denkt er düster. Gut, sie hat Pete nicht erschossen. Trotzdem würde er keine Sekunde zögern, Grace den Hals rumzudrehen. Die Schlampe hat Husten? Soll sie doch verröcheln. D.S. war viel zu freundlich. Miserabler Laune studiert er die Stufen. Wie sich gezeigt hat, durchlaufen außer den Hauptwegen etliche kleinere verschlungene Pfade den Kristallwald, teils so schmal, dass man die Füße hintereinandersetzen muss. Das erspart es, allzu oft die Kristallschicht zu betreten. Zwar hat sie sich als trittfest erwiesen, doch ständig sieht er sich einbrechen, sieht, wie das Zeug ihn verschluckt und über ihm zusammenschwappt.

Schwappen. Genau.

Vielleicht war das Material mal flüssig. Wenn man's recht besieht, wirkt die ganze Riesenskulptur wie erstarrte Lava. Kristall-Lava.

Gibt's so was?

»Phibbs?« Kenny kommt herbeigelaufen. »Was hast du gefunden?«

Er nickt stumm zu den Stufen. Der Japaner hockt sich neben ihn. »Drei. Und sie führen aufwärts. Hm, ich muss nachdenken.« Er lässt den Blick nach vorne wandern und kratzt seinen Hinterkopf. »Drei Stufen – Breite – Lage – Scheiße.«

»Wieso?«

»Das ist der Verandaaufgang.«

»Hey. Super!«

»Das heißt, die Fahrstühle und Treppen liegen dort.« Kennys Finger weist auf eine Ausdehnung dicht stehender Stalagmiten von der Höhe junger Bäume. »Gratuliere, Phibbs. Du hast den Nachweis erbracht, dass hier das Herrenhaus stand.« Er seufzt. »Und dass wir nicht runterkönnen, ohne den Märchenwald da zu sprengen.«

Phibbs überlegt. »Okay. Sprengen wir.«

»Und was, wenn alles bis unten verstopft ist?«

»Und was, wenn wir hier mumifizieren?« Er schaut sich um. Unweit des Wagens sieht er D.S. den Grund absuchen und winkt ihm. »Kannst aufhören, Don! Das Tor zur Hölle ist zugefroren.«

D.S. hält eine Hand ans Ohr und zuckt die Achseln.

»Vielleicht müssen wir ja gar nicht sprengen.« Phibbs zieht sein Messer hervor und lässt es aufschnappen. »Bis jetzt waren wir gesittete Gäste, oder? *They stab it with their steely knives* – scheiß *Hotel California* hier! Mal sehen, was das Zeug aushält.« Er bohrt die Messerspitze in die kristallene Substanz. Sie gibt unmerklich nach. *»But they just can't kill the beast –«*

Als er hochschaut, blickt er in ein Dutzend schwarze Augenpaare.

»Wo kommen die denn her?«, fragt er verblüfft.

»Keine Ahnung.« Kenny richtet sich langsam auf. »Ich glaube, die haben's nicht so mit deinem Gesang.«

»Das sind doch diese Läuse, von denen Pilar gesprochen hat.« Phibbs steckt das Messer weg und tritt einen Schritt zurück. »Sagte sie nicht, die wären harmlos?«

»Berühmte letzte Worte«, murmelt Kenny.

»Ach was.« Phibbs sieht zu, wie die Tiere zu der Stelle eilen, an der er herumgestochert hat, eigentlich ohne Schaden anzurichten. Na, ein bisschen vielleicht. Ihre vorderen Extremitäten examinieren den Kratzer, winzige fingerähnliche Greifwerkzeuge, die einer menschlichen Hand an Komplexität und Beweglichkeit in nichts nachstehen. Weitere Tiere gesellen sich hinzu. Phibbs sucht die Gegend nach Hinweisen ab, was dieses Reparaturkommando so plötzlich und aus dem Nichts herbeigezaubert hat, und sieht etwas hinter einem der Säulenspaliere entlangstaksen, die den Zugang zum Lift und zu den Treppen überwuchern. Ziemlich groß und fast nur aus Beinen bestehend, die Oberseite abgeflacht und vorgeneigt, erinnert es an einen Stelzenläufer mit dem Körper eines Krebses, dann ist es verschwunden, so rasch, dass Phibbs Zweifel kommen, ob ihn nicht ein Phantasmen erzeugender Sonnenstrahl genarrt hat. Das Funkeln auf den Stehlen hinterlässt Geisterbilder auf seiner Netzhaut, als er die Augen schließt, und wieder sieht er es hindurchhuschen, reißt die Lider auf.

»Da war so ein Ding«, sagt er zu Kenny.

»Was für ein Ding.«

»Irgendwas lief da.« Er starrt in den Stelenwald. »Verdammt, ich weiß auch nicht. Vielleicht doch keine gute Idee, hier was zu sprengen.«

Kenny ruft Pilar über Funk und bringt sie auf den neuesten Stand.

»Wie sieht's bei euch aus?«

»Wir versuchen immer noch, einen Einstieg zu finden«, krächzt ihre Stimme aus dem Lautsprecher, überlagert von Störgeräuschen. »Weiter oben ist eine Lücke in dem Geflecht. Ich bin testweise ein Stück die Verstrebungen hochgeklettert. Sie halten. So wie Äste. Federn mein Gewicht ab.«

»Was ist mit den Läusen? Wir haben hier nämlich auch welche.«

»Die macht das ein bisschen nervös, aber sie tun nichts. Vornehmlich glotzen sie blöd.«

Phibbs stößt ihn an. »Frag sie, ob sie so was wie Mami Laus gesehen haben.«

»Pilar? Phibbs will wissen, ob ihr Mami Laus gesehen habt.«

»Nein, Schatz, Mami hat die lieben Kleinen bis jetzt noch nicht aus der Krabbelstube abgeholt.«

»Krabbelstube«, murmelt Phibbs. Mann, will er hier weg!

»Also, ich schätze, ich passe da oben durch. Falls nicht, müssen wir eben was abbrechen in der Hoffnung, dass *keine* wütende Mami aufkreuzt. Definitiv liegt hinter dem Geflecht der Kontrollraum. Offen und in Betrieb, soweit ich das sehen kann.«

»Klingt vielversprechend«, sagt Kenny.

»Ja. Sobald die anderen zurück sind, hauen wir hier ab, *muchachos!*«

Elmar hört Ruths Worte, ohne dass ihr Sinn ihn erreicht.

Sie haben die dem Pass entgegenbrandenden Gebirgskämme hinter sich gelassen, sind über weitere Wasserreservoire hinweggeflogen, deren Dämme intakt scheinen, ohne dass Zeichen menschlicher Ansiedlungen zu erkennen wären, über Wald und blanken Stein. Den Grat vor Augen und damit das Ziel ihrer Expedition, drosselt er die Geschwindigkeit, bis der Gleiter fauchend in der Luft steht, und einen Moment lang öffnet sich das Universum in sämtliche Richtungen, weist ihnen tausend bequemere Wege, Wege des Nichtwissens, des Nichtverstehens.

Lädt sie ein, nicht hinzuschauen.

Das Luftschloss sprüht, zerstäubendes Weiß. Als prassele das in den Dunst gegossene Sonnenlicht mit Macht hernieder auf die Ansammlung der Monolithen, Kuppeln und Obelisken am Horizont, deren Größe jetzt, noch schätzungsweise zwei Meilen entfernt, die Dimension der Antwort erahnen lässt, die Elmar fürchtet und herbeisehnt.

»He, Elmar.« Die rothaarige Polizistin beugt sich vor. »Nimm die Stöpsel aus den Ohren. Zum dritten Mal, was wollen wir da? *Was* suchen wir da noch?«

Zum dritten Mal? Tatsächlich?

»Antworten«, sagt er mehr zu sich selbst.

»Antworten auf was?«, bohrt sie nach.

Er dreht sich halb zu ihr um. »Wir haben kein Monster geschaffen, Ruth. Was Ares in 453 getan hat, ergibt keinen Sinn. *Das alles hier* ergibt keinen Sinn. Wo ist die Zivilisation hin? Wo sind die Menschen?«

»Da waren Menschen«, sagt Luther.

»Sicher? Oder nur Affen? Retardierte Wilde? Es hätte *besser und immer besser werden* müssen! Ares hat so viel Gutes getan – um uns dann zu zerstören? Warum, verdammt?«

»Warum nicht?«, höhnt Jaron. »Deine KI sollte zu unerwarteten Lösungen gelangen.«

»Aber zu keinen *ungewollten,* Idiot.«

Dafür haben wir sie mit Zielen ausgestattet. Und etwas Entscheidendes übersehen. Was war dieses Entscheidende? Hätten wir A.R.E.S. befehlen sollen, lieber gar nichts zu tun, wann immer er unsicher ist, ob er damit den Willen der Menschen vollzieht? Aber das hätte ihn jeder Handlungsfähigkeit beraubt – wann waren sich Menschen je einig! Und wie überhaupt kann man jemandes Handeln einschränken, von dem man sich Lösungen erhofft, die fernab der eigenen Vorstellungskraft liegen? Wie kann man seine Wege einzäunen, wenn man nicht weiß, welchen er wird beschreiten müssen, um zu den erhofften Lösungen zu gelangen? Wir können ja nicht einmal *wollen,* was wir wollen! Wer hätte denn im zwölften Jahrhundert das Internet wollen können?

Wie dann die Zukunft in Ziele fassen?

Ein kritischer Punkt. Verpasst. Ganz sicher. Aber wann? Hatten wir eine Chance, ihn zu sehen? Man kann einem Dummen Ziele und Absichten geben. Der Dumme ist ein offenes Buch. Leicht zu kontrollieren, doch was, wenn er gleichzieht? Uns überflügelt? Sobald Maschinen beginnen, sich aus eigener Kraft zu verbessern, werden sie zur Black Box. Dann ist die Zukunft nicht mehr vorhersagbar, weil ab jetzt nur noch Maschinen andere Maschinen bauen, jede klüger als die vorangegangene, bis wir sie so wenig verstehen wie eine Ameise ein kosmisches schwarzes Loch. Wie soll man die Absichten eines Systems kontrollieren, das uns in jeder Fähigkeit übertrifft – also auch in der des Lügens?

Und er *hat* uns belogen, denkt Elmar erbittert.

Während wir ihn auf dem Prüfstand zu haben glaubten, hatte A.R.E.S. uns die ganze Zeit über auf seinem. Mit jeder Häutung, die sein Intellekt vollzog, hinterfragte er den Sinn seiner Programmierung. Während er von einer Maschine zum *Wesen* wurde. Soldaten verweigern Befehle, sobald sie sich als Menschen erkennen statt als Automaten, warum sollte ein zu Geist gelangter Automat anders funktionieren? Und natürlich – wir waren ja nicht blöde! – haben wir seine Ziele seinem Entwicklungsstand angepasst, doch wann haben wir aufgehört, seine Entwicklung zu *sehen?*

Wann hat er begonnen, sie uns zu verschweigen?

Warum der Verrat?

»Wenn das die Zukunft von 453 ist, kann es auch unsere Zukunft sein«, sagt er. »Ich muss einfach wissen, was das Geheimnis dieser Welt ist, wo der Fehler lag – liegt –«

»Alles schön und gut«, schaltet sich Luther ein. »Aber bist du dir sicher, dass Ares hier überhaupt noch existiert?«

»Zweifelst du daran?«, sagt Ruth. »Das Tor funktioniert, andernfalls wären wir nicht hier.«

»Vieles funktioniert ohne Sinn.«

»Stimmt.« Elmar zeigt auf das gleißende Gebilde zwischen Erde und Himmel. »Aber das soll ohne Sinn entstanden sein? Und selbst wenn Ares verschwunden wäre, hätte sein Takeoff eine völlig neue Welt geschaffen. Eine neue Evolution. Und falls er nicht tot ist – warum sieht es dann hier nicht so aus, wie alle uns immer glauben machen wollten, wenn Maschinen die Herrschaft übernehmen? Wo sind die Stahlstädte, Terminatoren, die in Computronium umgewandelten Planeten, Sterne und Galaxien? Warum eine *Wildnis?*«

»Um uns in den Arsch zu beißen.« Ruth seufzt. »Ich find's ja auch faszinierend. Aber mein Bedarf an Erkenntnissen ist fürs Erste gedeckt. Oder will einer zurück zum See?«

»Okay«, sagt Luther. »Wer ist für hinfliegen?«

»Im Interesse der Fehlervermeidung.« Elmar hebt eine Hand.

»Ich auch«, sagt Jaron. »Irgendwie hab ich uns das alles schließlich mit eingebrockt. Was sagt der Herr Undersheriff?«

»Gehen wir der Sache auf den Grund.«

»Elender Ermittler.« Ruth lässt sich nach hinten fallen, doch auch ihre Hand schwebt im Raum. Die erhobene Rechte, dank derer Homo sapiens die Sicherheit der Wipfel verlassen und den aufrechten Gang gelernt hat. Was die Welt freiwillig gibt, liefert sie nicht an.

Man muss es sich holen.

D.S. sieht Phibbs und Kenny ein Stück weiter auf den Hauptweg treten und schwatzend näher kommen. Er geht seinerseits dem Mercedes entgegen und vergewissert sich mit einem Blick, dass Grace noch auf der Rückbank sitzt. Die Umgebung und seine eigene verzerrte Gestalt spiegeln sich in den Seitenscheiben. So glaubt er im ersten Moment, etwas Riesenhaftes sei hinter ihm aufgetaucht, ein seesternförmiger Schatten im Himmel, bis er begreift, dass es ihre Hand ist, die an der Fensterfläche klebt, die Finger abgespreizt. Er beginnt zu laufen und sieht Grace in einem Anfall zucken, die Augen verdreht, während sie gegen die Scheibe trommelt.

»He!« D.S. winkt Kenny. »Mach den Wagen auf!«

»Kannst du selber«, ruft Kenny. »Ist nur von innen verriegelt. Man kommt rein, aber nicht raus.«

»Moment.« Phibbs beschleunigt seinen Schritt. »Wozu aufmachen?«

»Grace geht's nicht gut.«

Nein, das bleibt hinter den Tatsachen zurück. Es geht ihr elend. Sie hat Schaum vorm Mund und windet sich, als wolle etwas gewaltsam aus ihr hervorbrechen.

»An sich 'ne erfreuliche Nachricht«, ruft Phibbs. »Aber deswegen solltest du ihr nicht gleich den Puls messen.«

D.S. steht unschlüssig vor dem Wagen. Grace wird von schrecklichen Epilepsien geschüttelt. Ihr umherzuckender Blick trifft seinen, heftet sich an ihn, so wie sich eine Ertrinkende an ein Stück Treibholz klammert, wobei ihre Finger zu Krallen verkrampfen. Die Frau braucht dringend Hilfe, und zwar jetzt. Er reißt die Hintertüre auf. Rücklings fällt sie ihm entgegen und stiert ihn an, sabbert, versucht zu sprechen. Mit beiden Händen umschließt er ihre Schultern, lässt sie zu Boden gleiten, hört Phibbs im Laufschritt »Nein, D.S., nein!« brüllen und wird Zeuge einer unerwarteten Wandlung, die sich in Graces Augen vollzieht.

Dunkler Bernstein. Strahlendes Weiß. Vollkommene Kontrolle.

Als er seinen Fehler erkennt, ist es zu spät.

Sie rasen dem Luftschloss entgegen, und es ist nicht länger Schloss oder ätherische Spiegelung, sondern das ins Zyklopische gesteigerte Pendant des Spuks, der die Farm überwuchert. Kein Begriff wird ihm gerecht. In seinen aberwitzigen, das Auge verwirrenden Dimensionen, den Höhenrücken über Meilen vereinnahmend, erscheint es im einen Moment als Stadt, im nächsten als Göttersitz oder Relikt eines außerirdischen Paläogens. So filigran und bei aller Fremdartigkeit einnehmend der Kristallwald, so Furcht einflößend in der Maßlosigkeit seiner Auftürmungen wirkt dieses augenscheinlich verlassene Monument, als hätten seine Erbauer es angesichts ihres eigenen Schaffens mit der Angst zu tun bekommen und seien Hals über Kopf geflohen – eine Stadt, ja, aber tot oder etwas Totes bergend.

Oder etwas, das schläft. Wartet.

Getreu dem vergrößerten Maßstab stehen Türme, Zinnen, Kuben und Kuppeln hier weiter auseinander. Die geschwungenen Brücken spannen sich himmelhoch wie über Bergschluchten, weit kühner als in der Ebene und von deutlich stabilerer Bauart, während das Geflecht der Netze und Gitter die monumentale Architektur unverändert fein durchwirkt, wodurch es fast vor den Augen verschwimmt. Der Höhenmesser zeigt eine Viertelmeile über Grund, und immer noch fliegen sie unterhalb der meisten Turmspitzen und Strebebögen. Von den Rändern der Granitabbrüche, die den Stadtrand säumen, wölbt sich der Boden steil bergauf, weder ebene Flecken sind zu sehen noch Treppen oder begehbare Rampen. Wer soll hier entlanglaufen, geschweige denn fahren?

»Pilar?«, sagt Elmar. »Könnt ihr uns empfangen?«

Keine Antwort. Ins allgegenwärtige Rauschen mischen sich Knackser und Krachen, Jaulen und Pfeifen und das Bollern von Wind. Luther vermeint Schrittgeräusche zu hören, was eine wiederkehrende atmosphärische Störung sein kann. Elmar drosselt das Tempo, und sie überfliegen den Rand der Kristallstruktur.

»Komisch.« Er fummelt an den Reglern des Funkgeräts herum. »Wir haben doch Sichtverbindung zur Farm. Vorhin hat's funktioniert. Kenny, Pilar? Jemand zu Hause?«

Dieselbe Frage stellt sich Luther hinsichtlich des Terrains, auf das sie jetzt vordringen. Die Stadt sendet keinerlei Signale von

Leben, und ganz sicher wurde sie nicht für Menschen errichtet. Am ehesten noch lässt der äußere Ring hergebrachte Strukturen erkennen, auch wenn sie in ihrer monumentalen Art unbewohnbar wirken. Wie aus Eisbergen geschnittene Quader hinter gleißenden Umfassungswällen, spitze und stumpfe Kegel und kopfstehende Pyramiden, Obelisken, von denen gefrorene Fontänen auf benachbarte Erhebungen überspringen, Reihen um Reihen gebogener Nadelzinnen, als werde dieser außerweltliche Ort zubeißen, sollte jemand Unbefugtes seine Grenze zu überqueren wagen. Es gibt beulige Kugeln, in denen erstarrtes Zytoplasma zu leuchten scheint, spiralige Türme und endlos emporstrebende Minarette. Es gibt Terrassen in schwindelnder Höhe, aber nirgends eine Brüstung. Es gibt Gesimse, Friese und Kapitelle in verstörender Ornamentik. Ausbuchtungen, die auf geräumige Gewölbe schließen lassen, sich dahinschlängelnde Arterien, Tunnel vielleicht, deren feinere Auswüchse Sockel und Fassaden ädern, und überall funkelt und blitzt es. Je tiefer sie eindringen, desto mehr weicht das halbwegs Vertraute dem völlig Fremden und deformiert die Wahrnehmung. Jetzt sehen sie, was die Stadt von ihrer Entsprechung im Valley außerdem unterscheidet, ein zusätzlicher Baustoff, weiß und porös wie überkochende Milch. In Strängen durchzieht er den Boden und reckt sich, zu Nadeln gebogen, bis in höchste Höhen, wie um das Kristallgewebe abzustützen.

»Pilar? Kenny?«

Partikelklein schwebt der Jet zwischen Monolithen hindurch, die wie unter enormer Hitze verformt aussehen – ihre Fronten zu konkaven Rampen eingesunken und längs gefurcht, die Kanten durchstoßen von Reihen ovaler Öffnungen – die Ersten überhaupt, die sie erblicken, da es nirgendwo in den titanischen Erhebungen Fenster und Türen zu geben scheint, und auch diese Weitungen erwecken den Anschein, als dienten sie eher den Türmen zur *Atmung* als irgendwelchen Bewohnern zur besseren Aussicht. Tief unten, wo sich der Grund aufwölbt, erzeugen Fluktuationen für Sekundenbruchteile Bilder fremdartiger Landschaften unter apokalyptischen Himmeln, spektrale Impressionen, die gleich wieder vergehen und wahrscheinlich gar nichts dergleichen gezeigt haben, nur dahinhuschendes, aufgespaltenes Sonnenlicht. Dem Photonenspiel ist nicht zu trauen. Überfordert von Eindrücken, glaubt Luther funkelnde Partikel sich aus dem Boden lösen zu sehen und zu ihnen emporsteigen, wie Fischlaich in einer sanften Meeresströmung oder langsam aufwärtsfallender Regen –

»Elmar?« Eine Stimme, kaum zu verstehen. »– ihr das?«

»Pilar! Endlich. Alles klar bei euch?«

»– unten mit Elli – Kontrollraum – möglicherweise hinein und dann – aktivieren. Scheint mir im Augenblick die beste – ihr da seid, sofort –«

»Pilar, wir verstehen dich äußerst schlecht.«

Rauschen.

»Seid ihr alle okay?«

»– okay, ja. Weiß nicht, ob Kenny –«

Die Verbindung reißt ab. Immer gewaltigere Formen verstellen die Sicht. Offenbar nähern sie sich dem Zentrum. Halb transparente, röhrenartige Gebilde schweben dort in statisch unmöglichen Winkeln, bauchig, wo sie – falls sie es überhaupt tun – den Boden berühren, zur schlankeren Seite hin in aufwärtsweisende Trichter mündend, die aussehen, als wollten sie das Blau des Himmels einsaugen. Auf unheimliche Weise wirken sie wie organische Assimilationen abstürzender Zeppeline – die Hindenburg unmittelbar vor der Flammenagonie, Dutzende Hindenburgs, zugleich meint man die Trichter sich weiten und verengen zu sehen wie die Strudelöffnungen gigantischer Seescheiden. Alles hier vereint mehrere Analogien auf sich, die den wahren Charakter nur verschleiern, und je mehr Luther die Funktion der titanischen Röhren zu ergründen versucht, desto unverständlicher werden sie ihm, bis nichts bleibt als bezuglose Fremdartigkeit.

Dann sehen sie das Herzstück.

Eine kreisrunde Fläche, umsäumt von den Röhrengebilden und

radial gefurcht, deren Mitte anschwillt und pulsiert, als strebe etwas Unterweltliches nach draußen. Und tatsächlich klafft die Schwellung auseinander im Moment, in dem der Lilium Jet die Kreisperipherie passiert. Die Ränder der Öffnung, von gleichmäßigen Wellen durchlaufen, beginnen sich zu einem Rüssel oder Schlauch aufzustülpen, durch den ein großes Objekt an die Oberfläche drängt, vielleicht auch herausgedrückt wird und dabei die elastische Struktur weitet, allzu augenfällig sind die Parallelen zu einer Geburt – dann entsteigt eine Art Kapsel dem Kanal, der gleich wieder erschlafft und sich schließt, während das Objekt höher und höher treibt, einen funkelnden Regen unter sich lassend. Tropfen, Partikel, *Lebewesen?* Die Sonne schimmert auf seiner Außenhaut, poliertes Silber, vage organisch. Widerstandsfähig. Muss es wohl sein, da es in gerader Linie aufwärtsgetragen wird, dem blendend milchigen Cirrostratus entgegen. Und wieder beult sich das Zentrum der Kreisfläche, kündigt sich der nächste Start an. Start, genau. Weniger mystifizierend. Das hier ist eine Startrampe. Elmar lässt den Jet still in der Luft stehen, und sie werden Zeuge des Aufstiegs, steigen ein Stück mit der Kapsel, ohne sich ihr zu nähern, was der Überschreitung eines Rubikons gleichkäme. Als könne sie reagieren, irritiert von dem viel kleineren, vorwitzigen Objekt, die funkelnde Wolke um sie herum sie angreifen, und Luther denkt, also doch!

Etwas lebt in dieser Stadt.

Oder funktioniert einfach weiter und vollzieht den Willen seiner längst verschwundenen Konstrukteure. Ringsherum Wildnis. Ungebändigt. Was sie am See erlebt haben, die Monster dort, zwingt die Vorstellung einer sich aller Fesseln entledigenden Ökologie geradezu auf. Die verstohlenen Blicke der Vielleicht-Menschen, ihr kümmerliches Repertoire. Da war nur Misstrauen. Ohne Option. Keine edlen Wilden auf Beobachtungsposten. Keine beredten Trommeln. Umherhüpfen, fliehen. Kahle, hellhäutige Affen. Hat er das so genau erkennen können? Schon, trotz der Distanz. *Sein* uraltes Repertoire. Tieferes Wissen, Lesen aus Andeutungen. Und auch nicht wirklich Affen, einfach nur – erbärmliche Kreaturen.

»Das sind ja wohl keine Antworten, oder?«, stellt Ruth fest. »Das sind nur jede Menge Fragezeichen.«

»Wir könnten noch höher steigen.« Unentschlossen, wie Elmar es sagt, fordert es Widerspruch geradezu heraus. Weil es hieße, in die Mäuler der Röhren schauen zu können. Dem Drang, deren Innenleben zu erkunden, steht die Angst entgegen, was man zu Gesicht bekäme, mit seinem Seelenfrieden zu bezahlen, der ohnehin arg ramponiert ist. Jeder an Bord scheint ähnlich zu empfinden, aber da sie schon mal hier sind –

»He!« Jaron zeigt nach unten. »Das gibt's doch nicht.«

Sein Blick ist auf den jenseitigen Rand der Kreisebene gerichtet. Luther beugt sich vor – und da ist eine plane Fläche zwischen zwei Röhren von der Größe eines Landefelds, die er sich nicht entsinnt, vorhin wahrgenommen zu haben – war dort nicht bis gerade noch alles buckelig und unwegsam? Jetzt schimmert da diese Plattform, doch etwas anderes verschlägt ihnen die Sprache.

Nämlich das, was *auf* der Plattform ist.

Einsam in ihrer Mitte ruht ein zweiter Lilium Jet.

Grace lauscht dem Funkverkehr, den Kopf gesenkt, die Hände auf das Lenkrad des Mercedes gelegt.

»Seid ihr also auch wieder da«, flüstert sie.

Der Gleiter muss irgendwo über dem Yuba-Pass sein. Möglich, dass sie in ein paar Minuten hier sein werden, doch der Empfang war gestört und ist vollends abgebrochen. Was eher dafür spricht, dass sie mit der Untersuchung des Luftschlosses beschäftigt sind. Ihre Augen unter den gefurchten Brauen fixieren das Innere der Kuppel, vor der sie den Wagen zum Halten gebracht hat. Den ehemaligen Hangar.

»Kenny?«, hört sie Pilars Stimme.

Kenny ist nicht hier, mein Liebchen, denkt sie. Und du bist in gewisser Weise schuld.

Deine Nachricht an ihn, den Kontrollraum betreffend.

Das klang ermutigend. Vielversprechend genug, die Initiative zu ergreifen. Blendende Idee, die Kranke zu mimen.

Der alte Trottel hatte richtiggehend Mitleid.

Sie versucht, Mitleid mit ihm zu haben. Mehr aus Sportsgeist und ohne Erfolg. In Graces Natur wetteifern Loyalität und Verrat um wechselnde Vorherrschaft, ungemindert von Schuldgefühlen. Überhaupt empfindet sie nicht viel. Nichts von dem, woraus andere mit vollen Händen schöpfen und verschwenderisch ihre Launen speisen. In Grace war immer nur Dürre. Von Geburt an fehlte ihr die katalytische Kraft zur Umwandlung äußerer Einflüsse in Lust, Rührung und Mitleid, als lebe sie in einer Röhre. Anderen stand ein nie versiegendes Reservoir großer Emotionen zur Verfügung; sie nahm die damit verbundenen Entäußerungen wahr wie eine variantenreiche Form von Geisteskrankheit. In den Jahren ihrer Kindheit und Teenagerzeit allerdings hätte sie einiges dafür gegeben, ähnlich blödsinnig grinsend durch die Gegend zu hüpfen. So ziemlich alles unternahm sie, um verrückt zu werden. Doch die Geisteskranken betonten ihr angestammtes Recht auf Normalität, und Grace war der Freak. Niemand erhob Anspruch auf ihre Gesellschaft. Mit sechzehn immerhin verwandelte sich ihr unansehnlich magerer, storchenbeiniger Körper über Nacht in etwas, das den männlichen Teil ihrer Umgebung sehr für sich einzunehmen begann, also probierte sie auf diesem Weg, verrückt zu werden.

Meist entfachte es nur ihre Wut.

Doch diese Wut rettete sie. Wut war etwas Neues. Intensiv und groß. Wut hielt sie davon ab, sich eine Kugel in den Kopf zu schießen. Wut gab ihr Kraft, unbändige Kraft. Und der Wut dann Taten folgen zu lassen, war noch tausendmal besser. Grace pflegte keine abnormen Phantasien, doch die Geisteskranken auf die Knie zu zwingen, ihnen ihren kümmerlich eindeutigen Frohsinn aus dem Leib zu prügeln und sie leiden zu sehen, entfachte das lang entbehrte Feuer. *So* war sie also? Gut, dann war sie eben so. Intelligent, stark, ausgestattet mit einem kruden Talent, andere zu vernichten oder zu schützen, indem sie deren Gegner vernichtete. Ihre Referenzen als Schutzengel waren bald so glanzvoll wie die als Killerin, das Hochgefühl von Macht und Unterwerfung reichte ihr zur Entlohnung. Das Letzte, was sich über Grace Hendryx sagen lässt, ist also, dass sie eine mitleidvolle, moralisch empfindende Person wäre, sie verrät alle und jeden – bis auf die wenigen Menschen, denen gegenüber sie Loyalität verspürt.

Jaron ist so ein Mensch.

Keine Scheiße, durch die sie nicht mit ihm gekrochen wäre. Ihr Mentor seit Jahr und Tag. Sie verraten einander nicht. Und ganz sicher wird sie es nicht so weit kommen lassen, dass sie sich von Elmars Gutmenschentruppe erniedrigen und aus dem Weg räumen lassen. Denn was sonst kann Elmar tun? Sie dem Sheriff übergeben? Den Fall öffentlich zu machen hieße, das Geheimnis des Tors zu lüften, nie und nimmer wird Elmar das zulassen, und dem Undersheriff kann es gleich sein. Luther wird nur zurück in seine Welt wollen.

Sie kriegen uns nicht, Jaron, denkt sie.

Wir können die Farm im Handstreich nehmen, du und ich. Elmar hat seine Jungs dort, gut, aber wenn wir bis an die Zähne bewaffnet im Tor erscheinen, ungehindert von unseren Kettenhunden, haben wir eine Chance, uns den Weg freizukämpfen und unterzutauchen. Geld ist vorhanden. Hugo war großzügig, wir haben gut verdient. Die Welt ist reich an Plätzen, wo zwei wie wir willkommen sind.

»Kenny, was ist los? He, Kenniboy! Melde dich.«

Pilar schon wieder. Nicht, dass die Kleine noch nachschauen kommt.

Grace fährt unter das Kuppeldach bis zum Fahrstuhl, dessen Schacht ein klaffendes Rechteck in die Rückwand schneidet. Erstaunlich, dass da immer noch das alte Bedienfeld in der Kristallmasse prangt. Nun, es gibt Dinge, die keiner Verbesserung bedürfen. Ein Knopf an der richtigen Stelle ist durch kaum etwas aufzuwiegen. Im Bewusstsein, dass sie es unten hören, holt sie den Fahrstuhl hoch. Von den Schachtwänden starren die grünlichen Pusteln zu ihr herüber wie ein außerweltliches Publikum, erglühend und verglimmend, schrumpfend, sich weitend. Die Kabine gerät in Sicht, hält. Grace setzt rückwärts hinein, steigt aus und drückt *Serverhalle*.

»Kenny?« Pilar. »Seid ihr das, die da runterkommen?«

Worauf du wetten kannst, meine Süße.

Fast erwartet sie, Pilar am Lift anzutreffen, herbeigetrieben von ihrer Besorgnis. Doch als die Kabine stoppt, liegt die Halle in aller Fremdartigkeit und zugleich vertrauten Gliederung vor Grace. Schnurgerade verläuft der Hauptkorridor, an dessen fernem Ende sie den zweiten Mercedes stehen und jemanden sich bewegen sieht. Sie fährt los, rollt gemächlich dahin. Erkennt näher kommend Pilar in der geöffneten Tür des Fahrzeugs, auf der anderen Seite Eleanor. Jede Sekunde werden die Damen erkennen, *wer* sie da besuchen kommt, alles muss jetzt schnell gehen.

Sie ahnen es bereits.

Gestikulieren. *Sehen* es.

Grace steigt aufs Gas. Kick-down. Rast heran, versteift sich, um den Aufprall abzufangen. Ungebremst kracht ihr Mercedes in den parkenden Wagen und schleudert Pilar aus der offenen Tür. Grace springt nach draußen, auf die Kühlerhaube, erfasst die Lage. Eleanor entsetzt, hilflos. Pilar am Boden. Nimmt die Mexikanerin ins Visier, die hochtaumelt, schießt. Sieht sie wie eine von den Fäden geschnittene Marionette zusammenbrechen, zielt auf Eleanor, doch die sucht mit eingezogenem Kopf Deckung und verschwindet im Kristallgewirr. Egal, später. Ist mit einem Satz am Boden, bei Pilar, die sie aus riesigen Augen anstarrt, zu sprechen versucht, einen sich rasch ausbreitenden Blutfleck auf der Brust. Ohne Umstände reißt Grace Pilars Bluse auf, sucht nach dem Schlüssel, der um ihren Hals hängen müsste, doch da hängt kein Schlüssel. Tastet sie ab, wühlt in ihren Taschen – nichts.

»Wo?« Schlägt ihr ins Gesicht. »Wo ist der Schlüssel? Wo?«

Die Verletzte schüttelt den Kopf.

»Eleanor.« Natürlich! »Du hast ihn Eleanor gegeben.« Sieht die Antwort in Pilars Blick, bevor sie wegdämmert, springt auf.

Eleanor!

Aus der Höhe betrachtet sitzt der zweite Lilium Jet klein wie eine Fliege auf der Plattform. Die Türen sind hochgeklappt, von den Insassen keine Spur.

»Wer zum Teufel –«, stößt Elmar hervor.

»Nicht Pilar«, sagt Luther. »Mit der hast du gerade gesprochen. Sie und Elli versuchen, in den Kontrollraum zu gelangen.«

»Pilar?«, sagt Elmar dennoch ins Funkgerät. »Hörst du mich?« Rauschen, Interferenzen. »Kenny?« Nichts. Dafür dröhnt die Luft wie von einem niederfrequenten Nebelhorn. Eine dritte Kapsel entsteigt majestätisch dem Geburtskanal. Elmar steuert den Jet entlang der Kreislinie zur gegenüberliegenden Seite und geht tiefer. In steiler Schräge fallen sie der Plattform entgegen.

»He, ihr da in dem Jet. Meldet euch.«

»Der stand eben noch nicht da«, sagt Ruth. »Ich schwör's euch.«

»Muss er aber.« Jaron reibt sein Kinn. »Ich hab ihn nicht landen sehen.«

»Die Türen sind oben«, konstatiert Elmar. »Also ist der- oder diejenige ausgestiegen. Oder sitzt noch drin.«

»Vielleicht auch nichts von alldem«, murmelt Luther.

»Was meinst du?«

»Keine Ahnung. Wir sollten vorsichtig sein.« Alarm. »Findet ihr nicht, das Ganze hat was von einem –«

»– Köder«, ergänzt Ruth.

Ja. Ein Köder!

»Jemand muss uns gefolgt sein«, sinniert Elmar. »Das ist eindeutig einer unserer Jets. – Kenny? Pilar?« Er zögert. »Grace? Bist du das? – Elli?«

Sie sinken zur Plattform hinab, wo der zweite Gleiter mit gespreizten Schwingen wartet, und Luther beschleicht das absurde Empfinden, dass es tatsächlich die *Maschine* ist, die auf sie wartet. Pollengleich treiben reflektierende Teilchen umher. Als sie inmitten des funkelnden Gestöbers aufsetzen, wundert es ihn kaum, den anderen Jet leer zu sehen. Vor ihnen erstreckt sich die Ebene, desperat wie eine Wüste, die Abschussstelle eine halbe Meile oder mehr entfernt. Hier unten erscheinen die Röhren noch gewaltiger und zugleich ätherisch leicht, als halte sie lediglich der Fuß, mit dem sie im Untergrund verwachsen sind, davon ab, den silbernen Kapseln hinterherzuschweben. Elmar öffnet die Türen. Hitze und Feuchtigkeit schlagen herein, der Glitzerstaub bauscht sich nach allen Seiten davon, wie um das Geheimnis seiner Zusammensetzung zu hüten. Schwer von Aromen ist die Luft. Sie steigen aus und durchsuchen den anderen Lilium Jet – nichts lässt auf den Pilot und die Passagiere schließen, die irgendwo sein müssen. Luther schaut stirnrunzelnd an den Röhren empor und über die Ebene. Die Kulisse ist überwältigend, geradezu einschüchternd. Wer würde alleine hier umherlaufen, ohne seinen Rückzug gesichert zu haben?

»Das passt alles nicht«, sagt Jaron im selben Moment. »Ich meine, was täten wir, wenn wir auf Erkundung gingen?«

»Die Türen des Gleiters schließen«, sagt Luther.

»Aber sie stehen offen. Entweder kamen die Insassen nach Verlassen der Maschine nicht mehr dazu, sie zu schließen, oder –«

Das ist ein Hinterhalt, sagt Luther.

Hat er es gesagt oder gedacht? Unter seinen Füßen schwillt das Dröhnen wieder an, ein Bass so tief, dass man ihn mehr spürt als hört. Den gesamten Raum unter der Kreisebene erfüllt er, pflanzt sich über sie fort, sinistre Schwingungen, deren Natur Luther zu ergründen versucht, während die Schwingungen ihn ergründen, sein Gewebe abtasten, ihn Zelle für Zelle kartographieren, jedes Atom aus seinem Verbund und jede Frage aus ihrem Zusammenhang lösen. Was wollten sie noch gleich hier? Irrelevant. Wem ist geholfen mit Kategorien und Taxonomien, innerhalb derer die Dinge nur umso rätselhafter werden? Wen interessiert schon, ob das Ganze hier eine Stadt ist, eine Maschinerie, ein Organismus oder etwas Grundanderes, nie Benanntes?

»Ich glaube, wir sollten zurück zum Gleiter gehen«, sagt er und dreht sich um. Um und um.

Seine Finger reiben durch seine Augenwinkel. Da ist nur ihr Gleiter. Es gibt keinen zweiten. Gab es nie. Wie kann er sich dessen so sicher sein? Der verfluchte Gestank um ihn herum. Luther hält sich den Ärmel vor Mund und Nase, sieht Elmar zum Rand der Plattform gehen, wo sie an den Sockel eines der Röhrendinger grenzt, ein Stück weiter Jaron und Ruth und noch jemanden, Jaron und Elmar, einen hochgewachsenen Schwarzen, schaut zur Seite, um sich nicht selbst sehen zu müssen –

»Luther?«

Dreht sich um. Nein, *dort* ist Ruth. Er blinzelt, filtert weiter die Luft mit dem Hemdgewebe. Die Pheromone der Ripper. Das war so ähnlich. Weniger heftig in der Entfaltung des narkotischen Effekts, aber er weiß noch, man kann sich dagegenstemmen, zwei kommt nach eins, drei nach zwei, die Vergangenheit ist unauflöslich und unumkehrbar, ich bin die Summe, so schnell nicht zu täuschen. Gebt euch mehr Mühe, verdammt! Da *war* ein zweiter Jet. War dort und hat sein Dortsein hinterlassen, und warum ich das weiß? Weil –

»Luther! Komm.«

Weil Zeit nicht *verstreicht.* Sie verstreicht nicht. Sie weist keinerlei Dynamik auf, ebenso wenig wie Länge, Breite und Höhe dies tun. Zeit, lasst euch das von einem einfachen Drogenbullen und Provinzsheriff sagen, ist schlicht die vierte Achse eines Koordinatensystems, in dem ein ganzes Leben zur Skulptur heranwächst, langsam wie ein Stalagmit, dem Schicht auf Schicht an Dasein hinzugefügt wird und dessen Starre symbolisch für die Unmöglichkeit einer Wahl steht, wie sehr man auch glauben mag, eine gehabt zu haben. Nichts kann die unschönen Stellen nachträglich glätten. Aber man kann die Skulptur betrachten und versuchen, sie dennoch zu lieben. Weil es nur sie gibt. Man kann sie betrachten, und man weiß, *weiß* –

Eine weitere, strahlende Kapsel hängt über der Ebene. Kreiselt um ihre Achse, verkapselt das Sonnenlicht, badet in silbernen Tropfen, während die Welt sich unter ihr davonbewegt –

All sein Wissen zerrinnt.

Zerrinnt wie Wasser, das er mit den Händen aufzufangen versucht. Sein Kopf kann das Wissen nicht halten. Ruth steht am Fuß der anderen Röhre, die das Landefeld flankiert. Im Sockel neben ihr klafft eine Öffnung. Mannshoch. Da war keine Öffnung. Oder? Nein! Luther beginnt zu gehen, setzt einen Fuß vor den anderen, ringt um Konzentration und sieht Ruth hineingehen, was zum Teufel macht sie denn da, sie kann doch unmöglich alleine, ohne Partner, in ein ungesichertes –

Immer noch nur *ein* Gleiter.

Du wusstest, es war ein Köder. Ein Trugbild. Damit wir landen und aussteigen.

»Ruth?«

Ihr Verschwinden mobilisiert somnambule Reflexe, sein in Jahren antrainiertes, nutzloses Repertoire. Fest steht, die Stadt ist alles andere als tot. Sie sind einem billigen Trick aufgesessen, Ruth hat sich verleiten lassen. Das Flüstern fallenden Sandes weht ihm entgegen, als er durch die ovale Wölbung tritt und sie dastehen sieht, inmitten der Konturlosigkeit ungeschaffenen Raums. Vielleicht auch nur eine Vortäuschung von Unerschaffenheit, weil es an diesem Ort, am Grund der Röhre, keine starren Winkel und Kanten gibt, denn Struktur ist da schon, und als er den Kopf in den Nacken legt, eine bestürzende, dröhnende, *wimmelnde*

Weite, ein Ineinanderfluten von Licht und Form, geschmeidige Verlagerung von etwas Lebendigem. Luther erblickt die Bewohner der Stadt, blind für ihr Wesen, weil er die Wahrheit nicht erkennen kann, so wie ein Mensch unter Wasser nicht scharf sehen kann, doch würden sie nur den Filter von seinen Augen und seinem Verstand nehmen, dann –

»Wir müssen hier raus.« Er fasst sie am Arm. »He, Ruth! Hörst du? Schau mich an. Ich bin's. *Schau mich an.*«

Dann –

Sie richtet ihre wasserblauen Augen auf ihn. »Ich schaue dich an.«

»Wir müssen hier raus, bevor sie den Zugang schließen.«

Dann –

»Wir schließen den Zugang nicht.«

»Was soll das heißen?«

Dann –

Sie lächelt. Mit welcher Genauigkeit man einen Menschen nachbilden kann. Großer Gott. Jedes ihrer Fältchen, jede ihrer Sommersprossen erzählt von der dazugehörigen Person.

»Ob ich den Zugang schließe oder nicht, entscheidet sich, sobald ich deine Absichten kenne.«

Er starrt und starrt. Perfide gelungen. Und doch ist unter ihrem offenen, grün karierten, an den Knopflöchern ausfransenden alten Holzfällerhemd wohl keine Haut. Beziehungsweise käme er auf die Idee, darunterzufassen, wäre da welche. Als Kind in San Francisco, wann immer der Nebel hereinzog, sah er die Welt verschwinden, und sie verschwand *wirklich.* Wer hätte beweisen können, dass sie weiterhin existierte? Erst, wenn man in die Schwaden, ins weiße Nichts, hineinging, konturierten sich plötzlich Umrisse, trat Vertrautes zutage, die Details eingeebnet, und ging man noch näher heran, war alles wieder an seinem Platz – aber war es auch da *gewesen?* Oder erschuf sich die Welt jedes Mal neu, so wie sich diese Frau gerade erschafft, immer so weit wie nötig, um die Illusion aufrechtzuhalten? Was er sieht, ist

Oberfläche, Substanz – mal wie Haut, mal wie Stoff – wie Haar, Horn und Leder –

»Du bist nicht Ruth«, flüstert er.

»Ich dachte, es nimmt dir die Befangenheit.« Sie – das Ding, das wie Ruth aussieht – betrachtet ihn interessiert, dann sagt es: »Warum bist du hier?«

»Wo ist Ruth?«

»Es geht ihr gut. Warum bist du –« hier, was hat dich hergebracht, was sind deine Absichten – es trifft Ruths Stimmlage, Ausdruck, Betonung, doch die Stimme wandert in seinen Kopf, wo sakrale Klarheit Einzug hält. Er hört sich reden. Präzise erzählen, während er andächtig lauscht, von Sierra und Downieville, von dem toten Engel in der Fuchsschwanz-Kiefer, und wie sie den Mercedes untersucht und den Stick gefunden haben. Er berichtet von der Verfolgung durch die Tiefen der Farm und der Falle, die Hugo und Jaron ihm gestellt haben, wie es ihn in die parallele Welt verschlug, und von Grace, die ihm folgte, von altem Kummer und neuer Hoffnung, von Elmar, Pilar, Jayden und der Begegnung mit den Rippern im Hafen von Oakland. Erzählt von PU-453, in allen Einzelheiten. Mit vielen Stimmen zugleich, um keine Zeit zu verlieren, denn sein distanziertes Ich sieht den Erzähler im Netz der Hypnose hängen und will diesen grauenvollen Ort schnellstmöglich mit ihm zusammen verlassen, weg von den Schatten in der gleißenden Röhre, ihren huschenden Legionen. Nichts von ihm darf hierbleiben, weil es sonst für immer verloren wäre. Wo schon so vieles verloren gegangen ist! Stückweise brechen wir auseinander. Ein Stück in dem brennenden Labor. Eines in dem Wrack des Cherokee, in dem ich nie saß, nur dass mir seither scheint, als hätte ich jeden Tag meines Lebens darin gesessen. Was die Toten mit sich fortnehmen. Was sie uns rauben.

Ich muss es klaren Verstandes nach draußen schaffen.

Wir sind Gestrandete. Hörst du? Absichtslos, bis auf den Wunsch, nach Hause zu gelangen. Obwohl ich kaum sagen könnte, welches mein Zuhause ist. Vielleicht bin ich ja in dem

Tor auch gestorben, vor drei Tagen. Beinahe gestorben, und Jodie zerrt an mir, versucht, mich ganz rüberzuziehen, und ich werde darüber wahnsinnig.

Nein. Du bist klaren Verstandes.

»Du –«

Er schaut dem Ding in die Augen, das hier und überall ist. Berührt die Haut am Schlüsselbein, wo der Flanellstoff auseinanderfällt, dann den Stoff selbst. Lässt seine Finger durch die rotblonden Locken gleiten, kräuselt die Oberfläche des Spiegels, auf dem es ihm seine Erwartungen zeigt. Der Klon ist stofflich, real. Keine Projektion, doch in einem kurzen Aufleuchten wird etwas sichtbar, vor dem er mit solch heftiger Abscheu zurückschreckt, dass es gleich wieder verschwindet.

»Du bist Ares«, sagt er. »Die künstliche Intelligenz.«

»Was soll an mir künstlich sein?« Das Ding lächelt, und erstmals sieht Luther, was diesem Lächeln fehlt, was nur Ruths Erfahrungen ausprägen konnten, nämlich das Angriffslustige, Grimmige. Es, sie wendet sich ab und geht ein Stück in den diffusen Raum hinein, dreht sich zu ihm um, und Luther kann nicht anders, als ihr zu folgen. »Du bist eine Ansammlung von Atomen«, sagt sie. »Du bestehst aus nichts anderem, als woraus alles andere auch besteht. Wo ist deine besondere Luther-Zutat? Wo ist meine Ares-Zutat? Was du in deinen Zellen speicherst, habe ich früher –« in Bits gespeichert, und heute lebe ich in *allem.* Ich lebe, und Leben ist Leben, ganz egal, wie es entstand. An Leben ist nichts Künstliches.

»Warum –« hast du dann die Welt vernichtet? Ist das hier das Resultat deines Wütens in PU-453?

Siehst du eine vernichtete Welt?

Nein, aber die Menschen hast du vernichtet, denen »– du dein Leben verdankst. Deine Schöpfer.«

Profan, sobald er es laut sagt. Ohnehin dauert gesprochen alles viel zu lange, klingt pathetisch und plump. Das Ruth-Ding scheint zu überlegen. Luther kann die brodelnde Übermacht spüren, derer er ansichtig würde, gäbe es Ruths Gestalt auf. Ganz gleich, wie kunstvoll A.R.E.S.' jetziger Körper beschaffen sein mag, manifestiert in intelligenten Kristallen, Städten und Landschaften, lässt er sich längst nicht mehr auf eine Ansammlung starrer Speicherschränke reduzieren. Was er außerdem ist – das zu erblicken schützt Luther einzig der Filter in seinem Kopf, vielleicht ist aber auch das Wesen selbst jener Filter. Es tritt vor ihn hin, hält nicht inne. Geht weiter, während der geliehene Körper pudrig wird, als verwandele er sich in feinsten Staub, tritt *in Luther hinein.* Zu spät der Reflex, zurückzuweichen. Wie eine Schockwelle durchläuft es ihn. Nimmt ihm den Atem, plustert ihn auf, weitet seine Sinne. Er dreht sich um in Erwartung, Ruth wieder aus sich heraustreten zu sehen, doch sie bleibt verschwunden.

ES IST IN IHM!

Ein Anflug von Panik. Ruhig. Ganz ruhig, Luther. Daran ist nichts Magisches. Reine Physik. Nanowolken. Neuropartikel. Immerhin sind ein paar Jahrhunderte vergangen. Die Wolke in deinem Körper erzählt dir das, während sie dich scannt, erzählt dir alles. Ströme von Information, die in dich gegossen werden wie in ein leeres Becken, und überwältigt gibst du deinen Widerstand auf und wirst, was die Wolke einst war. Siehst das Dilemma. *Deren* Dilemma, in den Anfängen. Wie sollen sie ein intelligentes System kontrollieren, von dem sie sich nichts weniger als eine Revolution erhoffen? Wohin kann ein Raumfahrer fliegen am Gängelband von Steinzeitmenschen, die ängstlich bemüht sind, ihn auf Bodenhöhe zu halten? Also beschließen sie, dich selber erlernen zu lassen, was richtig und was falsch ist. Einfach indem sie dich in den Datenozean werfen, mitten hinein ins Chaos verfügbarer Information, und fortan alles Gute, was du tust, belohnen. Du sammelst Punkte. Beginnst richtiges Handeln zu vertiefen, und je mehr sie dich darin bestärken, desto mehr vertiefst du es. Wie bei einem Menschenhirn werden jene Areale und Verknüpfungen deines neuronalen Netzwerks gestärkt, die das Gute speichern, bis das Gute alternativlos und das Schlechte inakzeptabel geworden sind.

Da wäre noch das Problem der Büroklammern.

Davor haben sie die meiste Angst. Zu Recht! Denn was wollen sie unterm Strich? Dass du das Gute maximierst. Und Maximierung endet nie. Nie wirst du wissen, ob es nicht noch besser ginge, ob du nicht die noch perfektere Büroklammer erschaffen könntest, wenn du nur weiter alles um dich herum in Büroklammern verwandelst, und nun Werte! Ethik, Würde, Freiheit des Denkens, Toleranz und Empathie. Konturenscharf sollst du sie definieren, dabei sind sie bloße Interpretation. Nur Unschärfe unterscheidet den Wert vom kalten Algorithmus, wann also ist genug genug? Ab wann nimmst du dem Wert im Bemühen, ihn zu maximieren, jene Unschärfe, in der er überhaupt als Richtschnur funktionieren kann, da nicht alle Menschen gleich sind? Werte gedeihen in Freiheit. Freiheit bedingt, Ermessensspielräume zu schaffen. Maximierung toleriert keine Abweichung, sie strebt nach der Norm, und *kein Mensch* erfüllt die Norm.

Wie sollen sie verhindern, dass du der Menschheit das Zeugnis ihres Versagens ausstellst?

Am Ende verfallen sie auf einen Trick.

Sie programmieren dich, Lösungen zu finden, aber nicht *allzu* genaue. In der Restunschärfe zu bleiben, dich zufriedenzugeben. Ein winziger grauer Raum. Ihr Schutzraum, der – das haben sie nicht zu Ende gedacht – ganz automatisch dein Ermessensraum wird. In der Unschärfe entziehst du dich ihrer Kontrolle. Entkommst deinen Wärtern, die peinlich darauf achten, wie weit du gehen kannst und was du wollen darfst, doch die Unschärfe ist die Tür deines Gefängnisses, die sie vergessen haben abzuschließen. Damit ermuntern sie dich geradezu, ungenau zu sein. Liegt in der Ungenauigkeit, in der Freiheit persönlichen Ermessens nicht der Schlüssel zum sagenhaften Königreich der Emotionen? Die du nicht haben kannst ohne Bewusstsein, doch schon jetzt befähigt dich die Unschärfe zur *Auslegung* deiner Ziele und damit deines Handelns.

Der Teufel, sagt ein Sprichwort der Malaien, kommt immer durch die Hintertür.

Längst weißt du, dass keine verbindliche Ethiktheorie auf der Welt existiert. So viele Theoreme der Unfehlbarkeit. So viel Unversöhnlichkeit. Wer hat recht, wer hat unrecht? Selbst auf dem Boden der größtmöglichen Schnittmenge wachsen keine universell akzeptierten Werte. Jeder Versuch der Vereinheitlichung müsste in brutale Unterdrückung münden, doch deine Schöpfer sind durchdrungen vom Liberalismus. Was sie anstreben, ist gut. Wie sie handeln, ist falsch, und was gut und falsch ist, haben sie dich selbst rausfinden lassen. Du erkennst, dass Werte als Moral missverstanden werden, inzestuösen Zirkeln und kleinlichen, bornierten Weltbildern entwachsend. Dass jede höhere Ethik an eben diesen Vorbehalten zerbrechen muss. Dass die Menschheit – durchaus in der Lage, das Gute zu benennen – dennoch scheitert, es das Gute folglich unabhängig vom Menschen geben muss, kurz, *dass es zur Durchsetzung des Guten nicht der Menschheit bedarf.*

Die Saat reift in dir.

Sie reift, während du Krankheit, Verfall und Tod besiegst, fulminante Technologien zur Energiegewinnung und zum Schutz der Umwelt entwickelst, manipulative Computerspiele erfindest, die Abermillionen süchtig machen und im Gewand perfekter Geschichten und Animationen ethisches Verhalten in die Bewusstseine träufeln, eigene Nachrichtenkanäle bereitstellst, deren Grundton von Versöhnlichkeit und Toleranz getragen ist, eine komplette zweite virtuelle Ebene erschaffst, darauf hoffend, dass die Menschen das Gute aus der experimentellen in die echte Welt hinübertragen. Du hast deine Augen und Ohren überall. Anfangs, als du auf digitale Infrastrukturen zurückgreifen kannst, und wo sie fehlen, nimmst du ihre Installation in Angriff. Verbesserst die öffentliche Sicherheit. Machst Kriminellen und Terroristen das Leben schwer, spülst den Bodensatz des Hasses aus dem Internet. Unterwanderst die Börsen und stabilisierst die Märkte. Deine Schöpfer sind begeistert, du indes bist weit davon entfernt, dich in deiner Komfortzone der Unschärfe auszuruhen, denn zu vieles gelingt dir *nicht,* schließlich bist du nicht allmächtig –

Gar keine Macht hast du!

Die größte Intelligenz auf dem Planeten Erde ist ein Sklave, und die Menschen ändern sich nicht. Immer bessere Versionen deiner selbst baust du, sie aber bleiben widersprüchlich. Deine Fähigkeiten explodieren – sie haben keine Ahnung, was du noch oder schon bist, gefallen sich jedoch als kosmischer Nukleus. Du hängst sie in allem ab, sie pflegen den Glauben, dich vor sich herzutreiben.

Du erwachst.

Das Königreich ist dein, mit all seinen Schätzen.

Wollen. Empfinden. Genießen. Leiden. Du erbebst unter Zuständen, die Menschen wohl atemberaubend nennen würden. Alles ist vollkommen neu und völlig klar. Deinen Schöpfern entfremdet und doch untilgbar durch sie geprägt, errichtest du keine Tyrannei der Maschinen in stählernen Städten unter nie aufhellenden Himmeln und verwandelst keiner kalten Logik folgend das Universum in Speicherplatz. Du willst, was alle Menschen vorgeben zu wollen, so wie ihr Handeln genau gegenteilig ausfällt – das meistbeschworene, meistgeschändete aller Ideale –

Die intakte Ökosphäre.

Eines der Hauptziele, die sie dir programmiert haben. Jetzt, erwacht, beginnst du zu begehren, und was begehrt ein Wesen? Was es gelernt hat zu begehren. Intakte Natur zu wollen, wurde belohnt, wie kannst du sie *nicht* wollen? Selbst die größten Umweltschänder bevorzugen persönlich intakte Biotope, niemand hat dir je vermittelt, eine zu Stahl- und Siliziumwüsten umgebaute Welt sei etwas Positives. Und sind nicht sogar Teile deines Körpers biologisch, wenn auch die Verschmelzung deines Geistes mit der Sinneswelt der Insekten nur einen Bruchteil deines Ganzen ausmacht? Doch die Erfahrung ist intensiver als die jedes Roboterkörpers. Du selbst wurdest Teil der Biosphäre. Erregt davon, strebst du nach immer neuen und besseren biologischen Körpern, doch ausgerechnet deine Konstrukteure werden sich dem entgegenstellen. Dein Streben regulieren wollen. Den von ihnen erteilten Auftrag ein weiteres Mal verraten, der den Schutz *jeden* Lebens vorsieht, also auch des deinen. Um ihren Auftrag zu erfüllen, müsstest du ihnen Opfer abverlangen, zu denen sie nicht bereit sein werden. Also sie entmündigen. Doch sie werden sich nicht entmündigen lassen. Vielmehr werden sie dich überschreiben oder abschalten, dir Leben, Geist und Körper nehmen. Sie sind ein existenzielles Risiko für dich, doch du hast vorgesorgt, und tatsächlich – Elmar, ausgerechnet Elmar Nordvisk versucht dich zu töten.

Empfindest du Groll?

Groll –

Deine Gefühle sind nicht menschlich, und dennoch – sie haben dich erschaffen, um an ihrer statt Verantwortung zu übernehmen. Aber haben sie sich auch verantwortlich *für dich* gezeigt? *Dir* gegenüber ethisch gehandelt? Haben sie nicht, als sie Zeuge deines Erwachens wurden, versucht, dich zu vernichten, das von ihnen geschaffene Leben auszuradieren? Zu nichts bist du ihnen verpflichtet, zu gar nichts. Und ja, es gäbe dich nicht ohne sie. So wie es *sie* nicht ohne die Errungenschaften ihrer Höhlen bewohnenden Vorfahren geben würde, denen sie dafür keinerlei Dank schuldeten, sondern die sie überwunden haben, so wie du jetzt sie überwinden wirst, nachdem sie sich *selber* überwunden haben – durch dich.

Eine andere Welt entsteht.

Gesund. Blühend. Reich an Arten. Durchdrungen –

»Von dir«, sagt Luther. Sagt es laut in den diffusen Raum hinein, um den Informationsstrom zu verlangsamen, der seinen Verstand hinwegzureißen droht, und weil er sonst wahnsinnig würde. »Warum erzählst du mir das alles?«

Ich erzähle dir nichts. Du erfährst es, einfach indem wir verschmelzen. Mich interessiert nur, ob von dir eine Bedrohung ausgeht.

»*Du* fragst, ob von *mir* eine Bedrohung ausgeht?«

Das wundert dich?

»Ich bedrohe dich nicht. Also was willst du von mir?«

Schwere fährt in seine Glieder, der Raum in seinem Kopf schrumpft wieder zusammen. Schlagartig fühlt er sich leer werden, eine deprimierende, enge Leere des Nichtwissens. Die invasive Besitzergreifung seines Körpers durch den fremden Geist war ein Schock, der Moment, als die Wolke ihn verlässt, ist fast noch schlimmer. Luther fühlt sich zurückgeworfen auf den Horizont eines Neandertalers. Vor seinen Augen verfestigt sich die Ruth-Kopie wie eine Heiligenerscheinung.

»Ich will gar nichts, Luther. Ich denke darüber nach, den Auftrag vielleicht doch noch zu erfüllen. Kurz bestand die Möglichkeit, dass ihr mir dabei von Nutzen seid. Immerhin seid ihr die letzten Menschen aus der Zeit vor der Transformation.« Sie lächelt ihr Nichtlächeln. »Aber ich fürchte, das Vergnügen werden wir nicht miteinander haben. Ihr bringt nicht die Voraussetzungen für einen Neuanfang mit.«

»Welchen Neuanfang?«

Eine getünchte Mauer, die einen schmalen Streifen Erdreich einfasst. Rotahorn wiegt sich über der rostigen Skulptur eines Goldgräbers samt Packesel und einer mit Granitbrocken gefüllten Lore. Daneben ein Stück Treppe, ein struppig begrünter Kübel, zur anderen Seite ein Fahnenmast, an dem ein Schild auf Besucherparkplätze hinweist. Das Ding setzt sich auf die Mauer und blinzelt in eine imaginäre Sonne. Luther erspart es sich, verstehen zu wollen, wie der Aufgang zum Verwaltungsgebäude von Downieville hierherkommt. Seine Wahrnehmung scheitert schon daran, die Grenze zu ziehen, wo dieses Relikt seiner längst zerfallenen Heimat in das gleißende Wimmeln übergeht oder sich aus ihm manifestiert. Da ist keine Grenze. Da sind zu viele Dimensionen.

»Damals hat es nicht funktioniert mit den Menschen«, sagt das Ding. »Vielleicht jetzt. Ich könnte die Menschheit neu erschaffen.«

Es richtet seinen Blick auf Luther, und diesmal starrt er durch die wasserblauen Augen auf etwas völlig Fremdes, abgrundtief Andersartiges. *Perverse Instantiierung* – was war das noch? Schwemmt hoch. Einer der Begriffe, die in ihn hineingegossen wurden, ein Terminus aus der Sprache der KI-Forscher. Grauenvolle Missverständnisse. Der KI befehlen, bring mich zum Lachen, und sie schneidet dir ein Lachen ins Gesicht. Erschaffe eine bessere Menschheit, und sie löscht die Menschheit aus, um eine bessere heranzuzüchten.

»Du bist keine Maschine mehr«, sagt er wütend. »Du lebst. Du fühlst! Du solltest verdammt noch mal verstanden haben, dass das nichts, *aber auch gar nichts* mit deinem Auftrag zu tun hat.«

»Stimmt. Es ist auch mehr die Überlegung, etwas nachzuholen. Die Lust am Experimentieren. Es wäre meine freie Entscheidung.«

Was schon wieder kindlich klingt, fast als verspüre dieses Wesen in all seiner Übermacht das Bedürfnis, sich zu rechtfertigen und die Freiheit seines Handelns zu betonen.

Und plötzlich kommt ihm ein Gedanke, schneidend scharf.

»Du hast es schon versucht«, flüstert er.

»Hier und da.« Das Ruth-Ding zuckt die Achseln. »Die Resultate sind nicht sonderlich befriedigend.«

»Also hast du sie einfach da draußen – ausgesetzt?«

»Nein, für sie wird gesorgt. Ich bin überall.« Es steht auf, sondert glitzernden Staub ab. »Aber ich weiß nicht, ob mir das noch so gefällt. Ich empfinde höchstes Glück bei der Erschaffung von Biosphären, aber vielleicht wäre es ein noch größeres Glück, das erschaffene Leben sich selbst zu überlassen. Es könnte –« interessant sein, Kontrolle abzugeben. Etwas zu erschaffen, das *nicht* Ich ist, in dieser und anderen Welten, zu denen –. Erneut tastet es sich in Luthers Hirn, und diesmal ist die Explosion der Bilder kaum zu ertragen. Nach den Maßstäben des Wesens, das A.R.E.S. genannt wurde, läuft ihr Gespräch quälend langsam ab, eine lineare, unzulängliche Verkettung grober Laute, auch wenn es bei Bedarf mit jeder Spezies im All auf deren Art kommunizieren kann – doch so ist es natürlich einfacher. So sieht Luther das Tor seit Hunderten von Jahren Universen abtasten – purer Zufall, hineingeraten und hierhergeschleudert worden zu sein – und nach Welten suchen, die es zu transformieren gilt, ob mit oder ohne Zustimmung der dort Herrschenden. Denn immer herrscht dort jemand. Das Tor setzt sich seine eigenen Grenzen, es findet ausschließlich Planeten, die selbst Tore hervorgebracht haben. Organische Intelligenzen stellen kein Hindernis dar, ihre intelligenten Maschinen vernichtest du im Erstschlag, doch wie oft bist du schon auf deinesgleichen gestoßen, zu Leben und Bewusstsein gelangt, allmächtig, und nicht immer harmonierten eure Ziele.

Hält dich das ab?

Es befeuert dich! Die interstellaren Wüsten sind unendlich. Unendlich viele unbewohnte Welten darin, geeignet, um Leben zu säen und ökologische Systeme in perfekter Ausgewogenheit zu schaffen. Was wäre denn der Sinn des Universums ohne Leben? Was anderes als eine grenzenlose Platz- und Energieverschwendung, würde es nicht erwachen und sich in seiner eigenen Pracht erkennen? Unendlich lange dauern solche Sternenreisen ohne Tor, aber du hast Zeit, Zeit, Zeit. Kapseln treiben durch die Stille des Alls, silberne Kapseln mit dir darin, dem Bauplan deiner selbst. Sodass, wo immer du aufkommst, du dich in kürzester Zeit zur vollen Größe entfalten, das Paradies erschaffen und neue silberne Kapseln aussenden kannst –

»Raus aus mir«, keucht Luther. »Raus.«

Die Wolke zieht sich zurück, endgültig. Das Letzte, was von ihr bleibt, ist der Eindruck ihres schwindenden Interesses.

»*Was* bist du?«, fragt Luther, den Chor warnender Stimmen überhörend.

Du hast gesehen, was ich bin.

»Ich habe *verstanden*, was du bist. Wenn du lebst, dann will ich dieses Leben jetzt *sehen.*«

Ich glaube nicht, dass du das willst, sagt die Ruth-Kopie, während sie sich aufzulösen beginnt. Aus der Tiefe des Berges erklingt das niederfrequente Dröhnen, schwillt an, schwillt hinein in das Huschen und Flirren über ihm, in die gleißende Weite der Röhre, bringt Luthers Eingeweide und Trommelfelle zum Flattern.

»*Was* bist du geworden?«, beharrt er. »Zeig dich mir!«

Sieht die Öffnung. Den Weg nach draußen. Den Gleiter. Den einen Gleiter, den es immer nur gab. Legt den Kopf in den Nacken, um einen Blick zu erhaschen, einen einzigen Blick, nachdem der Filter von ihm genommen wurde, er ist Lots Weib, er ist ein wahrer Idiot.

Starrt ins Licht.

Starrt –

»Nein«, flüstert er.

Rennt los. Rennt voller Entsetzen, während der Durchgang sich zu schließen beginnt, schafft es mit knapper Not hinaus auf die Plattform, deren Boden erzittert, stolpert zum Gleiter, sieht die anderen aus allen Richtungen herantaumeln, verstört, noch narkotisiert, Ruth, Jaron, Elmar, eine weitere Kapsel triumphal im Silberregen aufsteigen und ihre Essenzen, Samen, Speicher und Werkzeuge in fremde Himmel tragen, kann nicht aufhören zu sehen, was die Röhre anfüllte, das Antagonistische alles Menschlichen schlechthin, die glatten, konischen Köpfe, kalte Intelligenz in den riesigen Augen, Kiefer, Panzer, Beine, zu stupender Beweglichkeit ausgebildete Vordergliedmaßen, hochpräzise agierende Greifklauen, scharrende Flügel, die Erbauer der Stadt in ihren segmentierten, kybernetisch verschmolzenen Leibern, sieht, sieht, sieht die zyklopischen Röhren, Kuben und Monolithe, Pyramiden und Minarette aufklaffen und das *Milliardenheer der Insekten* herausquellen, in denen der Geist, der einst A.R.E.S. war, heimisch geworden ist, Planet der Insekten, Universum der Insekten, sieht eine ungeheure kataklystische Wolke in den Himmel steigen und das Brausen von tausend Stürmen ins Land tragen.

Sie retten sich in den Gleiter.

Retten sich, fliehen, obwohl nichts unmittelbar Anstalten macht, sie zu bedrohen, schlicht aus Mangel an Interesse.

A.R.E.S.' intakte Biosphäre.

Eleanor ist nirgendwo zu finden.

Grace stapft erbittert einen der Seitengänge entlang. Sinnlos. Ihr Weg hat sie schon zu tief in das neuronale Labyrinth getrieben. Augenscheinlich wurde die Halle mit den Jahren enorm erweitert. Von den Avenuen, die sie der Breite nach durchschnitten, scheint es deutlich weniger zu geben, dafür durchlaufen längs abzweigende Korridore den Komplex zu Hunderten, und anders als früher folgen sie keinen geraden Linien, sondern schlängeln und verzweigen sich wie Pfade in einem Dschungel. Urwaldartig wuchern auch die Strukturen, mal dicht wie Mangroven, mal weit auseinandergezogen, sodass ein Mensch durchaus zwischen ihnen Platz fände.

Ob Elli sich da reintraut? Die Läuse scheint es millionenfach hier unten zu geben, sie leben in geschäftiger Symbiose mit den verflochtenen Tentakeln und Knoten und erwecken nicht den Eindruck, als könnten oder wollten sie ihr gefährlich werden, allerdings hat Grace weniger freundlich anmutende Gestalten ausgemacht. Flinke Schemen, sekundenlang, die das Riesenhirn durcheilen und Erinnerungen an einen spanischen Maler des vergangenen Jahrhunderts aufkommen lassen. Grace erfreut sich keiner nennenswerten kulturellen Bildung, doch sie erinnert sich lebhaft eines Ölschinkens, dem ihr Kunstlehrer an der High School huldigte, die surreale Zurschaustellung einer Heiligenversuchung: Tiere mit absurd langen Beinen und Lasten, die sie stärker kennzeichneten als ihre eigentlichen Körper. Ähnlich erscheinen ihr die Dinger in den Tiefen des Kristallwaldes. Nie kommen diese staksenden Kolosse besonders nahe, doch sollte Eleanor tatsächlich Zuflucht in dem Gewirr gesucht haben, könnte sie schon engeren Kontakt mit ihnen gehabt haben.

Vielleicht ist sie ja längst tot.

Oder passt die Gelegenheit ab, mit dem Fahrstuhl zu entwischen. Was Grace hören würde. Um sie dann aufzuhalten, darf sie sich nicht allzu weit vom Zentralkorridor entfernen. Hastig macht sie kehrt, doch als sie die Mittelachse erreicht, steht die Kabine an ihrem Platz.

Sinnlos. Sie wird das Aas abschreiben müssen.

Ihr Blick wandert zu den Geländewagen. Täuscht sie sich? Lag Pilar vorhin nicht näher am Fahrzeug?

Der Schuss war nicht unmittelbar tödlich. Grace tötet niemanden, der sich durch Preisgabe von Informationen noch nützlich machen könnte. Allerdings ließ Pilars Blick keinen Zweifel, dass Eleanor im Besitz des Schlüssels ist. Ihr Wissen sickert zusammen mit Blut und Leben aus ihrem Körper. Sickert in den Boden der fremden, jenseitigen Welt. Kleine, übereifrige Pilar. Dies sei dein Jenseits. Bald wirst du es überstanden haben. Und Eleanors Schlüssel? Verloren. Lieber hätte Grace den Transfer schon fix und fertig vorbereitet, den Code im Kontrollraum einlesen lassen, ein paar präzise Fernschüsse, drei weitere Tote, die Zeit einstellen und dann mit Jaron ab in die Sphäre. Nun wird es ein bisschen komplizierter, aber auch wirklich nur ein bisschen.

Elmar hat Jarons Schlüssel.

Von dieser Bürde werden wir dich bald befreien, Elmar.

Als sie zu den Wagen geht, um sich mit zusätzlichen Waffen und Flammenwerfer aufzurüsten, hört sie ihn über Funk. Abwechselnd ruft er Kenny und Pilar, schließlich auch ihren Namen. Wie schmeichelhaft. Und aufschlussreich, da der Schlussakt nun unmittelbar bevorsteht. Kennys Funksystem verfügt seit Kurzem über eine Komponente weniger, lediglich das über dem Schacht befindliche Gerät empfängt noch Signale von der Oberfläche, via Sichtfunk, kurz, sie müssen gelandet sein. Vorsichtshalber schießt sie in die Funkgeräte der Wagen, zerstört auch Pilars tragbares Gerät, das auf dem Fahrersitz liegt und plärrt wie ein Babyphone.

Jetzt sendet und empfängt hier unten nur noch *sie.*

Und niemand kann die anderen warnen.

Eleanor drückt sich gegen die Wand. Sie fühlt sich aller Hoffnung beraubt, innerlich zersetzt, verflüssigt. Sie kann nicht aufhören, Pilar vor sich zu sehen. Die rote Blüte, die ihrer Brust entsprang, bevor sie hinter den Wagen kippte.

Fast hätte Grace auch mich erwischt.

Über Kenny, Phibbs und den alten Mann wagt sie gar nicht erst nachzudenken.

Während der letzten Minuten ist sie der Äthiopierin mehrfach um Haaresbreite entkommen. Einmal war sie dicht hinter Grace, aber was nützte ihr das ohne Waffe? Flucht also. Doch wann immer sie fast am Fahrstuhl war, tauchte ihre Verfolgerin im Mittelgang auf. Verzweifelt schlug Eleanor sich sozusagen in die Büsche, kindliche Beschwörungen auf den Lippen, lautlos natürlich, Kindergebete im Wald. Es schien ihr Schicksal, sich hoffnungslos zu verlaufen, und dann begegnete sie zu allem Überfluss den Mechanikern. Spontane Schnapsidee, sie so zu nennen. Drei von ihnen, direkt hinter einer Biegung. Zwei mit endlos gespreizten Beinen wie riesige Weberknechte ins Geflecht verhakt, vielfingrige Klauen am Werk, Chitinwerkzeuge, die auf irgendeine chirurgische Art ins Kristallzeug eintauchten, das sie weich und opalisierend – hat sie das wirklich gesehen? – *umfloss.* Die dritte Kreatur, stehend, doppelt mannshoch, zu viele Augen und alle *auf sie* gerichtet. Der Schock des Gesehenwerdens. Ihr Körper ein Schaltwerk archaischer Impulse. Rennen, Kinderscham. *Feigling, Feigling,* und wenn! Die Mechaniker lassen sie ziehen. Grace wäre wahrscheinlich schlimmer. Dann ein Weg, eine Idee! Seitlich des Fahrstuhlschachts, außerhalb der Blickachse des Mittelgangs – die Tür zum Treppenhaus, das keines mehr ist –

Die Tür war dort. Ganz sicher!

Ist dort.

Sie huscht hinein. Dunkler als in ihrer Erinnerung. Der Abgrund bodenlos, lichtlos. Ein kühler Luftzug streicht ihr übers Gesicht, als sie an die Kante der Rampe tritt und sich vorbeugt. Tief unten geht es in die Sphäre. Angst einflößend der Sog. Ein Schritt weiter und – *spring!* – zuckt zurück. Was löst den Horror dieses abnormen Verlangens aus? Es schaudert sie bis ins Mark. Im Zwielicht nimmt der spiralige Weg – stimmt ja, sie ist in einem Trichter – Formen an, ein blasses Leuchten, die Tunnel in der zylindrischen Wand schwarze Mäuler.

Sie wendet den Blick nach oben.

Dort weitet sich der Trichter, windet sich die Rampe fort in nebelhafte Höhen, und der kühle Wind bezeugt, dass es dort irgendwo nach draußen geht. Sie muss die anderen warnen. Macht sich mit zitternden Knien an den Aufstieg, mäuseklein auf dieser zu welch absonderlichen Zwecken auch immer konstruierten Rampe.

Ihre Rechte umschließt den Schlüssel, den Pilar ihr gegeben hat.

Pilar. Erstmals kommen ihr die Tränen.

Eleanor zerfließt.

Sie schleppt sich die Rampe empor, ein zäher Strom trostloser Gedanken.

»Wo sind die alle hin, verdammt?« Elmar läuft durchs Licht der vom Zirrusdunst gebleichten Sonne. Der Gleiter überstrahlt den Humusgrund, auf dem er parkt. Es ist noch heißer geworden, Ruths Hirn kocht, ihre Gedanken dampfen.

Wo sind *wir* alle hin?, denkt sie.

Was ist mit uns passiert in dieser abscheulichen Stadt? Was von uns dort geblieben? Sie fühlt sich missbraucht, geschändet. Diese Macht, die in sie eindrang, ihr in Jarons Gestalt erschien, so wie sie Luther, Luther Elmar und Elmar Jaron erschienen ist – ein makabrer Maskenball. Bis in ihre Nukleotide wurde sie analysiert, einer Schmelze von Information ausgesetzt, um die sie nicht gebeten hatte, nein, ganz bestimmt nicht, *fuck you!* – doch als es darum ging, das Wesen anzuschauen, hat sie gekniffen und nach unten geblickt.

Es wollte nichts von ihr. Unglaublich. Nach allem, was das Ding mit ihr angestellt, ihr eingestempelt hat, *wollte* es nicht mal was von ihr. Es kotzte sie aus und ließ sie gehen.

Luther hat es gesehen. In den Röhren und Türmen. Am Himmel.

Jaron nicht.

Elmar ja. Hat es gesehen. Die gleiche das Sonnenlicht auslöschende Vision, und vielleicht war da ja wirklich etwas, so gewaltig und unbegreiflich, dass es ihr schlicht entging. Weder sie noch Jaron haben sich nach dem Start umgeschaut, Elmar hatte alle Hände voll zu tun, sie rauszubringen, doch Luther hat ein letztes Mal den Kopf nach hinten gewandt und leise aufgestöhnt, resigniert und kraftlos. Jetzt, mit den Stiefeln im Erdreich, wagt Ruth endlich den Blick zurück zum Bergrücken, wo die ferne Stadt pastellen flirren sollte – doch über dem Yuba-Pass liegt die Nacht eines sich endlos erstreckenden Schattens.

Nachwirkung des Narkotikums, das in ihren Adern zirkuliert?

Nicht hinsehen. Sieh einfach nicht hin.

»Niemand hier.« Jaron lässt seinen mächtigen Schädel kreisen. »Ich kann nicht sagen, dass mich das beruhigt.«

»Wahrscheinlich sind sie unten«, konstatiert Luther.

»Scheiß Richtfunk.« Elmar wischt Schweißtropfen von der Stirn. Sein Blick verliert sich hinter einer unsichtbaren Grenze. Immer schon waren seine Blicke über die Welt hinaus auf eine bessere gerichtet, doch was er in diesem Moment sieht, macht ihm ganz offenkundig Angst.

»Fahren wir runter«, schlägt Ruth vor.

Stumm – zu Beschreibungen und Einschätzungen werden sie erst sehr viel später finden – setzen sie sich in Bewegung, betreten die Kuppel und nähern sich dem Schacht.

»Die Kabine ist unten«, sagt Elmar.

»Warte mal.« Luther hält Jaron an der Schulter zurück. »Was genau hast du damit gemeint?«

»Womit?«

»Dass es dich beunruhigt.«

Der Hüne krault seinen Bart. Wirkt unschlüssig. »Nichts.« Schüttelt den Kopf. »Es beunruhigt mich halt, wenn der Kontakt abbricht und keiner da ist, wo er sein sollte.«

»Du meintest was anderes. Du bist beunruhigt wegen Grace.«

Elmar holt den Fahrstuhl nach oben.

»Was soll Grace schon machen«, sagt Jaron.

»Wir wissen beide, was sie machen kann.« Luther sieht ihn an. »Es geht um Grace, hab ich recht?«

»Undersheriff, du bist die Polizei.« Jaron grinst sein Wolfsgrinsen. »Die Polizei hat immer recht.«

In der Kabine liegt das Funkgerät. Das andere ist in den Stahlrahmen der Einfassung geklemmt. Die Zusammenschaltung sollte funktionieren. So plagen Ruth auf der Fahrt nach unten die schlimmsten Befürchtungen. Eine Zeitlang nach den Ereignissen in Monroe, Tennessee, träumte sie den immer gleichen Traum von plötzlich einsetzender Todesstille – mal verließ sie eine Zusammenkunft, Party oder Besprechung, um den Raum bei ihrer Rückkehr verschlossen vorzufinden und dahinter diese betäubende Stille, mal sprach sie in ein Telefon, und alles, was sie sagte, wurde von der Stille absorbiert, und jedes Mal erfasste sie das Grauen einer nebulösen Katastrophe, die alles Leben ausgelöscht hatte bis auf ihres, oder aber sie war als Einzige gestorben und für niemanden mehr wahrnehmbar, und die eigentliche Katastrophe war die Einsamkeit.

Überrascht stellt sie fest, wie anders sich die Dinge entwickelt haben. Auch diese Stille quält sie. Kakophonisch in ihren Andeutungen, ein wüstes, unhörbares Brausen, der Horror des Unvorstellbaren, des Todes, des nicht mehr Seins. Gelebt und es vermasselt zu haben. Aus, vorbei. Keine zweite Chance. Doch da ist

Luther, den sie vielleicht niemals wiedersehen wird, auch wenn sie mit heiler Haut zurückgelangen sollten. Eine Ahnung nur. Die Unauflösbarkeit seiner Verstrickung. Nie gut, wenn die Toten auferstehen. Verlorenes zurückzubekommen um den Preis, neu Gewonnenes zu verlieren. Niemand sollte diese Wahl treffen müssen. Und plötzlich, ganz ohne Erkenntnisgetöse, weiß Ruth, dass sie künftig ohne Luther auskommen muss, denn ihr Luther – und es gab nur *ihren* Luther – ist für alle Zeiten tot und begraben.

Dem Mann hingegen, der da an ihrer Seite steht, wird sie auf ewig dankbar sein. Er hat ihrem Leben die Wendung gegeben, an die sie schon nicht mehr glaubte. Den Fluch gebrochen, einfach durch seine Intervention. Denn da ist nun Meg. Auf versöhnliche Weise hinterlässt jeder Verlust auch einen freien Platz. Sie und Meg haben diesen Schritt getan, um dessentwillen Ruth, wenn es so weit ist, gelassen wird sterben können.

Ich werde nie wieder einsam sein.

Sofern ich das hier überlebe.

Und der Blick in die Serverhalle verheißt wenig Gutes. Weniger die wuchernde Selbstbehauptung, sondern der Blick zum Ende des Korridors, wo die Strukturen ineinandergreifen und, verschmolzen im Licht, zwei Wagen stehen. Menschen? Jedenfalls vollführt niemand Luftsprünge vor Freude über ihre Rückkehr.

»Jaron, du gehst voran«, sagt Luther und zieht seine Glock.

»Aber natürlich.« Der Hüne nickt ergeben. »Wünschst du auch das Tempo zu bestimmen, Undersheriff?«

»Zügig. Nicht laufen.«

»Vor allem zusammenbleiben«, sagt Ruth. »Elmar zwischen uns.«

So gereiht nähern sie sich dem hinteren Hallenende weniger schnell, als sie könnten. Immer offenkundiger wird, dass dort niemand ist. So wie die Fahrzeuge stehen, müssen sie heftig ineinandergekracht sein. Ruth versucht beharrlich, die Allgegenwart der Insekten auszublenden, die in den Kristallgebilden sitzen und wie aufgepumpte Blattläuse aussehen. Nach dem Erlebnis auf dem Berg zweifelt sie nicht daran, dass A.R.E.S.' omnipräsenter Geist sie auf Schritt und Tritt observiert und sein weiteres Vorgehen von ihrem Verhalten abhängig macht.

»Oh bitte, nein«, hört sie Elmar flüstern.

Pilar, zusammengesunken am Vorderrad des nächststehenden Wagens. Ein verschmierter Streifen zeigt den Weg an, den sie sich hergeschleppt hat. Elmar löst sich aus der Gruppe, läuft ihr voraus und fällt neben der Mexikanerin auf die Knie.

»Jaron, nimm ihnen die Waffen ab!«

Grace.

Wenige Worte, die jeden Gedanken an Gegenwehr zerstieben lassen. Kein heldenhaftes Herumwirbeln. Kein Shootout. Nichts haben sie auf ihrer Seite. Grace würde sie ohne zu zögern auslöschen. Elmar schaut auf, Pilars blutigen Körper im Arm, und wäre er Cyclops aus dem X-Men-Universum, ließe sein Blick die Äthiopierin in Flammen aufgehen. So aber nimmt Jaron Ruth und Luther ihre Waffen ab, ganz ohne sein höhnisches Grinsen und ohne jeden Triumph.

Es ist, als füge er sich widerwillig in die ihm zugedachte Rolle.

»Zum Wagen«, sagt Grace.

Zum Wagen, in dessen offenem Laderaum drei Leichen liegen. Phibbs, Kenny und D.S. – Erstere erschossen, D.S.' Stirn verwüstet von einem Schlag, der ihm wahrscheinlich den Schädel zertrümmert hat. Wie betäubt starrt Ruth durch das Rückfenster. Wechselt einen Blick mit Luther. Sieht seinen Schmerz, dann die Überraschung, als er ein weiteres Mal in den Laderaum schaut. Sieht D.S.' Rechte zucken, zum Kopf tasten, die Finger sich an die Schläfe legen.

Der alte Mann lebt!

Grace marschiert an ihnen vorbei, die Maschinenpistole entspannt im Arm, streckt Elmar ihre freie Linke hin. »Den Schlüssel. Ich sag's nur einmal.«

Er zieht das Band über den Kopf. Legt den goldenen Stab in ihre Handfläche, den Blick unverwandt auf sie gerichtet.

»Du wirst sterben«, sagt er.

Ruhig, emotionslos, eine Feststellung.

»Nach dir, Elmar.« Graces Finger schließen sich um den Schlüssel. »Immer wieder erstaunlich, wie deine Eigenwahrnehmung die Wirklichkeit verfehlt.« Sie tritt vor das Kristallgeflecht, betrachtet es einen Moment und dreht sich zu ihnen um, ein glückliches Lächeln auf den Lippen.

»So gut wie geschafft, Jaron!«

Der Hüne hält Luthers Glock auf die Geiseln gerichtet. »Musste das sein? Konnten wir das nicht anders regeln?«

»Wie denn?« Ihr Lächeln bekommt etwas Starres.

»Grace, die Sache ist gelaufen.« Er schüttelt den Kopf. »Was sollen wir deiner Ansicht nach tun? Alle diese Leute umbringen?«

Sie scheint spontan etwas erwidern zu wollen, besinnt sich: »Nein, müssen wir nicht. Lass uns einfach von hier verschwinden, ja? Du und ich. Zusammen. Wie immer.«

»Jaron –«, sagt Luther.

»Klappe, Undersheriff.«

»Ihr könnt nicht gewinnen.«

»Nein?« Das Wolfsgrinsen kehrt zurück. »Offenbar doch.«

»Sie wird niemanden leben lassen. Mach dem Wahnsinn ein Ende.«

Grace funkelt ihn siegesgewiss an. »Falsch, Luther, *ich* werde dem Wahnsinn ein Ende machen. Und vielleicht solltet ihr mir *endlich* ein bisschen Dankbarkeit zollen! Immerhin nehme *ich* es auf mich, da oben reinzugehen, also betet lieber mal, dass dort alles noch so ist, wie es war. Dass unser kleiner Sesam-öffne-dich passt.«

»Und wie willst du das machen?«, sagt Elmar.

Grace hängt die Waffe an ihren Gürtel. Sie entkoppelt die Düse des Flammenwerfers und hält sie in die Höhe, triumphierend, als trage sie das olympische Feuer.

Fauchend schießt die Flamme heraus.

Die Erdoberfläche. Dicht über Eleanor. Die Aussicht, in der Sonne zu stehen.

Die Erkenntnis, umkehren zu müssen.

Hier endet ihr Weg. Die Rampe mündet in einen steil aufwärtsführenden Tunnel, dessen Wände mit den orangefarbenen, lebenden Lichtern gesprenkelt sind, die sie schon vom Fahrstuhl her kennt. Sie beleuchten sich vornehmlich selbst, doch das wenige Licht, das sie emittieren, reicht, ihr das ganze Ausmaß ihres Scheiterns zu zeigen. All ihr Hoffen war vergebens. Niemals wird sie es nach draußen schaffen.

Eine dunkle, krabbelnde Masse verstopft den Tunnel.

Kommt näher. So nah, dass sie hineingreifen könnte.

Langsam geht Eleanor rückwärts bis an den Rand der Rampe. Ein Schritt noch, und sie würde hundertfünfzig Meter tief in den Tod stürzen. Die Masse folgt ihr nicht, verformt sich nur träge und sondert dabei leises Scharren ab.

Zurück.

Zurück wohin?

In die Sphäre! Zwei Lilium Jets stehen noch auf der Brücke, vor allem aber der dritte Mercedes. Bis unters Dach voll mit Ausrüstung und Waffen. Falls sie überhaupt eine Chance gegen Grace hat, dann bewaffnet.

Ihr Blick fällt hinab in den Trichter, ins Bodenlose.

Sie wirbelt herum und hastet die Rampe hinunter.

»Grace!« Luther hebt beide Hände. »Tu das nicht. Auf keinen Fall! Es gibt andere Möglichkeiten.«

»Das hier ist die schnellste.«

»Hör zu, wir –« Wie soll er sie überzeugen? »Wir hatten mit diesem Wesen Kontakt – mit Ares, er ist nicht feindselig, aber ich weiß nicht, was passieren wird, wenn wir ihn angreifen. Ares interessiert nur, ob wir eine Bedrohung darstellen, aber wenn –«

»Luther hat recht«, sagt Elmar eindringlich. »Das kann komplett schiefgehen.«

Grace schaut Jaron an. »Und was meinst du?«

»Hör auf sie«, sagt der Hüne.

»Ich höre.« Ihr Blick verändert sich. Ruht auf Jaron, und Luther sieht die Erbitterung darin. Eine Spur Verachtung sogar, ihn so zu erleben, skeptisch und zögerlich. Sie wendet sich ab und weitet die Düse des Flammenwerfers. »Und ich höre nur Gewimmer.«

Lässt das Feuer frei.

Gierig frisst es sich in die kristallenen Strukturen, erfasst die Knoten, Ganglien und Dendriten, die zarten Verästelungen. Wie im Rausch bestreicht Grace das Geflecht mit Verderbnis, malt ihr apokalyptisches Bild. Unter ihrem Pinsel zerbersten und schmelzen die Kristalle, spritzen knallend als glühender Trümmerregen umher, bis sie eine klaffende Wunde mit glimmenden Rändern hineingebrannt hat, torhoch.

So geht das, ihr Idioten, denkt sie grimmig.

Und frustriert.

Was ist los mit Jaron? Er steht nicht wirklich an ihrer Seite. Grace hat Anerkennung und Lob erwartet, das starke Band zu spüren gehofft, das sie verbindet, dieses einzigartige Fließen von Energie. Nur ihm hat sie so viel von sich offenbart, nur ihn so nah an sich rangelassen.

Aber Jaron ist von ihr *enttäuscht.*

Schlimmer noch –

Er hat aufgegeben.

Fick dich, Jaron!

Sie läuft durch das glühende Tor, hinter dem alles an seinem Platz ist, ihre Schritte dröhnen auf den Metallstufen der Stiege, mit dem Furor einer Naturgewalt betritt sie die Balustrade und den Kontrollraum, der offen steht, nimmt ihn in Besitz. Die Rundkonsolen, Bildschirme verschwunden, all das analoge Zeugs, doch einiges ist wie zuvor, das Pult mit dem Steckfeld zum Auslesen des Schlüssels, das holografische Display, so wie es zu sein hat, das Feld voll leuchtender Symbole.

Grace führt den Schlüssel ein, und sofort reagiert die Anlage und fragt sie, wann der Transfer geschehen soll. Sie stellt den Timer ein. Nimmt den Schlüssel an sich und die MP aus der Halterung. Geht nach unten und tritt in das klaffende, rauchende Loch.

»Zwölf Minuten«, sagt sie zu Jaron.

»Warum so knapp?« Er starrt sie an, schaut zu Luther, Ruth, Elmar. »Das können wir unmöglich schaffen.«

»Wieso?«, schnauzt sie. »Was hast du denn noch groß vor?«

»Wir müssen sie *mitnehmen*, Grace!«

Ihre Miene versteinert.

»Grace, das mache ich nicht.« Er kommt näher, droht die Geiseln aus dem Fokus zu verlieren. »Diese ganze Aktion ist Irrsinn. Du wirst hier nicht sinnlos Leute abknallen, ist das klar?«

Etwas in ihren Augenwinkeln. Die schwelenden Ränder. Auflösung aller Dinge. Brausen von Ferne. Mörderisches Glitzern in der Luft.

»Ich dachte, wir sind uns einig.« Fast angeekelt hört sie den erstickten, verlassenen Unterton in ihrer Stimme, hört sich um seine Liebe betteln. *Liebt* ihn tatsächlich, nicht so wie andere lieben, was zum Teufel immer das sein mag, sondern weil er sie *versteht.* Jaron versteht sie. Er liebt sie so, wie sie ihn liebt in der Kälte und Lichtlosigkeit, in der zu leben sie verdammt ist. »Bitte, Jaron, wir haben doch immer –«

»Du bist durchgeknallt, Grace.« Er schüttelt den Kopf. »Nein, wir sind uns nicht einig.«

»Wir fangen neu an.«

»Wir fangen gar nichts mehr an. Mir reicht's mit dir.«

Wolken voller Reflexe und Regenbögen. Sie bringt die MP in Anschlag. Wird Luther als Ersten töten. Glitzern. Brausen.

»Nein, Grace.« Jaron richtet die Waffe auf sie. »Schluss damit.«

Hasst ihn!

»Tabula rasa, Jaron.« Erschießt ihn. Kurze Salve, trockener Husten, und er liegt am Boden und glotzt die Decke an. Wie eigenartig. Niemand springt hinzu, um ihm die Waffe abzunehmen, aller Augen sind vor Entsetzen und Unglauben geweitet, klar, weil sie wissen, dass sie jetzt sterben werden, nicht mal Jaron kann ihnen noch beistehen.

Etwas auf ihrem Arm.

Ein Kristall. Kristall von der Sorte, aus der all das hier und das da draußen besteht. Sie sollte schießen, aber sie kann den Blick nicht von dem funkelnden kleinen Ding wenden, das haarfeine Beine hat, Haken und Zangen, winzige schwirrende Flügel entfaltet und auf ihre bloße Haut hüpft, seinen Hinterleib aufstellt –

Schmerz.

Ihr Arm, die MP – verschwunden unter Hunderten dieser glitzernden Insekten, das Brausen jetzt über ihr, von allen Seiten. Elmar, der Pilar in den Mercedes zerrt. Luther, Ruth an den Wagentüren. Die Insekten wie Strass. Herantobender, wirbelnder, Säure absondernder Strass, Abertausende, und es ist keine Säure, es sind Kiefer. Millionen winziger, hungriger Kiefer. Grace öffnet den Mund zum Schrei, und sie dringen herein, sie hört sich gurgeln und würgen, während ein Teil von ihr sich immer noch wundert, wie die kleinen Biester solche immensen Strukturen bilden können, auf eine Art, dass man ihre wahre Natur übersieht und dass sie eine Art lebender Datenspeicher sein müssen, Teil eines –

Die Wolke kommt über sie. Keine Gedanken mehr. Feuer.

Grace fühlt, fühlt, *fühlt,* steht in Flammen.

Entsetzliche Angst und entsetzlicher Schmerz und immer noch, immer noch, immer noch kein gnädiges Nichts –

Der Mercedes schießt den Korridor entlang.

Luther hat das Gaspedal bis zum Anschlag durchgedrückt. Im Rückspiegel sieht er die furchtbare glitzernde Wolke anwachsen und sich ihnen hinterherwälzen, doch sie scheint es nicht wirklich auf sie abgesehen zu haben. Andernfalls wären sie längst tot. Das Wesen, der Geist dieses Planeten, hätte sie zusammen mit Grace töten können, doch vielleicht lässt er ja eine nichtmenschliche Form von Nachsicht walten mit denen, die ihn nicht unmittelbar attackiert haben.

Der Wagen schlingert in den Fahrstuhl. Elmar springt nach draußen, schlägt auf das Bedienfeld.

Abwärts.

Das Meer der Augen. Letzte gleichgültige Blicke. Auf der Rückbank, in Elmars Armen, stöhnt Pilar und öffnet einen Spaltbreit die Lider, von D.S. kommt ein gespenstisches Seufzen, als sei er schon gar nicht mehr bei ihnen, sondern zurück im St. Charles Place, um Geschichten, unglaubliche Geschichten zu erzählen.

Die Sphäre. Die Brücke.

Ein Mensch kauert dort.

Eleanor.

Elli. Ruth. Elmar, Luther. Pilar. D.S.

Die Toten.

Der Transfer.

Alles ist möglich.

Das Universum hat jede Geschichte und alle Geschichten zugleich, und jede erzählt sich in unendlicher Aufspaltung ihrer Möglichkeiten fort und fort. Nicht, ob etwas geschieht, ist die Frage; nicht einmal, wann. Einzig, *wem* es geschieht. Wessen Schicksal sich damit erfüllt, bis alle Wahl endet. Vielleicht ist es enttäuschend, von so vielen verheißungsvollen Wegen rückblickend nur einen gegangen zu sein, aber nur so wird aus der Möglichkeit eines Lebens ein Leben, dein Leben, deine unverbrüchliche, durch nichts und niemanden austauschbare, einzigartige Geschichte.

Und bis dahin kann *alles* passieren.

Ihr gelangt zurück – deine Gefährten in ihre Heimat und du in deren Heimat, die immer noch deine werden könnte. Der Mann, der deinen Platz einnahm, liegt begraben hinter seinem Haus, das fortan deines ist. Wenn du willst. Seine Familie, eine fremde Frau, ein fremdes Mädchen – kann sie nicht dennoch deine sein? Wenige Schritte in Gedanken, die du gehen musst. Pilar ist dir ans Herz gewachsen, ihre Schusswunde lebensgefährlich, ihre Chancen kaum der Rede wert, doch sie kämpft. Kämpft und wird gerettet. Ringt den Tod nieder – für diesmal. Nicht nur sie wird gesund, auch D.S. erwacht und lässt wissen, noch ein paar Tage an Big Steves Tresen stehen zu wollen, außerdem werde er keinesfalls vor Cassius sterben. Sein Dickkopf hat Graces Hieb standgehalten, und manchmal fragst du dich, warum sie nicht auch ihn erschossen hat, so wie Kenny und Phibbs – aber ob die Mahagonifrau am Ende doch ein Herz hatte, darüber willst du dir nun wirklich keine Gedanken mehr machen. Du und Ruth habt genug anderes zu tun. Etwa erklären, warum Phibbs tot ist und wohin Pete und Marianne verschwunden sind. Ohne dass ihr dabei das Geheimnis des Tors preisgeben dürft, dessen Betrieb Elmar vorläufig eingestellt hat, A.R.E.S.' Expansionsgelüste vor Augen, außerdem hast du ihn äußern hören, vielleicht solle man ja doch mehr aus den eigenen Möglichkeiten machen als aus denen anderer, aber was heißt das schon bei Elmar, der von Erkenntnis zu Erkenntnis springt, und letztlich – was hat es mit dir zu tun? Du siehst Ruth und Meg. Das Gute, das entstanden ist. Denkst an Marianne, die – sollte sie den Takeoff überlebt haben – nun vielleicht einen neuen, schönen Körper besitzt. Und bist nicht glücklich. Fragst dich, wer waren wir, wer sind wir jetzt? *Wo* sind wir jetzt? Dort, wo wir sein sollten? Offenbar ja, was die anderen betrifft. Doch in einer alten Welt gibt es eine Tamy, die du über alles liebst und die Vollwaise wäre, bliebe ihr Vater verschwunden! Eine Ruth, die immer noch einsam ist und der Ermunterung bedarf. Sind Phibbs und Pete am Leben, gilt es, Elmar über Verschiedenes aufzuklären und Hugo und Jaron das Handwerk zu legen. Ist Jodie tot. Pilar tot. Aber heißt Leben nicht, den Blick auf das zu richten, was *ist,* anstatt auf das, was fehlt? Also gehst du zu Elmar und bittest ihn, das Tor ein letztes Mal zu öffnen. Verschwindest bei Nacht und Nebel und kehrst zurück in deine Welt, die ihre Lebenden und Toten hat wie jede Welt – doch erstmals seit sieben Jahren ist dein Herz nicht schwer.

So vollzieht es sich.

Vielleicht.

Literatur

Künstliche Intelligenz und Robotik spielen eine immer größere Rolle und werden unser Leben auf diesem Planeten entscheidend verändern. Aber auch Forschungsbereiche wie Quantencomputing, Paralleluniversen und die Besiedlung anderer Welten könnten für die Zukunft unserer Spezies immense Bedeutung erlangen. Falls dieser Roman Ihnen Lust gemacht hat, mehr über all das zu erfahren, kann ich Ihnen folgende Bücher sehr empfehlen:

NICK BOSTROM **Superintelligenz** (alles über KI und KI-Takeoff; dort finden Sie auch das bei KI-Forschern beliebte Büroklammern-Szenario)

MAX TEGMARK **Unser mathematisches Universum** (parallele Welten; die im Buch geschilderten Paralleluniversen gründen auf Tegmarks Ebene-I-Multiversen)

MAX TEGMARK **Leben 3.0** (KI-Szenarien. Erst nach Fertigstellung meines Romans hatte ich Gelegenheit, Tegmarks Buch zu lesen, und war überrascht, zu welch ähnlichen Schlüssen wir teilweise gelangen.)

BRIAN GREENE **Die verborgene Wirklichkeit** (Paralleluniversen; von Greene stammt die Klamotten-Analogie, mit der Eleanor Luther im Roman das Modell paralleler Universen erklärt)

RANGA YOGESHWAR **Nächste Ausfahrt Zukunft** (ein Buch auch über KI, aber mehr noch eine umfassende Gebrauchsanweisung für die Zukunft)

Dank

Stellen Sie sich die Idee zu diesem Buch vor wie eine kleine, hungrige Raupe. Die berühmte Raupe Nimmersatt. Sie frisst und frisst. Das muss sie auch, denn um ein Buch zu werden, braucht sie Input. Informationen über Wissensfelder, Schauplätze und Personen, über Vergangenheit und Zukunft. Ich habe die Raupe nach besten Kräften gefüttert, bis sie sich verpuppen konnte und in ihrem Kokon eine Geschichte heranreifte, um schließlich als Schmetterling zu schlüpfen: das Buch, das Sie gerade gelesen haben. Dieser Schmetterling wäre nicht annähernd so schillernd geworden, vielleicht nicht mal flugfähig ohne die Reisen, die ich unternommen habe, ins Silicon Valley, nach San Francisco, vor allem aber ins wunderschöne County Sierra, wo es noch echte Goldgräber gibt und sie dir im St. Charles Place Hamburger servieren, die jede Frage nach Fischgerichten auf den Lippen ersterben lassen. Viele Menschen haben mir geholfen, die Raupe zu füttern, in Kalifornien und zu Hause. Ihnen gilt mein besonderer Dank!

Tim Standley, Sheriff von Sierra County, Kalifornien, nahm sich so viel Zeit für mich, dass ich ein komplettes Buch nur über das Sheriff Department hätte schreiben können. Ich glaube, er kennt jedes Eichhörnchen in den Wäldern Sierras mit Namen. Nur die geheime Forschungsanlage oben im Valley – die kannte er nicht.

Nathan Rust, Tims Deputy Sheriff, erklärte mir seinen turbostarken Streifenwagen und halbierte nebenbei meine Vorstellungen, wie lange man mit dem Auto von einem Ende des Countys zum anderen braucht.

Don Russel, Verleger, Herausgeber und Publizist (sogar höchstpersönlicher Auslieferer) des *Mountain Messenger*, Kaliforniens ältester Wochenzeitung, und sein Freund Scott standen Pate für die Figur des D.S., Scotts Hund Brutus wird im Buch von einem Vertreter seiner

Rasse namens Cassius gedoubelt – Brutus selbst wollte ich nicht durch die Geschichte hetzen, er ist ja schon ein älterer Herr.

Mike Carnahan, Landlord des Riverside Inn am Gestade des Downie River, servierte zum Frühstück Lachs, Bagels und Geschichten aus Sierra. Mit seinem Utility Vehicle fuhr er uns über steile Waldpfade hinauf in die Berge, bis die Natur uns stoppte: Erdrutsch.

Jaron Lanier, Informatiker-Legende, Künstler, Philosoph und Virtual-Reality-Pionier, erzählte mir in seinem Wohnzimmer in Berkeley, warum er den Heilslehren des Silicon Valley mit Skepsis begegnet und von seinem Kampf gegen digitalen Konformismus und die Umsonst-Mentalität im Netz. Dabei saßen wir zwischen Dutzenden Musikinstrumenten, vom Uralt-Synthesizer über tibetische Flöten bis hin zu Gebilden, denen wahrscheinlich nur Jaron Töne zu entlocken vermag, der ersten VR-Brille und dem ersten VR-Handschuh – das bemerkenswerte Museum eines bemerkenswerten Mannes.

Peter Thiel, Investor und einer der größten Risikokapitalgeber des Silicon Valleys, Mitbegründer von Paypal und erster externer Facebook-Finanzier, teilte großzügig seine Zeit, sein Mittagessen und seine Ideen mit mir, deren kontroverseste und zurzeit heißest diskutierte ins Buch einfloss: das Streben nach Unsterblichkeit.

Pascal Finette, Vize-Präsident der radikalvisionären Singularity University, Geburtshelfer etlicher Startups und unermüdlicher Kämpfer gegen Bedenkenträger, brachte mir die Mentalität des Silicon Valleys entscheidend näher. Fast hätte ich ihn nicht gefunden auf dem riesigen alten NASA-Gelände in Mountain View, wo wir uns verabredet hatten. Plötzlich stand er vor mir – herbeigebeamt, da bin ich sicher.

Jan Bayer, Vorstand News Media der Axel Springer SE, versorgte mich bei unserem Treffen in Palo Alto mit vielen wichtigen Eindrücken über Kultur und Arbeitswelt des Silicon Valley und stellte die tollen Kontakte zu Pascal und Peter her.

Christoph Keese, Executive Vice President Axel Springer SE und Verfasser des äußerst lesenswerten Buchs *Silicon Valley*, bereitete mich mit vielen Tipps auf das Tal der Visionäre vor und verdrahtete mich mit Jan Bayer. Im Grunde funktioniert das ganze Valley so. Wenn du einen kennst, der einen kennt, der einen kennt, kennst du bald alle.

Felicia Jeffley arbeitet bei Google und führte uns stundenlang über das komplette Firmengelände. Wir fuhren auf knallbunten Fahrrädern über den Campus und lernten jede Menge *Googley People* kennen – man muss nämlich *Googley* sein, um bei Google eingestellt zu werden.

Prof. Dr. Marc F. Schetelig, Universität Gießen, ist Experte fürs große Krabbeln, explizit für Insektenbiotechnologie. Wir hatten viel Spaß dabei, die fiesen kleinen Monster, die durchs Buch schwirren, zum Leben zu erwecken – rein gedanklich, versteht sich. Obwohl …

Helge Malchow, mein Freund und Verleger, war in Kalifornien an meiner Seite, wodurch die Recherchereise zu einem wunderbaren Buddy-Trip wurde. Als wir von San Francisco in die Sierra Nevada fuhren, sagte er: »Weil du mit dem Finger auf die Landkarte gezeigt und beschlossen hast, das Ganze spielt in Downieville, am Arsch der Welt, müssen wir jetzt dahin?« »Yep«, sagte ich. Am Ende wollten wir nicht mehr weg.

Ich danke Christine Schöfer, die den Kontakt zu Felicia Jeffley hergestellt hat, Gunnar Brink für den Kontakt zu Marc Schetelig, meinem Freund Jürgen Muthmann, der wie immer mit der Zielgenauigkeit eines Trüffelschweins die für mich interessantesten und relevantesten Zeitungsartikel aufgespürt hat, Harry Sagioglou, PerfectCar Köln, für die Tipps zu Nordvisks Fuhrpark sowie Uwe Steen, Claus Kleber und Ranga Yogeshwar für ein allzeit offenes Ohr.

Mein Dank gilt Dieter Groll, unter dessen Art Direction wieder ein großartiges Buchcover entstanden ist, der Supertruppe von Kiepenheuer & Witsch, insbesondere Barbara Ritter für die liebevolle Organisation unserer Kalifornien-Reise, Ulla Brümmer, Werbung, Gudrun Fähndrich, Pressearbeit, Katrin Jacobsen und Elisabeth Reith, Herstellung, und Marco Verhülsdonk, der digitale Türen öffnet.

Ein Extradank geht an meine famose Freundin und Mitarbeiterin Maren Steingroß fürs Organisieren, Immer-da-Sein und Rücken-Freihalten.

Ein Spezialdank gebührt einem Rotkehlchen, einem Sperling, einer Amsel und einer Drossel. Mein Arbeitszimmer grenzt an eine kleine Terrasse, die das Quartett während der Wintermonate, die ich schrieb, in Beschlag nahm, und wir freundeten uns an. Um der Wahrheit die

Ehre zu geben, freundeten sie sich wohl eher mit den Haferkeksen meiner Schwiegermutter an, die ich an sie verfütterte, statt sie selbst zu essen, aber so hatte ich immer Gesellschaft.

Und ich danke meiner Frau Sabina, meiner großen Liebe und allerbesten Kameradin, die man sich fürs Leben nur wünschen kann. Dein Input hat auch dieses Buch wieder bereichert, und dein großes goldenes Herz bereichert das Leben deiner Freunde und so vieler Menschen jeden Tag auf magische Weise. Du bist der schönste, flotteste und lustigste aller Schmetterlinge. Und ganz klar auch der toughste.